Geh nicht zurück

David Hunt

Geh nicht zurück

Roman

Aus dem Amerikanischen
von Karin Dufner

WILHELM HEYNE VERLAG
MÜNCHEN

Die Originalausgabe erschien 1998 unter dem Titel *Trick of Light*
bei G. P. Putnam's Son, New York

Umwelthinweis:
Dieses Buch wurde auf chlor- und säurefreiem Papier gedruckt.

Satz: Leingärtner, Nabburg
Druck und Bindung: Graph. Betrieb, Pößneck
Printed in Germany

ISBN 3-453-15297-2

Erotische Feuerwaffen

Einige wenige Sammler haben sich auf Waffen spezialisiert, die mit erotischen Motiven verziert sind. Die Abbildungen stellen zum Beispiel lüsterne Satyre, adelige Damen in Ekstase, koitierende Paare und sogar Menschen beim Geschlechtsakt mit Affen dar – kurz gesagt Szenen, bei denen der Künstler seiner Phantasie freien Lauf gelassen hat. Mir scheint es, als läge die Faszination für den Sammler genau in dieser Nebeneinanderstellung, in der Parallelität zwischen Obszönität und Waffen, Jagd und Wollust. Bei dieser etwas ausgefallenen Form der Sammlerleidenschaft handelt es sich um die Erotisierung der Gewalt in ihrer reinsten und krassesten Form.

O. Weld Hopkins, Gun Collectors & Their Quirks, *(Selbstverlag, Gates Mills, 1949)*

Die Kamera

1

Ich stehe am Deich, gleich jenseits der Einfahrt zur Bucht von San Francisco, neben der alten Küstenwachstation Fort Point, die schon seit vielen Jahren nicht mehr in Betrieb ist.

Es ist nach Mitternacht. Nebel liegt wie schwarzer Qualm über dem Wasser. Kaum ein Lüftchen regt sich. Nicht eine einzige Welle schlägt gegen den Deich. Die Glocken auf den Bojen klingeln leise, dazu das Klagen der Nebelhörner, wenn Schiffe in die Bucht einfahren. Mein Freund Joel Glickman ist bei mir. Ganz allein lauschen wir dieser traurigen Symphonie und warten darauf, daß etwas geschieht. Was, wissen wir nicht.

Ich trage ein schwarzes Sweatshirt, schwarze Jeans und schwarze Basketballschuhe und habe zwei schwarze Contax-Kameras um den Hals hängen. Auch Joel ist von Kopf bis Fuß in Schwarz gekleidet. Wir sind wegen eines Tips hier, den er heute nachmittag anonym per Telefon erhalten hat. Der Anrufer sprach sehr schnell und hängte sofort wieder ein. Joel sagt, der Mann habe einen starken chinesischen Akzent gehabt. Die Stimme hat Joel nicht erkannt, und er nimmt an, daß der Akzent nur Theater war.

»Es hörte sich an, als wolle er einen chinesischen Kellner nachmachen, der erst vor kurzem eingewandert ist«, sagt Joel. »Aber er sprach sehr deutlich, damit ich auch wirklich alles mitbekomme.« Dann gibt er eine Imitation der Imitation zum besten: »Walten Sie heute nacht Plesidio neben altel Küstenwache. Etwas sehl Intelessantes wild da passielen.«

»Das heißt aber doch, daß er von deinen Artikeln über Verbrechen in der Küstengegend weiß.«

»Warum auch nicht? Schließlich ist es kein Geheimnis«, erwidert Joel.

»Und das könnte bedeuten, daß er dich reinlegen will.«

»Mag sein.« Joel zuckt die Achseln. »Aber ich bezweifle es.«

Super, Joel, vielen Dank, denke ich. *Nett, daß ich auch dabeisein darf, wenn du in einen Hinterhalt gerätst.*

Joel kichert. »Du hast doch nicht etwa Angst, altes Haus?«

»Ich?« entgegne ich in gespielter Überraschung.

Joel tätschelt mir brüderlich die Schulter. Er ist fünfzehn Jahre älter und fast fünfundzwanzig Zentimeter größer als ich. »Eine Amazonenkriegerin wie du fürchtet sich doch nicht! Kein Mensch, der noch bei Verstand ist, würde es wagen, sich mit Kay Farrow anzulegen. Dabei riskiert man nämlich einen Tritt in den Hintern.« Er grinst mich an. »So was lernst du doch in deinem Aikidokurs.«

»Klar, Joel, Arschtritte sind unsere Spezialität.«

Natürlich beschränkt sich Aikido nicht allein darauf, aber mit solchen Witzeleien vertreiben wir uns schon den ganzen Abend die Zeit, während wir uns hier draußen die Beine in den Bauch stehen. Schließlich haben wir nichts Besseres zu tun, als unsere Schlagfertigkeit zu trainieren. Joel ist Reporter bei der alternativen Wochenzeitung *Bay Area News* und Träger des Pulitzerpreises. Ich war früher auch einmal dort angestellt und seine Kollegin, habe mich aber inzwischen der künstlerischen Fotografie zugewandt. Wenn er jedoch bestimmte Fotos braucht, ruft er mich an. Und da ich gern mit ihm zusammen bin, lasse ich mich normalerweise überreden.

»Es ist immer dasselbe, wenn man darauf wartet, daß etwas passiert«, sagt er.

»Was meinst du damit?«

»Man steht rum und wackelt mit den Zehen. Oder man sitzt auf dem Hintern, bis einem irgendein Körperteil einschläft. Man ißt Kartoffelchips oder kaut Kaugummi und versucht, möglichst cool daherzureden. Man jammert und meckert und schaut dauernd auf die Uhr. In den meisten Fällen tut sich gar nichts. Und wenn doch etwas läuft, verpaßt man es, weil man inzwischen eingenickt ist.«

»Ein Hundeleben.«

»Du hast es erfaßt, altes Haus.«

Joel ist einundfünfzig. Er hat graues Haar und einen grauen Bart, trägt eine Nickelbrille und ist dürr wie eine Bohnenstange. Früher war er Hippie und kam 1967 nach San Francisco, um den Summer of Love mitzuerleben. Mittlerweile hat er es dank seiner Exklusivberichte und seiner unstillbaren Neugier in der Bay Area zu einiger Berühmtheit gebracht.

Er berührt mich leicht am Arm. »Da drüben ist etwas.«

Ich spähe über das Wasser. Über uns erhebt sich die Golden Gate Bridge. Jetzt, um ein Uhr morgens in einer warmen Aprilnacht, sind nicht viele Schiffe unterwegs. Von meinem Beobachtungsposten aus habe ich einen grandiosen Blick auf die Brücke mit ihren gewaltigen Pfeilern und Tauen. Hier hat Hitchcock die Szene von *Vertigo – Aus dem Reich der Toten* gedreht, in der Kim Novak ins Wasser springt.

Der Nebel hat sich gelichtet. Jetzt höre ich, wie die Wellen gegen den Deich schwappen, gleichzeitig ist das leise Jaulen eines großen Nebelhorns zu vernehmen, so tief und durchdringend, daß es mir in den Ohren dröhnt. Der Nebel löst sich noch ein wenig mehr auf, doch plötzlich versperrt mir etwas die Sicht auf den nördlichen Brückenpfeiler. Ich erkenne Lichter und den Bug eines riesigen Schiffes.

»Ein großer Tanker«, sagt Joel. »Kommt aus Alaska. Weißt du, wie gefährlich es ist, nachts bei diesem dichten Nebel in die Bucht zu fahren?«

Da ich es nicht weiß, warte ich auf seine Erklärung und sehe währenddessen zu, wie das Schiff lautlos in die Bucht gleitet.

»Ich habe mich mit ein paar Lotsen unterhalten. Tolle Typen. Sie fahren raus, gehen zwanzig Kilometer vor der Küste an Bord und übernehmen das Steuer. Sie kennen die Gewässer wie ihre Westentasche. Bei langen Schiffsreisen geschehen die schwersten Unfälle meist während der letzten hundert Meter. Wenn ein voller Tanker wie dieser da auf ein Riff läuft, ist das gesamte Ökosystem hier in der Bucht bedroht. Schau dir das Ding mal an: so hoch wie zehn Stockwerke, so lang wie zwei Fußballfelder, und vierzig Millionen Tonnen Rohöl im Bauch. Ein Kahn wie der hat einen Bremsweg von anderthalb Kilometern! Aber dieses Schiff hat mein Informant sicher nicht gemeint. Schließlich sind Tanker hier nichts Außergewöhnliches.«

Joel schaut auf die Uhr. »Allerdings steckt vielleicht doch etwas dahinter. Illegale Giftmüllverklappung, ein Umweltverbrechen.«

»Was hältst du *davon*?« frage ich und zeige auf ein kleines Boot, das dem Tanker folgt.

Joel mustert das Boot, das neben dem Tanker, der auf den Ölhafen in Richmond zuhält, wie eine Nußschale wirkt. Es dreht ab. Anscheinend ist es ein Fischerboot, und jetzt kommt es genau auf uns zu.

»Sieh mal!«

Joel deutet auf einen Mann, der am Ende der Pier der ehemaligen Küstenwachstation steht, etwa hundert Meter rechts von uns. Er schwenkt eine Laterne.

»Das ist es! Los, altes Haus«, sagt Joel und macht sich auf den Weg in Richtung Strand.

Ich muß rennen, um mit ihm Schritt zu halten. Das Fischerboot nähert sich rasch.

»Ich finde, wir verhalten uns ziemlich leichtsinnig«, keuche ich, als ich ihn eingeholt habe.

Er nickt. »Wenn das Schmuggler sind, legen sie uns um.«

Er zieht mich hinter einen der Pfosten, die die baufällige Pier hier am Strand stützen. Mir steigt der kräftige Geruch nach Seetang, Muscheln und schwarzem, feuchtem Sand in die Nase.

»Natürlich sind das Schmuggler, Joel! Laß uns verschwinden.«

Doch Joel will bleiben. Er hat die halbe Nacht lang gewartet, und am Ende hat sich sein Informant tatsächlich als zuverlässig erwiesen.

»Dann geh halt«, sagt er. »Aber laß mir die Kamera da.«

Na, super. Für wen hält er mich eigentlich?

Gut, dann sterben wir eben gemeinsam, denke ich.

Geduckt sehen wir zu, wie das Fischerboot anlegt. Ein Mann springt auf die Pier, und ein anderer wirft ihm eine Leine zu. Kurz darauf ist das Boot vertäut.

»Es ist ganz nah hinter dem Tanker hergefahren, um nicht bemerkt zu werden. Das war schlau«, flüstert Joel.

Wir hören die Männer reden. Sie sprechen chinesisch. Ich schnappe ein paar hastig getuschelte Wörter auf: *Schnell … bringen wir es hinter uns … dann nichts wie weg hier.*

Wir beobachten, daß Menschen – Männer, Frauen und Kinder – an Deck erscheinen, sich dort aufreihen und dann, angetrieben von der Mannschaft, auf die Pier springen.

»Die schmuggeln keine Drogen, sondern Menschen«, murmelt Joel. »Wahrscheinlich aus der Provinz Fuji. Von dort kommen nämlich heutzutage die meisten illegalen chinesischen Einwanderer.«

Erstaunt sehe ich zu, wie immer mehr Passagiere an Deck erscheinen. Es müssen zwanzig... dreißig... vierzig Chinesen sein... es nimmt kein Ende. Ich frage mich, wie man so viele Personen in einem derart kleinen Boot unterbringen kann. Sechzig... siebzig... alte Männer mit dünnen Bärten, junge Mütter mit wimmernden Babys im Arm, Jungen und Mädchen mit identischem Topfhaarschnitt. Sie drängen sich in Grüppchen zusammen, wahrscheinlich sind es Familien.

»Ich habe über hundert gezählt«, flüstert Joel. »Offenbar waren sie wie Ölsardinen zusammengepfercht.«

Inzwischen herrscht lautes Geschrei. Die Mannschaft wird ungeduldig. Jene Passagiere, die nicht schnell genug springen, werden angetrieben. Alte Frauen werden gestoßen. Zwei junge Mädchen werden an Deck gezerrt und in die ausgestreckten Arme ihre Verwandten geschubst, die bereits auf der Pier stehen.

Nachdem auch der letzte illegale Passagier von Bord ist, macht sich die Mannschaft ans Ablegen. Der Mann, der die Laterne geschwenkt hat, führt die Leute über den Strand direkt auf uns zu. In diesem Moment bricht eine bunt zusammengewürfelte Fahrzeugflotte aus dem Nebel – Rostlauben, Pickups, Wohnmobile, Kleinlaster und sogar der Leichenwagen eines alteingesessenen Beerdigungsinstituts aus Chinatown.

»Das gibt's doch gar nicht! Das muß unbedingt fotografiert werden!« sagt Joel.

Er hat recht. Es ist wirklich ein unglaublicher Anblick. Was aber wird passieren, wenn ich mich aufrichte und mein Blitzlicht auslöse? Werden sich die Leute auf mich stürzen und mir die Kamera kaputtschlagen? Mich verprügeln? Immerhin stehen für sie heute nacht eine Menge Hoffnungen und Träume auf dem Spiel. Nach einer entbehrungsreichen Reise sind sie endlich im Land der Verheißung eingetroffen, Unterdrückte, die sich nach Freiheit sehnen. Welches Recht habe ich, sie beim illegalen Durchschreiten der goldenen Pforte zu fotografieren?

Doch ich überwinde meine Angst, stehe auf und beginne zu knipsen. Vielleicht liegt es an meiner Körpergröße, daß ich nicht als Bedrohung empfunden werde – ich bin nur eins fünfundfünfzig groß und wiege gut fünfzig Kilo. Wie dem auch sei, jedenfalls lächeln mir die Leute im Vorbeigehen zu, einige winken sogar. Sie tragen alle die gleichen billigen Trainingsanzüge in einer dunklen Farbe, mit Rallyestreifen an den Beinen. Das Boot ist bereits in der Dunkelheit Richtung offenes Meer verschwunden. Es macht sich genauso unbemerkt davon, wie es gekommen ist. Inzwischen fordern die Fahrer der Wagen die Leute ungeduldig zum Einsteigen auf.

Während ich den Einwanderern zu den Autos folge, verliere ich Joel aus den Augen. Doch dann stelle ich fest, daß er mit einem der Fahrer spricht. Der junge Mann wirkt verängstigt. Aber Joel, der nur seine Story im Kopf hat, läßt nicht locker. Ich mache ihm keinen Vorwurf. Die Geschichte ist wirklich gut. Ich weiß zwar, daß illegale Einwanderer mit kleinen Booten an den Stränden südlich der Stadt an Land gesetzt werden, doch von einer derart groß angelegten und gut organisierten Aktion wie dieser habe ich noch nie gehört: Ein Schiff mit über hundert Menschen an Bord fährt in die Bucht von San Francisco ein, legt an einer Pier der US-Regierung an und wird von einer Wagenkolonne erwartet, die die Passagiere nach Chinatown bringt, wo sie in den belebten Straßen untertauchen können.

Auf einmal ist ein Surren in der Luft. Motorengeräusche! In der Dunkelheit erscheint ein Hubschrauber. Er senkt sich aus dem Himmel herab, schwebt mit rotierendem Propeller über uns und wirbelt die Nebelschwaden durcheinander. Der grelle Strahl seines Suchscheinwerfers sieht aus wie eine Säule aus tanzenden Staubkörnern. Das Licht durchschneidet blendend den Nebel, tastet sich vor und fällt schließlich direkt auf uns, so daß wir wie angewurzelt stehenbleiben.

Ich brauche mein Blitzlicht nicht mehr. Der gleißende Scheinwerferkegel erzeugt ein faszinierendes Schattenspiel auf dem Boden.

Dann hallt eine körperlose Stimme zu uns herab:

»ACHTUNG, ACHTUNG! HIER SPRICHT DIE KÜSTENWACHE DER VEREINIGTEN STAATEN. SIE SIND VERHAFTET! LEGEN SIE SICH BÄUCHLINGS UND MIT GESPREIZTEN ARMEN UND BEINEN AUF DEN BODEN. ICH WIEDERHOLE: SIE SIND VERHAFTET!«

Doch die Illegalen verstehen kein Wort. Verängstigt stieben sie in alle Richtungen auseinander, um diesem Ansturm von Geräuschen und Lichtblitzen zu entkommen.

Ich schalte auf automatische Serienbelichtung um und fotografiere das Gewimmel. *Klick! Klick! Klick! Klick! Klick!* Ich will die Verwirrung und Furcht der Menschen festhalten, die versuchen, diesem neuen Schrecken, der aus dem Himmel auf sie herunterstürzt, zu entrinnen.

Als die Fahrer die Sirenen hören, lassen sie ihre Wagen im Stich und schließen sich der wilden Flucht der Illegalen an. *Klick! Klick! Klick!* Der Motor meiner Kamera surrt. Ich lasse mich von der allgemeinen Hysterie anstecken, fotografiere wie wild, greife mir einzelne rennende Menschen heraus und bringe sie vor dem Hintergrund des nachtschwarzen Himmels zum Erstarren. Ich bin aufgeregt, denn ich weiß, daß ich ausgezeichnete Motive vor der Linse habe. Ich knipse, und als der Film zu Ende ist, greife ich zu meiner Ersatzkamera.

Joel taucht neben mir auf. »Mach weiter, altes Haus!«

Das muß er mir nicht zweimal sagen. Ich spüre die Spannung, die in der Luft liegt, und lasse mich mitreißen. Als schließlich beide Filme verschossen sind, lege ich eine Pause ein, um nachzuladen.

Sirenen heulen. Bremsen quietschen. Streifenwagen kommen jaulend zum Stehen. Uniformierte Beamte springen heraus. Auf einmal wimmelt es von Polizisten, Zollbeamten, FBI-Leuten und Mitarbeitern der Küstenwache, die den Flüchtenden nachjagen.

Doch sie haben keine Chance, jeden einzelnen der verzweifelten Illegalen aufzuhalten, die sich inzwischen weiträumig verteilt haben. Nur die jungen Mütter und die alten Leute verharren mit ängstlich aufgerissenen Augen am Strand. Die anderen klettern über Zäune und stürmen in alle Richtungen davon, ohne auf das Schrillen der Pfeifen und die gebrüllten Befehle zu achten.

Joel und ich ergeben uns einem sommersprossigen Militärpolizisten, der zwar eine Maschinenpistole schwenkt, aber nicht weniger Angst hat als die Flüchtenden. Er bringt uns zu seinem Vorgesetzten, der beim Anblick unserer Presseausweise verächtlich die Nase hochzieht. Dann wird Joel von einem leitenden Mitarbeiter der Einwanderungsbehörde erkannt, den er erst vor einer Woche interviewt hat.

»Woher wußten Sie davon?« fragt der Mann.

»Durch einen Tip«, entgegnet Joel. »Sie doch wohl auch, oder?«

Der Mann schmunzelt. Er ist mittleren Alters, untersetzt, trägt einen Bürstenhaarschnitt und einen Schnurrbart und hat eine Vinyljacke an, auf deren Rückseite in Blockbuchstaben I. N. S. steht.

Da wir von der Presse sind und weder verhaftet noch ausgewiesen werden können, nimmt er uns beiseite und faßt die Lage kurz für uns zusammen.

»Es verhält sich folgendermaßen«, erklärt er. »Die Schlepperbanden werden von Woche zu Woche dreister, und heute haben sie sich zum erstenmal in die Bucht gewagt. Wenn wir nicht einschreiten, setzen sie die Illegalen demnächst wahrscheinlich am hellichten Tag am Fisherman's Wharf ab.«

Er zeigt auf die Frauen und Alten, die gerade zu einer grünen Minna geführt werden.

»Schauen Sie sich diese Leute an. Sie werden nach China zurückkehren und überall verbreiten, daß hier *ankommen* und *bleiben dürfen* zwei Paar Stiefel sind. Egal, was die Menschenschmuggler ihnen versprechen, sie kriegen keine Aufenthaltsgenehmigung, nur weil sie hier an Land gegangen sind. Wir erwischen euch und schaffen euch wieder nach Hause – diese Botschaft vermitteln wir ihnen gerade.«

Der Zynismus dieses Menschen macht mich krank. Ich lasse ihn posieren, fotografiere ihn und ziehe dann los, um die Verhaftungen zu dokumentieren.

Nachts bin ich in meinem Element, weil ich bei Dunkelheit am besten sehe. Da die Zäpfchen in meinen Augen nicht funktionieren, bin ich absolut farbenblind. Allerdings bedeutet die Farbenblindheit für mich eher einen ästhetischen Reiz als eine Behinderung. Die weiteren Symptome der Achromatopsie wie mangelnde Sehschärfe und Heliophobie hingegen machen mir schwer zu schaffen. Ich sehe nicht gut und bin völlig geblendet, wenn grelles Licht in die Stäbchen meiner Augen dringt. Tagsüber trage ich deshalb im Freien eine dicke, seitlich geschlossene, dunkelrote Sonnenbrille. Nachts jedoch arbeiten meine Stäbchen wie bei anderen Menschen, und da ich ausgezeichnet höre und mir meiner Beeinträchtigung bewußt bin, ist meine Wahrnehmung dann schärfer als die der meisten Normalsichtigen.

Die verängstigten Illegalen, die sich hier in der Gegend nicht auskennen, haben sich instinktiv in die bewaldeten Hügel des Presidio-Parks geflüchtet, wo man sich zwischen Bäumen und Gebüsch gut verstecken kann. Ich hefte mich an die Fersen der Verfolger, pflichtbewußte Männer und Frauen, die mit Funkgeräten und starken Laternen bewaffnet sind. Sie versuchen, den Flüchtenden, die nichts mehr zu verlieren haben außer ihren Träumen, den Weg abzuschneiden.

Ich möchte die schreckliche Faszination dieser Menschenjagd mit meiner Kamera festhalten. Die Jäger sind so eindeutig im Vorteil, daß meine Neutralität ins Wanken gerät. Ich stehe auf der Seite der Illegalen, nicht auf der meiner gesetzestreuen amerikanischen Mitbürger. Schließlich habe ich die Hoffnung in ihren Augen gesehen.

Ich picke mir einen Polizisten heraus – einen kräftig gebauten blonden Mann Anfang Zwanzig, eins fünfundachtzig groß und mit entschlossener Miene – und folge ihm. Es dauert eine Weile, bis er mich bemerkt.

»Wer sind Sie?« fragt er, während wir keuchend eine Anhöhe hinaufsteigen und auf den Wald zuhalten.

»Fotojournalistin. Haben Sie was dagegen, wenn ich mitkomme?«

Er mustert mich prüfend. »Ich tue nur meine Arbeit, Ma'am. Solange Sie mich nicht stören, lasse ich Sie auch in Ruhe.«

Ein faires Angebot.

Er macht sich wieder an die Verfolgung. Er und seine Mitstreiter sind eindeutig im Vorteil. Sie gehen nach Plan vor, und sie kennen sich im Presidio gut aus. Die Illegalen hingegen sind noch nie hier gewesen.

Ich entdecke zwei männliche Flüchtlinge, die wie angewurzelt im Wald stehen und nicht wissen, in welche Richtung sie laufen sollen. Mein blonder Begleiter hat sie ebenfalls gesehen. Er richtet die Taschenlampe auf sie, zieht die Pistole, stürmt los und befiehlt ihnen stehenzubleiben.

Sie starren ihn entsetzt an. Unvermittelt breitet sich Resignation auf ihren Gesichtern aus. *Klick! Klick! Klick!* Ich versuche, den Augenblick festzuhalten, die feiste Selbstzufriedenheit des Polizisten, die verzweifelten Mienen der Illegalen. Ich knipse, während der Polizist ihnen Handschellen anlegt und sich mit ihnen auf den Weg zurück zum Strand macht. Ich bringe es nicht über mich, ihnen zu folgen.

Gerade als ich mich oben auf der Anhöhe nach einem neuen Motiv umsehe, höre ich ein Stöhnen. Ich drehe mich um, bemerke, daß sich im Gebüsch neben mir etwas bewegt, und stoße auf eine kauernde Gestalt, eine junge Chinesin, höchstens siebzehn Jahre alt.

Sie hat einen Pagenkopf und trägt den gleichen dunklen Trainingsanzug wie die anderen, doch sie hat etwas, das sie von ihnen unterscheidet – riesige, mandelförmige Augen, die viel größer sind als bei ihren Landsleuten üblich. Sie weint bitterlich, und durch diese Augen wirkt ihr Gesicht noch trauriger.

Sofort bekomme ich Mitleid mit ihr. Anstatt sie zu fotografieren und sie womöglich durch mein Blitzlicht zu verraten, knie ich mich neben sie, um sie zu trösten.

Sie beherrscht kaum zehn Wörter Englisch. »Bitte«, »danke«, »ja«, »nein«, »ich«, »du« und dann noch eines, das mich besonders erschüttert – »Gnade«.

»Bitte, Gnade, bitte«, wimmert sie.

Wie kann ich mich da taub stellen? Ich umfasse ihr Kinn, wische ihr die Tränen weg, streichle ihr sanft übers Haar und sage ihr, daß alles gut werden wird. Dann nehme ich zwanzig Dollar aus meiner Brieftasche und drücke sie ihr in die Hand.

Sie sieht mich mit fragendem Gesichtsausdruck an. Nachdem ich mein schwarzes Sweatshirt ausgezogen und ihr aufgenötigt habe, deute ich auf den nächstgelegenen Ausgang des Presidio. Sie nickt, um mir zu zeigen, daß sie verstanden hat.

»Geh«, sage ich. »Los, verschwinde!«

Sie macht ein paar Schritte, wendet sich noch einmal um und blickt mir in die Augen.

»Danke«, flüstert sie.

»Schon gut, jetzt geh endlich!« flehe ich sie an und bedeute ihr, sich zu beeilen. Sie lächelt und läuft tiefer in den Wald.

Hoffentlich schaffst du es!

Als ich zum Strand zurückkomme, ist Joel noch dabei, seinen Bekannten von der Einwanderungsbehörde zu interviewen.

»Okay, wir haben einen Tip gekriegt«, gibt dieser zu. »Also haben wir alle Einheiten in Alarmbereitschaft versetzt und das Radar im Auge behalten. Wir hatten das Boot auf dem Schirm, sobald es in den Hafen kam. Nachdem es die Leute abgesetzt hatte, sind wir ausgerückt.«

»Und was geschieht jetzt mit dem Boot?«

»Die Küstenwache hat sich an die Verfolgung gemacht. Wenn es mit dem Mutterschiff zusammentrifft, werden beide beschlagnahmt.«

»Noch eine Frage«, bittet Joel. »Sie können doch ziemlich gut einen chinesischen Akzent nachmachen, nicht wahr?«

Der Stoppelkopf tut so, als habe er nicht verstanden.

»Sie haben mich angerufen, richtig? Der Tip war von Ihnen.«

Der Stoppelkopf grinst. »Sie haben wohl immer noch nicht kapiert, daß wir die Presse nicht mögen, Joel.«

Um unsere Dankbarkeit zu zeigen, bleiben wir bis zum Morgengrauen. Wir sehen zu, wie die Illegalen einer nach dem anderen an den Strand gebracht werden. Die Hände mit Plastikstreifen hinter dem Rücken gefesselt, müssen sie auf dem Boden kauern. Im grellen Licht der Streifenwagenscheinwerfer wirken sie ziemlich kläglich.

»Frierst du nicht?« erkundigt sich Joel. »Was ist denn mit deinem Sweatshirt passiert?«

Ich erzähle ihm, daß ich es einer Chinesin geschenkt habe.

»Das war eine gute Tat«, sagt er. »Hoffentlich kommt sie durch. Ich wünschte, ich könnte mich auch so verhalten. Aber leider sträubt sich etwas in mir dagegen, mich einzumischen. Du kennst doch den Wahlspruch aller hartgesottenen Journalisten: *Laß dich nie in eine Story hineinziehen.*«

Er sieht sich um. »So was wie heute nacht ist noch trauriger als die Dinge, die sich an der mexikanischen Grenze abspielen. Wenn ein Mexikaner erwischt wird, probiert er es am nächsten Tag eben noch einmal. Für diese Leute hier gibt es keine zweite Chance. Die Reise ist zu weit und zu teuer.«

»Sie können doch um politisches Asyl bitten, Joel.«

»Mag sein, aber der Antrag würde sicherlich abgelehnt. Es ist nun mal ein Fakt, daß sie aus wirtschaftlichen Gründen hierherkommen, nicht weil sie politisch verfolgt werden. Auch bei ihrer Rückkehr wird ihnen nichts geschehen... das wird der chinesische Konsul zumindest bei ihrer Anhörung bestätigen.«

»Also sind die Schlepper die einzigen Gewinner.«

»Richtig. Die Überfahrt kostet etwa dreißig Riesen pro Person. Die Ersparnisse eines ganzen Lebens als Anzahlung, der Rest plus Wucherzinsen wird dann vom Verdienst abgezogen, wenn man erst mal hier ist. Das Ganze läuft auf jahrelange Leibeigenschaft hinaus, während der man in Restaurants und Ausbeuterfabriken schuften muß. Die Fahrer der Wagen und die Männer auf dem Boot sind auch nur arme Schweine. Es sind die fetten Gangster, die Wo Hop To aus Chinatown, die die dicke Kohle absahnen.«

Dies alles deprimiert uns so sehr, daß wir beschließen zu gehen, zumal fast alle Personen, die auf dem kleinen Boot waren, inzwischen festgenommen sind. Die gemeinsame Großaktion der verschiedenen Behörden ist ein voller Erfolg gewesen. Der Stoppelkopf und die anderen Wichtigtuer stolzieren herum und klopfen sich gegenseitig auf die Schultern.

In Joels Auto verlassen wir den Presidio. Ich versichere ihm, daß ich tolle Bilder geschossen habe.

»Eine ausgezeichnete Story«, bestätigt er. »Aber irgend etwas stimmt da nicht. Wer hat uns – mir und dem FBI – den Tip gegeben? Und warum? Warum wollte derjenige, daß die Leute verhaftet werden? Bestimmt war es kein Patriot, der der illegalen Einwanderung einen Riegel vorschieben wollte, das kannst du mir glauben, Kay. Dieser Mensch hat die Absicht, jemanden zu schädigen. Wer ist er? Warum tut er das? Das ist die eigentliche Geschichte, die mich interessiert.«

Joel fährt schon seit Jahren denselben verbeulten VW Käfer. Das Auto ist mit den üblichen Politaufklebern und alten Parkausweisen der University of California verziert. Hinten auf dem Boden türmen sich Turnschuhe und Colaflaschen. Auf dem Lenkrad klebt ein Foto von Joels schwedischer Freundin Kirstin, der Eisgöttin. Und seit neuestem baumelt am Rückspiegel ein Paar Babyschuhe, die von ihrem gemeinsamen Kind der Liebe stammen.

Wir fahren zu einem All-night-Restaurant in der Lombard Street. Obwohl es noch nicht einmal sechs Uhr ist, wimmelt es in dem Laden von erschöpften Taxifahrern und kräftig gebauten Hafenarbeitern, die eine der ausgeklügelten Kaffeekreationen schlürfen – hier gibt es doppelten Espresso, Cappuccino, Mokka und *caffe macchiato*. Wir setzen uns in eine Nische, bestellen zwei Milchkaffee, sehen einander an und atmen tief durch.

»Wie geht es dem kleinen Roland?« frage ich.

Joel grinst. »Er ist ein richtiger Schatz.«

Joel ist so väterlich! Ich habe ihn mal im Safeway-Supermarkt in Marina getroffen. Er trug das Kind auf dem Rücken wie eine Indianersquaw, während er und Kirstin Babynahrung und Pampers in den Einkaufswagen packten.

»Und wie läuft es mit den Boxermädchen?«

Er spricht von meinem jüngsten Fotoprojekt – ich treibe mich in Sporthallen herum und fotografiere junge weibliche Boxer. Mir gefallen die Mädchen, ihr Engagement und ihre Disziplin. Die Aufnahmen sind gut; es ist mir gelungen, die Energie und den Schweiß einzufangen. Es gibt nur ein Problem: Die Bilder bringen mich nicht weiter.

»Um ehrlich zu sein, ich trete auf der Stelle«, antworte ich. »Ich habe den roten Faden verloren.«

»Halt dich an mich, altes Mädchen, dann findest du ihn wieder! Unsere Küstenregion hat eine Menge zu bieten: unglaubliche Schönheit und unglaubliche Umweltverschmutzung. Selbstmörder, die von der Brücke springen, Wasserleichen, Schmuggler, Bestechung – du brauchst dir nur etwas auszusuchen. Hier findest du alles.«

Ich zucke die Achseln.

»Übrigens – willst du immer noch den schwarzen Gürtel machen?« fragt er.

Ich nicke. »Wir nennen ihn *shodan*. Als ich mit Aikido anfing, hätte ich nie gedacht, daß ich mal so weit komme. Ich wäre schon damit zufrieden gewesen, halb so gut zu sein wie die Leute, die den schwarzen Gürtel haben. Aber nach sechs Jahren habe ich es wohl irgendwie geschafft, ein paar Tricks zu lernen. Rita, unser *sensei*, sagt, es wäre ein Jammer, wenn ich so kurz vor Schluß aufgäbe.«

Joel nickt, obwohl ich bezweifle, daß er versteht, wovon ich spreche. Er verabscheut sämtliche Sportarten und gibt sogar vor, nicht einmal die Namen der Profiteams der Bay Area zu kennen. Jahrelang schon nimmt er mich wegen meiner Liebe zum Kampfsport auf den Arm. Allerdings empfindet er Hochachtung vor Menschen, die mit Leib und Seele bei einer Sache sind – weshalb er meine Begeisterung vielleicht bis zu einem gewissen Grad nachvollziehen kann. Außerdem gefällt ihm vermutlich die Vorstellung, daß meine Wenigkeit, sein rehäugiges ehemaliges Ziehkind, ihn vor einer Abreibung bewahren könnte, falls es für uns einmal brenzlig werden sollte.

Nach dem Kaffee setzt er mich vor meinem Haus oben auf dem Russian Hill ab.

»Danke für die aufregende Nacht«, sage ich. »Ich bringe die Abzüge heute nachmittag vorbei.«

Er küßt mich auf die Wange. »Du warst großartig, Kay. Es gehört ganz schön Mut dazu, sich so ins Getümmel zu stürzen.«

Ich achte nicht auf das blinkende Lämpchen des Anrufbeantworters, gehe zum Fenster und blicke hinaus auf die Stadt, über der es langsam hell wird. Während die Sonne aufgeht, überkommen mich eine Einsamkeit und Trauer, die ich mir nicht erklären kann. Da ich weiß, daß das Licht bald zu grell für mich sein wird, trete ich vom Fenster zurück, ziehe mich aus, dusche und schlüpfe in einen Bademantel. Dann höre ich den Anrufbeantworter ab.

Es ist nur ein Anruf darauf, und zwar von David Yamada. »Bitte ruf mich an, sobald du nach Hause kommst, Kay.« Das besagt zwar nicht viel, doch sein Tonfall hat etwas Drängendes, das mir Sorgen macht.

Da ich mit David nicht viel zu tun habe, nehme ich an, daß es um Maddy geht. Sie ist meine Fotolehrerin und Mentorin, mein Guru und mein großes weibliches Vorbild, denn meine Mutter hat Selbstmord begangen, als ich einundzwanzig war. Jetzt befürchte ich, daß Maddy etwas zugestoßen ist. Ich kann mir nicht vorstellen, warum David mich sonst anrufen sollte.

Obwohl es noch nicht sieben Uhr ist, rufe ich zurück. Er hebt sofort ab.

»Ach, Kay ... Ich habe schlechte Nachrichten. Am besten setzt du dich erst mal hin«, meint er.

Ich bleibe stehen. »Maddy?«

»Ja, es tut mir so leid, daß ich dir das sagen muß... Sie ist letzte Nacht von uns gegangen. Ich weiß nicht, wie ich es sonst ausdrücken soll.«

Maddy – tot? Mit ihrer Gesundheit steht es zwar schon seit Jahren nicht zum besten, aber ich kann es trotzdem nicht fassen. Ich habe sie doch erst vor zwei Tagen in ihrer Wohnung in Marina besucht! Sie hat meine Kontaktabzüge durchgesehen, und danach haben wir uns wie immer über die Fotografie, andere Leute und das Leben im allgemeinen unterhalten.

»Oh, mein Gott!« Ich lasse das Telefon fallen und muß mich bücken, um es wieder aufzuheben. »Was ist passiert, David? War es ein Schlaganfall?«

»Nein ... etwas anderes.«

»Was?«

Er antwortet nicht.

»Jetzt erzähl schon, David ... was ist geschehen?«

»Offenbar ein Verkehrsunfall mit Fahrerflucht.«

Um Himmels willen! Ich fühle mich, als hätte mir jemand in den Magen geboxt. Verkehrsunfall! Das kann doch gar nicht sein! Maddy hat kaum die Wohnung verlassen, vor allem nicht nachts. Sie wohnte in einem der ungefährlichsten Stadtviertel. Wie konnte das geschehen?

Ich setze mich, atme ein paarmal tief durch und spüre, wie mir die Tränen in die Augen steigen.

»Hör zu«, fährt er fort. »Ich muß noch eine Menge Leute anrufen, an der Ostküste und auch in Europa. Aber du bist die erste, der ich es sagen wollte. Ich habe versucht, dich zu erreichen, sobald ich es erfuhr.«

»Ich war die ganze Nacht mit der Kamera unterwegs.«

»Das hätte ihr gefallen, Kay. Ganz bestimmt. Ich melde mich später noch einmal, dann können wir weiterreden. Einverstanden?«

»Ja ... «

»Alles in Ordnung?«

»Ich komme schon zurecht, David. Bis später. Tschüß.«

Nachdem ich aufgelegt habe, starre ich aus dem Fenster. Der Nebel hat sich gelichtet, San Francisco leuchtet – eine weiß funkelnde Bauklötzchenstadt aus Türmen und Hügeln. Ich muß blinzeln, denn das Licht wird immer stärker. Also schließe ich die Vorhänge, damit meine Augen sich erholen können. Die strahlenden Tage in San Francisco, die andere Menschen als Wohltat empfinden, bereiten mir nur Schmerzen. Ich mag die Stadt am liebsten, wenn sie im Nebel liegt, eingehüllt in einen geheimnisvollen Dunst.

Ich setze mich wieder und denke an Maddy, wie sie vor zwei Tagen gewesen ist, ihr Körper so zerbrechlich, die Augen so durchdringend wie Laserstrahlen. »Augen, für die man eigentlich einen Waffenschein bräuchte« hat ein Reporter einmal geschrieben. Ich glaube, daß diese Augen Maddys Persönlichkeit ausmachten. Nicht, weil sie so auffällig waren, sondern wegen der Art und Weise, wie sie mit ihnen arbeitete. Sie definierte sich über ihre Augen, denn ihre künstlerische Tätigkeit hatte mit Sehen, Entlarven, Durchschauen und mit dem Enthüllen des Verborgenen zu tun. Falls es stimmt, daß die Fotografie – wie alle bildenden Künste – vom Blickwinkel des Künstlers abhängt, dann ist Maddy mit ihrem Werk zum Kern der Dinge vorgedrungen.

Ich greife wieder zum Telefon, wähle Davids Nummer, bitte ihn wegen der Störung um Entschuldigung und sage ihm, daß ich erst schlafen kann, wenn ich mehr erfahren habe.

Er erzählt, daß die Trauerfeier übermorgen stattfindet. Gäste aus Los Angeles und New York würden erwartet. Maddy wird neben Harry Yamada, Davids Vater, auf dem japanischen Friedhof in Colma begraben werden.

»Sie wollte es so«, erklärt David. »Sie hat einen Brief hinterlassen, in dem auch du erwähnt wirst, Kay. Sie hat dir all ihre Kameras vererbt.«

Nun kann ich die Tränen nicht mehr zurückhalten.

»Aber das ist doch wundervoll!« versucht David, mich zu trösten. »Du warst ihre Lieblingsschülerin. Gibt es denn einen besseren Weg, die Staffel weiterzureichen?«

Er berichtet, sie habe ihr Archiv, ihre Abzüge und ihre Negative dem Museum of Modern Art in San Francisco vermacht. Über den Verkehrsunfall kann er mir allerdings auch nicht viel sagen. Nur, daß Maddy irgendwann nach Mitternacht im Mission District von einem Motorradfahrer überfahren worden ist. Die Polizei hat einen Zettel mit Davids Namen und Adresse in ihrer Handtasche gefunden und ihn verständigt, damit er ihre Leiche identifiziert.

»Was hatte sie um diese Uhrzeit dort zu suchen, David?«

»Ich habe nicht die leiseste Ahnung.«

»Hatte sie Freunde im Mission District?«

Er glaubt das nicht, ist sich aber nicht sicher. Als er mir erzählt, daß sich der Unfall in der Capp Street, in der Nähe der 24. Straße ereignet hat, bin ich noch mehr verdattert. Ich habe dort die Drogenszene und den Straßenstrich fotografiert und weiß, daß es sich um eine der gefährlichsten Gegenden der Stadt handelt.

»Könnte sie mit Kamera unterwegs gewesen sein?« frage ich, obwohl mir klar ist, daß sie vor drei Jahren das Fotografieren aufgegeben hat, um sich fortan voll und ganz ihren Schülern zu widmen.

»Unwahrscheinlich«, antwortet David. »Im Februar ist sie achtundsechzig geworden. Sie war körperlich in so schlechter Verfassung, daß sie kaum noch allein zum Einkaufen gehen konnte, geschweige denn auf der Straße fotografieren. Außerdem hatte sie keine Kamera bei sich. Und da sich ihr Geld noch in ihrer Handtasche befand, hätte die Kamera eigentlich auch noch da sein müssen.«

»Aber irgendwas muß sie doch da draußen gewollt haben!«

»Da bin ich überfragt«, erwidert er.

Wir verabschieden uns, und ich weiß, daß ich versuchen muß, ein bißchen zu schlafen. Ich schließe die Vorhänge im Schlafzimmer, und bevor ich mich hinlege, sehe ich mir noch einmal das Foto an, das Maddy mir geschenkt hat und das gegenüber meinem Bett an der Wand hängt.

Es stammt aus einer Serie, die während des Vietnamkriegs im Auftrag des *Life Magazine* entstanden ist. Das Bild – voller starker Kontraste, mit üppigen, tiefen Schwarztönen – stellt eine Szene im trüben Dämmerlicht in den Bergen dar. Eigentlich ist die Aufnahme ganz schlicht: Eine Gruppe schmutziger, zerlumpter GIs kauert frierend vor einem kleinen Feuer und wärmt sich die Hände. Doch diese Fotografie erzählt noch eindringlicher von Elend, Schlamm, Dreck, Kälte, Tagen unter einem bewölkten Himmel und der ständigen Nähe des Todes, als es tausend Worte könnten. Das Eindrucksvollste daran ist jedoch, wie Maddy die Augen der Soldaten ins Bild gebracht hat. Alle fünf blicken sie direkt an, so als würden sie durch die

Linse der Kamera hindurchsehen. Es ist der vielzitierte verängstigte, leere Blick von Soldaten im Kampf, die schon unaussprechliches Grauen durchlebt haben.

Jeder Innenausstatter würde mir zustimmen, daß dieses Foto sich nicht unbedingt als Schlafzimmerdekoration eignet. Doch mir gefällt es. Es bewegt mich, nicht nur weil ich es aussagekräftig finde, sondern weil es so viel über die Fotografin verrät – daß sie einen klaren, durchdringenden Blick besaß, gefühlvoll zwar, aber niemals von Sentimentalität getrübt. Die Aufnahme erinnert mich daran, daß Maddy eine hervorragende Fotojournalistin war. Es ist für mich ein Maßstab, an dem ich mich orientieren kann. Nun, da sie tot ist, werde ich immer, wenn ich es betrachte, dasselbe sehen wie sie mit ihren bemerkenswerten Augen.

Kurz nach zwölf Uhr mittags wache ich auf, ein wenig ausgeruht, aber nicht erfrischt. Dem Bett haftet ein leichter Hauch von Sandelholzduft an – der Geruch meines Hin-und-wieder-Geliebten Dr. Sascha Patel. Im ersten Moment weiß ich nicht, warum ich so lange geschlafen habe, doch dann fällt mir das Abenteuer der letzten Nacht wieder ein – und die schreckliche Nachricht, die ich beim Nachhausekommen erhalten habe.

Maddy ist tot.

Traurigkeit übermannt mich. Am liebsten würde ich die Augen schließen und weiterschlafen. Doch das ist nicht meine Art. Statt dessen stehe ich auf, spritze mir Wasser ins Gesicht, ziehe T-Shirt und Jeans an und gehe in die Dunkelkammer, um die Filme von gestern nacht zu entwickeln.

Das Arbeiten in der Dunkelkammer hat etwas Beruhigendes an sich. Die Stille, das Alleinsein, die immer gleichen Handgriffe. Das gedämpfte Licht tut meinen Augen gut. Ich mag sogar den Geruch der Fotochemikalien, zweifellos das Ergebnis jahrelanger Gewohnheit. Außerdem faszinieren mich Bilder im Negativ, die Umkehrung der Farbschattierungen. Helles wird dunkel, Dunkles hell. Und am allermeisten liebe ich den Vorgang, wenn Unsichtbares wie durch Zauberhand zutage tritt.

Meine Fotos von den illegalen Einwanderern sind so eindrucksvoll, wie ich gehofft habe. Ich habe ihre fröhlichen Gesichter bei der Landung und ihre Verzweiflung bei der Flucht eingefangen. Ich überlege, was Maddy wohl dazu sagen wird, ihre kritischen Anmerkungen, wenn sie die Kontaktabzüge in der Hand hält. Dann fällt mir wieder ein, daß sie tot ist, und ich erkenne endgültig, wieviel ich verloren habe.

Von nun an muß ich meine eigene Kritikerin sein.

Rasch trockne ich die Abzüge, räume die Dunkelkammer auf, stecke die Fotos in einen Umschlag, bestelle telefonisch ein Taxi, schnappe meine Sporttasche und gehe nach unten.

Ich gebe die Abzüge für Joel in der Redaktion der *Bay Area News* südlich der Market Street ab und lasse mich dann zurück zur Ecke Lombard Street und Octavia Street fahren.

Das Marina Aikido befindet sich im ersten Stock über einem kambodschanischen Restaurant. Die Lehrerin, die *sensei,* ist eine hartgesottene ehemalige Marineinfanteristin namens Rita Reese, muskulös, hochgewachsen, schwarz, das Haar zu kleinen Zöpfchen geflochten und mit weißen Plastikperlen verziert. Sie hat nichts Mysteriöses an sich und gehört auch nicht zu den verklärten Esos, wie man sie in Kalifornien häufig antrifft. Von ihrer lässigen Art darf man sich nicht täuschen lassen, und den Kampfsport sieht sie eher von seiner praktischen Seite. Sie überraschen zu wollen ist absolut zwecklos, denn sie hat Augen im Hinterkopf.

Die Trainingshalle, das *dojo,* ist karg eingerichtet. Eine weiße Matte liegt auf dem Boden. An der einen Wand, der *kamiza,* hängt ein Foto von Morihei Ueshiba, dem Erfinder des Aikido, die andere Wand ist mit Spiegeln verkleidet. In einem Ständer sind Holzschwerter und verschiedene Stoß- und Schlagwaffen zu einem geschmackvollen Arrangement angeordnet. In einer Vase auf einem niedrigen Tisch steht ein blühender Kirschzweig.

Als ich hereinkomme, wärmen sich die ersten bereits auf. Ich gehe in den Umkleideraum, ziehe mein *ki* an, trete ebenfalls auf die Matte und beginne mit den Atem- und Dehnübungen. Kurz bevor die Stunde anfängt, kommt Rita in einem schmalen, schwarzen, bodenlangen *hakama*-Rock aus ihrem Büro. Falls ich meinen *shodan* schaffe, darf ich danach auch einen *hakama* tragen.

Ich erinnere mich an den Abend vor sechs Jahren, als ich zum erstenmal mit einer Freundin hier war. Wir lernten damals Karate und waren einfach nur neugierig, wie es beim Aikido ablief. Ich war sofort beeindruckt, beschloß, Karate an den Nagel zu hängen, und trainiere seitdem dreimal wöchentlich hier.

Mir erscheint Aikido – wie soll ich es sagen? – genau richtig. Es dient ausschließlich der Selbstverteidigung. Wir treten und schlagen kaum, sondern wirbeln herum und werfen den Gegner über die Schulter. Die Griffe sind sehr schwierig und erfordern große Konzentration – eine Sportart also, die gewaltige Anforderungen an Körper, Geist und Seele stellt. Wenn man es richtig beherrscht, sieht es sehr ästhetisch aus. Wie ein perfekt einstudierter Tanz aus atemberaubend schnellen, scheinbar mühelosen und fließenden Bewegungen.

An Aikido gefällt mir vor allem die Klarheit. Und außerdem geht beim Training jedesmal eine seltsame Veränderung in mir vor. Obwohl das *dojo* so hell erleuchtet ist, daß ich eigentlich Probleme mit den Augen bekommen müßte, lassen meine Sehstörungen hier nach. Im Training nehme ich alles um mich herum mit allen Sinnen messerscharf wahr und erreiche einen Zustand, der meine Seele beruhigt.

Heute nachmittag ist Tom mein Trainingspartner. Er ist Student an der University of California, hat einen Wuschelkopf und eine sanfte Art. Letzteres kommt mir heute besonders gelegen, da ich ein wenig Sanftheit gerade gut gebrauchen kann. Wir arbeiten harmonisch zusammen, üben Griffe, Würfe und Stürze und verschmelzen in einem vibrierenden Energiefeld. Am Ende der Stunde bin ich verschwitzt und ein wenig angeschlagen und habe das Gefühl, als sei einiges klarer geworden.

Normalerweise gehen ein paar von uns nach der Stunde in der Chestnut Street einen Kaffee trinken. Doch als Tom mich heute auffordert, mitzukommen, lehne ich freundlich ab. Statt dessen spaziere ich zu Maddys Haus in der Alhambra Street – ein Weg, der mir sehr vertraut ist. Für gewöhnlich besuchte ich sie mindestens einmal in der Woche nach dem Training und hatte stets meine Kontaktabzüge in der Sporttasche.

Ich stehe vor der mit Stuck verzierten Fassade aus den dreißiger Jahren und blicke hinauf zu ihrem Fenster im ersten Stock. Obwohl ich meine dunkelste Sonnenbrille trage, kann ich das grelle Funkeln des Sonnenlichts an der Hauswand kaum ertragen. Trotzdem sehe ich, daß die Rollos hochgezogen sind. Wenn

Maddy meinen Besuch erwartete, war sie immer so rücksichtsvoll, sie vorher herunterzulassen.

Samstag nachmittag. Der Himmel ist bewölkt, als ich den japanischen Friedhof erreiche. Maddy war keine Japanerin, sie ist in Wyoming geboren und aufgewachsen. Einer ihrer Großväter war ein Wind-River-Shoshone. Doch nach ihrer Hochzeit mit Harry Yamada entwickelte sie eine Vorliebe für die japanisch-amerikanische Kultur. Die beiden haben ein wunderschönes, anrührendes Buch verfaßt, das jenen Amerikanern japanischer Herkunft gewidmet ist, die während des Zweiten Weltkriegs von der U.S.-Regierung in Gefangenenlagern zusammengetrieben wurden. Die Bilder sind von ihr, der Text ist von ihm. Zweifellos ist die Verabschiedung des Bürgerrechtsgesetzes von 1988, in dem den ehemaligen Internierten endlich Entschädigungszahlungen zugestanden wurden, unter anderem ihrem Werk zu verdanken.

Der Friedhof ist karg, und es riecht ein wenig nach Pinien. Ich trete durch eine hölzerne Pforte in eine Art Garten, in dem die Grabsteine fast völlig im Boden versunken sind. Überall stehen von Moos überwucherte Felsen.

Rings um Maddys Grab haben sich einige Menschen versammelt. Ich erkenne ein paar berühmte Fotografen: Ernest Caprio, Jerry Rosen aus New York und die Landschaftsfotografin Donatella Bruce aus Santa Fe.

Doch Maddys wirkliche Kollegen sind die Fotojournalisten, die Meister der Schwarzweißfotografie: Lloyd Summer-Jones, inzwischen über achtzig, der 1944 die Befreiung der deutschen Konzentrationslager dokumentiert hat. David Hirsh, berühmt für seine Gefängnisreportagen, die von Wut und Verzweiflung sprechen. Anna Lars Stapleton, deren ausgezeichnete Aufnahmen aus dem Krieg in Bosnien an Maddys Vietnam-Serie erinnern.

Auch die hiesige Kunstgemeinde hat sich eingefunden – Kuratoren, Professoren, Galeristen. Außerdem einige Normalbürger: Maddys Friseurin, ihre Haushälterin, Nachbarn und Freunde. Dazu einige Leute, die ich noch nie gesehen habe, unter anderem eine zierliche, attraktive Frau mit silbergrauen Ponyfransen, die ein wenig abseits steht und bitterlich weint.

Ich stelle mich zu Maddys anderen Schülern; insgesamt sind wir zu viert. Gebannt lauschen wir, als der löwenhäuptige Lloyd Summer-Jones mit zitternder Stimme die offizielle Trauerrede hält:

»Maddy liebte das Leben und stand immer in vorderster Reihe. Nie hat sie sich hinter der Kamera versteckt, sondern sich stets für die wichtigen Belange ihrer Zeit engagiert. Als Harry Bridges die Hafenarbeiter von San Francisco zum Streik aufrief, befand sich Maddy mitten in der Menge. Gleich nach ihrem Eintreffen in Vietnam verlangte sie, an die Front geschickt zu werden. Sie schlief in Schützengräben und teilte das Leid der Männer, die sie fotografierte. Als die Polizei von Chicago 1968 gewaltsam gegen Demonstranten vorging, stieg sie ins nächste Flugzeug, schloß sich ihnen an, dokumentierte ihren Protest und verteidigte mit ihnen die Barrikaden. Ebenso verhielt sie sich während der Rassenaufstände in Watts, im Yom-Kippur-Krieg und bei der Rebellion in Eritrea. Übrigens – obwohl sie unzählige Auszeichnungen erhielt, hängte sie sie nie an die Wand, sondern lagerte sie im Schrank in einem alten Pappkarton. ›Nur die Fotos sind wichtig‹, pflegte sie zu sagen. ›Eine bessere Auszeichnung gibt es nicht.‹«

Summer-Jones hält inne. Ich bemerke, daß ihm Tränen über die Wangen laufen. »Ach, Maddy«, sagt er, »kaum zu glauben, daß es dich nicht mehr gibt, altes Haus. Ohne dich und deine traumhaften Rehaugen wird die Welt nie wieder sein wie zuvor.«

Die Zeremonie dauert nicht lange. Ein Shinto-Priester spricht ein paar Worte, und während der Sarg in die Grube gesenkt wird, spielt ein japanischer Flötist.

Danach brechen die meisten anderen auf, doch wir, ihre Schüler, bleiben noch zurück. Wir unterhalten uns leise über ihren Tod und über die absurde Art, wie sie umgekommen ist. Und wir fragen uns, was sie um diese Uhrzeit im Mission District wollte.

Jim Lovell ist überzeugt, daß sie fotografiert hat. Er ist Autodidakt und war früher Straßenfotograf, der am Washington Square herumhing, seine Mappe an eine Parkbank lehnte und Bilder für zwanzig Dollar pro Stück verkaufte. Eines Tages kam Maddy vorbei, warf einen Blick auf seine Arbeiten und erwarb einige davon. Als er sie später bat, ihn zu unterrichten, erklärte sie sich einverstanden. Da er sich ihre Stundensätze nicht leisten konnte, ließ sie sich in Fotos bezahlen, eines pro Sitzung. So großzügig und offen war sie.

»Ganz bestimmt ist sie nicht dort hingegangen, um Burritos zu essen«, sagt Jim. Ich betrachte seinen alten, schlechtsitzenden Anzug und stelle fest, daß ich ihn zum erstenmal frisch rasiert sehe.

»Ich glaube nicht, daß sie fotografiert hat«, sagt Lacy Harper. Sie wirkt völlig erschüttert. Früher war sie Maddys Laborassistentin und ist unter ihrer Anleitung eine erfolgreiche Porträtfotografin geworden. »Vor einem Jahr hatte ich den Einfall, mit ihr gemeinsam ein Doppelporträt zu machen. Sie antwortete mir, sie habe das Fotografieren aufgegeben und damit basta. Sie hat sich sogar geweigert, eine Kamera auch nur anzufassen. Da ließ sie nicht mit sich reden.«

»Die Polizei hat keine Kamera gefunden«, stelle ich fest.

»Jemand könnte sie gestohlen haben.«

»Aber ihr Geld war noch in ihrer Handtasche.«

»Vielleicht ist sie auf ihre Tasche gestürzt, und die Kamera ist neben ihr auf den Boden gefallen.«

»Möglicherweise hat der Motorradfahrer sie mitgenommen«, fügt Kevin Wang hinzu. Er ist der jüngste von uns, ein begabter Absolvent des San Francisco Art Institute, der sich darauf spezialisiert hat, mit versteckter Kamera in den dämmrig beleuchteten Straßen von Chinatown zu fotografieren. »Möglicherweise ist er umgekehrt, hat gesehen, was er angerichtet hat, entdeckte die Kamera und hat sie sich geschnappt. Oder sie hat ihn geknipst, bevor er sie umgefahren hat – dann mußte er ihr den Apparat wegnehmen, um nicht identfiziert zu werden.«

»Alles nur schwachsinnige Vermutungen«, behauptet Jim. Und natürlich stimmt das. Eine Weile lang stehen wir schweigend herum.

Dann fragt jemand abermals: »Was hatte sie dort zu suchen?«

Darauf gibt es keine Antwort. Wir kannten Maddy als Lehrerin, aber wir wissen nicht, was sie außerhalb der Unterrichtsstunden tat.

Die anderen verabschieden sich, doch ich bleibe noch stehen. Schließlich sind David und ich die letzten. Die Totengräber haben das Grab bereits zugeschaufelt. David hält ein altes Selbstporträt von Maddy an die Brust gepreßt.

Dann ist es endgültig Zeit zu gehen. Als wir zu Davids Auto schlendern, bricht ein Schwarm Krähen aus der Krone einer vollendet geformten Monterey-Zypresse hervor.

»Summer-Jones hatte recht«, sage ich zu David. »Ohne sie wird die Welt nie wieder sein wie zuvor.«

2

Ich will, daß die Trauer endlich aufhört ... aber sie tut mir den Gefallen nicht. Drei Tage nach Maddys Begräbnis erfüllt mich eine große Wut. Verkehrsunfall mit Fahrerflucht! Nur ein Feigling läßt eine alte Frau auf der Straße sterben.

Am frühen Abend fahre ich mit dem Bus zur Ecke Mission und 17. Straße, mitten ins Herz der hispanischen Gemeinde San Franciscos. Hier erledigen unsere spanischsprechenden Mitbürger ihre Einkäufe, und hier haben sie ihre Treffpunkte. Mexikaner, Kubaner, Kolumbianer, Salvadorianer, Peruaner, Nicaraguaner ... jede dieser Volksgruppen hat ihre eigene Enklave, ihre Wandgemälde, ihre Kaffeehäuser, Kneipen und Restaurants.

Rund um die Mission Street strotzt es von Gewerkschaftsbüros, 24-Stunden-Lebensmittelläden, Obstständen, kleinen Theatern, alternativen Galerien, Zeitungskiosken, die radikale Blätter vertreiben, und Santeria-Kirchen. Außerdem gibt es dort eine Tortillafabrik, einen Sitzungssaal der Anarchisten und einen Sexshop, der von einem Frauenkollektiv betrieben wird.

Die Geschäfte haben lange geöffnet. Ich schlendere an einem linken Buchladen vorbei, wo ernst wirkende Kunden zwischen den Regalen herumbummeln. An der Wand prangt ein Lenin-Poster. In einem Blumengeschäft erstehe ich einen schlichten Strauß Iris.

Das Stück der Capp zwischen der 16. und der 24. Straße wird »Capp Corridor« genannt und ist für seinen abgetakelten Straßenstrich berüchtigt. Während meiner Tätigkeit bei der *Bay Area News* habe ich dort eine Fotoreportage gemacht. In dieser Straße begegnet man keinen Schönheiten, keinen vom Glück verlassenen Schauspielerinnen oder abenteuerlustigen Literaturstudentinnen auf der Suche nach Stoff für Romane und Gedichte. Hier trifft man nur abgewirtschaftete Veteraninnen und heruntergekommene Süchtige, die der Beschaffungsprostitution nachgehen.

Als ich in die Capp Street einbiege, spüre ich, wie ich mich innerlich verkrampfe. Ich weiß, daß der Trick ist, möglichst zielstrebig auszuschreiten, wenn man nicht die Aufmerksamkeit der Freier erregen will, die langsam in ihren Limousinen und Pickups durch die Straße fahren.

In dieser Gegend geht es hart zur Sache. Vergewaltigungen und Prügeleien sind an der Tagesordnung, und es ereignen sich jährlich zehn bis zwölf unaufgeklärte Morde. Der »Capp Corridor« ist das Jagdrevier von Psychotikern auf der Suche nach Beute. Darüber hinaus hat mir Joel Glickman von einer weiteren Form der Gewalt erzählt. Gerüchten zufolge bezahlt die Hausbesitzervereinigung von San Francisco immer wieder Schläger dafür, die Prostituierten zu terrorisieren und zu vertreiben, da der Straßenstrich die Immobilienpreise drückt.

Nachdem ich die Kreuzung 20. Straße hinter mir habe, ist mir wieder wohler. Von dort an wird die Capp Street eine ruhige, ganz normale Wohnstraße in einem Arbeiterviertel mit eng beieinanderstehenden Häusern, manche mit kleinen Familienbetrieben im Erdgeschoß. An den Kreuzungen gibt es Lebensmittelläden, Maniküresalons und Kneipen, sogar hin und wieder eine Kirche. Als ich die Ecke 24. Straße erreicht habe, bleibe ich unter einer Straßenlaterne stehen. Mein Blick fällt auf eine Frau, die gerade einige Müllsäcke die Treppe vor dem Haus herunterschleppt. Ich spreche sie an und frage sie, ob sie weiß, wo sich kürzlich der Unfall ereignet hat, bei dem Fahrerflucht begangen wurde.

»Die Señora?« erkundigt sie sich. Sie ist nicht mehr ganz jung, hat einen mexikanischen Akzent und mustert mich prüfend.

Ich nicke.

»Da drüben«, sagt sie, bekreuzigt sich rasch und deutet auf einen dunklen Fleck auf der anderen Straßenseite. Mir werden die Knie weich. Ich nicke erneut, bedanke mich bei ihr und nähere mich der Stelle.

Am Bordstein liegen einige Blumensträuße, die so bescheiden sind, daß es besonders rührend wirkt. Ich entdecke auch Wachsreste. Offenbar haben Leute zum Gedenken Kerzen aufgestellt. Ich lege meine Blumen neben die anderen, trete einen Schritt zurück und lasse die Szenerie eine Weile auf mich wirken. Dann verlagere ich das Gewicht wie im Aikidokurs auf beide Füße und sehe mich um.

Sofort fällt mir auf, daß diese Straße ganz anders ist, als ich es mir vorgestellt habe. Ich habe erwartet, daß es hier von Menschen wimmeln würde, doch es ist ziemlich ruhig. Kleine Mietshäuser, in mehrere Wohnungen aufgeteilte Holzgebäude, ein paar Einfamilienhäuser. Am Straßenrand stehen Autos, hin und wieder ist eine Lücke für eine Einfahrt frei gelassen.

Mir wird klar, daß dies hier keine Stelle ist, an der man sich postiert, um eine Straßenszene zu fotografieren. Es ist eher eine Durchgangsstraße. Was hatte Maddy mitten auf der Straße zu suchen? frage ich mich. Wollte sie zwischen zwei Häuserblocks die Straße überqueren?

Ich drehe mich um und betrachte das Haus hinter mir. Es hat nichts Besonderes an sich, ist nur ein gesichtsloses Holzhaus, das dringend mal gestrichen werden müßte. Dann werfe ich einen Blick auf die andere Straßenseite. Warum hätte Maddy ausgerechnet hier über die Straße gehen sollen?

Ich suche mir drei Gebäude aus: ein gewöhnliches vierstökkiges Mietshaus mit Stuckfassade und einem Relief über der Tür, und die zwei Holzhäuser im edwardianischen Stil zu beiden Seiten. Eines ist gut in Schuß, das andere ein wenig heruntergekommen. Ich spähe durch die Fenster des Mietshauses. In einigen Zimmern sehe ich den Fernseher flackern.

Doch was ist, wenn Maddy die Straße gar nicht hier überquert hat? Vielleicht hatte sie die andere Straßenseite schon erreicht, als sie überfahren wurde?

Wieder drehe ich mich um und betrachte das Haus, von dem die Farbe abblättert. In diesem Moment sehe ich, wie sich an einem Fenster etwas bewegt, so als hätte jemand rasch den Vorhang zugezogen.

Das ist nicht weiter außergewöhnlich. Mir wird klar, daß vielmehr ich es bin, die nicht hierher paßt, eine Fremde, die abends auf der Straße herumlungert.

Die Frau, die mir die Stelle gezeigt hat, steht noch auf der Vortreppe und beobachtet mich. Ich beschließe, noch einmal mit ihr zu sprechen, und überquere die Straße, wie Maddy es vermutlich getan hat. Es ist so still, daß ich mich frage, wie sie das Geräusch eines herannahenden Motorrads hat überhören können.

Die Frau lächelt nicht, als ich näher komme. Aber sie wirkt auch nicht verärgert und rührt sich nicht vom Fleck. Es ist, als verteidige sie ihr Territorium, so daß ich gezwungen bin, drei Stufen unter ihr stehenzubleiben.

»Wissen Sie, aus welcher Richtung das Motorrad kam?« erkundige ich mich.

Sie zuckt die Achseln. »Ich habe nicht gesehen, wie es passiert ist.«

»Haben Sie etwas gehört?«

»Ich habe schon mit der Polizei gesprochen.«

»Ich bin nicht von der Polizei.« Wieder mustert sie mich. »Die alte Frau, die getötet wurde, war wie eine Mutter für mich.«

Jetzt nickt sie verständnisvoll und bekreuzigt sich. »Meine Mutter ist letztes Jahr gestorben«, sagt sie.

Ich habe den Eindruck, daß sie mir gern helfen möchte, sich aber in der momentanen Situation nicht wohl fühlt.

»Danke für die Auskunft«, sage ich. »Ich habe ein paar Blumen hingelegt.«

Sie sieht mich prüfend an. »Ich auch«, antwortet sie, dreht sich um und geht ins Haus.

Ich will mich auf den Rückweg zur Mission Street machen, da spüre ich etwas hinter mir und sehe mich rasch um. Wieder bemerke ich eine verstohlene Bewegung in dem Fenster auf der anderen Straßenseite. *Sie beobachten mich,* denke ich. *Alle hier in der Straße. Sie wissen, daß an dem Unfall etwas faul war. Und nun überlegen sie, ob ich etwas damit zu tun habe.*

Detective Kostas Kremezi ist stolz darauf, auf zwei Hochzeiten zu tanzen. »Nächtliche Ermittlungen und Notruf – ich arbeite in beiden Abteilungen«, verkündet er selbstzufrieden.

»Heißt das, daß Sie Tag und Nacht im Dienst sind?« frage ich.

Er grinst verkniffen. »Eines kann ich Ihnen versichern, ich schufte wie ein Pferd«, erwidert er.

Es ist zehn Uhr vormittags. Wir sitzen in seinem Büroverschlag im fünften Stock des Justizpalastes, einem riesigen Gebäude in der Brannan Street. Der Bau ist ein wahres Labyrinth aus Abteilungen und Fluren. Theoretisch werden sämtliche in San Francisco anstehenden Strafsachen hier abgewikkelt – von der Polizeiverwaltung bis hin zu Ermittlungen, Anklagen, Festnahmen, Inhaftierungen und Prozessen.

Kremezi ist ein gedrungener, dunkelhäutiger Amerikaner griechischer Abstammung und trägt einen Schnurrbart. Zurückhaltend, mit klugen Augen. Ich schätze ihn auf Anfang Vierzig. Nachdem man mich von einer Abteilung zur andern geschickt hat, bin ich endlich an seinem Schreibtisch gelandet. Wie er mir eben versichert hat, ist er der richtige Mann, um die Untersuchung des Unfalltodes von Amanda Yamada zu erörtern.

Nur daß er, wie sich herausstellt, nicht vorhat, mir irgend etwas zu verraten. Er interessiert sich eher dafür, was *ich* zu sagen habe. Es ist bei der Polizei nicht üblich, erklärt er, über laufende Ermittlungen zu sprechen. Doch da es sich um ein ziemlich prominentes Opfer handelt, lautet die Anweisung, Freunden und Verwandten gegenüber zu beteuern, daß alles Menschenmögliche getan wird.

»Ich war gestern abend am Unglücksort«, erzähle ich ihm. »Eine Frau sagte mir, daß die Polizei bereits bei ihr gewesen ist.«

»Das ist die übliche Vorgehensweise bei Unfällen mit Fahrerflucht. Wir befragen die Nachbarn.«

»Haben Sie etwas in Erfahrung gebracht?«

»Nicht viel.« Kremezi spricht langsam, als müsse er sich jedes Wort sorgfältig überlegen.

»Und was genau bedeutet das?«

»Wissen Sie, Ms. Farrow, wir haben keine Zeugen und können deshalb weder das Motorrad noch den Fahrer identifizieren. Einige Anwohner haben zwar etwas gehört, doch als sie aus dem Fenster schauten, war der Unfall bereits geschehen und das Fahrzeug verschwunden. Aber es wohnen einige gesetzestreue Bürger in dieser Gegend. Wir haben sofort fünf oder sechs Anrufe erhalten. Der Krankenwagen war in knapp vier Minuten vor Ort – leider zu spät. Ihre Freundin war bereits tot.«

»Was wollte sie in diesem Viertel?«

Kremezi zuckt die Achseln. »Das scheint nicht einmal ihr Stiefsohn zu wissen.«

»Sie bezeichnen es als Unfall?«

»Haben Sie Grund zu einer anderen Vermutung?«

Nun sehe *ich* mich gezwungen, die Achseln zu zucken.

»Wollen Sie mir etwas Bestimmtes sagen?« fragt er nach.

»Ich möchte zu gern wissen, warum *Sie* mir nichts Wesentliches verraten.«

»Ich habe Ihnen doch eben erklärt...«

»Schon gut.«

Wir starren einander an, die Luft knistert. Schließlich spricht Kremezi weiter.

»Warum sind Sie so aggressiv, Ms. Farrow?«

»Warum verschweigen Sie mir etwas, Detective Kremezi?«

Er beißt sich auf die Lippe und überlegt. »Gut«, sagt er schließlich. »Wenn Sie so scharf auf Antworten sind, erzähle ich Ihnen eine kleine Geschichte, damit Sie vor dem Einschlafen was zum Nachdenken haben.«

Er kippt seinen Stuhl zurück, bis die Lehne die Wand berührt.

»Also, eine alte Dame mit schwacher Gesundheit wird nachts an einem Ort überfahren, an dem sie sich zu dieser Uhrzeit eigentlich nicht hätte aufhalten sollen. Niemand hat etwas gesehen. Der Fahrer macht sich unerkannt aus dem Staub. Als die Polizei und die Sanitäter eintreffen, stehen die Nachbarn auf der Straße, sichern mehr oder weniger den Unfallort ab und schütteln die Köpfe. Es herrscht eine merkwürdige Stimmung, wenigstens erscheint es einem der Beamten so. Es entsteht der Eindruck, als versuchten die Anwohner, die alte Frau zu beschützen, damit sich niemand an der Leiche zu schaffen macht und kein Stück der persönlichen Habe abhanden kommt. Aber sie kennen das Opfer nicht – das behaupten sie zumindest. Sie haben diese Frau noch nie gesehen. Keine Ahnung, wer sie ist. Doch sie stehen um sie herum, als ob sie wirklich erschüttert seien, als ob es sich nicht um eine Fremde handelte, sondern um... sagen wir mal, eine von ihnen. Verstehen Sie, was ich meine? Der Polizist kriegt ein komisches Gefühl... und... nun, und das ist das *einzig* Merkwürdige an unserem... äh... hypothetischen Fall.«

Während dieses Vortrags hat Kremezi die Wand hinter mir betrachtet. Nun rückt er seinen Stuhl zurecht und sieht mich an.

»Fahrerflucht... ist heutzutage etwas Alltägliches. Es passiert so häufig, daß man kaum noch nachkommt. Und ohne Beweise oder Augenzeugen, ein Fahrzeugteil, Lackspuren, irgend etwas... hat man eigentlich keinen Anhaltspunkt. Deshalb behält man den Fall im Hinterkopf und hofft, daß früher oder später neue Informationen auftauchen. Meistens hat man jedoch Pech. Was soll man also tun? Ein seltsames Gefühl am Tatort, weil einem die Aussagen der Nachbarn unglaubwürdig vorkommen, reicht nicht, um Ermittlungen einzuleiten. Der Tag hat eben nur soundso viel Stunden.« Er lächelt. »Und die Nacht auch.«

Ich starre ihn an und versuche zu verstehen, was er mir mitteilen will. Es folgt keine weitere Erklärung.

»Aber wie gesagt, es handelt sich nur um eine kleine Geschichte. Ich kann Ihnen leider nicht weiterhelfen.« Er steht auf, unser Gespräch ist vorbei. Mit einem angedeuteten Lächeln hält er mir die Hand hin. »Nett, Sie kennengelernt zu haben. Mein Beileid.«

David Yamada ist wie sein Vater Absolvent der Technischen Universität und Ingenieur. Vor vier Jahren hat er eine Firma gegründet, die ausgeklügelte hochtechnisierte High-Tech-Kaleidoskope herstellt. Mit diesen Geräten kann man verschieden gefärbte Lichter mischen und Formen schaffen, die sich mit Hilfe von Spiegeln zu hübschen Mustern vervielfältigen lassen. Da ich farbenblind bin, kann ich den eigentlichen Effekt nicht wahrnehmen. Doch selbst in Grautönen finde ich den Anblick faszinierend.

David war noch nie verheiratet und hat einen ziemlichen Verschleiß an Freundinnen – man kann ihn mit Fug und Recht als Frauenheld bezeichnen. Er hat das Aussehens eines Japaners und einen durch und durch amerikanischen Akzent. Als seine Mutter starb, war er neun, und als als er zwölf war, heiratete sein Vater Maddy. Sie hat ihn während seiner Teenagerzeit bemuttert und war ausgesprochen stolz auf ihn. Allem Anschein nach liebten sie einander sehr.

Vor einer Stunde hat er mich angerufen, um sicherzugehen, daß ich zu Hause bin, weil er mir Maddys Kameras vorbeibringen will. Ich habe ihm angeboten, sie in ihrer Wohnung abzuholen, doch er sagt, sie seien zu schwer. Es sei sinnvoller, wenn er sie bei mir abliefert.

Jetzt warte ich draußen vor meinem Haus und denke über meinen gestrigen Besuch am Unglücksort und über meine

Unterredung mit Detective Kremezi heute morgen nach. Irgend etwas an dem Verhalten der Anwohner ist uns beiden seltsam erschienen. Ich frage mich, ob Kremezi mich wohl indirekt auffordern wollte, der Sache nachzugehen, als er kundtat, er könne aufgrund einer bloßen Vermutung keine Ermittlung rechtfertigen.

Ein Cable Car kommt vorbei, Touristen stehen auf den Trittbrettern zu beiden Seiten. Ich höre, wie der Schaffner die nächste Station ansagt: »Lombard und Hyde – die Lombard Street ist angeblich die krummste Straße der Welt.«

Drei Wagen hinter der Tram erblicke ich Davids Saab. Er winkt mir zu, hält an der zum Be- und Entladen bestimmten Stelle vor meinem Haus an, steigt aus und umarmt mich. Seine Wange riecht leicht nach Rasierwasser.

»Du wirst es nicht glauben«, sagt er, während er den Kofferraum aufschließt und mit einer großartigen Geste den Deckel öffnet. Ich werfe einen Blick hinein. Der ganze Kofferraum ist voller Weinkartons. Er klappt einen auf, um mir den Inhalt zu zeigen. In den Fächern für die Weinflaschen sind alte Nikons verstaut.

»Kameras, Objektive … und noch mehr Kameras und Objektive«, meint er. »Ich glaube, sie hat nie eine weggeworfen. Hier ist noch ein Karton voller Kameras, und noch zwei mit Objektiven und Zubehör.«

Ich bin überwältigt. »Was soll ich damit machen?«

»Keine Ahnung, Kay.«

Ich nehme eine der Nikons heraus, ein F-Modell, das sie vielleicht sogar in Vietnam benutzt hat. Ich muß lächeln. Die Kamera ist abgestoßen, durch den Überzug schimmert das Messing hervor. Nur Amateure pflegen ihre Ausrüstung, Profis, insbesondere Fotojournalisten, strapazieren sie. Ich stelle die Belichtungszeit auf 1/125 ein, öffne die Blende und drücke ab. Der Spiegel klickt laut, dem Klang nach ist alles in Ordnung. *Natürlich funktioniert sie,* denke ich. *Sonst hätte sie sie weggeworfen.*

»Was hältst du davon, wenn ich sie dem Art Institute spende?« sage ich zu David. »Als Leihapparate für Fotostudenten?«

»Gute Idee«, antwortet er.

Wir schleppen die Kartons ins Haus, laden sie in den Aufzug und fahren in den neunten Stock. Als sie endlich ordentlich aufgestapelt im Flur stehen, biete ich David ein Glas Chardonnay an.

Er nimmt es, trinkt einen Schluck und geht zum Wohnzimmerfenster.

»Du hast die beste Aussicht in der ganzen Stadt, Kay. Das hat Maddy immer gesagt, und sie hatte recht.«

»Sie war nur einmal hier. Ich habe ihr meine Dunkelkammer gezeigt.«

Er dreht sich um. »In ihrem Abstellraum habe ich eine Menge Zubehör für die Dunkelkammer gefunden, das ich gern verkaufen möchte. Ich weiß aber nicht, wie ich dabei vorgehen soll.«

Ich schlage ihm vor, mich nächste Woche anzurufen. Wir werden uns in Maddys Wohnung treffen und die Sachen gemeinsam durchsehen. Ich werde ihm beim Sortieren helfen. Dann stehen wir da und sehen einander an. Wir sind ein wenig verlegen, und mir wird klar, daß wir vermutlich zum erstenmal miteinander allein sind. Obwohl Maddy für uns beide wie eine Mutter war, haben wir sonst eigentlich keine Gemeinsamkeiten.

»Ich war heute morgen im Justizpalast«, erzähle ich ihm. »Ich habe mit Kremezi gesprochen. Hoffentlich hast du nichts dagegen.«

Er blickt mich an.

»Mein Vater war fast zwanzig Jahre lang bei der Polizei«, füge ich hinzu. »Ich kenne mich aus mit Polizisten, mit guten und mit schlechten. Ich wollte einfach wissen, was sich tut, wollte sichergehen, daß der Fall in guten Händen ist.«

»Und ist er das?«

»Ich glaube schon. Kremezi macht einen zuverlässigen Eindruck.«

Er dreht sich wieder zum Fenster um. »Ich fand ihn ziemlich abweisend.«

»So sind Polizisten nun mal, David. Sie lernen in der Ausbildung, Abstand zu wahren. Er sagt, er habe keine Anhaltspunkte und keine Hinweise, weil es keine Zeugen gibt.«

»Nun ...«

Als David sich wieder zu mir umwendet, erkenne ich, daß ihm irgend etwas zu schaffen macht.

»Stört es dich, wenn ich mit ihm in Kontakt bleibe?« frage ich.

»Möchtest du das?«

Ich nicke. »Ja. Mein Vater kennt noch viele Leute bei der Polizei. Er kann sich ein wenig umhören. Und mein Freund Joel ist Journalist. Wenn ich ihn darum bitte, wird er sich der Sache annehmen. Solange sich die Presse für einen Fall interessiert, stellt die Polizei die Ermittlungen nicht ein.«

David starrt mich an. Ich weiß nicht, ob er dankbar ist oder verärgert.

»Mir geht es nicht um Rache«, sagt er.

»Natürlich nicht, aber du willst sicher auch, daß Maddy Gerechtigkeit zuteil wird. Ich glaube, am meisten interessiert mich, was sie dort wollte.«

Er schüttelt den Kopf. »Ich begreife das nicht.«

»Mir geht es genauso«, antworte ich. »Und ich kann es nicht darauf beruhen lassen.«

Heute morgen beschließe ich, mir Maddys Kameras genauer anzusehen. Ich schleppe die Kartons ins Wohnzimmer, setze mich in der Mitte auf den Boden, öffne sie und breite den Inhalt auf dem Teppich aus.

Viele Nikons, die robuste Spiegelreflexkamera, die sie am liebsten benutzte, und eine große Auswahl an Nikon-Objektiven, hauptsächlich Weitwinkel – 24 mm, 28 mm, 35 mm –, weil Maddy gern aus der Nähe fotografierte. Außerdem entdecke ich sechs Leica-Meßsucherkameras, zu denen auch eine alte mit Schraubgewinde gehört, und dazu verschiedene Weitwinkelobjektive. Eine Kamera fällt mir besonders auf, eine fast unbeschädigte Leica M6 mit einem 135-mm-Objektiv. Ich finde es seltsam, daß sie kaum einen Kratzer hat. Das Teleobjektiv ist noch dran.

Ich untersuche die Kamera eingehend. Sie ist mit einer Datenrückwand ausgerüstet, einer Vorrichtung, die Datum und Uhrzeit der Aufnahme direkt auf dem Negativ festhält. Als ich den Apparat öffnen will, bemerke ich etwas Seltsames: Es ist noch ein Film darin, das Sichtfenster zeigt Bild 22 an.

Anders als bei einer Pistole kann man bei einer Kamera nicht durch einen Test feststellen, wann sie zuletzt benutzt wurde. Doch wenn man viel fotografiert, entwickelt man mit der Zeit einen sechsten Sinn dafür. Vielleicht ist es die Staubschicht auf

Sucher und Linse oder das Hautfett auf Blende und Griff. Was es auch sein mag, ich habe jedenfalls den starken Eindruck, daß diese M6 vor nicht allzu langer Zeit benutzt worden ist. Und deshalb ist es auch kein Versehen, daß sich noch ein Film darin befindet – er war einfach noch nicht voll.

Ich gehe mit der Kamera in die Dunkelkammer, spule den Film vorsichtig zurück und nehme ihn heraus. Es ist ein Kodak Tri-X, Verfallsdatum erst in einem Jahr. Plötzlich überläuft mich ein Schauder. Offensichtlich hat Maddy erst vor kurzem mit dieser Kamera gearbeitet, was ihre Beteuerungen, sie habe seit Jahren kein Foto mehr gemacht, Lügen straft.

Mit ruhigen Händen entwickle ich die Negative. Zuerst lege ich den Film in völliger Dunkelheit ins Entwicklerbad. Danach ist alles nur noch Routine. Sobald ich mich vergewissert habe, daß die Fotos fixiert sind, entrolle ich den Streifen, hänge ihn auf und betrachte ihn.

Obwohl ich es gewöhnt bin, mir Negative anzusehen, macht mich dieses hier ratlos. Ich kann überhaupt nichts erkennen. Es ist zwar etwas drauf – der Film ist eindeutig belichtet worden –, doch ich mache nur undefinierbare Lichtpunkte inmitten von schwarzen Flecken aus.

Ich schneide das lange Negativ in Streifen zu je sechs Bildern, ordne sie in einem Kopierrahmen an, belichte den Kontaktabzug und betrachte mir das Ganze noch einmal. Dabei habe ich ein merkwürdiges Gefühl, denn jetzt sind die Rollen vertauscht – die Schülerin überprüft die Kontaktabzüge der Lehrerin und versucht herauszufinden, was sie vorhatte; früher war es umgekehrt.

Aber ich werde immer noch nicht schlau daraus. Handelt es sich vielleicht um abstrakte Fotografien, um aus nächster Nähe aufgenommene Bilder rauher Oberflächen? War das Objektiv absichtlich unscharf eingestellt?

Ich verwerfe diese Möglichkeiten sofort wieder. Abstraktion verstieß gegen Maddys sämtliche Grundsätze. Ihr kam es vor allem auf gestochene Schärfe an. Ich erinnere mich an einen ihrer Ratschläge: »Ich will die Poren auf ihren Gesichtern sehen, die Linien auf ihren Handflächen.« Ihre Fotos waren berühmt für ihre kristallklaren Konturen. Das und die Eindringlichkeit ihrer Darstellung waren ihre Markenzeichen.

Ich frage mich, ob es möglich ist, daß eine derart festgelegte Künstlerin so spät im Leben noch ihren Stil geändert hat. Was sollen diese Aufnahmen darstellen? Oder hatte sie nur die Kamera und das Objektiv testen wollen?

Ich werfe einen Blick auf das Datum. Die Fotos stammen vom 2. und 3. März. Ein Blick in den Kalender sagt mir, daß der 2. März ein Mittwoch war, sechs Wochen vor dem Mittwoch, an dem Maddy getötet wurde. Die Bilder wurden alle zwischen zehn Uhr nachts und kurz nach ein Uhr morgens gemacht – Nachtaufnahmen also, was die großen dunklen Flecken auf den Kontaktabzügen erklärt. Der lange Zeitraum, mehr als drei Stunden, weist auf eine Arbeitssitzung hin.

Ganz offensichtlich ist auf diesen Filmstreifen etwas abgebildet, das ich nicht erkenne. Also muß ich die Fotos vergrößern. Schließlich hat die Fotositzung sechs Wochen vor Maddys Tod stattgefunden und etwa um dieselbe Uhrzeit geendet, zu der sie ums Leben kam. Ich muß wissen, was auf den Fotos ist.

Die ersten Abzüge bringen mich immer noch nicht weiter. Die Auflösung ist nicht gut. Trotz des ausgezeichneten Leitz-Objektivs sind die Bilder körnig und verschwommen.

Doch nachdem ich eine Weile mit den Negativen herumexperimentiert habe, entdecke ich eine Gemeinsamkeit: Über allen Fotos liegt ein unregelmäßiges, schwarzes Gitterwerk, was darauf hinweist, daß sie mit einem Stativ aus derselben Position geschossen wurden. Da Maddy lieber aus der Hand fotografierte, weist diese ständige Wiederholung auf eine bestimmte Absicht hin.

Ich mache weitere Abzüge, betrachte sie genauer und erkenne eine zweite Gemeinsamkeit, diesmal eine weniger auffällige: Am oberen rechten Bildrand und weiter unten in der Mitte ist stets ein Schatten zu sehen, so als ob sich zwischen Maddys Kamera und ihrem Motiv ein Gegenstand befunden hätte. Der Schatten ist nur verschwommen, doch dieser Effekt ist mir vertraut. Er entsteht, wenn man durch trübes Glas fotografiert.

Jetzt habe ich es! Maddy hat durch eine schmutzige Fensterscheibe geknipst, und zwar etwas, das sich auf der anderen Straßenseite befand. Das Gitter, das sich unscharf über die Bilder legt, ist wahrscheinlich ein schlecht lackierter Fensterrahmen.

Vergiß den Vordergrund, er lenkt dich nur ab. Sieh dir den Hintergrund an. Versuche herauszufinden, was hinter der Scheibe ist.

Nun habe ich ein klares Ziel vor Augen und mache mich ernsthaft an die Arbeit. Ohne auf das Gitter zu achten, vergrößere ich die Bilder immer mehr, um aus den grauen Nebelblöcken dazwischen Einzelheiten herauszuholen.

Nach einer Weile stelle ich fest, daß ich den Film vermutlich falsch entwickelt habe. Wahrscheinlich hat Maddy ihn in doppelter Geschwindigkeit durchlaufen lassen, was ich nicht wissen konnte. Schließlich war die Rolle nicht gekennzeichnet. Doch dafür gab es auch keinen Grund. Da der Film noch nicht verbraucht war, hatte Maddy keine Gelegenheit mehr, einen speziellen Hinweis für die Entwicklung zu hinterlassen.

Doch das macht nichts. Als ich die Negativstreifen auf dem Leuchttisch betrachte, glaube ich, genügend Anhaltspunkte zu haben, um ihren Inhalt entschlüsseln zu können. Wenn ich die hellgrauen, körnigen Flächen innerhalb des Fensterrahmens wegretuschiere, müßte ich es schaffen, erkennbare Bilder herzustellen.

Dann befasse ich mich mit den dunkelgrauen Stellen. Ich greife zu allen Tricks, die die Dunkelkammer zu bieten hat. Zuerst verwende ich Kopierfilter, dann eine extrastarke Dektollösung. Ich erhitze sogar einen Teil davon und reibe sie ins Fotopapier ein. Allmählich treten menschenähnliche Umrisse hervor – ein Haarschopf, Finger und die Hälfte einer Hand, ein langgezogener Schenkel, die Rundung einer Schulter, die Einbuchtung eines Nabels, ein Schatten, der vielleicht eine Brustwarze darstellt, immer mehr unbekleidete Haut, die ich allerdings keiner Person zuordnen kann.

Dann, beim neunten Bild, nehme ich eine Silhouette wahr, die mich in meiner Vermutung bestätigt: das Profil einer nackten Frau, von der Taille bis zum Hals. Brustwarze, Brust, Arm und Bauch sind deutlich auszumachen. Das Bild ist zwar körnig und verschwommen, aber unverkennbar: ein Mensch, ein Halbakt, womöglich nur deshalb zu sehen, weil die Frau schräg neben einer Lichtquelle und vor einem dunklen Hintergrund stand.

Ich vergrößere dieses Bild in verschiedenen Dichten. Das Problem ist nur, daß der Gegenstand hinter der Frau immer undeutlicher wird, je klarer ich sie in den Vordergrund hole. Schließlich lege ich mir einen komplizierten Plan zurecht. Ich markiere die Stellen, die ich hervorheben will, und schattiere jene, ich ich wegretuschieren möchte. Dann mache ich mich an die Arbeit.

Die ersten drei Versuche landen sofort im Papierkorb. Doch der vierte beweist mir, daß mein Vorhaben durchführbar ist, obwohl er noch einiges zu wünschen übrig läßt. Sechs Versuche später halte ich endlich einen brauchbaren Abzug in der Hand, und ich werde mit einer neuen Erkenntnis belohnt: Der verschwommene Hintergrund entpuppt sich als zweite Person, ein dunkel gekleideter Mann. Ich erkenne die Knöpfe an seiner Jacke, die Diagonalnähte des Revers und sogar seine Hand, die auf dem Bauch der Frau liegt. Am Handgelenk trägt er eine Uhr mit Metallarmband.

Um vier Uhr nachmittags taumle ich aus der Dunkelkammer. Ich bin verwirrt, und in meinem Kopf dreht sich alles. Als ich nachrechne, stelle ich fest, daß ich fast acht Stunden ohne Pause dort verbracht habe – angesichts meiner hohen Konzentration ein wahrer Marathon.

Da mir der Magen knurrt, gehe ich in die Küche und finde einen Apfel. Ich schäle ihn, schneide ihn in Scheiben, dekoriere ihn mit dünnen Käsescheiben und schlinge ihn im Stehen herunter.

Es hat keinen Zweck, in die Dunkelkammer zurückzukehren, ich bin einfach zu erschöpft. Ich brauche jetzt Bewegung, eine anstrengende Trainingsstunde, die mir den Kopf freibläst, im *dojo*, wo eine andere Form von Konzentration gefragt ist, keine geistige, sondern eine körperliche.

Normalerweise warte ich, bis es dunkel wird, bevor ich zum Aikido gehe, aber heute muß es sofort sein. Mir ist eine Erkenntnis gekommen. Ich habe aus etwas Unsichtbarem ein Bild entstehen lassen. Doch obwohl ich nun weiß, was auf den Fotos zu sehen ist, läßt mich die wesentliche Frage nicht los: Was haben sie zu bedeuten?

Vor allem möchte ich begreifen, warum Maddy den Wunsch hatte, diese Bilder festzuhalten. Es muß ein sehr starkes Bedürfnis gewesen sein, das sie dazu gebracht hat, wieder zur Kamera zu greifen und unter derart ungünstigen Bedingungen zu arbeiten: schlechte Lichtverhältnisse, eine schmutzige Scheibe. Maddy war Profi, mit einem messerscharfen Verstand. Sie wußte genau, was sie tat. Und das heißt, sie war sich darüber im klaren, daß die Ergebnisse niemals ihren Ansprüchen genügen würden.

»Benutz deine Kamera, um dich deinen Dämonen zu stellen, Kay!« pflegte sie zu sagen. »Fotografiere das, was du fürchtest.«

Was sind Maddys Dämonen gewesen? Was hat sie so gefürchtet, daß sie es fotografieren mußte?

»Der Schmerz ist manchmal der beste Lehrer, Kay.«

Dieser Satz kommt von Rita, während ich mich mühsam von der Matte im Marina Aikido aufrapple, auf die sie mich gerade mit überirdisch anmutender Eleganz geschleudert hat.

Werfen und geworfen werden, die Angst vor dem Fallen verlieren, die Freude am Fliegen spüren – darum geht es beim Aikido … und beides verlangt ein gewisses Können. Die schönsten Dinge am Aikido erweisen sich manchmal auch als ziemlich schmerzhaft. Ich weiß, daß Rita uns nicht weh tun will, außer wenn sie glaubt, daß es zu unserem Besten ist.

Ich sehe ihr in die Augen. Wir stehen einander auf der Matte gegenüber. Die anderen Kursteilnehmer sitzen in *seiza*-Position da und versuchen, etwas zu lernen.

Ich bin der *uke*, der Angreifer, Rita ist der *nage*, der Werfer. Sie ist diejenige, die Techniken einsetzt, ich muß mich besiegen lassen.

Es ist fünf Uhr nachmittags. Draußen ist es sehr hell, doch die Lichtverhältnisse im *dojo* kann ich aushalten. Beim Training trage ich keine Sonnenbrille, das wäre zu gefährlich. Außerdem bessert sich hier sogar tagsüber meine Sehschärfe, und meine Heliophobie läßt nach. Das ist eines der Mysterien des Kampfsports. Rita sagt, es liege an der inneren Klarheit, die durch Aikido entsteht.

Ich atme tief durch, Rita tut dasselbe. Ich finde, daß es im *dojo* immer gut riecht, obwohl Außenstehenden die Luft hier wahrscheinlich zu drückend erscheinen würde. Es ist ein leicht säuerlicher Geruch nach Schweiß, dem Stoff unserer Trainingsanzüge, dem Bezug der Matte und dem Mittel, mit dem Boden und Wände gereinigt werden. Und über allem liegt eine leichte

Brise San Francisco, die durch die Fenster und das Oberlicht hereinweht.

Noch einmal atme ich tief durch und stürme dann mit Volldampf auf Rita zu. Ich habe vor, sie mit einem Kopfstoß zu erwischen, aber sie ist zu schnell und zu geschickt für mich. Im letzten Moment weicht sie fast unmerklich aus, wehrt meinen Angriff ab, packt meine Handgelenke und dreht sie, so daß ich mitgerissen werde, als sie herumwirbelt. Ich verschmelze mit ihr, bin ihr völlig ausgeliefert. Dann fliege ich durch die Luft und lande erneut mit einem dumpfen Knall auf der Matte.

»Habt ihr gesehen, was ich gemacht habe?« fragt Rita die anderen Kursteilnehmer. Sie nickt Ralph zu, der vor kurzem aus Seattle hierhergezogen ist. Er ist jung, geschmeidig, engagiert, durchtrainiert und Träger des schwarzen Gürtels.

»Du hast sie weggeworfen«, sagt er.

Rita lächelt. »Bist du sicher?«

Ein anderer meint, sie habe mich abgeschüttelt.

»Abschütteln ... das gefällt mir besser als wegwerfen. Weitere Vorschläge?«

»Auf mich hat es gewirkt, als hättest du sie irgendwie ... verlassen.«

»Verlassen? Wirklich?« Rita wendet sich an mich. »Hast du dich verlassen gefühlt, Kay?«

»Überhaupt nicht«, antworte ich. »Ich habe mich nicht verlassen gefühlt. Oder weggeworfen. Vielleicht ein bißchen abgeschüttelt, aber erst gegen Ende. Am besten war es, als wir Verbindung zueinander hatten. Es war, als würde ich hochgehoben. Als könnte ich fliegen.«

»Und du *bist* geflogen«, ergänzt Ralph.

Die anderen kichern.

»Ich habe meine Füße verloren.«

»Genau!« meint Rita. »Sie hat ihre Füße verloren. Und so schlimm war es doch gar nicht, oder, Kay?«

»Eigentlich war es recht angenehm.«

»Das lag daran, daß wir miteinander verschmolzen sind. Meine Füße wurden deine Füße ... bis ich dich losgelassen habe. Das ist manchmal das Traurige daran, das Melancholische an unserem Sport. Nach ein oder zwei Sekunden müssen wir einander loslassen. Wir haben keine andere Wahl.«

Es ist etwas sehr Wahres daran, das ich jedoch nicht richtig in Worte kleiden kann. Ich wurde weder weggeworfen noch abgeschüttelt. Mir ist klar, daß sie mich geführt und dann losgelassen hat. Am schönsten ist es, wenn Rita uns nicht nur Griffe erklärt, sondern über Gefühle und über die Geheimnisse unseres schönen und gleichzeitig gewaltvollen Sports spricht.

Unsere Blicke treffen sich. Wir verbeugen uns voreinander. Dann winkt sie Ralph zu sich. Ich nehme seinen Platz zwischen den anderen ein und atme im Gleichtakt mit ihnen. Hin und wieder ist es, als würden alle im *dojo* im selben Rhythmus atmen. In diesen Momenten fühle ich mich als Teil eines wundersamen kosmischen Prozesses, der weit über meinen Körper hinausreicht.

Als Ralph angreift, wehrt Rita ihn genauso ab wie zuvor mich. Meiner Ansicht nach fliegt er viel besser als ich, landet mit mehr Anmut und springt lächelnd wieder auf. Während ich seinen Sturz als Außenstehende beobachte, verstehe ich meine eigenen Gefühle von vorhin viel besser – die Freude, die es bedeutet, sich einem Mächtigeren zu überlassen, der einen das Fliegen lehren kann.

Nach der Stunde reibe ich mich im Umkleideraum mit einem Handtuch ab. Hier gibt es keine Duschen, nur ein paar Waschbecken. Das Marina Aikido ist zwar sauber und geräumig, aber nicht sehr luxuriös.

Als ich gerade gehen will, winkt Rita mich in ihr Büro. In den letzten Monaten haben wir häufig darüber gesprochen, ob ich die Prüfung zum Schwarzen Gürtel ablegen soll. Am Ende des Sommers wäre der nächstmögliche Termin. Ich habe grundsätzlich zugestimmt, mich aber noch nicht angemeldet.

»Du warst gut heute«, sagt sie. »Ich habe den Fluß gespürt. Du paßt dich gut an.«

»Ich fürche, nicht so gut wie Ralph.«

»Offen gestanden bist du besser. Das meine ich ernst, Kay. Stell dein Licht nicht unter den Scheffel. Du warst wirklich gut.«

Plötzlich spüre ich, wie mir die Tränen in die Augen steigen. Ich versuche, sie zurückzudrängen. Rita hat eben etwas ganz Ähnliches gesagt wie Maddy, wenn ich mit meiner Arbeit unzufrieden war. Eigentlich ist das nicht weiter überraschend, denn Maddy war ebenfalls Lehrerin, wenn auch auf einem völlig anderen Gebiet. Dennoch, Ermutigung von einer Frau zu erhalten, die nicht gerade großzügig mit Lob umgeht, vermittelt mir das Gefühl, nicht allein zu sein, *obwohl* ich einen schweren Verlust erlitten habe.

»Ich weiß, daß du bereit für den *shodan* bist«, fährt sie fort. »Die Frage ist nur, ob *du* es auch weißt.«

»Ja, ich weiß es«, antworte ich in einem Anfall von Selbstbewußtsein. »Ralph hat seine Sache gut gemacht, aber du hast recht, ich war heute besser. Danke, daß du mich darauf aufmerksam gemacht hast.«

Rita grinst. »Keine Ursache.«

Dr. Sascha Patel ist Assistenzarzt in der Notaufnahme des St. Francis Hospital. Außerdem hat er die verträumtesten, schönsten Augen, die mir je untergekommen sind. Seine Eltern stammen aus Gujrati. Er ist in London geboren und hat in den Vereinigten Staaten Medizin studiert. Er wohnt in einer kleinen Wohnung in der Jones Street, zu der er mir großzügig den Schlüssel überlassen hat.

Wir kennen beide die Regeln. Zuerst muß ich anrufen, um sicherzugehen, daß er zu Hause und nicht gerade mit einer seiner zahlreichen Krankenschwestern/Freundinnen beschäftigt ist. »Ich würde sie alle aufgeben, wenn du dich endlich auf eine feste Beziehung einlassen würdest, Kay«, sagt er häufig mit der für ihn typischen Mischung aus Aufrichtigkeit und Ironie. »Aber du willst ja nicht.«

»Klar ... irgendwann«, antworte ich dann. »Du weißt, daß ich dich mag.«

»Irgenwann genügt mir aber nicht, Kay. Denn was ich für dich empfinde, ist mehr als bloßes ›mögen‹.«

Ich habe Verständnis dafür, doch ich kann es nicht ändern. Obwohl ich ihn wirklich gern habe und es genieße, wie er mich anhimmelt, kann ich ihm seinen Wunsch nicht erfüllen. Und deshalb haben wir eine Abmachung getroffen. Wir sind immer füreinander da, wenn wir uns brauchen, was sich nicht nur auf Sex beschränkt. Wir kuscheln, wir küssen uns, liegen uns in den Armen, reden und sprechen über Probleme – all die netten Dinge, die Liebende eben tun, auch wenn es nur hin und wieder ist.

Heute abend rufe ich ihn an, frage ihn, ob ich ihn besuchen kann. Da er einverstanden ist, schließe ich mit meinem Schlüssel die Tür zu seiner Wohnung auf. Der grinsende Satyr erwartet mich im Wohnzimmer, hingeräkelt auf dem Möbelstück, das er sein »Liebessofa« nennt. Der Raum wird nur von den im Kamin glühenden Scheiten erleuchtet.

Er macht keine Anstalten, sich zu erheben, und bietet mir kühl einen Drink an, den ich ebenso kühl ablehne. Unsere Blicke treffen sich. Und dann stürme ich auf ihn zu, reiße seinen Morgenmantel aus schwerem Seidenbrokat auf, presse mein Gesicht gegen seine dunkle Haut und schnuppere seinen unverkennbaren Duft.

»Sascha!«

»Kay! Kay! Kay!«

Er schließt mich in die Arme und küßt meinen Scheitel.

Kurz darauf lieben wir uns leidenschaftlich auf dem Teppich vor dem Kamin. Ich will, daß er mich wild nimmt, und er tut mir den Gefallen, läßt es dabei allerdings nicht an der Zärtlichkeit fehlen, die seine besondere Gabe ist. Ich schwebe in Sinnlichkeit und vergesse alles, außer daß ich eine Frau bin, schreie auf, schnappe nach Luft und verkralle mich in der Haut dieses phantastischen Mannes mit den sanften Rehaugen, der mir soviel Freude bereitet.

Später, in Saschas Bett, kuscheln wir uns Bauch an Rücken aneinander, eingehüllt vom Geruch unserer Liebe. Ich schmiege mein Gesicht in seine Hand und rieche den Duft seiner Haut, ein Geruch nach Sandelholz, Wind, Sand und antiken steinernen Tempeln. Ich spüre seinen Atem an meinem Ohr und ab und zu seine glattrasierten Wangen. Wenn ich ganz still daliege, kann ich das Klopfen seines Herzens fühlen, da er die Brust gegen meinen Rücken drückt.

Ich schmiege mich noch enger an ihn, möchte so gern das Band festigen, das uns vereint. Wie gern würde ich mit ihm verschmelzen, damit wir einander wärmen können – er mich und ich ihn.

»Du machst mich so glücklich«, flüstert er mir ins Ohr und küßt meinen Nacken.

Ich lächle. Auch ich bin glücklich.

Bei Morgengrauen schlüpfe ich leise aus dem Bett, um ihn

nicht zu wecken. Doch als ich mich an der Zimmertür noch einmal umdrehe, stelle ich fest, daß er mich beobachtet.

»Ich liebe dich, Kay«, murmelt er.

Ich werfe ihm eine Kußhand zu. Während ich die Treppe hinuntergehe, versuche ich, nicht darüber nachzudenken, warum er mir ständig vor Augen führen muß, was er für mich empfindet und was ich leider nicht erwidern kann.

Um sieben Uhr morgens läutet das Telefon. Ich trinke gerade Kaffee. Es ist Joel, und er klingt sehr aufgeregt.

»Hast du die *News* schon gesehen?« Ich verneine. »Dann lauf sofort zum nächsten Kiosk, altes Haus. Es ist dringend!«

Eines der Fotos, die ich von den illegalen Einwanderern gemacht habe, prangt angeblich auf der Titelseite, und im Innenteil befindet sich eine weitere Doppelseite mit meinen Bildern.

»Du bist der Star von San Francisco«, sagt Joel. »Heute gehört die Stadt dir.«

»Die Welt auch?« frage ich. »Komisch, Joel, ich fühle mich gar nicht verändert. Nicht anders als sonst, wenn du es genau wissen willst.«

»Du wirst schon darüber hinwegkommen. Es wird nicht lange dauern, bis es dir zu Kopfe steigt. So läuft es nämlich immer. Zuerst geben sie sich ganz bescheiden, und dann wächst allmählich der Stolz. Erfolg führt zu Arroganz. Riesenerfolg zu Riesenarroganz. Das ist das Glickmannsche Gesetz, das immer zutrifft.«

Nach dem Telefonat ziehe ich mir etwas an und laufe zur Ecke Union und Hyde. Der *News*-Kasten ist voller druckfrischer Exemplare. Ich hole eines heraus und betrachte die Ergebnisse meiner Arbeit.

Ich bin ausgesprochen zufrieden. Die Bilder wirken großartig, mein Name ist so fett gedruckt wie Joels, und sein Artikel – verfaßt in seinem typischen Stil (nicht sentimental, sondern ganz sachlich, so daß die Story noch mehr ans Herz geht) – paßt wunderbar dazu.

Auf dem Heimweg übe ich, den Kopf höher zu halten als gewöhnlich, damit man mir den Stolz anmerkt. Ich weiß, Maddy würde sich für mich freuen, und weil sie nicht mehr da ist, muß ich das Gefühl selbst empfinden.

Um neun Uhr stehe ich wieder in der Dunkelkammer. Maddys Negativstreifen habe ich ordentlich auf dem Leuchttisch aufgereiht und die Schalen mit frischen Fotochemikalien gefüllt. Ich habe mir fest vorgenommen, das Geheimnis der Filmrolle aus ihrer Leica heute zu knacken.

Auf Anhieb erkenne ich Einzelheiten, die mir gestern entgangen sind. Vielleicht liegt es daran, daß ich die Fotos mit neuen Augen betrachte. Möglicherweise aber auch daran, daß ich jetzt weiß, wonach ich suche, da ich Bild Nummer 9 entschlüsselt habe. Indem ich die Negative durch eine Lupe betrachte, nehme ich die störende Körnung, die bei der Vergrößerung entstanden ist, nicht mehr wahr.

Rasch treffe ich eine Entscheidung: Ich werde jedes Bild im Format 4 x 5 cm entwickeln, anstatt den Inhalt durch komplizierte Hervorhebungs- und Retuschevorgänge herauszuholen.

Das Ganze dauert nur eine gute Stunde. Bald habe ich einen Rhythmus gefunden, produziere Bild um Bild. Am Ende hefte ich die noch nassen Fotos an meine Pinnwand.

Nackte Frauen mit bekleideten Männern. Plötzlich erkenne ich sie überall. Natürlich keine Ganzkörperfotos, sondern nur Bruchstücke. Und mir fällt noch etwas Seltsames auf: Die Frauen scheinen alle Asiatinnen zu sein, während die Männer offenbar Weiße sind. Was hat das zu bedeuten?

Die einbelichtete Uhrzeit verrät mir, daß Maddy die Fotos in kurzen Intervallen mit jeweils zehn oder fünfzehn Minuten Pause geschossen hat. Da sie mit einem Weitwinkelobjektiv durch ein Fenster fotografierte, das höher lag als ihr Motiv, war ihr Bildwinkel ernorm eingeschränkt.

Ich schließe die Augen und versuche, mir die Situation vorzustellen: Maddy befindet sich in einem dunklen Zimmer und späht durch ihre Kamera, die auf einem Stativ steht. Das Objektiv zeigt zum Fenster und ist auf ein anderes Fenster einen Stock tiefer gerichtet, das offenbar ungeputzt und geschlossen ist. Das, was sie fotografieren will, spielt sich in diesem zweiten Zimmer ab, wo sich außerdem eine schwache Lichtquelle befindet. Immer wenn die Personen in diesem Zimmer sich am Fenster zeigen, fängt sie an zu knipsen. Sobald sie verschwinden, hört sie auf und wartet, bis sie wieder auftauchen.

Zwei Zimmer, zwei Fensterscheiben dazwischen, heimlich geschossene Bilder von den Vorgängen in dem einen, fotografiert aus dem anderen. Wahrscheinlich war das Fenster von Maddys Zimmer ebenfalls geschlossen, damit niemand ihre Anwesenheit bemerkte. Mir wird klar, daß solche Fotos normalerweise von Erpressern gemacht werden oder von Polizisten bei einer Beschattungsaktion. Es sind Überwachungsfotos von Menschen, die nicht die geringste Ahnung haben, daß jemand sie beobachtet. Fotos, die ungesetzliche Aktivitäten dokumentieren, die den Fotografen vielleicht in Gefahr bringen, wenn ihre Existenz bekannt wird. Außerdem Fotos, die nur unter großem Aufwand gemacht werden konnten: Der Schauplatz und ein Beobachtungsposten müssen gefunden werden. Man muß die Ausrüstung aufbauen und geduldig auf das Motiv warten. Kaum vorstellbar, daß eine achtundsechzigjährige, kranke Frau das zustande gebracht haben soll – es sei denn, es handelte sich um eine Sache, die ihr sehr am Herzen lag.

Worum geht es also? Eine Orgie? Ich muß ein Gähnen unterdrücken. Heutzutage kann man damit doch niemanden mehr hinter dem Ofen hervorlocken... vor allem nicht hier in San Francisco. Das Vorzimmer eines Bordells, das sich auf weiße Männer mit einem Faible für Asiatinnen spezialisiert hat? Nein, es muß mehr dahinterstecken, etwas, das diese ganze Mühe rechtfertigt.

Ich überlege kurz und rufe dann David Yamada an.

»Hallo, ich bin es, Kay. Ich habe mir die Kameras angesehen. Hast du sie selbst eingepackt, oder waren sie schon in den Kartons?«

»Nein«, antwortet er. »Sie lagen überall herum. Ich habe sie in die Kartons gesteckt.«

»Erinnerst du dich an die, die noch ziemlich neu aussah?«

»Die Leica?«

»Wo hast du sie gefunden?«

»Ach, das weiß ich nicht mehr. Irgendwo. Vielleicht im Schlafzimmer.« Eine Pause. »Stimmt was nicht?«

»Doch, doch, ich war nur neugierig, David. Hör mal, wenn du die Dunkelkammerausrüstung sortieren möchtest – ich hätte heute nachmittag Zeit.«

Den restlichen Vormittag verbringe ich damit, ein Flugblatt auszuarbeiten. Ich wähle ein Foto von Maddy, das ich vor drei Jahren aufgenommen habe, als sie noch nicht krank war. Darauf lächelt sie breit, und ihre eindrucksvollen Augen blitzen fröhlich. Ich plaziere das Bild oben auf der Seite und entwerfe dann einen Text:

HABEN SIE DIESE FRAU GESEHEN?

Am 10. April, etwa um 1:30 Uhr, wurde die oben abgebildete Frau in der Nähe der Kreuzung Capp Street und 24. Straße bei einem Verkehrsunfall getötet. Der Motorradfahrer beging Fahrerflucht. Sie hieß Amanda Yamada, von ihren Freunden Maddy genannt, wohnte in Marina, war 68 Jahre alt und bei schlechter Gesundheit, allerdings im vollen Besitz ihrer geistigen Kräfte.

Wir, das heißt ihre Angehörigen und Freunde, fragen uns, warum sie um diese Uhrzeit so weit entfernt von ihrer Wohnung unterwegs war. Wenn Sie sie gesehen haben, melden Sie sich bitte bei uns. Natürlich kann nichts unsere geliebte Maddy wieder lebendig machen. Aber wenn wir wüßten, was sie in jener Nacht vorhatte – ob sie Freunde besuchte, spazierenging oder sogar fotografierte –, wäre es uns eine große Hilfe in unserer Trauer.

Wir freuen uns über jeden Hinweis. Selbstverständlich sichern wir Ihnen äußerste Diskretion zu. Vielen Dank!

Die Freunde und Angehörigen
von Maddy Yamada

Als ich um drei Uhr vor Maddys Haus ankomme, sehe ich Davids Saab schon draußen stehen. Ich klingle, er betätigt den Türöffner – nicht kurz und knapp, wie ich es gewohnt bin, sondern ungewöhnlich lange. Die Tür der Wohnung im ersten Stock steht weit offen.

»Ich bin hinten! Komme gleich!« ruft David.

Ich trete ein. Drinnen sind die Rollos hochgezogen, Wohn- und Eßzimmer vom dem grellen Licht San Franciscos durchflutet. Kurz bin ich geblendet. Ich schließe die Augen, setze die dunkelrote Sonnenbrille auf, warte, bis ich wieder sehen kann, und schaue mich dann um.

Die Wohnung wirkt schon völlig verändert. Die unzähligen gerahmten Fotografien, die an den Wänden hingen, sind abgenommen worden. Der Perserteppich im Wohnzimmer ist zusammengerollt, und das Sofa, auf dem Maddy und ich immer saßen, steht jetzt an der Wand.

David kommt herein. »Sie hatte furchtbar viel Kram«, sagt er. »Du würdest es nicht glauben, Kay. Kistenweise Fotos, Tagebücher und Briefe, alles ordentlich sortiert. Gestern abend habe ich eine Mappe mit Briefen von meinem Vater gefunden und bis zwei Uhr morgens darin gelesen. Unwahrscheinlich interessant. Sie hat wirklich ein aktives, erfülltes Leben geführt. Das beeindruckt mich besonders.«

Er erzählt, daß die Leute vom Museum of Modern Art am Montag kommen wollen, um das Archiv abzutransportieren: Negative, Kontaktabzüge und auch die meisten Papiere, bis auf ein paar persönliche Dinge, die David behalten möchte.

»Auf diese Weise ist alles für Wissenschaftler und Biographen zugänglich. Ich denke, sie hätte es so gewollt. Hoffentlich tue ich das Richtige.«

Ich versichere ihm, daß alles genau richtig ist, und frage ihn, ob ich mich noch einmal in der Wohnung umsehen kann, bevor wir anfangen.

»Klar, laß dir nur Zeit. Ich bin unten im Lagerraum. Komm runter, wenn du fertig bist.«

Ich freue mich, daß er mich allein läßt. So kann ich mich frei bewegen, ohne ihm etwas erklären zu müssen. Sobald er draußen ist, fange ich mit meiner Suche an. Ich schlendere durch die Zimmer und überprüfe sämtliche Fenster und die gegenüberliegenden Gebäude. Ich glaube zwar nicht, daß Maddy die Aufnahmen von ihrer Wohnung aus gemacht hat, will aber auf Nummer Sicher gehen, ehe ich weitere Nachforschungen anstelle.

Die vorderen Zimmer und die Küche kenne ich. Die Fotos wurden eindeutig nicht aus diesen Fenstern geschossen, denn die nächsten Häuser sind viel zu weit entfernt. Nach den Aufnahmen und dem Objektiv zu urteilen, beträgt der Abstand zwischen den beiden Fenstern nicht mehr als acht Meter.

In den hinteren Zimmern bietet sich hingegen ein anderes Bild. Die beiden Schlafzimmer gehen auf einen kleinen Garten hinaus, und man kann von dort aus in das Haus direkt dahinter sehen. Es ist ein Mietshaus, ganz ähnlich wie das, in dem

Maddy gewohnt hat – drei Stockwerke, Art-deco-Stil, typisch für Marina. Durch die Linse meiner Contax betrachte ich sämtliche gegenüberliegenden Fenster. Sie sind alle sauber, die Rahmen heben sich scharf vom Glas ab. Außerdem stimmen Entfernung und Winkel nicht.

Nein, Maddy, von hier aus hast du nicht fotografiert.

David kniet im Keller inmitten von Kartons voller Geräte für die Dunkelkammer. Wir sortieren alles – gebrauchte Schalen, Krüge, Trockengestelle, Thermometer. Das meiste ist ziemlich wertlos. Nur die Stative und Linsen könnten etwas einbringen und auch das gewaltige Vergrößerungsgerät, ein Beseler 4 x 5 mit Motor. Die besten Stücke sind ein Leica-Focomat-Vergrößerer und ausgezeichnete Vergrößerungslinsen von Leitz und Rodenstock. Das Ganze ließe sich für circa zweitausend Dollar verkaufen.

»Warum machst du damit nicht das gleiche wie ich mit den Kameras?« schlage ich David vor. »Du könntest die Sachen dem Art Institute spenden. Ich habe dort studiert und Kevin Wang auch. Die Studenten können die Geräte gut gebrauchen und würden sich sicher sehr darüber freuen.«

Während er darüber nachdenkt, stelle ich fest, daß eine der Rodenstock-Linsen eine 75 mm ist, die sich viel besser für Mittelformate eignet als zum Entwickeln eines 35-mm-Films. Sie und das große Beseler weisen darauf hin, daß Maddy zumindest hin und wieder mit Mittelformaten gearbeitet hat. Das wußte ich nicht, und dann fällt mir ein, daß bei den Kameras keine Modelle für Mittelformat dabei waren.

»Okay«, sagt David. »Das Art Institute soll die Sachen bekommen.« Er bittet mich, die Hochschule von der Spende in Kenntnis zu setzen und die Abholung zu organisieren.

Bevor ich gehe, zeige ich ihm noch meinen Flugblattentwurf, den er sorgfältig studiert.

»Ich wollte die Dinger nicht ohne deine Zustimmung verteilen«, erkläre ich.

»Hier steht nichts über eine Beschreibung des Fahrers«, merkt er an.

Ich erkläre ihm, daß ich mich damit nicht befaßt habe, weil es Aufgabe der Polizei ist. Ich möchte vielmehr erfahren, was

Maddy in jener Nacht in diesem Viertel wollte und ob sie früher schon einmal dort gesehen wurde.

Er blickt mich an und nickt. »Geht klar«, brummt er.

Ich schaue ihm in die Augen. Sein Einverständnis hat etwas Halbherziges an sich, so als ob er in Wahrheit anderer Meinung wäre.

3

Dienstag nachmittag. Ich hole die Flugblätter vom 24-Stunden-Druck ab, nehme den Bus Richtung Van Ness Street zur Mission, steige an der 24. Straße aus, gehe zur Capp und fange an, die Zettel zu verteilen.

Dabei überlege ich, wie ich wohl auf die Nachbarn wirke, die mich durch die Fenster beobachten: eine zierliche, dunkelhaarige Frau Mitte Dreißig, die Augen hinter einer dunklen Sonnenbrille verborgen, eine Kamera um den Hals, die systematisch von Haus zu Haus geht und unter jeder Tür Flugblätter durchschiebt.

Nachdem ich mit dem ersten Häuserblock fertig bin, arbeite ich mich nach Osten vor. Danach auf der 24. Straße in Richtung Westen. Dann pflastere ich die Capp Street nördlich und südlich der Unfallstelle zu. Nachdem ich in der Valencia rasch einen kubanischen Kaffee getrunken habe, kehre ich in die Capp zurück und stecke Flugblätter hinter die Scheibenwischer geparkter Autos.

Auf dem Rückweg zur Bushaltestelle in der Mission Street sehe ich wieder die Mexikanerin mittleren Alters, die mir den Unglücksort gezeigt hat. Sie trägt eine Krankenschwesterntracht und geht auf der anderen Straßenseite die Capp entlang. Ich überquere die Straße und laufe ihr nach. Offenbar hat sie mich gehört, denn sie dreht sich plötzlich um.

»Ach, Sie sind es«, sagt sie, als ich die Sonnenbrille abnehme.

»Tut mir leid, ich wollte Ihnen keine Angst einjagen.«

Sie mustert mich. »Warum blinzeln Sie so?«

»Heliophobie«, erkläre ich. »Meine Augen vertragen das helle Licht nicht.«

Ich setze die Brille wieder auf, und wir blicken einander an. Dann reiche ich ihr ein Flugblatt.

»Ich habe die hier gerade verteilt«, sage ich.

Sie betrachtet erst mich, dann das Flugblatt. Nachdem sie es gelesen hat, gibt sie es mir zurück.

»Sie werden eines unter Ihrer Tür finden«, kläre ich sie auf.

»Danke.«

»Ich hoffe, daß Sie mir helfen können. Bitte überlegen Sie es sich.«

Sie mustert mich noch einmal prüfend, dreht sich dann um und geht weiter.

Da ich mich heute abend einsam fühle, beschließe ich, einen Spaziergang durch die Stadt zu machen. Ich nehme meine Contax, schlendere den Russian Hill in Richtung North Beach hinunter und lasse mich von den Menschenmassen an Kaffeehäusern, Friseursalons, Pizzerien und Boutiquen vorbeischieben.

Rund um den Broadway gibt es ein kleines, nicht weiter aufregendes Rotlichtviertel – etwa ein Dutzend Striptease-Lokale, wo hübsche junge Frauen unter geschmacklosen Markisen stehen und den Passanten die Shows und verschiedene Sexspielzeuge anpreisen.

An einem Zeitungskiosk bleibe ich stehen. Die Gegend hat nichts Bedrohliches an sich, das Ganze ist fast ein bißchen rührend. Die Mädchen, die mit kurzen Samtkordeln an die Türpfosten gebunden sind, fungieren als menschliche Schlagbäume.

»Ahoi, Matrosen!« ruft die langbeinige Blondine vor dem True Love Saloon drei jungen, uniformierten Seeleuten zu.

»Und wie steht es bei euch mit der ›wahren Liebe‹?« fragt einer der drei.

Die Frau grinst. »›Die wahre Liebe‹ findet ihr hier vielleicht nicht«, sagt sie, »aber böse Mädchen für böse Jungs.«

Die Matrosen lehnen ab, doch ein kahlköpfiger Mann mittleren Alters, der einen Anzug trägt, schlüpft ins Lokal. Als er an der Türhüterin vorbeikommt, tätschelt sie zärtlich seine Glatze.

Ich bummle durch den City-Lights-Buchladen, blättere Biographien aus der Beat-Ära durch und erstehe eine französische Fotozeitschrift. Damit setze ich mich nebenan ins Vesuvio Café, bestelle einen Espresso und betrachte die fetischistischen Hochglanzfotos, die in einem prunkvoll ausgestatteten Eßzimmer aufgenommen worden sind. Eine glatthaarige, muskulöse Frau in schulterfreiem Abendkleid und glänzenden Stiefeln inspiziert einen elegant gedeckten Tisch, während ein uniformiertes Dienstmädchen unterwürfig auf ein Lob wartet.

Später gehe ich den Broadway hinauf nach Chinatown. Je weiter ich komme, desto mehr verändert sich der Geruch. Jetzt duftet es nicht mehr nach Espresso und Pizza, sondern nach Tee und geröstetem Schweinefleisch. In der Stockton Street schlendere ich zwischen Menschenmassen an Fischrestaurants, Dim-Sum-Lokalen und Souvenirläden vorbei. Plötzlich meldet sich mein Piepser. Auf dem winzigen Display leuchtet Joels Mobilfunknummer auf.

An der Ecke Stockton und Clay finde ich eine Telefonzelle. Er sagt, er sei im Auto auf der Market Street unterwegs und wolle zum Hafen, weil er gerade wieder einen Tip erhalten habe. Er fragt, ob ich mitkommen will, um das Spektakel zu fotografieren.

»Na klar! Allerdings habe ich nur eine Kamera und kein Blitzlicht dabei.«

»Dann muß das eben genügen«, stellt Joel fest. »Wir treffen uns Ecke Clay und Kearny in etwa ... sechs Minuten.«

Plötzlich bin ich aufgeregt, spüre, wie das Adrenalin durch meine Adern pulst. Ich werfe die französische Zeitschrift in einen Papierkorb und kaufe in einem Andenkenladen sechs Filmrollen. Ich bin kaum am Treffpunkt angelangt, als Joel schon in seinem VW angebraust kommt. Er hält an, und ich springe ins Auto.

»Schnall dich an, altes Haus«, sagt er und tritt aufs Gas. Mit quietschenden Reifen rasen wir los. Eine Minute später sind wir am Embarcadero. Die Pfeiler der Bay Brigde ragen über uns auf.

»Wohin fahren wir?«

»China Basin.«

»Was soll da los sein?«

»Das werden wir gleich herausfinden.«

Während wir den Embarcadero entlang nach Süden fahren, erzählt er mir, was er weiß.

»Der Anruf kam vor etwa einer Viertelstunde. Derselbe Typ wie beim letztenmal, derselbe falsche chinesische Akzent. ›Sehl gute Geschichte, Mistel Glickman. Sie gute Albeit gemacht, dalum neue gute Geschichte für Sie.‹ Er sagt, ich soll zum Ende der El Dorado Alley in der Nähe von Pier 64 fahren und dort warten. ›Vielleicht passielt da was Intelessantes.‹ Und dann ... klick, aufgelegt. Ich habe sofort auf die Wiederwahltaste gedrückt, aber nichts. Wahrscheinlich hat er diese Funktion abgeschaltet.«

»Aber du glaubst diesem Menschen?«

»Das letztemal hat sich sein Tip als richtig erwiesen.«

»Und wenn das nur ein Köder war? Ein Trick, um dich reinzulegen?«

»Mich? Warum sollte sich jemand diese Mühe machen?«

»Hast du etwa keine Feinde, Joel?«

»Millionen.«

»Und?«

»Wenn mich jemand erledigen will, braucht er doch nur vor meinem Haus auf mich zu warten. Jeden Morgen um sechs trete ich auf die Veranda, um die Zeitung reinzuholen. Ich strecke mich, bücke mich dann und gebe auf diese Weise ein ausgezeichnetes Ziel ab. Das wäre der richtige Zeitpunkt, um mich abzuknallen.«

Es ist unheimlich in der 16. Straße – kein Verkehr, schlechte Beleuchtung, ein fensterloses Lagerhaus mit Flachdach nach dem anderen. Kurz vor der 3. Straße befindet sich ein Jazzclub, mit einer Reihe geparkter Autos davor. Joel fährt jetzt langsamer und schlängelt sich dann durch das Labyrinth enger Straßen, die zum Ufer von China Basin führen. Er findet die El Dorado Alley, folgt ihr, bis es nicht mehr weitergeht, und schaltet dann den Motor ab.

Ich sehe mich um. Alles ist einsam und verlassen. Weder Wohnhäuser noch Firmengebäude, nur eine ausgebrannte Ruine zu unserer Rechten. Etwa hundert Meter vor uns sind ein paar riesige Frachter an der Pier vertäut. Dort ist alles mit hellen Scheinwerfern erleuchtet, wie man sie benutzt, wenn man nachts ein Schiff belädt. Das grelle Licht tut mir in den Augen weh.

»Welche ist Pier 64?« frage ich Joel.

Er zeigt nach links, ist nun hellwach, steht unter Strom.

»Mir gefällt es hier gar nicht.«

»Mir auch nicht, altes Haus. In der China Basin Street wären wir näher am Wasser und könnten uns in beide Richtungen aus dem Staub machen. Von hier aus müssen wir zu Fuß zur Pier gehen und stecken außerdem in einer Sackgasse fest.«

»Wir sitzen also in der Falle.«

»Stimmt leider.« Joel hält inne. »Nur ...«
»Nur was?«
»Nur, daß wir hier sicherer sind.«
»Wovor?«
»Vor dem, was vielleicht passiert.«
»Und das wäre?«
»Woher soll ich denn das wissen?«
Bitte, Joel, verschone mich!
»Ich steige aus«, verkünde ich und öffne die Tür.
»Das würde ich an deiner Stelle nicht tun.«
»Warum?« Ich richte meine Kamera auf das Wasser.
»Einfach so. Ich würde im Auto bleiben und abwarten.«
Ich lache auf. »Als nächstes sagst du mir wahrscheinlich, ich soll aufpassen, daß mein Pulver nicht naß wird.« Ich nehme die Schiffe ins Visier und stelle die Schärfe ein.

Joel fängt an zu grinsen. Doch der Knall läßt seine Miene erstarren. Obwohl ich geblendet bin, knipse ich ganz automatisch weiter.

»Duck dich! Kopf runter!« brüllt er, zerrt mich zurück ins Auto und stößt mich in den Fußraum unter dem Armaturenbrett, in den ich eigentlich nicht hineinpasse. Das Dröhnen ist ohrenbetäubend. Ich kann nichts mehr hören. Dann fühlt es sich an, als würde das Auto von der Straße abheben. Joels Gewicht lastet auf mir, die Kamera bohrt sich schmerzhaft in meine Brust. Im nächsten Moment ertönt ein gewaltiges Brausen, und kurz darauf, so plötzlich, wie es begonnen hat, ist alles wieder still.

Ich atme tief durch. Ein ekliger, scharfer Geruch steigt mir in die Nase.

»Laß mich hoch, Joel! Ich kriege keine Luft.«

Es ist eine Erlösung, als der Druck auf meinem Rücken nachläßt. Ich schüttle den Kopf, setze mich auf und lasse meinen Blick schweifen. Das Schiff, das an Pier 64 vor Anker lag, ist in Flammen eingehüllt. Es stinkt nach Chemikalien.

»Mein Gott!«

»Das Schiff ist explodiert«, sagt Joel. »Unglaublich. Ich habe einen riesigen Feuerball gesehen. Und dann ... Bumm!« Er sieht mich an. »Alles okay?«

Ich nicke und betaste meine Kamera. »Ich glaube, ich hab es drauf.«

Wir steigen aus und waten durch den Schutt auf die Pier zu. Mir ist ein wenig schwindelig. Der Gestank macht mir zu schaffen, und ich habe Angst, daß es noch einmal knallen könnte. Aber ich gehe weiter und suche einen guten Beobachtungsposten. Als ich einen gefunden habe, bleibe ich stehen und schaue mich um. Ich fühle mich magisch von dem brennenden Schiff angezogen, so daß ich Joel vergesse und mich noch näher heranpirsche. Ich weiß, was ich brauche – Menschen, um das Feuer in das richtige Größenverhältnis zu setzen. Aber ich sehe niemanden, und dann geht mir auf, daß jeder, der sich in der Nähe des Schiffes aufgehalten hat, durch die starke Explosion wahrscheinlich umgeworfen oder in Stücke gerissen worden ist.

In der Ferne Sirenen. Die Feuerwehr ist unterwegs. Ein solches Feuer brennt vermutlich stundenlang, weswegen ich das mit den Exklusivaufnahmen vergessen kann. In ein paar Minuten wird es hier an der Pier von Presseleuten nur so wimmeln. Aber ich nähere mich trotzdem den Flammen.

Geh so nah ran, wie du kannst, bevor du fotografierst, hat Maddy mir immer geraten.

Man kann die Luft kaum atmen, und die Hitze versengt mir das Gesicht. Doch ich höre nicht auf zu knipsen. Ich suche ein eindrucksvolles Bild, das mehr aussagt als einfach nur »Feuer!«. Ich brauche Menschen, und da außer den Feuerwehrleuten niemand da ist, beschäftige ich mich mit ihnen.

Einer fällt mir besonders auf, ein junger Mann mit einem ebenmäßigen Gesicht, den Augen eines Kriegers und der Stirn eines Athleten. Als ich näher komme, dreht er sich um.

»Hier ist es gefährlich!« überbrüllt er das Getöse. »Bleiben Sie lieber zurück!«

»Ich muß meinen Job erledigen. Stört es Sie, wenn ich mitkomme?«

Er betrachtet mich. »Sie wollen hier wohl die heldenhafte Reporterin spielen, was?«

»Stimmt genau!« rufe ich.

»Klar, junge Frau, kommen Sie ruhig mit.« Er grinst. »Ihr Mumm gefällt mir.«

Da er sich wieder umdreht, kann ich sein Gesicht nicht fotografieren. Ich folge ihm zum Dock. Draußen auf dem Wasser erkenne ich drei Löschschiffe mit sprühenden Wasserkanonen, die den brennenden Frachter bearbeiten.

»Hallo, Herr Feuerwehrmann!« schreie ich. »Was hat der Kahn denn geladen?« Er antwortet nicht. »Das stinkt ja scheußlich!«

In diesem Moment findet an Bord des Frachters abermals eine Explosion statt. Der Mann duckt sich und wendet sich halb zu mir um. Ich drücke auf den Auslöser. *Klick! Klick! Klick!* Seine entsetzte Miene läßt nichts zu wünschen übrig.

»Sie sehen klasse aus!« sage ich.

Entgeistert starrt er mich an. »Das hier ist kein Film, junge Frau! Wir bekämpfen einen echten Brand!«

Klick! Klick!

»Schon vorbei. Danke.« Mit diesen Worten trete ich den Rückzug an.

Ich finde Joel zwischen dem Gewirr von Löschzügen in der China Basin Street. Er erzählt, das Feuer habe bis jetzt ein Todesopfer und dreizehn Verletzte gefordert. Offenbar sind die Treibstofftanks des Schiffes durch eine Bombenexplosion in Brand geraten.

»Vor ein paar Stunden wäre die Zahl der Opfer noch um einiges höher gewesen. Sie waren gerade mit dem Ausladen fertig. Der Frachter hatte Ammoniumanhydrid an Bord. Wenn dieses Zeug mit Wasser in Berührung kommt, entsteht eine giftige Gaswolke, die einem Kehlkopf und Lungen verätzt.«

»Was wird hier gespielt, Joel?«

Er schüttelt den Kopf. »Zwei Tips, dieselbe Quelle, beides Volltreffer. Bei dem ersten ging es um illegale Einwanderer, beim zweiten um einen Bombenanschlag. Wo ist der Zusammenhang, und warum wurde gerade ich informiert? Ich kapier das nicht.« Wieder schüttelt er den Kopf. »Ich werde benutzt, altes Haus, und ich kenne den Grund nicht. Das macht mir Sorgen.«

Mir auch.

Wir lungern weiter herum. Anders als bei dem Spektakel im Presidio sehen wir keine hohen Tiere von den Strafverfolgungsbehörden, die sich in die Brust werfen, sondern nur erschöpfte Feuerwehrleute und Brandstiftungsspezialisten, durchgeschwitzte Sanitäter und müde Polizisten. Als ich Joel sage, daß ich fürchte, wegen der verqualmten Luft bald in Ohnmacht zu fallen, bringt er mich zurück zum Auto. Auf dem Heimweg bitte ich ihn, am Embarcadero anzuhalten. Ich steige aus, gehe zum Deich, atme tief durch und versuche, die Lunge wieder freizubekommen. Er folgt mir. Wir stehen zusammen am Wasser und atmen in tiefen Zügen die kühle, salzige Luft. Als wir uns endlich erfrischt fühlen, setzen wir uns nebeneinander auf die Mauer und betrachten die Skyline von Oakland auf der anderen Seite der Bucht.

»Normalerweise kriegt man erst einen Tip, wenn die Sache bereits gelaufen ist«, sagt Joel. »›Schauen Sie in den Keller.‹ ›Der Soundso ist es gewesen.‹ ›Auf der Straße habe ich folgendes Gerücht gehört.‹ Aber diesmal ist es anders. Die Hinweise betreffen Ereignisse, die noch gar nicht stattgefunden haben. Und deshalb stellen sich mir folgende Fragen: Wer könnte wissen, wann ein Boot voller illegaler Einwanderer anlegt oder wann eine Bombe explodiert? Er wußte sogar, wo ich parken soll, damit mir nichts zustößt! Offenbar gibt es jemanden, der über alles, was an der Küste passiert, auf dem laufenden ist. Und wenn jemand über solche hellseherischen Fähigkeiten verfügt, beweist das, daß er bei diesen Zwischenfällen die Finger drin hat.« Joel sieht mich an. »Macht, altes Haus – ich glaube, darum geht es hier.«

Inzwischen ist es drei Tage her, daß ich in der Capp meine Flugblätter verteilt habe. Bis jetzt hatte ich noch keine Nachricht auf dem Anrufbeantworter. Ich beschließe, noch ein paar Blätter nachzulegen, und fahre mit einem frischen Stapel hin. Als ich ankomme, fällt mir sofort auf, daß sämtliche Zettel, die ich an Telefonmasten befestigt hatte, abgerissen worden sind.

Ist ja großartig, denke ich. *Nur weiter so.*

Mit Hammer und Reißzwecken mache ich mich entschlossen erneut an die Arbeit. Danach arbeite ich mich erst auf der einen, dann auf der anderen Straßenseite vorwärts, stecke die Flugblätter hinter Scheibenwischer und schiebe sie unter den Türen durch. Nachdem ich fertig bin, recke ich mich, die Hände in die Hüften gestemmt, und sehe mich um. Jeder, der mich vielleicht beobachtet, soll merken, daß ich es ernst meine. Ich schwöre mir, so lange wiederzukommen, bis ich etwas erfahren habe ... und wenn ich mich dazu an die Ecke stellen und meine Zettel an Passanten verteilen müßte.

Meine Aufnahmen von dem attraktiven Feuerwehrmann in Aktion sind sehr eindrucksvoll, und ein besseres Foto von einem Unglücksfall als mein Schnappschuß des Feuerballs ist mir noch nie gelungen. Carla Dean, Bildredakteurin bei der *News*, ruft mich an, um mir zu sagen, wie begeistert sie ist. Niemand sonst hat den Feuerball ins Bild gekriegt, ein Exklusivfoto also. Sie will es auf der ersten Seite bringen.

»Es ist Pulitzer-Preis-verdächtig«, sagt sie.

»Jetzt übertreib mal nicht«, antworte ich. »Ich habe nur mit der Kamera rumgespielt, als es plötzlich knallte. Ich habe nicht mal durch den Sucher geschaut und hatte kaum Zeit, abzudrükken. Denn dann hat Joel versucht, mich unter den Autositz zu stopfen, obwohl da normalerweise kaum ein Hut hinpaßt.«

Sie lacht. »Typisch Joel, der rettende Engel der Freiberufler.« Dann wird sie ernst. »Die Story ist spitze, Kay. Es gibt da nur ein Problem. Weil du mit gezückter Kamera bereitgestanden hast, als das Schiff explodierte, wird man dich fragen, woher du davon wußtest.«

Mit zitternden Händen lege ich den Hörer auf. Ich wäre nie auf die Idee gekommen, daß ich wegen des Fotos Schwierigkeiten bekommen könnte und womöglich erklären muß, warum ich rechtzeitig an Ort und Stelle war. »Jetzt erzählen Sie mal, Ms. Farrow, ist es Ihr Hobby, an Piers herumzustehen und auf Explosionen zu warten, oder sind Sie im voraus informiert worden? Wäre es da nicht klüger gewesen, die Polizei einzuschalten? Wie Sie sicherlich wissen, ist ein Mann ums Leben gekommen.«

Um ein Uhr nachts läutet das Telefon.

»Hallo?« Ich höre ein Keuchen am anderen Ende der Leitung. »Hallo?« sage ich noch einmal.

»Bist du die Nutte, die überall in der Capp Zettel verteilt?« Die Stimme klingt heiser, der Tonfall ist barsch.

Normalerweise würde ich auflegen und das Telefon ausstecken, nur für den Fall, daß der Typ noch mal anruft. Aber heute beschließe ich dranzubleiben.

»Hey! Sitzt du auf den Ohren, du Schlampe?«

Ich schweige.

»Was ist mit dir los? Du tickst wohl nicht mehr ganz sauber!«

Es wäre ein leichtes, ihm zu erklären, wer von uns beiden nicht mehr ganz sauber tickt, doch ich verkneife mir die Antwort.

»Und jetzt hör mir mal gut zu. Laß dich mit deinem Geschmier nicht mehr bei uns blicken! Wenn ich deine Fresse noch mal hier sehe, setzt's was. Kapiert, Schlampe?«

Er wartet noch eine Sekunde und hängt dann ein.

Ruhig lege ich den Hörer auf. Wahrscheinlich ein stiller Verehrer.

Um sieben Uhr morgens bin ich wieder in der Capp Street, weil ich die Anwohner auf dem Weg zur Arbeit abfangen will. Als ich den Häuserblock entlangschlendere, kann ich kein einziges meiner Flugblätter mehr entdecken – weder an den Telefonmasten noch hinter den Scheibenwischern der geparkten Autos, ja, nicht einmal auf der Straße.

Ich beziehe Posten an derselben Stelle, an der Maddy überfahren worden ist, und halte den Passanten meine Flugblätter hin. Einige nehmen sie an, andere laufen vorbei. Manche betrachten mich neugierig, aber die meisten weichen meinem Blick aus. Allerdings spüre ich keine Feindseligkeit. Mein aufgebrachter anynomer Anrufer scheint hier keine Gesinnungsgenossen zu haben. Ein Schüler nimmt ein Flugblatt und wünscht mir dann einen schönen Tag. Meine Stimmung steigt. Offenbar gibt es doch noch nette junge Leute.

Zwei Stunden verstreichen. Menschen kommen und gehen, treten aus Gebäuden, steigen in Autos und fahren davon. Allmählich tun mir die Füße weh. Da ich es satt habe, immer am selben Fleck zu stehen, schlendere ich zur nächsten Straßenecke und baue mich neben einem Stoppschild auf. Aber die Autofahrer, denen ich hier meine Flugblätter entgegenstrecke, weisen sie mit einer abwehrenden Handbewegung zurück.

Um halb zehn habe ich bereits vollstes Verständnis für die Leiden der Flugblattverteiler entwickelt, deren Broschüren ich im Laufe der Jahre nicht angenommen habe – verbissene Scientologen, verhuschte Zeugen Jehovas oder bemitleidenswerte Rentner mit Sandwichbrettern, die einen in billige Imbißläden locken wollen. Es ist ein mieser Job, etwas auf der Straße zu verteilen. Meistens stößt man auf Desinteresse. Und nach einer gewissen Anzahl von Abfuhren beginnt man auszustrahlen, daß man eigentlich damit rechnet.

Um zehn ist meine Selbstachtung mehr oder weniger dahin. Ich gehe noch einmal den Häuserblock entlang, bepflastere erneut Telefonmasten und Windschutzscheiben und schiebe Flugblätter unter den Türen durch. Das war's dann wohl, sage ich mir, als ich fertig bin. Mein letzter Versuch. Immerhin habe ich zum Ausdruck gebracht, daß mir mein anonymer Anrufer mit seinen Drohungen den Buckel runterrutschen kann. Wenn die Leute hier zu engherzig sind, um mir zu helfen, kann ich es einfach nicht ändern.

Als ich nach Hause komme, blinkt das Lämpchen an meinem Anrufbeantworter. Ich spiele die Nachricht ab und erkenne die Stimme auf Anhieb. Es ist die mexikanische Krankenschwester, die an der Ecke Capp und 24. Straße wohnt.

»Ich habe Sie heute morgen auf der Straße beobachtet«, sagt sie. »Ich glaube, daß Sie es ehrlich meinen, und möchte Ihnen etwas erzählen. Es ist zwar nicht viel, aber wir müssen uns an einem Ort treffen, wo uns niemand sieht. Bitte erwarten Sie mich heute nachmittag um fünf in der Mission-Dolores-Basilika. Setzen Sie sich auf die linke Seite. Ich werde Sie finden.« Pause. »Mein Name ist Maria Quintana.«

Ich verbringe den Tag in angespannter Neugier. Um zwei gehe ich zum Training ins Marina Aikido, kehre anschließend nach Hause zurück, dusche und mache mich dann mit der Kamera auf den Weg. Das Sonnenlicht ist so grell, daß ich es kaum aushalte, obwohl ich meine dunkelste Brille trage. Um halb fünf rufe ich von einer Telefonzelle aus ein Taxi und lasse mich zur Mission Dolores fahren.

Die ursprüngliche Missionskapelle ist ein kleiner, anmutiger und schmuckloser Lehmbau. Sie wurde 1782 errichtet und ist das älteste Gebäude von San Francisco. Die Basilika nebenan stammt aus dem Jahre 1913 und ist im sogenannten churrigueresken Stil gehalten, also gewaltig und prunkvoll. Ich trete in das prächtig ausgestattete Kirchenschiff, mache eine Kniebeuge und setze mich dann in die achte Reihe vor den Hauptaltar.

Es ist fünf Uhr. Weihrauchduft liegt in der Luft. In einer halben Stunde beginnt die Messe. Ein besorgt wirkender Priester eilt durch den Raum, ein anderer schlüpft in einen Beichtstuhl und knipst ein Lämpchen an, das anzeigt, daß nun geöffnet ist. Im Augenblick sind drei Beichtstühle besetzt. Schwarzgekleidete ältere Frauen haben sich darum versammelt und warten geduldig, bis sie an der Reihe sind.

Dies hier ist eine hispanische Kirche und unterscheidet sich sehr von den irisch-katholischen Gotteshäusern, die ich in meiner Jugend besucht habe. Die Beleuchtung ist gedämpft – eine Wohltat für meine Augen –, es riecht nach Weihrauch und feuchten Steinen, und die Heiligenstatuen machen einen grüblerischen und geheimnisvollen Eindruck. Sie haben erschrokken aufgerissene Augen und stellen vor allem schmerzgeplagte Märtyrer mit blutenden Wunden dar.

Ich bin noch ganz in Gedanken darüber versunken, als ich plötzlich spüre, daß sich jemand neben mich gesetzt hat. Es ist Maria Quintana, den gebeugten Kopf mit einem schwarzen Schal verhüllt, die Schwesterntracht unter einem schwarzen Regenmantel verborgen. Sie kniet auf dem Kniebänkchen. Als ich höre, wie sie ein Gebet murmelt, knie ich mich ebenfalls hin und krame einen halb vergessenen Text aus meinem Gedächtnis hervor.

Danach sitzen wir schweigend nebeneinander. Die Sitzreihen füllen sich. Die Orgel spielt. Gleich beginnt die Messe. Ich warte, daß Maria mir ein Zeichen gibt. Muß ich etwa die ganze Messe hier verbringen, bevor ich mit ihr sprechen kann?

Als um kurz vor halb sechs immer mehr Menschen hereinströmen, steht sie auf und tritt in den Seitengang. Ich folge ihr durchs Querschiff zu der Tür, die zum Friedhof der alten Mission führt. Wortlos geht sie an den Grabsteinen der Pioniere aus dem Jahre 1849 und der frühen Franziskanerbrüder und dem Massengrab für die Tausende von namenlosen Cotanoa-Indianer vorbei, bis wir ein kleines, von einer Hecke eingefriedetes Areal erreichen. Inmitten von Rosenbüschen steht das Denkmal von Junipero Serra, dem großen Franziskaner.

Hier in der Dämmerung dreht sie sich endlich zu mir um, sieht mich an und begrüßt mich zum erstenmal, seit wir uns kennen, mit einem Lächeln.

»Danke, daß Sie mich angerufen haben«, sage ich. »Ich wollte schon aufgeben.«

»Ich habe gehofft, jemand anders würde sich mit Ihnen in Verbindung setzen. Als ich Sie jedoch heute morgen sah, wurde mir klar, daß sich keiner gemeldet hat.«

»Haben Sie mich deshalb angerufen?«

Sie nickt. »Ich konnte es nicht ertragen, wie Sie so geduldig an der Stelle standen, an der die alte Dame überfahren wurde. Und da sonst kein Mensch mit Ihnen sprechen will, ist es eben meine Pflicht, es zu tun.«

Inzwischen ist mir aufgefallen, daß sie ein hübsches Gesicht hat. Beim Lächeln bekommt sie winzige Fältchen in den Augenwinkeln und ein Grübchen am Kinn. Doch am meisten faszinieren mich ihre dunkle Stimme, der mexikanische Akzent und die Anteilnahme in ihrem Tonfall.

»Hatten Sie meine Freundin schon öfter gesehen?« frage ich.

»O ja«, antwortet sie. »Mehrmals, immer nachts, aber normalerweise nicht an unserer Ecke. Für gewöhnlich lief sie in der Cypress Alley herum, das ist eine Querstraße weiter. Aber die Nachbarn in der Capp Street haben sie auch bemerkt, vor allem wegen ihrer Augen und ihrer Kamera. Bei uns gehen normalerweise keine Leute mit Kameras spazieren. Ich glaube, Sie beide sind die einzigen, denen ich je begegnet bin. Deshalb wußte ich auch, daß Sie etwas mit ihr zu tun haben.«

»Was meinen Sie mit ›mehrmals‹? Wie oft war sie da?« erkundige ich mich verdattert.

Sie überlegt. »Vielleicht zehnmal, möglicherweise auch häufiger. Ich bin sicher, daß es im Januar war. Daran erinnere ich mich, weil ich es merkwürdig fand. Ich hatte gerade den Müll rausgestellt, als ich sie im Regen die Straße entlanggehen sah.«

»Haben andere sie auch gesehen?«

»O ja. Die Leute haben darüber geredet und sich gefragt, was diese alte, weiße Amerikanerin mit den ungewöhnlichen Augen bei uns wollte. Was sie hier zu suchen hatte.«

»Und wußte es jemand?«

»Anfangs nicht.«

»Und später …?«

»Es wurde getuschelt, daß sie verrückt ist. Eine *gringa loca.*«

Maria Quintana senkt den Kopf. »Tut mir leid, aber das haben die Leute eben gesagt.«

»Warum, denken Sie, hat mich niemand angerufen?«

»Aus Angst. Man will sich nicht einmischen. Zuerst ging es mir genauso, aber dann ...« Sie zuckt die Achseln. »Als ich Sie heute morgen wieder sah, konnte ich nicht anders.«

Ich blicke ihr in die Augen. »Was wollte sie in Ihrem Viertel?«

»Keine Ahnung. Aber Sie hatte in der Cypress Alley ein kleines Zimmer gemietet. Ich glaube, daß sie zu diesem Haus ging oder von dort kam, wenn wir sie sahen.«

Maddy – ein Zimmer gemietet!

»Kennen Sie die Adresse?«

»Nicht genau.«

»Könnten Sie sie herausfinden?«

Ihr Blick wird argwöhnisch.

»Tut mir leid, ich möchte lieber nicht nachfragen. Auf diese Weise macht man sich nur Ärger«, sagt sie. »Seit sie getötet wurde, haben die Leute Angst, darüber zu sprechen.«

»Haben Sie den Unfall beobachtet?«

Sie schüttelt den Kopf. »Nein, nur gehört.«

»Haben andere ihn auch gehört?«

»Alle.«

»Aber niemand hat es beobachtet?«

»Einige wahrscheinlich schon, aber sie wollen nicht darüber reden. Es war eine schlimme Sache. Das fanden wir alle. Furchtbar, daß einer netten Frau wie ihr so etwas passiert ist, und noch dazu ganz bei uns in der Nähe.«

»Es war kein Unfall, nicht wahr?«

Sie schüttelt den Kopf. »Ich weiß es nicht.«

»Falls es ein Unfall war, Maria, bräuchten die Leute doch keine Angst zu haben, zu reden! Ich würde mich freuen, wenn Sie mir erzählten, was Sie vermuten. Auch wenn Sie nichts gesehen haben.«

Sie schüttelt den Kopf und blickt mich weiterhin eindringlich an. In diesem Moment wird mir klar, daß sie nur über Dinge sprechen wird, deren Augenzeugin sie war.

»Danke für Ihre Hilfe«, sage ich. »Den Rest muß ich wohl selbst herauskriegen.« Ich halte inne. »Zuerst muß ich das gemietete Zimmer finden. Ich lasse weitere Flugblätter drucken und schiebe sie in der Cypress Alley unter sämtlichen Türen durch. Vielleicht ruft mich dann jemand an und erzählt mir, welches Haus es ist.«

»Bitte verteilen Sie keine Flugblätter mehr«, wehrt sie entsetzt ab. »Ich habe Sie angerufen, damit Sie es bleiben lassen. Die Nachbarn fühlen sich dadurch gestört. Es macht ihnen angst.«

Nun zucke ich die Achseln. »Ich muß dieses Zimmer finden.«

Maria starrt mich kurz an und senkt dann den Kopf. »Versuchen Sie es bei dem Haus mit der grünen Tür«, flüstert sie. »Aber das wissen Sie nicht von mir. Ich habe Ihnen nichts verraten.«

Ich nicke. Sie umarmt mich und küßt mich auf beide Wangen.

»Danke, Maria.«

»Keine Ursache«, antwortet sie und eilt davon.

Ich blicke ihr nach. Sie entfernt sich über den Friedhof und betritt die Kirche durch den Seiteneingang. Dann schaue ich auf die Uhr. Die Messe muß jeden Moment vorbei sein. Zu spät für sie, um zur Kommunion zu gehen, aber den Segen wird sie noch mitbekommen. Als ich wieder draußen auf der Straße stehe, verspüre ich kein Bedauern darüber, daß ich meinen katholischen Glauben verloren habe. Inzwischen ist das *dojo* mit seinen logisch nachvollziehbaren Werten und seiner Disziplin mein Tempel.

Mein Foto vom Feuerball prangt heute morgen auf der Titelseite der *News*. Ich weiß, daß ich mich darüber freuen sollte, doch ich fühle mich merkwürdig unbeteiligt, so als hätte ein anderer das Foto gemacht, als hätte ich nichts damit zu tun.

Joels Artikel ist wie erwartet brillant. Er schreibt von »in jüngster Zeit aufgetretenen Unruhen in San Franciscos Hafengegend, die vielen Leuten das Gefühl vermitteln, daß die alte Ordnung in Gefahr ist.« Seine Quellen – Kapitäne von Schleppkähnen, Lotsen und alte Seebären – seien »zwar nicht bereit, Namen oder Einzelheiten zu nennen«, sagten aber übereinstimmend, »daß das Klima gestört« sei. »Zu viele ungeklärte Zwischenfälle, wie beispielsweise jüngst die Explosion eines fast entladenen Ammoniumfrachters, weisen auf Macht- und Verteilungskämpfe hin. Ein Informant, dessen Namen ich auf seinen Wunsch hin nicht nenne, beschreibt die Situation folgendermaßen: ›Schon seit den Tagen des Goldrauschs finden hier Auseinandersetzungen statt. In den letzten Jahren hatte sich die Lage ein wenig stabilisiert, da die entsprechenden Leute Übereinkünfte getroffen haben. Doch nun ist die Zeit des Waffenstillstands offensichtlich vorbei.‹ Kein Mensch weiß, wer genau dahintersteckt und was seine Motive sind. Aber eines steht fest – eine neue Ära der Unruhe hat begonnen.«

Es ist früher Abend. Sascha hat heute frei und tut mir den großen Gefallen, mich durch die acht schmalen, nur zwei Häuserblocks langen Sträßchen zu chauffieren, die im Mission District zwischen der 24. und der 26. Straße verlaufen.

Zuerst fahren wir durch die Straßen mit den Pflanzennamen: Poplar, Orange, Osage, Lilac und Cypress. Dann kommen zwei, die nach klassischen Schriftstellern benannt sind: Virgil und Horace. Darauf folgt die Lucky Street, die Glücksstraße, ein Name der möglicherweise früher einmal zutraf, heute aber nur noch pure Ironie ist.

Natürlich interessiere ich mich vor allem für die Cypress Alley. Doch da ich nicht dort herumlungern und dadurch Aufmerksamkeit erregen will, habe ich Sascha um eine gründliche Besichtigungstour durch diesen Irrgarten aus Seitenstraßen gebeten. Ich möchte mich in die Atmosphäre einfühlen und herausbekommen, was für Leute hier wohnen. Obwohl ich mein ganzes Leben in San Francisco verbracht habe, kenne ich diese Straßen nicht.

Jeder Häuserblock hat seinen eigenen Charakter. An einem prangen kitschige Wandgemälde, der nächste besteht nur aus Garagen. Ich sehe zusammengestellte Mülltonnen, Hintertüren, Gartenhäuschen und eingezäunte Blumen- und Gemüsebeete. In der Lilac Alley hat jemand eine Warnung an die Mauer gepinselt: »Achtung, du Schleimscheißer! Mach dich dünne, sonst regnet's blaue Bohnen! Kapiert?«

Die Cypress Alley ist nicht besser oder schlechter als die Nachbarstraßen. Da ich eine grüne Tür nicht von den anderen unterscheiden kann, weist Sascha mich im Vorbeifahren freundlich darauf hin. Ich merke mir das Haus und unterziehe es einer raschen Musterung. Die Straße ist so schmal und düster, daß ich die oberen Fenster nicht richtig erkennen kann. Als ich Sascha bitte, noch einmal um den Block zu fahren, schüttelt er den Kopf.

»Ich glaube nicht, daß das ratsam wäre. Wenn wir wieder hier vorbeikommen, fallen wir auf«, sagt er.

Wir schließen einen Kompromiß – nach einer halben Stunde Pause im Cuban Café in der Valencia Street werden wir einen zweiten Versuch wagen.

Bei einem doppelten Espresso fragt er mich, was ich eigentlich vorhabe, und ich antworte wahrheitsgemäß, daß ich es nicht weiß.

»Du könntest nachschauen, wer dort wohnt«, schlägt er vor. »Und dann rufst du die Leute an. Oder du klingelst morgen früh bei ihnen, obwohl ich dir das nicht empfehlen würde.«

»Was soll ich statt dessen tun?«

»Schreib ihnen einen Brief.«

»Und wenn sie nicht antworten?«

Sascha zuckt die Achseln. »In diesem Fall hast du ein Problem«, räumt er ein.

Als wir wieder im Auto sitzen, sage ich ihm, was ich beschlossen habe. »Ich werde jetzt sofort an diese Tür klopfen. Noch heute abend.«

»Und wenn die Bewohner dich nicht reinlassen?«

»Dann überlege ich mir etwas anderes«, entgegne ich.

Er fährt mich zurück in die Cypress Alley und sucht einen Parkplatz, um nicht die Straße zu blockieren.

»Versprich, daß du in zehn Minuten zurück bist, ganz gleich, ob die Leute freundlich oder unfreundlich reagieren«, sagt er.

Ich erkläre mich einverstanden.

»Wenn nicht, komme ich dir nach.« Er küßt mich. »Viel Glück.«

Mir ist ein wenig mulmig zumute, als ich mich der grünen Tür nähere, die für mich eher schwärzlich aussieht. Von außen betrachtet, wirke ich ganz ruhig, doch in Wirklichkeit habe ich Angst. Erst vor achtundvierzig Stunden habe ich eine Drohung erhalten, und es ist erst sechsunddreißig Stunden her, daß ich die Mutige gespielt und eine Straße weiter Flugblätter verteilt habe. Ganz sicher wissen die Leute hier in der Gegend von meiner Suche. Warum hat sich niemand gemeldet, wenn Maddy in dieser Straße ein Zimmer gemietet hatte?

Die Tür befindet sich in einer Holzwand ohne Fenster. Da ich keine Klingel finde, klopfe ich an. Nichts. Ich warte zwanzig Sekunden und klopfe noch einmal, diesmal fester. Wieder nichts. Also trete ich zurück und blicke nach oben. In einem Fenster im ersten Stock erkenne ich gedämpftes Licht. Vielleicht eine Nachtleuchte oder eine Lampe, die angelassen wurde, um Einbrecher abzuschrecken. Ich nehme meinen Mut zusammen und hämmere kräftig gegen die Tür. Dann bemerke ich einen Lichtschalter am Türrahmen, den ich rasch ein- und wieder ausknipse. Und nun höre ich Geräusche hinter der Tür. Im nächsten Moment öffnet eine zierliche, ältere Chinesin mit Mao-Haarschnitt und starrt mich fragend an.

»Hallo«, sage ich. Sie starrt weiter, wartet offenbar auf eine Erklärung. »Ich bin eine Freundin von Maddy.« Ich gebe ihr mein Flugblatt. Sie betrachtet erst den Zettel, dann meine Kamera, und lächelt schließlich. Offenbar hat sie das Bild erkannt. »Ich glaube, sie hat hier ein Zimmer gemietet.« Ihr Lächeln wird breiter. Sie nickt und bittet mich mit einer Handbewegung herein. Allmählich bekomme ich den Eindruck, daß sie mit meinem Besuch gerechnet hat.

Ich folge ihr einen dämmrigen Flur entlang. Es riecht säuerlich nach Sojasauce, Speiseöl und Kohl. Sie führt mich durch eine Küche, wo ein junges Mädchen an einem Tisch unter einer Neonröhre Schularbeiten macht. Sie blickt nicht auf, als wir an ihr vorbeigehen.

Wir durchqueren ein kleines Wohnzimmer, eingerichtet mit einem riesigen Fernseher und schlichten, ungepolsterten Stühlen im chinesischen Stil. In einem Rollstuhl döst ein alter Mann vor sich hin. Der Fernseher ist auf einen chinesischen Kabelkanal eingestellt, läuft aber ohne Ton.

Hinter dem Wohnzimmer befindet sich eine Treppe. Die alte Frau, die mich bis jetzt weder angesprochen noch überhaupt ein Wort von sich gegeben hat, nimmt einen großen Schlüsselring von einem Haken an der Wand, führt mich in den ersten Stock und dann durch einen Flur zurück in Richtung Cypress Alley.

Hier, rechts von dem Fenster, das mir von der Straße aus aufgefallen ist, gibt es eine weitere Treppe, steiler und schmaler als die erste. Die Frau steigt hinauf, ich folge. Offenbar sind wir jetzt in der Mansarde. Am Ende des Flurs liegen drei geschlossene Türen, eine in der Mitte, die beiden anderen im Neunzig-Grad-Winkel rechts und links davon. Mit einem der Schlüssel öffnet die Chinesin die mittlere Tür, dreht sich zu mir um und bedeutet mir, einzutreten. Ich zögere. Sascha erwartet mich draußen. Wenn ich nicht bald zurückkomme, wird er das Haus stürmen. Ich wende mich zu der Frau um. Wieder nickt sie. Vorsichtig schiebe ich die Tür mit dem Fuß auf. Sofort steigt mir der schwache Geruch nach Fotochemikalien in die Nase, und ich weiß, daß ich Maddys Schlupfwinkel gefunden habe.

Drinnen ist es zwar dunkel, aber ich sehe nachts ausgezeichnet. Es dauert nicht lange, bis ich mir ein Bild von dem Raum gemacht habe. Das Zimmer ist klein, mit einem nackten Fußboden und Dachschräge. An einer Wand befindet sich ein Waschbecken, in die Wand gegenüber der Tür ist ein Dachfenster mit heruntergezogener Jalousie eingelassen. In der Mitte des Zimmers, etwa auf halbem Wege zum Fenster, steht ein Stativ mit einer ausgezeichneten Kamera, einer Pentax 6 x 7 mit Weitwinkelobjektiv. Die Kamera ist leicht nach unten gerichtet und zeigt auf das Fenster. Auf einem Tisch neben dem Waschbecken entdecke ich eine Entwicklerschale, Flaschen mit Chemikalien, einen Leuchtkasten, ein Thermometer, eine Schere, eine Lupe, durchsichtige Umschläge und einen Sortierkasten für Negative. Über dem Tisch hängen an einer Trockenleine aus Draht zwei entwickelte 120-mm-Negative, mit Klammern beschwert.

Ich gehe zum Fenster und drehe mich dann zu der Frau um. Ich zittere am ganzen Leibe und spüre, wie mir unter den Achseln der Schweiß ausbricht. Sie blickt mich aufmerksam an. Als ich auf die Jalousie weise, nickt sie. Ich ziehe vorsichtig daran und lasse los, so daß sie sich nur bis zur Hälfte hochrollt.

Sofort überkommt mich das Gefühl, daß ich schon einmal hier gewesen bin. Die Fensterscheibe ist schmutzig ... wie ich vermutet habe. Ich trete hinter die Pentax und spähe durch den Sucher. Wie erwartet ist das Objektiv auf ein Fenster des Mietshauses auf der anderen Straßenseite gerichtet. Das abblätternde Fensterkreuz und den Fensterrahmen kenne ich von dem Film, den ich in Maddys Leica gefunden habe.

Als ich mich wieder umwende, ist die Frau verschwunden. Dann höre ich von unten Saschas Stimme. Ich eile die beiden Stockwerke hinunter, finde ihn in der Küche mit der Frau und dem jungen Mädchen. Sascha und das Mädchen fuchteln beide wild mit den Händen. Bei meinem Anblick lächelt er.

»Ich habe mir gedacht, ich sehe mal nach dir«, sagt er. »Wirklich interessant – hier wohnen nur Taubstumme.«

Ich starre ihn entgeistert an.

»Hast du das nicht gewußt?«

»Nein. Aber wenn ich es mir genauer überlege, hat die Frau kein Wort gesagt.«

»Deshalb gibt es hier auch keine Türglocke. Wenn man sich bemerkbar machen will, betätigt man einen Lichtschalter. Der Name der jungen Dame ist Esther Chen. Die alte Frau, ihre Großmutter, heißt Grace Wong. Esther beherrscht die amerikanische Taubstummensprache und übersetzt für uns.« Er schmunzelt. »Du hast mir wohl nicht zugetraut, daß ich die Taubstummensprache kenne, nicht wahr?«

Ich schüttle verdattert den Kopf. »Du hast so viele ungeahnte Talente, Sascha.«

Er erkundigt sich, ob ich gefunden habe, was ich suche.

»Ja! Es ist alles oben in einem kleinen Zimmer – Kamera, Stativ, ein belichteter Film, der Blick durch das Fenster, einfach alles.«

»Ich freue mich für dich, Kay, wirklich.«

Ich schlage vor, daß er unten bleibt und sich mit Grace unterhält, während ich noch einmal nach oben gehe. Ich möchte, daß er mit Esthers Hilfe herauskriegt, warum Maddy das Zimmer gemietet hat.

Auf dem Weg in die Mansarde bleibe ich auf dem Treppenabsatz im ersten Stock stehen und betrachte das Mietshaus auf der anderen Straßenseite. Erst jetzt wird mir klar, daß es sich um die Rückseite eines Gebäudes handelt, an dem ich in der Capp Street schon oft vorbeikommen bin. Das vierstöckige Haus mit der Stuckfassade und dem Relief über der Tür steht genau gegenüber der Stelle, an der Maddy überfahren wurde.

Als ich wieder in dem kleinen Zimmer bin, fällt mir auf, daß sie hier nicht nur fotografiert, sondern die Filme auch entwickelt hat. Allerdings weist nichts darauf hin, daß sie versucht hat, Abzüge herzustellen. Doch für eine erfahrene Fotografin, wie sie es war, genügten die Negative völlig.

Ich lasse die Jalousie herunter, schalte den Leuchtkasten an und betrachte die erste der beiden Filmrollen durch die Lupe.

Die Aufnahmen ähneln denen, die ich in ihrer Leica gefunden habe, sind aber deutlicher und besser zu erkennen. Vorsichtig zerschneide ich die beiden Rollen in Streifen zu je drei Bildern, stecke sie in die durchsichtigen Umschläge, lege sie in den Negativkasten und nehme das Ganze mit nach unten.

Sascha, Esther und Grace sitzen am Küchentisch. Mr. Wong schläft immer noch im Wohnzimmer vor dem stummen Fernseher.

»Es hat sich folgendermaßen abgespielt«, berichtet Sascha. »Eines Morgens vor ungefähr drei Monaten stand plötzlich eine alte Dame mit durchdringendem Blick vor der Tür. Zum Glück war Graces Nichte, die nicht hörbehindert ist, anwesend und konnte übersetzen. Die Dame erkundigte sich, ob es möglich sei, auf monatlicher Basis ein Zimmer zu mieten, das auf die Straße zeigt. Sie erzählte Grace, sie brauche einen Raum, um in Ruhe arbeiten zu können. Am liebsten sei ihr einer im oberen Stockwerk, da sie der Familie nicht zur Last fallen wolle. Sie sagte, sie werde das Zimmer nur hin und wieder benutzen, und zwar ausschließlich nachts. Da Grace dies nicht als Störung empfand und das Geld gut gebrauchen konnte, war sie einverstanden. Sie vereinbarten eine Monatsmiete von zweihundert Dollar.

Beim nächstenmal brachte Maddy einen schweren Koffer mit. Und sie hielt Wort. Sie erschien nur hin und wieder und nur in der Nacht. An die genauen Daten erinnert Grace sich nicht mehr, aber sie weiß noch, daß zwischen den Besuchen manchmal ein oder zwei Wochen vergingen. Maddy bezahlte die Miete immer in bar und brachte jedesmal ein kleines Geschenk mit, meistens Süßigkeiten oder eine Tüte Obst. Normalerweise blieb sie bis ein oder zwei Uhr morgens, hin und wieder auch bis zum Morgengrauen. Das letztemal war sie an dem Abend hier, an dem sie getötet wurde.

Am nächsten Morgen erfuhr Grace durch einen chinesischen Nachbarn von dem Unfall. Offenbar wohnen einige behinderte chinesische Familien in der Cypress Alley. Sie werden von Sozialarbeitern betreut. Die Nachricht hat Grace sehr erschüttert. Sie hatte Maddy sehr gern. Aber sie wußte nicht, mit wem sie sich in Verbindung setzen sollte, um Maddys Sachen zurückzugeben. Da die meisten Anwohner in der Capp Street Hispanos sind und Grace und ihr Mann weder hören noch sprechen können, haben sie fast keinen Kontakt mit ihren Nachbarn. Deshalb wußte sie nichts von deinen Flugblättern. Sie beteuert, sie hätte Maddys Foto sofort erkannt, wenn sie eines erhalten hätte. Seitdem wartet sie, daß jemand kommt, um Maddys Sachen abzuholen. Und als du heute abend mit der Kamera um den Hals vor der Tür gestanden hast, wußte sie sofort, daß du diejenige warst.«

Grace und Esther beobachten mich aufmerksam und nicken immer wieder, während Sascha erzählt. Als er fertig ist, nicken sie noch einmal mit Nachdruck, wie um mir zu versichern, daß alles, was er gesagt hat, der Wahrheit entspricht.

Im gleichen Augenblick kommt mir blitzartig ein Gedanke.

»Frage sie, ob ich das Zimmer weitermieten und wie Maddy hin und wieder nachts hierherkommen kann«, bitte ich Sascha.

Sascha mustert mich. »Bist du sicher, daß das eine gute Idee ist?«

Ich erkläre ihm, daß ich nur so erfahren kann, was hier vorgefallen ist.

Ich sehe zu, wie er und Esther gestikulieren, dann wiederholt Esther das Ganze in chinesischer Zeichensprache für Grace. Als diese verstanden hat, wirft sie mir einen neugierigen Blick zu, antwortet Esther auf chinesisch, die das Gesagte wiederum für Sascha ins Amerikanische übersetzt.

»Ja, du kannst das Zimmer weitermieten«, sagt Sascha schließlich zu mir. »Außerdem soll ich dir von Grace ausrichten, daß die Miete jeweils am Monatsletzten fällig ist.«

Das Fenster

4

Als ich heute nacht aus meinem Fenster sehe, erscheint mir die Stadt so ruhig, daß ich – obwohl ich es besser weiß – fast nicht glauben kann, welche Leidenschaften dort toben. San Francisco ist eine schöne Stadt, die Besucher sind beeindruckt – das strahlende Weiß, das klare Licht, die süß duftende Luft, die majestätischen Brücken, die romantischen, traumhaften Hügel und die stille Bucht. All diese Dinge geben der Stadt eine unwirkliche Atmosphäre, lassen sie wie ein Diorama, eine Kulisse, wirken. Allerdings ist es eine vergängliche Schönheit. San Francisco ist nämlich auf eine Erdspalte gebaut und könnte sich binnen Sekunden in Schutt verwandeln. Wenn wilde Stürme heulen oder sich erstickender Nebel über alles legt, kann San Francisco auch scheußlich, anstrengend und deprimierend sein. Doch wie wir, die wir hier leben, wissen, ist San Francisco letztendlich nichts weiter als eine reale Stadt, die von realen Menschen bevölkert ist... und die sind genauso zu Grausamkeiten fähig wie die Menschen überall auf der Welt.

Solche Gedanken gehen mir heute nacht durch den Kopf. Ich habe den Tag in der Dunkelkammer verbracht und an dem Film gearbeitet, den ich in Maddys Schlupfwinkel gefunden habe. Ich habe mir alle Mühe gegeben, ihn zu verstehen – jedoch vergeblich. Die Aufnahmen sind zwar klarer und deutlicher als die ersten, doch ich sehe nichts als nackte weibliche Körperteile und offenbar vollständig bekleidete Männer.

Immer wieder stelle ich mir dieselbe Frage: *Was wollte Maddy mit diesen Fotos festhalten?* Die Unmißverständlichkeit, auf die es ihr sonst so sehr ankam, ist ihr, soweit ich feststellen kann, hierbei nicht gelungen. Die Bilder verraten mir nur, daß sie mit Leib und Seele bei der Sache gewesen ist, aber nicht, was sie gesucht hat.

Ich statte Sascha einen Besuch ab. Wie immer lieben wir uns, rollen dabei vom Sofa auf den Wohnzimmerteppich, während die Scheite im Kamin Funken sprühen. Danach zieht er sich in die Küche zurück. Kurz darauf höre ich das Gurgeln und Zischen seiner Espressomaschine, einem altmodischen Modell, wie man es in den Cafés in North Beach findet. Es ist ein ästhetisches Meisterwerk, an dem man etliche funkelnde Knöpfe und Ventile aus Messing und Chrom bewundern kann.

Sascha kehrt mit zwei Espressotassen zurück. Der dampfende Kaffee duftet so verführerisch, daß mir die Knie weich werden.

Während wir trinken, erzähle ich ihm von meinem Problem mit Maddys letzten Fotos, von meinem Verdacht, daß sich hinter diesen Bildern etwas verbirgt, und davon, daß ich – vielleicht aus eigener Unfähigkeit – einfach nicht dahinterkomme, was es ist.

Er bietet mir ein Stückchen Zartbitterschokolade an. »Hast du schon mal von David Bohm gehört?« fragt er.

Ich schüttle den Kopf.

»Er war ein Physiker, der gegen Ende seines Lebens eine Art Mystiker geworden ist. Er wurde in den Vereinigten Staaten geboren, absolvierte hier sein Studium und verkehrte in denselben Kreisen wie Einstein. In der McCarthy-Ära wanderte er nach Großbritannien aus, wo ich ihn kurz vor seinem Tod kennengelernt habe. Er war ein großer Denker, ein Genie... und er entwickelte sein Leben lang immer kompliziertere Theorien, um das Universum zu erklären. Eine dieser Theorien nannte er ›Die implizite Ordnung‹, ein verborgenes Muster, das der sichtbaren Welt, wie wir sie kennen, innewohnt. Laut Bohm verbirgt sich die implizite Ordnung *hinter* der sichtbaren und verleiht ihr erst Bedeutung. Aus ihr entstand das Universum, wie wir es wahrnehmen. Von dieser impliziten Ordnung möchte ich dir erzählen, nicht von der Theorie als solcher, die sehr komplex und schwierig zu erklären ist. Doch sie läßt sich meiner Meinung nach als Metapher für das verwenden, wonach du suchst.«

Ich hänge gebannt an seinen Lippen, und er weiß es genau. Wie so oft hat er meine ungeteilte Aufmerksamkeit, indem er von etwas spricht, das auf den ersten Blick in keinem Zusammenhang mit meiner Frage steht, bis er es dann plötzlich mit einem Ereignis oder einem Thema in meinem Leben in Verbindung bringt.

»Erzähl es mir bitte, Sascha.«

Er sieht mich mit seinen träumerischen Rehaugen an. »Bohm berichtete, er habe eines Abends müde vor dem Fernseher gesessen und dabei zufällig eine der interessanten Wissenschaftssendungen gesehen, die häufig im BBC laufen. Dabei sei ihm ein Experiment besonders aufgefallen. In diesem Experiment wurde eine bestimmte Menge Glycerin zwischen zwei Glaszylinder eingefüllt. Dann fügte man einen Tropfen schwarzer Tinte dazu. Als man den äußeren Zylinder langsam drehte, wurde der Tintentropfen immer dünner und dünner, verwandelte sich in einen Faden und verschwand schließlich. Die Tinte befand sich immer noch in dem Glycerin, doch man konnte sie nicht mehr sehen. Und als man den äußeren Zylinder noch einmal langsam drehte, diesmal in die andere Richtung, erschien der Faden wieder, wurde dicker und verwandelte sich zu guter Letzt in den ursprünglichen Tintentropfen.«

Ich versuche, mir das bildlich vorzustellen. »Das muß ausgesehen haben wie Zauberei.«

»Ja«, sagt Sascha. »Und deshalb haben die Fernsehwissenschaftler dieses Experiment auch eingesetzt, um das Interesse der Zuschauer zu wecken. Auch Bohm war davon begeistert. Und da er ein Genie war, machte er es zum Ausgangspunkt für seine Theorie. Der Tintentropfen steht für die explizite Ordnung, Kay, für die sichtbare Materie. Der unsichtbare Tintenfaden im Glycerin verkörpert die implizite Ordnung, die noch enthüllt und verstanden werden muß.«

»Willst du damit sagen, daß ich Maddys Fotos betrachten soll wie das Glycerin mit der Tinte darin … und daß ich nur das verborgene Muster enthüllen muß?«

»Genau«, entgegnet er.

»Ich verstehe. Aber wie soll ich das machen?«

Er lächelt. »Drehe einfach den Zylinder… rein bildlich gesprochen. Und dann drehe ihn langsam in die andere Richtung. Vielleicht offenbart sich dir so schließlich das Geheimnis.«

Heute nacht träume ich von einer Theateraufführung. Im Theater ist es stockfinster. Zuerst kann ich nichts sehen, höre nur die leisen Schritte der Schauspieler und ein unverständliches Flüstern, wenn sie sprechen. Doch dann gehen ganz langsam die Bühnenscheinwerfer an, kaum hell genug, um Schatten, Fenster, Türen, die Umrisse der Kulisse und schwarz verhüllte Gestalten hervortreten zu lassen. Ich spähe angestrengt in die Dunkelheit und versuche, etwas zu erkennen. Obwohl ich doch sonst nachts gut sehe und ein ausgezeichnetes Gehör habe, fühle ich mich, als wäre ich blind und taub. Ich verliere die Geduld, will wissen, was dort geschieht. »Sprecht doch lauter, damit ich etwas höre!« rufe ich. »Macht mehr Licht, damit ich etwas sehe!« Aber niemand kümmert sich darum. Es wird eher noch dunkler, und die Schauspieler flüstern noch leiser. Und dann, plötzlich, wird mir klar, was ich tun muß. Ich stehe auf, springe auf die Bühne und beteilige mich selbst an dem Spiel.

Man kann sich der Fotografie auf verschiedene Arten nähern. Über Schärfeneinstellungen, Belichtungszeiten, Filmsorten und Objektive, über Bildzusammensetzung, Inhalt, die Qualität der Abzüge und noch vieles mehr. Doch letztendlich läuft es immer – das war Maddys erste Lektion – auf den Blickwinkel der Fotografin heraus, darauf, wie sie die Dinge wahrnimmt.

»Frage dich immer, was du siehst«, pflegte sie zu sagen, und dann: »Wie kann ich es auf die verständlichste Art vermitteln?« Wenn sie mit meiner Arbeit nicht zufrieden war, kritisierte sie: »Ich spüre hier nichts. Ich sehe nicht, was du gesehen hast.«

In Maddys Augen war es eine Sünde, zu fotografieren, ohne das eigene Gefühl einzubringen. »Hübscher Schnappschuß«, befand sie, um eine uninteressante Arbeit abzutun. »Hast du mir heute denn keine Fotos mitgebracht?«

Sie konnte ziemlich streng sein. Ein unsicherer Schüler wäre wahrscheinlich angesichts ihres strafenden Blickes im Erdboden versunken – aber Maddy unterrichtete keine unsicheren Schülern. Sie nahm einen nur, wenn sie wußte, daß man auch das nötige Rückgrat hatte.

»Du kannst fotografieren, was du willst«, sagte sie stets. »Über den Inhalt streite ich nicht mit dir. Doch die Intensität deiner Wahrnehmung – die läßt einiges zu wünschen übrig. Meine Aufgabe ist es, dir dabei zu helfen, wirklich zu sehen, was du gesehen hast. Dann mußt du deinen eigenen Weg finden, den ausdrucksstärksten Weg. Ich verlange nur von dir, daß du alles gibst. Ansonsten wäre es unehrliche Kunst.«

Als ich heute morgen ihre Aufnahmen noch einmal studiere und die implizite, dahinter verborgene Ordnung suche, muß ich an diese Worte denken. Maddy war brillant. Nie hätte sie ein Foto ohne Aussage gemacht. Sie wußte, was sie tat, und vergeudete keine Zeit. Ich kann mir also nicht vorstellen, daß sie filmeweise Unsinn fotografiert hat.

Und deshalb muß hinter diesen Fotos noch etwas anderes stekken, etwas, das ich nicht wahrnehmen kann oder will.

Mittags fahre ich mit dem Bus zur neuen Zentralbibliothek im Civic Center. Unterwegs komme ich an der »Polk-Schlucht« vorbei. Vor zwei Jahren habe ich hier häufig fotografiert, eine Dokumentation über das Leben von Strichjungen. Einer von ihnen, Tim, wurde mein Freund und fiel kurz darauf einem brutalen Mord zum Opfer. Ich habe seine Lebensgeschichte in einem Buch aufgearbeitet, das im letzten Herbst unter dem Titel *Präsentierteller* erschienen ist. Ohne Maddys Anleitung wäre es wahrscheinlich nie fertig geworden.

Im Bus denke ich über Farbenblindheit nach. Bleibt mir der Inhalt von Maddys Bildern vielleicht deshalb verborgen, weil ich die Farben nicht unterscheiden kann? Doch da Maddy immer in Schwarzweiß fotografiert hat, ergibt diese Überlegung keinen Sinn... es sei denn, sie hat etwas Farbiges gesehen und es aus reiner Gewohnheit mit einem Schwarzweißfilm aufgenommen.

In der Bibliothek finde ich eine Ausgabe von David Bohms *Ganzheit und implizite Ordnung*. Ich setze mich damit an einen Tisch und fange an zu lesen. Der Text ist schwierig. Während ich die Abschnitte über Quantenphysik überblättere, beginne ich zu tagträumen. Doch als ich auf einen Absatz über die Fotografie stoße, merke ich auf.

Bohm erläutert seine Theorie anhand der Unterschiede zwischen Fotografie und Holographie. Seiner Ansicht nach entspricht die Fotografie der expliziten Ordnung, ein Hologramm der impliziten.

Mit einem Objektiv, so schreibt er, fängt man das real existierende Raumverhältnis der abgelichteten Szene ein und reproduziert es. Wenn zum Beispiel ein Vogel am oberen rechten Rand des Bildausschnitts sitzt, wird das von diesem Vogel abgestrahlte Licht am oberen rechten Rand des Negativs zu sehen sein.

Ganz anders verhält es sich hingegen mit einem Hologramm, einer dreidimensionalen Abbildung, die es einem ermöglicht, die Szene aus verschiedenen Perspektiven zu betrachten. In einem Hologramm, das mit Hilfe von Lasern und ohne Objektiv hergestellt wurde, ist das von der Gesamtszene abgestrahlte Licht in Form eines Zusammenspiels in jedem Millimeter des Bildes enthalten. Deshalb umfaßt jedes winzige Teilchen eines Hologramms das von dem Vogel abgestrahlte Licht, eingebettet in das Licht, das dessen Umgebung abstrahlt.

Der Schluß ist ganz einfach: Wenn die implizite Ordnung, das Geheimnis, in jedem Teil eines Hologramms enthalten ist, müßte es möglich sein, es daraus zu extrahieren. Doch dann fällt mir ein, daß Maddy keine Hologramme hinterlassen hat. Nur Fotos.

Und deshalb, so überlege ich, als ich die Zentralbibliothek verlasse, *stehe ich wieder ganz am Anfang.*

Oder etwa nicht? frage ich mich, setze meine Sonnenbrille auf und gehe über die sonnenbeschienene Civic Center Plaza zur Bushaltestelle in der Van Ness Street.

Ich fahre mit dem Bus zur Ecke Mission und 24. Straße und schlendere zur Capp Street. Doch anstatt wie bisher dort herumzustehen, begebe ich mich direkt zu Haus Nummer 4106, dem Mietshaus, dessen Rückseite an der Cypress Alley liegt. Zielstrebig betrete ich das Treppenhaus und studiere das Mieterverzeichnis neben den Klingeln. Die Namen sind auf Plastikstreifen geprägt, und zwar in verschiedenen Buchstabengrößen und Schrifttypen, was wahrscheinlich mit dem Einzugsdatum des jeweiligen Mieters zusammenhängt. Die Wohnung, für die ich mich interessiere, liegt im ersten Stock, doch die Nummern geben keinerlei Hinweis auf die Etage, da sie nicht mit 1-A, 1-B, 1-C und so weiter bezeichnet, sondern einfach von 1 bis 11 durchnumeriert sind. Anscheinend gibt es in diesem Haus eine ungerade Anzahl von Wohnungen.

Weil ich nicht beim Herumspionieren ertappt werden will, mache ich rasch ein Foto von dem Mieterverzeichnis.

Vom Lebensmittelladen an der Ecke 25. Straße rufe ich Joel an und erreiche ihn am Mobiltelefon, das er immer in einem Etui am Gürtel trägt. Er teilt mir mit, daß er gerade in der Chile Pepper Lounge, einem Lokal am Strand von Oakland, ein Hotdog verspeist.

»Ich warte immer noch auf einen neuen Tip, altes Haus. Oder wenigstens auf ein Kompliment für unsere Story über die Explosion. Ich weiß, daß da noch was nachkommt, nur nicht, wann. Dieser Typ hat mich ganz schön nervös gemacht. Kirstin sagt, ich benehme mich zur Zeit total bescheuert.«

Ich frage ihn, wie ich an den Grundriß eines Wohnhauses herankommen kann.

»Was für ein Haus ist es denn?« erkundigt er sich.

»Ein Mietshaus mit mehreren Parteien.«

»Kein Problem«, sagt er. »In der Registratur der Baubehörde kann man die Pläne einsehen, und gegen einen kleinen Obolus darf man sogar eine Kopie mit nach Hause nehmen.« Er hält inne. »Willst du mir nicht erzählen, worum es geht?«

»Noch nicht.«

»Wie du meinst, altes Haus. Aber vergiß nicht: Ich bin immer für dich da, wenn du mich brauchst.«

»Ich werd's mir merken. Danke, Joel.«

Wie ich feststelle, befindet sich die Baubehörde in der Mission Street unweit vom Civic Center, also genau auf meinem Heimweg. Schon beim Eintreten schlägt mir der typische Behördenmief entgegen – Langeweile, Gleichgültigkeit, Desinteresse, Dampfkost und miserabler Kaffee, das Ganze vermischt mit stickiger Luft.

Ich fülle ein Formular aus und stehe zwanzig Minuten Schlange vor einem Schalter, hinter dem eine riesenhafte Schwarze sitzt. Sie trägt ein Wickelgewand und eine bauschige Afrofrisur, die Weiße früher häufig als Zeichen für politische Militanz wahrgenommen haben.

Als ich endlich an der Reihe bin, nimmt sie mein Formular entgegen, ohne aufzublicken. Da sie keinen Fehler darin entdecken kann, grinst sie breit, knallt ein paar Stempel darauf, verlangt dann fünfzehn Dollar in bar oder per Scheck und will einen vom Staat Kalifornien ausgestellten Ausweis sehen. Nachdem ich bezahlt habe, sieht sie mir kurz ins Gesicht.

»Hier ist Ihre Quittung, Schätzchen. Kommen Sie in zwei Tagen wieder. Ihre Unterlagen können Sie an Schalter sechs abholen.«

Auf dem Heimweg grüble ich weiter über die implizite Ordnung nach – die Dinge, die zwar vorhanden sind, aber dem Blick verborgen bleiben. An der Ecke Larkin und Greenwich steige ich die steile Treppe zum Ausläufer der Greenwich hinauf, der in einer Sackgasse mündet. Dahinter befindet sich der Sterling Park, diese wunderschöne bewaldete Anlage, benannt nach dem Dichter George Sterling, der zu Beginn dieses Jahrhunderts in San Francisco lebte. Der Park erstreckt sich am südlichen Gipfel des Russian Hill über zwei Häuserblocks.

Das Dämmerlicht ist eine Wohltat für meine Augen. Außerdem erzeugt es in dem Park, wo hohe Zypressen und Pinien wachsen, eine schattige Stimmung wie in einem uralten Wald. Hier gibt es viele dunkle Nischen und seltsam geformte, zu Boden geneigte Bäume, deren Äste sich wie gewaltige Schlangen dicht über der Erde entlangwinden.

Der Park ist menschenleer. Ich setze mich auf eine Bank und genieße die Aussicht. Die Marin Headlands liegen in der Abendsonne. Die Golden Gate Bridge, die aus der Nähe betrachtet so imposant wirkt, ähnelt von hier aus fast einem Spielzeug.

Wie, so frage ich mich, soll ich eine Erklärung für Maddys Aufnahmen finden, die mich eher an verpatzte Überwachungsfotos als an künstlerische Arbeiten erinnern?

Habe ich mir die Bilder vielleicht zu sehr aus der Nähe angesehen und nach Einzelheiten gesucht, obwohl die Botschaft möglicherweise im Gesamteffekt liegt? Womöglich wollte Maddy keine konkreten Ereignisse festhalten, sondern etwas Tieferliegendes wie ein Gefühl oder eine Stimmung.

In diesem Fall wäre die verborgene Bedeutung der Fotos genau das, was sie in ihren Unterrichtsstunden immer betont hat: das Ringen des Fotografen um die emotionale Aussage. Und dann könnte man ihre Bilder im metaphorischen Sinne – wie Sascha es ausgedrückt hat – tatsächlich mit Hologrammen vergleichen.

Dieser Einfall begeistert mich so, daß ich den Park im Eiltempo verlasse. Vorbei am Tennisplatz und an den Rosenbüschen in der Hyde Street laufe ich nach Hause, fahre mit dem Aufzug in meine Etage, schließe mit zitternden Händen die Tür auf und stürze in mein Arbeitszimmer, wo die Abzüge, die ich in Maddys Schlupfwinkel gefunden habe, an der Pinnwand hängen.

Anstatt mir die Bilder wie sonst einzeln aus der Nähe anzusehen, trete ich zurück und betrachte sie als Gesamtheit.

Was stellen sie dar? Welches Gefühl? Was wollte Maddy vermitteln?

Und dann, in diesem Augenblick, noch während ich mir die Fragen stelle, ist die Antwort plötzlich da wie ein Blitz aus heiterem Himmel. Bedrohung, Perversion, ja, sogar Böses – *darum* geht es in diesen Fotos, *das* ist ihr Thema.

Am Donnerstag vormittag fahre ich, den Grundrißplan in der Hand, mit dem Bus Richtung Sacramento Street die Richmond hinauf. An der Arguello steige ich aus und gehe zur Bäckerei meines Vaters in der Clement Street.

Schon draußen auf der Straße kann ich das Brot riechen. Es ist derselbe wundervolle, appetitanregende Duft, der in meiner Kindheit durch unser Haus zog, als Vater das Brotbacken nur als Hobby betrieb.

»Hallo, Töchterlein«, sagt er, als ich hereinkomme. »Was für eine Überraschung.«

Wie bei jedem meiner Besuche grinst er mich erst erfreut an und schließt mich dann in seine gewaltigen Arme. Obwohl er für heute mit dem Backen fertig ist, trägt er immer noch weiße Arbeitskleidung und eine Bäckermütze. Seine nackten Unterarme und die Wangen sind mit Mehl gesprenkelt.

Nachdem er mich auf den Scheitel geküßt hat, läßt er mich wieder runter. Er hat einen wuscheligen grauen Lockenschopf und das faltige, wettergegerbte Gesicht eines Mannes, der viele Jahre im Freien verbracht, sich der Sonne ausgesetzt und unter den Sternen geschlafen hat. Tatsächlich war er bis zu seinem vierzigsten Lebensjahr Streifenpolizist. Als er durch widrige Umstände gezwungen wurde, den Dienst zu quittieren, beschloß er, seinen Traum wahr werden zu lassen. Er eröffnete eine Bäckerei und stellt seither geschmacklich ausgezeichnetes Brot ohne Zusatzstoffe und mit einer unglaublich knusprigen Kruste her.

Die Geschäfte laufen gut. Sein *pain au levain* ist ein Geheimtip. Den Großteil seiner Produktion verkauft er an Restaurants, den Rest an Laufkundschaft, und gegen Mittag ist meistens nichts mehr übrig. Er liebt seine Arbeit, die Zauberei, die es bedeutet, aus ganz einfachen Zutaten wie Wasser, Mehl, Hefe und Salz mit Hilfe eines Backofens etwas Wundervolles zu schaffen.

Wir gehen in sein kleines Büro neben der Backstube. Der Raum ist verglast, damit er seinen Mitarbeitern – lauter russische Einwanderer – bei der Arbeit zusehen kann. Sein Schreibtisch ist mit Quittungen, Briefen, nicht eingereichten Schecks, Telefonnotizen, schmutzigen Kaffeetassen und den Krümeln der Testlaibe von heute morgen bedeckt.

»Was führt dich hierher, mein Kind?« fragt er mit fröhlich blitzenden Augen. »Da du normalerweise tagsüber nicht gern das Haus verläßt, hast du sicher einen bestimmten Grund.«

Er ist immer ein guter Vater gewesen und stets dazu bereit, zu den merkwürdigen Uhrzeiten mit mir zu spielen, die meine Heliophobie vorschrieb. Er machte Mondscheinspaziergänge mit mir, wir schlenderten bei Sonnenuntergang über den Strand, und er hatte Verständnis dafür, daß ich die Nacht liebte, die Dunkelheit als Wohltat empfand. Außerdem erzählte er mir Gutenachtgeschichten über ein kleines Mädchen, das zwar keine Farben unterscheiden, dafür aber viel mehr wahrnehmen konnte als normalsichtige Kinder – sie ließ sich nicht durch Farben täuschen, erkannte verborgene Gefahren und sah bei Dunkelheit so gut, daß sie als Anführerin mit ihren Freundinnen aufregende nächtliche Abenteuer bestand. In seinen Geschichten verwandelte sich die angebliche Schwäche der Heldin immer in Stärke, denn obwohl es ihr oft schwerfiel, alltäglich Aufgaben zu bewältigen, war sie durch ihre Tapferkeit, Intelligenz und ihr besonderes Sehvermögen zu großen Taten befähigt, mit denen sie allen Spöttern den Wind aus den Segeln nahm.

Es waren Märchen für ein Mädchen, an dem ein Junge verlorengegangen ist. Dad hatte kein Talent für Geschichten, über Mädchen mit hübschen Kleidern und Lockenfrisuren, die mit Puppen spielen. Ich bin sicher, daß mich seine Gutenachtgeschichten maßgeblich beeinflußt haben. Meine Mutter war nicht damit einverstanden, da sie glaubte, ich würde auf diese Weise nur in meinem Starrsinn bestärkt.

»Nun«, sagt Dad mit einem Blick auf die Grundrisse. »Laß mal sehen, was du da mitgebracht hast.«

Ich entrolle den Grundriß des ersten Stocks und zeige ihm die Wohnung, die auf die Cypress Alley hinausgeht.

»Ich würde gern wissen, wie der Mieter heißt«, erkläre ich ihm. »Und dann möchte ich alles über ihn erfahren.«

»Ihn?«

»Ihn, sie – das spielt keine Rolle. Es ist die Wohnung Nummer fünf. Auf dem Klingelschild steht Carroll. Ich habe im Telefonbuch nachgesehen – es gibt eine Menge Carrolls, doch keinen, der in der Capp Street Nummer 4106 wohnt. Natürlich lassen viele Leute wie ich ihre Adresse nicht eintragen, und außerdem gibt es noch unzählige Geheimnummern. Aber vielleicht kannst du Rusty um Hilfe bitten.«

»Klar kann ich ihn fragen, Schatz, aber zuerst solltest du mir ein bißchen mehr erzählen.«

Er hört aufmerksam zu, als ich berichte, wie ich Maddys Beobachtungsposten im Haus des taubstummen chinesischen Ehepaars in der Cypress Alley gefunden habe. Ich erläutere ihm, warum ich sicher bin, daß sie das Zimmer gemietet hat, um die Wohnung auf der anderen Straßenseite auszuspionieren. Und ich schildere ihm die Fotos, die zwar eine bedrohliche Atmosphäre ausstrahlen, aus denen aber leider nicht hervorgeht, welcher Sache sie auf der Spur war.

»Warum wendest du dich nicht an Kremezi?« erkundigt sich mein Vater.

»Weil ich nicht genug in der Hand habe. Oder bist du anderer Meinung, Dad?«

Er überlegt. »Ich war zwar nur Streifenpolizist und kein Detective, aber bei einem Unfall mit Fahrerflucht hätte ich angesichts dieser dürftigen Hinweise wahrscheinlich auch nicht viel unternommen.« Er sieht mich an. »Was hast du jetzt vor?«

Ich zucke die Achseln. »Keine Ahnung. Ich mache einfach einen Schritt nach dem anderen. In erster Linie will ich herausfinden, warum sich Maddy so für diese Wohnung interessiert hat.«

Er nickt, doch ich merke ihm seine Zweifel an. Er weiß, daß ich einen Zusammenhang zwischen Maddys Schnüffelei und ihrem Tod vermute, den ich beweisen möchte. Andererseits gefällt es ihm offenbar, daß ich nicht so leicht lockerlasse und das Geheimnis lüften will. Vielleicht erinnert es ihn an das tapfere, farbenblinde kleine Mädchen aus seinen Gutenachtgeschichten.

»Gib mir ein paar Tage«, sagt er schließlich. »Ich bitte Rusty, sich mal umzuhören. Aber« – er droht mit dem Finger – »nur unter einer Bedingung.«

»Und die wäre?«

»Du wirst die Informationen, die ich dir beschaffe, nicht dazu benutzen, Dummheiten zu machen – indem du zum Beispiel Drogendealern nachspionierst.«

»Glaubst du, daß in dieser Wohnung gedealt wird?«

»Ist durchaus möglich. Ich will nur verhindern, daß dir etwas zustößt, Kind. Versprichst du es mir?«

»Klar, Dad – keine Dummheiten. Abgemacht.«

Ich sitze in der Mansarde auf einem schlichten Rattanstuhl und spähe aus dem Fenster. In der Wohnung gegenüber ist es dunkel, und nichts rührt sich. Wie erstarrt verharre ich auf dem unbequemen Möbelstück, fühle mich wie ein Eindringling, ein Störfaktor. Das liegt nicht an der Wohnung gegenüber, sondern an diesem Raum, Maddys Schlupfwinkel, ihrem Beobachtungsposten. Ich habe mich in einen Teil ihres Lebens gedrängt, den sie stets geheimgehalten hat. Und da sie tot ist, kann sie ihre Privatsphäre nicht mehr verteidigen. Nun bin ich im Begriff, diesem Geheimnis auf die Spur zu kommen. Und obwohl ich keine Ahnung habe, worauf ich stoßen könnte, weiß ich, daß die Antwort mein Bild von ihr verändern wird.

Nachdem sich meine Augen eine Viertelstunde später an die Dunkelheit gewöhnt haben und ich alles deutlich erkennen kann, schaue ich mich in dem kleinen Zimmer um.

Der Raum wird von der großen Pentax auf ihrem Stativ beherrscht, die mir bei meinem ersten Besuch sofort aufgefallen ist, gemeinsam mit den Entwicklerschalen und den Gerätschaften auf dem Tisch neben dem Waschbecken. Als ich das Zimmer nun durchsuche, finde ich weitere Hinterlassenschaften von Maddy: einen leeren Koffer im Wandschrank, dazu einen schwarzen Regenmantel mit Gürtel und einen Schirm. Einen ordentlich zusammengefalteten Skipullover und eine winzige

Stabtaschenlampe in einer Kommodenschublade. Ich erinnere mich an den Pullover; sie hat ihn oft getragen, wenn ich zum Unterricht zu ihr kam. Ich nehme ihn heraus und entdecke zwischen den Falten ein kleines Notizbuch mit Spiralbindung.

Aufgeregt blättere ich es durch. Etwa die Hälfte der Seiten sind beschrieben. Auf manchen stehen nur ein oder zwei Wörter, auf anderen hastig hingekritzelte Notizen.

Alltäglichkeiten wie Einkaufslisten (immer mit Joghurt und Obst) und Merkzettel für die Unterrichtsstunden. Dann finde ich eine Anspielung auf David Yamada: »*David, wg. Handy, Notfälle?/Abholzeiten?/Planung?*« Auch über mich hat sie etwas geschrieben: »*K. wg. Ihrer Boxerinnen/Sie soll von unten fotografieren.*«

Tolle Idee! Ich hätte diesen Vorschlag bestimmt ausprobiert. Doch sie hat es mir nie gesagt. Wahrscheinlich war ihr klar, daß ich kurz davor stand, das Projekt aufzugeben, und wollte deshalb nicht noch etwas Neues einbringen.

Duell/im Archiv nachsehen hat wahrscheinlich etwas mit ihrer Negativ-Ablage zu tun. Doch was bedeutet *Duell*? Oder hat sie »dual« gemeint?

Einige der Aufzeichnungen sind unleserlich. Wahrscheinlich hat sie sie gemacht, während sie im Dunkeln saß und darauf wartete, daß sich in der Wohnung gegenüber etwas tat.

Doch ich entdecke auch ein paar Notizen, die zwar deutlich geschrieben sind, deren Sinn ich jedoch nicht verstehe. Auf drei Seiten wiederholt sie dieselben Wörter: *die Waffe*. Beim drittenmal hat sie sie sogar doppelt unterstrichen. Auf einer anderen Seite steht: *die Waffe/die Waffe finden/wo ist die Waffe?* Und immer ist das Wort *Waffe* eingekreist.

Mir wird schwindelig. Ich lege das Notizbuch weg und spritze mir am Waschbecken Wasser ins Gesicht. Dann lege ich mich auf das Bett neben der Tür. Ich spüre, wie mein Herz pocht. Schweiß steht mir auf der Stirn.

Warum? Wegen des Notizbuches? Was will das Notizbuch mir sagen?

Nichts, nehme ich an … nichts, was ich verstehen könnte.

Ich komme zu dem Schluß, daß genau dies das Problem ist. Je intensiver ich mich mit der Angelegenheit beschäftige, desto weniger begreife ich sie. Eine bekannte Fotografin wurde getötet – meine Lehrerin, mein Vorbild, mein Idol. In den letzten Monaten hat sie sich seltsam und untypisch verhalten. Sie hat Aufnahmen gemacht, obwohl sie jedem erzählte, sie habe das Fotografieren an den Nagel gehängt. Sie hat in einem gefährlichen Stadtviertel bei einer Familie ein Mansardenzimmer gemietet, von dem aus man in die hinteren Fenster einer anderen Wohnung sehen kann. Sie hat geheimnisvolle Aufzeichnungen gemacht und das Notizbuch in einem gefalteten Pullover versteckt. Und dann, eines Nachts, wurde sie vor dem Haus, das sie beobachtete, von einem Motorradfahrer getötet.

Mit diesem Rätsel ringe ich nun schon seit zwei ganzen Wochen, und das Notizbuch ist nur das I-Tüpfelchen. Doch genau wie bei meinem früheren Fund (dem Film in der Leica) hat sich dadurch nichts geändert: Ich bin der Lösung des Problems nicht näher als zuvor.

Erschöpft schließe ich die Augen und versuche, durch Meditation zur Ruhe zu kommen. Doch statt dessen schlafe ich ein. Nach einer Stunde schrecke ich hoch und bin plötzlich fest davon überzeugt, daß mir das Notizbuch etwas verraten kann.

Maddys Bemerkung zum Thema David: Offenbar haben sie darüber gesprochen, sich für Notfälle ein Mobiltelefon anzuschaffen. Vielleicht bedeutet die Anspielung auf Abholzeiten, daß er sie zu den Wongs bringen und später wieder nach Hause fahren sollte. Wenn das stimmt, ist Davids Behauptung, er habe von ihren Ausflügen in den Mission District nichts gewußt, eine Lüge.

Wieder nicke ich ein. Als ich kurz vor Morgengrauen aufwache, sehe ich zur anderen Straßenseite hinüber. Nichts. Ich schleiche nach unten und an der offenen Schlafzimmertür der Wongs vorbei, verlasse das Haus und gehe rasch zur 24. Straße. In der Mission Street rufe ich mir ein Taxi.

Ich nehme Maddys Aufzeichnungen als Anregung – da ich mit meinem Piepser darauf angewiesen bin, daß *ich* angerufen werde, muß ein Mobiltelefon her. Wenn ich mich noch länger in der Capp Street und der Cypress Alley herumtreibe, ist es besser, jederzeit Hilfe herbeirufen zu können.

Ich dusche, ziehe mich um, setze meine Sonnenbrille auf und trete ins grelle Morgenlicht hinaus. Obwohl ich die Sonne eigentlich lieber meide, habe ich das Bedürfnis, persönlich mit David Yamada zu sprechen.

Seine Firma, Kaleidoscopics, befindet sich in einem gewaltigen Backsteinbau in der 2. Straße, mitten in dem Yuppieviertel rund um den South Park, das die Presse inzwischen »Multimedia-Schlucht« nennt.

Hier wimmelt es nur so von Computerfirmen – einige große, die meisten jedoch ziemlich klein mit nur ein oder zwei Angestellten. Auch das Verzeichnis in der Lobby des Gebäudes, in dem ich David suche, weist deutlich darauf hin: BrainTools, Pixel People, GenXTronics, Ballz-Gamez, Web-Fleet – und so weiter und so fort. In den Lofts im oberen Stockwerk, die früher Kaffeekontore beherbergten, sitzen nun trendige Computerfreaks – CD-ROM-Designer, Leute, die an Computerspielen und Webpages basteln, Cyberkünstler, Cyberanimatoren und Autoren von Artikeln über coole Typen, die völlig in der virtuellen Welt aufgehen.

Kaleidoscopics ist im sechsten Stock. Die Empfangsdame, eine hübsche, junge Asiatin in Szeneklamotten, sitzt, in ein Computerspiel versunken, an ihrem Schreibtisch. Ich bleibe geduldig vor ihr stehen. Es dauert eine Weile, bis sie mich bemerkt.

»David? Der ist hinten in der Werkstatt.« Sie deutet mit dem Daumen in die entsprechende Richtung. »Magst du einen Milchkaffee? Ich wollte eben welchen bestellen.«

Ich lehne ab und schlendere in den hinteren Teil des Lofts. Ein Cockerspaniel mit traurigem Blick ist an einen Heizkörper gebunden und späht ins Dämmerlicht. Ich folge seinem Blick und entdecke ein Geschöpf mit gezacktem Rücken, das zwischen einigen an die Wand gelehnten Fahrrädern herumkriecht.

»Hey, da hinten ist ein Reptil!« rufe ich der Empfangsdame zu.

»Das ist nur Joe. Der tut dir nichts. Leguane brauchen eben Bewegung.«

Ich gebe mich mit dieser Erklärung zufrieden und gehe weiter. Schließlich entdecke ich David. Er sitzt vor einem Computer. Neben ihm kauern zwei Anstellte auf Hockern vor einer Werkbank und setzen Kaleidoskope zusammen.

»Hallo, Kay! Schau dir das an«, begrüßt mich David und fordert mich auf, einen Blick auf den Bildschirm zu werfen. Ich beuge mich vor und erkenne ein neuneckiges, symmetrisches Chakra, das sich langsam bewegt, als ob man ein Kaleidoskop mit der Hand dreht.

»Und jetzt sieh mal genau hin«, sagt er und betätigt ein paar Tasten.

Auf einmal beschleunigt sich die Verwandlung. David gibt weitere Daten ein. Das Tempo wird noch schneller, bis man kaum noch hinschauen kann. Und als er wieder etwas eintippt, fliegt das ganze Bild auseinander. Die einzelnen Stückchen landen wie ein Häufchen Glasscherben am unteren Rand des Bildschirms.

»Gut, nicht?« fragt er. »Man wird allmählich warm, dann immer heißer, man fängt an, verrückte Sachen zu machen, und schließlich ... die Befreiung.«

»Stehst du seit neuestem auf Cybersex, David?«

David wirkt ein wenig verlegen. Die Mitarbeiter kichern.

»Ich halte es für ein aufregendes Stück Cyberkunst«, entgegnet er.

Das ist es bestimmt. Und ganz sicher sieht es in Farbe noch besser aus. Obwohl ich keine Farben unterscheiden kann, habe ich eine Vorstellung davon, wie sie ein Bild bereichern. Meine Mutter, die Musiklehrerin war, hat mir die Farben anhand der Harmonien verschiedener Instrumente erklärt: der »goldene« Klang der Klarinetten, der »scharlachrote« der Flöten, der »rotbraune« der Cellos. Und während meiner Schulzeit erzählten mir meine Kunstlehrer, wie Farben Gefühle vermitteln. Monet, Renoir, van Gogh, Cézanne – jeder von ihnen hatte seine eigene Farbpalette. Auch in der Literatur wimmelt es von Farbanalogien – das Grün von Walt Whitman, das Blau von Conrad und Hemingways Erdtöne, das trübe Ockergelb in den Gedichten von Edgar Allan Poe. Und natürlich kenne ich die Farben aus alltäglichen Redewendungen: »Er ist noch grün hinter den Ohren.« »Sie ist gelb vor Neid.« »Er ist für mich ein rotes Tuch.« »Er war gestern ganz schön blau.«

Da man sich im Loft nicht unter vier Augen unterhalten kann, schlägt David vor, einen Kaffee trinken zu gehen. Er sucht ein Café am South Park aus, dessen Innendekor aus alten Computerteilen besteht. In die Wände sind ausrangierte Tastenfelder eingelassen.

Wir nehmen Platz, und ich komme sofort auf den Punkt.

»Hat Maddy je erwähnt, daß sie sich ein Mobiltelefon zulegen wollte?«

Er nickt. »Ich habe es für sie bestellt, doch sie starb, bevor es geliefert wurde.«

»Du hast sie in den Mission District gefahren und dort auch wieder abgeholt, nicht wahr?«

Er starrt mich entgeistert an.

»Jetzt red schon, David! Das Haus mit der grünen Tür in der Cypress Alley, das kennst du doch.«

»Warum stellst du mir diese Fragen?« will er wissen.

»Wie oft hast du sie dort hingebracht?«

»Du hast mir noch nicht geantwortet.«

»Du mir auch nicht.«

Er wendet sich ab, kann mir nicht in die Augen sehen. Trotz meiner Wut schlage ich einen möglichst freundlichen Ton an.

»Du wußtest, daß sie dort war. Du kanntest sogar das Haus. Und du wußtest, daß sie fotografierte. Warum hast du mich angelogen, David? Erklär es mir! Warum?«

»Du bist also extra hierhergekommen, um mich unter Druck zu setzen.«

»Was hätte ich sonst tun sollen? Etwa zu Kremezi gehen?«

»Ich fühle mich wie in einem Verhör.«

»Sehr gut. Genau das war auch meine Absicht.«

»Mein Gott, Kay! Ich habe nichts ausgefressen.«

»Das habe ich auch nicht behauptet. Aber du hast mir etwas verheimlicht. Und was noch schlimmer ist: Du hast mich angelogen.«

»Okay.« Er dreht sich wieder zu mir um. »Du hast recht. Ich habe dir etwas verheimlicht. Ich habe sie ein paarmal in den Mission District gefahren.«

»Wie oft?« frage ich streng.

»Ich kann mich nicht erinnern. Vielleicht sechs- oder siebenmal.«

»Das ist aber ziemlich häufig.«

»Woher nimmst du dir das Recht, mich so auszuquetschen?«

Da es ihm peinlich ist, bei einer Lüge ertappt worden zu sein, reagiert er nur allzu menschlich: Er schlägt zurück. *Meinetwegen,* denke ich, und beschließe, ihm noch ein bißchen mehr zuzusetzen, da die Wut ihn anscheinend mitteilungsfreudiger macht.

»Du redest um den heißen Brei herum«, sage ich. »Warum rückst du nicht gleich mit der Sprache raus?«

»Das versuche ich doch ...«

»Ich will die ganze Geschichte hören, ohne Auslassungen.«

»Es gibt keine *Geschichte,* Kay. Sie hat mich ein paarmal gebeten, sie dort hinzufahren. Den Grund hat sie mir nicht verraten, und ich habe auch nicht nachgefragt. Zweimal habe ich sie abgeholt.«

»Und wie ist sie an den anderen Tagen nach Hause gekommen?«

»Wahrscheinlich mit dem Taxi. Keine Ahnung.«

»Und was ist mit der Nacht, in der sie getötet wurde?«

»Was soll damit sein?«

»In dieser Nacht hast du sie auch hingefahren, richtig?«

Verärgert wendet er den Blick ab. Für mich ist das so gut wie ein Geständnis.

»Es ist doch nichts dabei«, spreche ich in etwas sanfterem Ton weiter. »Du bist nicht schuld an dem Unfall. Wenn du sie nicht hingebracht hättest, hätte sie sich eine andere Fahrmöglichkeit gesucht. Sie war eine starke Frau, David – ich glaube, die stärkste Frau, die ich je gekannt habe. Wenn sie sich etwas in den Kopf gesetzt hatte, tat sie es auch, denn sie hatte eine enorme Willenskraft. Kein Mensch, vor allem nicht du, ihr treuer Stiefsohn, hätte sie an ihrem Vorhaben hindern können.«

Nun hat er Tränen in den Augen. Ich nehme seine Hand. »Hast du gelogen, weil du ein schlechtes Gewissen hattest? Hast du befürchtet, man würde dir Vorwürfe machen?« Er nickt. »Niemand wird dir die Schuld geben, David. Am allerwenigsten ich. Du hättest alles für sie getan. Das wußte sie. Doch das heißt nicht, daß du für das Unglück verantwortlich bist, wirklich nicht. Solange du das nicht begreifst, wirst du nie darüber hinwegkommen.«

Jetzt sieht er mich an. »Es tut mir leid, daß ich dich belogen habe. Ich fühle mich wie ein Schwein.«

Ich drücke seine Hand. »Bitte erzähl mir alles, was du weißt und was sie gesagt hat, auch wenn es dir unwichtig erscheint. Wie hat sie sich im Auto verhalten? War sie aufgeregt? Entschlossen? Nervös? Und wie benahm sie sich an den beiden Tagen, als du sie abgeholt hast? Es war doch nur zweimal, David? Oder vielleicht doch öfter?«

Ich stelle diese Fragen auf gut Glück, um mehr zu erfahren, und in der Hoffnung, daß ich ihn durch diese Details zum Reden bringe. Und da er seine Geheimnistuerei von vorhin bedauert, will er mir nun alles erzählen.

Maddy schien bedrückt – mehr weiß David auch nicht. Normalerweise war sie eher eine Frohnatur, obwohl sie wie jeder Mensch Anflüge von Melancholie hatte – ihre »braunen Phasen«, wie Davids Vater es nannte. In den letzten Monaten hatte David den Eindruck, daß seine Stiefmutter über etwas nachgrübelte.

Sie wirkte geistesabwesend, was er bei ihr noch nie erlebt hatte. Anfangs führte er es auf ihre Krankheit zurück. Im vergangenen Herbst war sie beim Kardiologen gewesen, der eine Verengung der Koronararterie festgestellt hatte. Eine Bypass-Operation kam in ihrem Fall nicht in Frage. Allerdings bezweifle ich sowieso, daß Maddy sich freiwillig unters Messer begeben hätte. Dazu konnte sie zu schlecht loslassen.

Irgendwann wurde David jedoch klar, daß ihre seltsame Stimmung nichts mit ihrer angegriffenen Gesundheit zu tun hatte, sondern es eine andere Ursache gab. Aber er fragte nicht nach, denn er wußte aus Erfahrung, daß der Anstoß zu einem solchen Gespräch von ihr kommen mußte.

Allerdings lieferte sie ihm eine Erklärung für ihre Bitte, sie herumzuchauffieren. Sie sagte, sie habe vor kurzem zufällig eine alte Freundin namens Bea wiedergetroffen, die sie seit Jahren nicht gesehen habe. Nun hätten sie ihre Freundschaft wiederaufleben lassen. Ob es David wohl zuviel Umstände machte, sie in den Mission District zu fahren, wo Bea wohnte und wo sie sich mit ihr zum Abendessen verabredet habe?

Natürlich war er sofort einverstanden. Er hätte alles für sie getan, insbesondere deshalb, weil sie andere so selten um Hilfe bat. Beim erstenmal ließ sie sich an der Ecke Mission und

24. Straße vor einem Buchladen absetzen, wo sie sich mit Bea treffen wollte. Sie hätten vor, in ein Restaurant und danach vielleicht ins Kino zu gehen. Später würde Bea für sie ein Taxi rufen.

David sah keinen Grund, ihr nicht zu glauben. Er war so froh, daß sie endlich wieder einmal aus dem Haus ging, daß ihm keine Zweifel kamen.

Als er sie das erstemal in die Mission Street fuhr, schlug er vor, zu warten, damit er Bea kennenlernen konnte. Doch Maddy lehnte ab. Bea sei sehr schüchtern und außerdem ziemlich unpünktlich. Sie, Maddy, werde ein wenig durch den Buchladen bummeln, bis sie komme.

Von da an war der Ablauf immer derselbe: David holte Maddy am frühen Abend zu Hause ab und brachte sie zum Buchladen. Schon beim zweitenmal sagte sie, daß es weniger umständlich sei, wenn sie bei Bea übernachten würde. Deshalb brauche David sie später auch nicht mehr anzurufen, um sich zu vergewissern, ob sie gut nach Hause gekommen sei.

Erst mit der Zeit wuchs in David der Verdacht, daß es sich bei diesen angeblichen Verabredungen mit Bea um eine Täuschung handelte. Im Auto war Maddy aufgeregt und gesprächig, was ihn an ihr Verhalten von früher erinnerte, wenn sie zu einem Fototermin unterwegs war. Er spürte denselben Jagdtrieb, das Bedürfnis, Bilder einzufangen. In seiner Kindheit hatte er sie häufig so gesehen – das Funkeln in ihren Augen, die geröteten Wangen, jede Faser ihres Körpers aufmerksam angespannt. Und trotz ihres Alters und ihrer Krankheit strahlte sie wieder dieselbe Energie wie damals aus, wenn sie an diesen Abenden neben ihm im Auto saß.

Sein Vater, Harry Yamada, hatte diesen Zustand einmal folgendermaßen beschrieben: »Wenn du eine Kamera in der Hand hast, Maddy, kommst du mir vor wie ein Jäger mit einer Flinte.« Natürlich hatte Maddy ihn sofort verbessert: »Was hältst du von einer Jägerin mit Pfeil und Bogen? Maddy, die Jagdgöttin.« Und dann hatte sie gelacht.

Nur zweimal vereinbarte sie mit David im voraus, wann er sie abholen sollte. Ob er so nett sein könnte, um acht Uhr morgens vor dem Buchladen zu sein? Sie gab keinen Grund an und machte sich nicht einmal mehr die Mühe, die geheimnisvolle Bea zu erwähnen, an deren Existenz David inzwischen ernsthaft zweifelte. Sie bat ihn einfach darum und bedankte sich später für seine Hilfe.

Beide Male fiel ihm eine merkliche Veränderung in ihrem Verhalten auf. Das Jagdfieber, das er bei der Hinfahrt beobachtet hatte, war wie weggeblasen. Statt dessen war sie einsilbig und wirkte niedergeschlagen und erschöpft. Auch das erinnerte ihn an früher, wenn sie ohne die Bilder, auf die sie es abgesehen hatte, vom Fotografieren zurückgekehrt war.

Schließlich war David überzeugt, daß sie wieder fotografierte. Und obwohl er sich – vor allem wegen ihrer Geheimnistuerei und ihrer fadenscheinigen Ausflüchte – Sorgen um sie machte, war er auch froh darüber. Sie brachte zwar keine belichteten Filme mit nach Hause, aber es erschien ihm, als habe sie durch die Jagd an sich wieder einen Sinn im Leben gefunden.

Während all dieser Ausflüge hatte sie, soweit er es beurteilen konnte, nie eine Kamera oder eine Filmrolle dabei. Ihr und Davids Treffpunkt war stets der Buchladen in der Mission Street. Von der Cypress Alley und dem Haus mit der grünen Tür wußte er nichts.

Er stellte nur fest, daß sie ihre Probleme offenbar mit sich selbst abmachen wollte. Und es kam ihm vor allem darauf an, daß sie glücklich und beschäftigt war, ein Gefühl, das ihr die nächtlichen Ausflüge zu vermitteln schienen. Deshalb maß er ihrer Geheimnistuerei keine weitere Bedeutung bei, erkundigte sich nicht nach Einzelheiten des Projekts und ließ das Thema Bea auf sich beruhen.

David und ich verlassen das Cybercafé und schlendern durch den South Park. Trotz des grellen Lichts, das mich zwingt, die Sonnenbrille aufzusetzen, genieße ich den Spaziergang. Der Park hat eine elegant geschwungene, ovale Form. Die Bäume stehen in voller Blüte. Halbnackte Sonnenanbeter räkeln sich im Gras. Die jungen Arbeitssüchtigen aus der »Multimedia-Schlucht« sitzen, den Laptop auf den Knien, auf Parkbänken und tippen eifrig.

»Weißt du, was man über diese Gegend sagt, Kay?« fragt David mit einer ausladenden Geste. »Man vergleicht sie mit Florenz zur Zeit der Renaissance: eine Gemeinschaft von

Künstlern, die vor Kreativität strotzen und alles tun, um einander zu übertreffen.«

Vielleicht ist da etwas Wahres dran. Die Energie kann ich jedenfalls spüren. Natürlich besteht der Unterschied darin, daß heute die Elektronik das Medium ist, nicht mehr Farbe, Fresken und Marmor. Außerdem strebten die Maler und Bildhauer im alten Florenz nach Ruhm und Ehren, während die modernen Cyberkünstler hoffen, durch ihre Softwarefirmen das große Geld zu machen.

Ich habe noch ein paar Fragen an David. Die eine ist, was Maddy mit *»die Waffe«* gemeint haben könnte.

Er schüttelt den Kopf. »Sie verabscheute Schußwaffen von ganzem Herzen«, antwortet er. »Deshalb hat sie den Ausspruch meines Vaters damals ja auch verbessert. An einer Jägerin mit Pfeil und Bogen hatte sie nichts auszusetzen – an einem Jäger mit einer Flinte schon.«

Damit hat David recht. Viele von Maddys Arbeiten haben diese Abneigung gegen Schußwaffen zum Inhalt: ihre Kriegsfotos von Soldaten, das Gewehr in der Hand; ihre unzähligen Aufnahmen von wütenden, bewaffneten Polizisten. Es ist, als habe sie uns mit diesen Bildern sagen wollen, daß Waffen die Menschen verderben und ihren Benutzern nichts als Leid und Elend einbringen.

»Ich begreife immer noch nicht, warum du gelogen hast«, sage ich zu David. »Du hättest mir doch erzählen können, daß sie eine Freundin namens Bea hatte, die sie angeblich besuchte.«

»Ich habe gelogen, weil ich wußte, daß sie auch gelogen hat.«

»Denkst du, jemand hat sie absichtlich getötet?«

»Jemand, der sie berauben wollte und dann in Panik geraten ist?«

»Nein, ganz gezielt. Vielleicht, weil sie etwas Bestimmtes fotografiert hat.«

Er schüttelt den Kopf. »Das kann ich mir nicht vorstellen. Ich glaube nicht, daß sie auch nur einen einzigen Feind hatte.«

»Du hast doch ihre Papiere durchgesehen. Hast du irgend etwas gefunden, das uns in dieser Sache weiterbringen könnte?«

Er zögert kurz. »Es waren ein paar alte Briefe von einer Frau dabei. Die Unterschrift lautete Bea.«

»Also gab es diese Bea wirklich! Aber hast du nicht eben gesagt, du zweifelst an ihrer Existenz?«

»Ich glaube nur nicht, daß Maddy sich wirklich mit ihr getroffen hat. Meiner Ansicht nach hat diese Bea, wer immer sie auch sein mag, nichts mit Maddys Besuchen im Mission District zu tun.«

Möglicherweise hat David recht. Es kann durchaus sein, daß Maddy einfach irgendeinen Namen von früher aus ihrem Gedächtnis gekramt und sich eine Geschichte dazu ausgedacht hat.

»Noch eine letzte Frage – hat sie dir gesagt, *warum* sie sich ein Mobiltelefon anschaffen wollte?«

»Ja, damit sie mich anrufen konnte, wenn ich sie abholen sollte.« David steigen die Tränen in die Augen. »Es wurde am Tag nach ihrem Tod geliefert. Ich habe es noch da, und es ist betriebsbereit, weil ich einen Jahresvertrag abschließen mußte. Ich besitze aber schon eins. Es wäre wahrscheinlich möglich, es unter diesen besonderen Umständen zurückzugeben. Aber aus irgendeinem Grund bringe ich das nicht über mich.

Wahrscheinlich hofft er, daß es läutet und daß *sie* am anderen Ende ist, denke ich.

»Laß es auf mich umschreiben. Ich erstatte dir die Unkosten und übernehme den Vertrag. Was hältst du davon?«

»Spitze, Kay, das ist eine ausgezeichnete Idee!« Er nickt.

Auf dem Rückweg zu Kaleidoscopics geht mir durch den Kopf, daß mir seine Geschichte immer noch merkwürdig vorkommt. Irgend etwas stimmt nicht an seiner Erklärung, warum er mir und Kremezi nicht die Wahrheit gesagt hat, was Maddys Ausflüge angeht. Doch obwohl ich davon überzeugt bin, daß noch mehr dahintersteckt, werde ich heute wohl nichts mehr aus ihm herauskriegen.

Oben im Loft übergibt er mir Maddys Mobiltelefon und zeigt mir, wie es funktioniert. Um es auszuprobieren, rufe ich Joel an, der gleich nach dem ersten Läuten abnimmt. Er berichtet, er sei in San Pablo, um die Hintergründe eines Öltankerlecks zu recherchieren. Ich diktiere ihm meine neue Nummer.

»Jetzt bist du endlich bereit fürs einundzwanzigste Jahrhundert, witzelt er.

»Und endlich kann ich auch nachts dringende Anrufe von dir entgegennehmen.«

Ich muß los. David umarmt mich. »Danke für dein Verständnis.«

Auf dem Weg zur Tür huscht mir Joe, der Leguan, zwischen die Füße. Die hübsche Asiatin am Schreibtisch ist noch immer in ihr Videospiel versunken und blickt nicht einmal auf, als ich gehe.

Erst im Aufzug wird mir klar, wie seltsam unser Gespräch verlaufen ist. Anfangs wollte David wissen, warum ich ihm Fragen stelle und wie ich dahintergekommen bin, daß er Maddy in den Mission District gefahren hat. Doch als ich ihm weiter zusetzte, hat er gar nicht mehr nachgehakt.

Warum nicht? War er denn nicht neugierig?

Ich komme zu dem Schluß, daß David eine Rolle in der impliziten Ordnung von Maddys letzten Tagen gespielt hat, die ich noch entschlüsseln muß.

5

Mein neuer Tagesablauf: Die Nächte verbringe ich in der Mansarde in der Cypress Alley, bei Morgengrauen nehme ich ein Taxi zurück zum Russian Hill. Ich schlafe bis zwei, frühstücke, gehe um vier zum Aikido, fahre wieder nach Hause, koche, esse ... und begebe mich dann zur Nacht erneut mit dem Bus in die Cypress Alley.

Es ist ein seltsames Leben, und das Allerseltsamste daran ist, daß ich in sechs Nächten noch keine einzige Beobachtung in der Wohnung auf der anderen Straßenseite gemacht habe – keine Menschen, kein Licht, nichts.

Dad ruft an und meldet, sein früherer Partner Rusty Quinn sei bei ihm in der Bäckerei.

»Wir haben was für dich, Töchterlein. Am besten kommst du gleich her. Du wirst feststellen, daß Rusty ganze Arbeit geleistet hat.«

Ich fahre mit dem Bus in die Richmond Street. Dad und Rusty sitzen in Dads Büro und erzählen sich Anekdoten aus ihrer Zeit bei der Polizei. Sie machen einen ziemlich vergnügten Eindruck.

Dad verehrt Rusty, und ich glaube, daß dieses Gefühl auf Gegenseitigkeit beruht. Die beiden sind fünf Jahre lang zusammen in Chinatown Streife gegangen und haben – wie bei Polizisten irischer Herkunft üblich – zusammengehalten wie Pech und Schwefel. In jenen Jahren hat Dad ein paar Brocken Kantonesisch aufgeschnappt. Rusty hat die Sprache sogar ziemlich gut gelernt, und zwar von seinen zahlreichen chinesischen Freundinnen. Inzwischen ist er mit einer hübschen Chinesin namens Soo Lin, einer früheren Nachtclubsängerin und Go-Go-Tänzerin, verheiratet. Die beiden haben drei reizende Kinder.

Nachdem Dad mich an sich gedrückt hat, schließt mich Rusty ebenfalls in die Arme. Er ist ein kleiner, gedrungener Mann, fast vierschrötig, mit breiten Schultern wie ein Football-Spieler. Als er mich ansieht, funkeln seine Augen fröhlich. Sein kräftiges Eau de Cologne erinnert mich an die Beerdigung meiner Mutter. Ich weiß noch, daß er danach gerochen hat, als er mich an jenem trüben, regnerischen Tag umarmte.

Rusty, der in diesem Sommer in Pension gehen wird, erzählt, daß er vorhat, sich an einem Export-Import-Geschäft zu beteiligen. »Hauptsächlich Nippes vom Festland«, sagt er. »Zum Großteil Kitsch, aber mir gefällt er. Also denke ich mir, daß es anderen Leuten sicher genauso geht.«

Später, nachdem ich die Umarmungen und die Beteuerungen, was für eine schöne Frau ich geworden sei, über mich habe ergehen lassen, frage ich: »Was hast du für mich rausgekriegt?«

Er lächelt. »Du kommst immer sofort auf den Punkt, Kay.«

»Einen der Namen, die Rusty ausgegraben hat, habe ich schon mal gehört«, sinniert Dad. »Aber ich weiß nicht mehr, wo.«

»Und wie lauten die Namen?« will ich wissen.

Rusty berichtet, daß die Wohnung Nummer 5 in der Capp Street 4106 nicht vermietet ist. Laut Aussage des Hausmeisters, der selbst im Gebäude wohnt, hält die Immobilienfirma sie frei, um sie vorübergehend Freunden und Geschäftspartnern zur Verfügung zu stellen. Die Firma heißt CFJ Immobilien und besitzt viele Wohn- und Geschäftshäuser in verschiedenen Vierteln von San Francisco. Der Name der Firma setzt sich aus den Anfangsbuchstaben der drei Inhaber zusammen: J. Ramsey Carson, Chaplin D. Fontaine und Orrin R. Jennett.

»Gut recherchiert«, lobe ich. »Und wer ist dann dieser Mr. Carroll, dessen Name am Klingelschild steht?«

»Jetzt wird es interessant«, antwortet Rusty. »Als ich bei CFJ Immobilien niemanden ausfindig machen konnte, der so heißt, habe ich beschlossen, mich bei den Stadtwerken zu erkundigen.«

»Sehr schlau«, sagt Dad. »Rusty wäre ein guter Detective geworden.«

»Zuviel Schreibtischarbeit«, widerspricht Rusty bescheiden. »Mir gefällt es auf der Straße besser, da bin ich ganz wie dein Vater.« Er hält inne. »Wie dem auch sei, ich habe jedenfalls rausbekommen, daß es in dieser Wohnung zur Zeit keinen Telefonanschluß gibt, was mir komisch vorkam. Deshalb habe ich die Abteilung Stromversorgung angerufen. Bingo! Die Stromrechnung wird unter dem Namen Vincent Carroll geführt und an eine Postfachadresse oben im Norden, in Mendocino County, geschickt.«

Dad nickt ernst. Ich weiß, warum ihn das interessiert: In Mendocino wird der Großteil des Marihuanas angebaut, das in Kalifornien auf dem Markt ist – was seine Theorie untermauert, daß in dieser Wohnung mit Drogen gehandelt wird.

»War es der Name Carroll, der dir bekannt vorkam?« frage ich.

»Nein, Ramsey Carson«, antwortet Dad. »Irgendwo habe ich mal von ihm gehört. Vielleicht habe ich auch was in der Zeitung gelesen. Wenn es mir wieder einfällt, gebe ich dir Bescheid.«

»Ich habe keine Ahnung, welcher Sache du da auf der Spur bist, Kay«, sagte Rusty. »Aber bleib dran. Falls du Hilfe brauchst, kannst du dich jederzeit an mich wenden. Ich bin immer für dich da.«

»Keine Sorge, so leicht gibt sie nicht auf«, Dad grinste. »Es ist nicht Kays Art, das Handtuch zu werfen.«

»Eine Frau nach meinem Geschmack«, verkündet Rusty.

Als ich gehe, frage ich mich, warum Rusty – im Gegensatz zu Dad, der immer versucht, meinen Ermittlungseifer zu bremsen – mich derart bestärkt hat, weiterzumachen.

Heute nacht sitze ich abermals in der Dunkelheit, betrachte das schmierige Fenster auf der anderen Straßenseite und fühle mich so gelangweilt und erschöpft wie schon die ganze Woche. Ich kann nicht lesen, weil das Licht mich verraten würde, und wenn ich die Jalousie zuziehe, sehe ich nicht mehr, was drüben vor sich geht. Inzwischen verstehe ich, warum es bei der Polizei als schwieriger Job gilt, einen Verdächtigen zu beschatten. Und auch, warum man dabei zunimmt. Ich habe festgestellt, daß man Hunger bekommt, wenn man sich langweilt, und ich muß meine ganze Willenskraft aufbringen, um nicht meinen Lebensmittelvorrat auf einmal zu verschlingen. Zum Glück habe ich nur Äpfel und Waffeln mitgenommen, keine Pizza, Kartoffelchips oder andere von Kohlehydraten strotzende Leckerbissen, die Polizisten so gern mögen.

Ich weiß, daß ich hin und wieder auf meinem Stuhl einnicke. Wenn mir der Kopf plötzlich auf die Brust sinkt, fahre ich hoch. Es ist kein angenehmes Aufwachen, eher so, als ob man auf einem Transatlantikflug aus dem Schlaf geschreckt wird. Man fühlt sich steif und benommen und ärgert sich über die Störung. Kein Vergleich also mit der köstlichen Erfahrung, unter einem Federbett von dem Geliebten geweckt zu werden, der einem mit der Hand zärtlich über die Brust streicht. Oder von einem Strahl Mondlicht, der einem sanft über die Augen huscht.

Ich habe verschiedene Methoden ausprobiert, um mich wachzuhalten. Zum Beispiel mit Hörbüchern oder mit Musik. Doch wenn der Roman oder die Musik vorbei ist, schlafe ich trotzdem ein. Es ist die Langeweile, die mich ermüdet, und Dunkelheit und Stille tragen das Ihre dazu bei. Mittlerweile verstehe ich, warum Sträflinge in Einzelhaft zwölf bis vierzehn Stunden am Tag schlafen.

Auf einmal werde ich aus meinem Dämmerzustand gerissen, denn in dem Fenster gegenüber sehe ich Licht. Mit klopfendem Herzen beuge ich mich vor. *Es tut sich etwas!* Ich schaue auf die Uhr. Halb zwölf. Doch nach ein paar Minuten geht das Licht wieder aus.

Jemand war in der Wohnung. Vielleicht ist der- oder diejenige ins Nebenzimmer gegangen. Zitternd warte ich ab, starre auf die schmutzige Scheibe und hoffe, daß er oder sie wiederkommt und sich bestenfalls sogar am Fenster zeigt.

Möglicherweise sitzen sie in der Dunkelheit und beobachten mich.

Nein, das ist paranoid. Sie können mich gar nicht sehen, denn die Straße ist kaum beleuchtet. Außerdem müßten die Leute von gegenüber ja bloß ihr Fenster zuhängen, wenn sie keine Zeugen wollen.

Aus diesem Grund habe ich hier bisher auch noch nie die Fenster geputzt. Ich bin sicher, daß Maddy es auch nicht getan hat – denn das wäre ein Hinweis darauf, daß ein bislang unbewohntes Mansardenzimmer nun wieder benutzt wird.

Erneut geht ein Licht an, diesmal ein wenig gedämpfter, doch hinter dem Fenster breitet sich ein schwacher Schein aus. Vielleicht hat jemand eine Tür geöffnet, so daß es jetzt ins Zimmer dringen kann.

Nun bin ich hellwach, bebe vor Anspannung. Genauso hat David Maddys Verhalten beschrieben, wenn sie zu einem Fototermin aufbrach. Mein Zustand ähnelt der bis zum äußersten gesteigerten Aufmerksamkeit, die Rita uns im Aikido-Unterricht beibringen will. Nur mit dem Unterschied, daß es, wie sie sagt, zu Verteidigungszwecken sinnvoller ist, auf den Gegner einen schläfrigen Eindruck zu machen.

Ich rutsche mit dem Stuhl ein wenig näher ans Fenster. Neben mir ragt das Stativ mit Maddys Pentax auf. Sie hatte den schlauen Einfall, die blitzenden Chromteile der Kamera mit mattschwarzem Klebeband abzudecken, damit sie die Lichtreflexe nicht verraten.

Das Licht im Zimmer auf der anderen Straßenseite wird heller, so als hätte jemand eine Lampe eingeschaltet. Dann bemerke ich ein rasches Flackern – vielleicht läuft jemand zwischen der Lichtquelle und dem Fenster hin und her.

Ich kneife die Augen zusammen, um besser sehen zu können, und mache mich bereit, direkt die erste Person zu knipsen, die sich am Fenster zeigt. Außerdem möchte ich das richtige Gefühl für die Abstände bekommen. Da Maddy ein Teleobjektiv benutzt hat, hat sie nur Menschen ins Bild bekommen, die sich gleich hinter dem Fenster aufhielten.

Ich erkenne einen Stuhl und etwas, das wie ein Teil eines Bettes aussieht. Außerdem bin ich ziemlich sicher, daß sich auf der anderen Seite des Zimmers ein offener Wandschrank befindet. Möglicherweise ist das eine Erklärung für die sich ständig ändernden Lichtverhältnisse im Hintergrund: Jemand schiebt Bügel zurecht oder holt ein Kleidungsstück heraus.

Dann tritt eine Frau in mein Blickfeld. Nackt steht sie mit dem Rücken zum Fenster vor dem Schrank, als überlege sie, was sie anziehen soll. Im nächsten Moment erscheint eine hochgewachsene, dunkle Gestalt und versperrt mir die Sicht auf die Frau und die Hälfte des Raums.

Während ich darauf warte, daß die Gestalt zur Seite geht, bin ich mir immer sicherer, daß es sich um einen Mann handelt. Das kann am Umriß seiner Schultern liegen oder daran, daß alle bekleideten Personen auf Maddys Fotos Männer sind.

Er nähert sich der Frau, bleibt neben ihr stehen und berührt sie. Dann registriere ich, daß ihnen gegenüber ein weiteres Paar steht, ein Mann und eine Frau. Kann sein, daß die Frau Asiatin ist. Ich blinzle ein paarmal und frage mich, aus welchem Grund sich Menschen in einem Wandschrank aufhalten sollten.

Das erste Paar, das mit dem Rücken zu mir steht, bewegt sich, und ich beobachte, daß das andere Paar eine ähnliche Bewegung vollführt. Tanzen Sie? Ahmen Sie einander nach? Und dann fällt es mir wie Schuppen von den Augen: Es ist nur *ein* Paar, der Mann berührt die Frau, und die beiden betrachten sich in einem großen Spiegel.

Nun weiß ich also, daß es sich wahrscheinlich um ein Schlafzimmer mit einem Wandschrank handelt, an dessen Türinnenseite sich ein Spiegel befindet. Ein weißer Mann und eine asiatische Frau befinden sich in diesem Zimmer. Die Frau ist nackt. Der Mann liebkost sie. Vielleicht ein Liebespaar. Vielleicht flüstert er ihr ins Ohr, wie wunderschön und verführerisch sie ist.

Eine völlig unverdächtige Szene, die nichts Bedrohliches an sich hat. Warum hat sich Maddy nur solche Mühe gegeben, sie derart angsteinflößend wirken zu lassen?

Der Mann geht zum Fenster, dreht sich um und versperrt mir wieder teilweise die Sicht. Kurz erhasche ich einen Blick auf die Frau, als sie sich ihm nähert. Und dann ist sie verschwunden.

Unmöglich! Sie war doch gerade noch da! Wahrscheinlich steht sie direkt vor ihm, so daß er sie verdeckt. Doch dann erkenne ich im Spiegel, daß sich unterhalb seiner Gürtellinie etwas bewegt. Ich glaube, es ist ihr Kopf, der rhythmisch auf und nieder wippt. Er hält ihn mit einer Hand, packt sie am Haar, während er ihr mit der anderen die Wange streichelt.

Sie liegt auf den Knien und bläst ihm einen – eine andere Erklärung gibt es nicht. Auch daran ist nichts Schockierendes ... außer, daß die ganze Körperhaltung der beiden etwas Gewalttätiges ausstrahlt, das in mir Unbehagen auslöst. Und dann ist da noch etwas. Ich stelle fest, daß sich im Spiegel noch etwas bewegt, und zwar nicht im gleichen Takt wie das Paar.

Auf einmal verstehe ich: Es befinden sich Zuschauer im Raum. Das Paar – der Mann bekleidet und dominant, die Frau nackt und auf den Knien – tritt vor einem Publikum auf. Anscheinend wird dort eine Art Sexparty veranstaltet.

Diese Erkenntnis, die mir eigentlich sofort hätte kommen müssen, als das Paar das Zimmer betrat, taucht die Vorgänge in ein völlig anderes Licht: Indem ich diese exhibitionistische Szene krankhafter Schausucht von der anderen Straßenseite aus betrachte, bin ich nicht mehr nur Beobachterin, sondern mache mich zum Voyeur.

Da ich mir in dieser Rolle gar nicht gefalle, mich regelrecht selbst anwidere, kostet es mich Überwindung, weiter zuzusehen. Es ist natürlich etwas anderes, ob man ein intimes Ereignis mit dem bloßen Auge oder durch den Sucher einer Kamera wahrnimmt. Ich weiß nicht, warum, aber vielleicht liegt es daran, daß ich mich mit der Kamera in der Hand als Künstlerin fühlen kann. In diesem Moment jedoch gelingt mir diese Selbsttäuschung nicht. Ich bin nichts anderes als die weibliche Version eines Spanners.

Es geschieht also folgendes: Eine Frau befriedigt einen Mann oral und läßt sich von ihm erniedrigen, während andere um sie herumstehen und zuschauen. Und außerdem tut sich noch etwas, etwas, das ich kaum erkennen kann, etwas so Seltsames und Ungewöhnliches, daß ich zuerst meinen Augen nicht traue.

Wieder blinzle ich, um mich zu vergewissern, daß ich mich nicht täusche und daß meine Farbenblindheit mir keinen Streich spielt. Ich drehe den Kopf zur Seite, sehe mir das Ganze aus dem Augenwinkel an und bin immer noch nicht sicher. Kann es sein, daß dieser verdammte Spiegel alles verzerrt? Trüben die beiden schmutzigen Fensterscheiben meinen Blick? Ist es etwa meine Phantasie, die inzwischen wegen der vielen, mit untätigem Warten verbrachten Stunden Kapriolen schlägt? Bestimmt nur eine Sinnestäuschung, denke ich.

Denn ich glaube zu sehen (obwohl ich es nicht schwören könnte), daß die nackte Frau auf den Knien dem stehenden Mann im dunklen Anzug gar nicht tatsächlich einen bläst. Statt dessen lutscht sie an dem schimmernden Lauf einer Pistole, die er ihr tief in die Kehle gestoßen hat.

Halb zwei Uhr morgens: Endlich sind in der Wohnung gegenüber die Lichter ausgegangen. Nichts rührt sich mehr, es ist still. Alles ist so wie zuvor.

Nur bei mir nicht. Ich habe mich verändert. Meine Augen schmerzen vom angestrengten Hinsehen, und in meinem Kopf wirbeln halb verstandene Bilder durcheinander. Ich erinnere mich an meinen Traum, den, in dem ich das Theaterstück kaum sehen und hören konnte. Heute nacht habe ich dieselbe Ungeduld empfunden: Mein Blickwinkel war zu eng, wegen zwei schmutzigen Scheiben zwischen mir und der Szene konnte ich nicht alles wahrnehmen. Außerdem war das Licht zu gedämpft, und ich habe nicht gehört, ob etwas gesprochen wurde.

Und noch etwas macht mir zu schaffen – meine Todesangst vor Schußwaffen, unter der ich seit dem Selbstmord meiner Mutter leide. Sie hat sich mit dem Ersatzrevolver meines Vaters umgebracht, hat sich aufs Bett gelegt, den Kopf übers Fußende baumeln lassen, die Waffe in den Mund geschoben und abgedrückt. Seit jenem Tag verabscheue ich Pistolen, weigere mich, sie anzufassen, und schrecke bei ihrem bloßen Anblick zurück, selbst wenn sie im Halfter eines freundlichen Polizisten stecken.

Deshalb stelle ich mir folgende Frage: War die Szene eine Art Fata Morgana, eine Sinnestäuschung, oder habe ich das Ganze tatsächlich gesehen? Und wenn ja: Hat Maddy, die Waffen ebenfalls haßte, dieselbe Beobachtung gemacht?

Auch wenn der Tintentropfen seine ursprüngliche Form noch nicht wieder angenommen hat, tauchen allmählich die Fäden auf, die bis jetzt im Glycerin verborgen gewesen sind. Das Theaterstück, das ich mir aus den wenigen aufgeschnappten Informationen zusammengereimt habe, entpuppt sich allmählich als wahres Schauerdrama.

Zwei Uhr morgens: Es hat keinen Sinn, weiter zu warten. Für heute nacht ist das Spektakel eindeutig vorbei. Mit meinem neuen Mobiltelefon rufe ich ein Taxi und gehe dann hinunter. Als ich an der Schlafzimmertür der Wongs vorbeikomme, höre ich ruhiges, regelmäßiges Atmen.

Nachdem ich die grüne Tür hinter mir geschlossen habe, bleibe ich stehen. Ist es wirklich klug, zur Mission Street zu laufen? Ich hätte den Taxifahrer auch bitten können, mich hier abzuholen, aber ich wollte keine Aufmerksamkeit erregen. Nun muß ich die drei Blocks zu Fuß zurücklegen, und zwar in einem gefährlichen Stadtviertel.

Ich stehe reglos da und lausche. Nichts. Nur in der Ferne fährt ab und zu ein Auto vorbei. Ich will losgehen ... doch dann erstarre ich.

Brumm! Brumm! Das tiefe Dröhnen eines Motorrads durchschneidet die Luft. Es ist noch etwa einen Block entfernt, aber ziemlich laut. Das vibrierende Geräusch kommt rasch näher. Voller Angst schlüpfe ich in den schmalen Spalt zwischen der schwarzen Mauer des Wong-Hauses und der angrenzenden Garage und presse den Rücken gegen den Beton.

Es hört sich nicht so an, als ob das Motorrad sich bewegt. Eher, als ließe der Fahrer an der Ecke Cypress Alley und 25. Straße den Motor aufheulen. Doch dann fährt er los. Ich höre, wie er um den Block kurvt. Er rast die Capp Street hinunter und bleibt diesmal am anderen Ende stehen, an der Kreuzung zur 24. Straße.

Ich spähe aus meinem Versteck, kann ihn aber nicht sehen. Also hole ich den Schlüssel zur grünen Tür aus der Tasche, um mich rasch ins Haus flüchten zu können. Doch als ich den Spalt gerade verlassen will, höre ich wieder das Geräusch, lauter als zuvor.

Brumm! Brumm!

Ich gehe erneut in Deckung und halte dann vorsichtig Ausschau. Jetzt steht er mitten auf der Straße und läßt den Motor so wild aufheulen, daß die Maschine sich aufbäumt wie ein scheuendes Pferd. Der Lärm ist gewaltig. Er will auf sich aufmerksam machen. Allerdings ist es unmöglich, ihn zu erkennen. Er ist ganz in Schwarz gekleidet und trägt einen schwarzen Helm mit Visier, der sein Gesicht völlig verdeckt.

Brumm! Brumm!

Das Vorderrad berührt wieder den Asphalt. Die Maschine macht einen Satz vorwärts und schießt wie eine Rakete die Cypress Alley entlang. Ich weiche zurück, drücke mich in die schmale Spalte. Er rast so schnell vorbei, daß ich ihn nur als einen verschwommenen Schatten wahrnehme. Selbst als er schon fort ist, spüre ich noch die Luftbewegung, und der stechende Geruch seiner Abgaswolke steigt mir in die Nase. Er braust zum Ende des Häuserblocks, biegt mit quietschenden Reifen um die Ecke und fährt davon.

Ich rühre mich nicht gleich, will mich erst vergewissern, daß er nicht zurückkommt, bevor ich mich zeige. Zu meiner Überraschung läßt sich niemand am Fenster blicken. Kein Mensch beugt sich hinaus, um zu sehen, was da vor sich geht. Die Straße wirkt eher noch stiller als zuvor, so als sei sie nach dieser Demonstration von Macht vor Schreck erstarrt.

Als ich endlich überzeugt bin, daß er tatsächlich weg ist, mache ich mich im Laufschritt auf den Weg zur Mission Street. Mein Taxi wartet vor dem Buchladen, wo David Maddy immer abgesetzt hat. Der Fahrer, ein Schwarzer Mitte Fünfzig, ärgert sich über die Verspätung.

»In dieser Gegend warte ich nicht gern auf Fahrgäste«, schimpft er. »Beim nächstenmal pünktlich sein, Schätzchen.«

Zehn Uhr morgens. Das Telefon läutet. Ich grapsche nach dem Hörer und halte ihn mir ans Ohr.

»Hallo?«

»Ich bin es, Maria Quintana.«

»Ach, Maria. Guten Morgen.«

»So gut ist er nicht«, flüstert sie.

Ich setze mich auf. »Was ist passiert?«

»Sie dürfen nicht mehr herkommen.«

»Warum ...?«

»Ich kann jetzt nicht reden. Ich bin bei der Arbeit. Können Sie heute abend zur Mission Dolores kommen? Um halb sieben im Garten. Werden Sie dasein? Bitte. Es ist sehr wichtig.«

Ich verspreche, pünktlich zu sein.

»Gott sei Dank«, sagt sie.

Am Mittag rufe ich Joel an und erreiche ihn in der Redaktion der *News*. Er hat gute Laune.

»Hallo, altes Haus! Was kann ich heute für dich tun?«

Ich antworte, ich hätte eine hypothetische Frage. »Stell dir vor, du beobachtest Leute, kriegst aber nicht mit, was sie sagen. Gibt es da eine Möglichkeit zu lauschen?«

»Du meinst abhören?«

»Oder so etwas Ähnliches.«

»Hast du Ärger?«

»Funktioniert so was?«

»Klar. Hast du *Der Dialog* nicht gesehen?«

Damit meint er einen Film, der in San Francisco spielt. Ein

durchgeknallter Abhörexperte belauscht mit einer High-Tech-Ausrüstung das Gespräch eines Paares, das am Mittag einen Spaziergang über den belebten Union Square macht.

»Eine Flinte, Parabolmikrophone, Klangfilter und so weiter und so fort. Und vergiß nicht, daß der Film aus den Siebzigern ist! Inzwischen gibt es viel kleinere und bessere Geräte. Wahrscheinlich kann man so was schwarz in einem dieser Alarmanlagen-Läden kaufen. Allerdings hast du keine Ahnung, wie man so ein Ding benutzt, und es wird dich ein hübsches Sümmchen kosten. Eine weitere Möglichkeit ist, daß du dir einen Privatdetektiv nimmst. Einige von denen sind recht gut. Sie arbeiten normalerweise im Auftrag von Anwälten und verlangen entsprechende Honorare. Und weil sie ihre Zulassung nicht verlieren wollen, werden sie sich nicht auf etwas Ungesetzliches einlassen. Natürlich gibt es auch zwielichtige Gestalten, die bereit wären, jemanden illegal abzuhören oder Wanzen in seiner Wohnung anzubringen. Aber die sind noch teurer. Wenn man also nicht im Geld erstickt, ist es besser, sich einfach ranzupirschen und die Ohren zu spitzen.«

»Willst du mir das Ganze etwa ausreden, Joel?«

»Selbstverständlich. Ich möchte nämlich verhindern, daß du dich strafbar machst. Für eine solche Lauschaktion kann man im Gefängnis landen – obwohl manche Leute sich davon nicht abschrecken lassen. Aber man sollte mit diesen Dingen kein Schindluder treiben, wenn man nicht genau weiß, was auf einen zukommt, und wenn es nicht um eine ganz große Sache geht.«

»Hast du es noch nie getan?«

»Versucht war ich schon öfter. Doch du kennst mich ja, altes Haus – ich bin nun mal furchtbar altmodisch. Einige meiner Kollegen von der Boulevardpresse haben da weniger Skrupel. Allerdings sichern sie sich auch in alle Richtungen ab.«

»Wie?«

»Zum Beispiel heuern sie irgendeinen schmierigen Privatdetektiv an und erzählen ihm, worauf sie aus sind, ohne ihn zu fragen, wie er an die Infos rankommen will. Beiden Seiten ist klar, daß der Typ eine Wanze benutzen wird, nur laut aussprechen tut es keiner... Übrigens – man nimmt die Unterhaltung besser auch auf Band auf. Bezahlt wird für das Ergebnis. Die Methoden des Detektivs sind seine Sache.«

»Jetzt hast du es mir tatsächlich ausgeredet.«

»Sehr gut. Dann machst du wenigstens keine Dummheiten.«

»Und die wären?«

»Daß du dich verkleidest, dir unter einem Vorwand Zutritt zu dem fraglichen Haus verschaffst und irgendwo eine Wanze versteckst.«

»Warum wäre das eine Dummheit?«

»Weil du wahrscheinlich erwischt würdest. Weil die Person, die du abhören willst, das Zimmer vermutlich durchsucht. Weil die Wanze eine Seriennummer hat, durch die man dir auf die Spur kommen wird. Weil das eine Idee ist wie aus einem Abenteuerroman für junge Mädchen. Und weil wir uns im richtigen Leben befinden und nicht in einem Film.« Joel hält inne. »Warum erzählst du mir nicht, was du vorhast?«

»Das werde ich ... bald.«

Er ist gekränkt, weil ich Geheimnisse vor ihm habe, und beendet das Telefonat deshalb ziemlich abrupt: »Alles klar. Ich kann's kaum noch erwarten.«

Auf dem Weg ins Marina Aikido überlege ich, ob ich den Mut hätte, das zu tun, wovon Joel mir gerade so dringend abgeraten hat. Ich komme zu dem Ergebnis, daß es keine Frage des Mutes ist. Es wäre einfach eine Riesendummheit und würde mich außerdem eine Stange Geld kosten. Mein kleines Einkommen bestreite ich aus den Tantiemen für meine Bücher und mit den Fotos, die meine Galerie für mich verkauft. Zum Glück habe ich während meiner Zeit in der Werbe- und Modebranche einiges zurücklegen können, bevor ich mich entschloß, freie Künstlerin zu werden.

Nach der Aikido-Stunde nimmt Rita mich beiseite. »Was hältst du davon, wenn du dich jetzt verbindlich für die *shodan*-Prüfung einträgst?« erkundigt sie sich.

»Bitte«, antworte ich. »Gib mir noch ein bißchen mehr Zeit. Im Augenblick bin ich geistig ganz woanders. Ich will hundertprozentig bei der Sache sein, wenn ich die Prüfung mache.«

»Besser hundertzehnprozentig«, entgegnet sie. »Gut, dann warten wir eben noch eine Weile. Aber nicht zu lange, Schätzchen. Vergiß nicht: Wenn die Gelegenheit kommt, pack sie am

Schopfe.« Sie grinst. »Natürlich will ich dich nicht unter Druck setzen ... oder so.«

Da ich schon viele Menschen bei ihrer Feuerprobe erlebt habe, weiß ich genau, was sie meint. Sich auf den *shodan* vorzubereiten ist eine ziemlich einschüchternde Angelegenheit. Natürlich fürchtet man sich vor dem *sensei*, aber eigentlich am meisten vor sich selbst.

Ich stehe reglos im dunklen Friedhofsgarten der Mission Dolores und lausche, während drinnen die Messe zu Ende geht. Gesänge und Orgelmusik dringen aus der Basilika, hallen von der steinernen Gartenmauer wider und steigen in die Luft empor – überirdische Klänge, sehnsüchtig und geheimnisvoll.

Maria Quintana, ganz in Schwarz gehüllt, tritt aus dem Schatten auf mich zu. Erst als sie dicht vor mir steht, erkenne ich die tiefe Sorgenfalte zwischen ihren Augen.

»Sie dürfen nicht wieder zu uns kommen«, sagt sie mit Nachdruck. »Es ist gefährlich geworden. Für Sie und auch für andere.«

»Woher wissen Sie ...«

»Daß Sie sich dort herumtreiben? Das weiß jeder. Die ganze Gegend.«

»Aber ...«

»Denken Sie, Sie könnten stundenlang auf der Straße stehen und Zettel verteilen und danach Nacht für Nacht dasselbe Haus aufsuchen, ohne daß die Leute Sie wiedererkennen? Können Sie sich nicht vorstellen, daß hundert Augenpaare jede Ihrer Bewegungen beobachten, wenn Sie vor einer Tür stehenbleiben und sich in alle Richtungen umblicken?«

»Sie beschämen mich, Maria.«

»Ich möchte Sie nicht beschämen, ich möchte nur erreichen, daß Sie nicht wiederkommen.«

»Tut mir leid, das geht nicht. Ich bin noch nicht fertig.«

»Was heißt ›fertig‹? Sind Sie fertig, wenn Sie umgebracht werden?«

Ihre Stimme klingt gereizt, streitlustig, wie ich es bei ihr bis jetzt noch nicht erlebt habe.

»Wer ist dieser Motorradfahrer?«

Sie starrt mich an. »Versprechen Sie mir, daß Sie nicht wiederkommen.«

»Maria, ich muß wissen, wer der Motorradfahrer ist.«

Abermals nur dieser Blick.

»Er war es doch, oder? Er ist der Mann, der meine Freundin überfahren hat.«

»Ich kenne diesen Mann nicht«, zischt sie.

»Sie haben ihn schon einmal gesehen.«

»Er hat sich Ihnen gezeigt. Reicht das denn nicht?«

Ich sehe ihr in die Augen. Soll das bedeuten, daß er letzte Nacht nur meinetwegen dort war?

»Hat er sich ihr auch gezeigt?« frage ich.

Erschrocken wendet Maria sich ab. Einen Moment lang versucht sie noch, sich zu beherrschen, dann bricht sie in Tränen aus. Ich nehme sie bei der Hand und führe sie zu einer steinernen Bank. Wir sitzen in der Dunkelheit. Während sie weiterschluchzt, lege ich ihr vorsichtig den Arm um die Schultern. Ich spüre, wie sie zusammenzuckt.

»Tut mir leid«, sagt sie. »Ich bedauere das alles so sehr.«

»Sie haben sich nichts vorzuwerfen«, versichere ich ihr.

»Ich hätte Ihnen nicht von dem Zimmer erzählen sollen.«

»Ich bin froh, daß Sie es getan haben.«

»Ich hätte wissen müssen, daß Sie hingehen würden. Diese Leute beherrschen das ganze Viertel. Sie erfahren alles. Und jetzt haben sie Sie gewarnt. Sie dürfen nicht wiederkommen. Eine zweite Warnung gibt es nicht. Beim nächstenmal werden Sie umgebracht.«

»Wer sind diese Leute, Maria?«

Es dauert eine Weile, bis sie mir die Geschichte erzählt hat. Sie berichtet, die Gegend werde von Drogendealern kontrolliert, die ihre Schlupfwinkel in verschiedenen Häusern haben. Eines davon steht in der Mitte des Häuserblocks zwischen Capp und 24. Straße. Das Überwachungsnetz ist engmaschig. Zu allen Tages- und Nachtzeiten erscheinen Kuriere, um Geld abzuliefern und Ware abzuholen. Eine Art selbsternannter Aufpasser patrouilliert das Viertel mit dem Motorrad. Als Gegenleistung für das Schweigen der Nachbarn hält er die Gegend sauber. Kriminelle meiden diese drei Häuserblocks, und die kleinen Dealer und Prostituierten, die sich im unteren Teil der Capp Street tummeln, wagen sich nicht über die 23. Straße hinaus.

Nachdem Maria fertig ist, kommt mir ein seltsamer Gedanke: Vielleicht hat Maddys Mörder überhaupt nichts mit den Leuten zu tun, die sie beobachtet hat.

»Was wissen Sie über die Leute, die die Wohnung im ersten Stock in Nummer 4106 benutzen?«

»Nur, daß sie zweimal im Monat dort erscheinen, immer mittwochs, ein paar Stunden bleiben und dann wieder gehen.«

»Stehen sie in Verbindung mit den Drogenhändlern?«

Maria zuckt die Achseln. »Sie sind anders angezogen, benehmen sich anders und fahren andere Autos.«

»Und die Drogenhändler haben nichts dagegen?«

Wieder ein Achselzucken. »Schließlich laufen sie nicht mit einer Kamera auf der Straße herum«, sagt sie.

»Hat der Mann mit dem Motorrad meine Freundin deshalb umgebracht?«

Maria wendet den Blick ab. »Sie versteckte sich nachts auf der Straße hinter geparkten Autos«, antwortet sie. »Natürlich fühlten sich die Leute bedroht. Das Motorrad ist einige Male vorbeigekommen, aber sie hat sich nicht verscheuchen lassen. Ihre Freundin war zwar alt und schwach, hatte jedoch keine Angst. Sie hätte die Warnung nicht in den Wind schlagen dürfen.«

Keine Angst. Da hat Maria recht. Wenn Maddy eine Kamera in der Hand hatte, kannte sie keine Gnade. Ich stelle mir vor, wie sie trotz ihrer Krankheit gegenüber von Nummer 4106 hinter einem Auto kauerte, den Eingang beobachtete und darauf wartete, daß jemand herauskam. Sicher war es ziemlich unbequem und beschwerlich für sie, und dennoch lag ihr so viel an den Fotos, daß sie es gern ertrug.

»Jetzt kommen Sie doch nicht mehr wieder – oder?« erkundigt sich Maria. Inzwischen ist es Nacht geworden, ihre Augen leuchten in der Dunkelheit.

»Ich weiß nicht«, erwidere ich wahrheitsgemäß. »Zuerst muß ich über das nachdenken, was Sie mir gesagt haben.«

Sie schließt die Augen und bekreuzigt sich. Sie glaubt nicht, daß ich ihren Rat annehmen werde.

Nachdem Maria fort ist, gehe ich zur Dolores Street. Vor der Basilika hole ich mein Mobiltelefon heraus und rufe Kremezi an.

»Ich habe schon auf Ihren Anruf gewartet«, sagt er. »Anscheinend haben Sie gute Beziehungen.« Er macht eine Pause, damit ich merke, wie verärgert er ist. »Leider kann ich Ihnen nur mitteilen, daß ich Ihnen nichts Neues mitzuteilen habe.«

»Soll das heißen, Sie wissen nichts von den Drogenhändlern in diesem Häuserblock und von ihrem Aufpasser mit dem Motorrad?«

»Wo haben Sie denn das gehört?« fragt er mit scharfer Stimme. Als ich antworte, ich hätte einen Informanten, kichert er. »Offenbar habe ich Sie richtig eingeschätzt.«

»Und wie haben Sie mich eingeschätzt?«

»Daß sie eine hartnäckige junge Dame sind.«

Dame! »Und was werden Sie jetzt unternehmen?«

»Mir die Sache mal anschauen. Und Ihnen schlage ich vor, sich da rauszuhalten.«

»Komisch, in letzter Zeit scheint mich jeder warnen zu wollen.«

»Ersparen Sie mir Ihre klugen Sprüche, Ms. Farrow. Sie haben Ihren Teil beigetragen. Lassen Sie mich jetzt meine Arbeit machen.«

Heute nacht fahre ich nicht in die Cypress Alley, allerdings nicht, weil ich mich von den Drohungen einschüchtern lasse. Aber ich weiß ja nun, daß die Leute in der Wohnung Capp Street 4106 nur jeden zweiten Mittwoch erscheinen, weshalb es Zeitvergeudung wäre, herumzusitzen und ein dunkles Fenster zu beobachten, bis sie wiederkommen.

Es ist ein schönes Gefühl, wieder einmal frei über einen Abend verfügen zu können, und dennoch verspüre ich gleichzeitig eine eigenartige Leere. Nach einer Woche fieberhafter Aktivitäten fällt man in ein schwarzes Loch, wenn man plötzlich nichts mehr zu tun hat.

Aber es ist gut, daß meine Augen erstmals eine Ruhepause haben. Wenn ich das nächstemal durch dieses Fenster spähe, will ich mir dessen, was ich sehe, absolut sicher sein.

Die Waffe/die Waffe finden/wo ist die Waffe?

Maddys seltsame Notiz will mir einfach nicht aus dem Kopf. Den Vormittag verbringe ich damit, sämtliche Fotos anzuschauen, die sie von der Mansarde aus gemacht hat. Ich durchforste die Negative nach Metallreflexen – Pistolenläufe, Hämmer, Abzugshähne, irgend etwas, in dem sich das Licht gefangen haben könnte.

Und dann beginne ich überall Waffen zu sehen. Erstaunt stelle ich fest, daß jeder verschwommene, körnige Lichtpunkt auf dem Film Teil einer Waffe ist.

Woher kommen sie? Warum habe ich sie nicht schon früher bemerkt? Bilde ich mir das alles nur ein?

Ich sehe genauer hin, zuerst mit bloßem Auge, dann mit einer Lupe. Waffen... Waffen... Waffen. *Was ist hier los? Hat Maddy Sexspielchen mit Waffen fotografiert?*

Am frühen Abend gehe ich zum Aikido. Rita läßt uns *randori* üben, das Abwehren einer Überzahl von Gegnern. Brav spiele ich den Angreifer und warte geduldig, bis ich als *nage* an der Reihe bin. Als es soweit ist, versuche ich, mich so gut wie möglich in die Rolle fallenzulassen, wirble herum, drehe mich, wende Griffe an und werfe meine Gegner in alle Richtungen. Ich überschreite das Stadium der Erschöpfung und fühle mich glücklich und unschlagbar.

Nach dem Unterricht faßt Rita die Lektion zusammen und bezieht sich dabei auf die nahezu übermenschlichen Fähigkeiten von Morihei Ueshiba, des Gründers der Aikido-Bewegung.

»Der O-Sensei drehte den Angreifern den Rücken zu«, erzählt sie. »Und wenn sie die Stelle erreichten, wo er gerade noch gestanden hatte, stellten sie zu ihrer Überraschung fest, daß er verschwunden war.«

Vielleicht ist er gar nicht da gewesen, denke ich. *Und vielleicht sind auf Maddys Fotos auch keine Waffen.*

Halb fünf Uhr morgens. Das Telefon läutet. Es ist Joel. Er hat gerade einen Tip von seinem Informanten mit dem falschen chinesischen Akzent erhalten und will mich in zwanzig Minuten abholen.

»Leg einen frischen Film ein, altes Haus! Du brauchst keinen Kaffee zu kochen. Wir besorgen uns unterwegs welchen.«

Draußen ist es kühl. Vom Meer her weht ein feuchter Nebel den Russian Hill herauf. Ich warte auf Joel, und die Kameras hängen bleischwer um meinen Hals. Ich klappe den Kragen meiner schwarzen Lederjacke hoch und reibe die Handflächen aneinander, um sie zu wärmen. Joel erscheint eine Minute später. Ich steige ein, er wendet und fährt dann die Hyde Street zurück zur Market Street.

»Wohin geht es?«

Joel ahmt seinen Informanten nach: »›Sie fahlen Filma Tan-Hing, 2221 Alameda Stleet. Da gibt es ein sehl intelessantes Lagelhaus. Gute Untelhaltung. Auf Wiederhölen.‹«

»Mehr nicht?«

Joel nickt. »Das mit dem ›Gute Untelhaltung‹ fand ich besonders nett. Als ob er uns ins Kino schickt.«

Wir rasen am St. Francis Memorial Hospital vorbei, wo Sascha in der Notaufnahme arbeitet, und dann den Hügel hinunter durch den westlichen Zipfel des Tenderloin. An der Kreuzung O'Farrell Street überfahren wir fast einen durchgefrorenen Transvestiten, der plötzlich aus der Dunkelheit gesprungen kommt. Joel hält vor dem Ellis, einem arabischen Imbißlokal, das die ganze Nacht geöffnet hat. Während er reingeht, um Kaffee zum Mitnehmen zu kaufen, betrachte ich das alte Mietshaus auf der anderen Straßenseite. Es heißt Ben-Hur und ist mit in Terrakotta eingelassenen römischen Streitwagen dekoriert.

Die Alameda Street liegt südlich der Market in einem Viertel, wo sich hauptsächlich Innenausstatter, Designer, Antiquitätenhändler und Einrichtungshäuser niedergelassen haben. Nummer 2221 entpuppt sich als riesiges altes Lagerhaus aus Backstein. Die Art von Gebäude, die sich bei einem schweren Erdbeben als äußerst gefährlich erweisen kann, da sich der Mörtel leicht lockert, so daß das Ganze binnen Sekunden zu einem Ziegelhaufen zusammenstürzt.

Hier im ebenen Teil der Stadt südlich der Market Street ist es zwar nicht neblig, aber trotzdem ziemlich dämmerig. Denn da es sich um ein Gewerbegebiet handelt, sind die Straßenlaternen nur spärlich gesät und nicht besonders hell. Joel fährt auf der Suche nach einem Eingang um das Lagerhaus herum. Es hat einige große Holztüren, die alle einen gut verschlossenen Eindruck machen. Als wir an dem eingefriedeten Verladehof vorbeikommen, entdecke ich einen Riß im Drahtzaun.

Ich bitte Joel, anzuhalten und mich aussteigen zu lassen.

»Ich könnte da durchkriechen und nachsehen, ob es noch einen Zugang vom Dock aus gibt.«

»Sei vorsichtig, altes Haus. Vielleicht haben die einen Nachtwächter oder sogar einen Hund. Wenn es Ärger gibt, renn, so schnell du kannst.«

An einen Hund habe ich nicht gedacht. Während ich auf den Zaun zugehe, erschauere ich bei der bloßen Vorstellung, von einem sabbernden Dobermann verfolgt zu werden. Ich schlüpfe durch den Riß und stelle fest, daß er ziemlich frisch aussieht. Als ich das Dock erreicht habe, drehe ich mich zu Joel um. Es beruhigt mich, daß er mich vom Auto aus beobachtet. Doch sobald ich die Betonstufen hinaufgehe, hat er mich nicht mehr im Blick. Ich winke ihm zu und marschiere los.

Oben befinden sich zwei riesige Verladetüren, beide fest verschlossen. Außerdem noch ein Eingang in Normalgröße, offenbar für Personen. Ich rüttele daran. Abgeschlossen. Ich will schon zum Auto zurückkehren, als ich ein Knirschen vernehme. Überrascht trete ich zurück und sehe gebannt zu, wie sich die linke Verladetür langsam hebt. Dahinter kommt ein leerer Lastenaufzug in Sicht. Er sieht ziemlich abgewrackt aus, ist oben offen und senkt sich langsam, bis er mit einem Ruck auf dem Betonboden zum Stehen kommt.

Es dauert eine Weile, bis das Geräusch des Motors verstummt. Als es wieder ruhig ist, rufe ich:

»Hallo! Ist da jemand?« Meine Stimme hallt den Schacht hinauf.

Jemand hat den Aufzug runtergeschickt. Jetzt steht das Ding da, nur von einer einzigen Glühbirne beleuchtet, und scheint mich zum Einsteigen und Mitfahren aufzufordern.

Ich eile die Stufen hinunter und mache Joel Handzeichen. Er kommt sofort, und ich bringe ihn zu dem Verladedock. Er betrachtet den offenen Lastenaufzug, der etwa die Größe meines Schlafzimmers hat.

»Sieht ziemlich einladend aus.« Joel macht eine höfische Verbeugung. »Bitte nach dir, altes Haus.«

Von innen wirkt der leere Aufzug sogar noch größer. Ich gehe zu den Bedienungsknöpfen. »Welcher Stock?«

Joel zuckt die Achseln. »Am besten fangen wir oben an und arbeiten uns nach unten durch. Aber zuerst sollten wir noch ein bißchen warten, vielleicht passiert ja etwas.«

Ein oder zwei Minuten vergehen. Ich will schon auf den Knopf für den vierten Stock drücken, als sich die horizontale Schiebetür des Aufzugs plötzlich schließt. Ich werfe Joel einen Blick zu. Dieser zuckt wieder die Achseln.

»Abwarten, wohin er uns bringt«, sagt er.

Die Tür klappt zu, verriegelt sich, und ein Ruck fährt durch den Aufzug. Kabel gleiten knirschend über rostige Rollen. Wir steigen immer höher. Mir gefällt der Gedanke nicht, von einem Unbekannten in einem Aufzug herumkutschiert zu werden, doch Joel benimmt sich, als habe er damit gerechnet – wir kommen an, finden einen Riß im Zaun, und wie von Zauberhand erscheint ein leerer Aufzug, der uns an unser Ziel befördert.

Der Aufzug hält im zweiten Stock. Die Türen gehen auf, das Geräusch des Motors verhallt, wir steigen aus und stehen in einem großen Loft, das von weit auseinander hängenden, schwachen Glühbirnen dämmrig erleuchtet wird. Der Raum ist mit Stahlgittern in kleine Verschläge unterteilt.

Jeder hat eine Stahltür, und darüber steht der Name des Mieters: South Asia Antiquitäten, Rakoubian Teppiche, Evelyn Perry Designs, »La Belle France«. Durch das Gitter können wir die gelagerte Ware sehen: Stühle, Tische, Kerzenleuchter, Vasen, Kaminböcke, Skulpturen, die steinernen Köpfe asiatischer Gottheiten und zusammengerollte Orientteppiche.

Auf einem Lageplan, der an einer Säule hängt, sind die Mieter verzeichnet. Die Firma Tan-Hing hat ihren Verschlag am Ende von Flur C. Als wir unter den frei baumelnden Glühbirnen hindurchgehen, kommen wir am »Stadthaus«, der »Schweizer Scheune«, der »Schatzkammer des Orients« und »Tran Van Minh Keramikkunst« vorbei – ich fühle mich wie in einer Mischung aus Einkaufszentrum und Tausendundeiner Nacht.

Die Abteile am Ende des Flurs sind nicht mehr mit Stahlgittern, sondern mit gemauerten Wänden abgetrennt, weshalb man den Inhalt nicht sehen kann. Vor der Tür der Firma Tan-Hing bleiben wir stehen und lauschen. Ein gurgelndes Geräusch ist zu hören.

»Da läuft Wasser«, flüstert Joel. »Ich frage mich ...« Er drückt leicht gegen die Tür. Wir sind beide nicht überrascht, daß sie sich öffnen läßt.

Wir stehen in einem Vorzimmer. Die Luft ist warm, feucht, und es riecht nach Lebewesen. Joel folgt dem gurgelnden Geräusch bis zu einer zweiten Tür. Nachdem er sie aufgerissen hat, wird der Geruch stärker, durchdringend wie in einem Dschungel und auch ein wenig faulig.

Wir spähen in den Raum. An den Wänden stehen Aquarien, von hinten erleuchtet, in denen es von tropischen Fischen wimmelt. Aus den Becken steigen blubbernd Blasen auf.

Joel schnuppert. »Tropische Fische riechen nicht so. Da muß noch etwas anderes sein.«

Ich zeige auf eine kleine, halbhohe Tür unter einem der Aquarien, die aussieht, als führe sie in einen Heizungsraum. Joel kriecht auf allen vieren unter das Aquarium.

»Der Geruch wird stärker.« Er öffnet die kleine Tür und fährt zurück. »Ach, du meine Güte!«

Ich krieche ihm nach. Im nächsten Raum herrscht ein Gestank, der einem den Atem raubt, und außerdem höre ich seltsame Geräusche – ein dumpfes Grunzen und Fauchen. Ich zucke zusammen, weiß nicht, unter welche Art Lebenwesen wir hier geraten sind. Joel, wie immer der unerschrockene Reporter, steht auf, findet einen Lichtschalter und knipst ihn an.

Und dann wissen wir, woher das Fauchen kommt. In einer großen, mit Maschendraht abgedeckten Kiste befinden sich zwölf seltsame schildkrötenähnliche Geschöpfe. Das kleinste hat einen Durchmesser von etwa drei Zentimetern, einige sind etwa doppelt so groß. Die knotigen Köpfe der Tiere fahren zuckend aus den gewölbten, harten Panzern, als sie sich mit huschenden Augen nach einem Fluchtweg umsehen.

Joel betrachtet sie. »Geflammte Schildkröten«, sagt er. »Wahrscheinlich über Ceylon aus Madagaskar eingeschmuggelt. Sammler lieben sie wegen des Musters auf dem Panzer. Auf dem Tier-Schwarzmarkt bringen sie wahrscheinlich fünf bis zehn Riesen pro Stück.«

Ich starre das größte der Tiere an. Das Muster auf dem Panzer ist wunderschön und ähnelt einer komplizierten Intarsienarbeit. Außerdem schimmert der Panzer wie von innen erleuchtet.

»Was für Farben haben sie, Joel?«

»Schwarz, Braun und Bernsteingelb.«

Für mich sehen alle Farben dunkel aus, ich erkenne nur die Kontraste. Ich frage mich, in welcher seltsamen Umgebung diese Tiere wohl normalerweise leben, daß sie mit diesen Mustern nicht auffallen.

»Schau dir das an!« Joel steht vor einem Tisch an der anderen Seite des Raums. Darauf befindet sich ein Käfig, der in zwei Kammern unterteilt ist. In jedem liegt eine große, zusammengerollte Schlange.

»Australische Pythons«, erklärt er. »Sie wechseln die Farbe wie Chamäleons, um sich zu tarnen. Für diese Prachtstücke kriegt man jeweils zwanzig Riesen.« Er schiebt mich zu einem anderen Tisch, auf dem noch mehr Käfige voller merkwürdiger, geschuppter, gezackter Tiere mit stumpfen, reglosen Augen stehen. »Keine Ahnung, was das ist. Jedenfalls sind wir einem illegalen Tierhändler auf die Spur gekommen. Der Himmel weiß, wo sie die Kakadus aufbewahren.« Er sieht auf die Uhr. »Bald wird es hell. Bestimmt findet gleich eine Razzia statt. Ich bin sicher, daß wir deshalb den Tip bekommen haben. Am besten fängst du an zu fotografieren, altes Haus. Die Leute von der Fischerei- und Naturschutzbehörde werden jeden Moment dasein, und dann ist hier die Hölle los.«

Während Joel sich nach weiteren Tieren umsieht, mache ich mich daran, die Lage zu dokumentieren: Draußen das Firmenschild von Tan-Hing, dann die tropischen Fische im ersten Raum, danach die kleine Tür zum Hinterzimmer und schließlich Fotos von den illegal eingeführten Tieren, die allesamt gefährdeten Arten angehören.

Außer den geflammten Schildkröten, den Pythons und den Eidechsen sind noch weitere Tiere in Käfigen versteckt: Baumboas, Anakondas, Teju-Eidechsen und eine gewaltige – laut Joel äußerst giftige – Schlange, ein australischer Taipan.

Natürlich sind meine Fotos keine künstlerischen Aufnahmen, sondern eher Schnappschüsse, doch das stört mich nicht.

Ich bin so in meine Arbeit versunken, daß ich sogar meine Angst vor Schlangen und meinen Ekel vor dem abscheulichen Gestank im Raum vergesse. Schon wird die Berichterstattung zum Projekt: Wie kann ich am besten vermitteln, mit welchen Unmenschen wir es hier zu tun haben, Leuten, die diese Tiere aus ihrer natürlichen Umgebung verschleppen und sie rücksichtslos in Käfige sperren? Und noch mehr verurteile ich die Sammler, für die dieser Schwarzhandel überhaupt erst veranstaltet wird.

Ich komme zu dem Schluß, daß es keine andere Möglichkeit gibt, als das Blitzlicht zu benutzen und einfach drafloszufotografieren. Ich will keine hübschen Nahaufnahmen von den Tieren, um ihre exotische Schönheit zu zeigen, sondern eine knallharte Dokumentation, Bilder aus mittlerer Distanz, die die verzweifelte Lage der Tiere in der Gefangenschaft darstellen.

Ich bin so beschäftigt, daß ich nicht mehr auf Joel achte. Als ich mich endlich nach ihm umdrehe, ist er verschwunden. Ich schieße noch ein paar Bilder und krieche dann durch die Öffnung wieder nach draußen.

In dem Raum mit den Aquarien ist er auch nicht. Da ich weiß, daß er mich nie allein zurücklassen würde, raffe ich meine Sachen zusammen und laufe hinaus auf den Flur. Von Joel ist nichts zu sehen. Allmählich mache ich mir Sorgen. Wo kann er bloß stecken? Dann fällt mir etwas ein: Jemand hat – anscheinend mit einer Fernbedienung – den Aufzug zu uns hinuntergeschickt. Diesen Menschen aufzuspüren war Joel vermutlich wichtiger, als die Zustände bei der Firma Tan-Hing zu dokumentieren.

An den verschlossenen Lagerabteilen vorbei renne ich Flur C entlang. Der Lastenaufzug ist weg. Ich werfe einen raschen Blick in den Schacht und entdecke ihn im Erdgeschoß. Als ich auf den Knopf drücke, rührt sich nichts.

»Joel!«

Ich höre, wie meine Stimme durch das Gebäude hallt.

Keine Antwort. Ich rufe noch einmal, diesmal lauter: »Joel! Joel!«

Das Gebäude hat keine Fenster, so daß ich nicht hinaussehen und feststellen kann, ob er zum Auto zurückgekehrt ist. Auf einmal klingen Männerstimmen und das Knistern von Funkgeräten zu mir herauf. Offenbar die Leute von der Fischerei- und Naturschutzbehörde, die ebenfalls einen Tip bekommen hat.

Joel wird bestimmt über die Razzia berichten wollen und den Beamten Fragen stellen. Er ist ein angesehener Journalist, Träger des Pulitzerpreises und kennt die richtigen Leute. Ich hingegen habe zwar noch einen alten Presseausweis, bin aber nicht mehr bei der Zeitung angestellt. Deshalb habe ich Angst, der Polizei in die Arme zu laufen, wenn er nicht dabei ist. Wo steckt er nur? Falls er noch in der Nähe ist, muß er die Männer doch auch gehört haben!

Der Aufzug kommt nach oben. Da ich schließlich nicht wie eine Idiotin hier stehenbleiben kann, sehe ich mich nach einem Fluchtweg um. Die Feuertreppe! Rauf oder runter? Da die Beamten schon unterwegs sind, entscheide ich mich für »rauf«.

Auch im dritten Stock keine Spur von Joel. Ich höre, daß der Aufzug in der dritten Etage hält. Die Beamten steigen aus. Erst im vierten Stock entdecke ich Joel, endlich! Er sitzt auf der obersten Stufe, hat die Brille abgenommen und hält sich den Kopf.

Ich stürze auf ihn zu. »Was ist passiert?« In der Luft hängt ein leichter, schwach süßlicher Geruch.

Er nickt. »Alles in Ordnung. Ich bin niedergeschlagen worden, kaltgestellt.« Er muß über seine eigenen Worte grinsen. »Du weißt schon, wie in einem alten Detektivroman.« Er schüttelt den Kopf und zwinkert.

Dann erzählt er, er habe den Aufzug losfahren hören, während ich noch mit dem Fotografieren beschäftigt war. Da er die Person mit der Fernbedienung entweder im Keller oder im obersten Stockwerk vermutete, beschloß er, sich umzusehen. Im zweiten Stock stellte er fest, daß sich der Aufzug im vierten befand, und stieg die Feuertreppe hinauf zum Speicher. Im vierten Stock roch er auf einmal etwas Süßliches. Der Aufzug machte sich gerade wieder auf den Weg nach unten. Sofort trat Joel auf den Schacht zu und entdeckte einen Mann im Aufzug. Allerdings konnte er nur noch die Schultern und den Scheitel sehen. »He, Sie da!« rief er in der Hoffnung, der Mann würde aufblicken. Das tat er auch, aber im gleichen Moment versetzte jemand Joel einen Schlag gegen die Schläfe.

»Ich bin umgekippt«, sagt er. »Ich weiß noch, daß es ganz langsam ging. Ich glaube, ich habe sogar Sternchen gesehen. Wahrscheinlich war ich etwa eine Minute lang bewußtlos. Als ich wieder zu mir kam, war niemand mehr da. Seitdem sitze ich hier und versuche, wieder klar im Kopf zu werden.« Er schnuppert. »Riechst du auch was, oder habe ich schon Halluzinationen?«

»Hmm, wie eine Art Parfüm.«

»Erinnert mich an Chinatown«, stellt Joel fest. »Ich weiß aber nicht, warum.«

Ich befürchte, er könnte sich eine Gehirnerschütterung zugezogen haben. Doch er beteuert, er habe schon öfter eine gehabt, und das fühle sich viel schlimmer an. Ich helfe ihm beim Aufstehen. Zuerst wankt er ein bißchen, doch dann klappt es.

»Alles in Ordnung«, sagt er. »Laß uns runtergehen und schauen, was los ist.«

Auf dem Weg nach unten erzählt er von dem Mann im Aufzug.

»Er wirkte ziemlich klein, aber das kann auch eine optische Täuschung gewesen sein, weil er nach unten fuhr, und ich ihn von oben betrachtete. Sein Gesicht war asiatisch, doch ich nehme an, daß es nicht echt war – es machte einen künstlichen Eindruck, ein starres Grinsen, wie bei einer der billigen Plastikmasken, die man in Chinatown kaufen kann. Eine Maske aus Chinatown, ein falscher chinesischer Akzent, das paßt doch irgendwie zusammen, findest du nicht?«

»Du glaubst, daß er gar kein Asiat ist?«

»Vielleicht will er allerdings auch nur, daß ich das glaube.«

»Also doch ein Asiat?«

Joel zuckt die Achseln. »Ist beides möglich. Wie dem auch sei, ich habe heute nacht jedenfalls eines gelernt: Er hat einen Leibwächter, der ihm den Rücken freihält.«

Joel rückt seine Nickelbrille zurecht, fährt sich mit den Fingern durch den Spitzbart und geht dann voran. Bereits den ersten Menschen, dem wir begegnen, kennt er. Es ist Donald Buxton, Leiter des Büros der Naturschutzbehörde in San Francisco. Während sie sich über die Tips unterhalten, die sie bekommen haben, fotografiere ich die Beamten, die gemeinsam mit Mitarbeitern des Zoos von San Francisco Käfige und Kisten aus dem Gebäude schaffen. Bis geklärt ist, was mit dem Besitz der Firma Tan-Hing geschehen soll, werden die Tiere im Zoo untergebracht.

Als ich zu Joel zurückkehre, erklärt Buxton gerade, daß Tan-Hing eine Briefkastenfirma mit Sitz in Taiwan ist, die sich auf den Import seltener tropischer Fische spezialisiert hat. Die Fischerei- und Naturschutzbehörde hat schon lange den Verdacht, daß Tan-Hing illegal mit gefährdeten Arten handelt. Buxton hat den konkreten Hinweis vor einer Stunde über das Infotelefon der Naturschutzbehörde erhalten. Der anonyme Anrufer hatte einen falsch klingenden chinesischen Akzent.

Sieben Uhr morgens. Als Joel und ich die Alameda verlassen, fangen meine Augen an zu brennen. Das Licht ist grell, es wird wieder ein sonniger Tag werden. Weil ich darauf beharre, fahren wir sofort ins St. Francis Memorial Hospital, damit Sascha sich Joels Verletzung ansieht.

»Scheußliche Beule«, stellt Sascha fest, nachdem er Joel in der Notaufnahme untersucht hat. »Solange wir nicht sicher sind, daß es sich nicht um eine Gehirnerschütterung handelt, solltest du nicht Auto fahren.«

Endlich gibt Joel zu, daß er starke Kopfschmerzen hat, und ruft Kirstin an, die Eisgöttin, die mit dem Taxi ins Krankenhaus kommt, um ihn abzuholen. Als sie mich auf dem Russian Hill absetzen, tätschelt Joel mir die Hand.

»Aufregender Morgen, was?«

»Das kannst du laut sagen«, stimme ich zu. »Was passiert wohl als nächstes?«

»Keine Ahnung.« Er sieht mich an. »Hast du was auf dem Herzen, altes Haus?«

Ich überlege. Ja, mich beschäftigt etwas. »Weißt du, ob es in San Francisco eine Szene für Sexspielchen mit Pistolen gibt?«

»Sexspielchen mit Pistolen? Nie gehört. Warum? Was hast du vor?« fragt er.

»Nichts, reine Neugier«, antworte ich.

Sein Blick sagt mir, daß er mir nicht glaubt.

»Klar … reine Neugier«, sagt er spöttisch.

6

Ich sitze bei Wongs in der Mansarde, mein erster Besuch seit einer Woche. Es ist Mittwoch, halb zwölf nachts. Obwohl ich nicht damit rechne, daß sich drüben etwas tut, bin ich gekommen, wie an einem unsichtbaren Faden hergezogen.

Gegenüber ist es erwartungsgemäß dunkel und ruhig. Der Mond scheint nicht, der Himmel ist ungewöhnlich schwarz. Außerdem liegt ein dicker, feuchter Nebel über der ganzen Stadt, umwabert die Dächer, kriecht in jede Nische und fängt sich in den Lamellen der Fensterläden, so daß kleine Tropfen wie Tränen sachte an den Scheiben hinunterfließen.

Die Wongs haben sich schon vor Stunden schlafen gelegt. Als ich kam, haben wir wie immer zusammen Limonade getrunken und Obst gegessen und sind dann gemeinsam die Treppe hinaufgegangen – sie in ihr Schlafzimmer im ersten Stock, ich in meine Mansarde. Obwohl wir uns nur durch einfache Gesten miteinander verständigen können, habe ich sie sehr gern: Grace mit ihrem lieben, freundlichen Lächeln und Mr. Wong, dessen Augen stets einen wohlwollenden, geistesabwesenden Ausdruck tragen. Ich glaube fast, daß er den Großteil seiner Zeit damit verbringt, sich an seine Jugend in China zu erinnern.

Halb eins. Ich schrecke plötzlich aus einem traumlosen Schlaf hoch und blicke sofort zur anderen Straßenseite hinüber. Nichts tut sich. Die Fenster sind dunkel. Und dann höre ich es, das dröhnende Motorengeräusch des Aufpassers auf seiner Maschine. Unmöglich zu sagen, wo er sich befindet oder wie weit weg er ist. Ich öffne das Fenster einen Spalt weit und lausche, bis sich das Dröhnen entfernt.

Ich zucke die Achseln. Nur der nette Nachbarschaftskiller auf seiner nächtlichen Einschüchterungstour. Doch dann kommt das Dröhnen zurück, lauter diesmal, und es steigert sich immer noch mehr. In Höchstgeschwindigkeit rast er die Cypress Alley entlang, fährt unter dem Fenster her, wendet am Ende des Häuserblocks mit quietschenden Reifen und kehrt um. Diesmal bleibt er genau vor der grünen Tür stehen und läßt den Motor aufheulen.

Er weiß, wo ich bin. Jemand in der Nachbarschaft hat mich verpfiffen. Jetzt sitzt er auf seinem Motorrad und verhöhnt mich: *Komm doch raus, Kleine, wenn du dich traust.*

Mein Verstand sagt mir, daß es besser wäre, in meinem Versteck zu bleiben. Aber ich bin wütend. Dieser Mann, der mich hier verspotten will, hat wahrscheinlich Maddy auf dem Gewissen. Und sicher würde er auch nicht zögern, mich zu töten. Also ... soll ich einfach bibbernd vor Angst hier herumsitzen? Nein, das kommt überhaupt nicht in Frage. *Nein!*

Ich kauere mich unter das Fensterbrett und rufe mit meinem Mobiltelefon Kremezi an.

»Der Typ mit dem Motorrad ist da! Direkt vor dem Haus. Er läßt den Motor aufheulen. Hören Sie!« Ich halte das Telefon ans Fenster. »Haben Sie das gehört? Sie können ihn haben. Kommen Sie und verhaften Sie ihn.«

Eine lange Pause entsteht, bevor Kremezi antwortet: »Nun mal ganz langsam, Ms. Farrow. Sie befinden sich im Mission District in einem Haus, und der Mann, der angeblich Ihre Freundin umgebracht hat, sitzt draußen auf einem Motorrad und bedroht Sie?«

»Stimmt genau.«

»Und woher nehmen Sie die Hoffnung, daß er noch da ist, wenn ich komme?«

»Ich werde dafür sorgen. Ich lenke ihn ab.«

»Mein Gott, bloß nicht! Ich bin sofort bei Ihnen. Bleiben Sie, wo Sie sind!«

»Und wenn er wegfährt?«

»Dann fährt er eben weg. Und wir beide haben Gelegenheit zu einem kleinen Gespräch über Zivilisten, die sich selbst überschätzen, sich in Gefahr bringen und der Polizei ins Handwerk pfuschen.«

»Schon verstanden, Kremezi – vor meinem Fenster steht ein mutmaßlicher Mörder, aber Sie haben nichts Besseres im Kopf, als mir eine Gardinenpredigt zu halten.«

»Ihre Arroganz wird Ihnen noch mal das Genick brechen.«

Ich schneide ihm das Wort ab, indem ich das Telefon ausschalte.

Ich koche vor Wut. Die Späher in der Nachbarschaft haben mich an die Drogenhändler verraten, der Mörder steht vor dem Haus, und die Polizei schert sich einen Dreck darum. Vielleicht ist Kremezi sogar korrupt. Komisch, daß er noch nie von den Dealern in dieser Straße gehört hat, obwohl er Maddys Tod untersucht! Doch am meisten ärgert mich die Arroganz des Motorradfahrers, der sich aufführt wie ein Schläger auf dem Schulhof. Er läßt seinen Motor aufheulen, daß es mich an einen schnaubenden, scharrenden Stier vor dem Angriff erinnert. Das ganze Viertel kann ihn hören, aber das ist ihm egal. Er weiß, daß alle hier nach seiner Pfeife tanzen müssen.

Nun... mit Schlägern auf dem Schulhof habe ich so meine Erfahrungen, denn als Kind mußte ich mich häufig mit diesen Typen auseinandersetzen. Schließlich war ich das Mädchen, das immer blinzeln mußte, wenn es nach draußen ging, das im Unterricht eine dunkle Brille trug und das keine Farben unterscheiden konnte. »Hey, Kay, deine Socken passen nicht zusammen!« »Kay mit ihrer dunklen Brille – die hält sich wohl für einen Filmstar!« Ich war anders als die anderen und wurde deshalb gepiesackt. Es war zwar kein Weltuntergang, aber trotzdem kränkend. »Kopf hoch, Schatz«, pflegte mein Vater zu sagen. »Laß dich von denen nicht unterkriegen.« Und auch zu den Schlägern hatte er seine eigene Meinung: »Wenn du dich wehrst, ziehen sie in neun von zehn Fällen den Schwanz ein. Schlägertypen sind nämlich im Innersten ihres Herzens Feiglinge.«

Ist der Killer da unten auch ein Feigling? Ich habe keinen Zweifel daran. Warum hat er wohl sein schwarzes Visier heruntergeklappt? Aus Gründen der Verkehrssicherheit? Oder weil er nicht gesehen werden will? Und gibt es für mich eine Möglichkeit, mir sein Gesicht anzuschauen, ohne daß ich ihm dazu den Helm vom Kopf reißen muß? Aber ja, und ich verfüge über die nötigen Hilfsmittel.

Rasch nehme ich Maddys Pentax vom Stativ und lege einen neuen 120er Film ein. Dann stecke ich das Blitzlicht von meiner Contax auf. Da Maddys Kamera keine automatische Blitzvorrichtung hat, kann ich so hell blitzen, wie ich will. Ich stelle den Blitz auf volle Stärke ein und gehe zur Tür. Die Kamera gibt mir zwar Sicherheit, aber mit einer Waffe würde ich mich noch sicherer fühlen. Ich blicke mich um, sehe zuerst nichts Brauchbares, entdecke dann aber eine Flasche voller unverdünnter Essigsäure. Ich stecke sie ein.

Auf dem Weg nach unten höre ich am Dröhnen, daß der Aufpasser davonfährt. Aber das macht nichts. Ich werde draußen auf der Straße warten, bis er wieder auftaucht oder bis Kremezi kommt. Vor der offenen Schlafzimmertür der Wongs bleibe ich kurz stehen. Obwohl ich sie wegen ihrer Hörbehinderung bedauere, bin ich doch froh, daß der Lärm sie nicht geweckt hat. Es wäre mir nämlich sehr unangenehm, wenn ich Unruhe in ihr Leben brächte.

Wie erwartet ist der Aufpasser verschwunden. Nur der Geruch der Auspuffgase ist wegen des dichten Nebels noch deutlich wahrzunehmen. Es ist kühl. Ich klappe meinen Kragen hoch. Die große Pentax 6 x 7 wiegt eine Tonne.

Ich höre, wie er in etwa zwei oder drei Häuserblocks Entfernung durch die leeren Straßen donnert. Wahrscheinlich auch durch die Seitengassen mit den Pflanzennamen, die ich mit Sascha erkundet habe.

Richtig, er fährt dort hinten herum, patrouilliert das Viertel und schüchtert die Anwohner ein… was mir die Zeit gibt, mich gründlich umzusehen. Ich entdecke den Spalt zwischen den Häusern, in dem ich mich letzte Woche vor ihm verkrochen habe, ein ausgezeichnetes Versteck, in das ein Mann oder eine größere Frau nicht hineinpassen würde. Außerdem bemerke ich einen zerbeulten VW-Bus auf der anderen Straßenseite. Falls der Aufpasser mich aus meiner Nische scheucht, kann ich mich dahinter ducken, mich zwischen Hauswand und Motorhaube kauern, wo er mit dem Motorrad nicht an mich herankommt. Außerdem stehen zwei Türen weiter vier Mülltonnen in einer Reihe. Ich untersuche sie. Drei sind leer. Also kann ich die Tonnen als Hindernisse in die Straße rollen oder die Deckel nach ihm werfen. Und schlimmstenfalls kann ich mich zurück zu den Wongs flüchten.

Er kommt wieder näher. Ich höre, wie er durch die South Van Ness Street rast. Mit quietschenden Reifen biegt er um die Ecke und braust dröhnend die 25. Straße entlang. Wieder ein Quietschen, als er in die Capp fährt. Er kurvt im Kreis herum. In ein paar Sekunden wird er wieder in die 24. Straße biegen. Und dann kommt er zu mir.

Ich schlüpfe in meine Nische und drücke Maddys Pentax an die Brust.

Brumm! Brumm! Er steht am Ende der Cypress Alley, gibt Gas und nimmt Anlauf.

Während ich auf ihn warte, stelle ich zu meiner Zufriedenheit fest, daß ich nicht mehr zittere. Ich fühle mich eher ruhig und aufmerksam wie in der Aikidostunde. Ich verlagere mein Gewicht auf beide Beine und bereite mich auf die Ankunft dieses Dämons vor.

Brumm! Brumm! Mit brüllendem Motor fährt er auf mich zu. Ich höre ein Rattern und das Knallen seines Auspuffs. Er bringt heiße Luft mit, so als könne er den Nebel vor sich verdrängen. Ich stelle fest, daß er und seine Maschine völlig miteinander verschmolzen sind, und zwinge mich, ebenso eins mit Maddys Kamera zu werden.

Als er nur noch gut fünfzehn Meter entfernt ist, trete ich aus meinem Versteck, baue mich vor ihm auf und drücke zweimal auf den Auslöser. Das Blitzlicht leuchtet auf. *Zack! Zack!*

Der grelle Blitz dringt durch sein Visier und blendet ihn. Mich auch, da das Licht meine Augenstäbchen überflutet, so daß ich für einen Moment nichts sehe. Doch das macht nichts, denn ich habe alles genau geplant. Im letzten Moment springe ich wie eine Stierkämpferin elegant zur Seite. Er hat soviel Schwung, daß er nicht anhalten kann, und rast an mir vorbei.

Einige Menschen, die an Achromatopsie leiden (ich gehöre auch dazu) nehmen ein Nachbild wahr, wenn sie einem plötzlichen Lichtblitz ausgesetzt wurden. Mit geschlossenen Augen lasse ich den Sekundenbruchteil, als sein großer, schwarzer Helm in meinem Blitzlicht sichtbar wurde, noch einmal Revue passieren. Ich habe den überraschten Ausdruck auf dem hageren, spitzbärtigen Gesicht hinter dem Visier wahrgenommen. Er ist erschrocken, ein Bild, das in meinem Gedächtnis haften bleibt. Da es mir gelungen ist, ihn zu demaskieren, wächst mein Selbstbewußtsein.

Er wendet. Anscheinend ist er verwirrt, denn seine Maschine gerät ins Schlingern. Offenbar habe ich ihn geblendet. Sobald er wieder auf mich zuhält, lasse ich das Blitzlicht aufleuchten, renne zu dem VW-Bus auf der anderen Straßenseite und stoße unterwegs eine Mülltonne auf die Straße.

Er tobt vor Wut. Mit aufheulendem Motor fährt er mir nach, versucht, mich mit dem Vorderrad zu erwischen, während ich mich hinter den Kotflügel des VW-Busses kauere. Zwischen uns liegen nur noch wenige Zentimeter. Zum erstenmal sehe ich seine Kleidung aus der Nähe. Wie eine Art Möchtegern-Ninja ist er von Kopf bis Fuß in Schwarz gehüllt. Trotz der geringen Entfernung kann er mich nicht erreichen. Ich rieche seinen Schweiß und das Öl an seinen Handschuhen, höre ihn keuchen und ahne, daß er vor Wut tobt.

Zack! Ich blitze ihn wieder an. Unvermittelt reißt er sich den Helm vom Kopf. Wir starren einander an. Seine schwarzen Augen haben ein böses, reptilartiges Funkeln – wie die der Eidechsen, die ich im Lagerraum der Firma Tan-Hing fotografiert habe. Ich werfe ihm den kalten Blick einer Aikidokriegerin zu, hebe die Pentax und mache noch ein Foto.

Zu spät. Plötzlich hat er ein Messer in der Hand, beugt sich vor, packt meine Kamera, schneidet den Riemen durch und reißt ihn von meinem Hals. Der Schmerz ist furchtbar, wie ein Schlag mit einem glühenden Kabel. Während er die Pentax gegen die Garagenmauer knallt, hole ich meine Essigsäure-Flasche heraus. Gerade als die Kamera am Beton zerplatzt, drehe ich die Verschlußkappe von der Flasche und kippe ihm die Säure ins Gesicht.

Die Zeit scheint stehenzubleiben. Alles läuft wie in Zeitlupe ab. Ich kann tatsächlich sehen, wie die Flüssigkeit durch die Luft spritzt, erkenne die Angst in seinen Augen, als ihm klar wird, daß es zum Ducken zu spät ist. Die Säure schwappt auf ihn zu. Er kneift die Augen zusammen. Die Zeit beschleunigt sich wieder. Die Flüssigkeit trifft auf. Mit einem Schrei wendet er sich ab.

Ich stürme hinter dem VW-Bus hervor. Sein Gebrüll und das Dröhnen des Motors hallen durch die Luft. Im Gegensatz zu Lauge wird die Essigsäure ihm nicht die Netzhaut verätzen. Aber sie brennt teuflisch und nimmt ihm kurzfristig die Sicht. Da ich annehme, ihn außer Gefecht gesetzt zu haben, bin ich überrascht, als er mit seinem Motorrad zurücksetzt, den Motor aufheulen läßt, sich zu einem erneuten Angriff bereit macht und auf mich zusteuert.

Ich stelle mich ihm in den Weg. Das eine Auge hält er geschlossen, das andere ist nur zusammengekniffen. Sein Gesicht ist zu einer wilden Killerfratze verzerrt. Mit einem Grinsen zückt er sein Messer. Nun habe ich keinen Zweifel mehr, daß er Maddy getötet hat und auch mich ermorden will.

Seltsamerweise spüre ich keine Angst. Ich frage mich nur, mit welchem Griff ich ihn zu Fall bringen kann. Es ist, als stünde ich auf der Matte im Marina Aikido und nicht vor einem bewaffneten Gegner in einer Seitenstraße im Mission District. Er ist er Angreifer, der *uke*, ich bin der *nage*, und es geht nur darum, ihn wirkungsvoll schachmatt zu setzen. Die Strategie ist, die Mitte zu beherrschen.

Die Verteidigung gegen ein hölzernes *tanto* habe ich schon oft geübt.

Hab keine Angst vor dem Stahl. Stell dir vor, daß es Holz ist, wenn du ihn entwaffnest.

Er greift an. Abermals scheint die Zeit stehenzubleiben. Die Situation ist eindeutig. Ganz instinktiv beginne ich den richtigen Bewegungsablauf und passe mich dem Rhythmus seiner Attacke an. Kurz bevor er sich auf mich stürzt, trete ich beiseite und packe gleichzeitig die Hand, in der er das Messer hält. Während sein Motorrad unter ihm wegkippt, drehe ich ihm weiter das Handgelenk um, reiße ihn von der Maschine und zwinge ihn zu Boden. Das Messer fällt klappernd aufs Pflaster. Das Motorrad prallt gegen eine Mauer. Ich vollende den Bewegungsablauf, drücke ihm das Handgelenk zusammen. Das Motorrad, dessen Räder sich noch drehen, geht in Flammen auf. Ich biege ihm das Handgelenk zurück, bis es knackt und schlaff wird. Wieder stößt er einen Schrei aus. Die Flammen züngeln empor. Dann versetze ich ihm mit der Handkante einen Schlag seitlich gegen den Hals. Mit einer Umdrehung trete ich schließlich zurück und lasse ihn auf der Straße liegen. Die brennende Benzinpfütze breitet sich aus. Als ich auf der anderen Straßenseite angekommen bin, hat das Feuer schon auf ihn übergegriffen. Er zuckt krampfartig wie ein Roboter mit Kurzschluß.

Ich sehe auf die Uhr. Der ganze Kampf, vom seinem ersten Angriff bis zu seiner Niederlage, hat nur knapp vierzig Sekunden gedauert.

Kremezi trifft ein, kurz darauf kommen ein Löschzug und ein Krankenwagen. Der Aufpasser lebt zwar noch, hat aber schwere

Verbrennungen davongetragen. Die Sanitäter schaffen ihn weg. Kremezi fährt mich in den Justizpalast, damit ich meine Aussage machen kann.

Nachdem ich das Vorgefallene in groben Zügen geschildert habe, rufe ich Dad an. Er ist entsetzt und verspricht, mich sofort abzuholen. Kremezi läßt mich kurz allein. Als er zurückkehrt, erzählt er mir, der Aufpasser sei identifiziert worden. Die Ärzte, die ihn untersucht haben, schätzen seine Überlebenschance auf etwa zwanzig Prozent.

»Julio Sanchez. Hat zweimal in Pelican Bay gesessen. Ein ziemlich übler Bursche, Ms. Farrow. Er hat noch weitaus Schlimmeres auf dem Kerbholz als Unfall mit Fahrerflucht. Ich zweifle nicht daran, daß er vorhatte, Sie umzubringen. Ihr Glück, daß er gestürzt ist.«

Ich spare mir die Mühe, ihm zu erklären, daß es keine Frage des Glücks war. Schließlich habe ich Sanchez vom Motorrad geholt und fertiggemacht, bevor es brannte. Es wäre einfach zu kompliziert, Kremezi die Grundzüge des Aikido zu erläutern. Und außerdem bezweifle ich, daß ich ihm meine Bewegungen von zuvor noch einmal vormachen könnte. Sollen die Bullen nur glauben, daß ich mit einem blauen Auge davongekommen bin – und die Anwohner in der Capp Street auch. Solange die Drogendealer dort weiter ihr Unwesen treiben, ist es weniger gefährlich für mich, wenn sie glauben, ihr Aufpasser habe die Sache vermasselt. Sie könnten es mir nämlich übelnehmen, daß sie diese Schlappe mir, einer Frau, zu verdanken haben.

»Mein Kind!«

Dad stürmt ins Vernehmungszimmer, packt mich und drückt mich fest an sich.

Und mit einemmal ist alles anders. Kremezi wird richtiggehend unterwürfig. Keine Rede mehr davon, daß ich mich in polizeiliche Belange eingemischt habe. Sein Vorgesetzter, Inspector Girardi, erscheint und beglückwünscht Dad zu seiner kaltblütigen Tochter. Doch offen gestanden fühle ich mich im Augenblick überhaupt nicht mehr kaltblütig. Die kühle Berechnung von zuvor ist auf einmal wie weggeblasen. Ich sitze neben Dad und fange plötzlich an zu zittern. Meine Begegnung mit Sanchez war schließlich kein Schaukampf auf der Aikidomatte, sondern blutiger Ernst. Als mir klar wird, wie leicht es auch hätte anders ausgehen können, komme ich mir wie eine Idiotin vor, weil ich mich mit ihm angelegt habe.

Während der Vernehmung hält Dad meine Hand. Inspector Girardi stimmt ihm zu, daß es keinen Grund gibt, meinen Namen zu veröffentlichen.

»An Ihrer Stelle würde ich diese Gegend meiden, Ms. Farrow«, warnt er mich. »Mit den Leuten dort ist nicht gut Kirschen essen. Vielleicht machen sie Sie dafür verantwortlich, wenn Sanchez stirbt. Möglicherweise wird man sich an Ihnen rächen wollen.«

Dad bringt mich nach Hause. Ich freue mich über seine Fürsorge, und es macht mir nichts aus, daß er mich behandelt, als wäre ich aus Zucker… obwohl er genau weiß, daß das nicht zutrifft. Doch statt mich wie in meiner Kindheit ins Bett zu stekken, schenkt er sich ein großes Glas Scotch ein, setzt sich ins Wohnzimmer und blickt auf das nächtliche San Francisco hinaus.

»Tolle Stadt«, sagt er. »All die Lichter auf den Hügeln! Von hier oben aus könnte man glauben, es wäre das Paradies.« Er lächelt. »Aber das stimmt nicht, Töchterlein. Das stimmt nicht.«

Nach drei Tagen schwebt Sanchez immer noch in Lebensgefahr, und es sieht nicht so aus, als ob er durchkommen würde. Ich habe nicht das geringste Mitleid mit ihm. Obwohl ihn ein guter Verteidiger möglicherweise aus der Fahrerflucht-Geschichte rauspauken würde, zweifle ich nicht daran, daß er es war, der Maddy überfahren hat.

Mit den Spionagenächten in der kleinen Mansarde bei den Wongs ist es vorbei. Ich weiß, daß ich mich dort nicht mehr blicken lassen darf. Allerdings ist die Frage, warum Maddy die Wohnung Nummer 5 beobachtet hat, noch immer nicht geklärt. Ich weiß zwar, daß ich das Zimmer bei den Wongs aufgeben muß, habe aber nicht vor, die Angelegenheit auf sich beruhen zu lassen.

Der Club

7

Kremezi ruft an. Julio Sanchez ist tot. Nach acht Tagen auf der Station für Brandverletzte ist er gestorben.

»Ich habe ihn zweimal verhört«, berichtet Kremezi. »Da er nicht in der Lage war, zu sprechen, haben wir ihm nur Fragen gestellt, auf die er mit Nicken oder Kopfschütteln antworten konnte.«

»Und was hat er gesagt?« Mir wird flau im Magen.

»Er hat abgestritten, mit einer Frau gekämpft zu haben. Er sei spazierengefahren, habe die Kontrolle über das Motorrad verloren und sei gegen eine Mauer geprallt. Das nächste, woran er sich erinnere, sei, daß er plötzlich in Flammen gestanden habe. Er hat auch geleugnet, daß er letzten Monat in der Capp Street eine alte Dame getötet hat.«

»Und Sie haben ihm geglaubt?«

»Nein, ich habe ihm nicht *geglaubt*. Ich gebe nur seine Aussage wieder. Das Ganze läuft darauf hinaus, daß er als aufrechter Mann gestorben ist, Ms. Farrow.«

Ich ärgere mich. »Was meinen Sie damit? Weil er den Mord an Maddy nicht zugegeben hat, oder weil er seine Komplizen nicht verraten wollte?«

»Weil er nicht gesagt hat, daß Sie ihn vom Motorrad geholt haben.«

»Ach, ich verstehe – wenn man von einer Frau besiegt wird, ist es besser, das Geheimnis mit ins Grab zu nehmen.«

»Sie kapieren wohl überhaupt nichts. Jetzt wird man Sie in Ruhe lassen. Niemand wird sich an Ihnen rächen wollen. Seinem Schweigen haben Sie es zu verdanken, daß Sie in Ruhe schlafen können.«

Ich finde, daß Kremezi für einen Polizisten ziemlich eigenartige Wertvorstellungen hat.

»Natürlich freue ich mich, daß ich ›in Ruhe schlafen kann‹«, antworte ich. »Aber Sie müssen mir glauben, daß er Maddy ermordet hat. Und wenn er überlebt hätte, hätte er bestimmt noch einmal versucht, mich umzubringen.« Ich halte inne. »Vermutlich werden Sie jetzt gegen die Dealer vorgehen.«

»Wir kümmern uns darum.«

»Gut. Das Viertel ist ziemlich heruntergekommen, und ich würde mich freuen, wenn sich daran etwas ändert.«

Trotz meines harten Tons am Telefon fühle ich mich elend, sobald ich aufgelegt habe. Ich gehe ins Schlafzimmer, rolle mich auf dem Bett zusammen und weine.

Es ist entsetzlich, den Tod eines anderen Menschen verschuldet zu haben – obwohl ich weiß, daß mir nichts anderes übrigblieb. Sanchez oder ich. Mit dem Feuer habe ich wirklich nicht rechnen können. Doch Rache oder ein Verletzen des Gegners verstoßen gegen die Grundsätze des Aikido, man darf den Angreifer lediglich außer Gefecht setzen. Aber mehr war auch nicht meine Absicht gewesen.

Dennoch macht es mir schwer zu schaffen. Am frühen Nachmittag sehe ich mir in der Dunkelkammer die Fotos an, die ich aus Maddys zerbrochener Pentax gerettet habe. Ich habe mir zuvor die Mühe erspart, Abzüge anzufertigen, nur einen raschen Blick auf die Negative geworfen und sie dann weggelegt. Jetzt arbeite ich an den Porträts des Mannes, den ich auf dem Gewissen habe.

Da ich den Blitz auf die höchste Stufe eingestellt hatte, um ihn zu blenden, sind die Bilder stark überbelichtet. Doch das Ergebnis ist ausreichend. Eigentlich kam es mir nur auf den Lichtblitz an, es hätte also gar kein Film in der Kamera sein müssen. Die Fotos sind lediglich ein Nebenprodukt.

Das Porträt ist nicht sehr hübsch. Sanchez' Gesicht wirkt so ungepflegt, wie ich es in Erinnerung habe. Er hat ein pockennarbiges Kinn, und über seine Wange verläuft eine gezackte Narbe, vielleicht ein Andenken an eine Messerstecherei. Sein Mund macht einen bösartigen Eindruck, sein Spitzbart ist struppig, und seine zottigen Brauen sind über der Nase zusammengewachsen. Doch am meisten fallen mir seine Augen auf, der überraschte Blick auf den ersten beiden Bildern, das Entsetzen auf dem dritten und die Entrüstung auf dem vierten. Es ist, als beobachte man, wie seine Illusion der Unbesiegbarkeit jäh zunichte gemacht wird und nur noch blanker Haß zurückbleibt.

Joel ruft an. Er sagt, er habe keine Kopfschmerzen mehr, die leichte Gehirnerschütterung sei überstanden. Nun ärgert er sich, weil unsere Tan-Hing-Story kein Knüller geworden ist.

»Reptile und Schlangen – die Leute sehen sie und sagen: ›Igitt!‹ Glaub mir, bei Aras und Kakadus hätten die Leser bittere Krokodilstränen vergossen.«

Außerdem ist er sauer, weil er nichts mehr von seinem Informanten gehört hat.

»Vielleicht hat er mich fallengelassen, weil die Geschichte nicht groß rausgekommen ist. Möglicherweise denkt er auch, ich bin ihm wegen der Beule noch böse.«

»Er läßt dich schon nicht fallen, Joel. Wen soll er denn sonst benutzen?«

Ich treffe mich mit Dad zum Mittagessen im Ton Long, einem Dim-Sum-Restaurant in der Nähe seiner Bäckerei. Er ist hier Stammgast und wird freundlich begrüßt. Eine der Kellnerinnen flirtet sogar mit ihm, mit viel Gekicher und ein paar Brocken Kantonesisch.

»Töchterlein, ich werde allmählich vergeßlich«, sagt er, nachdem sie an den nächsten Tisch gegangen ist. »Mein Kantonesisch war zwar nie sehr gut, aber ich konnte wenigstens ein bißchen plaudern. Ich glaube, es ist jetzt zehn Jahre her, daß Rusty und ich in Chinatown Streife gegangen sind. Und er spricht besser als je zuvor.«

Dad fängt an, von seiner Zeit auf dem Revier in Chinatown zu erzählen. Mir ist klar, daß er mich von meinen Gedanken an Sanchez ablenken will. Es klappt nicht, und das ist auch gut so. Schließlich soll dieses Mittagessen mir helfen, damit zurechtzukommen, daß ich einen Menschen getötet habe.

»Okay«, sagt er und sieht mir endlich in die Augen. »Wir beide wissen, daß Sanchez ein mieser Typ und ein Killer war, was die Sache womöglich ein bißchen leichter für dich macht. Aber es ist dir trotzdem an die Nieren gegangen, richtig?«

»Richtig«, stimme ich zu.

»Betrachte es doch einmal so, Schatz: Du hast nichts anderes getan, als ihn vom Motorrad zu holen und« – er verzieht das Gesicht – »ihm das Handgelenk zu brechen. Das Feuer dagegen war ein Unfall. Und nicht einmal das stimmt ganz, denn wie ich erfahren habe, hat er es wahrscheinlich selbst verschuldet.«

Ich starre ihn an. »Was soll das heißen?«

»Rusty hat im Justizpalast etwas aufgeschnappt. Angeblich soll dieser Sanchez eine Brandbombe bei sich gehabt haben, so eine Art Molotow-Cocktail. Er hat schon öfter Leuten das Haus über dem Kopf angezündet. So konnte er die Anwohner einschüchtern. Offenbar ist die Bombe losgegangen, als das Motorrad gegen die Mauer stieß, und dann haben die Flammen auf ihn übergegriffen. Wir haben es also mit einem geradezu poetischen Fall von Gerechtigkeit zu tun. Der Mann ist in seine eigene Falle getappt.«

Dad strahlt mich an.

Wir reden noch darüber, als drei Kellnerinnen mit Dim-Sum-Tabletts an unseren Tisch kommen. Ich zeige auf einen Teller mit Seetang, während Dad sich für Shrimpstoast entscheidet.

»Geht es dir jetzt besser, Liebling?«

»Viel besser«, antworte ich. »Danke, Dad. Keine Schuldgefühle mehr.«

Bevor wir uns draußen auf dem Gehweg voneinander verabschieden, hebt er den Zeigefinger.

»Fast hätte ich es vergessen – mir ist endlich wieder eingefallen, woher ich den Namen kenne. Du weißt doch, Ramsey Carson, einer der drei Geschäftsführer von CFJ Immobilien. Es war nichts Kriminelles. Vor etwa einem Jahr fand bei Butterfield and Butterfield eine große Waffenauktion statt. Unmengen von historischen Waffen wurden zu astronomischen Preisen verhökert. Der Meistbietende, der die beste Beute machte, war Ramsey Carson. Der *Chronicle* bezeichnete ihn damals als Immobilieninvestor. Das ist ganz bestimmt derselbe Typ.«

Die Waffe/die Waffe finden/wo ist die Waffe?

In der prachtvoll ausgestatteten neuen Zentralbibliothek muß ich wegen der vielen glitzernden Oberflächen und des grellen Sonnenlichts, das überall hereindringt, meine dunkelste Sonnenbrille tragen. In einer verhältnismäßig düsteren Ecke im zweiten Stock ergattere ich endlich einen Platz am Computer. Als ich mit dem Suchbefehl rasch die verschiedenen Tageszeitungen durchgehe, finde ich unter der Kombination *Ramsey Carson/Waffen* sechsunddreißig Verweise.

Ich lese die Artikel auf dem Bildschirm. Wie ich feststelle, ist Mr. Carson in der Welt der Sammler seltener historischer Waffen eine bekannte Persönlichkeit.

Bei der von Dad erwähnten Auktion hat er zweihundertsechzigtausend Dollar für einen Revolver bezahlt, den General George Custer angeblich bei der Schlacht am Little Big Horn benutzt hat.

Bei einer anderen Auktion, die vor vier Jahren bei Sotheby's in London stattfand, hat er ein arabisches Langgewehr aus dem Besitz des Forschers und Orientalisten Sir Richard Burton erstanden, und zwar für die Rekordsumme von hundertachtzigtausend Pfund.

Außerdem erfahre ich, daß sich Mr. Carsons Sammelwut nicht nur auf Waffen aus der Hinterlassenschaft von Prominenten beschränkt. Er interessiert sich auch für handgearbeitete Einzelstücke aus Großbritannien. Zu seinen Errungenschaften gehören zum Beispiel zwei zusammenpassende sechzehnkalibrige Purdey-Bockdoppelbüchsen, die von J. & B. Watson im Auftrag des ägyptischen Königs Faruk mit besonderen Gravuren versehen wurden. Er hat sie für siebenhundertzwanzigtausend Dollar gekauft – der höchste Preis, der je für ein Paar Waffen aus dem zwanzigsten Jahrhundert bezahlt wurde.

Dreißig der sechsunddreißig angeführten Artikel befassen sich mit Auktionen für sündhaft teure Waffen, vier sind Berichte über Immobilientransaktionen der Firma CFJ, und bei einem handelt es sich um eine Liste der Leute, die Gelder an die San Francisco Opera Association gespendet haben. Es ist der letzte Artikel, einer aus der Gesellschaftsspalte, der mich besonders interessiert. Schuyler Bigelow, Klatschkolumnist beim *Examiner* und für seine spitze Feder berüchtigt, erwähnt in einem Nebensatz, daß Mr. Carson maßgeblich an der Gründung des Goddess Gun Club in Mendocino County beteiligt gewesen ist.

Als ich den vollständigen Artikel anklicke, spuckt der Bibliothekscomputer folgenden Text aus:

... in gut unterrichteten Kreisen wird seit einigen Abenden über die bizarren Vorfälle im exklusiven und schicken Goddess Gun Club unweit von Mendocino gemutmaßt.

Der G. G. C., wie Eingeweihte ihn scherzhaft nennen, wurde vor zehn Jahren von dem Millionär und Waffensammler J. Ramsey Carson und seinem Freund und Partner bei CFJ Immobilien Chaplin D. Fontaine gegründet. Vereinszweck ist – ich zitiere aus den beim Amtsgericht hinterlegten Statuten – »die Freizeitgestaltung und Kontaktpflege von Waffenfreunden, Jägern und Schützen, die sich dem Sport und dem von der Verfassung garantierten Recht, Waffen zu tragen, verschrieben haben.«

So weit, so gut, mögen Sie jetzt sagen. Wer außer fanatischen Waffenhassern könnte gegen derart hehre Ziele etwas einzuwenden haben?

Allerdings ist dem Autor vor kurzem zu Ohren gekommen, daß einige Aktivitäten des G. G. C. den Begriff »Freizeitgestaltung« ein wenig überstrapazieren, und zwar in einer Weise, wie es sich verschiedene honorige Vereinsmitglieder nie hätten träumen lassen.

Gerüchten zufolge soll es in letzter Zeit zu diversen hitzigen Debatten und entrüsteten Amtsniederlegungen gekommen sein. Der Streit entzündet sich an Vorfällen, die – so beschreibt es eine Quelle – »eines Zusammenschlusses wahrer Gentlemen unwürdig« seien.

Also verpassen Sie nicht die Fortsetzung, denn wir werden an dieser Stelle weiter über diesen hübschen kleinen Skandal in Waffensammlerkreisen berichten ...

Begeistert gebe ich einen neuen Suchbefehl ein: *Schuyler Bigelow/G. G. C.* Nur ein weiterer Artikel wird erwähnt. Er ist drei Wochen nach dem ersten im *Examiner* erschienen.

... vor ein paar Wochen versprach Ihnen der Autor weitere Enthüllungen über gewisse skandalöse Vorfälle im exklusiven Goddess Gun Club in Mendocino County.

Anders als unser erster Bericht vermuten ließ, scheinen jedoch die Schwierigkeiten im ehrenwerten G. G. C. mittlerweile ausgeräumt. Die Differenzen zwischen den Mitgliedern wurden, wie eine Quelle verlauten ließ, »bereinigt, wie es sich für traditionsbewußte Gentlemen gehört«.

Wir freuen uns, daß sich die dunklen Wolken über diesem Paradies für Waffennarren inzwischen verzogen haben. Jungs sind eben Jungs, und Jungs mit Pistolen können zuweilen ein wenig streitlustig sein ... so hört man wenigstens.

Ich finde es interessant, daß Bigelow, der in seiner ersten Kolumne offenbar Blut geleckt hatte, nur drei Wochen später jegliche Anspielung auf einen Skandal zurücknimmt.

Ich beschließe, mich weiter kundig zu machen, und gebe den Suchbefehl *Goddess Gun Club* ein. Ich werde mit dreizehn Verweisen belohnt, die sich meist auf Erweiterungen des Clubgrundstücks beziehen (wie ich feststelle, hat sich das Gelände des G. G. C. in den letzten zehn Jahren dreimal vergrößert). Dazu ein kleiner Bericht über die Beschwerde eines Nachbarn wegen Lärmbelästigung und ein noch kleinerer über die Beilegung des daraus entstandenen Rechtsstreits. In einem weiteren Artikel steht, ein Landstreicher, der illegal das Clubgelände betreten habe, sei versehentlich erschossen worden. Einen Wilderer ereilte kurz darauf dasselbe Schicksal. Schließlich entdecke ich einen Artikel, der etwa ein Jahr alt ist und mich aufmerken läßt. Wieder geht es um einen Schießunfall mit Todesfolge, dem der Mitbegründer des Clubs, Chaplin Fontaine, zum Opfer fiel. Das Unglück ereignete sich in der Zeit zwischen Schylers erstem und zweitem Artikel über den G. G. C.

Ich gebe den Suchbefehl *Chaplin D. Fontaine* ein. Aus dem Nachruf im *Chronicle* erfahre ich, daß Mr. Fountaine tot im Schießstand des Clubs aufgefunden wurde. Die Sprecherin des Sheriffbüros von Mendocino County erwähnte eine »möglicherweise selbst zugefügte Schußverletzung am Kopf«.

Da ich weder unter *Ramsey Carson*, noch unter *Chaplin Fontaine* oder *Goddess Gun Club* (ausgeschrieben oder in Abkürzung) etwas Interessantes finden kann, stehe ich vom Computer auf und mache mich auf die Suche nach einem Telefonbuch von Mendocino County.

Es liegt zwischen den anderen kalifornischen Telefonbüchern in einem zerschrammten Regal. An einem Lesetisch schlage ich den Goddess Gun Club nach. Es ist zwar eine Telefonnummer verzeichnet, aber keine Adresse. Ich notiere mir die Nummer und blättere dann zu den Privatanschlüssen, bis ich auf den Namen Vincent Carroll stoße, der auch auf dem Klingelschild von Wohnung Nummer 5 steht. Wie ich von Dad weiß, werden die Stromrechnungen für diese Wohnung an eine Postfachadresse in Mendocino geschickt. Wieder finde ich eine Telefonnummer, diesmal mit Adresse. Ich schreibe beides auf und gehe dann in die Haupthalle hinunter, wo neben der Damentoilette ein Telefon hängt.

Ich ziehe meine Kreditkarte durch das Lesegerät und wähle Carrolls Privatnummer. Nach fünfmaligem Läuten hebt eine Frau ab. Sie klingt genervt. Vielleicht war sie hinten im Garten beim Wäscheaufhängen.

»Vincent Carroll bitte.«

»Vince ist nicht zu Hause. Wer spricht denn da?«

»Mary aus Mr. Carsons Büro. Wissen Sie, wo ich ihn erreichen kann, Mrs. Carroll?«

»Erstens bin ich nicht Mrs. Carroll. Eine Mrs. Carroll gibt es nicht, wenigstens nicht *mehr*. Und zweitens können Sie ihn im Club erreichen. Warum haben Sie nicht gleich dort angerufen? Er müßte jetzt da sein, falls er sich nicht in der Gegend rumtreibt und den Weibern nachstellt. Ha, ha, ha!« Sie legt auf.

Ich wähle die Nummer des Goddess Gun Club. Nach dem ersten Klingeln meldet sich eine Männerstimme.

»Vincent Carroll bitte.«

»Selbstverständlich. Wen soll ich melden?«

»Mary aus Mr. Carsons Büro.«

»Gut, Mary. Er ist draußen auf dem Gelände. Wenn Sie einen Moment warten, lasse ich ihn ausrufen und verbinde Sie.«

Ich hänge ein. Ich brauche nicht mit Carroll zu sprechen, denn ich habe herausgefunden, was ich wissen wollte. Die Leute, die an jedem zweiten Mittwoch jene Wohnung Nummer 5 benutzen, haben eindeutig ein Faible für Waffen… Und das wiederum bestätigt meinen Verdacht, an dem ich allmählich schon zu zweifeln begonnen hatte: Ich habe in jener Nacht von Maddys Beobachtungsposten bei den Wongs aus mitangesehen, wie eine Waffe als Sexspielzeug eingesetzt wurde.

Sascha ist ein echter Freund und fährt zu den Wongs, um Maddys und meine Sachen zu holen, ihnen in Zeichensprache zu erklären, daß ich nicht mehr kommen werde, und ihnen zwei Monatsmieten zusätzlich zu bezahlen, damit sie den Abschied besser verkraften.

Als er mit Maddys Stativ, den Chemikalien und dem Pullover zurückkommt, erzählt er mir, Grace Wong sei bedrückt gewesen. Sie habe gesagt, sie werde mich vermissen, wie sie Maddy vermißt.

Den Unfall und das Feuer vor ihrer Tür haben sie und ihr Mann verschlafen und erst am folgenden Morgen davon erfahren. Grace sagte zu Sascha, sie hoffe, meine plötzliche Kündigung habe nichts mit mangelnder Gastfreundschaft zu tun. Aber Sascha hat ihr versichert, der Grund sei einfach, daß meine Arbeit in der Mansarde beendet sei.

Ich bitte ihn, mich an seinem nächsten freien Tag nach Mendocino zu fahren.

»Klar«, antwortet er. »Aber nur unter der Bedingung, daß wir nett essen gehen, uns ein Zimmer in einer gemütlichen Pension nehmen und uns lieben bis zum Morgengrauen.«

Ich rufe Joel an und frage ihn, ob er Schuyler Bigelow, den Klatschkolumnisten des *Examiner,* kennt.

»Baggy? Klar kenne ich den.«

»Wird er wirklich Baggy genannt?«

»Von seinen Freunden … falls er überhaupt welche hat.«

»Ist er denn so ein Fiesling?«

»Eine Giftspritze«, erwidert Joel. »Absolut tödlich.«

Er erklärt sich bereit, Bigelow für mich anzurufen. Zehn Minuten später meldet er sich wieder.

»Du hast einen Termin, altes Haus. Um sieben Uhr abends bist du auf einen Drink bei ihm zu Hause eingeladen. Vergiß nicht, ihm zu schmeicheln, aber trag nicht zu dick auf. Er behauptet nämlich, daß er Schmeichler sofort durchschaut. Außerdem empfehle ich dir eine emotionale Ritterrüstung. Und wenn du etwas von ihm willst, mußt du damit rechnen, daß er eine Gegenleistung verlangt.«

»Klingt, als sei er ein netter Bursche. Sonst noch irgendwelche Ratschläge?«

»Ja. Wenn er dich fertigmachen will, wehr dich. Er sagt zwar, er liebt Frauen, doch in Wirklichkeit haßt und fürchtet er sie. Seine Sympathie wirst du nie gewinnen, du kannst nur erreichen, daß er dir zuhört und dich respektiert.«

Das Mietshaus oben auf dem Nob Hill stammt aus der Zeit des Jugendstils. Ich finde, daß die prunkvolle Fassade mit den Balkonen und Erkern, die verschnörkelten Toilettenschüsseln ähneln, zu einem Klatschkolumnisten paßt. Meine Schritte hallen im marmorverkleideten Eingangsbereich wider. Kurz darauf steige ich eine geschwungene Marmortreppe hinauf.

Bigelow läßt mich vor der Tür warten – offenbar will er mich einschüchtern. Ich höre ihn auf der anderen Seite rascheln, während er mich durch den Spion mustert.

Als er die Tür öffnet, verstehe ich, warum er Baggy genannt wird. Er hat dicke Tränensäcke unter den Augen und lose herabhängende Hautfalten am Kinn. Das Gesicht eines dekadenten alten Mannes. Er mustert mich mit verschlagenen Augen, und ich versuche, seinen Blick ebenso finster zu erwidern.

»Ms. Kay Farrow, wie ich annehme«, sagt er feierlich, was wahrscheinlich ironisch gemeint ist.

»Und Sie, Sir«, entgegne ich, »müssen der Herr sein, dem man nicht schmeicheln kann.«

Bigelow lächelt beifällig. Er trägt eine Hausjacke mit Gürtel und seidenen Aufschlägen, wie man sie sonst nur an reichen Männern in alten Filmen sieht, und dazu Samtpantoffeln, auf die kunstvoll das Monogramm SB eingestickt ist. Da ich noch nie einen leibhaftigen Menschen in diesem Aufzug kennengelernt habe, muß ich schmunzeln.

Er führt mich durch ein Wohnzimmer, das wie der Ausstellungsraum eines Einrichtungshauses wirkt.

»Hübsches Zimmer, aber ich benutze es kaum«, erklärt er und bittet mich ins angrenzende Arbeitszimmer. »Hier fühle ich mich viel wohler – ich nenne dieses Zimmer mein Boudoir des schlechten Geschmacks.«

Während ich mich umsehe, beobachtet er mich aufmerksam. Oh, was für ein beeindruckender, bewußt eingesetzter Kitsch! Sofa und Sessel haben Tigerstreifen, die Sofakissen Leopardenmuster. Abscheuliche Porträts von Marilyn und Elvis auf schwarzem Samt an der Wand. Und überall Barbiepuppen, auf jedem Tisch, in jedem Regal und jeder Ecke. Barbiepuppen hier, Barbiepuppen da, nicht zu vergessen ihre Freunde Skipper und Ken. Doch aus der Nähe betrachtet erweisen sich die Gewänder der Göttinnen als blutig und zerrissen wie die Kleider von Vergewaltigungsopfern. Manche der kleinen Püppchen sind so arrangiert, als befänden sie sich mitten in einem bizarren Sexakt. Joel hat Bigelow richtig eingeschätzt – es ist die Sammlung eines Frauenhassers.

Ich drehe mich zu ihm um. »Offenbar lieben Sie die Frauen.«

»Kluges Köpfchen! Möchten Sie was trinken?«

Ich nehme ein Glas Wein entgegen und sehe zu, wie er sich einen doppelten Wodka Martini mixt.

»Eine kleine Lesbe, was?« höhnt er nach einem Blick auf meine Kleidung. »Schwarze Stiefel, schwarzes Hemd, alles schwarz – wie eine richtige junge Künstlerin. Glickman hat mir gar nicht gesagt, daß Sie vom anderen Ufer sind.«

Ich zucke die Achseln. »Bin ich auch nicht.«

Er kichert. »Ach, Sie sind also hetero? Sie haben wohl einen niedlichen, blonden, durchtrainierten Freund, der zu Hause auf sie wartet?«

Ich erwidere seinen Blick. »Habe ich Sie irgendwie beleidigt?«

»*Mich beleidigt?* Ich würde mich freuen, wenn Sie mich beleidigten«, entgegnet er. »Mir gefällt nichts besser, als wenn eine Frau die Nerven verliert. Natürlich mit Ausnahme eines göttlichen Katzengeschöpfes, das mir die Pantoffeln leckt, wie meine kleine Miss Courtney Barton.« Er streckt die Hand aus, um eine flauschige Perserkatze zwischen den Ohren zu kraulen.

»Ich habe sie nach meiner Lehrerin in der zweiten Klasse benannt. Oh, wie ich diese blöde Kuh gehaßt habe! ›Bigelow, in die Ecke!‹ ›Jawohl, Miss Barton. Aber sagen Sie mir doch bitte den Grund, Ma'am.‹ ›Um dir eine Lektion zu erteilen, junger Mann.‹ Ach, ihre Wutausbrüche, die Härte ihrer Worte! Ich glaube, die Wunden auf meiner Seele sind immer noch nicht geheilt.«

»Und deshalb haben Sie die Katze, die Sie liebt, nach ihr benannt. Als Ausgleich für Ihre Schmerzen.«

Er starrt mich überrascht an.

Ich hole tief Luft. Ich werde mich an Joels Rat halten und so kräftig wie möglich zurückschlagen.

»Aber es klappt nicht, stimmt's?« fahre ich fort. »Die Schmerzen wollen einfach nicht verschwinden. Weil Sie sie im Grunde

Ihres Herzens genießen. Wenn Sie sich an die Erniedrigungen von damals erinnern, fühlen Sie sich lebendig. Dieser alte Schmerz befreit Sie aus der Erstarrung, in der Sie sich befinden, nachdem Sie sich jahrelang über andere Menschen lustig gemacht haben. Ihre Nervenenden prickeln. Sie fühlen sich wieder jung und angreifbar. Und was am besten ist: Er ermöglicht Ihnen, überhaupt wieder etwas zu fühlen.«

Entgeistert sieht er mich an. Ich stelle fest, daß er vor Wut kocht. Entweder wird er mich wegen meiner Unverschämtheit vor die Tür setzen oder aufhören, mich zu beleidigen, und mich respektieren. Beides kann passieren – mir ist es egal.

»Ich glaube, ich werde Ihnen eine meiner Barbies widmen, Kay Farrow – schwarze Kleidung, Kamera und sogar das selbstzufriedene Grinsen. Und dann werde ich an ihr ... hmm, wie soll ich das ausdrücken? ... ein Exempel statuieren.«

»Warum stechen Sie nicht gleich Nadeln hinein, wie in eine Voodoo-Puppe?« schlage ich vor. »Oder macht sexuelle Demütigung Sie mehr an?«

»Eins zu null für Sie. Sie sind eine ziemlich harte Nuß. Obwohl ich sagen muß, daß der kleine Exkurs über meine innere Erstarrung ein wenig an den Haaren herbeigezogen war. Aber ich gebe Ihnen trotzdem eine Eins minus. Ich mag Mädchen, die nicht so schnell lockerlassen.« Er wird zugänglicher und schenkt mir ein zaghaftes Lächeln. »Bitte nennen Sie mich Schuyler.« Er hält verlegen inne. »Darf ich Sie Kay nennen?«

Nachdem ich seinen Test offenbar bestanden habe, beschließe ich, gleich zur Sache zu kommen. Ich erzähle ihm, ich hätte kürzlich einige seiner alten Kolumnen gelesen, die in Zusammenhang mit einer Sache stünden, über die ich gerade recherchiere. Es habe mich enttäuscht, daß er, anstatt wie angekündigt über einen Skandal zu berichten, alles zurückgenommen und angedeutet habe, es sei überhaupt nichts vorgefallen.

»Hmmm«, brummt er. »Das sieht mir gar nicht ähnlich, denn ich gebe mir die größte Mühe, meine Versprechen auch zu halten. Allerdings wird mir eine Unmenge von Informationen zugespielt. Manche erweisen sich leider als falsch.«

Ich beobachte ihn aufmerksam. »Der Skandal um den Goddess Gun Club – war das eine Fehlinformation?«

Er zuckt zusammen und erbleicht sichtlich. »Ach, ich verstehe«, sagt er bedrückt. »Sie sind deswegen hier?« Auf einmal wird sein Blick finster. »Wer sind Sie?« fragt er.

»Hat Joel Ihnen nicht erzählt, daß ich Fotografin bin?«

Er betrachtet meine Kamera. »Das sehe ich selbst! Aber ich will wissen, wer Sie geschickt hat.«

»Niemand hat mich geschickt. Ich bin aus eigenem Antrieb gekommen.« Ich halte inne. »Sie wirken erschrocken, Schuyler. Tut mir leid, ich wollte Sie nicht nervös machen.«

Er steht auf und läuft in seinem kleinen »Boudoir des schlechten Geschmacks« hin und her. Schließlich bleibt er stehen und mustert eine seiner Opferbarbies.

»Ich habe keine Ahnung, warum Sie ausgerechnet damit anfangen müssen«, sagt er. »Dabei haben wir doch gerade begonnen, uns zu vertragen. Außer ...« Er wirbelt zu mir herum, als sei ihm plötzlich die Erkenntnis gekommen. »*Die* haben Sie geschickt, richtig? Sie sollen mich zum Reden bringen, obwohl ich ihnen mein Wort gegeben habe, sie nie wieder zu erwähnen. Gut, junges Fräulein, dann können Sie ihnen folgendes von mir ausrichten: *Schuyler Bigelow läßt sich nicht austricksen.* Ich schreibe zwar für die Klatschspalte, aber ich werde keine Zeile mehr über sie veröffentlichen. Diese Leute und ihr gottverdammter Schießclub haben in meiner Kolumne nichts mehr verloren.«

Ich starre ihn an. Er meint es ernst. Offenbar hält er mich wirklich für einen Provokateur.

»Für einen Menschen, der Barbiepuppen verstümmelt, haben Sie ziemlich schwache Nerven, Schuyler. Nein, ›sie‹ haben mich nicht geschickt. Nein, ich bin nicht hier, um Ihnen eine Falle zu stellen. Nein, ich arbeite nicht für den G. G. C., sondern an einer Story, bei der ich nicht weiterkomme. Ich dachte, Sie könnten mir helfen. Vielleicht haben Sie Angst.« Ich schüttle den Kopf. »Aber das glaube ich nicht. So kratzbürstig, wie Sie sind, kann ich mir nicht vorstellen, daß Sie sich herumschubsen lassen.«

Nun mustert er mich prüfend. Sein lächerliches Gehabe von vorhin ist wie weggeblasen. Offenbar überlegt er, ob ich die Wahrheit sage.

»Ich glaube Ihnen«, stöhnt er schließlich. »Ich bin es so sehr gewohnt, belogen zu werden, daß ich manchmal vergesse, daß es in dieser Stadt auch noch ehrliche Menschen gibt.«

Grinsend nimmt er Platz und sieht mich verschwörerisch an. »Gut, dann also noch einmal von vorn«, sagt er freundlich. »Wie kann ich Ihnen behilflich sein?«

»Indem Sie mir alles erzählen, was Sie über Ramsey Carson und den G. G. C. wissen. Ich gebe Ihnen mein Wort, daß ich die Informationen vertraulich behandle und Sie auf dem laufenden halte.«

Er findet das amüsant. »Das mit der Vertraulichkeit nehme ich Ihnen ab. Und auf dem laufenden brauchen Sie mich nicht zu halten, denn als Klatschbase erfahre ich sowieso, was sich tut. Außerdem habe ich Ihnen bereits mitgeteilt, daß ich in meiner Kolumne über Ramsey, seine Freunde und den G. G. C. nichts mehr schreiben werde. Das heißt, daß es mir gar nichts nutzt, wenn Sie einer guten Story auf die Spur kommen.«

»Was kann ich Ihnen sonst anbieten?«

»Das wage ich Ihnen nicht zu sagen, da Sie mich sonst für albern halten könnten.«

»Courage, Schuyler! Schließlich sind Sie ein Mann, der Barbies verstümmelt ...«

»Gut, in Ordnung.« Als er innehält, habe ich zum erstenmal den Eindruck, daß er verwundbar ist. »Seien Sie meine Freundin«, sagt er dann schlicht. Ich glaube, daß dies die ersten aufrichtigen Worte sind, die er gesprochen hat, seit ich hier bin.

»*Das* wünschen Sie sich von mir?«

»Mehr nicht. Aber wissen Sie, meine Liebe, die Aufgabe ist nicht leicht. Sehen Sie sich um.« Lächelnd weist er auf die Barbies. »Ich bin wohlhabend und berühmt und werde überall gefürchtet. In meinem Archiv befindet sich ein Vorrat an bösartigem Klatsch, von dem ich sicher noch sechs Monate zehren kann. Doch in Wahrheit bedeutet mir das alles nichts mehr. Ihre Freundschaft hingegen wäre mir sehr wichtig. Ich kenne kaum junge Menschen.« Wieder lächelt er. »Also eine absolut selbstsüchtige Bitte, Kay. Ein alter Mann, der sich an die Jugend klammert, so ist es wohl. Wie auch immer, das wünsche ich mir von Ihnen. Wenn Sie einverstanden sind, steht die Abmachung.«

»Gut«, antworte ich. »Allerdings habe ich nicht viel Zeit.«

»Ich werde Sie nicht sehr beanspruchen. Hin und wieder ein gemeinsamer Drink, vielleicht einmal im Monat, eine frische Frühlingsbrise im angestaubten Leben eines alten Junggesellen.«

Nachdem der Handel perfekt ist, schenkt er mir noch ein Glas Wein ein, mixt sich wieder einen doppelten Martini und lehnt sich zurück.

»Von Carson hörte ich das erstemal, als er die beiden Büchsen kaufte, die für König Faruk angefertigt worden waren. Ich habe die Waffen zwar nie selbst gesehen, aber es waren viele Geschichten im Umlauf. Eine Zeitlang redeten die Leute, die sie zu Gesicht bekommen hatten, über nichts anderes mehr. Carson zeigte sie auf Dinnerpartys seinen Gästen. Kennen Sie die Waffen, Kay?«

Ich schüttle den Kopf.

»Soweit ich informiert bin, handelt es sich um wahre Prachtstücke, die für Sammler einen unschätzbaren Wert besitzen. Doch abgesehen von den üblichen Qualitätsmerkmalen zweier handgearbeiteter englischer Flinten, die zusammengehören, sind diese beiden aufgrund ihrer außergewöhnlichen Gravuren eine Sensation. Man sagte mir, sie seien absolut pornographisch und atemberaubend obszön. Deshalb holte Carson sie nach dem Essen gern heraus und zeigte sie allen Anwesenden. Die Männer brüllten vor Lachen, und die Frauen kicherten. ›Nein, was für eine schmutzige Phantasie Sie doch haben, Ramsey!‹ ›Nicht ich, meine Liebe, sondern der geile, alte König Faruk.‹«

Ich erinnere mich an die Nacht bei den Wongs, in der ich glaubte, das Paar beim Spielen mit einer Waffe beobachtet zu haben.

»Ich wußte gar nicht, daß es Waffen mit solchen Gravuren gibt«, sage ich.

»Ich auch nicht. Aber da Faruk für seine Liebe zur Pornographie *und* zu Waffen berüchtigt war, erstaunt es mich nicht, daß er beides miteinander verbinden wollte.«

Schuyler lächelt. Es ist ein schmallippiges, schiefes Lächeln, das die tiefen Falten in seinem Gesicht hervortreten läßt.

»Schauen Sie sich die eindeutigen Positionen meiner Barbies an. Vielleicht liegt es in der menschlichen Natur, die

Dinge, die man sammelt, zu erotisieren. Ich liebe meine Barbies wirklich, und manchmal streichle ich sie sogar. Und es würde mich nicht überraschen, wenn Carson seine Waffen ebenfalls liebkost. Letzendlich, so heißt es, läuft alles nur auf S-E-X hinaus.«

Ich erkundige mich nach dem G.G.C. Er erzählt, es sei äußerst schwierig, Mitglied zu werden. Man müsse sich einer langwierigen Überprüfung und einer Befragung durch die Mitglieder unterziehen. Dann würde abgestimmt, wobei ein einziges Veto zur Ablehnung genüge.

»Es ist ein sehr einflußreicher Club, nicht nur ein Verein, in dem sich Männer zum Jagen und Tontaubenschießen treffen. Er besitzt ein riesiges Anwesen oben in Mendocino, ein wunderschönes Grundstück. Ein Teil davon ist eingezäunt, und darauf steht eine Luxusvilla, in der sie essen, trinken, sich amüsieren, Zigarren rauchen, ihre Waffen streicheln oder weiß der Himmel was tun. Außerdem haben Sie einen topmodernen Schießstand, ein gut bestücktes Jagdrevier, also alles, was das Herz eines kleinen Jungen begehrt. Ich habe erfahren, daß einige Berühmtheiten zu den Mitgliedern gehören, ein paar Filmstars, ein bekannter Regisseur aus Hollywood, ein ehemaliger Gouverneur von Kalifornien, ausländische Prominente. Natürlich sind nur Männer zugelassen, aber hin und wieder laden sie junge Mädchen zu fröhlichen Spielen ein. Es heißt, daß sie auch archaische Riten durchführen – Bacchanalien, Sonnwendfeiern, Orgien bei Mondfinsternis und Halloween. So ist es nun mal mit bösen Jungs. Wenn sie schmutzige Partyspielchen veranstalten wollen, kann man drauf wetten, daß sie sich dafür einen guten Vorwand einfallen lassen.«

Schuyler hält für einen Moment inne und verzieht das Gesicht. Als er fortfährt, ist sein Ton ernst.

»Dann ist da natürlich noch die Sache mit den ›Unfällen‹, die nicht ganz koscher ist. Soweit ich weiß, wurden die meisten davon nicht den Behörden gemeldet. Es sind eine Menge Gerüchte im Umlauf, Geschichten von Menschenjagden – Wilderer und Landstreicher sollen geschnappt, wieder freigelassen und bei einer Treibjagd zur Strecke gebracht worden sein. Niemand kann etwas beweisen. Das Ganze ist wirklich ziemlich... merkwürdig.«

»Heißt das, daß Menschen erschossen wurden, ohne daß jemand davon erfuhr?«

Er zuckt die Achseln. »Das behauptet wenigstens die Gerüchteküche.«

»Wie kann so etwas geschehen, Schuyler?«

Wieder zuckt er die Achseln. »Es handelt sich nur um unbestätigten Klatsch. Wie immer reden nur die, die nichts wissen. Und die, die im Bilde sind, halten sich bedeckt. Wenn man nur reich genug ist, ist alles möglich. Und soweit ich informiert bin, stinken die Mitglieder des G. G. C. förmlich vor Geld.«

Ich spüre, wie mir vor Entrüstung die Röte in die Wangen steigt. Dieses Gefühl kenne ich sehr gut, denn es hat mich bei vielen meiner Projekte vorangetrieben. In Maddys Augen war es ein wichtiger Aspekt in meinen Arbeiten. »Dein Mitfühlen entspringt deiner Wut, Kay«, pflegte sie zu sagen. »Hab keine Angst davor. Setz es ein. Leg deinen Zorn in das, was du siehst, und benutze ihn, um aussagekräftige Bilder zu machen.«

»Was können Sie mir über den Skandal erzählen?« frage ich.

»Ach, der Skandal! Da bin ich ordentlich ins Fettnäpfchen getreten ...«

Er lehnt sich zurück und beginnt zu erzählen.

Offenbar gab es im Club zwei Fraktionen – einen harten Kern um Carson, der sich an den Orgien beteiligte und für die geheimnisvollen Schießereien verantwortlich war, und die Mehrheit der Mitglieder, die nichts damit zu tun hatten und nicht einmal von diesen Vorgängen wußten. Sie waren einfach Männer, die ein Faible für Waffen hatten und beigetreten waren, um sich dem Sportschießen zu widmen. Nach einer Weile allerdings bekamen einige der Außenstehenden das Treiben des harten Kerns mit, und das führte zu der Krise, über die Schuyler in seiner Kolumne geschrieben hat – hitzige Auseinandersetzungen und Rücktritte.

»Natürlich darf ich Ihnen den Namen meiner Informantin nicht verraten«, sagt er. »Es muß Ihnen genügen, daß es sich um die Ehefrau eines Mitglieds handelt, das erschüttert war, als es von den Vorgängen erfuhr, und reinen Tisch machen wollte. Nennen wir die schockierten Außenstehenden einmal die Reformer. Ihr Anführer war ein Mann namens Chap Fontaine, früher ein enger Freund Carsons und sein Geschäftspartner in der Immobilienbranche. Im Gegensatz zu den Angehörigen des harten Kerns ließ er sich jedoch kaum bei den Ausschweifungen blicken. Man konnt ihn mit Fug und Recht als Gentleman der alten Schule bezeichnen.«

Zum Zeitpunkt von Baggys erster Kolumne sah es aus, als zeichne sich ein spannender Showdown zwischen Carson und Fontaine ab. Es wurde allgemein erwartet, daß die Reformer den Sieg davontragen, die bösen Buben hinauswerfen, gründlich aufräumen und den Club wieder auf den Pfad der Tugend zurückführen würden. Außerdem beabsichtigten sie (und das war der umstrittenste Punkt), die Polizei über die Hintergründe der Schießereien zu informieren, was vielleicht zu einer strafrechtlichen Verfolgung von Carson und seinen Spießgesellen geführt hätte.

Baggy zuckt die Achseln. »Mir gefällt, was Sie vorhin gesagt haben: Ich wirke auf Sie nicht wie ein Mann, der sich herumschubsen läßt. Ich wünschte bloß, daß es wahr wäre! Doch obwohl ich den Mut habe, andere Menschen in den Schmutz zu ziehen, und mich als wahrer Held erweise, wenn es darum geht, Barbiepuppen zu drangsalieren, muß ich zugeben, daß ich der Vorstellung, eine Kugel in den Kopf zu bekommen, nur wenig abgewinnen kann. Und genau das hat mir ein anonymer Anrufer in Aussicht gestellt, falls ich in meiner Klatschspalte je wieder über den G. G. C. berichte. Ich erhielt die Anweisung, noch ein letztesmal über den Club zu schreiben und meine früheren Anspielungen zurückzunehmen. Ich habe es getan, nicht nur wegen des Anrufs oder der Kugel, die mir kurz darauf per Post zuging und in die meine Initialen eingeritzt waren – warten Sie, ich zeige sie Ihnen.«

Er holt eine kleine Lackschatulle vom Kaminsims, nimmt die Kugel heraus und gibt sie mir.

»Beachten Sie das Monogramm. Nicht ganz so hübsch wie auf meinen Pantoffeln. Allerdings waren es, wie gesagt, nicht nur die Drohung oder dieses reizende Geschenk, die mich überzeugt haben, sondern das Schicksal von Chap Fontaine, der angeblich bei einem Schießunfall auf dem Gelände des G. G. C. ums Leben kam. Denn wie ich gehört habe, Kay, handelte es sich weder um einen Unfall noch um Selbstmord. Ich habe aus zuverlässiger Quelle erfahren, daß Fontaine von Ramsey Carson in einem Duell erschossen wurde.«

Baggy sieht mich an.

»Was halten Sie davon? Ich weiß nicht, ob es wahr ist, aber ich hatte jedenfalls genug. Ich beschloß, zu tun, was sie von mir verlangten, nahm meine Geschichte zurück und habe seitdem nie mehr eine Zeile über den Club geschrieben.«

Ich bleibe noch eine Stunde. Als Baggy feststellt, daß ich noch nichts gegessen habe, verschwindet er in der Küche, um mir etwas zurechtzumachen. Währenddessen betrachte ich einige der geschändeten Barbiepuppen und bemerke, daß viele seiner Veränderungen beachtliche Liebe zum Detail aufweisen. Er hat den vergewaltigten Barbies nicht nur Höschen und BH zerrissen, sondern den armen Puppen auch ordentliche Kratzspuren verpaßt. Während ich ein besonders verstümmeltes Exemplar mustere, frage ich mich, ob Baggy und ich wirklich Freunde werden können.

Er kommt mit einem köstlichen Sandwich zurück, kaltes Huhn auf knusprigem Toast mit grünem Salat und Kirschtomaten. Ich esse, er kippt seinen dritten doppelten Martini hinunter, ergeht sich dann in Selbstmitleid, sprudelt Selbstvorwürfe hervor und jammert, er habe sein Leben verpfuscht. Wenn ich in sein Gesicht blickte, würde ich das Wrack eines Mannes sehen, der einst ein hoffnungsvolles Talent gewesen und schließlich in albernem Klatsch erstickt sei.

Als ich aufstehe und mich verabschiede, ist es schon nach elf. Da ich zu müde bin, um zu Fuß nach Hause zu gehen, bitte ich Baggy, mir ein Taxi zu rufen. In der Tür küßt er mich auf die Wange und flüstert: »Wenn ich nicht so ein alter Bock wäre, Kay, wären Sie ein Mädchen nach meinem Geschmack.«

Während ich draußen vor seinem Zuckerbäckerhaus auf den Wagen warte, schaffe ich es nicht, die Entrüstung loszuwerden, die mich ergriffen hat, als er mir von den Orgien beim G. G. C. erzählte. Von den geheimnisvollen Schießereien, die nie zur Anzeige kamen, den Menschenjagden auf Obdachlose, Morddrohungen und der Kugel in der Post, dem Duell mit tödlichem Ausgang. Inzwischen verstehe ich, daß Maddy einer großen Sache auf der Spur war, die sie so wütend machte, daß sie wieder zur Kamera gegriffen hat.

Aber wie hat sie davon erfahren? frage ich mich. Was hat sie dazu veranlaßt, sich ein Zimmer zu suchen, von dem aus sie jene Wohnung Nummer 5 beobachten konnte? Und vor allem interessiert mich, woher sie von dem Duell wußte, das sie in ihrem kleinen, unter dem Pullover versteckten Notizbuch erwähnt hat.

Offenbar gab es im Leben von Maddy Yamada, Fotojournalistin, Abgründe, von denen ich nicht annähernd etwas ahnte.

8

Freitag nachmittag. Sascha und ich fahren früh in San Francisco ab, um dem Pendlerverkehr zuvorzukommen. Er hat mit einem Kollegen den Dienst getauscht und konnte sich so ein verlängertes Wochenende frei nehmen.

In seinem frisch gewaschenen BMW überqueren wir die Golden Gate Bridge. Es ist ein sonniger Tag, anstrengend für meine Augen, so daß ich eine dunkle Brille tragen muß. Der Effekt ist ganz ähnlich, als ob man beim Fotografieren mit einem Schwarzweißfilm einen dunkelroten Filter auf die Kamera steckt. Die Kontraste werden stärker, blaue Flächen wie das Wasser und der Himmel nehmen eine tiefschwarze Farbe an.

Als wir Marin County erreichen, drehe ich mich wie immer um, weil ich einen letzten Blick auf San Francisco erhaschen will. Jedesmal, wenn ich über die Brücke gefahren bin, empfinde ich dieselbe Wehmut. Die schimmernde Stadt, durchflutet vom traumhaften Licht des Pazifik, schmiegt sich in die Hügel oberhalb der Bucht. Vom nördlichen Ende der Brücke aus betrachtet, wirkt sie wie aus einem Märchen – anmutig, phantastisch, die weiße Stadt der Träume und Sehnsüchte. Und vielleicht auch die Stadt der Vergänglichkeit, denn jeden Moment kann die Erde erbeben, so daß alles zu Schutt und Asche zerfällt.

Wir folgen der Route 101 durch Sonoma County, vorbei an Wiesen, an denen Verkaufsbuden für Obst und Gemüse stehen. Auf den Hügeln wachsen Weinreben. Den Russian River entlang fahren wir bis Cloverdale, wo wir nach Westen in die Route 128 abbiegen, die ins Anderson Valley führt.

Auf dem Weg durch diese Idylle aus Weinbergen und Obstplantagen erzähle ich Sascha von der seltsamen Sprache, die hier gesprochen wird. Sie heißt Boontling und umfaßt nur etwa tausend Wörter. Im letzten Jahrhundert wurde sie von den Bewohnern dieser Gegend, zumeist Schäfer und Apfelbauern, entwickelt, die sich unterhalten wollten, ohne von Fremden verstanden zu werden.

»Eine Geheimsprache?« fragt Sascha neugierig.

Ich nicke. »Genau. Die Leute hier trauten Außenstehenden nicht. Doch da inzwischen so viele Artikel zu diesem Thema erschienen sind, ist es mit dem Geheimen eigentlich vorbei. Nur noch wenige Leute beherrschen die Sprache. Mittlerweile ist sie eher Touristenattraktion als Verständigungsmittel.«

Sascha ist begeistert, als ich ihm Beispiele für Boontling zitiere. Ein Münzfernsprecher heißt zum Beispiel »buckey Walter«, Geschlechtsverkehr bezeichnet man als »burlapping« und eine Tasse Kaffee als ein »horn of zeeze«.

Nachdem wir die Städtchen Boonville und Navarro hinter uns gelassen haben, folgen wir einer romantischen, gewundenen Straße durch einen alten Sequoia-Wald. Schließlich erreichen wir die Küste. Von hier aus sind es nur noch ein paar Kilometer nach Norden zu den Mendocino Headlands, wo das Heidekraut in der Nachmittagssonne leuchtet.

In bin erst einmal hiergewesen, in den Achtzigern, als ich noch Kunststudentin war. Auch damals war ich mit meinem Freund hier. Es war im Herbst. Jeremy West und ich fuhren, die Schlafsäcke auf dem Rücken, per Anhalter von San Francisco hierher. Wir suchten uns ein billiges Zimmer und verbrachten das Wochenende mit Wanderungen durch die Hügel über dem Meer – er mit dem Skizzenblock, ich mit der Kamera. Beide gaben wir unser Bestes, um diese außerordentliche Schönheit einzufangen.

Die Fotos von diesem Wochenende habe ich noch. Die Gischt der Wellen, die gegen die Klippen schlagen, sonnenbadende Seehunde auf Felsen im Meer. Und die Bilder, die ich von Jeremy gemacht habe. Mit seiner grüblerischen Miene und dem windzerzausten Haar erinnert er an Heathcliff aus *Sturmhöhe*.

Er war ein ungewöhnlich gutaussehender junger Mann, begabt und häufig niedergeschlagen. Ich liebte ihn zwar nicht, fand ihn aber enorm attraktiv. Das Wochenende in Mendocino verlief sehr idyllisch. Mit einheimischem Käse und Brot veranstalteten wir Picknicks in den Hügeln, rauchten Gras und liebten uns leidenschaftlich im Heidekraut. Nachts wanderten wir, wegen der Kühle in dicke Kapuzensweatshirts eingemummt, wieder durch die Hügel, kuschelten uns aneinander und betrachteten Mond und Sterne, während Jeremy in pathetischem Ton Gedichte von Arthur Rimbaud auf französisch gen Himmel rief.

Ein paar Wochen danach, zurück in San Francisco, trennten wir uns. Jeremy gab das Studium auf und zog nach New York, wo er sich als Maler einen Namen machen wollte. Zwei Jahre später sagte man mir, daß er völlig verarmt sei und im East Village auf der Straße lebte. Nach einem Jahr hörte ich, er sei an einer Überdosis Heroin gestorben.

Als Sascha und ich durch Mendocino fahren, kehren die Erinnerungen an jenen Kurzurlaub zurück. Auf dem Weg vorbei an Häusern mit grauen Schindeldächern und viktorianischen Gebäuden mit steilen Giebeln erzähle ich Sascha davon und auch von meiner Trauer und dem Gefühl der Leere, die ich empfand, als ich von Jeremys Tod erfuhr.

»Er malte Tiger, Sascha. Riesige, prachtvolle, gestreifte Tiger, die durch den Wald schleichen oder im hohen Gras kauern. Damals wollte keine angesehene Galerie in Manhattan solche Arbeiten ausstellen. Die Galeristen hielten sie für Kitsch, etwas, das man an Touristen verkauft. Um anerkannt zu werden, mußte man in jenen Jahren malen wie Schnabel oder Basquiat. Jeremy war am Boden zerstört. Er war zwar außergewöhnlich begabt, hatte aber keinen Sinn für Trends. Seinen Freunden sagte er, daß er sich lieber mit Drogen umbringen würde, als so zu malen, wie es dem Markt gefällt.«

Sascha hört gut zu. Dann sagt er, er hoffe, daß es mir nicht aufs Gemüt schlägt, wieder hier zu sein.

»Überhaupt nicht«, versichere ich ihm. »Und zwar aus drei Gründen: Erstens läßt du mich darüber reden, und das ist befreiend. Zweitens habe ich eine Mission, und drittens bist du bei mir.«

Sascha strahlt übers ganze Gesicht, als wir in die Auffahrt der herausgeputzten Pension – ein Holzhaus – einbiegen. Wir tragen uns ein, packen aus, räkeln uns in unserem luxuriösen Zwei-Personen-Whirlpool, lieben uns auf dem riesigen Bett und ziehen dann los, um die Stadt zu erkunden.

Wir kaufen eine Landkarte der Umgebung, bummeln durch die Boutiquen, unterhalten uns mit munteren Ladenbesitzern und erfahren, wo man gut essen, die Natur bewundern und Fahrräder mieten kann.

»Die Leute hier haben etwas an sich«, meint Sascha. »Ganz so als sollte man sie beneiden, weil sie es geschafft haben, das ganze Jahr über im Paradies zu leben.«

Ich erkläre ihm, daß Mendocino nicht so paradiesisch ist, wie es den Anschein hat. Gleich vor der Stadt wohnen eine Menge Leute, die Probleme haben: paranoide Marihuanazüchter, die auf öffentlichem Grund Gras anbauen und auf jeden schießen, der ihren sorgsam gehüteten Pflänzchen zu nahe kommt. Bürgerwehren, die aus ebenfalls paranoiden Weltuntergangspropheten bestehen. Rassisten und religiöse Fundamentalisten, die sich nach Büroschluß in den Kampfanzug werfen und im Wald Wehrsport betreiben.

»Es ist eine explosive, typisch kalifornische Mischung: Leute, die die Regierung hassen und glauben, daß deren Vertreter planen, ihnen die Waffen wegzunehmen. Und dazu eifernde Ökoterroristen, die Stahlnägel in Rotbuchen hämmern, um die Sägen der Holzfäller zu zerstören. Weinbauern, Lamazüchter, Steuerboykotteure, fanatische Waffennarren, Protestkünstler und Leute, die sich einfach aus dem System ausklinken wollen und ihre Kinder zu Hause unterrichten. Und all diese Menschen sind hier in diesem Paradies eine Koexistenz eingegangen, die auf tönernen Füßen steht.«

In unserer Pension ruhen wir uns ein wenig aus. Nach dem Essen überrede ich Sascha, mich zu begleiten, während ich mich umziehe, um mein Städterinnen-Image abzulegen – Jeans, Stiefel, Jeanshemd mit offenem Kragen und darunter ein weißes T-Shirt. Ich bitte ihn, mit mir zehn Kilometer die Küste hinauf nach Fort Bragg zu fahren, einem Städtchen, das hauptsächlich von Arbeitern bewohnt wird. Ich hoffe, dort irgend etwas zu erfahren.

Wir entscheiden uns für den Paradise Saloon, eine laute Arbeiterkneipe in der Hauptstraße, wo sich am Freitagabend die einfachen Leute treffen, um zu trinken, zu tanzen und einen halben Wochenlohn auf den Kopf zu hauen. Draußen hängt eine geschmacklose Neonreklame, drinnen lärmt Country-music. Schon an der Tür riecht es nach billigem Bier. Ein paar angegraute alte Männer sehen uns aus blutunterlaufenen Augen an, als wir hereinkommen. Ich kann mir gut vorstellen, was sie denken: *Was hat dieses gemischtrassige Paar hier zu suchen?*

Wie ich zu meiner Freude feststelle, ist Sascha ein guter Schauspieler. Er benimmt sich nicht wie ein britischer Doktor der Medizin, sondern gibt sich als sympathischer Neueinwanderer. Ich mime die nette, kleine Fotoamateurin, die sich besonders für die Natur und für wilde Tiere interessiert. Ziel: ein paar der hiesigen Jäger auf ein Bier einladen, um etwas über den G. G. C. zu erfahren. Vorwand: Wir würden gern wissen, ob es eine Möglichkeit gibt, die dreihundert Kilo schweren, mit Stoßzähnen bewehrten Wildschweine zu knipsen, für die Medocino County berühmt ist.

Unauffällig setzen wir uns an den Tresen und warten, bis die anderen Gäste sich an uns gewöhnt haben – und umgekehrt. Nach einer Viertelstunde komme ich zu dem Schluß, daß wir uns das richtige Lokal ausgesucht haben. Im Paradise herrscht eine freundliche Atmosphäre. Einheimische und Touristen mit wenig Geld unterhalten sich angeregt miteinander.

Als ich sicher bin, daß wir nicht als Eindringlinge empfunden werden, stupse ich Sascha beiläufig an – unser Signal, mit dem Gespräch über meinen Wunsch, ein paar wilde Tiere zu fotografieren, anzufangen. Nach einer angemessenen Pause wendet sich Sascha an Joe, den Barkeeper (ruhiger Bursche mit hängendem Schnauzbart, das Haar zu einem Samurai-Knoten hochgedreht), und fragt ihn, wer uns wohl am besten Tips geben könnte, welche Tiere man hier in der Gegend beobachten kann.

Joe überlegt, kneift die Augen zusammen, schaut sich um und deutet schließlich quer durch den Raum. »Seht ihr den Typen da drüben – den mit dem buschigen Bart im Holzfällerhemd neben der Blondine? Er heißt Hank. Manchmal ein bißchen brummig, ist aber ein netter Kerl. Mit dem solltet ihr reden. Sagt, ich hätte euch geschickt. Er geht viel auf die Jagd und kann euch sicher helfen. Oder euch jemanden nennen, der sich auskennt.«

Wir bedanken uns bei Joe, trinken unser Bier aus, bestellen noch zwei und nehmen die Gläser mit. Da ich annehme, daß Hank eine Frau vielleicht als weniger bedrohlich empfindet, gehe ich voran.

»Joe hat gesagt, du könntest uns möglicherweise weiterhelfen. Dürfen wir dir einen ausgeben?«

Überrascht betrachtet Hank erst mich, dann Sascha und dann noch einmal mich. Schließlich beginnt er zu grinsen.

»Klar, setzt euch«, brummt er. »Mein Vater hat immer gesagt: ›Sohn, wenn dir jemand freundlich einen Drink anbietet, sag nicht nein.‹« Er hält mir die Hand hin. »Hank Evans. Und das ist Gale Hoort.«

Wir stellen uns vor. Sascha winkt die Bedienung heran. Hank und Gale bestellen das hiesige Ale.

Ich plaudere mit Gale und versuche, möglichst bald mit ihr warm zu werden. Sie ist etwa in meinem Alter, hat blond gefärbte Haare, die am Ansatz dunkel sind, und top-gepflegte Fingernägel. Sie erzählt, daß sie Friseurin ist und hofft, in einem Jahr einen eigenen Salon eröffnen zu können. Als sie hört, daß ich Fotografin bin, fragt sie, was ich so fotografiere. Ich sage, meistens Motive für Versandhauskataloge.

Hank und Sascha reden über Baseball.

»Dein Kumpel kennt sich ziemlich gut aus«, sagt Hank zu mir.

Es herrscht eine fröhliche Stimmung. Eine zweite Runde wird bestellt, wir kommen einander näher, in einer angenehmen, alkoholgeschwängerten Atmosphäre, die manchmal entsteht, wenn man sich in einer Kneipe mit Unbekannten unterhält.

In einer Gesprächspause fragt Hank Sascha schließlich, was er für uns tun kann.

Sascha nickt mir zu. Hank dreht sich um und senkt den Blick langsam und bewußt auf die Höhe meines Busens.

»Mein Hobby ist, Tiere zu fotografieren«, sage ich, während ich das Gefühl habe, daß er mich bis zur Taille auszieht. »Wir haben gehört, daß es in dieser Gegend eine Menge Wild gibt. Ich dachte, vielleicht könntest du uns sagen, wo wir am besten welches aufspüren.«

»Klar, man kann hier prima jagen, wenn man die richtigen Stellen kennt«, antwortet er. »Was für Tiere interessieren dich denn?«

»Wildschweine.«

Ein Lächeln breitet sich auf Hanks Gesicht aus. »Hier gib's die besten Wildschweine in ganz Kalifornien«, versichert er mir und streicht sich über den Bart. »Manche Leute jagen sie mit Spießen. Manche knallen sie mit einer Vierundvierziger ab. Aber ich benutze am liebsten Pfeil und Bogen.«

Sascha und ich nicken feierlich.

»Die Typen im Goddess Club nehmen Hunde. Die Hunde treiben das Schwein an einen Baum, umzingeln es und bellen so lange, bis die Jäger kommen. Und dann ballert einer von ihnen mit einer maßgearbeiteten Elefantenbüchse für fünfzigtausend Dollar los. Meistens gehen dann noch ein oder zwei Köter mit drauf. Doch das ist ja egal. Im Goddess Club haben sie mehr als genug Hunde.«

Mein Gott! denke ich. *Er redet über den Club, bevor ich überhaupt davon angefangen habe.* So unauffällig wie möglich frage ich Hank, was es wohl sonst noch Aufregendes über diesen Goddess Club zu erzählen gibt.

»Es ist ein Waffenclub für Leute mit viel Moos«, erklärt er. »Tausend Hektar privates Jagdrevier – eine Menge Wachteln, wilde Truthähne und Hirsche. Außerdem noch Bären, Wildschweine und ab und zu eine Wildkatze, wenn sie Glück haben. Hin und wieder setzen sie auch exotische Tiere aus.«

»Was für welche denn?« erkundigt sich Sascha.

»Meistens afrikanische«, antwortet Hank. Seine Augen haben nun einen verschlagenen Ausdruck, wenden sich aber endlich von meiner Brust ab. »Gazellen, Zebras. Ich habe gehört, einmal sogar ein Rhinozeros. Natürlich ist das illegal, aber wer will sich mit diesen Typen anlegen? Die ersticken doch im Geld. Sie sollten mal die ganzen Privatflugzeuge sehen, die am Wochenende auf dem Regionalflugplatz stehen! Und kein Mensch kommt da rein. Die haben Sicherheitsvorkehrungen, das könnt ihr euch gar nicht vorstellen. Stolperdrähte, elektronische Überwachungskameras, bewaffnete Wachleute auf Aussichtsplattformen, die alles im Auge behalten. Wer sich im Goddess Club rumtreibt, egal ob mit einem Gewehr oder mit der Kamera, riskiert seinen Hals. Ich kenne nur ein paar Leute, die lebend rein- und wieder rausgekommen sind. Aber die haben sich prima amüsiert und eine Menge Fleisch erjagt.«

Etwas an der Art, wie er diese letzte Information preisgibt, sagt mir, daß Hank selbst zu diesen Glückspilzen gehört. Ich beobachte ihn, während er sich mit Sascha berät und auf unserer Karte die Grenzen des G. G. C-Geländes einzeichnet, damit wir wissen, von wo wir uns unbedingt fernhalten müssen.

»Natürlich gibt es Möglichkeiten, reinzukommen«, fügt er hinzu, »wenn man das Risiko eingehen will.«

Dann sieht er Sascha herausfordernd an, erwartet offenbar, daß dieser nachhakt. Ich bin stolz darauf, daß Sascha seine Rolle so gut spielt und kühl fragt, ob Hank vielleicht Lust hätte, ihm das ein wenig näher zu erklären.

Hank lächelt Gale zu. »Hör dir das mal an, Schatz! Die beiden hätten bei *Mission Impossible* mitmachen sollen. Gale war schon mal im Goddess Club, nicht wahr, Schatz?«

Gale preßt die Lippen zusammen und verzieht das Gesicht.

»Hat ihr aber nicht sehr gut gefallen«, sagt Hank mit einem verschwörerischen Grinsen.

Sascha, der bemerkt, daß weiterer Alkohol nötig ist, um die Zungen zu lösen, winkt die Bedienung heran und bestellt noch eine Runde.

Währenddessen beugt Gale sich zu mir herüber und legt ihre Hand an mein Ohr. »Ist der aber niedlich«, flüstert sie und zeigt kichernd auf Sascha. »Ich war noch nie mit einem dunkelhäutigen Mann zusammen. Stimmt es, was darüber so erzählt wird?«

Da ich weiß, daß sie es nicht böse meint, kichere ich auch.

Nach zwei weiteren Runden Ale ist Hank bereit, sich uns anzuvertrauen. Er beugt sich vor und senkt die Stimme. Wir vier stecken die Köpfe zusammen.

»Ich verrate euch ein Geheimnis«, raunt Hank. Sein Atem riecht nach Bier. »Ich war nicht nur im Goddess Club, sondern gehöre auch zu den wenigen, die schon auf dem Gelände gejagt haben. Nicht nur ein- oder zweimal, sondern öfter«, prahlt er. »Beim letztenmal habe ich zwei Hirschkühe mit Pfeil und Bogen erlegt. Wahre Prachtstücke.« Er zwinkert mit einem Auge, um zu zeigen, wie schlau er ist. »Wenn man nämlich schießt, hören die einen und rücken einem auf die Pelle. Und das bedeutet Ärger. Denen ist es egal, ob sie einen Wilderer oder ein Eichhörnchen abknallen. Die Leute erzählen, daß sie Eindringlinge fangen, sie wieder freilassen und sie dann jagen. Ihr wißt schon – Menschenjagd.« Hank macht eine dramatische Pause. »Vielleicht stimmt das, vielleicht auch nicht.«

Sascha und ich nicken weise.

»Das Gelände ist riesengroß«, fährt Hank fort. »Also bluffen sie wahrscheinlich, wie beim Poker, wenn man ein schlechtes Blatt hat. Sie verbreiten Gerüchte, daß in den Goddess Club kein Reinkommen ist und daß die Bäume von High-Tech-Kram nur so strotzen – Infrarotdetektoren, Videokameras und so weiter. Aber in Wahrheit ist es unmöglich, so ein gewaltiges Areal zu überwachen.«

»Warst du wirklich schon mal drin?« frage ich Gale.

»Sie haben mich reingeschmuggelt«, erklärt sie. »Als Junge verkleidet, weil sie Kellner für ein Bankett brauchten. Der Partyservice hatte nicht genug männliche Mitarbeiter, und deshalb hat eine meiner Kolleginnen im Frisiersalon mich verkleidet. Sie hat das ziemlich gut gemacht, niemand hat was gemerkt.«

»Sah echt süß aus«, bestätigte Hank. »Ihr hättet sie sehen sollen. Koteletten, Schnurrbart und der niedlichste kleine Jungshintern, der mir je untergekommen ist.«

»Warum nur Kellner und keine Kellnerinnen?« erkundigte ich mich.

»Es war eine Junggesellenparty«, erläutert Hank bereitwillig. »Mit Tänzerinnen und asiatischen Stripperinnen aus der Stadt. Sie haben sogar ein nacktes Mädchen aus einer Torte springen lassen. Hoppla, da bin ich!« Er reißt die Arme hoch und macht den Auftritt des Mädchens nach.

»Und du hast das alles gesehen?« frage ich Gale.

Sie reißt die Augen auf. »Und das war lange nicht alles.«

»Was kam denn noch?« hakt Sascha nach.

»Ach, darüber redet man besser nicht«, wehrt Hank ab. »Es wurde ziemlich übel und schmutzig, nicht wahr, Schatz?«

Gale nickt. »Absolut widerlich.«

Da Gale mir nicht wie eine Frau vorkommt, die grundsätzlich etwas gegen Sex einzuwenden hat, versuche ich mir vorzustellen, wie übel und schmutzig es wohl gewesen sein mag.

»Spielchen, wie sie betrunkene Millionärsbubis eben so treiben«, erklärt Hank im Flüsterton. »Gruppensex und solcher Mist.«

Ich finde es interessant, daß Hank und Gale anscheinend eine scharfe Grenze zwischen Sex zu zweit und Gruppensex ziehen und letzteres offenbar für furchtbar abstoßend halten. Aber noch mehr fasziniert mich, was für ein Glück ich gehabt habe – der Zufall hat mich ausgerechnet zu dem Mann geführt, der womöglich als einziger in dieser Gegend gut über das Treiben im G. G. C. informiert ist.

Das ist alles fast zu leicht, denke ich. Doch dann wird mir klar, daß es eine Sache ist, an Hank geraten zu sein – eine andere jedoch, ihn noch mehr zum Reden zu bringen.

Gale entschuldigt sich, geht aufs Klo und plaudert unterwegs an verschiedenen Tischen mit Bekannten. So habe ich Gelegenheit, mir Hank genauer anzusehen, während er sich mit Sascha unterhält. Er ist ein kräftiger, massiger Mann und breitschultrig wie mein Vater. Sein dichtes, dunkles Haar und der buschige Bart sind von grauen Strähnen durchzogen. Doch am meisten fällt mir sein Blick auf. Ich vermute, daß er im Krieg gewesen ist. Da ich ihn auf Mitte bis Ende Vierzig schätze, kann er durchaus in Vietnam gekämpft haben.

»Aber klar. Ich war zweimal dort«, bestätigt er, als ich ihn danach frage. »Sechste Division, Rangerbattaillon. Leiter einer ›Lurp Mission‹. Mann, war das ein Spaß!« Er lacht auf. »Ich gehe schon seit meiner Kindheit auf die Jagd, doch da drüben habe ich es erst richtig zu schätzen gelernt. Natürlich waren wir hinter einem anderen Wild her – versteht ihr, was ich meine? Ungefähr so wie das, was sie im Goddess Club treiben. Wenn man einmal auf den Geschmack gekommen ist, gibt man es nur ungern wieder auf... so heißt es zumindest.«

Sascha ist entsetzt, aber ich nicke, um Hank mein Verständnis zu demonstrieren. Ich komme zu dem Schluß, daß dieser Typ eine Wut auf die Welt hat, einen undefinierbaren Zorn, der sich gegen bestimmte Feindbilder richtet: reiche Jäger mit teuren Gewehren, Politiker, die die arbeitende Bevölkerung ausnehmen, Leute, die das Waffentragen verbieten wollen, fanatische Tierschützer, eine Hirschkuh, die friedlich auf einer Lichtung grast. Alles, was seine Weltsicht stört, ist Beute.

Gale kommt zurück. Sie setzt sich auf sein Knie, legt ihm einen Arm um die Schulter und zupft neckisch an seinem Bart. Ich gebe Sascha ein Zeichen, daß wir jetzt wohl gehen sollten. Ich bin etwas beschwipst, müde nach der langen Autofahrt, und sehne mich nach unserem großen, weichen Bett in der Pension. Ich gebe Hank meine Karte, er schreibt seine Adresse auf eine Serviette.

»Wenn ihr wieder mal hier seid, ruft mich an«, sagt er. »Vielleicht schauen wir uns dann den verbotenen Ort mal an.« Er zwinkert. »Am besten ist es während der Woche, dann sind sie nicht so wachsam. Wenn du Glück hast, kriegst du ein Wildschwein vor die Kamera. Erst schießt du, dann schieße ich, Gale brät es, und zum Schluß veranstalten wir ein Festessen. Einverstanden?«

Am nächsten Morgen stehe ich früh auf, dusche rasch und mache mich dann in Mendocino auf die Suche nach einem Bagel und einer richtigen Tasse Kaffee. Als ich zurückkomme, ist Sascha schon wach. Er freut sich, daß ich ihm einen doppelten Milchkaffee und ein Croissant mitgebracht habe. Während er kaut und trinkt, erzählt er mir, was er von unseren neuen Freunden Hank und Gale hält.

»Hank ist ein ausgezeichnetes Beispiel für eine traurige Existenz im wunderschönen Amerika«, sagt er. »Weißt du, was er beruflich macht? Er arbeitet für eine Sickergruben-Entsorgungsfirma. Während du dich mit Gale unterhalten hast, hat er mir erzählt, wie sein Arbeitsalltag aussieht. Er fährt mit dem Tanklaster zu dem entsprechenden Haus, öffnet die Sickergrube, steckt einen dicken Schlauch hinein und schaltet die Pumpe an, die den ganzen Dreck aus der Grube in seinen Tanklaster saugt. Danach spritzt er die Grube sauber, verschließt sie wieder und bringt die Gülle zu einer staatlichen Entsorgungsstelle. Und dann geht es los zum nächsten Haus. Das bedeutet, daß er sich den ganzen lieben Tag lang mit Scheiße beschäftigt, was vielleicht erklärt, warum die Jagd sein Lebensinhalt geworden ist.«

Ich frage ihn, wie seiner Meinung nach Gale da hineinpaßt.

»Ich glaube, sie betet ihn an.«

Nachdem Sascha sich rasiert und geduscht hat, ziehen wir los, um Fahrräder zu mieten. Unterwegs fragt er mich, was der Leiter einer ›Lurp-Mission‹ normalerweise zu tun hat.

»LRRP, genannt Lurp, steht für *long-range reconnaissance patrol* – also weiträumig operierende Erkundungskommandos«, erkläre ich. »Die Soldaten werden in kleinen Gruppen mit dem Hubschrauber weit ins feindliche Gebiet hineingeflogen. Dort tauchen sie unter, ernähren sich von dem, was ringsum wächst, und erkunden die Gegend.«

»Klingt gefährlich.«

»War es auch. Viele dieser Männer sind nie zurückgekehrt.«

Um die Lage zu sondieren, radeln wir wie zwei normale Touristen zum Haupteingang des G. G. C.

Die Zufahrtsstraße zum Club ist nicht asphaltiert, so daß wir absteigen müssen, da unsere Reifen im Sand steckenbleiben. Wir kommen an einigen eindeutig formulierten Schildern vorbei: »BETRETEN VERBOTEN«, »PRIVATWEG«, »NUR FÜR MITGLIEDER«. Die unfreundlichste Warnung lautet: »UNBEFUGTE VORSICHT – SCHUSSWAFFENGEBRAUCH«.

Als wir uns dem Stahlgittertor nähern, hören wir in der Ferne Schüsse. Dann entdecken wir zwei Wachleute in Tarnuniformen. Sie haben Waffen im Halfter und tragen verspiegelte Sonnenbrillen und Baskenmützen wie bei der Fremdenlegion. Der eine baut sich drohend vor uns auf, breitbeinig, die Hände in die Hüften gestemmt. Der andere steht auf einer Aussichtsplattform und beobachtet uns durch einen großen Feldstecher, der auf einem drehbaren Stativ steckt.

Sascha fragt mich, wie ich Tarnmuster wahrnehme.

»Für mich sieht der Stoff der Uniform gefleckt aus«, antworte ich. »Ich erkenne ihn sofort. Im Wald könnte er mich kein bißchen täuschen.«

Sobald wir eine unsichtbare Grenze etwa dreißig Meter vor dem Tor überschreiten, heult eine Sirene los.

»Wir haben den Alarm ausgelöst!« ruft Sascha, um das Getöse zu übertönen.

Wir bleiben stehen. Eine gute Idee, denn ich stelle fest, daß der Wachmann auf der Plattform nun eine Flinte mit Zielfernrohr vor der Brust hält.

Sein Kollege kommt mit unbewegter Miene und zusammengepreßten Lippen auf uns zu. Wegen der verspiegelten Sonnenbrille kann ich seine Augen nicht erkennen.

»Was wollen Sie?« fragt er barsch.

»Hätten Sie was dagegen, wenn wir ein bißchen im Wald spazierengehen?« fragt Sascha.

»Nur für Mitglieder und Gäste, Sie Blödmann. Können Sie nicht lesen?«

»Bitte, Mister«, sage ich. »Wir möchten doch nur spazierengehen, den Vögeln lauschen und vielleicht ein paar Beeren pflücken. Wir versprechen auch, keinen Schaden anzurichten. *Bitte* …«

Der Mann dreht sich zu seinem Kollegen auf der Plattform um und schüttelt ungläubig den Kopf. »Hast du das mitgekriegt, Paul?«

»Bitte, Mister«, äfft der andere mein demütiges Flehen nach. »So ist es nun mal bei diesem Job, Hal. Man glaubt, man hätte schon alles gesehen, aber es tauchen immer wieder neue Schwachköpfe auf.«

Der erste Wachmann lacht auf und zeigt dann mit dem Daumen auf Sascha. »Hauen Sie ab! Sonst hetze ich die Hunde auf Sie.«

»Entschuldigen Sie die Störung«, entgegnet Sascha so würdevoll wie möglich. »Wir sind schon weg.«

»Und ich rate Ihnen, sich nicht mehr blicken zu lassen!« brüllt Paul von der Plattform herunter. »Das ist Privatbesitz, und wer sich ohne Erlaubnis hier rumtreibt, riskiert, daß er eine Kugel abkriegt.«

Wir kehren zu Saschas Auto zurück, schnallen die Räder auf den gemieteten Gepäckträger und fahren auf einem Schleichweg zur anderen Seite des Grundstücks, wo uns, wie Hank gestern abend angedeutet hat, wahrscheinlich niemand belästigen wird.

Hier grenzt das Gelände an öffentlichen Grund, an einen Teil des riesigen Jackson State Forest, wo die alten Rotbuchenwälder jedermann zugänglich sind.

Ausgewachsene Sequoias sind so hoch und gewaltig, daß ich mich neben ihnen immer ganz klein fühle. Die großen Bäume – manche von ihnen eintausendfünfhundert Jahre alt – gedeihen im Küstennebel des nördlichen Kaliforniens ausgezeichnet. Ihre Kronen bilden einen Baldachin, der einen Großteil des Sonnenlichts abhält, so daß am Boden eine weiche Dämmerung herrscht. Ab und zu bricht ein einzelnder Sonnenstrahl durch die Wipfel und beleuchtet die marmorierte Rinde der Bäume.

Aber meistens ist das Licht gedämpft und wohltuend für meine Augen.

Mit dem Rad folgen wir auf Pfaden zwischen den Bäumen hindurch dem Verlauf eines munter dahinplätschernden Baches. Wir richten uns nach den Markierungen, die Hank auf unserer Karte eingezeichnet hat. Nach einer Weile jedoch verlassen wir den Pfad, verstecken unsere Räder im Gebüsch und gehen dann zu Fuß etwa hundert Meter bis zum Zaun des G. G. C.-Geländes dicht an der Waldgrenze. Dieser besteht nur aus parallelen, in etwa dreißig Zentimeter Abstand gespannten Stacheldrahtsträngen und befindet sich genau dort, wo Hank gesagt hat. Der Zaun ist so gut versteckt, daß ein Wanderer wahrscheinlich nicht zufällig darauf stoßen würde – es sei denn, er weicht wie wir absichtlich vom Weg ab, um ihn zu suchen.

Bis auf den Zaun weist nur wenig auf die Grundstücksgrenze hin. Die einst abgemähten Wiesenstücke zu beiden Seiten sind inzwischen längst wieder überwuchert. Vielleicht wird dieser Teil des Besitzes nicht so sorgfältig gepflegt, weil man nicht damit rechnet, daß ein Wilderer hier eindringen würde. Doch wir entdeckten immer wieder nicht geflickte Lücken im unteren Teil des Zauns – ein Hinweis darauf, daß jemand sich hier Zutritt verschafft hat.

»Wie hindern sie mit solch einem miesen Zaun die Tiere daran, auszubrechen?« frage ich.

»Hank sagte, das hier sei nur die äußere Grundstücksgrenze« erklärt Sascha. »Die Bereiche, wo das Wild gehalten wird, sind besser eingezäunt.«

Die Vorstellung, daß es auf der anderen Seite des Zauns möglicherweise afrikanische Tiere wie Zebras und Gazellen gibt, macht mir sehr zu schaffen. Das liegt nicht nur an meiner Ehrfurcht vor diesen wunderschönen Geschöpfen – ich verachte die Menschen, die sie nur hierhergeschafft haben, um sie abzuknallen. Ich verurteile diese Aktionen noch mehr als die der Firma Tan-Hing, bei denen illegal importierte Tiere an private Haushalte verkauft werden. Diese Tiere hingegen dienen als lebende Zielscheiben, damit Jäger ihre Gier auf Trophäen und ihren Blutdurst befriedigen können.

Wir folgen dem Zaun etwa einen halben Kilometer bis zu einem Tor, das mit Ketten und einem schweren Vorhängeschloß gesichert ist. Auf der anderen Seite verläuft ein Trampelpfad.

»Hank sagte, das sei die Feuerwehrzufahrt«, erklärt Sascha.

»Wenn wir wollten, könnten wir rüberklettern und einfach drüben weitergehen, oder?«

»Und dabei die Alarmsirenen auslösen. Falls es Sensoren gibt, sind sie sicher entlang der Wege angebracht«, widerspricht Sascha. »Außerdem wird in dem Gelände vermutlich patrouilliert.«

»Egal«, entgegne ich. »Am hellichten Tag würde ich sowieso nicht hier einsteigen.«

»Es wäre Selbstmord, ganz gleich, um welche Uhrzeit. Selbst wenn Hank mit von der Partie ist. Offen gesagt, ich möchte ihn sowieso nicht dabeihaben. Da er bewaffnet ist, und wenn auch nur mit Pfeil und Bogen, hätten die Wachen einen Vorwand, auf ihn zu schießen – und auf jeden, der bei ihm ist.«

Natürlich hat Sascha recht. Außerdem habe ich keinen triftigen Grund, hier einzudringen. Das Grundstück gehört schließlich nur ein paar Fieslingen, die Tiere töten, Wilderer abknallen, Treibjagden auf Landstreicher veranstalten, Orgien frönen, ein Faible für Gruppensex haben und sich duellieren – was ist schon dabei? Es gibt so viele miese Typen auf der Welt, daß man sich nicht ausgerechnet auf diese Widerlinge zu kaprizieren braucht.

Und dennoch … irgend etwas zieht mich magisch an. Ich bin überzeugt, daß sich im G. G. C. etwas Böses tut, und daß Maddy davon wußte. Ihr letzter Ausflug mit der Kamera, den Julio Sanchez auf so grausame Weise beendet hat, war gewiß ein Versuch, dieses Böse aller Welt offenkundig zu machen.

Am Sonntag vormittag überrede ich Sascha, mich zu der Adresse zu fahren, wo Vince Carroll laut Telefonbuch wohnt. Da ich herausgefunden habe, daß Carroll beim G. G. C. arbeitet, habe ich das Bedürfnis, sein Gesicht zu fotografieren.

Es ist ein unauffälliges Gebäude im Landhausstil in einer langweiligen, bürgerlichen Wohnsiedlung. Auf dem mit pseudoantiken Buchstaben beschrifteten Schild steht »North Ridge Estates«, und zwei kleine, steinerne Säulen markieren die Einfahrt. Carrolls Haus ist das vierte in der Straße und unterscheidet sich von seinen Nachbarn nur durch die Baumgruppe im

Vorgarten und dadurch, daß sich die Garage gegenüber der Eingangstür befindet.

Im Vorbeifahren sehe ich einen kleinen Toyota-Pickup in der Auffahrt. Hinten im Garten flattert Wäsche an der Leine. Genauso habe ich es mir vorgestellt, als ich mich mit der Frau, offenbar Carrolls Lebensgefährtin, am Telefon unterhielt. Ich bitte Sascha, ein Stück die Straße hinauf anzuhalten und zu warten, bis jemand aus dem Haus kommt.

Er weigert sich. In einer solchen Wohnsiedlung könne man nicht einfach am Sonntag morgen im Auto herumsitzen, ohne sich verdächtig zu machen.

»Zwei Fremde, du weiß und ich dunkelhäutig – wahrscheinlich würde man uns für Kindesentführer halten und die Polizei rufen. Schau dich doch um, Kay! Dreiräder auf dem Rasen, Basketballkörbe über den Garagentoren. Das ist eine Gegend, in der bürgerliche Familien wohnen... und wir sind die Bösewichte. Ich würde sagen, wir sollten so rasch wie möglich verschwinden.«

Er fährt bis zum Wendehammer am Ende des North Ridge Drive, wo ich vor einem Haus im Pseudo-Kolonialstil ein Schild mit der Aufschrift »Zu verkaufen« entdecke. In diesem Augenblick betritt eine gut angezogene Frau die Auffahrt, stellt ein weiteres Schild an den Bordstein, auf dem »Heute Besichtigung« steht, und schließt die Vordertür auf.

»Unser Glückstag«, sage ich zu Sascha. »Wir sind hier, um uns Häuser anzusehen. Nach der Besichtigung stellen wir der Maklerin ein paar Fragen, zum Beispiel, ob ein gemischtrassiges Paar mit Schwierigkeiten seitens der Nachbarn zu rechnen hätte. Danach können wir hier herumspazieren, so lange wir wollen, und ich habe auch einen Grund, die Kamera mitzunehmen.«

Die Immobilienmaklerin heißt Tami Lemmon. Sie ist eine flotte Blondine, sogar noch kleiner als ich, seit kurzem geschieden und Mutter zweier Töchter. Sie erzählt uns, daß sie erst seit einem Jahr ihre Lizenz hat.

»Natürlich wären Sie hier willkommen!« beteuert sie. »North Ridge ist eine der freundlichsten Siedlungen hier in der Gegend. Und selbstverständlich können Sie sich erst einmal umsehen. Dann kommen Sie zurück und besichtigen in aller Ruhe das

Haus.« Tami kneift die Augen zusammen. »Für neunundsechzigtausend ist es fast geschenkt. Bestimmt habe ich es bis heute abend verkauft. Sehr schlau von Ihnen, daß Sie als erste hier waren.« Sie strahlt uns an. »Der frühe Vogel fängt den Wurm.«

Als wir uns zu Fuß Carrolls Haus nähern, entdecke ich eine pummelige, grauhaarige Frau mittleren Alters, die mit einem Wäschekorb aus einem Seiteneingang kommt.

Ich winke ihr zu. »Guten Morgen!«

»Guten Morgen!« ruft sie zurück. »Kann ich was für Sie tun?«

Ich nicke und gehe auf sie zu. An der Stimme erkenne ich, daß es die Frau ist, die mir am Telefon sagte, wenn Vincent nicht im Club sei, stelle er wahrscheinlich in der Gegend den Weibern nach.

»Wir überlegen, ob wir das Haus am Ende der Straße kaufen sollen. Die Maklerin schlug vor, daß wir uns ein bißchen umsehen, um festzustellen, wie die Leute auf uns reagieren.«

Sie blickt zwischen Sascha und mir hin und her.

»Mit welcher Reaktion haben Sie denn gerechnet?«

»Genau das ist ja die Frage.«

»Wirklich?« Sie schüttelt den Kopf. »Ich finde, die meisten Menschen werden so aufgenommen, wie sie es verdienen.«

»Und das heißt?«

»Wenn Sie auf gute Nachbarschaft aus sind, gibt es nichts Besseres als North Ridge Estates. Wenn nicht, können wir damit ebenfalls dienen.«

»Vielen Dank, Mrs. ...?«

»Nennen Sie mich Pris«, sagt sie. »Das ist die Abkürzung für Priscilla. Und Sie sind ...?«

»Kay. Das ist Sascha. Er kommt aus Indien.«

Sie lächelt. »Für einen Japaner hätte ich ihn auch nicht gehalten.«

Sascha lacht. »Wohnen Sie hier allein?«

Sie schüttelt den Kopf. »Ich führe meinem Bruder den Haushalt. Es ist schon komisch, daß wir nach all den Jahren wieder unter einem Dach leben, aber da wir beide geschieden sind, war das die beste Lösung.« Sie verdreht die Augen.

Ein wenig verlegen stehen wir da, bis sie das Schweigen bricht.

»Ich muß jetzt meine Wäsche aufhängen, und Sie wollen sicher weiter. Wenn Sie sich zum Kauf entschließen, schauen Sie doch mal bei mir rein. Ich mache Sie dann mit den Nachbarn bekannt. Viel Glück!«

Was für eine nette, kluge Frau, stellen Sascha und ich fest, als wir weitergehen. Auf dem Rückweg sehen wir sie nicht mehr, wahrscheinlich holt sie drinnen neue Wäsche. Sascha weist mich darauf hin, daß es nicht schlecht für mich wäre, Bruder Vince zu fotografieren, falls er sich draußen zeigt.

»Du hast recht«, stimme ich zu und schreibe mir seine Autonummer auf. »Laß uns lieber verschwinden, bevor Tami Lemmon sich auf die Suche nach uns macht. Offenbar sind noch keine weiteren Kaufinteressenten erschienen.«

Montag, zwanzig vor acht. Wir stehen in einer Parkbucht an der Lake Hill Road, von wo aus wir alle Autos, die von North Ridge aus in die Stadt fahren, gut im Blickfeld haben. Seit sieben warten wir schon hier. Bis jetzt ist kaum jemand gekommen, doch nun wird der Verkehr dichter. Ich benutze das Teleobjektiv meiner Contax als Fernrohr und halte Ausschau nach Carrolls Pickup. Offenbar neigen die Bewohner von North Ridge zur Pünktlichkeit und brennen geradezu darauf, rechtzeitig zur Arbeit zu erscheinen. Es kommen so viele gleichzeitig aus der Siedlung, daß ich den Überblick verliere.

»Da ist er!« ruft Sascha und läßt den Motor an.

»Ich kann ihn nicht sehen.«

»Gelber Toyota. Glaub mir, er ist es.«

»Wie gut, daß du Farben unterscheiden kannst«, sage ich, während Sascha sich zwei Wagen hinter dem Pickup in den Verkehr einfädelt. »Welche Farbe hat die Ampel da vorn?«

»Sie wird gleich rot.«

»Gut! Bleib rechts von ihm und versuche, neben ihm zu halten.«

Während Sascha der Anweisung folgt, hebe ich die Kamera, um Carrolls Profil gut ins Bild zu bekommen. Es funktioniert, wenn ich knapp rechts von Sascha vorbeiziele.

»Sehr gut, mein Lieber – und jetzt dreh dich um, aber ganz langsam. Lächeln! Du wirst gleich fotografiert.« *Klick! Klick!* »Ausgezeichnet! Und noch einmal!« *Klick! Klick!* »Großartig! Und ein letzter Versuch.« In diesem Moment dreht sich Carroll um – vielleicht ist er auf unsere improvisierte Fotositzung im Auto aufmerksam geworden – und sieht genau in die Kamera.

Klick! Erwischt!

»Okay«, sage ich zu Sascha. »Ich bin hier fertig. Laß uns nach San Francisco zurückfahren.«

Drei Tage nach meiner Rückkehr bin ich mit Joel zum Mittagessen im Macaroni House in North Beach verabredet. Das Lokal ist dreieckig, und die fünf Tische stehen so eng beieinander, daß immer alle Gäste aufstehen müssen, um Neuankömmlinge durchzulassen.

Joel hat schlechte Laune, was er mir sofort verkünden muß, sobald er sitzt.

»Dieser Frühling, altes Haus«, sagt er im Singsangton, »ist für mich die Zeit der Unzufriedenheit.«

Nachdem er die erste Hälfte eines meiner Lieblingscouplets derart verstümmelt hat, sieht er mich erwartungsvoll an.

»Ich weiß nicht, wie ich ihn für dich in einen ›prachtvollen Sommer‹ verwandeln soll«, entgegne ich.

»Dich zu sehen, erleichtert mir wie immer meine Last.«

Dann erzählt er mir, daß zu Hause alles großartig läuft. Offenbar ist Kirstin als Runenleserin sehr erfolgreich. Wenn ihre Klienten, wie so oft, nicht zahlen können, vereinbart sie ein Tauschgeschäft.

»Und wie sieht das aus?«

»Eine Klientin gibt ihr zum Beispiel kostenlose Makramé-Stunden. Eine andere ist Töpferin und bezahlt sie mit Keramik. Und an der Ecke wohnt eine Frau, die als Domina arbeitet und ihr Unterricht angeboten hat. Wir haben noch nicht entschieden, ob wir annehmen sollen.«

Ich schmunzle und frage ihn, wie er mit seinen Recherchen vorankommt.

»Es sind eine Menge interessanter Geschichten im Umlauf, altes Haus. Zweifellos braut sich in der Hafengegend etwas zusammen. Aber bis jetzt fehlt mir noch der Zusammenhang. Wer steckt dahinter? Wer ist der Drahtzieher?«

»Der Typ mit der Chinesenmaske?«

»Seit der Sache bei Tan-Hing habe ich nichts mehr von ihm gehört.«

»Ich glaube immer noch, daß du benutzt wirst, Joel.«

»Natürlich werde ich benutzt. Nun liegt es an mir, den Spieß umzudrehen und den Menschen, der das tut, für meine Zwecke einzuspannen.«

Nach dem Essen schlendern wir durch das alte Viertel Barbary Coast, ein Gewirr aus engen Straßen rings um den Jackson Square. Hier befanden sich früher die Spielhöllen, Bordelle und Saloons, die San Francisco den Ruf als eine der sündigsten Hafenstädte der Welt eingebracht haben. Wo früher Männer »schanghait« wurden (das heißt unter Drogen gesetzt, verschleppt und zum Dienst auf Schiffen gezwungen, die meist nach Shanghai fuhren), gibt es heute elegante Restaurants, schicke Architekturbüros und Kanzleien und teure Antiquitätenläden, die mit unvergleichlichen Schätzen handeln.

An der Ecke Gold und Balance – benannt nach den Metallprüfstellen, die sich dort während der Zeit des Goldrauschs angesiedelt hatten – fragt Joel mich vorsichtig, was ich im Schilde führe.

»Ich kenne dich schon seit langem, Kay. Irgend etwas beschäftigt dich. Ich will ja nicht neugierig sein, aber vielleicht kann ich dir helfen.« Er zuckt die Achseln. »Aber das mußt du entscheiden.«

In diesem Augenblick beschließe ich, ihm alles zu erzählen. Nicht nur, weil er mich bisher unterstützt hat und sicher noch mehr für mich tun kann, sondern weil ich das Bedürfnis habe, mich jemandem anzuvertrauen. Obwohl sich Sascha als mein Hin-und-wieder-Liebhaber bemüht, unparteiisch zu bleiben, schafft er es nicht immer. Und Dad ist natürlich hoffnungslos voreingenommen und um meine Sicherheit besorgt. Möglicherweise kann Joel, mein bester Freund, mir den objektiven Rat geben, den ich brauche. Denn er hat recht. Etwas beschäftigt mich und verhindert, daß ich gewisse Dinge klar sehe.

Ich erzähle ihm alles – angefangen von dem Vormittag, an dem ich von Maddys Tod erfuhr, bis hin zu meinen jüngsten Nachforschungen in Mendocino. Joel hört aufmerksam zu.

»Es läßt mich nicht mehr los«, sage ich. »Maddy hat mir ihre Kameras vermacht, und ich habe in einer davon einen Film gefunden. Bestimmt war es ein Zufall, sie hat ihn einfach nur vergessen. Aber ich kann mich des Gefühls nicht erwehren, daß es Vorsehung war – wie eine Flaschenpost, die jemand an mich geschickt hat... und alles, was seitdem passiert ist, hängt damit zusammen. Daß ich ihren Schlupfwinkel entdeckt habe. Die seltsame Sexszene in der Wohnung auf der anderen Straßenseite. Mein Kampf mit Julio Sanchez, bei dem er umgekommen ist. Daß Dad sich erinnern konnte, was Ramsey Carson mit Waffen zu tun hat. Mein Gespräch mit Baggy Bigelow, das wiederum zu der Fahrt nach Mendocino führte.«

»Und jetzt hat es dich gepackt, und du mußt ständig daran denken.«

»Stimmt«, gebe ich zu.

Er lächelt. »Man hat eine Vermutung und recherchiert eine Story. Und dann stellt man fest, daß die Sache nur um so verwirrender wird, je gründlicher man sich umhört. Dieses Phänomen, das dir jetzt gerade begegnet, altes Haus, bestimmt mein ganzes Leben.«

»Und was soll ich tun, Joel?«

»Du hast drei Möglichkeiten: aufgeben, verdrängen oder den Anhaltspunkten folgen, wohin sie dich auch führen. Der letzte Weg ist der faszinierendste, Kay. Es ist das, was Geschichtenerzähler schon immer vorangetrieben hat. Und es wohnt der menschlichen Natur inne, seit sich die ersten Zuhörer am ersten Feuer in der ersten Höhle um den ersten Geschichtenerzähler versammelten. ›Was ist geschehen?‹ ›Und was passierte dann?‹ fragten sie, denn da sie Menschen waren, mußten sie es unbedingt wissen. Und diejenigen unter uns, die berufen sind – auf denen der Segen oder Fluch lastet –, Geschichten erzählen zu müssen, haben keine andere Wahl. Doch wir müssen unsere Geschichte erst verstehen, um sie weitergeben zu können, und dazu müssen wir ihr Ende kennen.«

9

Die Waffe/die Waffe finden/wo ist die Waffe?

Ich sitze in der Zentralbibliothek an einem Tisch, auf dem sich Bücher türmen. Sie alle behandeln die Geschichte und die juristischen Hintergründe des Duellierens im Staat Kalifornien.

Ich erfahre, daß das berühmteste Duell am 13. September 1859 stattfand, und zwar zwischen David S. Terry, damals oberster Richter am kalifornischen Gerichtshof, und Senator David C. Broderick.

Angeblich hatte Broderick Terry während einer Rede gegen die Sklaverei beleidigt. Letzterer war für seine Kneipenprügeleien berüchtigt und konnte gut mit dem Bowiemesser umgehen. Er forderte Broderick heraus. In Wahrheit jedoch handelte es sich bei dieser »Ehrensache« um einen Vorwand, denn Terry, ein Befürworter der Sklaverei, sah die Kränkung als Gelegenheit, einen politischen Gegner auszuschalten.

Die beiden Männer, begleitet von Sekundanten, Ärzten und Zeugen, trafen sich in einem abgelegenen Waldstück unweit des Lake Merced, südlich der Gegend, die heute Sunset heißt. Terry, der die Waffen wählen konnte, entschied sich für ein Paar Stecherschloßpistolen der Firma Lafoucheaux.

Vor Beginn des Duells ging Brodericks Waffe versehentlich los. Daraufhin zielte Terry sorgfältig und schoß. Die Kugel traf Broderick auf der rechten Brustseite zwischen der zweiten und dritten Rippe und durchschlug verschiedene Organe. Schwer verwundet und unter entsetzlichen Schmerzen hielt der Senator noch einige Tage durch, bevor er verschied.

In Folge dieses Skandals und auch wegen der hohen gesellschaftlichen Stellung der Kombattanten wurde das Duellieren in Abschnitt 226 des kalifornischen Strafgesetzbuches verboten. Im zwanzigsten Jahrhundert ist es nur selten zu Verstößen gekommen. Ich finde nur vier Fälle seit 1945, in denen jemand wegen Duellierens unter Anklage gestellt worden ist. Zweimal handelte es sich bei den Beschuldigten um Einwanderer, die ihren Konflikt auf die Art ihrer Väter bereinigen wollten. Im dritten ging es um die Beilegung einer geschäftlichen Auseinandersetzung und beim vierten um eine Frau.

Wie ich erfahre, greift das Gesetz dann, wenn die Staatsanwaltschaft beweisen kann, daß der tödliche Kampf »nach vorheriger Absprache oder einem vorangegangenen Streit« stattgefunden hat. Der Angeklagte kann sich nicht mit dem Hinweis auf Selbstverteidigung aus der Affäre ziehen. Außerdem lese ich, daß Duellieren längst nicht so hart geahndet wird wie vorsätzlicher Mord: Höchststrafe neun Jahre.

Dienstag morgen. Ich entnehme die Adresse von Mrs. Chaplin D. Fontaine dem Telefonbuch von San Francisco und gehe zu Fuß zum Häuserblock 2400 in der Vallejo Street in Pacific Heights, um mir das Gebäude anzusehen.

Es ist ein elegantes Hochhaus aus den späten Zwanzigern. Von den oberen Stockwerken aus hat man sicherlich eine phantastische Aussicht auf die Stadt. Ein uniformierter Wachmann mit bleistiftdünnem Schnurrbart steht unter einer Markise und hütet das vergoldete Treppenhaus.

Da er einen netten Eindruck macht, nicke ich ihm zu und trete näher. Er heißt Sam und teilt mir freundlich mit, daß zur Zeit hier keine Wohnung frei ist. Aber da einige Mieter bereits sehr betagt sind, ergibt sich hin und wieder doch eine Gelegenheit.

»Bei so einem schönen Haus ziehen die Leute normalerweise nur mit den Füßen zuerst aus«, sagt er.

In diesem Moment kommt einer der erwähnten Senioren aus dem Haus, ein zierlicher, herausgeputzer Herr. Er trägt einen karierten Anzug, ein Halstuch und einen weichen Filzhut und zerrt einen nervösen Jack-Russell-Terrier an einer Leine hinter sich her. Der Mann ruft Sam ein fröhliches »Guten Morgen« zu und wird von seinem Hund um die Ecke und den Hügel hinunter gezogen, bevor der Wachmann etwas erwidern kann.

Ich erkundige mich nach Mrs. Fontaine. Sam erzählt, sie bewohne das Penthouse. Das Gebäude gehöre der Firma ihres verstorbenen Mannes.

»In meinem Job lernt man viele Menschen kennen«, fährt Sam fort. »Wir dürfen zwar nicht über die Mieter reden, aber eines kann ich Ihnen verraten – Mrs. Fontaine ist eine sehr nette Dame und hat Stil. Alle, die hier arbeiten, haben sie gern.«

Das kann Verschiedenes bedeuten: Entweder ist Mrs. Fontaine wirklich nett, oder sie gibt gutes Trinkgeld. Oder Sam würde dies über jeden sagen, zu dem er befragt wird.

Nachdem wir ein bißchen über die astronomischen Mieten in diesem Viertel geplaudert haben, sage ich, daß ich mich gerne mit Mrs. Fontaine unterhalten würde, es aber nicht wage, sie anzurufen.

»Wenn Sie einen guten Grund haben«, rät mir Sam, »rufen Sie sie an, und reden Sie frei von der Leber weg. Wahrscheinlich wird sie Sie empfangen. Und selbst wenn Sie sie abwimmelt, macht sie das so höflich, daß Sie es nicht mal merken.«

Ich warte bis zum Mittag und rufe dann an. Eine Haushälterin meldet sich mit »Bei Fontaine«, erkundigt sich nach meinem Namen und bittet mich zu warten. Kurz darauf hebt Mrs. Fontaine ab. Ihre Stimme zittert ein wenig, als sie mich fragt, wie sie mir helfen kann.

Ich stelle mich als Fotojournalistin vor, die eine Story recherchiert. Ich wisse, daß ihr Mann einer der Gründer des Goddess Gun Club gewesen sei, und würde mich gern mit ihr darüber unterhalten.

Eine Pause entsteht. Als sie das Wort wieder ergreift, klingt ihre Stimme ziemlich von oben herab.

»Mit wem habe ich das Vergnügen?«

Ich erzähle ihr ein wenig mehr von mir und erwähne meine Bücher und die Fotos, die vor kurzem in der *Bay Area News* erschienen sind. Sie antwortet, sie habe die Aufnahmen von der Ankunft der illegalen Einwanderer im Presidio gesehen, verstehe aber nicht, was das mit dem G. G. C. zu tun haben soll.

Ich antworte, daß es keinen Zusammenhang gibt. Es handle sich um eine völlig andere Geschichte, die ich ihr gern persönlich erklären möchte.

Wieder eine Pause. »Sie sind freie Journalistin?«

Ich versichere, daß ich nicht fest bei einer Zeitung angestellt bin. Im Augenblick ginge es mir um Hintergrundinformationen. Ich sichere ihr absolute Diskretion zu, sollte sie mit einem Interview einverstanden sein.

»Das ist nett von Ihnen«, erwidert sie. »Aber woher soll ich wissen, ob ich Ihnen trauen kann? Schließlich kennen wir uns nicht.«

»Dann lernen Sie mich kennen, und sehen Sie mir in die Augen«, schlage ich vor. »Ist das nicht die beste Methode? Jedenfalls mache ich es immer so.«

»Gut«, sagt sie schließlich. »Ich nehme Sie beim Wort. Kommen Sie um fünf zum Tee. Dann sehe ich Ihnen in die Augen, und wir schauen, was sich daraus ergibt.«

Sie hat mir etwas zu sagen, denke ich.

Sam hat noch Dienst, als ich abermals vor dem Haus auftauche. Er zwinkert mir zu.

»Mrs. Fontaine erwartet Sie«, verkündet er und geleitet mich zum Aufzug. »Ich fahre Sie hoch.«

Auf dem Weg ins Penthouse vertraut er mir an, Mrs. Fontaine habe ihm die Anweisung erteilt, sich bereitzuhalten, um mich hinauszubefördern, falls ich ihr doch nicht willkommen sein sollte.

»Oh, Sam! Befürchtet sie etwa, ich würde nicht freiwillig gehen?«

»Nur eine Vorsichtsmaßnahme«, entgegnet Sam. »Schließlich gibt es auch Leute, die alte Menschen ausrauben.«

Nachdem sich die Aufzugtür geöffnet hat, stehe ich unmittelbar in einem prunkvoll ausgestatteten Vorraum. Auf einem Wandbehang sind Damen und Herren in mittelalterlicher Kleidung abgebildet. Der Marmorfußboden hat ein Schachbrettmuster und ist zum Teil mit einem prächtigen Orientteppich bedeckt. Die beiden Stühle aus der Zeit Ludwigs des Sechzehnten sehen aus, als gehörten sie in ein historisches Zimmer im De-Young-Museum.

Auf einmal fühle ich mich unpassend angezogen und werfe Sam einen Blick zu. Er lächelt aufmunternd.

»Läuten Sie«, fordert er mich auf.

In dieser Etage gibt es nur eine Wohnung. Ich läute, und eine Frau in Dienstmädchentracht öffnet die Tür, fragt mich nach meinem Namen und bittet mich höflich, zu warten. Ich komme mir vor wie ein Schulmädchen, das zur Rektorin gerufen worden ist, und drehe mich wieder zu Sam um. Wieder lächelt er, und ich grinse zurück. Dann höre ich Schritte und wende mich meiner Prüferin zu. Die Frau ist schlank, trägt eine einreihige Perlenkette und ein geschmackvolles Designerkostüm. Ihr weißes Haar ist sorgfältig geschnitten und seitlich gescheitelt, ihr Gesicht blaß und recht hübsch. Selbstbewußt kommt sie auf mich zu und sieht mir prüfend in die Augen.

»Sie sind ja fast noch ein Kind«, sagt sie fröhlich. »Und ich glaube, ein sehr nettes.« Dann richtet sie das Wort an Sam. »Danke, Sam. Das wäre alles.«

Agnes Fontaine und ich sitzen nebeneinander auf einem Sofa vor einem gemauerten Kamin. Ihr atemberaubend elegantes Wohnzimmer ist mit einer Mischung aus chinesischen und europäischen Antiquitäten eingerichtet. Zwei riesige Gemälde, eines von Helen Frankenthaler, das andere von Willem de Kooning, hängen an einer Wand. An der anderen befindet sich eine Reihe von Glastüren, die auf die Terrasse hinausführen. Diese verläuft die ganze Wohnung entlang und zeigt nach Norden. Durch die Scheiben kann ich die Bucht von San Francisco, die Golden Gate Bridge, Mount Tamalpais, die San Pablo Bay und die dahinterliegenden Lagunen und Hügel bewundern.

Während ich mich umsehe, schenkt Mrs. Fontaine uns Tee ein und lehnt sich zurück, wie um mich noch einmal zu mustern. Ihr Blick ist zwar nicht so scharf und entblößend wie Maddys, aber dennoch ziemlich durchdringend. Ich vermute, daß ihre Augen eisblau sind.

»Ich habe mir heute nachmittag Ihre Bücher gekauft«, sagt sie und weist auf die Exemplare von *Übergriffe* und *Präsentierteller*, die auf einem Beistelltisch liegen. »Beeindruckende Arbeiten für einen so jungen Menschen. Hoffentlich habe ich Sie jetzt nicht gekränkt, doch in meinem Alter ....« Sie schmunzelt.

Dann fährt sie fort: »Früher, vor langer, langer Zeit, wollte ich auch einmal Künstlerin werden. Ich habe an der Ostküste die Kunstakademie besucht, ein Jahr in Florenz und ein weiteres in Paris verbracht und an der École des Beaux Arts Zeichenunterricht genommen. Nach einer Weile zeichnete ich ziemlich gut« – sie schnieft – »allerdings auch ziemlich konventionell. Mir fehlte das, was einen wirklichen Künstler ausmacht. Zum Glück habe ich dies erkannt. Also kehrte ich nach San Francisco zurück, heiratete, bekam Kinder und engagierte mich ehrenamtlich – hauptsächlich für die Kunst. Die klassische Beschäftigungstherapie für Frauen meiner Generation, weil es nicht viel anderes zu tun gab. Einen Beruf zu ergreifen kam damals einfach nicht Frage.«

Sie hält inne. »Doch ich hatte schon immer ein Faible für Künstler und genieße ihre Gesellschaft. Chap und ich haben häufig welche zu uns eingeladen.« Sie sieht sich im Zimmer um. »Ich wollte ihnen eine verständnisvolle Zuhörerin sein. Außerdem habe ich im Laufe der letzten fünfunddreißig Jahre viele zeitgenössische Kunstwerke erworben. Wenn ein Künstler hierher eingeladen wurde, konnte er ziemlich sicher sein, daß ich eine seiner Arbeiten kaufen würde. In der Wohnung und in drei Lagerräumen im Keller türmen sich die Gemälde. Manche sind sehr gut, andere weniger, aber mir ging es nicht um die Qualität. Mein Ziel war es vielmehr, Menschen zu unterstützen, die den Mut haben, aus nichts etwas entstehen zu lassen. Und das ist es doch, was Künstler wie Sie tun, nicht wahr? Darum beneide ich Sie. Nicht nur, weil Sie Kunstwerke schaffen, sondern vor allem weil Sie es wagen, überhaupt damit anzufangen. Ich weiß nicht, woher Sie die Courage nehmen.«

Erstaunt höre ich ihr zu. Was will sie mir sagen? Daß sie mich beneidet, weil ich etwas getan habe, wozu ihr der Mut fehlte? Ich glaube, so einfach ist es nicht. Vielleicht denkt sie, sie wäre gern Künstlerin geworden, weil Künstler der Welt etwas geben. Und weil sie eine andere Möglichkeit zu geben gefunden hat, versinkt sie auch nicht in Selbstmitleid wegen ihres mangelnden Talents. Allerdings frage ich mich, warum sie ein Gespräch, das sich um ihren Mann, Waffen und den Tod drehen wird, auf diese Weise beginnt. Falls sie damit mein Interesse wecken will, ist es ihr gelungen.

»Ich möchte Ihnen nur begreiflich machen, warum ich vor unserem Gespräch unbedingt Ihre Arbeiten sehen mußte«, fährt sie fort. »Ich habe einkalkuliert, daß mir das, was ich in Ihren Augen lesen würde, nicht gefallen könnte. Ganz davon abgesehen, daß mein Eindruck von Ihnen noch lange kein Beweis für Ihre Vertrauenswürdigkeit gewesen wäre. Viele Leute sind in der Lage, Aufrichtigkeit vorzuspiegeln. Wer Sie sind, konnte ich nur erfahren, indem ich *mit* Ihren Augen sehe, und durch Ihre Bücher ist mir das gelungen. Ich habe die Wahrheit gesehen. Und deshalb habe ich mich entschlossen, mit Ihnen zu reden.«

Sie wartet auf meine Antwort. Ich überlege für einen Moment. Da sie mir so viel von sich mitgeteilt hat, fühle ich mich verpflichtet, dasselbe zu tun.

»Ich suche nach den Lösungen von Rätseln, mit denen Sie sich wahrscheinlich lieber nicht beschäftigen möchten«, entgegne ich. »Falls ich Ihnen mit meinen Fragen zu nahe treten sollte, sagen Sie es mir bitte. Ich werde dann das Thema wechseln.«

Lächelnd schenkt sie Tee nach und macht es sich dann wieder auf dem Sofa bequem.

Schon bei meiner ersten Frage nehme ich kein Blatt vor den Mund.

»Gerüchten zufolge soll Ihr Mann von Ramsey Carson bei einem Duell getötet worden sein. Stimmt das?«

Sie zuckt leicht zusammen, faßt sich aber rasch wieder. Ihr gutes Aussehen, ihr ebenmäßiger Gesichtsschnitt und die hohen Wangenknochen beeindrucken mich sehr.

»Dieses Gerücht ist mir auch zu Ohren gekommen, doch ich weiß nicht, ob es den Tatsachen entspricht. Möglich wäre es schon.«

»Bitte erzählen Sie mir mehr.«

Sie lehnt sich zurück. »Chap und Ram waren Partner. Chap hat Ram in die Firma aufgenommen, als dieser noch sehr jung war. Er hat ihm alles über den Immobilienhandel beigebracht und ihn zu einem reichen Mann gemacht. Das soll nicht etwa heißen, daß Ram nicht für sein Geld gearbeitet hätte. Er war ein brillanter Investor, das hat Chap immer bestätigt. Doch ohne Chap wäre Ram nie so weit gekommen. Jahrelang waren sie gute Freunde. Die Leute sagten, Ram sei für Chap wie ein jüngerer Bruder. Dann, im letzten Lebensjahr meines Mannes, fand zwischen den beiden ein Zerwürfnis statt. Wir verkehrten nicht mehr miteinander. Die Auseinandersetzung drehte sich nicht um die Firma, sondern um einen Vorfall im Club.«

Mrs. Fontaine ist nur wenige Male im Goddess Gun Club gewesen, und zwar zum alljährlichen Picknick mit Ehefrauen im Frühjahr. Sie hatte kein Interesse am Schießen und Jagen, doch das war nicht weiter von Bedeutung, da der G. G. C. ohnehin ausschließlich Männer als Mitglieder aufnahm.

Der Club war Rams Idee gewesen, denn er war ein Waffennarr. Chap ging zwar hin und wieder gern auf die Jagd, aber Rams Liebe zu Schußwaffen teilte er nicht. Viele fanden, daß Waffen bei Ram regelrecht zur Besessenheit geworden waren. Vermutlich stimmte das, denn Ram nahm an unzähligen Safaris teil, gab ein Vermögen für seine Waffensammlung aus und behandelte seine Errungenschaften beinahe zärtlich, wenn er sie herumzeigte. Zu seiner Sammlung gehörten historische Stücke aus dem Besitz bekannter Persönlichkeiten – ein Faible, für das Mrs. Fontaine Verständnis hatte. Doch dann waren da auch noch die erotischen Waffen, verziert mit pornographischen Motiven und Gravuren, die Ram wie ein Besessener sammelte. Und für die hatte Mrs. Fontaine überhaupt nichts übrig.

»Für mich stellten sie ein Armutszeugnis dar«, sagt Agnes. »Aber es machte ihm viel Freude, sie allen zu zeigen. Also blieb mir nichts anderes übrig, als mich kichernd abzuwenden und Verlegenheit vorzutäuschen... eine Reaktion, die er wahrscheinlich hervorrufen wollte. Und so taten wir ihm den Gefallen – ich, Chap, Orrin Jennett, der dritte Partner, dessen Frau Laura und unsere übrigen Freunde. ›Oh, Ram, wie kannst du nur!‹ oder so ähnlich. In Wahrheit fand ich die Dinger gräßlich langweilig. Chap auch. Einfach geschmacklos. Phallusförmige Kimmen und Abzüge. Ein Korn, das aussah wie ein weibliches... keine Ahnung, wie man heutzutage dazu sagt. Und dann die Gravuren, so detailgetreu, von Personen, die alle möglichen Dinge miteinander taten! Ich muß betonen, daß ich nicht prüde bin. Der nackte menschliche Körper hat Künstler schon immer fasziniert. Im Studium habe ich häufig männliche und weibliche Akte vom lebenden Modell gezeichnet. Aber einige Szenen auf Rams Waffen überstiegen alles, was mir je in dieser Hinsicht untergekommen ist. Es handelte sich um reine Pornographie, ein anderes Wort gibt es dafür nicht. Und dennoch liebte er diese Waffen sehr, sie waren ein Teil seines Lebens. Man konnte ihn einfach nicht dafür kritisieren, ohne ihn damit zu beleidigen.«

Doch Ram Carson hatte auch andere Seiten. Auf Agnes strahlte er eine innere Härte aus. Meist benahm er sich höflich und galant, und bis auf das Vorzeigen seiner erotischen Waffen ließ er sich in ihrer Gegenwart nie Anzüglichkeiten zuschulden kommen. Aber sie spürte immer, daß sich hinter der Fassade des Gentlemans und seinem attraktiven Äußeren etwas Bedrohliches verbarg. Vielleicht vergleichbar mit Hemingway, wenn man den Berichten über seine Herrschsucht und Brutalität Glauben schenken kann.

»Vorhin haben wir darüber gesprochen, wie es ist, wenn man einem anderen Menschen in die Augen sieht«, sagt sie. »Aus Rams Augen blickte mir manchmal das Grauen entgegen. Es war, als betrachte man einen Baum, in dessen Zweigen sich ein Leopard verbirgt. Das Tier selbst ist zwar nicht zu sehen, aber man weiß, daß es da ist. So war es auch mit Ram, obwohl es nie jemand äußerte. Selbst Chap schwieg, obwohl er ein ausgezeichneter Menschenkenner war. Vermutlich ahnte Ram, daß ich ihn durchschaut hatte, denn er war mir gegenüber immer auf der Hut und überlegte sich seine Worte sehr genau.«

Außerdem wurde über ein dunkles Ereignis in Rams Vergangenheit getuschelt. Doch erst als nach Chaps Tod gemutmaßt wurde, Ram habe seinen Freund bei einem Duell getötet, erinnerte sich Agnes wieder an das Gerücht und versuchte, der Sache nachzugehen – allerdings erfolglos. Alle stritten ab, je davon gehört zu haben. Und da Agnes selbst sich nicht mehr sicher war, blieb ihr nichts anderes übrig, als die Angelegenheit auf sich beruhen zu lassen.

»Wie lautete das Gerücht?« frage ich.

Sie blickt an mir vorbei auf die Bucht hinaus.

»Vor langer Zeit, in seiner Jugend, soll Ram einen Mann umgebracht haben, und zwar in einem Duell.«

Als sie mich wieder ansieht, liegt ein gezwungenes Lächeln auf ihrem Gesicht, das ihren Schmerz nicht verbergen kann.

»Unerhört, finden Sie nicht? Ram ist jetzt vierundsechzig, er muß also ein paar Jahre vor dem Zweiten Weltkrieg geboren sein. Wenn wir davon ausgehen, daß das Duell frühestens stattfand, als er einundzwanzig war, war es ungefähr 1956. Ein Pistolenduell in der Eisenhower-Ära? Das glaubt doch kein Mensch!«

Doch ihren Blick entnehme ich, daß sie selbst es sich durchaus vorstellen kann. Und sie glaubt, daß Ramsey Carson ihren Mann auf dieselbe Weise getötet hat.

Bedrückt wendet sie sich ab. Offenbar ringt sie um Fassung. Dann springt sie plötzlich auf, entschuldigt sich und stürzt aus dem Zimmer. Ich schlendere zu den zeitgenössischen Gemälden hinüber, um sie mir genauer anzusehen.

Das Bild von Frankenthaler sagt mir nicht viel. Sie ist wie Rothko eine bedeutende Künstlerin, doch ihre Werke gehören – vergleichbar mit denen von Morris Louis und anderen – der abstrakten Schule an, die mit bunten Feldern arbeitet: zu farbzentriert für meine Augen. Ich habe mehr von abstrakter Kunst, die auf Linien aufbaut. Der de Kooning gefällt mir sehr gut, eine Frauengestalt, in kantigen, kalligraphischen Strichen gezeichnet.

Agnes kommt mit einem ledergebundenen Fotoalbum zurück. »Setzen wir uns«, bittet sie. »Ich möchte Ihnen ein paar Bilder zeigen.«

Inzwischen ist es draußen dämmrig genug, daß ich die Aussicht auf mich wirken lassen kann.

»Phantastisch, finden Sie nicht?« sagt Agnes. »Ich versuche, mir jeden Abend bei Sonnenuntergang die Zeit zu nehmen, um ein wenig hier zu sitzen. Es ist schön, wenn in den Häusern die Lichter angehen. Die nächtliche Stadt erwacht zum Leben. Ihre Fotos sind häufig bei Dunkelheit gemacht. Offensichtlich lieben Sie die Nacht.«

Ich bejahe das, erzähle ihr von meiner Augenkrankheit und meiner Farbenblindheit und daß ich nachts am besten sehe. Sie nickt verständnisvoll.

»Das war Chaps Album«, sagt sie und schlägt es auf. »Darin bewahrte er die Fotos aus dem Club auf. Ich habe es geholt, damit Sie sich die Gesichter anschauen können – natürlich die von Ram und Chap, aber auch die der anderen Männer.«

Bei den meisten Fotos handelt es sich wie erwartet um Gruppenaufnahmen von Männern in Jagdkleidung, die mit ihren Waffen posieren. Auf einigen wirken die Posen steif. Die Männer stehen in Reih und Glied wie bei einem Mannschaftsfoto und grinsen in die Kamera. Daneben Jagdtrophäen – Wildschweine, mit dem Kopf nach oben auf dem Boden drapiert, oder Rehe, die an den Beinen vom Ast eines Baumes baumeln. Das Lächeln der Männer ist triumphierend: *Wir sind stolz auf unseren Erfolg beim Töten.* Es sind Bilder von Sportlern, zur Erinnerung an eine gemeinsame Erfahrung – die Pirsch durch den

Wald auf der Spur einer Beute oder das geduldige Warten auf einem Hochsitz.

Die selbstzufriedenen Mienen von Jägern, denen es gelungen ist, das Wild zu überlisten – solche Fotos habe ich schon oft gesehen. Und doch sind diese hier anders. Diese Gesichter sehen aus, als hätten die Männer etwas zu verbergen. Ich betrachte sie aufmerksam, während Agnes die Namen herunterspult.

»Das da ist Chap, der Mann neben ihm ist Ram. Und das hier sind Orrin Jennett, Frank Howard, Jack Stadpole, der Hollywood-Regisseur Hoyt Hoge, Hank London, John Holmes, Rob und Gus Leavitt, Tuck Chubet, Carter Dixon, Dean Laneese und Chauncey Chase.«

Die Namen plätschern an mir vorbei. Eine Liste von Teds, Marks, Peters und Norms, hin und wieder ist ein Chris, ein Caleb und sogar ein Saul dabei. Doch die meisten der Männer sind weiße, angelsächsische Protestanten. Chap Fontaine und Ram Carson sind auf fast jedem Foto abgebildet, meistens nebeneinander, in enger Freundschaft verbunden.

Fontaine trägt die gelassene, zufriedene Miene eines Siegers. Er ist ein gutaussehener Mann mit einem runden Gesicht und glänzendem, zurückgekämmtem grauem Haar, der sich offenbar nur schwer aus der Ruhe bringen läßt. Er lächelt zwar immer, aber es ist kein breites Grinsen. Außerdem wirkt er sehr gepflegt. Kein Stäubchen, kein in Unordnung geratenes Haar weist darauf hin, daß er gerade einen anstrengenden Jagdausflug hinter sich hat.

Carson ist ebenfalls attraktiv, aber ein völlig anderer Typ – schön wie ein Filmstar mit markantem Kinn, Adlernase und einem jungenhaften zerzausten, dunklen Haarschopf. Als ich in seinen Augen nach dem finsteren Ausdruck suche, den Agnes erwähnt hat, entdecke ich nur Leere. Carsons Lächeln ist eher lüstern und verwegen wie das eines Charmeurs, eines Schwerenöters, eines Schönlings, eines Gigolos. Das vielzitierte, raubtierhafte Clark-Gable-Grinsen, bei dessen Anblick Frauen die Knie weich werden. Ich war schon immer anfällig für dieses Lächeln der Dandys und Bel amis, denen das Wort »Liebe« so leicht über die Lippen geht. Ein solcher Mann umgarnt dich, verläßt dich und bricht dir das Herz. Doch wenn er wieder vor dir steht und dir dieses bezaubernde Lächeln schenkt, verzeihst du ihm sofort und wirfst dich in seine Arme.

Ram Carson ist einfach unbeschreiblich gutaussehend und sehr fotogen ... und das weiß er offenbar ganz genau. Er hat ein Talent dafür, sich in Szene zu setzen, denn er ist auf fast allen Bildern in der Mitte zu sehen, während die anderen sich um ihn gruppieren. Ram und Chap, Chap und Ram – da stehen sie, immer zusammen, Sportskameraden, Jagdgefährten, Vereinsgründer, Häuptlinge. Die Fotos sagen mir, daß sie den G. G. C. verkörpern.

Das Album enthält auch Schnappschüsse aus dem Vereinsleben: Männer auf dem Schießstand, in Jägerjacken mit gesteppten Polstern auf der Schulter beim Tontaubenschießen. Beim Kriegspielen mit Gewehren unter der Anleitung eines Mannes, den ich als Vincent Carroll erkenne. In schwarze T-Shirts und Tarnhosen gekleidet, schleichen die Clubmitglieder durch eine Straße, die offenbar einer Filmkulisse entstammt. Diese Fotos strafen das aristokratische Gentleman-Getue Lügen, denn sie erinnern weniger an den Zeitvertreib eines konventionellen Jagdclubs als an eine Wehrsportübung.

Als ich Agnes darauf anspreche, stimmt sie mir zu, daß diese Bilder nicht zu den übrigen passen. Aber sie weist mich darauf hin, daß Chap auf keiner dieser Aufnahmen zu sehen ist.

»Das war Rams Idee«, erklärt sie. »Er fand, daß der Club interessierten Mitgliedern ein Kampftraining anbieten müsse. Schließlich ist ausreichend Platz vorhanden.«

Ich will wissen, ob der G. G. C. ihrer Meinung nach nur ein Sportclub für wohlhabende Männer oder ein Paradies für Waffenfetischisten ist.

»Beides«, entgegnet sie. »Doch der arme Chap wußte nichts davon. Er betrachtete den Club als Treffpunkt für arrivierte Herren, die in freundschaftlicher Atmosphäre Kontakte pflegen und sich beim männlichen Ritual der Jagd näherkommen konnten. Von Rams Machenschaften ahnte er nichts ... jedenfalls nicht bis zu seinem letzten Lebensjahr.«

Ich spreche sie auf Schuyler Bigelows Artikel über die Zwistigkeiten im Club an.

»Ja, Baggy hatte recht«, bestätigt sie. »Er ist zwar ein unangenehmer Mensch, doch er recherchiert sehr gewissenhaft.«

Ich erkundige mich, was genau Ram Carson getan hat, um die anderen Mitglieder gegen sich aufzubringen.

Abermals wendet sie sich ab und blickt durch die Glastüren nach draußen. Ich sehe in dieselbe Richtung und lausche ihrem hastigen Atmen. Als sie sich wieder zu mir umdreht, kann ich wegen der Dunkelheit ihr Gesicht kaum erkennen.

»Ram und ein paar seiner Freunde hatten die Idee, die in die erotischen Waffen eingravierten Motive in der Wirklichkeit nachzustellen.«

Sie schüttelt den Kopf. »Und es kam noch viel schlimmer. So hat Chap es wenigstens ausgedrückt. Mehr wollte er mir nicht verraten. Jedenfalls war er außer sich, Kay, entrüstet, daß sich in seinem geliebten Club derartige Dinge abspielten. Und vor allem erboste ihn, daß Ram dies alles angeregt hatte.«

Als ich mich nach Details erkundige, schüttelt sie den Kopf.

»Wahrscheinlich handelte es sich um Straftaten«, antwortet sie. »Man schoß auf unbefugte Eindringlinge. Außerdem gab es ganz besondere Jagdveranstaltungen, die ›Safaris‹ genannt wurden. Obdachlose mußten gegen Geld entflohene Sträflinge spielen und wurden dann gejagt. Chap kamen Gerüchte zu Ohren, daß mit den Betreffenden ziemlich übel umgesprungen wurde.«

Sie erzählt mir, daß Chap sich von dem Mann hintergangen gefühlt habe, der nicht nur sein Geschäftspartner und sein Ziehkind gewesen war, sondern angeblich auch sein bester Freund. Zu Agnes sagte er, er habe es wie einen Dolchstoß in den Rükken empfunden. Und je mehr seine Wut und Empörung wuchsen, desto öfter sann er auf Vergeltung, schwor in Agnes' Gegenwart Rache. Abend für Abend beteuerte er, er werde es Ram heimzahlen, ihn vernichten und ihn ruinieren. Als erstes kündigte er ihm die Geschäftspartnerschaft, was zu einigen Schwierigkeiten führte. Schließlich war Orrin Jennet ebenfalls Inhaber, und die drei waren durch ein Geflecht zusammengehöriger Firmen aneinandergekettet. Keiner von ihnen verfügte über Aktienmehrheit. Es kam zu einer Reihe von Auseinandersetzungen über den Wert der Liegenschaften und darüber, wer das Recht hatte, die Anteile des anderen aufzukaufen. Außerdem weigerte sich Jennett, der seine eigenen Interessen schützen wollte, Chap den Rücken zu stärken. Das verärgerte Chap besonders deshalb, weil Orrin seine Teilhaberschaft an der Firma ihm zu verdanken hatte. Nun fühlte er sich von allen Seiten in Stich gelassen, was die Lage noch verschlimmerte. Und die juristische Situation im Club machte die Sache auch nicht besser.

Im G. G. C. gibt es drei Arten von Mitgliedern – wahlberechtigte, eingetragene und Gründungsmitglieder, wobei letztere den Großteil der Entscheidungsgewalt haben. Und da sich der Vorstand damals aus Chap, Ram und Orrin zusammensetzte, wiederholte sich die bereits in der Firma aufgetretene untragbare Situation.

Dieser Zustand hat nach Agnes' Ansicht möglicherweise zu dem Duell geführt – wenn es sich überhaupt ereignet hat. Falls Chap sich wirklich hinreißen ließ, Rams Herausforderung anzunehmen.

»Chap war zwar ein erfahrener Jäger«, sagt sie, »und auch ein ziemlich guter Schütze, aber er wußte, daß Ram um Klassen besser war. Ram hatte an Turnieren teilgenommen und unzählige Trophäen ergattert. Chap wäre ihm in einem Duell nie gewachsen gewesen.«

Sie versichert mir, daß Chap Fontaine ein kultivierter Mensch gewesen ist, ein ehrlicher Geschäftsmann und ein zuverlässiger Freund. Er verfügte über Intelligenz, Vernunft, Ehrgefühl … über all jene Eigenschaften also, die man bei einem wahren Gentleman erwartet. Doch wie jeder Mann habe er sich wie ein Narr aufgeführt, wenn jemand an seiner Männlichkeit zweifelte. Der Tod sei der Schande vorzuziehen, und lieber wollte er im Kampf sterben, als sich einen Feigling nennen zu lassen.

Sie schnieft. »Vielleicht hat es sich gar nicht so abgespielt. Vielleicht war es wirklich ein Unfall. Aber eines weiß ich ganz genau – Chap hat nicht Selbstmord begangen. Dazu wäre er nie in der Lage gewesen, und in seiner Wut hätte er auch nicht im Traum daran gedacht.«

An jenem Sonntag abend saß Agnes in diesem Zimmer, auf demselben Platz wie ich jetzt, und betrachtete den Sonnenuntergang. Sie erzählt, daß es das beeindruckende Schauspiel gewesen sei, wie man es in San Francisco so häufig beobachten kann. Der golden schimmernde Himmel wird von den letzten Sonnenstrahlen in ein blutrotes Licht getaucht. Agnes war völlig in diesen Anblick versunken. Im Westen war der Himmel von einem phosphoreszierenden Leuchten erfüllt, auch nachdem die Sonne schon längst im Pazifik versunken war. Dann wurde Agnes vom schrillen Läuten des Telefons aus ihren Träumereien gerissen. Noch ehe sie abhob, wußte sie, daß es um Chap ging.

Den ganzen Tag über hatte sie schon eine Vorahnung gehabt, die sich immer wieder in kleinen Schwächeanfällen äußerte. Chap war am Freitag abend in dem Privatflugzeug, das der Club seinen bedeutenderen Mitgliedern zur Verfügung stellte, nach Mendocino geflogen. Zum Abschied hatte er sie mit entschlossener Miene auf die Wange geküßt. »Ich komme am Sonntag erst spät zurück«, hatte er gesagt. »Und dann wird das Problem aus der Welt geschafft sein.« Mehr hatte er nicht hinzugefügt und war aus dem Haus gegangen. Das ganze Wochenende lang hatte er sie nicht angerufen. Und als das Telefon am Sonntag abend läutete, wußte Agnes, daß es sich um eine Nachricht handelte, die ihr Leben für immer verändern würde.

Es war Ram. Seine Stimme klang belegt, sein Tonfall war bestürzt und feierlich.

»Es geht um Chap«, sagte er. »Es hat einen Schießunfall im Club gegeben. Dr. Petersen ist hier, er hat sich sofort um deinen Mann gekümmert.« Ram hielt inne. »Es tut mir so leid, Aggie. Es war nichts mehr zu machen.«

Nach Ram kamen andere Mitglieder an den Apparat und berichteten ihr die Einzelheiten des tragischen Unglücks. Petersen, Clubarzt und eingetragenes Vereinsmitglied, sprach mit ihr, dann meldete sich Vince Carroll, der Sicherheitschef des G.G.C., danach noch einmal Ram, zu guter Letzt Orrin... Agnes hörte gar nicht richtig zu, wußte nur, daß Chap tot war, daß er sich versehentlich auf dem Schießstand des Clubs erschossen hatte. Es gab zwar Zeugen, die ihm sofort zu Hilfe geeilt waren, doch er hatte das Bewußtsein nicht wiedererlangt und keine Schmerzen mehr gelitten. Am nächsten Morgen wollte man seine Leiche nach San Francisco überführen.

Als pflichtbewußte Ehefrau gönnte sie sich keine Zeit für Selbstmitleid. Sie rief sofort ihre Kinder an: Susan, die in Los Angeles lebte, Junior, der Arzt in Palo Alto war, und Tom, der als Anwalt in Washington arbeitete. Als nächstes informierte sie

Chaps Anwalt, Raid Harris, der auch Ram und CFJ Immobilien vertrat. Sie wollte schon Chaps Freunde anrufen, als ihr einfiel, daß sie mit zweien von ihnen bereits gesprochen hatte. Auch die übrigen – jedenfalls die Männer – hielten sich ohnehin an diesem Wochenende im Club auf, wußten also schon Bescheid.

Erst einige Zeit später ging ihr auf, wie eng diese Männer in allen Lebensbereichen miteinander verbunden waren: durch CFJ Immoblien, den G. G. C., dieselben Ärzte, Anwälte, Banker und Freunde – darunter auch ein pensionierter Bundesrichter, zwei Senatoren, ein Richter beim Obersten Gerichtshof, ein Dekan der University of California und Aufsichtsratsmitglieder des Fine Arts Museum und der San Francisco Opera Association. Alle gehörten zum selben Kreis, sogar der Bestattungsunternehmer, der Chaps Einäscherung und Beerdigung arrangierte. Außerdem waren auch die Ehefrauen, von denen Agnes die meisten schon jahrelang kannte, in den verschiedenen Komitees engagiert oder saßen in den Kuratorien. Sie luden einander nach Hause ein oder trafen sich in den verschiedenen Frauenclubs in der Stadt.

Alle versammelten sich zur Trauerfeier, einer tränenreichen Veranstaltung in der Grace Cathedral. »Chap war eben sehr beliebt«, sagten die Leute danach. Ram Carson hielt die Totenrede und gab die üblichen Platitüden von sich: »Chap Fontaine ... einer der letzten einer aussterbenden Art ... ein wahrer Gentleman, der zu seinem Wort stand ... Menschen wie ihn gibt es nur noch selten.«

Als Ram Agnes nach der Trauerfeier auf die Wange küßte, fühlten sich seine Lippen kalt an. Sie sprach ihn auf die Auseinandersetzung an, doch er tat es mit einem Kopfschütteln ab.

»Natürlich gab es zwischen uns Meinungsverschiedenheiten, Agnes. Meistens ging es ums Geschäft. Doch unserer fast dreißig Jahre lang währenden Freundschaft konnte nichts etwas anhaben. Chaps Tod hat eine große Lücke in meinem Leben hinterlassen. Ich möchte nicht, daß wir einander – wie so oft in solchen Fällen – aus den Augen verlieren. Chap hätte das sicher nicht gewollt.«

Vier Tage später hörte Agnes zum erstenmal das Gerücht, Chap und Ram hätten sich duelliert.

Sie überlegte, an wen sie sich wenden könnte.

Schließlich sprach sie Raid Harris darauf an. Nach den üblichen Beileidswünschen und ein wenig Small talk seinerseits erwähnte sie ihren Verdacht, doch er fiel ihr sofort ins Wort.

»Willst du etwa Strafanzeige gegen Ram erstatten, Aggie? Bist du deshalb zu mir gekommen?«

Sein Blick war so streng, sein Ton so ungläubig, daß sie einen Rückzieher machte, sich entschuldigte und schweigend lauschte, als er ihr einen »ausgezeichneten und diskreten Psychiater« empfahl – wie sich herausstellte, ebenfalls Mitglied des G. G. C.

Außerdem hatte Raid Harris einen weiteren Vorschlag zu machen. Ram und Orrin beabsichtigten, Chaps Anteile an CFJ Immobilien für einen »äußerst großzügigen Betrag« zu erwerben, der den tatsächlichen Wert übersteige. Laut Raid seien sie bereit, alles Erdenkliche zu tun, damit ihr und Chaps Kindern kein Schaden entstünde.

»Unter diesen Umständen wäre es doch höchst unpassend, Aggie, wenn Ram erführe, daß du ihn des Mordes an Chap verdächtigst.«

Worauf er hinauswollte, war eindeutig: Falls Ram diese ehrabschneiderische Vermutung zu Ohren kam, würde die angebotene Kaufsumme bei langem nicht so »großzügig« ausfallen.

Da Agnes mit Raids Reaktion nicht sehr zufrieden war, beschloß sie, einen Privatdetektiv mit der Untersuchung der Hintergründe zu beauftragen. Sie wollte Beweise, die entweder eindeutig gegen einen Unfall sprachen oder die Gerüchte über ein Duell endlich zum Verstummen bringen würden.

Ihre erste Wahl fiel auf Lars Cosgrave, den angesehensten privaten Ermittler der Stadt. Er residierte in einem eleganten Büro in der Montgomery Street und hatte eine Rezeptionistin mit britischem Akzent. Seine Detektei war auf Wirtschaftsvergehen spezialisiert und arbeitete mit prominenten Anwälten in medienwirksamen Fällen zusammen.

Höflich hörte Cosgrave zu, als Agnes ihm ihren Verdacht schilderte. Doch sobald er die Namen der Beteiligten erfuhr, verschränkte er die Arme vor der Brust.

»Wenn Sie wirklich fest überzeugt davon sind, daß ein Verbrechen stattgefunden hat, Mrs. Fontaine, rate ich Ihnen, sich mit den Beweisen direkt an den Bezirksstaatsanwalt von Mendocino County zu wenden.«

Als Agnes widersprach, sie habe keine Beweise, weshalb sie ja schließlich zu ihm gekommen sei, murmelte er: »In der Tat.« Die Besprechung war vorbei, und er brachte sie zur Tür.

Doch Agnes ließ sich auch von dieser Abfuhr nicht entmutigen. Sie zog Erkundigungen ein und machte eine weitere Detektei ausfindig. Susan Marzik von Marzik & Partner hatte zwar nicht so gute Beziehungen, aber dennoch einen ausgezeichneten Ruf.

Ms. Marzik entpuppte sich als zurückhaltende, ernste Frau über vierzig. Sie war in San Francisco geboren, hatte zwanzig Jahre bei der Polizei von Los Angeles gearbeitet und war dann wieder zurück in ihre Heimatstadt gezogen, um die Detektei zu eröffnen.

Sie erklärte Agnes, falls sich herausstellen sollte, daß Ram Carson Chap Fontaine tatsächlich in einem Duell getötet hatte, handle es sich um eine sehr schwerwiegende Angelegenheit. Dann schlug sie vor, sie werde mit einem ihrer Partner nach Mendocino fahren, den Unglücksort besichtigen, mit den Mitarbeitern des Sheriffs sprechen und mögliche Zeugen befragen. Zwar liefere solch eine kurze Erkundungsreise noch keine abschließenden Ergebnisse, doch Marzik war sicher, daß sie merken würde, wenn man sie belog. Falls die Anhaltspunkte ausreichten, würde sie eine gründliche Untersuchung durchführen. Agnes war einverstanden, unterschrieb eine Vollmacht, leistete eine Anzahlung von dreitausendfünfhundert Dollar und kehrte in dem Bewußtsein, das Richtige getan zu haben, nach Hause zurück.

Zwei Wochen später erhielt sie Susan Marziks Ermittlungsergebnisse in einem Ordner mit der Aufschrift »VERTRAULICH«. Der Bericht war in verschiedene, markierte Rubriken unterteilt und enthielt detaillierte Zusammenfassungen der Verhöre und Fotokopien diverser amtlicher Dokumente.

Fünf Mitglieder des G. G. C. – Carson, Jennett, Petersen, Jack Stadpole und Kirk Kistler – und außerdem Carroll, der Sicherheitschef des Clubs, der an jenem Nachmittag die Aufsicht über den Schießstand führte, waren bei dem Unglück zugegen gewesen. Alle sechs hatten unter Eid über das Vorgefallene ausgesagt. Nachdem Marzik die Niederschriften der Aussagen eingehend studiert hatte, hatte sie Carroll eingehend befragt.

Das Resultat:

Mr. Fontaine übte mit einem Paar englischer Perkussionspistolen, Duellwaffen aus dem 19. Jahrhundert, die dem Club gehören (Foto beiliegend). Er lud beide Pistolen, legte eine vor sich auf den Tisch und trat dann an die Schranke, um die andere abzufeuern. Nach dem Schuß kehrte er zum Tisch zurück. In diesem Moment ging die zweite Pistole los, vermutlich ausgelöst durch die beim Abfeuern der anderen Waffe verursachten Vibrationen. Die Bleikugel traf Mr. Fontaine zwischen den Augen. Er war sofort tot.

Sämtliche Aussagen und auch die vom Gerichtsmediziner angefertigten Fotografien weisen auf die Richtigkeit obengenannter Schilderung hin.

Da keine Schmauchspuren vorhanden sind, ist nicht anzunehmen, daß der Verstorbene Selbstmord begangen hat oder von einem Dritten aus nächster Nähe (weniger als zwei Meter) erschossen wurde.

Wir können zwar nicht ausschließen, daß alle Zeugen unter Eid gelogen haben und daß der Vorfall zusätzlich von den zum Unglücksort gerufenen Polizisten vertuscht wurde, doch die Wahrscheinlichkeit einer derart ausgeklügelten Verschwörung ist so gering, daß sie dem gesunden Menschenverstand widerspricht.

Zusätzlich haben wir die Pistolen von einem Sachverständigen untersuchen lassen. Sein Bericht (Kopie beiliegend) bestätigt die Empfindlichkeit des Auslösemechanismus, die durchaus dazu führen konnte, daß die Waffe – wie in den Zeugenaussagen beschrieben – versehentlich losging.

Merkwürdig erscheint nur, mit welcher Genauigkeit die zufällig abgefeuerte Bleikugel den Verstorbenen zwischen den Augen traf und somit seinen Tod verursachte. Dennoch liegen derartige Dinge im Bereich des Möglichen. Unseren Recherchen zufolge haben 25 % aller Schießunfälle einen tödlichen Ausgang.

Weiterhin haben unserer Ansicht nach die Gerüchte über ein Duell zwischen Carson und Fontaine ihren Grund einzig und allein in der Tatsache, daß es sich bei der Waffe um eine von zwei antiken Duellpistolen handelt, die Carson dem Club gestiftet hat. Ansonsten entbehren sie jeglicher Grundlage.

Kurz gesagt, halten wir die offizielle Schilderung des Vorfalls für ausgesprochen glaubhaft. Deshalb raten wir Ihnen davon ab, zusätzliche Mittel in weitere Nachforschungen zu investieren, da diese zu keinem anderen Ergebnis als dem vorliegenden führen würden.

Hochachtungsvoll
Susan M. Marzik, Privatdetektivin

Draußen ist es dunkel geworden. Der Mond ist zu drei Vierteln voll und strahlt am östlichen Himmel. Ansonsten wird der Raum nur von den Lichtern der Stadt erleuchtet.

Agnes Fontaine schüttelt den Kopf. »Danach habe ich aufgegeben. Ich wußte nicht, wie ich weitermachen sollte. Und Raid Harris hatte recht – das Angebot, das Ram und Orrin mir für Chaps Anteile an CFJ Immobilien unterbreitet haben, war sehr großzügig. Mein Sohn Tom vertrat mich in den Verhandlungen, da ich kein Bedürfnis hatte, Raid wiederzusehen. Auch die anderen nicht. Ich habe den Kontakt zu ihnen abgebrochen... Vielleicht war es auch umgekehrt. Doch das spielt keine Rolle. Diese Zeiten sind vorbei. Ich habe keine Lust mehr auf gesellschaftliche Konventionen.«

Agnes stellt die Teetasse weg. »Ich mixe mir jetzt einen Scotch Soda. Darf ich Ihnen auch etwas anbieten?«

Ich sage, daß ich gern ein Glas Merlot hätte. Sie lächelt, antwortet, dann würde sie auch eines trinken, und geht hinaus. Kurz darauf kommt sie zurück, gefolgt von ihrem Hausmädchen, das ein Tablett trägt. Nachdem das Mädchen den Wein eingeschenkt hat, verläßt es das Zimmer.

»Eines verstehe ich nicht«, sage ich zu Agnes. »Warum hat Ihr Mann sich nicht an die Presse oder an die Polizei gewandt, als er von Carsons Umtrieben im Club erfuhr – von den Orgien, dem Nachstellen pornographischer Szenen, den Schüssen auf Wilderer und den Safaris?«

»Wahrscheinlich, weil er es nicht beweisen konnte«, erwidert Agnes. »Schließlich waren Ram und seine Kumpane keine Idioten. Außerdem war es nicht Chaps Art, unangenehme Dinge an die große Glocke zu hängen. Diese Männer waren immerhin seine Freunde. Er wollte die Ehre des Clubs retten, nicht ihn ruinieren. Und das ging er an wie alle Dinge im Leben – er bewahrte die Ruhe, versuchte, Mehrheiten zu schaffen, und wartete auf den richtigen Zeitpunkt. Sicher wollte er die Sache mit Ram unter vier Augen bereinigen.«

Genau das ist, wie ich ihr sage, doch ein ausgezeichneter Anlaß für ein traditionelles Duell unter Gentlemen!

Schweigend sitzt sie da. Ich frage mich, was sie wohl denkt.

»Falls wirklich ein Duell stattgefunden hat«, fahre ich leise fort, »muß jemand geredet haben. Woher stammen sonst die Gerüchte?«

»Marzik sagte doch ...«

»Wegen der Pistolen, schon gut. Und sie hält eine Verschwörung mit so vielen Mitwissern für unwahrscheinlich. Aber heißt es das nicht immer? ›Es kann sich um keine Vertuschung handeln. Es wäre einfach zu weit hergeholt.‹«

Sie trinkt einen Schluck Wein. »Was denken Sie, Kay?«

»Stellen Sie sich kurz vor, es hätte wirklich ein Duell gegeben«, antworte ich. »Sechs Zeugen waren anwesend. Einer davon war Carson, der direkt am Duell beteiligt war. Dann noch Jennett, der Geschäftspartner Ihres Mannes, Petersen, sein Arzt, und Carroll, ein Angestellter des Clubs. Vielleicht waren sie die Sekundanten. In diesem Fall stecken alle mit drin. Und da Duelle gegen das Gesetz verstoßen, hatte niemand ein Interesse daran, die Wahrheit zu sagen.

Dazu kommt die Sache mit dem Auslösemechanismus der Pistole. Ich weiß zwar nicht viel über Waffen, doch ich habe gelesen, daß die Pistolen bei dem berühmtesten Duell, das je in Kalifornien ausgetragen wurde, ebenfalls mit empfindlichen Stecherabzügen ausgestattet waren. Dazu kommt der tödliche Schuß zwischen die Augen, der auf einen ausgezeichneten Schützen hinweist ... und Sie haben mir bestätigt, daß Carson einer ist. Was die Polizei angeht – sie hatte natürlich keinen Grund, etwas zu vertuschen. Auch wenn ich keine Expertin bin, habe ich doch meine ganze Kindheit mit Polizisten verbracht. Überlegen Sie doch mal: Die Leute des Sheriffs erscheinen am Unglücksort. Die Zeugen sind samt und sonders angesehene Männer. Sie sagen aus, und ihre Geschichte deckt sich mit den Indizien. Daß diese Indizien genausogut auf ein Duell hinweisen könnten, muß nicht bedeuten, daß die Polizei lügt. Es heißt nur, daß bereits eine glaubhafte Erklärung vorlag und es deshalb keinen Grund für weitere Ermittlungen gab.

Aber meiner Ansicht nach ist die größte Schwachstelle in Marziks Bericht, daß nur wegen der antiken Duellpistolen über ein Duell getuschelt wird. Ist es da nicht wahrscheinlicher, daß sich tatsächlich ein Duell ereignet hat? Wer kommt schon heutzutage – am Ende des zwanzigsten Jahrhunderts – auf die Idee, sich eine Geschichte über ein Duell auszudenken? Es klingt einfach abstrus … es sei denn, jemand hat es tatsächlich gesehen. Und in diesem Fall ist es nur natürlich, daß derjenige darüber geredet hat.

Außerdem erwähnt Marzik nicht das andere Gerücht, nach dem Carson vor vielen Jahren einen Gegner bei einem Duell getötet hat. Wenn das stimmt, ist ihm doch durchaus zuzutrauen, daß er so etwas noch einmal machte.«

Agnes ist aufgeregt. Während ich ihr meine Theorie erläutere, spüre ich, wie ihre Anspannung wächst. Nach Marziks Bericht hatte sie den Kampf um Gerechtigkeit aufgegeben. Und jetzt, ein Jahr später, erscheine ich auf der Bildfläche und entzünde eine Flamme, die sie bereits für erloschen hielt.

»Tut mir leid«, sage ich. »Ich wollte kein Salz in alte Wunden streuen. Dazu habe ich kein Recht.«

»Aber Sie haben es trotzdem getan«, erwidert sie mit Nachdruck. »Und ich bin Ihnen dankbar. Sie haben mich auf Dinge aufmerksam gemacht, die mir eigentlich selbst hätten einfallen müssen.« Sie hält inne. »Chap hätte nicht geruht, bis er der Wahrheit auf den Grund gekommen wäre.«

Sie steht auf und macht Licht.

»Nun sehe ich alles viel klarer. Diese Leute hielten mich für schwach und glaubten, sie bräuchten mich nur lang genug gegen Wände laufen zu lassen. Raid Harris, Lars Cosgrave und die anderen – sie besitzen diese Stadt. Und Marzik … vielleicht hatte sie auch nur Angst.«

Agnes zittert am ganzen Leibe. Sie geht im Zimmer auf und ab. Es ist, als bräche die seit einem Jahr aufgestaute Wut nun mit aller Macht aus ihr hervor.

»Sie sagen, Duelle seien illegal?«

Ich kläre sie über das entsprechende Gesetz und die möglichen Strafen auf.

»Wenn es Beweise gibt, daß Carson Ihren Mann erschossen hat«, sage ich, »täte er besser daran, sich zu einem Duell zu bekennen, als sich wegen Mordes anklagen zu lassen.«

»Was ist mit Chap? Zu einem Duell braucht man bekanntermaßen zwei.«

»Er hat bereits dafür bezahlt.«

Sie nickt. »Und dazu kommt die Blamage.«

»Aber, Agnes! Chap hat doch nichts Unrechtes getan. Ganz im Gegenteil. Er hat sich einem Mann in den Weg gestellt, der sein Vertrauen mißbraucht hat und außerdem der bessere Schütze ist. *Wenn* jemand um seinen Ruf fürchten muß, dann ist es Carson. Schließlich hat er seinen Mentor erschossen und bei der Beerdigung Beileid geheuchelt.«

»Sie haben recht.« Ihre Stimme klingt nun energisch. »Doch wir brauchen Beweise! Wir müssen einen Zeugen auf unsere Seite bringen. Macht man das nicht so?« Agnes bleibt vor dem de Kooning stehen. »Sie glauben, alle Zeugen sind in die Sache verstrickt, falls ein Duell stattgefunden hat?«

»Ja, weil sie Mittäter waren und später bei der Polizei falsch ausgesagt haben.«

Ihre Augen funkeln. Offenbar schöpft sie Hoffnung, aus der verloren geglaubten Schlacht doch noch siegreich hervorgehen zu können.

»Wir müssen Ram überführen. Und Orrin. Obwohl er sonst soviel Rückgrat hat, hat er Chap im Stich gelassen. Petersen? Das ist ein Säufer. Bleiben noch Stadpole und Kistler – vielleicht die Sekundanten. Vermutlich war Kirk Chaps Sekundant und Jack Rams. Kirk möchte ich nicht schaden, da Chap ihm stets vertraut hat. Und ich weiß, daß Kirk sich nie an Rams … Gelagen beteiligt hätte. Jack hingegen schon. Er ist ein Schurke, genau wie Ram. Dann ist da noch der Angestellte, dieser Vince soundso. Den kenne ich nicht.«

Ich sage nichts und lasse Agnes weiterreden. Mit ihr ist eine interessante Veränderung vorgegangen. Vor einer Stunde war sie völlig verzweifelt, und jetzt sinnt sie auf Wege, doch noch Gerechtigkeit zu erfahren.

»Wahrscheinlich würde man Petersen schneller weichkriegen als Stadpole. Und was ist mit diesem Vince? Er hat eine Menge zu verlieren. Falls Petersen und Vince ihre Aussage ändern, hätten wir schon zwei Zeugen, die sich gegenseitig bestätigen. Mit Kirk stünde es dann drei gegen drei. Dann wären Ram, Orrin und Jack doch erledigt, oder?«

Sie schiebt das Kinn vor, als genieße sie schon im voraus die Niederlage ihrer Widersacher.

»Aber ich brauche einen ehrlichen Privatdetektiv, am besten einen von außerhalb. Vielleicht jemanden aus Los Angeles, wo der Geldadel von San Francisco keinen Einfluß hat. Und einen guten Anwalt, der nicht so leicht lockerläßt und Anzeige wegen eines Tötungsdelikts erstatten würde. Einen aus Oakland, der mit allen Wassern gewaschen ist und nicht auf einer Elite-Universität studiert hat. Oder jemanden, den Ram betrogen oder ihm die Frau ausgespannt hat. Da müßte es doch eine Menge geben.«

Plötzlich hält Agnes inne und schlägt die Hand vor den Mund.

»Was rede ich da?« Sie läßt sich aufs Sofa fallen. »Ich kenne mich selbst nicht mehr.« Sie starrt mich an. »Ich habe das Gefühl, gerade den Verstand zu verlieren.«

Um sie zu trösten, schlage ich ihr vor, sich ein wenig Zeit zu nehmen und alles noch einmal gründlich zu durchdenken.

»Es ist ein schwerer Schritt, gegen die eigenen Freunde vorzugehen.«

Sie schüttelt den Kopf. »Das waren nie *meine* Freunde, sondern Chaps ... und er hat sich schwer in ihnen geirrt, in jedem einzelnen.« Sie sieht mich an. »Warum interessieren Sie sich so für diese Sache, Kay?«

Da erzähle ich ihr von Maddy, ihrem Ausguck gegenüber der Wohnung des G. G. C., den Umständen ihres Todes, und warum ich glaube, daß der Club dahintersteckt.

»Sie war Fotojournalistin, es handelte sich um ihre letzte Story. Und wenn möglich, würde ich sie gern für sie zu Ende recherchieren.« Ich schüttele den Kopf. »Mein Freund und ich waren letztes Wochenende im Mendocino County, um uns umzusehen. Wie wir festgestellt haben, ist es nicht nur sehr schwierig, sondern ausgesprochen gefährlich, sich Zutritt zum Gelände des G. G. C. zu verschaffen.«

Agnes mustert mich. Unser Gespräch ist im Begriff zu erlahmen. Ich blicke auf die Uhr. Es ist fast neun.

»Tut mir leid, daß ich Sie so lange aufgehalten habe«, sagt sie. »Sie hatten soviel Geduld mit mir, daß es mir wirklich peinlich ist.« Wieder betrachtet sie mich eingehend. »Obwohl wir uns eben erst begegnet sind, kommt es mir vor, als würde ich Sie schon lange kennen. Womöglich liegt das an Ihren Fotos. In ihnen habe ich Kraft und Wahrheit gesehen. Ich habe schon immer Vertrauen zu Künstlern gehabt. Bitte entschuldigen Sie mich für einen Moment. Ich möchte Ihnen noch etwas geben, bevor Sie gehen.«

Sie kommt mit einem Falt-Ordner zurück.

»Das sind Chaps G. G. C.-Unterlagen. Schlüssel, Karten vom Gelände, Grundrisse, alles, was mit dem Club zusammenhängt. Falls Sie sich entschließen, noch einmal hinzufahren, wird Ihnen das vielleicht weiterhelfen. Behalten Sie es, so lange wie Sie wollen. Meine Söhne interessieren sich nicht dafür. Der Club ist ihnen gleichgültig, obwohl sie als Söhne eines Gründungsmitglieds automatisch auch Mitglieder sind.«

Nachdem ich mich bei ihr bedankt habe, begleitet Agnes mich in den Vorraum. Der Aufzug kommt. Sie umarmt mich, und während die Tür sich zwischen uns schließt, sehe ich Tränen in ihren Augen glitzern.

Ein anderer Portier bringt mich nach unten. Er sagt, Sam habe seit sechs Uhr dienstfrei. Draußen auf der Vallejo Street ist es kühl. Nebel steigt aus der Bucht auf.

Ich gehe nach Osten, biege in die schluchtartige Van Ness Street und mache mich auf den Heimweg zum Russian Hill, der im Nebel liegt. Vom Gipfel aus blicke ich die Hyde entlang und zur dunstumwaberten Insel Alcatraz hinüber. Ich bin bedrückt. Seit ich so ausführlich mit Baggy Bigelow und Agnes Fontaine gesprochen habe, erscheint mir die ganze bessere Gesellschaft von San Francisco verlogen. Es sieht so aus, als würde meine wunderschöne Heimatstadt nur von Heuchlern und Betrügern regiert.

Safaris! Was für Menschen müssen das sein, die so skrupellos in der Wahl ihrer Vergnügungen sind?

In diesem Moment fasse ich den Entschluß, noch einmal zum G. G. C. zurückzukehren und mich auf dem Gelände umzusehen. Ich brauche Fotos – die Beweise, die Maddy nicht beschaffen konnte. »Ein Selbstmordkommando«, hatte Sascha widersprochen, als ich ihm diesen Vorschlag machte. Aber wie Joel sagt – diejenigen unter uns, die die Berufung in sich spüren, müssen den Weg zu Ende gehen.

10

Zwanzig nach zwei Uhr morgens. Joel und ich fahren durch die verlassenen nächtlichen Straßen der Innenstadt. An den Kreuzungen hängen Neonreklamen mit chinesischen Schriftzeichen. Je weiter wir die Powell Street hinunterkommen, desto mehr lichtet sich der Nebel, der über den Hügeln liegt. An der Sutter sehen wir vier Touristen in die Halle des Hotels Sir Francis Drake torkeln. Wir biegen links in die Post Street ab und passieren die teuren Geschäfte am Union Square. Bald erreichen wir das Union-Square-Parkhaus, wo Joel einen Parkschein aus dem Automaten zieht. Die Schranke geht auf, und wir fahren hinab in das riesige unterirdische Gewölbe.

Langsam rollen wir an den geparkten Wagen vorbei, durchsuchen methodisch jeden Gang, halten Ausschau nach einem dunkelgrauen Mercedes mit dem Wunschnummernschild JADE-5. Nichts rührt sich hier unten, und bis auf das Brummen unseres Motors ist auch nichts zu hören. Es herrscht grelles Neonlicht, die Schatten sind tiefschwarz, und es riecht nach Metall und Öl. Ich fühle mich wie in einer von schimmernden Stahlkarossen bevölkerten Welt, angeordnet auf einer endlos scheinenden Betonplatte, die nur hin und wieder von Eisenträgern unterbrochen wird. Ein Totenreich.

Wie Joel mir erzählt, verfügt das Parkhaus über elfhundert Plätze. Da wir das Auto in dieser Etage nicht entdecken, fahren wir erst ins zweite, dann ins dritte und schließlich ins vierte Tiefgeschoß hinab. Hier unten sind mehr Plätze frei, die Atmosphäre wirkt noch lebloser, auf den Motorhauben liegt noch mehr Staub. Außerdem kommen mir die Autos selbst häßlicher vor – weniger elegant und windschnittig.

»Stopp!« rufe ich.

Joel hält an.

»Was ist los, altes Haus?«

»Ich habe so ein Gefühl.«

Wir sehen uns beide um.

»Da drüben.« Ich zeige auf eine dunkle Ecke, die, wenn mich nicht alles täuscht, unter der südöstlichen Seite der Kreuzung Stockton und Geary liegt.

»Denkst du, das ist es?«

»Ich glaube schon.«

»Du hast ja wahre Adleraugen, altes Haus.«

»Wenigstens nachts.«

Joel gibt leicht Gas, fährt langsam auf die Ecke zu und bremst in etwa zwanzig Metern Abstand. Anscheinend wird auch ihm mulmig, denn das Auto strahlt etwas Unheilvolles aus – Einsamkeit, Tod, Gefahr. Es duckt sich dort zusammen wie eine Schlange, die jeden Moment zustoßen und ihr Gift verspritzen kann. Wir spüren es beide. Und da keiner von uns große Lust hat, auszusteigen und der Sache auf den Grund zu gehen, bleiben wir sitzen, starren den Wagen schweigend an und überlegen, was wir tun sollen. Das Nummernschild kann ich von hier aus nicht lesen, aber das Modell stimmt, und Joel versichert mir, daß auch die Farbe die richtige ist.

»In welcher Stimmung war denn dein Informant?« frage ich.

»Er war nicht besonders freundlich, wenn du das meinst. Diesmal hat er mir auch nicht ›Gute Untelhaltung‹ gewünscht.« Joel sieht mich an. »Warum willst du das wissen?«

»Die Atmosphäre hier unten ... Diese Stille. Man kann nicht mal das Gerumpel von der Straße hören. Und irgendwas stimmt mit der Luft nicht.«

Joel schnuppert und zuckt die Achseln. »Kann sein ... vielleicht. Glaubst du ...?«

Jetzt zucke ich mit den Schultern. »Wir sollten besser mal nachsehen.«

Joel kramt hinter dem Sitz eine Taschenlampe hervor. Dann steigen wir gleichzeitig aus und pirschen uns vorsichtig an den Mercedes heran. Als wir nur noch zehn Meter entfernt sind, geht Joel in die Hocke, kneift die Augen zusammen und leuchtet das Nummernschild an.

»JADE-5«, sagt er mit einem finsteren Lächeln. »Glaubst du, da ist eine Bombe drin?«

»Du etwa?«

»Scheiß drauf!«

Als er auf den Wagen zugehen will, packe ich ihn am Arm. Es ist nicht schwierig, ihn zurückzuhalten. »Schauen wir uns das Auto erst mal von außen an. Vielleicht läßt sich ja was erkennen.«

Also schleichen wir um den Wagen herum. Trotz Taschenlampe sehen wir nichts. Die Scheiben bestehen aus einem Glas, das bei direktem Lichteinfall dunkler wird.

»Zwecklos«, zischt Joel und macht die Taschenlampe aus. In diesem Moment erkenne ich im Wageninneren eine Gestalt.

»Tu das noch mal!«

»Was, altes Haus?«

»Die Lampe ein- und gleich wieder ausschalten. Ein paarmal hintereinander. Okay, das reicht. Da drinnen ist ein Mann.«

»Wirklich?«

»Aber er rührt sich nicht. Womöglich ist er tot, Joel.«

»Mist!«

Ich hebe die Kamera. »Ich blitze ihn an. Sieh gut hin.«

Klick! Klick! Klick! Wie erwartet, durchdringt das Blitzlicht das Glas. Auf dem Beifahrersitz ist ein Mann zu erkennen, der halb auf die Mittelkonsole gesunken ist.

»Ich rufe die Bullen«, sagt Joel.

Während er 911 wählt, fotografiere ich das Auto von allen Seiten. Das ist meine altbewährte Methode, meine Angst zu bekämpfen. Ich verstecke mich hinter der Kamera und konzentriere mich ganz auf mein Vorhaben, den grausigen Anblick festzuhalten, um meinem Entsetzen nicht nachgeben zu müssen. Ich tue einfach so, als wäre ich Polizeifotografin und knipse die Leiche aus verschiedenen Winkeln. Auf diese Weise muß ich mich nicht fragen, wer der Mann ist oder was er getan hat oder wie er starb. Ich mache nur die Bilder, dokumentiere den Vorfall, benutze das Objektiv, um Abstand zu halten. Doch als der Film voll ist, wird mir schwindelig. Ich kauere mich auf den Betonboden und versuche, eine neue Rolle einzulegen. Auf einmal ist mir übel und ganz heiß.

Joel kniet sich neben mich. »Sie sind gleich da. Was hast du?«

»Ich könnte jetzt einen Schluck Wasser gebrauchen.«

»Im Auto ist welches.«

Er geht es holen, und ich lege den Film ein. Noch während er mir die Flasche an die Lippen hält, hören wir die Sirenen.

Joel hat ein riesiges, weißes Taschentuch in der Hand. »Wenn sie die Autotüren aufmachen, wird es ziemlich stinken.« Er spritzt Wasser auf das Tuch, faltet dieses dann zu einem Dreieck, knotet es in meinem Nacken zusammen und zieht es mir wie eine Chirurgenmaske über die Nase.

»Alles klar, altes Haus?«

Ich nicke. »Taschenlampe, Wasserflasche, sauberes Taschentuch – du bist ja voll ausgestattet.«

»Sei stets bereit. Das hat schon mein Pfadfinderführer immer gesagt.«

Inzwischen sind zehn Polizisten eingetroffen, acht in Uniform und zwei Detectives. Die Wagentür steht offen, ein Assistent des Gerichtsmediziners untersucht die Leiche. Ein Polizeifotograf mit einer miserablen Kamera hat mich beiseite geschoben. Er trägt Hauspantoffeln, eine schlabberige Khakihose und ein schmutziges T-Shirt mit V-Ausschnitt. Da Joel die meisten dieser Typen schon jahrelang kennt, lassen sie ihn mitreden.

»Asiat, Mitte Dreißig, zerzaustes Haar, zwei Einschußlöcher im Genick«, verkündet der Assistent des Gerichtsmediziners. »Schmauchspuren wie bei einem aufgesetzten Schuß. Wahrscheinlich eine von den kleinen .22ern, die in diesen Kreisen so beliebt sind. Blutspritzer auf dem Armaturenbrett. Der Schütze saß vermutlich auf dem Rücksitz, packte das Opfer am Haar, riß ihm den Kopf nach hinten, drückte zweimal ab und stieß die Leiche dann nach vorn. Ich würde sagen, daß es vor zehn oder zwölf Stunden passiert ist.«

Die Autonummer JADE-5 wurde bereits in den Computer eingegeben. Der Wagen ist auf eine Mrs. May Wing Ho in der Clay Street zugelassen.

»Typischer Bandenmord in Chinatown«, sagt der leitende Detective zu Joel. Er heißt Kingston und trägt ein auffällig gestreiftes, durchgeknöpftes Hemd. Die Polizeimarke hat er an die Brusttasche geklemmt. »Normalerweise gehen diese Typen mit ihrem Opfer einen Tee trinken, erzählen Witze und machen sich einen netten Abend. Und sobald sie wieder im Auto sitzen, rechnen sie mit dem armen Teufel ab« – Kingston deutet auf die Leiche –, »fahren dann das Auto in ein Parkhaus oder in eine Seitengasse, steigen aus und spazieren davon. Wenn wir die

Angelegenheit später überprüfen, stellen wir fest, daß der Wagen ein paar Stunden zuvor gestohlen wurde. Vielleicht auch ausgeliehen. Aber das spielt keine Rolle. Jedenfalls gibt es nie Indizien, nur einen Toten mit ein paar Löchern im Hinterkopf. Manchmal finden wir heraus, daß das Opfer hoch verschuldet war oder einer etablierten Gang das Leben schwergemacht hat. In den meisten Fällen jedoch können wir die Leiche nicht einmal identifizieren.«

»Ist das eine echte Rolex an seinem Arm?« fragt Joel.

Kingston streift dem Opfer geschickt die Uhr ab. »Hmmm. Sieht fast so aus.« Er greift in die Gesäßtasche des Mannes und zieht die Brieftasche heraus. »Schauen Sie sich das mal an.« Er zeigt uns ein Bündel Hundert-Dollar-Scheine. »Möglicherweise haben wir es diesmal doch nicht mit einem gewöhnlichen Chinatown-Mord zu tun.«

Ich flüstere Joel zu, daß ich das Gefühl habe, mich jeden Moment übergeben zu müssen. Lächelnd hilft er mir ins Auto. Als ich sitze, beugt er sich durchs Fenster herein.

»Ich fühle mich hier unten eingesperrt... wie in einem Grab«, flüstere ich.

»Das sind wir auch«, bestätigt er.

»Diesmal hast nur du einen Tip bekommen. Hat das nicht etwas zu bedeuten?«

»Kingston ist leider nicht unbedingt der klügste Polizist in San Francisco.«

»Hast du den Toten erkannt?«

Joel nickt. »Du merkst aber auch alles. Er ist einer der ganz Großen im Hafenviertel, gehört zur Wo-Hop-To-Bande und heißt Kevin Lee. Und angesichts der Vorfälle in der letzten Zeit ergibt das einen gewissen Sinn.«

»Und welchen?«

»Menschenschmuggel, Tierschmuggel, der Frachter, der in China Basin in die Luft geflogen ist. Anscheinend will jemand den Wo-Hop-To ins Handwerk pfuschen. Der Typ, der mir die Tips gibt, legt eine Spur. Und mit dem Mord an Kevin Lee will er mir sagen, daß niemand ihn aufhalten kann.«

Joel erzählt Kingston, was er weiß, und fährt mich dann nach Hause. Ich fühle mich von Stockwerk zu Stockwerk besser. Als wir wieder draußen an der frischen Luft sind, atme ich erleichtert auf und genieße die Freiheit.

»Ich denke, unser Informant wird mir bald mitteilen, was er von mir will«, sagt Joel. »Aber vorher versucht er, mich einzuschüchtern, damit ich mich nicht traue, abzulehnen.«

»Aber was könnte er von dir wollen, Joel?«

»Keine Ahnung. Wenn er das nächstemal anruft, werde ich mal ein Wörtchen mit ihm reden. Ich habe diese Spielchen satt, altes Haus.« Joel verzieht ärgerlich den Mund, seine Augen blitzen zornig. »Ich werde ihm sagen, daß er sich seine Mätzchen in Zukunft schenken kann.«

Als ich auf dem Russian Hill aus dem Auto steige, habe ich das Gefühl, daß hinter jeder Ecke ein Verfolger lauert. Joel schüttelt den Kopf.

»Toller Abend, was?«

»Das kannst du laut sagen. Gute Nacht, Joel.«

Als er losfährt, blicke ich ihm nach. Dann gehe ich ins Haus und trete in den Aufzug. Sind *wir* verrückt, oder ist die ganze Welt übergeschnappt? frage ich mich.

Nachts träume ich, daß ich an endlosen Reihen geparkter Autos entlang fahre. Hinter getönten Fensterscheiben sitzen Tote reglos auf ihren Plätzen und starren mich aus leblosen Augen an. Ich erkenne sie nur, wenn ich mein Blitzlicht aufleuchten lasse.

Ich liege auf dem Rücken in einem Rotbuchenhain im Jackson State Forest. Als der Park geschlossen wurde, habe ich mich hier versteckt und auf meinem Schlafsack etwa dreißig Meter abseits des Wanderwegs vor mich hingedöst, um nur ja nicht von einem Parkwächter entdeckt zu werden.

Mein Fahrrad habe ich in einem Gebüsch versteckt. Die dünne Mondsichel verbreitet nur ein schwaches Licht, das kaum die Baumkronen durchdringt. Da ich schon seit einer halben Stunde in die Dunkelheit spähe, haben sich meine Augen inzwischen daran gewöhnt. Selbst im fahlen Mondschein sehe ich ausgezeichnet. Ich kann zum Beispiel das Eichhörnchen, das hoch über mir auf einem Ast sitzt, deutlich ausmachen, die Oberflächenstruktur der Baumrinde und auch die Eule, die wie ein Wachposten auf dem niedrigen Zweig einer jungen Sequoia in etwa zwanzig Metern Entfernung kauert.

Das Licht genügt mir sogar zum Lesen. Ein letztesmal studiere ich die Karte aus Chap Fontaines Nachlaß, in der die Überwachungsvorrichtungen eingezeichnet sind, und rufe mir die Einzelheiten ins Gedächtnis, die ich schon seit einer Woche auswendig lerne. Dann blicke ich auf die Uhr: halb drei, Zeit für meine Nachtwanderung.

Da es mitten in der Woche ist, werden die Sicherheitsvorkehrungen beim G. G. C. wahrscheinlich nicht ganz so streng eingehalten. Vermutlich haben nur wenige Wachleute Dienst. Mein Ziel ist, mich so nah wie möglich ans Clubhaus heranzuschleichen, im ersten Morgenlicht den Schauplatz der Orgien und des Duells zu fotografieren und mich danach rasch aus dem Staub zu machen. Spätere Absicht: Besagte Fotos Carson und seinen Freunden zuzuspielen, damit sie merken, daß ihre Sicherheitsvorkehrungen nicht undurchdringlich sind – was heißt, daß durchaus auch jemand den damaligen Vorfall beobachtet haben kann. Auf diese Weise hoffe ich, Zwist zwischen ihnen zu säen und einige von Carsons Freunden eher zu einem Seitenwechsel zu bewegen. Denn eines ist mir inzwischen klar: Wenn ich etwas beweisen will, muß ich die Leute, die etwas wissen könnten, zum Reden bringen.

Ich wickle die Karte in meinen Schlafsack, verstecke die Sachen neben dem Fahrrad und pirsche mich vorsichtig durch den Wald zum Stacheldrahtzaun des G. G. C.. Ich suche die Stelle, die Sascha und ich entdeckt haben, als wir Hank Evans provisorischer Karte aus dem Paradise Saloon gefolgt sind. Ich trage einen schwarzen Rollkragenpullover, schwarze Jeans, eine schwarze Baseballkappe und schwarze Bergstiefel. Meine Kamera, eine alte von Maddy, ist eine zerschrammte Nikon-F mit einem Hochgeschwindigkeitsfilm. Einen Ausweis habe ich nicht bei mir, nur einen Kompaß, eine Armbanduhr und eine Wasserflasche.

Den Zaun zu finden ist kein Problem. Da ich nun Fontaines detaillierte Karte auswendig kenne, weiß ich genau, welchen Weg ich nehmen muß. Ich schleiche mich hundert Schritte den Zaun entlang bis zu einer Stelle, wo jemand den unteren Teil zerschnitten hat. Nachdem ich die Kamera darunter durchgeschoben habe, lege ich mich auf den Rücken und ruschte ebenfalls durch.

Obwohl ich mich nur ein paar Meter außerhalb des Parks befinde, bin ich in einer anderen Welt – auf dem Gelände des G.G.C. – und mache mich des Hausfriedensbruchs schuldig. Die Anweisung für die Sicherheitskräfte stehen eindeutig in Chap Fontaines Unterlagen: »Gehen Sie davon aus, daß es sich bei jedem Eindringling um einen Wilderer handelt, und handeln Sie entsprechend.«

Nun, denke ich, *in der Dunkelheit wird mich schon niemand bemerken.*

Ich folge dem Stacheldrahtzaun weitere zweihundert Meter, bis ich auf das Tor mit dem Vorhängeschloß stoße, das Sascha und ich letztens entdeckt haben. Hier kauere ich mich hin und lausche, ob sich vielleicht ein Fahrzeug nähert. Doch ich höre nur das Knarzen von Ästen im Wald hinter mir, das Zwitschern von Vögeln und die Geräusche kleiner Nachttiere im Gebüsch. Als ich sicher bin, daß niemand hier ist, marschiere ich im Neunzig-Grad-Winkel von dem Zaun weg, tief hinein ins Gelände des G.G.C. Ich suche den Forstweg, der laut Fontaines Karte parallel zu der Feuerwehrzufahrt verläuft, die an dem Tor beginnt.

Als ich den Pfad erreiche, bleibe ich abermals stehen und lausche. Dann gehe ich weiter nach Norden. Bis zur Hauptlichtung und zum Clubhaus sind es etwa dreieinhalb Kilometer. Da ich mich langsam und vorsichtig voranpirschen werde, rechne ich mit einer Stunde Fußweg. Dann werde ich mir ein Versteck suchen, von dem aus ich fotografieren kann. Der Pfad ist nicht sehr gut gepflegt, ein Hinweis darauf, daß hier auch nicht patrouilliert wird. Ein paarmal stolpere ich über Wurzeln. Einmal verliere ich sogar das Gleichgewicht und kann einen Sturz gerade noch mit den Händen abfangen. Ich schiebe Zweige beiseite und muß achtgeben, daß sie mir nicht ins Gesicht schlagen. Trotzdem werde ich zweimal erwischt, einmal an der rechten Seite, das zweitemal an Schulter, Hals und Oberarm. Es tut ziemlich weh, so daß ich Mühe habe, einen Aufschrei zu unterdrücken. Als ich meinen Hals betaste, fühle ich einen Striemen, und als ich den Finger an den Mund lege, schmecke ich Blut. Ich halte an, öffne die Wasserflasche, trinke einen Schluck und benetze die Wunde.

Dann klettere ich einen Abhang hinunter. Er wird immer steiler, so daß ich den Pfad verlasse und mich durch das Gebüsch zum Grund des kleinen Tals vorarbeite. Ich überquere ein vertrocknetes Flußbett und steige auf der anderen Seite wieder hinauf. Diesen Weg habe ich genommen, um der ersten Gefahrenquelle auszuweichen – einem zweiten Zaun, der elektrisch geladen ist und über den Pfad verläuft. Nach starken Regenfällen fließt in diesem Tal ein reißender Strom, doch jetzt im Sommer ist alles knochentrocken.

Als ich über die Steine gehe, zucke ich beim Geräusch meiner Schritte zusammen. Zu laut. Wieder halte ich an. Am liebsten würde ich auf den Pfad zurückkehren, doch zuvor muß ich sicher sein, daß ich den Elektrozaun bereits hinter mir gelassen habe.

Auf einmal ist dicht neben mir ein Geräusch zu hören. Ein kräftiges Schnauben, dann noch eines, und schließlich Hufgetrappel in den Büschen. Ich erstarre. Ein Wildschwein! Offenbar bin ich nur ein paar Meter an ihm vorbeigekommen. Es hat mich gesehen und ist geflohen, als ich stehenblieb. Anscheinend befürchtet es, ich könnte es angreifen. Schließlich befinde ich mich in einem Jagdgebiet.

Zwanzig vor vier Uhr morgens. Ich marschiere jetzt schon seit über einer Stunde, und die Hauptlichtung ist immer noch nicht in Sicht. Zwei weiteren auf der Karte eingezeichneten Sicherheitsvorkehrungen bin ich ausgewichen, aber nun habe ich mich vermutlich verirrt.

Ich sehe mich um. Direkt vor mir müßte sich ein Hochsitz befinden. Nichts. Auch kein anderes Gebäude oder ein Zaun. Doch laut Kompaß stimmt die Richtung.

Westlich von mir erhebt sich ein Hügel. Auf der Karte ist ein Pfad eingezeichnet, der von dort aus geradewegs zur Hauptlichtung führt. Ich beschließe, mich durch das Gebüsch bis dorthin vorzuarbeiten und parallel dazu weiterzugehen. So müßte ich eigentlich auf den Hochsitz treffen.

Nach einer Weile erreiche ich eine Anhöhe, ein kleines, ebenes, verdorrtes Areal, wo süß duftende Wacholderbäume und Pinien wachsen. Es ist totenstill – kein Vogelgezwitscher, keine umherhuschenden Tiere, kein Rascheln von Blättern und Zweigen im Wind. Die plötzliche Ruhe löst ein unbehagliches Gefühl in mir aus. Ich halte inne, und im selben Moment höre ich, nur wenige Meter links von mir, ein durchdringendes Klappern.

Ich erstarre, denn ich erkenne sofort, woher es kommt – eine kleine Klapperschlange, schwarz, mit weißgeringeltem Schwanz und Sechsecken auf dem Rücken, von denen ich weiß, daß sie wahrscheinlich grün sind. Die Schlange sieht mich drohend an. Sie ist nah genug, um zuzustoßen. Und da sie noch ziemlich jung ist, kann sie ihre Drüsen mit dem tödlichen Gift gewiß auf einmal entleeren. Sie hat es nicht auf mich persönlich abgesehen, die Angriffspose ist reiner Instinkt. Wenn ich mich zu schnell bewege, erschrecke ich sie vielleicht. Doch wenn ich hier verharre, kann es sein, daß sie mich beißt. Da ich nirgendwo einen Stock entdecken kann, weiche ich langsam zurück, ohne die Schlange aus den Augen zu lassen, stolpere und falle beinahe auf den Rücken. In diesem Moment gleitet sie davon. Sie ist weg. Ich frage mich, was für Gefahren mich sonst noch hier erwarten.

Ich bin wieder im Wald. Es riecht nach modrigem Laub, Pilzen und ein wenig nach Wild, vielleicht dem Kot eines Bären oder einer Hirschherde. Der Hochsitz befindet sich etwa hundert Meter westlich von mir. Deutlich hebt er sich vom Nachthimmel ab, ein schwarzer Schatten vor einem dunkelgrauen Hintergrund. Oben hat er ein Geländer. Auf einem drehbaren Stativ ist ein Feldstecher angebracht – hoffentlich ist es kein Nachtsichtgerät. Einen Wachmann bemerke ich nicht. Doch auch wenn einer da ist, kann er um diese Uhrzeit wahrscheinlich kaum noch die Augen offenhalten.

Bis zur Hauptlichtung ist es nicht mehr weit. Ich bleibe kurz stehen, um mich zu orientieren. Ich habe mir die Strecke auf Fontaines Karte ausgesucht. Mein Ziel ist eine Anhöhe, von der aus ich den Schießstand überblicken kann.

Mein Herz klopft vor Aufregung. Sicher treiben sich Mitarbeiter des G. G. C. hier herum. Auch beim Gedanken an die Hunde wird mir mulmig, obwohl ich weiß, daß sich der Zwinger entgegen der Windrichtung auf der anderen Seite des Clubhauses befindet.

Ich mache einen großen Bogen um den Hochsitz und pirsche mich weiter, immer auf der Hut vor zurückschlagenden Zweigen. Ab und zu lege ich eine Pause ein. Meine Sicht ist ausgezeichnet. Ganz deutlich erkenne ich jedes Blatt, jeden Grashalm und jedes Zweiglein am Boden – ein Normalsichtiger wäre hier wahrscheinlich verloren.

Außer dem Knacken meiner Schritte und dem Rascheln meiner Kleidung ist nichts zu hören. Ich bemühe mich, regelmäßig zu atmen, und kann es kaum erwarten, meinen Aussichtspunkt zu erreichen, wo ich mich verstecken und alles beobachten kann.

Nun habe ich den Hochsitz hinter mir. Der Hügel, auf den ich zuhalte, ist nur noch siebzig Meter entfernt. Dazwischen liegt ein baumloses Areal. Ich gehe ein wenig schneller, um es so rasch wie möglich hinter mich zu bringen und auf der anderen Seite wieder Deckung nehmen zu können. Doch als ich zu rennen beginne, gibt plötzlich der Boden unter mir nach. Die Zeit scheint stehenzubleiben. Für einen Moment beherrscht mich ein Gefühl absoluter Klarheit, als ich begreife, was geschehen ist: Ich bin in eine Falle getreten und bin gerade dabei, in die Grube zu stürzen.

Ich empfinde eine seltsame Ruhe, während ich mich frage, ob unten vielleicht zugespitzte Pfähle darauf warten, mich aufzuspießen. Dann ist der Augenblick vorbei. Ich werde von Todesangst gepackt, spüre, daß ich falle, stoße einen Schrei aus, als der Boden unter mir verschwindet.

Mit einem gewaltigen Rums komme ich unten auf. Ich versuche, mich abzurollen wie beim Aikido-Unterricht, doch der Boden ist keine *dojo*-Matte, und außerdem bin ich aus zu großer Höhe gestürzt. Meine Schulter bohrt sich in die Erde. »NEIN!« schreie ich entsetzt. Jetzt werde ich sterben. Ich liege reglos auf der Seite und schnappe nach Luft.

Ich höre mein eigenes Wimmern und blicke zum Himmel hinauf, von dem nur ein kleiner Ausschnitt zu sehen ist. Die Grube ist mindestens drei Meter tief, registriere ich, und hat abgeschrägte Wände, um dem Gefangenen die Flucht unmöglich zu machen. Meine ganze linke Seite schmerzt, ich habe mir sicher die Rippen geprellt. Vorsichtig bewege ich mich, um festzustellen, ob sie nicht gebrochen sind. Ich gebe es sofort wieder auf, es tut höllisch weh. Also bleibe ich reglos liegen und versuche, ruhig durchzuatmen. Kurz darauf nähert sich ein Wagen, und ein paar Sekunden später huschen Scheinwerferstrahlen über die Öffnung der Grube.

»Was haben wir denn da unten, Buckoboy?«

»Offenbar einen Menschen. Glaube ich wenigstens.«

Sie leuchten mein Gesicht mit der Taschenlampe an, so daß ich geblendet die Augen zukneife.

»Stimmt. Hey, Chipper, anscheinend haben wir ein Mädchen erwischt!«

»Spitze!«

Sie verstummen. Selbst mit geschlossenen Augen spüre ich, daß sie mich mustern, kühl und prüfend, wie eine Jagdbeute, die ihnen hilflos zu Füßen liegt. Der neugierige Blick, mit dem Sieger die Besiegten betrachten: Was wird das arme Ding jetzt tun? Wie wird es auf Gefangenschaft und Schmerzen reagieren?

»Alles in Ordnung, Schätzchen?« fragt der erste, der Chipper heißt. Seine Stimme, rauh, aber freundlich, hallt zu mir herunter. »Oder hast du dir was gebrochen?«

»Vielleicht«, stöhne ich.

»Wenigstens kann sie reden, Buckoboy.«

»Ich hab's gehört.«

»Geh und hol die Strickleiter aus dem Auto. Dann ziehen wir sie raus und schauen uns mal an, was wir da eingefangen haben – einen kleinen Leckerbissen oder eine alte Schachtel.«

Johlend zieht Buckoboy los. Chipper senkt die Taschenlampe, damit sie mir nicht mehr in die Augen scheint.

»Jetzt kannst du sie aufmachen, Kleines. Sieh mich an.«

Zögernd folge ich seiner Aufforderung, blinzle und blicke zu ihm hinauf.

Ich schätze ihn auf Mitte Vierzig. Er trägt eine schwarze, militärisch wirkende Uniform und hat ein derbes, wettergegerbtes Gesicht und einen buschigen Bart. Sein schiefes Grinsen erweckt einen eher lüsternen als freundlichen Eindruck. Außerdem hat er eine Flinte unter dem Arm, die mir angst macht. Obwohl er nett zu mir ist und mich »Schätzchen« nennt, fühle ich mich von ihm bedroht und fürchte mich.

»Ich bin kein Ungeheuer, süßes Früchtchen. Aber du hast dir ganz schönen Ärger eingehandelt. Hier ist nämlich Privatgelände. Warum schleicht ein nettes Mädchen wie du mitten in der Nacht im Wald herum?«

Ich schnappe nach Luft. »Ich wollte wilde Tiere fotografieren.«

»Ach, so ist das.« Sein Tonfall wird barsch. »Nun, das erklärt *wirklich* alles – daß du es geschafft hast, einzudringen und dich an unseren Sicherheitsvorkehrungen vorbei bis fast zum Clubhaus zu schummeln, ohne daß dich jemand erwischt hat. Wenn unsere Fallgrube nicht gewesen wäre ... Offenbar hast du übernatürliche Kräfte, Kleine.« Er hält inne und rechnet offensichtlich damit, daß er mich mit seinem Sarkasmus eingeschüchtert hat. »Wie heißt du?«

»Ellie«, lüge ich.

»Und wie weiter?«

Ich überlege rasch. »Ellie Bigelow.«

»So, Ellie Bigelow, was hast du hier verloren? Los, antworte, aber dalli!«

»Ich wollte fotografieren.« Ich halte meine Kamera hoch. »Ich hatte vor, bis zum Morgengrauen zu warten und dann ein paar Tiere zu knipsen.«

Er lacht höhnisch auf. »Weißt du nicht, daß dies hier ein privater Jagdclub ist?« Ich nicke. »Hast du unsere Betreten-verboten-Schilder nicht gesehen?« Wieder nicke ich. »Und du bist trotzdem hier eingestiegen.«

Er wartet. »Es tut mir leid«, sage ich.

»Das hoffe ich für dich ... wenigstens jetzt. Denn jetzt kriegst du Probleme, Ellie-Schatz.«

»Bitte«, wimmere ich.

»Bitte was?«

»Lassen Sie mich laufen.«

»Ha!« Er grinst böse. »Und warum sollte ich das tun?«

Ich denke rasch nach. »Ich verspreche, daß ich sofort verschwinde und nie mehr zurückkomme.«

Chipper johlt. »Daß du nicht zurückkommen wirst, versteht sich von selbst.« Er lacht auf. »Darauf kannst du deinen süßen, kleinen Arsch verwetten. Bestimmt kommst du nicht noch mal wieder, wenn wir mit dir fertig sind.«

Er verschwindet aus meinem Blickfeld. Ich höre die beiden tuscheln, dann wieder brüllendes Gelächter. Ich spitze die

Ohren und schnappe ein paar Wörter auf: »Kleine Fotze...«, »... Lektion erteilen«. Anscheinend wollen sie, daß ich es mithöre und es mit der Angst zu tun bekomme. Und sosehr ich mich auch bemühe, ruhig zu bleiben, es klappt einfach nicht.

Buckoboy wirft eine Strickleiter herunter und kommt dann, die Pistole in der Hand, in die Grube geklettert. Er sagt, ich soll mich nicht aufregen. Er will sich nur meine Verletzungen ansehen, bevor er mich rausholt. Allein der Anblick seiner Pistole in meiner Nähe läßt mich erstarren. Ich zucke zusammen, als er meinen Brustkorb abtastet, mich befingert. Am liebsten würde ich ihn mit einem Aikidogriff zu Boden zwingen, und vermutlich würde ich das auch schaffen. Doch da beide Männer bewaffnet sind, habe ich nur eine Chance, wenn ich Unterwürfigkeit vortäusche.

Eigentlich geht er ziemlich sanft mit mir um, aber ich finde ihn ausgesprochen abstoßend. Er hat wie Chipper einen schlecht gestutzten Bart und kleine, durchdringende Rattenaugen. Sein Uniformhemd riecht nach Schweiß. Trotzdem bemühe ich mich, mir meinen Widerwillen nicht anmerken zu lassen. Ich darf ihn auf keinen Fall gegen mich aufbringen.

Er nickt mir zu. »Ich glaube, die hat nichts gebrochen!« ruft er zu seinem Kumpel hinauf. »Und eine Knarre hat sie auch nicht.«

»Okay, dann hol sie rauf«, entgegnet Chipper.

»Kannst du klettern?« fragt Buckoboy mich.

»Ich versuche es.«

»Mach langsam, einen Schritt nach dem anderen. Wenn du abrutschst, hab keine Angst. So eine halbe Portion wie dich fange ich mit links auf.«

Er bietet mir Wasser aus seiner Flasche an. Ich trinke einen kleinen Schluck. Auch seiner Ermunterung, mehr zu trinken, komme ich dankbar nach. Dann packt er meine Kamera und hebt mich auf die Leiter.

»Klettern«, befiehlt er.

Ich hangle mich die Leiter hinauf. Obwohl mir alles weh tut, hat Buckoboy vermutlich recht. Ich habe zwar einiges abgekriegt, aber nichts gebrochen. Da ich auch beim Aikido schon öfter gestürzt bin, kenne ich diese Art von Schmerzen. Wahrscheinlich werde ich in den nächsten Tagen oder sogar Wochen einige scheußliche blaue Flecken haben. Doch ich habe unglaubliches Glück gehabt. Ich bin nicht schwer verletzt, kann mich ungehindert bewegen und mich, wenn nötig, gegen die beiden Männer verteidigen. Aber dann – ich habe gerade die vierte Sprosse erreicht – versetzt Buckoboy mir einen kräftigen Klaps auf den Hintern.

»Tempo, du Miststück! Oder soll ich dir Beine machen?« Er schlägt mich noch einmal. Ich koche vor Wut über diese Erniedrigung und würde ihm am liebsten ins Gesicht treten. *Bleib ruhig*, sage ich mir. *Er hat eine Pistole. Du mußt erst herausfinden, was sie vorhaben, bevor du dich wehrst.* Gehorsam klettere ich weiter.

Sobald ich oben angekommen bin, packt mich Chipper an den Armen, zerrt mich hoch, läßt mich eine Weile in der Luft zappeln und stellt mich dann unsanft auf die Füße. Danach packt er mich brutal am Haar und schleudert mich zu Boden. Diesmal habe ich die Geistesgegenwart, mich abzurollen.

»Schau dir das an!« ruft er aus. »Eine richtige kleine Akrobatin!« Er kommt auf mich zu und stellt mir den Fuß schwer auf die Brust. »Wenn du gehorchst, passiert dir nichts«, warnt er mich und fuchtelt mit der Flinte unter meiner Nase herum. »Aber wenn du Mätzchen machst, abhauen willst oder irgendwelche Tricks versuchst, werden wir dir sehr weh tun. Kapiert?«

Angsterfüllt starre ich auf das Gewehr und nicke.

»Wirklich eine halbe Portion.« Er dreht sich zur Grube um. »Beweg deinen Hintern, Buckoboy!« fordert er ihn auf. »Hilf mir, sie zu fesseln.« Er lacht. »Und dann verhören wir sie ein bißchen.«

»Das wird bestimmt lustig«, Buckoboy grinst.

Mein Vorsatz steht fest. Ich darf nicht zulassen, daß sie mich fesseln. Während Chipper mich mit der Flinte bedroht, nähert sich Buckoboy mit einem Seil. Ich weiche zurück. Doch plötzlich springt Chipper auf mich zu, bringt mich mit einem Rempler zu Fall und hält mich fest. Obwohl ich mich aus Leibeskräften wehre, bindet er mir geschickt Knöchel und Handgelenke zusammen. Als ich die beiden anbrülle und beschimpfe, tritt Chipper mich in die verletzte Seite. Ich stoße einen Schrei aus und gebe den Widerstand auf. Buckoboy dreht mich auf den Bauch und schnürt mich zu einem Bündel zusammen.

»Eine richtige kleine Katze!« sagt Buckoboy. »Wenn man nicht aufpaßt, kratzt sie einem die Augen aus.«

Wie einen Zementsack werfen sie mich auf die Ladefläche ihres Pickups. Ich versuche, eine einigermaßen bequeme Position zu finden, und höre, wie sie über mich reden – extra laut, damit ich auch alles verstehe. Sie nennen mich »blödes Stück«, »kleine Fotze« und »dreckige Nutte« und plaudern darüber, wie sie mich so lange windelweich prügeln werden, bis ich sie anflehe, es mir »zu besorgen« oder ihnen »einen blasen« zu dürfen.

»Die sieht aus, als hätte sie schon vielen einen geblasen, was, Chipper?«

»Da kannst du Gift drauf nehmen. Und ich wette, sie macht es auch von hinten. Das erkennt man auf den ersten Blick.«

Trotz des übertriebenen Gejohles und der durchsichtigen Drohungen fürchte ich mich. Ich spüre, daß sich hinter ihren schmutzigen Witzen noch mehr verbirgt. Sie wollen mich nicht nur einschüchtern, sondern mir außerdem eine Botschaft vermitteln: Ich bin ihre Gefangene und ihnen folglich auf Gedeih und Verderb ausgeliefert.

»Sie könnte uns bei den Bullen verpfeifen, Chipper.«

»Das wird sie nicht tun. Sie weiß, daß wir sonst kommen und sie umlegen. Außerdem muß sie das übliche Entlassungsformular unterschreiben, bevor sie gehen darf. *Falls* sie überhaupt gehen darf! Vielleicht werfen wir sie auch wieder in die Grube und schütten zwei Tonnen Erde drauf. Damit wäre das Problem gelöst.«

Ich rede mir ein, daß das alles nur ein Spiel ist. Sie wollen mir angst machen und sichergehen, daß ich mich nie wieder hier blicken lasse. Aber ihre Grobheit sagt mir, daß es ihnen gar nicht um die Interessen des G.G.C. geht, sondern darum, sich auf meine Kosten zu amüsieren. Die beiden unterscheiden sich völlig von den zackigen Wachmännern, denen Sascha und ich am Haupttor begegnet sind. Diese Männer waren zwar ziemlich unfreundlich, machten aber wenigstens einen professionellen Eindruck. Chipper und Buckoboy hingegen wirken auf mich wie zwei dumme Brutalos kurz vor dem Durchdrehen.

Und das ist das Beängstigende daran ... abgesehen davon, daß ich verletzt bin, daß mir jeder Knochen im Leibe weh tut, daß ich in verkrampfter Stellung gefesselt auf der Ladefläche ihres schrottreifen Pickups liege. Außerdem haben sie Pistolen. Mein Kopf dröhnt. Erschöpfung überfällt mich, obwohl ich doch gerade jetzt besonders wach und aufmerksam sein sollte. Aber ich fühle mich schwindelig und schläfrig, so, als würde ich gleich das Bewußtsein verlieren.

»Wir könnten sie auch als Hirsch verkleiden. Wir kleben ihr ein Geweih auf den Kopf, geben ihr zwei Minuten Vorsprung und jagen sie dann durch den Wald.«

Mir schießen Bilder von G. G. C.-Safaris durch den Kopf, und ich muß an die angeblich wie Wild durch den Wald gehetzten Obdachlosen denken.

Aber nicht einmal die Furcht kann mich wachhalten. Ich bin einfach zu geschwächt und zu benommen. Je mehr ich dagegen ankämpfe und versuche, über meine mißliche Lage nachzudenken, desto schläfriger werde ich. Irgendwann bemerke ich ihr höhnisches Grinsen, und mir wird zu meinem Entsetzen klar, daß sie mir ein Betäubungsmittel gegeben haben.

Es war in dem Wasser, das Buckoboy mir angeboten hat, *sein* Wasser aus *seiner* Feldflasche. Ich bin so müde, höre sie lachen, sehe kurz nach oben und erkenne ein wahnsinniges, lüsternes Funkeln in ihren Augen ... dann gebe ich es auf, mich gegen die Wirkung der Droge zu wehren ... spüre, wie sich Nebel in meinem Gehirn ausbreitet ... höre wie aus weiter Ferne mein eigenes Stöhnen ... und schließlich senkt sich langsam ein großer, schwarzer Mantel über mich.

Ab und zu nehme ich meine Umgebung wahr, im nächsten Moment dämmere ich wieder weg. In den kurzen halbwachen Phasen stelle ich fest, daß ich mich in einem hohen Raum befinde und ausgestreckt auf einem Billardtisch liege. Ein grelles Licht, das mir in den Augen schmerzt, scheint von oben auf mich herab. Ich bin fast nackt – mein Oberkörper ist unbekleidet, ich trage nur noch meine Unterhose. Ich spüre die Hitze der Lampe auf meiner Haut. Meine geprellten Rippen tun so weh, daß mich der Schmerz geweckt hat. Mühsam öffne ich die Augen und sehe die Männer. Sie stehen um mich herum, ich spüre ihre Gegenwart, höre ihre Stimmen – obwohl ich nicht verstehen kann, was sie sagen. Das Licht schmerzt so sehr, daß alles um mich herum weiß wird. Geblendet schließe ich die Augen und schlafe wieder ein.

Sie werden mich vergewaltigen. Ich weiß es! Sie werden mich benutzen und mich dann aus Angst vor einer Anzeige wieder in die Grube werfen und mich lebendig begraben. Ich fange an zu schreien und fühle, wie sich eine Hand unsanft auf meinen Mund senkt.

»Maul halten, du Schlampe!«

Kaltes Metall preßt sich an meinen Hals. Ich will nicht nachgeben. Ich will mich wehren. Ich versuche, mich aufzurichten … aber es geht nicht. Ich bin gelähmt.

Ich liege immer noch auf dem Billardtisch … und überall im Raum sind Waffen. Hunderte von Waffen, schreckliche, angsteinflößende Waffen in Ständern an den Wänden – Flinten, Pistolen, Revolver, Gewehre mit Zielfernrohr, Läufe aus funkelndem Metall, Kolben aus schimmerndem Holz, der Geruch nach Öl und Schmiere, so überwältigend, daß ich kaum atmen kann.

Auf der Waffe, die sie vor meiner Nase schwenken, sind menschliche Gestalten abgebildet. Männer und Frauen in ekstatischer Verzückung, eingraviert ins Metall. Die Gesichter wirken starr, doch ihre polierten Körper winden sich, und ihr eisernes Fleisch wird lebendig, bedeckt mit Schweißtropfen aus Gewehröl. Obwohl mich das blitzende Metall blendet, kann ich mich dem Anblick nicht entziehen.

Ich spüre, wie die Waffe mich liebkost, das Metall und das Öl auf meiner Haut. Ich bäume mich ihm entgegen, will es berühren, aber es wird zurückgezogen.

»Sieh mal an, sie mag es, was, Buckoboy?«

»Richtig scharf ist sie! Vielleicht gefällt es ihr zu gut.«

»Manche Weiber können eben nicht genug kriegen.«

Als das Metall mich wieder berührt, sinke ich stöhnend zurück und versuche, mich in den Schlaf zu flüchten. Kurz bevor ich wegdämmere, höre ich eine Biene summen.

Der Mann liegt auf dem Rücken. Die Frau liegt neben ihm, umfaßt sein Glied und zieht ihn an sich. Auf der anderen Seite lieben sich zwei Paare, zwei Männer dringen – einer von unten, der andere von oben – in eine Frau ein, während eine Frau, die daneben sitzt, die beiden Männer liebkost.

Eine Erkenntnis. *Sie* sind es, die sich in Verzückung winden, nicht ich. Wie habe ich mich so verwirren lassen können? Ich kann nicht klar denken, mein Gehirn ist wie Brei, in einem Moment erkenne ich alles um mich herum ganz deutlich, im nächsten verschwimmt alles im Nebel. Ich höre das Schloß klikken, als das Verschlußstück geöffnet und wieder zugeklappt wird. Dann das Klicken des Abzugs beim Abdrücken. Sie foltern mich mit dieser Waffe, berühren mich damit und ziehen sie wieder weg. Sie schwenken sie vor mir, daß sich das Licht in den Gravuren bricht und sie in mein Gehirn einbrennt. Und die ganze Zeit höre ich eine Biene summen.

Ich lasse mir meinen Haß nicht anmerken. Sie sollen denken, daß es mir gefällt. Und dann ist meine Willenskraft auf einmal wieder wie weggeblasen. Ich schließe die Augen und höre auf zu denken. Eine Biene versteckt sich in der Ecke. Ich verstecke mich in meiner Seele.

Für mich gibt es nichts Angsteinflößenderes als eine Waffe. Ist das die Pistole, mit der Mama sich erschossen hat? Woher haben sie sie? Es muß eine andere sein. Wovor fürchte ich mich am meisten? Vor Waffen. Und jetzt drücken sie eine gegen meinen Körper.

Sie reden über mich. Das blendende Licht ist verschwunden. Ich öffne mühsam die Augen und betrachte ihre Gesichter.

Inzwischen sind sie zu viert: die beiden Bärtigen – Chipper und Buckoboy, meine Peiniger – ein dritter Mann, der im Schatten steht, und ein vierter, glattrasierter, der mir bekannt vorkommt.

Ich verhalte mich ruhig, damit sie nicht auf mich aufmerksam werden. Obwohl sie über mich sprechen, sehen sie mich nicht an. Der Glattrasierte hält den beiden Folterknechten eine Standpauke, beschimpft sie als Idioten und sagt, sie hätten mich nicht quälen dürfen.

»Wir wollten dem Miststück doch nur Angst einjagen. Es ist ihr nichts passiert«, jammert Buckoboy.

»Und woher hat sie dann die Verletzungen?« will der Mann wissen.

»Von dem Sturz in die Falle«, antwortet Chipper.

»Und warum ist sie nackt?«

Auf einmal wird mir wieder klar, daß ich nichts mehr am Leibe trage.

»Nun, wir dachten, Sie wissen schon ...«

»Zieht ihr endlich etwas an, um Himmels willen!«

»Ja, natürlich. Aber ihre Kleider sind alle zerrissen.«

»Dann besorg eben andere, du Schwachkopf.«

»So darfst du nicht mit mir reden, Vince.«

»Ich rede mit dir, wie es mir paßt.«

Ich spüre den Haß zwischen ihnen und bin erleichtert, daß er nicht mir gilt. Vince, der Glattrasierte, ist mein Schutzengel und gekommen, um mich vor meinen Peinigern zu retten. Als ich diesmal wieder einschlafe, hat meine Angst nachgelassen.

Ich bin wieder in einem Auto, nicht in einem Pickup, sondern in einem richtigen Wagen, und liege auf dem Rücksitz. Das Licht ist grell. Offenbar ist es Morgen. Vorn sitzen zwei Männer. Wir fahren schnell. Ich wende meinen Kopf dem Fahrer zu, blinzle und öffne die Augen dann für den Bruchteil einer Sekunde. Ich erkenne Vince Carroll, der Mann, den ich von Saschas Auto aus an der roten Ampel fotografiert habe. Es scheint eine Ewigkeit her zu sein.

Möglicherweise ist es ja derselbe Wagen – nein, damals fuhr er auch einen Pickup. Warum habe ich eine Biene gehört? Hat sie gesummt oder geflüstert? Das Auto macht einen Satz, ein Schmerz schießt mir durch die Seite. Die Sonne scheint so hell, daß ich die Augen geschlossen halten muß.

Bringen sie mich in den Wald, um mich freizulassen und mich dann zu jagen wie ein wildes Tier? Wollen sie mich erschießen? Mich marinieren? Mich braten und verspeisen?

Flüchte dich in einen Traum. Vielleicht gehen Angst und Schmerz dann vorbei.

Das Auto bleibt stehen. Die hintere Tür wird geöffnet. Vorsichtig heben sie mich heraus, daß ich mich nicht am Türrahmen stoße.

Draußen im Freien spüre ich die warmen Sonnenstrahlen. Ich stelle fest, daß ich inzwischen bekleidet bin. Kein Verkehrslärm. Wir müssen weit abseits von der Straße sein. Sie tragen mich eine Weile. Ich merke, daß es kühler wird, als wir in den Schatten treten. Dann setzen sie mich sanft auf nach Harz duftender Erde ab. Trotzdem stöhne ich auf, als meine verletzte Seite mit dem Boden in Berührung kommt.

»Hier ist es gut. Sie wird schon wieder auf die Beine kommen«, sagt der Beifahrer. Seine Stimme habe ich bis jetzt noch nie gehört. »Wenn sie aufwacht, wird sie sich leicht zurechtfinden. Sie braucht bloß dem Pfad bis zur Straße zu folgen und den Daumen rauszuhalten. Irgendwer nimmt sie sicher mit.«

»Laß ihr die Kamera da.«

»Bist du sicher, Vince?«

»Ich habe den Film rausgenommen. Wenn sie ihre Kamera noch hat, kann sie nicht sagen, daß sie beraubt worden ist.«

Ich spüre, daß sie mich mustern.

»Sie ist absolut weggetreten.«

»Total.«

»Glaubst du, sie schafft es?«

»Bestimmt.«

»Sie hat kein Entlassungsformular unterschrieben.«

»Egal. So durcheinander, wie die ist, kann sie sich bestimmt nicht mehr richtig erinnern, wo sie war und was passiert ist. Sie hat das meiste ja gar nicht richtig mitgekriegt.«

»Hoffentlich haben die beiden ihr wirklich nichts getan.«

»Sie wollten gerade. Ein Glück, daß ich noch rechtzeitig gekommen bin.«

»Von denen ist einer dümmer als der andere.«

»Sie tun nur das, was die Bosse ihnen vormachen. Am liebsten würde ich sie rausschmeißen, aber das geht nicht. Mr. Carson hat einen Narren an ihnen gefressen. Außerdem wissen sie zuviel.«

»Okay, Vince, die Kleine wären wir aber wenigstens los.«

»Die läßt sich hier bestimmt nicht mehr blicken.«

Sie betrachten mich noch eine Weile. Ich atme regelmäßig und stelle mich schlafend. Einer stupst mich vorsichtig mit der Stiefelspitze an. Ich zucke leicht zusammen und atme im selben Rhythmus weiter. Kurze Zeit später gehen sie weg. Ich warte eine lange Zeit, bis wirklich nichts mehr von ihnen zu hören ist. Dann schlafe ich tatsächlich ein.

Es ist heiß. Sonnenstrahlen bohren sich in meine Augen. Ich taste nach meiner Sonnenbrille, bis mir einfällt, daß ich sie beim Fahrrad gelassen habe. Schließlich setze ich mich auf, halte die Hand über die Augen und sehe mich um.

Ich sitze auf dem Boden in einem Kiefernhain. Maddys alte Nikon und meine Wasserflasche liegen neben mir. Da ich entsetzlichen Durst habe, schraube ich die Verschlußkappe ab und nehme einen Schluck. Doch dann fällt mir ein, daß die Männer mich unter Drogen gesetzt haben, und ich spucke das Wasser wieder aus. Jetzt kann ich nicht einmal mehr aus meiner eigenen Flasche trinken, weil sie womöglich auch da etwas hineingeschüttet haben. Ich gieße mir ein wenig Wasser in die hohle Hand, schnuppere daran und benetze mein Gesicht. Mir ist immer noch schwummerig, aber ich will jetzt nicht mehr schlafen. Meine Armbanduhr ist noch da. Vier Uhr. Zu meinem Schrecken wird mir klar, daß es sicherlich vier Uhr nachmittags ist.

Noch entsetzter bin ich, als ich feststelle, daß ich nicht meine eigenen Kleider trage. Nur die Stiefel gehören mir, Jeans und T-Shirt nicht. Ich ziehe die Sachen aus, untersuche Hose und T-Shirt. Männersachen, frisch gewaschen und viel zu groß. Ich drehe die Taschen um. Nichts. Also ziehe ich alles wieder an und stehe mühsam auf.

Ich muß hier weg. Außerdem brauche ich dringend etwas zu trinken, habe Angst zu verdursten. Hungrig bin ich auch, aber das kann warten. Aus Erfahrung weiß ich, daß ein leichtes Magenknurren zusätzliche Kräfte verleiht. Doch wenn man Durst hat, ist man bald am Rande der Verzweiflung.

Ich mache einen Schritt vorwärts. Mir ist so schwindelig, daß ich mich an einen Baum lehnen muß. Aber ich will mich nicht mehr setzen, befürchte, dann nicht mehr die Kraft zum Aufstehen zu haben. Ich brauche Wasser. Kann ich es wagen, aus meiner Flasche zu trinken? Wenn ich noch eine Dosis Betäubungsmittel abbekomme, breche ich zusammen und sterbe womöglich. Nein! Ich muß hier weg, Menschen finden, die mir helfen … und Wasser. Vor allem Wasser.

Ich schließe die Augen, schütze sie mit der rechten Hand, spreize leicht die Finger und spähe hindurch. Wenn ich blinzle und die Augen für einen Sekundenbruchteil leicht öffne, sehe ich genug, um ein Nachbild zu erzeugen, an dem ich mich orientieren kann. Ein paar Schritte, blinzeln, ein Nachbild, wieder ein paar Schritte. Es wird zwar einige Zeit dauern, aber mit ein wenig Glück müßte ich es schaffen, mich aus diesem Wald hinauszublinzeln.

Da ist ein Pfad. Wahrscheinlich haben sie mich auf diesem Weg hierhergebracht. Wenn ich ihm folge, komme ich sicher zu einer Straße. Aber wenn ich den Wald verlasse, habe ich keinen Schatten mehr. Im hellen Sonnenlicht kann ich nichts sehen. Soll ich warten, bis es dunkel wird, und weiter Durst leiden? Das geht nicht! Ich muß hier weg, solange ich noch die Kraft dazu habe. Ich muß Wasser und Hilfe finden.

Als ich ein Stück des Pfads hinter mich gebracht habe, bekomme ich den Eindruck, daß ich mich in einer Art Park befinde. Keine Rotbuchen, also ist es nicht der Jackson State Forest. Aber im Mendocino County gibt es verschiedene öffentlich zugängliche Wälder. Wenn es sich um ein Naherholungsgebiet handelt, müßte ich hier Picknicktische, Mülleimer und Münztelefone finden. Doch ich kann nichts dergleichen entdekken. Von einem Münztelefon aus könnte ich wenigstens die Polizei anrufen, auch wenn ich keinen Penny in der Tasche habe.

Ich stehe am Waldrand an einer Staubstraße und hoffe, daß jemand vorbeifährt und mich mitnimmt. Allerdings bezweifle ich, daß jemand anhalten würde. Ich trage grauenhafte Klamotten und sehe wahrscheinlich aus wie eine Vogelscheuche. Meine Lippen sind aufgesprungen, und ich rieche verschwitzt. Außerdem fahren hier keine Autos. Deshalb gehe ich auf die andere Straßenseite, wo es schattiger ist. Nach rechts oder nach links? Inzwischen ist es dämmriger geworden. Wenn ich die Sonne im Rücken habe, ist das besser für meine Augen. Ich wende mich also nach links.

Nach etwa anderthalb Kilometern entdecke ich ein Gebäude abseits der Straße. Ein Trampelpfad bringt mich zu einer Hütte. Niemand da. Die Tür ist verriegelt, die Fensterläden sind geschlossen. Wahrscheinlich ein Wochenendhaus.

Auch die hinteren Fenster sind zu. Ich entdecke ein Toilettenhäuschen und einen Propangaskanister. Sicher gibt es drinnen Vorräte. Ich schaue mich gründlicher um und finde in einem Holzstoß eine rostige Axt, mit der ich den Fensterladen vor einem der hinteren Fenster bearbeite. Nach sechs Schlägen gibt das Holz nach. Leider ist das Fenster dahinter verschlossen. Mir bleibt nichts anderes übrig, als die Scheibe einzuschlagen. Nachdem ich das Fenster entriegelt und geöffnet habe, spähe ich ins Haus. Im Raum herrscht eine wohltuende Dunkelheit. Ich klettere hinein und blicke mich um: ein Propangaskocher, zwei Gaslaternen – und in einem Schrank zehn volle, versiegelte Vier-Liter-Plastikflaschen mit Quellwasser.

Ich ergreife eine, reiße den Verschluß ab, halte sie an die Lippen und trinke. Es schmeckt phantastisch. Ich nehme noch einen genüßlichen Schluck. Dann setze ich mich auf einen Hocker und trinke, bis mir fast der Bauch platzt. Nachdem ich einen Liter Wasser hinuntergestürzt habe, hole ich ein paarmal tief Luft und schüttle den Kopf, um die Benommenheit zu vertreiben.

Bestimmt gibt es hier auch etwas Eßbares. Ich durchwühle die Schränke und stoße auf verschiedene Nudelpäckchen und Dosen mit Bohnen, Sardinen und Tomaten. Ich fülle Wasser in einen Topf und stelle ihn zum Kochen auf den Herd. Danach öffne ich eine Dose und erhitze die Tomaten in einer Pfanne. In dem Raum steht auch eine Badewanne, und das Faß daneben enthält vermutlich Regenwasser. Ich ziehe mich aus, stelle mich in die Wanne, begieße mich mit Wasser, seife mich ein und spüle den Schaum weg. Als ich mich gewaschen, abgetrocknet und ein paar Männersachen gefunden habe, die mir besser passen als die alten, kocht das Spaghettiwasser. Ich mache mir Spaghetti mit Tomatensauce und verschlinge meine erste Mahlzeit seit vierundzwanzig Stunden.

Da ich nun sauber, gesättigt und nicht mehr durstig bin und auch die Wirkung des Betäubungsmittels allmählich nachläßt, gehe ich in der Hütte auf und ab und lasse die Ereignisse Revue passieren.

Ich bin sicher, daß ich nicht vergewaltigt worden bin, aber man hat mir damit gedroht, und das verstößt ebenfalls gegen das Gesetz. Außerdem wurde ich gefangengehalten und gegen meinen Willen unter Drogen gesetzt – auch eine Straftat. Weiterhin steht fest, daß ich erwischt wurde, als ich mich unbefugt auf Privatgrund herumtrieb, und deshalb keine weiße Weste habe. Aber vor allem ist mir deutlich bewußt, daß ich von Mitarbeitern des G.G.C. auf abscheulichste Weise mißbraucht worden bin.

Wütend greife ich nach der Axt und will sie schon in den Boden der Hütte schlagen. Doch dann halte ich mich zurück. Ich habe hier schon genug Schaden angerichtet. Wenn ich die Hütte nicht gefunden hätte, würde ich immer noch herumirren. Gott sei gedankt für die Hütte, das Wasser und die Lebensmittel. Jetzt brauche ich nur noch herauszufinden, wo ich bin.

In einer Schublade entdecke ich eine Wegbeschreibung für Wochenendgäste, der ich entnehme, daß ich mich nur einen guten Kilometer von der nächsten Straße entfernt befinde. Ich spüle meine Feldflasche aus, fülle sie mit Quellwasser, räume die Hütte auf, schreibe einen Zettel, in dem ich mich für den Einbruch, den Kleidungsdiebstahl und den Verbrauch der Lebensmittel entschuldige. Ich verspreche, alles zu bezahlen, unterschreibe und gebe Telefonnummer und Adresse an. Nachdem ich den kaputten Fensterladen so gut wie möglich geschlossen habe, marschiere ich los.

Es dämmert. Ich kann gut sehen und schreite kräftig aus. Obwohl ich noch leicht benommen bin, fühle ich mich schon viel besser. Meine Wut will ich lieber nicht wieder hochkommen lassen.

Ich finde die Straße und gebe dem erstbesten Auto Handzeichen. Zu meinem Erstaunen bleibt es wirklich stehen. Ich laufe darauf zu. Es ist ein verbeulter Ford Taunus. Ein junges Paar sitzt darin.

»Wohin willst du?« fragt die Frau. Sie hat Sommersprossen und ein freundliches Lächeln.

»Zum nächsten Telefon.«

»Wir fahren nach Fort Bragg.«

»Fort Bragg wäre prima.«

Sie wechselt einen Blick mit ihrem Mann, der die Achseln zuckt.

»Gut … dann steig ein«, sagt sie.

Ich liebe euch! »Danke!«

Sie heißt Clarice und redet ununterbrochen. Ich lasse ihr Geplapper über mich hinwegplätschern, während ich überlege, was ich als nächstes tun soll. Zwei Dinge haben absolute Priorität: Ich muß den Vorfall bei der Polizei melden. Und ich muß mein Fahrrad, meinen Schlafsack, meine Brieftasche und die Karte vom G. G. C. aus dem Versteck im Jackson State Forest holen.

Allerdings kommen mir bald Zweifel, ob es wirklich ratsam ist, zur Polizei zu gehen. Ich habe Hausfriedensbruch begangen und befinde mich außerdem im Besitz eines Lageplans des G.G.C., was darauf hinweist, daß ich vorsätzlich in das Gelände eingedrungen bin. Wie soll ich erklären, was ich dort zu suchen hatte? Im übrigen – soweit ich informiert bin, pflegt der G.G.C. gute Kontakte zur örtlichen Polizei. Es wurde auf Wilderer geschossen, mindestens drei von ihnen kamen ums Leben, Clubmitglieder veranstalten Treibjagden auf Obdachlose, ein Vereinsvorstand und Gründer des Clubs wurde wahrscheinlich bei einem Duell im Schießstand getötet – und dennoch ist nie ein Angehöriger oder Mitarbeiter des G.G.C. verhaftet worden.

Trotzdem kann ich mein schreckliches Erlebnis nicht einfach ad acta legen. Ich will es nicht vergessen, will nicht nur dankbar sein, daß ich weder vergewaltigt noch ermordet wurde. Was Buckoboy und Chipper mir angetan haben, ihre Einstellung, die ein solches Verhalten überhaupt möglich machte, hat ihren Ursprung gewiß oben in der Chefetage. Ein Jagdclub für sogenannte Gentlemen, in dem Sonnwendorgien gefeiert werden und dessen Mitglieder in einer Wohnung in der Capp Street Sexspielchen mit Pistolen frönen, ein Club, der auf Wilderer schießen läßt und Menschenjagden veranstaltet – das ist ein Klima, in dem sexuelle Gewalt erst richtig gedeiht.

Ich richte mich abrupt auf. Clarice plappert weiter, aber ich verstehe kein Wort. Statt dessen denke ich an die Beobachtung, die ich in jener Nacht von der Mansarde der Wongs aus gemacht habe: Ein aufrecht stehender, schwarzgekleideter Mann stieß einer nackten, knienden Frau eine Pistole in den Mund. Dazu kommen Agnes Fontaines und Baggy Bigelows Schilderungen von Ramsey Carsons Waffensammlung mit den eingravierten erotischen Motiven. Und dann die Waffe, die ich gesehen habe, als ich ausgestreckt und betäubt auf dem Billardtisch im Clubhaus lag – die Waffe, die die Männer gegen meinen Körper preßten, mit der sie mich vergewaltigen wollten ... auch darauf waren nackte Männer und Frauen beim Geschlechtsakt abgebildet gewesen.

Ja, was mir angetan wurde, *war* von ganz oben initiiert. Und das, was sie mir womöglich noch angetan hätten. Vince Carroll sagte zu seinem Freund, ich würde völlig verwirrt aufwachen und mich an nichts mehr erinnern können. Deshalb hatte er auch keine Bedenken, mich ohne Wasser im Wald auszusetzen. Ich schwöre mir stumm, mich für all das zu rächen.

»... so, da sind wir, im guten, alten Fort Bragg«, sagt Clarice. »Wo sollen wir dich absetzen?«

»Am Paradise Saloon.«

Eine Minute später halten sie vor dem Lokal. Ich steige aus, bedanke mich, warte, bis sie weg sind, und gehe hinein.

Joe, der Barmann mit dem hängenden Schnauzbart und dem Samuraiknoten, erkennt mich zuerst nicht. Doch als ich ihm auf die Sprünge helfe, lächelt er freundlich.

»Aber klar ... du warst mit dem Inder hier, jetzt weiß ich's wieder. Ich habe euch doch mit Hank und Gale bekannt gemacht.«

Ich versichere ihm, daß ich ihm sehr dankbar dafür bin, und beuge mich dann über den Tresen.

»Ich stecke in Schwierigkeiten, Joe. Ich bin zusammengeschlagen worden, und jetzt ist meine Brieftasche weg. Ich habe nicht mal Geld zum Telefonieren.«

»Kein Problem!« Er legt einen Zehn-Dollar-Schein auf den Tresen.

Ich bedanke mich, sage aber, daß ich eigentlich nur fünfundzwanzig Cent brauche, damit ich die Vermittlung anrufen und ein R-Gespräch mit Sascha anmelden kann. Dann spuckt das Telefon die Münze sowieso wieder aus.

Er legt vier Fünfundzwanzig-Cent-Stücke auf den Zehner. »Das Münztelefon ist hinten bei den Klos.« Er zeigt mit dem Finger in die Richtung.

Sascha hebt beim ersten Läuten ab. Ich erzähle ihm alles. Sein mitleidiges Aufstöhnen bricht mir fast das Herz.

»Du mußt sofort ins Krankenhaus«, rät er mir. »Woher willst du wissen, daß du nicht vergewaltigt worden bist?«

»Eine Frau weiß so was.«

Er denkt über meine Worte nach und muß mir schließlich recht geben.

»Offenbar haben die Rohypnol im Wasser aufgelöst.«

»Rohypnol?«

»Man nennt es auch Flunitrazepam. Bei uns in der Notaufnahme kriegen wir jede Woche jemanden rein, der zuviel von dem Zeug erwischt hat. Es wirkt so ähnlich wie Valium, nur viel stärker. Es macht das Opfer so total groggy, daß es nicht mehr klar denken kann. Angeblich die optimale Droge, wenn man vorhat, die Frau, mit der man verabredet ist, zu vergewaltigen.«

Ich zucke zusammen.

Er erläutert mir, daß der Körper Rohypnol rasch wieder ausscheidet. Danach ist es im Blut nicht mehr nachzuweisen.

»Wenn du Anzeige erstatten willst, solltest du dich sofort untersuchen lassen. Und außerdem wäre ein Vaginalabstrich nicht schlecht, auch wenn du schon gebadet hast.«

Als ich ihm sage, daß ich mich weigere, in ein Krankenhaus zu gehen, und ihn auffordere, endlich mit diesem Thema aufzuhören, verstummt er. Außerdem, so erkläre ich ihm, hätte ich nicht vor, Anzeige zu erstatten.

Dann frage ich ihn nach Hank Evans' Telefonnummer. Ich möchte ihn anrufen und ihn fragen, ob ich bei ihm und Gale übernachten kann. Sascha diktiert sie mir.

»Ich liebe dich, Kay. Ich mache mir Sorgen um dich«, sagt er. »Wenn dir etwas passiert ...« Seine Stimme erstirbt.

»Ich habe mich leichtsinnig verhalten«, gebe ich zu. »Doch jetzt bin ich außer Gefahr. Ich werde es diesen Schweinen vom G. G. C. auf meine Weise heimzahlen.«

Ich lege auf, vergieße ein paar Tränen, atme tief durch und wähle dann Hanks Nummer. Gale hebt ab.

»Wir haben erst gestern abend von euch geredet«, sagt sie. Als sie Hank erzählt, daß ich am Apparat bin, hört er am Nebenanschluß mit. Nachdem ich meine Geschichte erzählt habe, verspricht er, mich in fünf Minuten abzuholen. Ich soll draußen warten.

Ich versuche, Joe die zehn Dollar zurückzugeben, aber er will sie nicht annehmen.

»Kommt nicht in Frage.«

»Du kennst mich doch gar nicht, Joe.«

»Ich mag dich trotzdem.«

»Und was ist, wenn ich eine Betrügerin bin?«

Er lacht. »Spielt keine Rolle. Wenn du es wirklich nötig hast, mich um zehn Dollar zu betrügen, bitte sehr.«

Als ich aus der Kneipe trete, fährt Hank gerade mit seinem dunklen Pickup vor. Er springt aus dem Führerhaus, umarmt mich so, wie Dad es immer macht, schiebt mich ins Auto, knallt die Tür zu und fährt davon.

»Diese dreckigen Schweine!« schimpft er, und meint damit die Kerle vom G. G. C. »Wenn ich wüßte, wo sie stecken, würde ich sie an den Ohren aus ihrem Loch ziehen und sie eigenhändig abknallen.« Er sieht mich an. »Warum hast du mich nicht angerufen, Kay? Ich wäre mitgekommen. Sogar bewaffnet. Wenn ich dabeigewesen wäre, hätten die nie so was mit dir gemacht.« Er hält inne und mustert mich. »Du wolltest doch in Wahrheit gar keine wilden Tiere fotografieren, oder?«

»Nein«, antworte ich. »Etwas anderes.«

Ich finde es sehr sympathisch, daß er nicht nachhakt und versucht, mir mein Geheimnis zu entlocken. Er schmunzelt nur in sich hinein und lobt mich, weil ich es überhaupt so weit geschafft habe.

»Du bist ja eine richtige Pfadfinderin.«

»Eigentlich nicht. Ich hatte eine Karte, auf der die Sicherheitsvorkehrungen eingezeichnet sind, und die habe ich auswendig gelernt. Aber die Grube war nicht drauf.«

»Eine Karte vom Goddess Club, das gibt's ja gar nicht!«

Er hält vor einem kleinen Holzhaus in einer Straße, in der weitere ähnliche Häuser dicht beieinanderstehen. Das Haus hat einen ordentlichen kleinen Vorgarten mit einem niedrigen Zaun. Hank öffnet das Tor und winkt mich herein. Drinnen bellt ein Hund.

»Diese Karte würde ich gern mal sehen, wenn du erlaubst, Kay.«

Ich bleibe an der Tür stehen und sehe ihn an. »Sie gehört dir, Hank. Du kannst sie haben.«

Gale umarmt mich, während ihr Hund, ein Cockerspaniel, an meinem Bein hochspringt. Gale ruft ihn zurück und betrachtet mich.

»Abgesehen von den Klamotten siehst du gar nicht so schlecht aus. Ich kann dir was von mir leihen, wenigstens Jeans, die richtig passen.«

Sie hat für mich die Lasagne vom Abendessen aufgewärmt, bittet mich in die Küche, bietet mir einen Platz an und stellt mir den Teller hin. Während ich esse, trinken sie und Hank Bier.

Bald darauf rede ich wie ein Wasserfall, etwa so wie Clarice zuvor im Auto. Ich erzähle ihnen, was ich wirklich im Schilde führe. Nachdem ich aufgegessen habe, setzen wir uns ins Wohnzimmer. Die schönen Möbel hat Hank selbst geschreinert. In einem verschlossenen Waffenschrank stehen Flinten und Jagdgewehre, ein zweiter Kasten enthält kunstvoll gearbeitete Jagdbogen.

»Diesen Vince Carroll kenne ich«, sagt Gale. »Er und mein Bruder haben in der High School zusammen Football gespielt. Carroll war hier früher Hilfssheriff. Eigentlich ein netter Kerl. Und jetzt arbeitet er also im Goddess Club ...« Sie zuckt die Achseln. »So kann man sich ändern.«

Wir unterhalten uns noch ein wenig. Während Gale mein Bett macht, erbietet Hank sich, mir seinen Hobbyraum zu zeigen. Er geht voran in den Keller. Hinter seiner Schreinerwerkstatt befindet sich eine verschlossene Tür. Er schließt auf und bittet mich in einen fensterlosen Raum.

An der einen Wand stehen Regale voller Bücher über den Vietnamkrieg, die andere ist mit seinen Kriegsandenken geschmückt – Fotos von seinen Kameraden, eine erbeutete Vietcongfahne, verschiedene Waffen der Vietcong und noch einige Angriffswaffen, zu denen, wie er mir erklärt, auch ein M-79-Granatwerfer gehört.

»Ein paar von diesen Sachen sind illegal«, sagt er. »Deshalb zeige ich sie auch nicht jedem.« Er hält inne. »Du hast mir deine Geheimnisse anvertraut, und deshalb ist es nur in Ordnung, wenn du wenigstens ein paar von meinen erfährst.«

»Hast du etwa noch mehr von dem Zeug?« frage ich.

Hank grinst. »Granaten, Munition, Sprengstoff. Nach der

Ausbildung zum Ranger haben sie mich zu einem Sprenglehrgang geschickt. Das hat mir da drüben am besten gefallen – es so richtig krachen zu lassen.«

Am nächsten Morgen fahren wir zum Jackson State Forest und marschieren in den Wald. Mein Rad und mein Schlafsack sind noch da, wo ich sie zurückgelassen habe. Ich radle zum Parkplatz und warte dort auf Hank. Nachdem er das Rad hinten auf seinen Pickup geladen hat, kehren wir nach Fort Bragg zurück. Ich bestehe darauf, unterwegs bei einem Kopierladen zu halten, um die Karte vom G. G. C. zu kopieren. Im Laden breiten wir sie aus, kopieren sie in Abschnitten und kleben sie zusammen. Sobald wir wieder im Auto sitzen, mustert Hank die Karte mit professioneller Gründlichkeit.

»Ja«, brummt er. »Mmmm … sehr interessant. Die haben für alles vorgesorgt … aber man kann jede Sicherheitsvorkehrung knacken. Militärisch betrachtet hat ihr System sogar einige Lücken. Schau dir zum Beispiel mal die Position der Wachposten an – ich sehe mindestens sechs Wege, wie man daran vorbeikommt. Wenn man sich als Offizier so was leisten würde, käme man nach der Schlacht vors Kriegsgericht. Aber natürlich rechnen die nicht mit einem wirklichen Angriff.« Er lacht. »Sie wollen nur Wilderer fernhalten und Neugierige, die Gerüchte gehört haben und sich ein bißchen umsehen wollen. Doch mit der richtigen Ausrüstung könnte man den Laden ordentlich plattmachen. Kein Stein würde auf dem anderen bleiben, Kay. Wenn man wollte, könnte man dafür sorgen, daß der ganze verdammte Goddess Club vom Erdboden verschwindet.«

Wir bringen mein Leihfahrrad zurück. Dann fährt er mich zur Bushaltestelle und wartet mit mir auf den Bus.

»Heute muß ich drei Sickergruben auspumpen«, erzählt er. »Dafür kriege ich jeweils einen Hunderter. Ich werde nämlich pro Auftrag und nicht pro Stunde bezahlt. Nicht gerade ein Job für empfindliche Nasen, aber die Kohle stimmt.«

Als der Bus kommt, umarmt er mich fest.

»Wenn du entschieden hast, was du tun willst, gib mir Bescheid«, flüstert er. »Es wäre mir eine Freude, dir zu helfen. Zu zweit könnten wir uns da drin prima amüsieren. Und du könntest es den Brüdern heimzahlen.«

Die Biene

11

In den ersten Tagen nach meiner Rückkehr bin ich wütend, so gereizt und aufbrausend, daß ich allen Leuten auf die Nerven gehe ... aber das ist mir bewußt.

»Wir werden es überstehen«, sagt Sascha. »Gemeinsam schaffen wir es. Sprich darüber, friß es nicht in dich hinein, und schäme dich nicht, zu weinen.«

Als ich nachts in seinem Bett plötzlich aufwache, nehme ich ihn beim Wort, klammere mich an ihn und weine mich an seiner Brust aus.

»Ich hasse es, mich derart gehenzulassen«, erkläre ich ihm am nächsten Morgen.

»Mach dir darüber keine Gedanken. Laß die Trauer zu.«

Ich befolge seinen Rat. Ich trauere wegen des Gefühls, ausgeliefert zu sein, und deshalb, weil ich es den Männern gestattet habe, mich zu demütigen und sexuell zu mißbrauchen.

»Du hast es ihnen nicht gestattet«, widerspricht Sascha. »Sie haben dich unter Betäubungsmittel gesetzt und Druck auf dich ausgeübt.«

»Ich hasse sie, weil sie Macht über mich hatten. Und ich hasse mich selbst wegen meiner Feigheit. Ich hätte das Wasser nicht annehmen dürfen und mich von Anfang an wehren müssen. Und außerdem hasse ich mich, weil ich Angst vor ihren Waffen hatte.«

Ich weiß, daß das Unsinn ist. Schließlich hatte ich von Anfang an geplant, mich eingeschüchtert, unterwürfig und dumm zu stellen, falls ich erwischt werde. Doch ich kann es mir einfach nicht verzeihen, daß ich mich habe gefangennehmen lassen. Allerdings weiß ich, daß sie mich sicher erschossen hätten, hätte ich mich in meinem angeschlagenen Zustand gewehrt.

Am Nachmittag gehe ich zum Aikido und am Abend gleich noch einmal.

Rita fällt es natürlich auf. »Willst wohl jetzt hart trainieren«, sagt sie. »Dich ganz auf den *shodan* konzentrieren.«

Ich reagiere nicht darauf, sondern lächle sie nur geheimnisvoll an.

»Gut, Kay«, befindet sie. »Es ist deine Sache.« Und dann schmunzelt sie in sich hinein. Ich weiß, was sie jetzt denkt: *Wenn du so geheimnisvoll tust, kann ich das schon lange.*

Trotz meiner Verletzungen gehe ich hart an meine Partner ran. Das schmeckt ihnen gar nicht, und als sie an der Reihe sind, den *nage* zu spielen, zahlen es mir die Fähigeren unter ihnen mit gleicher Münze heim. Aber genau das will ich ja – ich will leiden, mit dem Gesicht zuerst auf der Matte landen. Werfen und geworfen werden. Die anderen zu Boden schleudern und ihre Vergeltung spüren. Das rauhe Training wirkt reinigend auf mich, und der Schmerz befreit mich von der Wut, die ich dummerweise immer noch mit mir herumtrage.

Als ich an diesem Abend besonders grob mit Phil umspringe – einem sonnigen Blondschopf, mit den ebenmäßigen Zügen eines griechischen Gottes und Träger des blauen Gürtels dritten Grades –, schreitet Rita ein.

»Du wirst ja immer brutaler«, sagt sie. »Dann wollen wir doch mal sehen, wie fies du wirklich sein kannst.«

Sie befiehlt mir, sie anzugreifen. Ich stürze mich aus Leibeskräften auf sie. Aber sie schleudert mich so heftig zu Boden, daß mir die Luft wegbleibt. Die Blutergüsse und Schrammen, die ich bei meinem Abenteuer im Wald davongetragen habe, schmerzen höllisch. Um das Gesicht zu wahren und ihr zu zeigen, daß sie mir nichts anhaben kann, springe ich auf und gehe sie noch einmal an. Erneut schleudert sie mich zu Boden. Das Ganze wiederholt sich noch einige Male. Bald hören die anderen Kursteilnehmer mit dem Training auf, um uns zuzuschauen. Offenbar ahnen sie, daß hier mehr im Spiel ist: ein Machtkampf zwischen Schüler und *sensei* – das Ergebnis ist vorhersehbar.

Rita macht mich methodisch zur Schnecke. Auf ihrem Gesicht zeigt sich ein halb amüsierter Ausdruck. *Okay*, sagt mir ihre Körpersprache. *Du willst also deine Gefühle einbringen. Ich werde dir zeigen, was Aikido wirklich bedeutet.*

Sie wirft mich auf die Matte und umkreist lauernd meine hingestreckte Gestalt. Nach dem sechsten, sehr harten Wurf kann ich nicht mehr aufspringen. Nachdem ich mich endlich aufgerappelt habe, bin ich wütend. Mir ist schwindelig, alles tut mir weh, und ich bekomme kaum noch Luft. Doch je zorniger und aufgebrachter ich werde, desto kühler wird sie. Ihr Griff um meine Handgelenke wird richtiggehend schmerzhaft. Selbst als ich ihr signalisiere, daß ich mich geschlagen gebe, drückt sie noch einmal fest zu, bevor sie losläßt.

Inzwischen haben sich alle anderen wie gebannt um uns geschart. Für eine bescheidene Trägerin des braunen Gürtels ersten Grades ist es unmöglich, eine Gegnerin auf die Matte zu zwingen, die den schwarzen Gürtel fünften Grades hat. Aber ich versuche es trotzdem, genieße die Vergeblichkeit meines Unterfangens, werfe mich freudig der unvermeidlichen Niederlage entgegen.

Plötzlich ändert Rita, die mich besser versteht als ich mich selbst, ihre Taktik. Nun läßt sie mich sanft zu Boden gleiten und tätschelt mir danach zärtlich den Kopf. Ich kann ihre Zuneigung nicht ertragen. Sie hat mich durch ihre Fürsorglichkeit besiegt. Als ich in Tränen ausbreche, zieht sie mich hoch und umarmt mich.

»Es ist gut«, flüstert sie. »Du hast es überstanden. Es ist vorbei.«

Dann läßt sie mich los, ruft die Kursteilnehmer zusammen und weist ihnen neue Aufgaben zu. Mich schickt sie in eine Ecke der Matte, wo ich *ki*-Übungen machen muß, um mein inneres Gleichgewicht wiederzufinden.

Nach dem Training ruft sie mich in ihr Büro.

»Setz dich, Schätzchen. Und jetzt erzählst du mir, was passiert ist. Warum bist du so wütend?«

Ich berichte ihr in groben Zügen, was in Mendocino geschehen ist. Ohne auf Einzelheiten einzugehen, schildere ich ihr, ich sei bei einem Hausfriedensbruch ertappt, unter Drogen gesetzt, entkleidet und gefoltert worden.

»Sobald sie merkten, daß ich mich vor Waffen fürchte, sind sie mir mit einem Gewehr immer wieder über den Körper gefahren. Sie wollten mir angst machen.« Ich senke den Blick. »Und jetzt würde ich am liebsten ...«

»Was denn, Kay?«

»Ich weiß es nicht. Vielleicht schaffe ich es, meine Wut zu verarbeiten, wenn ich diese Angst loswerde.«

Rita mustert mich prüfend. »Was hältst du davon, schießen zu lernen?«

Auf diesen Gedanken bin ich noch nie gekommen. Doch als sie ihn ausspricht, wird mir klar, daß ich genau das tun muß. Sie scheint meine Bedürfnisse instinktiv zu erahnen.

»Ich habe eine Freundin, die sich darauf spezialisiert hat, Frauen im Umgang mit Waffen zu unterrichten. Wir waren zusammen bei den Marines und haben in Quantico Lehrgänge abgehalten. Sie ist eine Meisterschützin und eine ausgezeichnete Lehrerin. Inzwischen hat sie wie ich eine eigene Schule.«

Rita schreibt den Namen ihrer Freundin, die Telefonnummer und eine Adresse in Nevada County auf und gibt mir den Zettel.

»Dakota Kass – ist der Name echt?«

»Dakota ist so echt, wie man nur sein kann. Überleg es dir. Wenn du deine Angst vor Waffen wirklich überwinden willst, sind ihre Kurse genau das richtige für dich.«

Ich rufe Dad in der Bäckerei an und frage ihn, ob er Zeit hat, mit mir zu Abend zu essen.

»Klar, Liebling. Gehen wir zum Chinesen?«

Wir verabreden uns für den nächsten Abend im Tan Yuet in der California Street, gleich bei ihm um die Ecke.

In der Dunkelkammer vergrößere ich die Fotos, die ich von Vincent Carroll an der roten Ampel gemacht habe. Nachdem die Abzüge gewässert sind, glätte ich sie, hänge sie zum Trocknen auf und betrachte sie mir.

Carroll hat ein angenehm wirkendes, glattrasiertes, typisch amerikanisches Gesicht – einen offenen Blick, ebenmäßige Züge. Er wirkt wie ein seriöser Mittdreißiger, bei Nachbarn und Freunden beliebt. Er könnte Ladenbesitzer oder Kleinunternehmer sein, oder sogar Hilfssheriff oder Sicherheitschef in einem Privatclub. Einen bedrohlichen Eindruck macht er nicht, und auch seine Schwäche für das schöne Geschlecht, die seine Schwester am Telefon erwähnt hat, ist ihm nicht anzumerken.

Allerdings erkenne ich genau, was Frauen an ihm attraktiv finden könnten: Er strahlt Entschlossenheit und Willenskraft aus. Ich bemerke auch den gewölbten Bizeps unter den Ärmeln und das helle Brusthaar, das aus dem V-Ausschnitt seines T-Shirts lugt.

Ist er mein Schutzengel oder mein Unglücksbote? Er hat mich zwar vor Chipper und Buckoboy gerettet, sich aber nichts dabei gedacht, mich – wenn auch aus freundlichen Motiven – in der Wildnis auszusetzen. Anscheinend hat er einen Heidenrespekt vor Ramsey Carson, befolgt seine Befehle und wirft Chipper und Buckoboy nicht raus, weil Carson sie mag. Die Wohnung in der Capp Street ist auf seinen Namen eingetragen. Und außerdem war er anwesend, als Chap Fontaine auf dem Schießstand des G. G. C. starb.

Ich mustere sein Gesicht und suche nach Anzeichen für Mitleid, nach einem kleinen Anflug von Reue, nur einem Hinweis auf Menschlichkeit, wie ich sie von Dad und vielen anderen Polizisten kenne. Aber in Carrolls ebenmäßigen Zügen sehe ich nichts als Leere.

Was ist er also? frage ich mich. Freund oder Feind? Ich komme zu dem Schluß, daß er ein Feind ist, allerdings einer, den ich vielleicht für meine Zwecke einspannen kann.

HALLO VINCE! NETT, DASS SIE MIR DIE KAMERA ZURÜCKGEGEBEN HABEN. DAS WAR WIRKLICH SEHR NOBEL VON IHNEN. ALS DANKESCHÖN SCHICKE ICH IHNEN EIN FOTO, DAS ICH VOR EIN PAAR TAGEN VON IHNEN GEMACHT HABE. ICH MELDE MICH BALD WIEDER. EINE STILLE VEREHRERIN.

Ich lese den Brief noch einmal durch. Der Ton ist richtig getroffen – selbstbewußt, sarkastisch, mit einem bedrohlichen Anklang. Und außerdem wird er Vince eine ganz bestimmte Botschaft vermitteln: »Ich weiß, wer du bist und wo du wohnst – und du weißt gar nichts. Ich kriege dich, mein Junge, also sei auf der Hut.«

Ich schreibe seinen Namen und die Adresse in North Ridge auf einen Umschlag, stecke das Foto und den Zettel hinein und werfe den Brief in den Briefkasten auf der anderen Straßenseite.

Ich bemühe mich, die qualvollen Stunden in dem Waffenzimmer noch einmal Revue passieren zu lassen – was haben die Männer gesagt und getan, was habe ich gesehen und gehört? Meine Erinnerungen sind nur bruchstückhaft und unzusammenhängend, da ich immer wieder das Bewußtsein verloren habe: eiserne Männer und Frauen beim Geschlechtsakt, das Gelächter meiner Peiniger, der Geruch von Gewehröl, der kalte Lauf auf meiner Haut, das blendende Aufblitzen von Stahl und das Summen einer Biene an meinem Ohr.

Sascha erklärt mir, daß Rohypnol die Wahrnehmung beeinträchtigt, manche Eindrücke in den Hintergrund treten läßt und andere hervorhebt, so daß eine surreale, alptraumhafte Welt entsteht. Er vergleicht es mit einem deutschen expressionistischen Film oder einem Gemälde von Magritte. Dennoch habe ich das Gefühl, daß ich in diesem Raum etwas Wichtiges gesehen, empfunden oder erfahren habe, ein Detail, das sich in meinem Unterbewußten verbirgt und das ich unbedingt zutage fördern muß.

Die Waffe/die Waffe finden/wo ist die Waffe?

Inzwischen haben Maddys Worte auch für mich eine Bedeutung: Die Waffe finden, sie aufspüren, herauskriegen, was dahintersteckt.

Ich weiß, daß Ramsey Carson seltene Waffen mit erotischen Motiven sammelt. Ich wurde mit genau solch einer Waffe gefoltert. Und da ich unter Drogeneinfluß stand, erwachten die eingravierten Gestalten für mich zum Leben. Sie bewegten sich, hatten Sex und luden mich sogar ein, mich an ihrer Orgie zu beteiligen. Und auch die Umgebung, in der sie sich vergnügten, wurde für mich real. Ich roch die duftende Luft, hörte das flüsternde Gras, sah Schmetterlinge schweben und Vögel fliegen und wurde von einer Biene angegriffen. Gewehröl verwandelte sich in Schweiß, Schmiermittel in Körperflüssigkeit, Penisse schwollen an, Schamlippen öffneten sich, und in meiner Qual summte mir die Biene eine Botschaft ins Ohr.

Folge mir, brummte sie. *Folge mir, und ich führe dich dorthin, wo der Honig ist.*

Ich rufe Dakota Kass an. Die Ansage auf ihrer Mailbox ist klar und sachlich. Ich hinterlasse Name und Telefonnummer. Eine Stunde später meldet sie sich.

»Rita hat mir erzählt, daß du dich vor Waffen fürchtest«, sagt sie. »Ich hatte schon mehrere Schülerinnen mit diesem Problem und habe den meisten helfen können.«

»Kannst du mir beibringen, wie man schießt?«

»Genau das ist ja mein Job, Kay. Außerdem wirst du lernen, wie man sich verteidigt, wenn man angegriffen wird. Wenn du mir deine Adresse gibst, schicke ich dir unsere Broschüre.«

Ich frage sie, wann der nächste Kurs beginnt.

»In dem viertägigen Intensivkurs am übernächsten Wochenende sind noch einige Plätze frei. Wir können dir auch eine Pistole mit Halfter zur Verfügung stellen, falls du keine eigene hast. Gib mir Bescheid. Die Kurse sind immer ziemlich schnell ausgebucht.«

Das Tan Yuet ist eines der Fischrestaurants im Hongkong-Stil, die, von der Straße aus betrachtet, nicht viel hermachen. Die üblichen Resopaltische, überfüllte Aquarien, Lärm und Chaos – aber das Essen ist einfach ein Gedicht. Gebratene Shrimps mit Salz und Pfeffer, schwarzgeräucherter Kabeljau, gedämpfte Flunder mit chinesischen Pilzen und Ingwer. Dad ist in seinem Element.

Nachdem wir bestellt haben, kommt der Wirt an unseren Tisch, um uns zu begrüßen. Er ist ein gutaussehender Mann mit markantem Gesicht und einem ausgezeichneten Haarschnitt. Sein Name ist Jimmy Sing. Er war früher Polizist in San Francisco. Seine Schwester Soo-Lin ist mit Rusty Quinn, Dads ehemaligem Partner, verheiratet.

Mr. Sing zwinkert mir zu. »Alles miteinander verwoben«, sagt er. »Ihr Vater und ich sind beide aus dem Polizeidienst ausgeschieden, arbeiten in der Lebensmittelbranche und haben es gut getroffen.«

Als er fort ist, frage ich Dad, warum Sing die Polizei verlassen hat.

»Er wurde mit der Hand in der Keksdose erwischt«, antwortet Dad lachend. »Er eignet sich besser zum Wirt als zum Polizisten.«

Ich erzähle Dad von meinem Plan, schießen zu lernen. Zuerst ist er skeptisch, doch als er meine Gründe hört, gibt er mir seinen Segen.

»Das Schießen könnte ich dir auch beibringen, Töchterlein. Aber aus deiner Phobie muß dir jemand anders heraushelfen.« Er sieht mich an. »Warum ausgerechnet jetzt, wenn ich mir die Frage erlauben darf?«

Ich beschließe, mein Erlebnis in Mendocino lieber für mich zu behalten. Ansonsten würde Dad wahrscheinlich sofort wie ein wilder Stier zu Chipper und Buckoboy stürmen, um sie sich vorzuknöpfen. Er ist immer schrecklich besorgt um mich. Auch am Tag von Mamas Selbstmord erwartete er mich im Regen vor dem Art Institute. Als ich aus dem Gebäude kam, umarmte er mich und erzählte mir, was geschehen war.

»Es ist Zeit, daß ich diese Angst überwinde und mich meinen Dämonen stelle«, antworte ich.

Dad nickt beifällig. »Du hast Mut, Liebling. Das war schon immer so.« Er betrachtet mich und senkt dann die Stimme. »Die Sache mit Sanchez hast du offenbar gut verkraftet.«

»Das habe ich dir zu verdanken.«

Nach dem Essen frage ich ihn, ob er noch weiß, wie er an Vince Carrolls Namen herangekommen ist.

»Klar, über Rusty.«

»Es hat sich herausgestellt, daß Carroll nicht mit Drogen handelt, wie ihr, du und Rusty, angenommen habt. Er war früher Hilfssheriff. Glaubst du, Rusty könnte noch mehr über ihn rauskriegen?«

»Das dürfte kein Problem sein, Töchterchen. Ich rufe ihn noch heute abend an. Rusty macht es Spaß, herumzuschnüffeln.«

Die Broschüre von der Selbstverteidigungs-Ranch trifft ein. Sie enthält einige Fotos von Dakota Kass, einer zierlichen Frau, die ungefähr meine Statur hat. Sie ist ein blondes Energiebündel und anzogen wie ein Cowgirl: Hirschlederjacke, Westernstiefel, breitkrempiger Hut. Die Kämpferpose mit gezückter Pistole steht ihr ausgezeichnet. Der viertägige Wochenendkurs kostet sechshundert Dollar, zuzüglich Munition, Mittagessen inklusive. Die Schülerinnen können zu einem Sonderpreis in Doppelzimmern in einem nahegelegenen Motel unterkommen. Wer nicht soviel Wert auf Bequemlichkeit legt, hat die Möglichkeit, kostenlos in einem Nebengebäude der Schule in Stockbetten zu übernachten.

Ich rufe Dakota an, sage, daß ich mich gern anmelden möchte und daß ich mit einem Stockbett zufrieden bin. Als ich von meiner Angst spreche, versichert sie mir, daß ich sie rasch überwinden werde.

»Wahrscheinlich hattest du genausoviel Angst, als du zum erstenmal in Ritas *dojo* spaziert bist«, sagt sie. »Aber auf der Matte warst du dann viel zu beschäftigt, um dir darüber den Kopf zu zerbrechen. Hier bei uns wird es genauso sein.«

Die Alpträume hören nicht auf. Immer wieder durchlebe ich die qualvollen Stunden. Obwohl ich fest entschlossen bin, das Rätsel um die Waffe zu lösen und mich zu erinnern, bin ich wie gelähmt. Die Antwort entgleitet mir, ich bekomme sie einfach nicht zu fassen.

Sascha, der mir helfen will, schlägt vor, ich soll zeichnen, was ich gesehen habe.

»Ich bin Fotografin und keine Malerin«, widerspreche ich.

»Du hast doch an der Kunstakademie sicher auch Zeichnen belegt.«

»Schon ... aber das ist Jahre her.«

»Warst du gut?«

»Es ging so.«

»Warum versuchst du es dann nicht?«

Ich zucke die Achseln. Vielleicht hat er recht. Schließlich hilft es mir oft, meine Gedanken zu ordnen, wenn ich alles aufschreibe – warum sollte Zeichnen nicht auch eine ähnliche Wirkung haben? Ich lache auf. »Ich weiß, warum du willst, daß ich die Waffe zeichne. Du möchtest die erotischen Gravuren sehen. Aber in dieser Hinsicht hast du keine Anregungen nötig, Sascha!«

Am Morgen setze ich meine dunkle Sonnenbrille auf und gehe zu Fuß zum Art Institute. Im Laden für Zeichenbedarf erstehe ich einen Skizzenblock und ein Sortiment Zeichenkohle.

Dann kehre ich in meine Wohnung zurück und mache mich daran, die auf der Waffe abgebildeten Szenen nachzuzeichnen.

Meine ersten Versuche fallen ziemlich kläglich aus. Die Menschen sehen aus wie Strichmännchen. Als ich ein wenig mehr ins Detail gehe, ähneln die Frauen Pin-up-Girls und die Männer

Muskelprotzen aus dem Comic. Ich zerreiße die Seiten. Die Abbildungen waren ganz anders, ausgezeichnete künstlerische Arbeiten.

Am Nachmittag bin ich endlich zufrieden. Ich habe wenigstens eine Szene einigermaßen ordentlich hinbekommen: eine Frau zwischen zwei Männern, sechs Beine ragen in verschiedenen Winkeln aus dem Gewirr der Leiber. Eine zweite nackte Frau sitzt daneben, im Zentrum des Bildes, und liebkost die Genitalien der Männer.

Da die Figuren jetzt stimmen, beschäftige ich mich mit dem Hintergrund – Bäume, Gras, ein Hain.

Während ich noch daran arbeite, fällt mir ein, daß es sich nicht um einen gewöhnlichen Wald, sondern eher um einen Dschungel gehandelt hat, in dem es von Tieren wimmelte – Affe, Fuchs, Leopard, Gazelle und verschiedene Vögel –, die das Treiben der Menschen neugierig beobachteten.

Da die Tiere sehr detailgetreu wiedergegeben waren, beschließe ich, jedes auf einen eigenen Bogen zu zeichnen. Ich erinnere mich, daß sie etwas Besonderes an sich hatten, einen eigenartig gebannten, eindringlichen Blick.

Wieder sind meine ersten Versuche nicht sonderlich gelungen. Die Tiere wirken wie einem Comic strip entstiegen. Und nach einer Weile wird mir klar, daß sie zwar ziemlich gut ausgestaltet waren, aber dennoch ein wenig Karikaturen ähnelten. Sie hatten zumindest individuelle Züge. Endlich weiß ich es wieder! Sie trugen menschliche Gesichter, bei denen es sich eindeutig um Porträts handelte, so in allen Einzelheiten wiedergegeben, daß sie mit Sicherheit wirkliche Personen darstellen sollten.

Vier gesichtslose Menschen kopulieren im Wald und werden von einem wahren Zoo von menschengesichtigen, tierischen Voyeuren beobachtet, die sich im Gebüsch verstecken.

Wessen Gesichter sind es? frage ich mich. Von Mitgliedern des G.G.C.? Von Ramsey Carsons hartem Kern? Doch ganz gleich, wer sie sind, der Künstler hat jedenfalls gute Arbeit geleistet.

Abends besuche ich Sascha, um ihm meine Zeichnungen zu zeigen. Er ist begeistert.

»Du kannst das wunderbar, Kay.«

Ich nicke. »Ich hatte ganz vergessen, wieviel Spaß es mir früher gemacht hat. Mit Farben hatte ich keine Chance, aber beim Zeichnen war ich so gut wie alle anderen. Deshalb habe ich mich intensiv damit beschäftigt. In der Kunstakademie fing ich dann an, mich für die Bildhauerei zu interessieren – bei der es schließlich auch nicht auf Farben ankommt. Ehe ich die Schwarzweißfotografie entdeckte, wollte ich Bildhauerin werden. Ich glaube, ich habe heute seit dem Studium das erstemal wieder gezeichnet.«

Sascha hält die Dschungelszene hoch. »Ein beeindruckendes Bild.«

»Ja, aber die Gravuren sind noch besser. Sie müssen von einem begabten Künstler stammen. Vermutlich befindet sich diese Szene seitlich am Kolben der Waffe. Auf der anderen Seite ist eine weitere Dschungelszene, und zusätzliche kleinere wurden oberhalb des Hebels und rund um den Abzugsbügel eingraviert. Außerdem noch Ornamente, Phalli und Vulvae, die sich wunderschön stilisiert überall als Motiv wiederholen. Die Gravuren sind sehr erotisch, aber als pornographisch würde ich sie nicht bezeichnen. Sie sind nicht vulgär, sondern wirkliche Kunstwerke. Wirklich gute erotische Kunst, nur daß sie auf einer Waffe ein wenig fehl am Platz wirkt.«

Sascha nickt. »Die Erotisierung der Gewalt.« Er nimmt meine Hand und führt sie zärtlich an die Lippen. »Dich damit zu berühren, war allein schon Vergewaltigung.«

»Ja«, murmle ich bedrückt. »Das stimmt. Und deshalb hasse ich diese Typen so sehr, daß ich es nicht in Worte fassen kann.«

Wir gehen nach North Beach zum Essen. Im Rose Pistola ergattern wir einen freien Tisch, bestellen eine halbe Flasche Sauvignon Blanc, Pasta mit Pesto und fritierte Sardellen.

Während wir auf das Essen warten, unterhalten wir uns weiter.

»Bist du sicher, daß es eine echte Biene war?« fragt Sascha.

»Natürlich! Warum auch nicht? Bienen fliegen häufig zum Fenster hinein und finden dann nicht mehr nach draußen. Ich weiß noch, daß sie sich direkt auf mein Gesicht stürzte.«

»Kann es auch eine Fliege gewesen sein?« hakt er nach.

»Auf keinen Fall!«

Die Biene will mir nicht aus dem Kopf. So ein lautes Summen kann man sich doch einfach nicht einbilden! Zugegeben, in meinem Delirium glaubte ich auch, die Geräusche des Dschungels, das Raunen der Tiere und das Keuchen der Paare auf der Lichtung zu hören. Aber ganz instinktiv ahne ich, daß die Biene der Schlüssel zu dem Geheimnis ist. Ihr Summen war so durchdringend, so eindeutig vorhanden, und ich erinnere mich so deutlich daran.

Sascha, der bemerkt, wie ich mich quäle, schlägt freies Assoziieren vor.

»Etwa so? Biene, Bienen, Bienenstock, Honig, Stachel, Königin, Drohne ... Sex?«

Er zieht die Augenbraue hoch. »Daran denkst du bei Bienen?«

»Schließlich war der Kontext erotisch.«

»Versuch es noch einmal.«

»Hmmm. Biene, Bienenstock, Wabe, Honig, Nektar, Blume, bestäuben ... Sex.«

Er kichert. »Du bist einfach unmöglich.«

Später, nachdem Sascha mich zärtlich geliebt hat, dreht er sich in der Dunkelheit zu mir um. Seit dem Essen ist er ruhig und nachdenklich gewesen.

»Ich frage mich, ob du eine Synästhetikerin bist.«

»Ach, du meine Güte! Was soll denn das sein?«

»Bestimmt habe ich recht – so, wie du Farben ›hören‹ kannst und sie mit Musikinstrumenten verbindest.«

»Der purpurrote Klang der Flöten, der goldene Ton der Klarinetten?«

Er nickt und tätschelt mir die Hand. »Keine Angst, Synästhesie ist keine Krankheit, nicht einmal eine psychische Störung. Es handelt sich lediglich um ein Phänomen, das bei manchen Menschen auftritt, ein Miteinanderverschmelzen der Sinne. Manche Synästheten ›hören‹ Farben. Andere ›schmecken‹ Klänge. Oder sie verknüpfen eine bestimmte Form mit einem Wort. ›Dieses Brathuhn schmeckt zu rund‹, wäre die typische Aussage eines Synästheten.«

»Das ist ja richtig poetisch.«

»Oft trifft es auch zu. Auch Drogen wie LSD oder Ecstasy können Synästhesie verursachen. Rohypnol ebenfalls. Es ist bekannt, daß es Geräusche in optische Wahrnehmungen und optische Wahrnehmungen in geschmackliche oder riechbare verwandelt. Also überlege ich mir folgendes: Warum drehen wir die ganze Sache nicht um?«

»Willst du behaupten, ich habe mir das Summen der Biene nur eingebildet?«

»Nein. Ich glaube, du hast einen optischen Eindruck zu diesem Summen umgewandelt. Vielleicht hast du irgendwo auf der Waffe eine Biene gesehen, und dein Gehirn hat daraus das Summen einer Biene gemacht.«

Seine Theorie klingt interessant, obwohl ich sie noch nicht ganz verstehe. »Warum dann nur die Biene?« frage ich. »Und nicht auch die anderen Tiere auf der Waffe?«

Sascha lächelt wie ein allwissender Psychiater. »Was war an dieser Biene so besonders? Das ist der springende Punkt. Ich schlage vor, daß du nicht mehr über das Geräusch nachgrübelst, sondern die Biene zeichnest. Zeichne sie so lange, bis das Bild dir sagt, warum du es umgewandelt hast.«

Dad ruft an. Rusty hat Vince Carroll überprüft, und jetzt will Dad mir die Ergebnisse mitteilen.

»Du hattest recht, Schatz. Carroll war Hilfssheriff, offenbar sogar ein ziemlich guter. Er machte Karriere, wurde rasch befördert, und dann gab es plötzlich ein Problem. Das kann den besten Leuten passieren. Bei ihm ging es um einen Fall von Polizeigewalt, in dem Carroll der wichtigste Zeuge war. Anscheinend hat sich sein Partner eines Nachts betrunken, einen Verdächtigen verhaftet und ihn verprügelt ... das allein wäre nicht das Schlimmste gewesen, doch der Mann entpuppte sich als unschuldig. Als Carroll versuchte, seinen Partner zu bremsen, wurde er von ihm k. o. geschlagen. In der Verhandlung sagte Carroll die Wahrheit. Sein Kumpel landete im Knast. Er mußte drei Jahre in einem Staatsgefängnis absitzen, und von da an galt Carroll als Kameradenschwein. Er blieb zwar bei der Polizei, aber niemand wollte mehr mit ihm zusammenarbeiten. Nach einer Weile hielt er den Druck nicht mehr aus und kündigte. Bald bekam er, wie viele ausgemusterte Polizisten, Depressionen, ließ sich scheiden und fing an zu trinken. Fast wäre er in der Gosse gelandet, wenn er nicht das Glück gehabt hätte, einen guten Job zu ergattern, und zwar als Sicherheitschef bei einem Waffenclub. Allerdings sagen viele, er sei ein anderer Mensch geworden. Der grundehrliche, unbestechliche Kämpfer für die Gerechtigkeit wurde nach dem Prozeß ein verbitterter Mann. Seinen Freunden erklärte er, es sei die Mühe nicht wert, ein guter Polizist zu sein, da niemand es zu würdigen wisse. Die Menschen seien einzig und allein an ihrem eigenen Vorteil interessiert. Außerdem erzählte er überall herum, die Polizei im County ließe sich von Marihuanapflanzern bestechen – Gerede, mit dem er sich auch nicht besonders beliebt machte. Das war es in etwa, Liebes. Die Leute, mit denen Rusty gesprochen hat, meinten, man solle sich mit Carroll lieber nicht anlegen. An deiner Stelle würde ich mich von ihm fernhalten. Ich kenne diese Sorte von Typen. Sie haben eine Menge Wut in sich aufgestaut, und wenn man den Korken rauszieht, knallt es. Und dann kann man für nichts mehr garantieren.«

Wenn man nicht Auto fahren kann, ist es eine weite Reise nach Nevada City. Ich fahre mit dem Greyhound-Bus nach Sacramento, steige dort nach Reno um und nehme in Auburn den Regionalbus der Gold-Country-Linie. Als ich endlich in der Altstadt stehe, rufe ich wie verabredet die Selbstverteidigungs-Ranch an. Zwanzig Minuten später kommt ein Mann mit Cowboyhut in einem staubigen Pickup angerast und fordert mich zum Einsteigen auf.

Er heißt Mike und ist etwa in meinem Alter. Unterwegs gelingt es mir, ihm einige Informationen zu entlocken, insbesondere, daß er »Miss Dakotas« rechte Hand und ihr Mädchen für alles ist und sämtliche Aufgaben vom Waffenreparieren bis hin zu schweren Arbeiten übernimmt. Außerdem erzählt er mir, daß er in Yale den Magister in Komparatistik gemacht hat.

»Dakota ist die beste Schießlehrerin, die ich je erlebt habe«, sagt er. »Und außerdem eine prima Schützin. Kein Mensch, egal ob Mann oder Frau, trifft besser als sie. Nicht einmal ich, und ich schwöre dir, daß ich auch nicht schlecht bin. Ich habe wirklich Hochachtung vor ihr. Man kommt als Grünschnabel hin und geht als erfahrener Kämpfer. Sie schindet einen zwar ganz schön, aber danach hat man was gelernt.«

Hört sich gut an.

Auf gewundenen Straßen fahren wir durch die Hügel, vorbei an verlassenen Bergwerken, und folgen schließlich einem ungeteerten Weg in ein Tal. Es ist ein wildes Land und völlig verdorrt, so daß wir eine Staubwolke hinter uns aufwirbeln. Die majestätischen Gipfel der Sierra ragen vor uns auf. Im Winter sind sie mit Schnee bedeckt, und Mike sagt, die Farben des Laubes im Herbst seien so prächtig, daß sie Touristen aus dem gesamten Westen anziehen.

Er sieht mich an. »Du bist farbenblind, richtig, Kay?«

Ich nicke.

»Das hat mir Dakota erzählt. Aber bei der Ausbildung sollte das keine Rolle spielen. Solange die Sehschärfe stimmt, klappt es.« Er streckt die Hand aus wie eine Pistole und ahmt dreimal einen Schuß nach. »Verlaß dich auf den guten alten *Mozambique!*« Bevor ich ihn fragen kann, was das bedeutet, verkündet er: »So, da sind wir.«

Wir fahren durch ein Viehgatter. Die Selbstverteidigungs-Ranch entpuppt sich als ehemaliges Sommerlager für Kinder. Viele der sonnengebleichten Hütten aus trockenem Holz sind teilweise eingestürzt, doch das Haupthaus ist hübsch renoviert.

Dakota Kass öffnet die Tür. Zuerst erkenne ich sie nicht. Sie trägt zwar Halfter und Pistole, wirkt aber kleiner und weiblicher als auf den Fotos in der Broschüre. Vielleicht liegt das an ihrem Haar, das ihr offen über die Schultern fällt. Auf dem Foto hatte sie es zurückgesteckt, war mit Schießbrille und Gehörschutz ausgestattet und stand außerdem in aggressiver Kämpferpose da.

Sie begrüßt mich lächelnd. »Komm, ich mache dich mit den anderen bekannt«, sagt sie dann.

Wir betreten einen mit Keramikfiguren, Sätteln und Pferdedecken dekorierten Aufenthaltsraum. Außerdem entdecke ich einen Gewehrständer und ein riesiges Gemälde, das ein Indianerlager darstellt. Fünf Frauen stehen verlegen herum und trinken Cola und Bier. Rasch rattert Dakota die Namen herunter: Cheryl, Diane, Caroline, Lydia und Liz. Vier weitere Teilnehmerinnen werden noch zu uns stoßen. Dann sind wir insgesamt zu zehnt.

Während Dakota sich mit Mike bespricht, mische ich mich unter die Frauen, die alle Pistolenhalfter tragen. Ich finde, daß ich in eine interessante Gruppe geraten bin. Cheryl gestaltet Websites, Diane ist Rancherin, Caroline Mutter, Lydia Fußballtrainerin an einer High School und Liz Anwältin. Sie kommen aus ganz unterschiedlichen Teilen des Bundesstaates. Als sie erfahren, daß ich aus San Francisco bin, bricht lautes Gelächter aus.

»Für uns war San Francisco immer ein Eldorado für Waffenhasser«, Liz grinst.

»Und ein Sodom und Gomorrha«, ergänzt Cheryl und fügt hinzu, daß sie in San José wohnt.

Dakota gesellt sich zu uns. »In einem Kurs vor ein paar Monaten hatten wir eine Frau aus Berkeley. Das war vielleicht eine Sensation!«

Gelächter. Dann plaudern wir weiter. Diane, Lydia, eine Frau namens Sharon und ich werden in den Stockbetten übernachten, während die anderen in einem Motel, fünfzehn Kilometer von hier, einquartiert sind.

Mike hat den Auftrag, mir eine Waffe zuzuteilen. Nachdem er mir meine Unterkunft gezeigt hat, wo ich meine Sachen abstelle, bringt er mich zu einem kleinen Seitengebäude neben dem Schießstand, schließt die Tür auf, und öffnet das Zahlenschloß eines Safes, der die Ausmaße eines begehbaren Wandschranks hat.

Darin befindet sich ein Sortiment Handfeuerwaffen, Pistolen und Revolver in allen Größen und von unterschiedlichem Kaliber.

»Dakota meint, mit einer Neun-Millimeter-Automatic kommst du am besten klar«, sagt Mike, sucht einige Pistolen aus, entnimmt die Magazine, zeigt mir, daß sie leer sind, und legt sie in Reih und Glied auf den Tisch.

Ich starre die Waffen an.

»Bevor ich dir eine gebe, erst einmal die drei Grundregeln: Behandle jede Pistole, als ob sie geladen wäre. Zeige nie mit der Mündung auf andere Leute. Und lege nie den Finger auf den Abzug. Wenn ich dir jetzt eine Pistole in die Hand drücke, ist der Schieber offen. Ich habe zwar gerade nachgeprüft, ob er leer ist, aber du tust es noch einmal. In Ordnung?«

Ich nicke.

Er greift nach einer Pistole. »Das hier ist eine Glock, eine sehr beliebte Waffe. Sie ist gut ausbalanciert und verarbeitet.« Er hält sie mir hin. »Los, nimm sie.«

Zögernd strecke ich die Hand aus und ziehe sie gleich wieder zurück.

»Hey, hast du die Hosen voll?«

Ich sehe ihn an. »Ich muß doch sehr bitten!«

»War nur ein Scherz.« Er lacht. »Anweisung von Dakota, die Damen hart ranzunehmen, wenn sie zimperlich werden. War nicht persönlich gemeint.«

Sein Blick ist so melancholisch, sein Lächeln so nett, daß ich ihm verzeihe. Fünf Minuten später untersuche ich die Pistolen bereits, als seien sie Kameras im Fotogeschäft. Ich nehme sie in die Hand, prüfe das Gewicht und suche nach der, die sich »richtig anfühlt«. Die Glock, die Beretta und die Sig-Sauer liegen gut in der Hand, aber als ich nach der Heckler & Koch greife, weiß ich, daß diese Waffe etwas Besonderes ist.

»Eine HK P7M8, ein wahres Prachtstück.« Mike geht mit mir nach draußen und zeigt mir, wie ich sie halten soll, wenn ich breitbeinig dastehe.

»Und wie fühlst du dich?«

»Prima, Mike.«

»Dann gehört sie dir, solange du hier bist. Komm wieder rein. Ich zeige dir, wie man sie reinigt und auseinandernimmt. Da deine Brille als Augenschutz genügt, brauchst du jetzt nur noch Ohrenschützer, Halfter und Gürtel. Und dann gibt es Mittagessen.«

Eine Stunde lang liege ich noch wach in meinem Schlafsack im Stockbett und lausche dem regelmäßigen Atmen der anderen Frauen und dem Heulen des Windes in den Hügeln. Ich denke übers Schießen und über Pistolen nach. Ich bin mir so aggressiv vorgekommen, als ich breitbeinig dastand – ganz anders als in der lockeren Stellung, in der ich beim Aikido meinen Gegner erwarte. Auf merkwürdige Weise erinnert es mich an die angespannte Haltung beim Fotografieren. Vielleicht ist es doch kein so großer Unterschied, ob man mit einer Pistole oder mit einer Kamera schießt.

Wieder träume ich von der Waffe mit den erotischen Motiven und tauche in die Welt der eingravierten Abbildungen ab. Ich rieche die Körper der Liebenden und spüre die neugierigen, eindringlichen Blicke der Tiere auf mir. Wieder schwirrt die Biene um mich herum, saust summend auf mein Gesicht zu, flüstert mir ins Ohr. Aber das Summen übertönt die leisen Worte.

Um Punkt sieben treffen wir uns am Schießstand, zehn Frauen mit identischen Baseballkappen und T-Shirts mit dem Logo der Selbstverteidigungs-Ranch. Selbst um diese Uhrzeit scheint die Sonne schon grell, so daß ich meine dunkelste Sonnenbrille tragen muß. Dakota, das Haar zu einem Pferdeschwanz zusammengebunden und in einem blendendweißen T-Shirt, marschiert vor uns auf und ab. Ihr Ton ist barsch wie beim Militär.

»Wir befinden uns hier an einem Übungsstand«, teilt sie uns ernst mit. Unsere freundliche Gastgeberin von gestern abend hat sich in einen Feldwebel verwandelt, der schroff seine Befehle erteilt. »Das bedeutet, daß die Pistolen ungeladen im Halfter bleiben, wenn ihr nicht schießt. Da wir es mit tödlichen Waffen zu tun haben, werden wir uns zuerst eine halbe Stunde lang mit dem Thema Sicherheit befassen. Die erste Regel ist ganz einfach: Obwohl die Waffen nicht geladen sind, tun wir so, als ob sie es wären.«

Wir lernen, wie man lädt und entlädt und anzeigt, daß das Magazin leer ist. Außerdem bringt sie uns die nötigen Kommandos bei: »Schieber schließen.« »Spannen und verriegeln.« Außerdem lernen wir die richtige Stehposition und wie man die Waffe korrekt hält und den Finger um den Abzug krümmt.

Kurz nach acht feuere ich meinen ersten Schuß ab. Dakota steht hinter mir, paßt auf, ermutigt mich und erklärt mir, wie ich langsam den Abzug drücken muß. Als die Pistole tatsächlich losgeht, bin ich selbst überrascht.

Ich lasse mich von dem kräftigen Rückstoß nicht beirren und drücke auf Dakotas Befehl noch einmal ab. Als ich die acht Schuß in meinem Magazin aufgebraucht habe, haben mich das Geräusch, der Geruch und vor allem das Gefühl, meine Angst überwunden zu haben, in einen rauschartigen Zustand versetzt. Außerdem habe ich sogar getroffen.

Einige der Frauen können bereits mit der Waffe umgehen, nur drei von uns haben noch nie eine angefaßt. Doch selbst die erfahrenen Kursteilnehmerinnen hören aufmerksam zu, als Dakota die nächste Lektion beginnt.

»Wir veranstalten hier keinen Schießwettbewerb. Diejenigen von euch, die schon Sportschießen betrieben haben, betrachten das berechtigtermaßen als Hobby. Aber in diesem Kurs gelten andere Regeln als in einem Turnier. Ihr bekommt keine Punkte, wenn ihr ins Schwarze trefft. Schießen zum Zweck der Selbstverteidigung ist blutiger Ernst, denn es geht darum, einen Angreifer abzuwehren, der euch umbringen will – also ums Überleben. Eines dürft ihr nie vergessen: Eure Pistolen sind keine Sportgeräte, sondern Waffen. Das müßt ihr euch immer vor Augen halten.«

Sie erklärt uns, daß wir beim Schießen auf unseren Instinkt vertrauen müssen. Nach Beendigung des Kurses müssen wir in der Lage sein, die Waffe aus dem Halfter zu ziehen und dann aus zehn Metern Entfernung drei präzise Schüsse abzufeuern – zwei in Brust- und einen in Kopfhöhe, und zwar binnen anderthalb Sekunden. Diese Übung nennt sie den *Mozambique*.

Außerdem erfahren wir, daß Selbstverteidigungstaktiken der Intuition zuwiderlaufen, weshalb wir sie so lange üben müssen, bis sie uns in Fleisch und Blut übergegangen sind.

Wir lernen viel über Munition. Militärmunition mit vollem Metallmantel, sogenannte Hartkerngeschosse, sind zwar billig und eignen sich gut für Trainingszwecke, doch Hohlmantelgeschosse haben eine viel tödlichere und durchschlagendere Wirkung.

»Die Leute fragen immer, ob sie schießen sollen, um zu verwunden oder um zu töten«, fährt Dakota fort. »Die Antwort lautet: keins von beiden. Man schießt, um den Angreifer abzuwehren – und das kann auch bedeuten, daß man ihn umbringt. Darüber dürft ihr nicht nachdenken. Euer Ziel ist es, den Gegner auszuschalten, koste es, was es wolle.«

Angesichts meiner folgenschweren Auseinandersetzung mit Julio Sanchez sind das tröstliche Worte.

Wir üben, was man unternimmt, wenn die Waffe klemmt oder Ladehemmung hat, offenbar ein weitverbreitetes Phänomen. Zu wissen, was in diesem Fall zu tun ist, kann einem das

Leben retten. Mike legt Platzpatronen absichtlich so in unsere Pistolen ein, daß sie sich verklemmen. »Tut mir leid, du hast verloren – du bist tot«, stellt Dakota jedesmal mit finsterer Miene fest, wenn sich eine von uns bei der Beseitigung des Defekts zu langsam anstellt.

Nach drei anstrengenden Stunden am Schießstand machen wir eine Viertelstunde Pause. Dann versammeln wir uns in einem Holzhaus, das mit einer Tafel und einigen im Halbkreis angeordneten Stühlen ausgestattet ist. Wir bekommen zwei Stunden Theorieunterricht. Ich reibe meine schmerzende Handfläche, während Dakota uns über die Gesetze aufklärt, die im Staat Kalifornien zum Thema Notwehr gelten. Außerdem spricht sie über verschiede Taktiken im Fall einer Schießerei, über die rasche Entscheidungsfindung in Krisensituationen und das Verhalten gegenüber der Polizei nach einem Schußwaffengebrauch. Sie gibt uns Hinweise, wie wir mit unseren Gefühlen zurechtkommen können, falls wir wirklich einmal in eine bewaffnete Auseinandersetzung geraten.

Nach dem Mittagessen geht es wieder für drei Stunden zum Üben an den Schießstand. Anschließend folgen zwei weitere Stunden Theorie. Danach reinigen wir unsere Waffen, und diejenigen von uns, die auf der Ranch übernachten, bekommen ein Abendessen.

Später nimmt Dakota mich beiseite, um mir zu erzählen, wie sie meine Leistungen beurteilt.

»Bei dir sieht es ziemlich vielversprechend aus«, teilt sie mir mit. »Die Koordination zwischen Hand und Auge klappt ausgezeichnet, du triffst besser als die meisten, und du verlierst auch unter Streß nicht die Ruhe. Daß deine Psychomotorik so gut funktioniert, liegt sicher am Aikido und am Fotografieren. Eigentlich habe ich nur zwei Kritikpunkte. Erstens: Du bist immer noch zu ängstlich und zuckst zu häufig zusammen. Aber ich bin überzeugt, daß sich das legen wird. Dein zweites Problem ist die Entscheidungsfähigkeit. Du wartest zu lange, bevor du abdrückst. Im Ernstfall könnte dich dieses Zögern das Leben kosten.«

»Muß ich mich nicht erst vergewissern, daß ich richtig gezielt habe?«

»Natürlich! Doch du mußt auch lernen, deinem Instinkt zu vertrauen. Und dazu ist es nötig, daß du auch zu mir mehr Vertrauen entwickelst. Ich weiß, daß vier Tage eine kurze Zeit sind, aber ich würde mich freuen, wenn du mir eine Chance gibst.« Sie sieht mich an. »Du läßt nicht gern los, was, Kay?«

»Nein«, gebe ich zu. »Das stimmt.«

»Ich auch nicht. Allerdings muß es hin und wieder sein. Wenn du lernen willst, dich mit der Waffe zu verteidigen, mußt du aufhören, an dir selbst und deinen Lehrern zu zweifeln. Kämpfen ist etwas anderes als Fotografieren. Ein verschossenes Foto ist eben mißglückt. Es geht dabei nicht um Leben oder Tod. Beim Kämpfen ist das anders. Wenn du danebenschießt, gibst du deinem Gegner Gelegenheit, dich zu töten. Du kannst dir also keine Fehler leisten. Du mußt dir jedesmal sicher sein.«

Nachts im Bett denke ich noch einmal darüber nach. Einen Menschen zu fotografieren ist zwar auch eine Art, auf ihn zu »schießen«, doch wie Dakota bereits gesagt hat, steht dabei lange nicht soviel auf dem Spiel. Eine Kamera ist ein Werkzeug, eine Pistole ebenso. Der Unterschied liegt in der Möglichkeit, das Geschehene rückgängig zu machen. Ein schlechtes Foto ist ein schlechtes Foto. Ein mißlungener Schuß kann den Tod bedeuten.

Die Vergleiche lassen sich noch weiter fortsetzen. Fotografieren heißt, etwas einzufangen, schießen bedeutet, etwas zu zerstören. Mein Zögern am Schießstand hängt möglicherweise damit zusammen, daß ich mich zu sehr bemühe, den vollkommenen Schuß hinzukriegen, alles genau im Blick zu haben, das Ziel zu einem Kunstwerk zu machen. Ich darf mir nicht mehr den Kopf darüber zerbrechen, wie das Ziel hinterher aussieht. Ich muß den Gegner treffen, egal wie, muß abdrücken, den Angreifer aufhalten und mein Leben retten.

Am zweiten Tag verlaufen die Theoriestunden anders. Dakota schildert tatsächlich stattgefundene Schießereien, zeichnet Diagramme vom jeweiligen Standort der Schützen, spielt uns Videos von Interviews mit Überlebenden vor, analysiert die Vorfälle und bittet uns um eine Zusammenfassung dessen, was wir gelernt haben.

Die Lektion ist klar: Geschwindigkeit, Selbstvertrauen und

ein klarer Blick führen zum Sieg, Unsicherheit, Angst und Zögerlichkeit ins Verderben.

Inzwischen gehe ich am Schießstand härter ran. Wie im *dojo* macht mir meine Heliophobie weniger zu schaffen als erwartet, was angesichts des grellen Lichts an ein Wunder grenzt. Schießen aus geringer Entfernung, Herumwirbeln und Drehen, blitzschnelles Ziehen, rasches Nachladen, Schießen beim Laufen, Schießen auf bewegliche Ziele, Schießen im Liegen, Schießen während des Abrollens, Schießen aus einer improvisierten Deckung – bei den Übungen versuche ich, nicht zu denken, sondern mich so zu verhalten, als ob es um mein Leben ginge.

Dakota schindet mich, Mike demonstriert Mitgefühl. Die beiden haben eine breite Palette von Strategien auf Lager. Sie brüllen Befehle, trösten mich, spotten über meine Fehler, haben Verständnis für meine Schwierigkeiten, provozieren mich und zermürben mich nach der Methode »guter Bulle / fieser Bulle«. Aber ich bin nicht die einzige, mit der sie so umspringen. Jede Kursteilnehmerin hat ihre Schwächen, auf die sich unsere Ausbilder mitleidlos stürzen, um uns dann zu zeigen, wie man dagegen ankommt.

»Hab keine Angst vor Streßsituationen«, ermahnt mich Dakota. »Der Streß kann dein Freund sein und dir Kraft verleihen.«

In einer Pause spreche ich sie darauf an. »Rita sagt immer, daß der *Schmerz* unser Freund sein kann.«

Dakota schmunzelt. »Zwischen Streß und Schmerz besteht gar kein so großer Unterschied.«

Abends üben wir das Schießen bei Dämmerung, und nach dem Essen folgen zwei Stunden, in denen wir das Ganze bei Dunkelheit trainieren. Natürlich bin ich in beiden Disziplinen mit Abstand die beste. Doch Dakota geizt mit Lob.

»Ja, du bist sehr treffsicher, Kay«, sagt sie. »Aber offen gestanden ist deine Taktik miserabel. Ich habe deine *Mozambiques* gestoppt – du brauchst zwischen eins Komma sieben und eins Komma acht Sekunden. Das muß schneller werden. Wenn du dich nicht ranhältst, schaffst du das Kursziel nicht.«

Mir bricht der Schweiß aus. Ich soll durchfallen, nachdem ich mich diesen Strapazen ausgeliefert, eine Menge Geld ausgegeben, meine Augen vier Tage lang grellem Licht und meine

Ohren diesem Lärm ausgesetzt habe? Das kommt überhaupt nicht in Frage.

Meine Wut richtet sich plötzlich gegen Dakota, und so höre ich auf, mir selbst Vorwürfe wegen meiner Zögerlichkeit und Langsamkeit zu machen.

Wenn sie unbedingt will, daß ich hier rumballere, meinetwegen! Ich werde ihre dämlichen Zielscheiben zu Schrott schießen. Und wenn sie von mir einen Mozambique *in eins Komma fünf Sekunden verlangen, mache ich ihn in eins Komma vier!*

Schießen zum Zweck der Selbstverteidigung hat nichts mit Aikido zu tun. Soweit ich erkennen kann, dreht es sich hier nicht um spirituelle Belange. Denn trotz der ständigen Ermahnung, man solle sich die Pistole als Verlängerung des Arms vorstellen, ist die Absicht eine völlig andere als beim Waffentraining im *dojo* – nämlich dem Gegner eine Kugel in den Kopf zu verpassen, anstatt ihn zu entwaffnen oder ihn zu bremsen. Einen Angreifer aufzuhalten bedeutet hier, ihn zu töten. Ihn schachmatt zu setzen heißt hier, ihn umzubringen. Und diese Endgültigkeit macht es mir so schwer. Sobald ich genauer darüber nachdenke, glaube ich nicht, daß ich das schaffen würde.

Neun Uhr abends. Kein Mond ist zu sehen. Dakota läßt uns eine nach der anderen durch den Staub kriechen, während sie eine bewegliche Zielscheibe an einem Draht hin und her zieht. Ich schieße zweimal, rolle mich ab und feuere noch einmal auf den Kopf.

»Getroffen!« ruft Mike. »Du hast ihn abgeknallt, Kay. Du überlebst!«

Plötzlich lasse ich mich von seiner Begeisterung anstecken und stoße einen Freudenschrei aus.

»Das wollte ich von dir hören«, Dakota grinst. »Erst wenn du aus dem Bauch handelst, bist du richtig bei der Sache.«

Der dritte Tag. Ich fühle mich unschlagbar. Vielleicht bin ich inzwischen sogar zu selbstbewußt. Bis jetzt war ich es gewohnt, vor dem Schießen erst zu überlegen, mir den Bildausschnitt vorzustellen und meine Absichten zu hinterfragen. Da ich nun all dieser Sorgen ledig bin, fange ich an, wie wild in der Gegend herumzuballern.

Dakota fällt das auf. Sie holt mich aus der Reihe und weist Mike an, mir einige besondere Übungen zu zeigen. Er geht mit mir zu einem Schießstand auf der anderen Seite der Ranch, hält mir eine Standpauke und erklärt mir noch einmal die Grundregeln.

»Klar macht es Spaß«, sagt er. »Aber du solltest es nicht als Spiel betrachten. Kämpfen ist blutiger Ernst. Wir schießen hier nicht mit Farbeiern. Bleib ruhig, cool und wachsam. Und jetzt will ich ein paar *Mozambiques* sehen.«

Dakota hält uns später einen Vortrag zum Thema rasche Entscheidungen. Wie erkennt man zum Beispiel, daß man keinen kleinen Mann mit einem Revolver, sondern ein Kind mit einer Eiswaffel vor sich hat? Dann erzählt sie uns von Situationen, in denen Polizisten tragische Irrtümer unterlaufen sind, indem sie ein Stemmeisen mit einer Flinte, eine Spielzeugpistole mit einer echten oder einen Kollegen, der nach seinem Dienstausweis griff, mit einem Verbrecher verwechselt haben.

Sie erklärt uns, wie eine Frau am besten eine Pistole bei sich tragen kann, und erläutert die Vor- und Nachteile spezieller Damenrevolver (Dakota hält nicht viel davon, da kleine Pistolen schwieriger abzufeuern sind und einen heftigeren Rückstoß haben). Außerdem erfahren wir, wie man Waffen kindersicher aufbewahrt, wie man sein Zuhause verteidigt und mit welchen Problemen man speziell als Frau zu rechnen hat, wenn man jemanden mit einer Pistole bedroht.

Am Schießstand trainieren wir den Zweikampf, das Abwehren einer Überzahl von Gegnern, das Laden und Entladen der Waffe und fortgeschrittene Techniken – zum Beispiel, wann man sich besser zurückzieht – und das Schießen aus nächster Nähe (fünfzig Prozent aller Schießereien zwischen Polizei und Gesetzesbrechern finden in einem Abstand von drei Metern statt). Wir lernen das Schießen aus mittlerer Distanz (fünfzehn Meter), das Absuchen eines Gebäudes, das Schießen um die Ecke und aus Autos, wie man verhindert, daß einem die Waffe abgenommen wird, das Entwaffnen des Gegners, blitzschnelles Ziehen, Ausweichtechniken, Schießen mit einer Hand, Schießen nach einer Verletzung, weitere verschiedene Schießpositionen und – für mich das Wichtigste – das Einschätzen des Ziels im Ernstfall.

Morgen nachmittag, nach den vormittäglichen Übungen, wird Dakota unsere Fähigkeiten testen. Der Höhepunkt ist eine Einzelprüfung in ihrem »Spielhaus«, einem einstöckigen, fensterlosen Gebäude mit kleinen Zimmern, finsteren Ecken, vielen Stufen und Wendeltreppen, mit Zielscheiben, die aus Wandschränken springen, und Schaufensterpuppen, die sich einem unerwartet in den Weg stellen.

Die Frauen, die im Motel wohnen, haben Diane, Lydia, Sharon und mich zum Essen eingeladen. Gebannt hören wir zu, als sie ehrfurchtsvoll den schwierigen Parcours im Spielhaus schildern. Es heißt, die eingebauten Fallen seien so ausgeklügelt, daß bis jetzt kein Prüfling lebend rausgekommen wäre. Anscheinend verfolgt Dakota damit die Absicht, selbst die begabtesten Schülerinnen in ihre Schranken zu weisen. Absolventinnen des Kurses bezeichnen das Haus deshalb gern als »Dakotas Rache«.

Dann erzählt jede am Tisch, warum sie den Kurs belegt hat.

Lydia berichtet, sie sei vor einem Jahr von einem Mann mit vorgehaltener Waffe vergewaltigt worden. Liz, die Scheidungsanwältin ist, wurde vom Ehemann einer Mandantin verfolgt, der ihr vorwarf, sein Leben ruiniert zu haben. Cheryl, die Website-Designerin aus San José, hat Todesangst vor ihrem Ex-Mann, einem Polizisten, der sie geschlagen hat. Als sie ihm mitteilte, daß sie ihn verlassen wollte, bedrohte er sie mit einer geladenen Pistole.

Als ich an der Reihe bin, sage ich, ich sei vor zwei Wochen bei einem Hausfriedensbruch ertappt worden. Die beiden Männer, die mich erwischten, seien bewaffnet gewesen, weshalb ich Angst gehabt hätte, mich mit Aikido-Techniken gegen sie zur Wehr zu setzen.

»Sobald sie merkten, wie ich mich fürchtete, beschlossen sie, ein bißchen mit mir zu spielen. Sie haben mich an einen Billardtisch gefesselt und mir eine Waffe an den Körper gehalten. Seitdem träume ich jede Nacht davon. Ich bin hier, um über diesen Alptraum hinwegzukommen und zu lernen, wie ich mich verhalten muß, falls mir so etwas jemals wieder passiert.«

Wir verabschieden uns früh voneinander. Schließlich ist morgen unser großer Tag. Alle wünschen einander viel Glück. »Gute Nacht. Wir sehen uns auf dem Schießstand.«

Ich bin gerade im Spielhaus angekommen. Dakota ist dicht hinter mir, so nah, daß ich ihren Atem im Nacken spüre.

Es ist heiß hier drin, bestimmt vierzig Grad. Die Luft ist stikkig. Das T-Shirt klebt mir am Rücken. Ich rieche Schießpulver, Schuhleder, Gewehröl und Schweiß.

Ich taste mich zu einem Torbogen vor.

»Geh rein und such das Zimmer ab«, sagt Dakota.

Ich folge ihrer Aufforderung und ziele mit der Waffe in alle Richtungen, wie wir es gelernt haben. Dabei halte ich Abstand von den Wänden und beschreibe mit der weit ausgestreckten Pistole bogenförmige Bewegungen. Niemand da. Ich gehe weiter.

Der nächste Raum ist klein. In der Ecke befindet sich ein Wandschrank, dessen Tür einen Spalt weit offensteht. Jemand versteckt sich da drin – ich weiß es genau!

Ich mache einen Bogen um den Schrank, vergewissere mich, daß sich sonst niemand im Zimmer befindet, und schleiche mich dann von der Seite an. Mit einer blitzschnellen Bewegung trete ich die Tür auf und brülle: »Schmeiß die Waffe raus, du Dreckskerl!«

Aber der Schrank ist leer.

»Du hast gerade deine Position verraten«, stellt Dakota fest.

Der nächste Raum ist ein schmaler Flur, von dem zwei Treppen abgehen. Die eine führt in den ersten Stock, die andere in den Keller.

Ich beschließe, mich nicht weiter um den Keller zu kümmern. Unmöglich, sich unbemerkt dort hinunterzupirschen. Außerdem haben wir gelernt, einen Eindringling nicht zu verfolgen, sondern uns in einem Zimmer zu verschanzen und uns zu verteidigen.

Also gehe ich zu der Treppe, die nach oben führt. In diesem Augenblick knallt die Kellertür zu. Als ich mich nach dem Geräusch umdrehe, nehme ich aus dem Augenwinkel eine Gestalt oben an der Treppe wahr. Ich wirble herum und feuere drei Schüsse ab, ein klassischer *Mozambique*. Dann wende ich mich wieder der Kellertür zu, gerade noch rechtzeitig, um dort eine zweite Gestalt zu bemerken. Ich will schon abdrücken, als ich feststelle, daß ich ein Kind vor mir habe.

»Zurück in den Keller!« schreie ich.

»Sehr gut, Kay«, flüstert Dakota. »Du hast den kleinen Johnny nicht erschossen. Aber du mußt noch mit dem Typen im oberen Stockwerk fertig werden.«

Mir ist sofort klar, daß ich diese Treppe nicht hinaufsteigen kann, ohne in die Schußlinie zu geraten.

»Nein!« zische ich. »Ich gehe in den Keller. Den kleinen Johnny kann ich am besten beschützen, wenn ich die Tür sichere.«

Dakota folgt mir wortlos, als ich mich vorsichtig durch den Flur zurückschleiche. In diesem Augenblick höre ich, wie eine Tür aufgerissen wird. Ich presse mich an die Wand. Dakota ist dicht neben mir.

»Er kommt runter. Was machst du jetzt?« fragt sie.

Ich antworte nicht, zähle statt dessen leise bis drei, trete dann vor und nehme die Treppe unter Beschuß. *Peng! Peng! Peng! Peng! Peng!* Nichts. Nur das Echo der Schüsse und Pulverdampf in der Luft. Ich pirsche mich rückwärts zur Kellertür. Als ich sie gerade erreicht habe, wird sie aufgerissen. Da ich weiß, daß sich der kleine Johnny dort versteckt, schieße ich nicht. Ein folgenschwerer Fehler. Eine lebensgroße Schaufensterpuppe springt mit gezückter Pistole heraus.

»Du bist tot, Kay«, teilt Dakota mir knapp mit. »Als du der Tür den Rücken zugewandt hast, ist er hineingeschlüpft. Außerdem hast du noch etwas übersehen. Es ist nur noch eine Kugel im Magazin. Nachdem du auf die Treppe geschossen hast, hättest du es wechseln müssen. Selbst wenn es dir gelungen wäre, auf den Mann zu schießen, wäre er im Vorteil gewesen.«

Ich stecke die Pistole weg. »Gut, dann bin ich also tot. Und was passiert jetzt?«

Sie grinst. »Offen gesagt hattest du keine Chance. Deshalb hast du bestanden.«

Wir bestehen alle. Dakota behauptet, sie würde sich andernfalls wie eine Versagerin vorkommen. Wir fallen uns in die Arme. Nach vier anstrengenden Tagen fühlen wir uns wie Waffenschwestern. Wir tauschen unsere Adressen aus und versprechen einander, in Kontakt zu bleiben. Cheryl erbietet sich, mich nach San José mitzunehmen. Von dort aus dauert die Busfahrt nach Hause nur noch eine Stunde.

Dienstag morgen. Ich gehe in einen Laden namens Gun City unweit vom Justizpalast. Die nette Dame mittleren Alters hinter der Theke fragt, wie sie mir helfen kann.

»Ich hätte gern eine HK P7M8.«

»Aber selbstverständlich ...«

Sie holt einen Karton aus dem Regal hinter sich, klappt ihn auf und legt die Pistole vor mich, auf eine schwarze Samtunterlage, wie man sie auch beim Juwelier findet.

Ich nehme die Waffe, öffne den Schieber, hole das Magazin heraus, überprüfe es, lege es wieder ein, spanne den Hahn und simuliere einen Schuß.

»Genau das, was ich gesucht habe. Ich kaufe sie.«

Ich gebe der Frau meine Kreditkarte und unterschreibe die nötigen Papiere. Sie überreicht mir eine Broschüre mit dem Titel »Legaler Waffenbesitz in Kalifornien.« Nach der vorgeschriebenen Wartezeit von zehn Tagen kann ich meine Pistole abholen. Die ganze Angelegenheit hat nur fünf Minuten gedauert.

Abends um acht stecke ich alle verfügbaren Vierteldollarmünzen ein, gehe zur Zentralbibliothek und rufe von einem öffentlichen Telefon aus bei Vince Carroll in Fort Bragg an.

Er hebt nach dem zweiten Läuten ab.

»Wissen Sie, wer ich bin?« frage ich.

»Tut mir leid, Ma'am, keine Ahnung.«

»Sie haben noch nie meine Stimme gehört?«

Schweigen. »Wer spricht da?«

»Ihre stille Verehrerin«, verkünde ich fröhlich.

Diesmal ist die Pause noch länger. »Was wollen Sie?«

»Sie gingen davon aus, ich würde mich an nichts mehr erinnern. Aber da muß ich Sie leider enttäuschen.«

»Hören Sie, ich kann gerade nicht offen sprechen. Wie kann ich Sie erreichen?«

»Das soll wohl ein Witz sein!«

»Ich treffe mich mit Ihnen, wo Sie wollen. Sie können den Ort bestimmen. Ich werde dasein, und zwar allein.«

»Tut mir leid, Vince. Dieses Vertrauen müssen Sie sich erst noch verdienen.«

»Was muß ich dafür tun?«

»Chipper und Buckoboy – ich brauche ihre vollen Namen und ihre Adressen.«

»Das geht nicht.«

»Aber natürlich geht das. Sie können die beiden doch auch nicht leiden und wollen sie loswerden. Diese Arbeit kann ich Ihnen abnehmen.« Schweigen. »Und außerdem will ich die Waffe.«

»Welche Waffe?«

»Sie wissen schon, welche ich meine.«

»Wir haben Hunderte von Waffen ...«

»Die ganz besondere, die mit den interessanten Gravierungen.«

»Sie müssen verrückt sein!«

»Ach, wirklich? Dann muß ich wohl im Club über Nacht den Verstand verloren haben. Ich weiß einiges über Sie, Vince. Über Ihre Karriere bei der Polizei zum Beispiel. Und daß Sie gegen Ihren Partner ausgesagt haben. Das war sehr mutig – ganz im Gegenteil zu dem, was die beiden mit mir gemacht haben. Ein Spielchen für Feiglinge, und das wissen Sie ganz genau.«

»Ich hab doch gesagt, daß ich bereit bin, mich mit Ihnen zu treffen.«

»Ich werd's mir überlegen. Bis dahin denken Sie darüber nach, wie Sie Ihre Kooperationsbereitschaft unter Beweis stellen können. Ich will die Namen und die Adressen. Wenn ich das nächstemal anrufe, werden Sie sie mir sagen. Kapiert?«

»Hallo, legen Sie nicht auf ...«

Ich tue es trotzdem und sacke dann auf dem Boden zusammen. Meine Hände zittern, und meine Kleider sind durchgeschwitzt.

Ich sitze in meinem Wohnzimmer, trinke Kaffee und blicke auf die in der Nacht funkelnde Stadt hinaus. Auf meinem Schoß liegt der Skizzenblock. Den ganzen Tag schon versuche ich vergeblich, die Biene zu zeichnen.

Zwecklos. Es will mir einfach nicht gelingen. Ganz gleich, wie oft ich ansetze (und inzwischen bin ich eine Expertin im Bienenzeichnen), das Ergebnis löst bei mir keine Erinnerung aus und stimmt nicht mit den Abbildungen auf der Waffe überein.

Ich frage mich, was mit mir los ist. Dakotas Schießkurs hat meinem nach dem Erlebnis im Waffenzimmer schwer angeschlagenen Selbstbewußtsein wieder auf die Beine geholfen. Dennoch fühle ich mich wie von einer Zentnerlast niedergedrückt, von der ich mich einfach nicht befreien kann. Seit meinem Kampf mit Julio Sanchez ist mir die Lebenslust verlorengegangen. Und dabei fände ich nichts entsetzlicher, als eine verbitterte Frau zu werden, die den Rest ihrer Tage damit verbringt, alte Wunden zu lecken.

Da ich weiß, daß meine Niedergeschlagenheit sich erst legen wird, wenn ich das Rätsel gelöst habe, zeichne ich weiter. Ich erinnere mich an den guten Rat, den Maddy mir gegeben hat, wenn ich bei einem Projekt auf der Stelle trat.

Beiß dich durch, Kay. Beiß dich durch, bis du ein Ergebnis hast. Oft wirst du glauben keine Kraft mehr zu haben, um weiterzumachen, aber du mußt dich dazu zwingen. Erst dann schaffst du den Durchbruch.

Butterfield & Butterfield befindet sich in der San Bruno Avenue im Lagerhausviertel. Ich treffe um neun ein, eine Stunde zu früh, damit ich noch einen guten Platz bekomme. Dad hat mir von dieser Auktion erzählt, die in Waffensammlerkreisen als die wichtigste des ganzen Jahres gilt.

Ich breite meine Lederjacke über einen Stuhl und sehe mir dann die Exponate im Ausstellungsraum an. Hunderte von historischen Waffen – Duellpistolen, Salonpistolen, Büchsen mit Steinschloß, einläufige Derringer, Musketen aus dem Bürgerkrieg, Perkussionskarabiner, Colts aus dem neunzehnten Jahrhundert, Springfields, Winchester, Double-Action-Revolver –, sie alle sind auf Tischen und in verschlossenen Vitrinen zu bewundern. Außerdem einige Handfeuerwaffen aus dem zwanzigsten Jahrhundert – Mauser, Ruger, zeitgenössische Pistolen und Revolver von Colt und Smith & Wesson. Dazu Gußformen für Kugeln, Pulverdosen, Bowiemesser, Dolche, Säbel, Entermesser, weitere blanke Waffen und eine gewaltige Colt Gatling auf einer Lafette.

Doch das meiste Interesse im Raum gilt den etwa fünfzehn handgefertigten Flinten der berühmten britischen Büchsenmacher Purdey, Holland & Holland, Boss und Westley Richards.

Ich schließe mich einem Grüppchen von Kennern an, die diese Kostbarkeiten ehrfürchtig betrachten. Wie ich feststelle, liegt die Faszination dieser Jagd- und Kriegswaffen nicht nur in ihrer eleganten Form, der hervorragenden Verarbeitung und dem ausgezeichneten Zustand, sondern auch darin, daß sie aus dem Nachlaß bedeutender Persönlichkeiten stammen.

Zwei Sportwaffen erregen besonders große Aufmerksamkeit. Bei der ersten handelt es sich um eine zwölfkalibrige Boss, die für Edward VIII. angefertigt wurde, als er noch Prince of Wales war. Die zweite ist eine Bockdoppelbüchse aus der Werkstatt von Westley Richards und wurde im Auftrag von T. E. Lawrence – Lawrence von Arabien – gefertigt. Ich hoffe, daß diese Waffe Ramsey Carson zur Auktion locken wird. Denn in Wahrheit bin ich nicht hier, um mich am Anblick von Waffen zu weiden, sondern um das Bieten und die Bieter zu beobachten.

Fünf vor zehn. Ich kehre in den Auktionssaal zurück, um meinen Platz einzunehmen. Einrichtung und Aufteilung des Raums sind nicht weiter außergewöhnlich: vorn ein erhöhtes Podium für den Auktionator, Bildschirme, auf denen die Anwesenden Dias vom gerade zu versteigernden Gegenstand ansehen können, einige hundert Stühle in regelmäßigen Reihen im hinteren Teil des Raums, zwei lange Tische mit je zehn Telefonen darauf zu beiden Seiten. An ihnen sitzen Mitarbeiter des Auktionshauses, um die Gebote von Sammlern auf der ganzen Welt entgegenzunehmen.

Ich betrachte das Publikum. Neunzig Prozent sind Männer, in Anzügen, Windjacken, Polo- oder Westernhemden mit dünnen Krawatten. Ich bemerke sogar einen paramilitärisch gekleideten Mann in Tarnuniform. Da ich feststelle, daß die Kaufinteressenten angeregt miteinander plaudern, während sie auf den Beginn der Auktion warten, knüpfe auch ich ein Gespräch mit meinem Sitznachbarn an. Er ist ein eleganter, grauhaariger Gentleman mit wachen Augen und einem spöttischen Lächeln. Er trägt einen dunklen Blazer und eine gestreifte Fliege.

Ich erkläre ihm, daß ich Neuling bin, und bitte ihn, mir die wichtigsten Bieter zu zeigen. Er freut sich, mir behilflich sein zu können, und gibt mir seine Karte (»Cutler ›Cut‹ Beresford, Begutachtung seltener Waffen« und eine Adresse auf dem Nob Hill). Dann weist er mich auf einige bedeutende Händler hin und erklärt, daß sich aus ihrem Bietverhalten Rückschlüsse auf die augenblickliche Lage des Marktes für seltene Waffen und auf die heute zu erwartenden Verkäufe ziehen lassen.

Ich sehe mich nach Carson um, kann ihn jedoch nirgendwo entdecken. Ich frage mich, ob ich mir einen anderen Platz suchen soll, aber die meisten Stühle sind inzwischen besetzt. Im übrigen werde ich ihn schon bemerken, wenn er hereinkommt. Also lehne ich mich zurück, um das Spektakel zu genießen.

Die ersten Stücke, Perkussionsrevolver von Colt aus dem neunzehnten Jahrhundert, sind selten und teuer, weshalb im Raum sofort angespannte Stimmung herrscht. Der Auktionator, ein bärtiger Mann mit rasiertem Schädel, hat rasch den Überblick und beschäftigt sich bald nur noch mit ein paar besonders aggressiven Bietern. Cut Beresford verrät mir, daß bereits im voraus Absprachen getroffen wurden. Das Gesicht des Mannes, der am eifrigsten mitbietet, kann ich nicht sehen, da er in der ersten Reihe sitzt. Doch mir fällt auf, daß er den Kopf gesenkt hält und ihn nur dann ganz leicht hebt, wenn er das Gebot erhöht. Er kauft die ersten beiden Posten für eine Summe, die das ursprüngliche Gebot um einiges übersteigt.

Die Auktion verläuft in ziemlicher Geschwindigkeit. Das Bieten dauert selten länger als eine Minute. Der zehnte Posten wird von dem Herrn in der ersten Reihe, einem ernsten Mann, der hinten sitzt und ein gestreiftes Hemd trägt, und einem Interessenten am Telefon heiß umkämpft. Letzterer erhält schließlich den Zuschlag für ein Paar gravierter Revolver, Modell Dragoon der Firma Colt, und zwar zu einem Preis von dreihundertzehntausend Dollar. Im Raum erhebt sich Getuschel.

Nach der Aufregung um die Colts beruhigt sich die Stimmung schließlich ein wenig. Andere Bieter wetteifern um Waffen der mittleren Preisklasse. Sie sind mit viel mehr Leidenschaft bei der Sache als die Käufer der wertvolleren Stücke. Cut erzählt, daß es sich um Sammler handelt, die in eigener Sache hier sind. Je nach Ausgang grinsen sie breit oder verziehen das Gesicht.

Eine Stunde verstreicht. Bald werden die kostbaren Flinten zur Versteigerung kommen. Als ich mich wieder einmal im Raum umsehe, bemerke ich einige Neuankömmlinge, die sich in Kleidung und Verhalten von den übrigen Anwesenden unterscheiden. Sie tragen seidene Halstücher und Tweed und haben die selbstbewußte, aufrechte Haltung britischer Gentlemen der alten Schule. Offenbar handelt es sich um die Aristokratie der Waffensammler, was man schon an ihrem dezenten Lächeln und ihrer vornehmen Zurückhaltung erkennt.

Eine gravierte, zwanzigkalibrige Parker ist als nächstes an der Reihe. Wieder wächst die Spannung, und es wird heftig geboten. Ein Mann mit karierter Golfmütze schwenkt nachdrücklich seinen Bleistift. Drei Bieter am Telefon sind ebenfalls beteiligt und auch ein Händler, der sich während der Versteigerung der Colts ziemlich ruhig verhalten hat. Der Mann mit der Golfmütze ergattert die Parker und fängt – vielleicht ermutigt durch seinen Erfolg – gleich wieder an, mit dem Bleistift zu wedeln, als ein Paar Purdeys zu Gebot stehen. Die Purdeys bekommt er auch, wird jedoch im Rennen um eine Holland & Holland von einem Bieter am Telefon geschlagen. Als er für eine weitere Holland & Holland bietet, schafft er es wieder nicht und setzt bedrückt zwei Runden aus.

Da ich so damit beschäftigt bin, die Bemühungen des Mannes mit der Golfmütze zu beobachten, habe ich den Mann, der lautlos hereingeschlüpft ist und sich drei Stühle neben mich setzt, zunächst nicht bemerkt. Doch als ich nach der zweiten Niederlage des Golfmützenmannes einen Blick auf den Neuankömmling werfe, falle ich beinahe in Ohnmacht. Es ist Carson, da bin ich ganz sicher. Er trägt ein weißes Hemd, eine schlichte Krawatte und einen dunklen Nadelstreifenanzug. Aufmerksam sieht er sich im Raum um.

Unsere Blicke treffen sich, und er lächelt mir kurz zu. Als ich ihn weiterhin ansehe, runzelt er erstaunt die Stirn. Dann wendet er sich ab. Ich mustere ihn nur noch kurz. Schließlich soll er nicht wissen, daß ich mich für ihn interessiere. Er sieht genauso aus wie auf Chap Fontaines Fotos – raubtierähnlich und sehr männlich, mit wettergegerbtem Gesicht und einem netten Augenzwinkern, das an Clark Gable erinnert. Sein Haar ist inzwischen ein wenig grauer geworden, aber er macht immer noch den Eindruck eines Herzensbrechers und Schwerenöters. Seine Ausstrahlung muß enorm sein, denn ich stelle fest, daß ich nicht die einzige bin, die ihn bemerkt hat. Cut Beresford flüstert mir seinen Namen ins Ohr. »Passen Sie auf, was er macht, wenn die großen Jagdgewehre versteigert werden.«

Ich wende mich abermals zu Carson um. Anscheinend ist er mit seiner Inspektion fertig. Nun lehnt er sich zurück, schlägt lässig die Beine übereinander und stützt den Arm locker auf die Lehne des Nachbarstuhls. Die Boss aus dem Besitz von Edward VIII. steht jetzt zu Gebot, und zwar mit hunderttausend Dollar. Während die Gebote immer höher steigen, stelle ich fest, daß der Auktionator nur Augen für Carson hat. Immer wieder treffen sich ihre Blicke, dann schüttelt Carson fast unmerklich den Kopf. Zweihunderttausend. Zweihundertfünfzigtausend. Zweihundertsiebzigtausend. Zweihundertfünfundsiebzigtausend. Schließlich ersteigert ein Bieter am Telefon die Waffe für zweihundertachtzigtausend Dollar.

Ein weiteres Paar gravierter Purdeys findet für hundertzehntausend Dollar einen neuen Besitzer. Dann ist das Gewehr von Lawrence von Arabien dran. Wieder lautet das Anfangsgebot hunderttausend Dollar.

Während die Gebote rasch die Zweihunderttausend-Dollar-Grenze überschreiten, beobachte ich die Komplizenschaft zwischen Carson und dem Auktionator. Carson rührt sich nicht, sieht starr vor sich hin und erwidert kühl seinen Blick. Offenbar will er den richtigen Zeitpunkt abpassen, bevor er sich ins Getümmel stürzt.

Inzwischen werden für das Gewehr zweihundertfünfundachtzigtausend Dollar geboten.

»Zum ersten«, verkündet der Auktionator.

Auf einmal tut sich etwas am Telefontisch. »Dreihunderttausend!« ruft ein Telefonist, der bis jetzt geschwiegen hat.

Totenstille herrscht im Raum. Dann erhöht der Mann, der die Waffe schon ersteigert zu haben glaubte, das Gebot auf dreihundertfünftausend.

Dreihundertfünfundzwanzigtausend am Telefon.

Dreihundertdreißigtausend aus dem Raum.

Dreihundertfünfzigtausend am Telefon.

Die Anwesenden lauschen schweigend.

Der Auktionator sieht Carson an, und diesmal gibt dieser ihm wohl ein Zeichen. »Dreihundertsechzigtausend, der Mann in der Mitte«, ruft der Auktionator erfreut.

Dreihundertfünfundsiebzigtausend am Telefon.

Dreihundertfünfundachtzigtausend von Carson.

Vierhunderttausend am Telefon.

Cut Beresford beugt sich zu mir herüber. »Wahrscheinlich ein reicher Saudi«, flüstert er. »Oder D'Arcy Chambers aus Dublin, ein reicher Sammler und ein großer Verehrer von Lawrence von Arabien.«

Vierhundertzehntausend von Carson.

Vierhundertfünfzigtausend am Telefon.

Vierhundertsechzigtausend von Carson.

Vierhundertfünfundsiebzigtausend am Telefon.

Der Auktionator sieht Carson eindringlich an. Zwischen den beiden scheint ein Kraftfeld zu herrschen. Ich beuge mich vor, um Carsons Gesicht besser betrachten zu können, aber er verzieht keine Miene. Als der Auktionator wieder »zum ersten« ruft, zwinkert Carson ihm zweimal mit dem rechten Auge zu.

»Vierhundertfünfundneunzigtausend von dem Mann in der Mitte«, verkündet der Auktionator.

Diesmal herrscht Schweigen am Telefon.

»Zum ersten, zum zweiten... und zum dritten. Verkauft!« Unter tosendem Applaus wechselt das Gewehr von Lawrence von Arabien den Besitzer.

Nachdem zwei weitere Posten versteigert worden sind, steht Carson lautlos auf. Ich blicke ihm nach. Er schreitet den Gang entlang, nickt Bekannten zu, schüttelt Hände und baut sich dann mit verschränkten Armen an der hinteren Wand auf. Er ist heute der König hier.

»Schauen Sie, er freut sich riesig«, flüstert Cut Beresford. »Aber in ein paar Wochen geht er wieder auf die Pirsch. So ist das immer bei Sammlern, das erlebe ich jeden Tag. Sie sind einfach unersättlich.«

Ich bedanke mich bei Cut für seine Hilfe. Als wieder eine Pause entsteht, husche ich ebenfalls den Gang entlang. Zu meiner Enttäuschung muß ich jedoch feststellen, daß Carson verschwunden ist. Aber dann entdecke ich ihn in Begleitung von zwei gutgekleideten Herren in der Vorhalle. Die drei geben sich hemdsärmelig und benehmen sich so, wie es Männer bei Junggesellenparties oder Sportveranstaltungen eben tun.

Ich gebe vor, an der Theke Auktionskataloge zu studieren, und belausche dabei ihr Gespräch.

»Das muß Chambers gewesen sein«, sagt Carson. »Der macht mir schon seit Jahren die Hölle heiß.«

»Aber heute hast du es ihm richtig gezeigt, Ram.«

»Wahrscheinlich ist ihm das schwer auf den Magen geschlagen«, feixt der zweite Mann.

»Eine hübsche Vorstellung.« Carson leckt sich die Lippen. »Der alte D'Arce liegt auf den Knien vor der Kloschüssel und kotzt Galle. Und am meisten freut mich, daß er weiß, wem er diese Schlappe zu verdanken hat.«

Die drei brechen in brüllendes Gelächter aus und klopfen einander auf den Rücken.

»So war es richtig, Ram!«

»Mach sie alle fertig, alter Junge!«

»Das ist schließlich meine Spezialität«, erwidert Carson, ein selbstzufriedenes Grinsen auf dem Gesicht.

Sie grinsen, johlen und lachen noch ein bißchen, klopfen sich erneut gegenseitig auf den Rücken und lassen die Handflächen aneinanderklatschen. Dann gehen die beiden Männer zur Tür, während Carson sich mit triumphierender Miene erneut in Siegerpose hinten im Auktionsraum aufbaut.

Heute abend bin ich allein zu Hause. Nach dem Essen setze ich mich mit einer Tasse Kaffee ins Wohnzimmer und blicke durchs Fenster auf die stille Stadt hinaus. Die Hochhäuser im Bankenviertel sind hell erleuchtet und ragen wie abstrakte Skulpturen vor den schwarzen Kumuluswolken auf. Der Mond hebt ihre Silhouetten hervor. Ich weiß, daß da draußen wie immer die Leidenschaft tobt, doch von hier aus wirkt die Stadt völlig ruhig. Während ich nachdenklich meinen Kaffee trinke, wünsche ich mir, auch endlich wieder zur Ruhe zu kommen.

Noch einmal versuche ich, die Biene zu zeichnen, zwar mit größerem Erfolg, aber irgend etwas stimmt einfach nicht. Eigentlich müßte sie ein Gesicht haben wie die im Gebüsch versteckten Tiere, doch aus einem unerklärlichen Grund kann ich es nicht wiedergeben. Ich blättere meinen Skizzenblock durch und betrachte die tierischen Voyeure auf den vorangegangenen Seiten. Der Affe hat ein Gesicht, Leopard und Pelikan haben auch eins. Warum dann also nicht die Biene?

Ich schlage Chap Fontaines Fotoalbum auf und suche die Männer, die ich heute morgen mit Carson im Auktionshaus gesehen habe. Die beiden waren jünger als er und benahmen sich trotz aller Kumpelhaftigkeit eher wie Untergebene als wie Gleichgestellte. Auf den Fotos tragen sie T-Shirts und Shorts, die ihre muskulösen Körper erkennen lassen. Sie haben die steinernen Mienen und die aggressive Haltung von Männern, die vom Jagdfieber gepackt sind.

Ich mustere ihre Gesichter, picke mir die hervorstechendsten Merkmale heraus und zeichne sie so übertrieben, wie es ein Karikaturist tun würde. Dann versuche ich, diese Köpfe den verschiedenen Tieren aufzusetzen. Das Gesicht des Mannes mit der leutseligen Art paßt am besten zum Fuchs. Der zweite, der sich so ausführlich über D'Arcy Chambers Niederlage ausgelassen hat, macht sich auf dem Körper des Krokodils sehr gut. Und Ramsey Carsons Gesicht könnte zu dem Leoparden gehören, der auf meiner Skizze das Alphatier ist.

Danach durchsuche ich das Album nach einem Gesicht für die Biene, aber ich finde nichts, was auch nur den Funken einer Erinnerung auslöst. Vielleicht befand sich die Biene ja auch gar nicht unter den anderen Tieren, sondern war in einem anderen Teil des Bildes versteckt.

Ich rufe Cut Beresford an. Er ist höflich wie bei unserer ersten Begegnung und lädt mich für diesen Nachmittag in seine Wohnung in der Jones Street ein, um mir all meine Fragen zum Thema seltene Waffen und Waffengravuren zu beantworten.

Ich gehe früh zum Aikido, zum erstenmal, seit ich aus Nevada City zurück bin. Nach dem Unterricht will Rita wissen, wie ich mich mit Dakota verstanden habe. Ich antworte, sehr gut. Ich hätte keine Angst mehr vor Waffen und mir sogar eine Automatik gekauft.

Sie nickt zwar, aber ich entdecke Mißbilligung in ihrer Miene. »Gewalt mit Todesfolge – ich weiß nicht recht. Mir ist unsere Methode lieber: Nur soviel Gewalt anwenden wie gerade nötig.«

»Mir eigentlich auch«, entgegne ich. »Außerdem habe ich mich endlich wegen des *shodan* entschieden. Ich will die Prüfung machen.«

Sie strahlt. »Wunderbar! Wenn du hart arbeitest, bist du am Ende des Sommers soweit. Dann kannst du dich während des Seminars prüfen lassen.«

Die Aussicht, vor Hunderten von engagierten Aikidokämpfern aus ganz Kalifornien meine Prüfung ablegen zu müssen, ist gleichzeitig beängstigend und eine Herausforderung. Die Prüfer sind hochrangige japanische Lehrer. Manchmal werden bei diesen Seminaren bis zu dreißig Schüler geprüft.

Rita, die meine Befürchtungen ahnt, nimmt meine Hand.

»Du schaffst es, Kay. Wenn du jeden Tag mit mir arbeitest, garantiere ich dir, daß es klappen wird. Du brauchst das jetzt. Davon bin ich fest überzeugt.«

Cut Beresford wohnt zwar nur drei Häuserblocks von Baggy Bigelow entfernt, allerdings in einem völlig anderen Ambiente. Während Baggys Behausung ein schwüles Boudoir voller gemarterter Barbiepuppen und Kitsch ist, empfängt Cut mich in einem spärlich möblierten, weißen Wohnzimmer – so weiß, daß ich ihn bitten muß, die Vorhänge zu schließen, damit ich etwas sehen kann. Und selbst dann kann ich die Sonnenbrille nicht abnehmen, wenn ich meine Umgebung wahrnehmen will.

Eine Wand ist mit Regalen bedeckt, in denen Geschichtsbücher zum Thema Waffen stehen. An der anderen hängen gerahmte Radierungen, die das Innenleben von Waffen darstellen. Allerdings kann ich keine einzige Waffe entdecken. Ich bin überrascht, doch Cut erklärt mir, daß er selbst kein Sammler ist. Er beschäftigt sich lediglich auf wissenschaftlicher Ebene mit Waffen und hat sich auf Echtheitsgutachten und Schätzungen spezialisiert.

Heute ist er sogar noch eleganter gekleidet als bei der Auktion. Er trägt einen hellen Leinenanzug und eine weiche Fliege. Als ich ihm von meinem Interesse an Waffen mit erotischen Motiven erzähle, zieht er die Augenbrauen hoch.

»Ein sehr ausgefallenes Faible«, stellt er fest.

»Weil ich eine Frau bin?«

Er lächelt. »Eigentlich nicht. Eine der bedeutendsten Sammlerinnen erotischer Waffen ist die Baroneß von Heinholz. Vor einigen Jahren habe ich sie in ihrem Schloß in der Nähe von

München besucht. Sie besitzt die unglaublichsten Stücke, zum Großteil gravierte deutsche Flinten mit Radschloß aus dem sechzehnten und siebzehnten Jahrhundert und französische Steinschloß-Waffen aus dem achtzehnten.«

Ich bin erstaunt. »Hat man auch damals schon Waffen mit erotischen Motiven angefertigt?«

Cut nickt. »Es ist eine alte Tradition, obwohl das nicht viele Leute wissen. Derartige Waffen kommen nur selten auf den Markt. Es gibt lediglich einen Artikel zu diesem Thema, und zwar in einem Buch, das ein im Exil lebender Engländer in den vierziger Jahren verfaßt und im Selbstverlag herausgebracht hat.«

Als ich ihm sage, daß ich erst vor kurzem von der Existenz solcher Waffen gehört habe und mehr über sie erfahren möchte, holt er das Buch aus dem Regal und verspricht, mir eine Kopie des betreffenden Kapitels zuzuschicken.

Dann setzt er sich wieder und mustert mich weise. »Gestern saßen Sie neben dem bedeutendsten Sammler erotischer Waffen auf der ganzen Welt. Doch das war Ihnen sicherlich klar.«

Ich gebe es zu.

»Haben Sie einen bestimmten Grund, sich mit Ihren Fragen nicht an Carson zu wenden?«

Ich nicke. »Er ist zu versessen darauf. Ich dachte, Sie als Experte könnten mir unparteiischere Auskünfte geben.«

Cut lächelt. »Was Ram betrifft, haben Sie recht. Er ist ein herrschsüchtiger Mensch, zwanghaft, arrogant und besitzergreifend. Wahrscheinlich würde er sich nicht gern von Ihnen ausfragen lassen.« Er betrachtet mich. »Also möchten Sie eine sachliche Zusammenfassung.«

»Sehr gern, Cut. Wenn Sie Zeit dazu haben.«

Er nickt und beginnt zu erzählen. Seine Ausführungen sind klug und präzise. Er weist mich darauf hin, daß es schon immer in der Natur des Menschen lag, Gegenstände zu schmücken. Seit der Vorzeit haben Menschen in Stein gemeißelt, Holz geschnitzt und die Wände ihrer Höhlen bemalt. Auch erotische Motive lassen sich bis zum Anfang der Menschheitsgeschichte zurückverfolgen, denn alles Sexuelle übte schon von jeher eine faszinierende Wirkung aus. Deshalb gibt es auch unzählige griechische Vasen mit erotischen Abbildungen und erotische

Mosaike und Fresken. Jagd- und Kriegswaffen wurden stets verziert. Und da sowohl die Jagd als auch der Krieg reine Männersachen waren, ist es auch nicht weiter verwunderlich, daß zunächst Stichwaffen und später – nach der Erfindung des Pulvers – auch Schußwaffen mit erotischen Motiven geschmückt wurden.

»Wie Sie es darstellen, ist es wirklich nicht verwunderlich«, stimme ich zu. »Allerdings erstaunt mich, daß diese Sitte noch nicht ausgestorben ist. Erotische Kunst und Pornographie – schön und gut. Kunstvoll gefertigte Waffen – ebenfalls in Ordnung. Aber warum eine Kombination von beidem, obwohl doch heutzutage in sexuellen Dingen eine ziemliche Offenheit herrscht? Mich interessiert die Verbindung zwischen Waffen und Sex.«

»Ah!« Cut schmunzelt. »Sie haben da etwas falsch verstanden. Es geht nicht um Waffen und Sex, sondern um Aggression und Sex, die schon immer hervorragend zusammenpaßten. Nach dem Grund sollten Sie sich lieber bei einem Psychologen erkundigen. Ich habe allerdings meine eigene Theorie, nämlich daß die Jagd und der Krieg eigentlich erotische Handlungen sind. Sie stimulieren uns, bringen unsere Augen zum Funkeln, lassen unseren Atem schwerer gehen und regen die Speicheldrüsen an. Ich glaube, die Jagd ist etwas Instinktives. Wenn uns das Töten nicht solchen Spaß machen würde, würden wir es nicht tun. Und in diesem Fall wären wir eine völlig andere Spezies – zweifellos weichherzige, sanfte Geschöpfe, aber unerträglich langweilig. Es gäbe keine Künstler, Erbauer, Jäger und Krieger, sondern nur Schafe, die friedlich auf der Weide grasen.«

»Halten Sie erotisierte Gewalt für die Wurzel der Zivilisation?«

»Eine philosophische Frage, doch da Sie sie nun einmal gestellt haben: ja. Aus diesem Blickwinkel betrachtet, sind erotische Waffen nicht so skurril, wie es zunächst den Anschein hat. Sie sollten nur einmal Soldaten beim Reden zuhören. Oder sich die phallische Form eines Gewehrs ansehen. Es ist eine sehr einleuchtende Verbindung, und daß derartige Waffen heute noch hergestellt werden, hat seinen Ursprung in der Tradition, Waffen zu schmücken. Vergessen Sie nicht, daß es sich bei der Waffengravur um eine eigenständige Kunstform handelt, bei der die Darstellung erotischer Motive ein ernstzunehmender Zweig ist.« Cut sieht mich an. »Doch ich glaube, daß Sie nicht deswegen hier sind, Kay, so interessant dieses Thema auch sein mag. Ich habe den Eindruck, daß Sie auf etwas ganz Bestimmtes aus sind. Wenn Sie es mir erzählen, kann ich Ihnen vielleicht weiterhelfen.«

Sein Blick ist so voller Anteilnahme, daß ich ihm am liebsten alles beichten würde. Doch ich halte mir vor Augen, daß ich diesen Mann kaum kenne. Es ist besser, nicht zuviel zu verraten.

»Ich interessiere mich für eine bestimmte zeitgenössische erotische Waffe.«

»Zeitgenössisch?«

»Ich glaube schon.«

»Ich bin mit den Arbeiten der wichtigsten Graveure vertraut. Es gibt davon nicht viele, vielleicht fünfzig auf der ganzen Welt. Es ist eine aussterbende Kunst. Wenn Sie mir die Gravierung beschreiben, erkenne ich vielleicht den Stil. Aber natürlich wäre es besser, wenn ich mir das Stück selbst ansehen könnte.«

Ich hole meinen Skizzenblock heraus und zeige ihm meine Zeichnungen von den beiden Paaren auf der Lichtung. Dann beobachte ich ihn, während er sie betrachtet. Offenbar ist er nicht schockiert oder belustigt, sondern mustert die Zeichnungen wie ein Fachmann, der ein Kunstwerk inspiziert.

»Wenn die Gravur nur halb so gut ist wie das hier, ist sie ein Meisterwerk.«

»In Wirklichkeit ist sie viel besser«, antworte ich. »Ich habe sie aus der Erinnerung gezeichnet.«

»Sehr interessant... Eine derart detailgetreue Arbeit bezeichnen wir als *bulino*. Allerdings weisen die Ornamente, diese ineinander verschlungenen Geschlechtsorgane an den Seiten, eher auf die Britische Schule hin.«

»Was ist *bulino*?«

»Eine Methode, die sich mit dem Gravieren von Druckplatten für Banknoten vergleichen läßt. Sie stammt aus Italien und ist nach einem Gravurwerkzeug benannt. Ein Graveur arbeitet für gewöhnlich mit beiden Händen. Er setzt einen feinen Meißel an und klopft dann vorsichtig mit einem kleinen Hämmerchen darauf, um den Stahl anzuritzen. Ein *bulino*-Künstler benutzt nur eine Hand, mit der er sorgfältig sein Werkzeug lenkt und winzige Linien ins Metall stichelt. Mit *bulino* kann man eine Art Fotorealismus erzeugen. Die Schattierungen sind so nuancenreich abgestuft, daß die Bilder lebendig zu werden scheinen, wenn Licht auf das Metall fällt. Es ist eine anspruchsvolle, virtuose Tätigkeit und so sauber ausgeführt, daß man die Waffe mit Tinte bestreichen und als Druckvorlage benutzen könnte.«

Er betrachtet erneut meine Zeichnung. »Nur wenige Menschen beherrschen diese Kunst. Ich frage mich ...« Er schüttelt den Kopf. »Diese Waffe ist mir noch nie untergekommen, da bin ich ganz sicher. Doch sie erinnert mich an Stücke, die ich in Ramsey Carsons Sammlung gesehen habe.« Er blickt mich an. »Möchten Sie deshalb nicht mit ihm sprechen?«

»Das ist einer der Gründe«, gebe ich zu.

»Ram besitzt zwei erotische Flinten, die ursprünglich für König Faruk angefertigt wurden. Jock Watson und seine Tochter haben sie verziert. Er war ein genialer Graveur. Niemand konnte ihm das Wasser reichen. Aber wenn diese Gravuren von Jock stammten, wüßte ich das. Er ist vor dreißig Jahren gestorben, und seine Arbeiten sind alle katalogisiert. Außerdem arbeitete er nicht in *bulino*.«

Cut blättert mein Skizzenbuch durch.

»Hübsche Porträts«, sagt er zu meinen Tierbildern. »Die Abbildungen auf dieser Waffe müssen sehr detailgetreu sein.«

Er blättert weiter.

»Hmmm! Was ist denn das?«

Er hält eine meiner mißglückten Bienenzeichnungen hoch.

»Etwas, das ich auf der Waffe gesehen habe«, erwidere ich.

Lächelnd lehnt er sich zurück. »Da haben wir's. Die Signatur.«

»Signatur?«

Cut nickt. »Jocks Tochter Bee. So hat sie ihre Arbeiten signiert.«

»Bee Watson?«

»Mein kleines Bienchen – so nannte Jock sie immer. Er betete das Mädchen an und brachte ihr alles bei. Er wollte sie zur besten Graveurin der Welt machen. Und für eine Weile war sie das auch. Dann hat sie ihren Beruf aufgegeben. So nahm ich wenigstens an. Aber wenn ich mir das hier ansehe ...«

Cut spricht weiter, doch ich höre nicht mehr zu. Mir wird heiß und kalt, wie es mir schon öfter passiert ist, wenn ich bei einem Projekt nach einer langen Phase des Stillstands endlich Land sehe.

Bee Watson.

Plötzlich ergibt alles einen Sinn. David Yamada hat mir von Maddys geheimnisvollen Besuchen bei einer alten Freundin namens »Bea« erzählt, die im Mission District wohnt. Bis jetzt habe ich Bea für die Abkürzung von Beatrice gehalten, doch anscheinend habe ich den Namen falsch verstanden. Offenbar sind Bea und Bee ein und dieselbe Person.

Ich muß lächeln, denn gleichzeitig mit dieser Erkenntnis wird mir bewußt, daß die Biene in meinen Alpträumen mir tatsächlich eine Botschaft zugeflüstert hat.

12

Ich rufe David Yamada bei Kaleidoskopics an.

Die videospielbegeisterte Rezeptionistin hebt ab.

»Wie geht's dem Leguan?« frage ich.

»Joe? Der sitzt gerade unter meinen Schreibtisch und mampft Selleriestangen.«

Als David an den Apparat kommt, spreche ich ihn auf die beiden Briefe von Bee an, die er unter Maddys Papieren gefunden hat.

»Stimmt. Zwei Briefe aus grauer Vorzeit.«

»Kann ich sie sehen?«

»Nun, ich weiß nicht so recht, Kay. Ich meine … vielleicht … wenn es unbedingt sein muß.«

»Sehr erfreut klingst du ja nicht.«

»Darf ich erfahren, worum es geht?«

»Das würde ich dir lieber erst später erzählen.«

»Findest du das unter diesen Umständen nicht ein bißchen unfair?«

»Welche Umstände, David?«

»Ach, du weißt schon …«

»Nein, weiß ich nicht.«

Er gerät ins Stottern, und ich lasse ihn ein bißchen zappeln. Eines habe ich nämlich aus unseren vorangegangenen Gesprächen gelernt: Man muß David Yamada alles aus der Nase ziehen.

»Da sie meine Stiefmutter war, habe ich ein Recht darauf zu erfahren, worum es geht.«

»Meinetwegen. Inzwischen habe ich einiges über eine Frau namens Bee in Erfahrung bringen können, B-e-e, nicht B-e-a. Ich möchte gern rausbekommen, ob es sich um ein und dieselbe Person handelt.«

»Und wozu brauchst du da diese alten Briefe?«

Allmählich fällt er mir auf die Nerven. »Wann kann ich sie sehen, David?«

»Ich versuche, heute abend bei dir vorbeizukommen.«
»Versuchst du es nur, oder kommst du wirklich?«
»Ich bin um sieben da.«
»Gut, ich erwarte dich unten.«
Nachdem wir das Telefonat beendet haben, frage ich mich, warum er sich so seltsam verhält. Dann habe ich eine Idee. Ich rufe das San Francisco Museum of Modern Art an und lasse mich mit Sam Levine, dem stellvertretenden Kurator der Fotoabteilung, verbinden. Sam bedauert es sehr, daß wir bei Maddys Beerdigung keine Gelegenheit hatten, miteinander zu sprechen, und gibt mir so das Stichwort, mich nach Maddys Archiv zu erkundigen.
»David Yamada hat mir gesagt, er würde euch alles übergeben.«
»Ja, ihre sämtlichen Negative, tonnenweise Abzüge und etwa zwanzig Kartons voller Papiere.«
»Hat jemand die Sachen durchgesehen?«
»Das meiste schon. Eine wahre Schatzkammer. Wir hatten bereits ein paar Anfragen von Leuten, die ihre Biographie schreiben wollen. Das Problem ist nur, daß sie sehr schnell abwinken, wenn wir ihnen sagen, daß das Zeug unter Verschluß steht.«
»Unter Verschluß? Was soll das heißen?«
»Tut mir leid, Kay, ich dachte, du wüßtest es. David hat uns das Archiv nur unter dieser Bedingung überlassen. Zwei der Kartons sind versiegelt und dürfen erst im Jahr 2030 geöffnet werden. Nicht einmal wir können ran.«
»Was ist denn da drin, Sam?«
»Keine Ahnung. Doch die einzige Lücke in den übrigen Unterlagen betrifft die Zeit vor 1957. Das war das Jahr, in dem Maddy mit dem Fotografieren angefangen hat.«

»Ein Wunder ist geschehen! Ich habe auf dem Russian Hill einen Parkplatz ergattert!«
Anscheinend will sich David mit dem freundschaftlichen Kuß auf die Wange wieder in seiner Rolle als der-ältere-Bruder-den-ich-mir-immer-gewünscht-habe etablieren.
Als ich ihm eröffne, wir würden nicht in meine Wohnung, sondern in ein Café gehen, wirkt er ein wenig enttäuscht.
»Was ist los?« fragt er, während wir die Hyde Street entlang-

schlendern. Ein Cable Car – kreischende Touristen auf allen Trittbrettern – rattert vorbei.

»Was befindet sich in den verschlossenen Kartons im Museum?«

»Nur Zeug, das Maddy vertraulich behandelt wissen wollte. Wenigstens so lange, bis keiner der Beteiligten mehr lebt.«

»War das ihre eigene Entscheidung?«

David nickt.

Ich sehe ihn an, und er senkt den Blick. Ich bin sicher, daß er lügt. An der Ecke Union kommen wir an Swensen's Ice Cream vorbei. Der Duft nach Vanille weht bis auf die Straße.

»Du hast gesagt, du hättest einige Dinge aussortiert.«

»Ja, bloß ein paar Papiere, die mit meinem Dad zu tun hatten. Ihre Liebesbriefe und so.«

»Und warum hast du die Briefe von Bee behalten?«

»Jetzt geht das schon wieder los! Du verhörst mich, als hätte ich was ausgefressen.«

»Hast du denn etwas zu verbergen?«

»Nein, ich finde es nur unangenehm.«

»Hast du die Briefe dabei?«

Er nickt und klopft sich auf die Brusttasche. »Da nichts Wichtiges über Maddys Arbeit drinsteht, gab es für mich keinen Grund, sie ans Museum zu übergeben.«

Wir stehen vor der Tür des Cafés.

»Was ist deiner Vermutung nach in den Kartons?«

Achselzuckend wendet David den Blick ab.

Schon wieder gelogen, David. Du weißt es ganz genau.

Wir betreten das Café und bestellen Espresso. Dann legt David Bees Briefe auf den Tisch.

Ich nicke zwar, mache aber keine Anstalten, danach zu greifen. Statt dessen sehe ich ihn an, um ihn in Verlegenheit zu bringen. Einer von Maddys besten Ratschlägen betraf den Umgang mit einem widerspenstigen Gegenüber. »Stürze dich nicht gleich auf ihn«, sagte sie. »Provoziere ihn nicht. Starr ihn einfach an, bis er aufmacht oder die Szene ein Gesamtbild ergibt.«

Endlich redet David. »Ich glaube, der Inhalt betrifft Sachen, die sie lieber geheimhalten wollte.«

»Ich kann mir nicht vorstellen, daß ihr irgend etwas peinlich war.«

»Das habe ich auch nicht gemeint, Kay. Sie wollte Personen schützen, die noch am Leben sind.«

»Bis 2030? Außer dir, mir und ihren Schülern kannte sie doch nur alte Leute.«

Wieder zuckt David die Achseln. »Da bin ich überfragt.«

Ich werfe ihm einen Blick zu, der besagen soll, daß ich ihm das nicht abnehme. Dann greife ich nach den Briefen.

David hat recht. Sie sind harmlos und in einem lockeren Plauderton gehalten, wie man es bei einer alten Freundin erwarten würde. Ich wundere mich, daß Maddy sie gemeinsam mit den Liebesbriefen von Harry Yamada aufbewahrt hat.

Da mich der Inhalt nicht weiterbringt, betrachte ich die außergewöhnliche Handschrift – harmonisch, fließend und leicht zur Seite geneigt. Es ist die Schrift einer Kalligraphin, Künstlerin oder Graveurin, eine Schlußfolgerung, die durch den gestochen scharfen eingeprägten Schriftzug BEE in der oberen linken Ecke untermauert wird. Dann sehe ich mir die Unterschriften an. Auf beiden Briefen entdecke ich unter dem »B« eine winzige Biene.

Ich stelle fest, daß David mich aufmerksam beobachtet.

»Stimmt, sehr ergiebig ist das nicht«, sage ich, nachdem ich die Briefe weggelegt habe.

»Wonach hast du gesucht?« will er wissen.

»Nach einem Hinweis darauf, wer diese Frau ist.«

»Und hast du ihn gefunden?«

Ich nicke und zeige auf die Bienen. »Diese Signatur kenne ich.«

Inzwischen ist er ganz Ohr, beugt sich vor und fixiert meinen Blick. »Woher?«

Ich bemerke Schweißtröpfchen auf seiner Stirn. »Von einer Waffe«, antworte ich leise.

Als er das hört, fährt er entsetzt zurück.

»Was ist los, David?«

Er schüttelt den Kopf.

Ich habe einen Einfall. »Versuchst du, etwas zu vertuschen, das mit Maddy und Waffen zu tun hat?«

Er starrt mich an, springt auf, wirft ein paar Geldscheine auf den Tisch und stürzt aus dem Lokal. Bees Briefe läßt er liegen.

Sie war meine Lehrerin, meine Mentorin, meine Ratgeberin, meine Freundin und auch meine Ersatzmutter. Und sie strahlte ein inneres Leuchten aus, eine Weisheit, die sich auch in ihren Augen widerspiegelte, so daß sie einen nicht mehr losließen. Außerdem war sie der aufrichtigste Mensch, dem ich je begegnet bin. Ihre Arbeiten waren klar, aussagekräftig und kompromißlos. Dennoch weiß ich jetzt, daß es in ihrer Vergangenheit ein Geheimnis gibt, verborgen in den versiegelten Kartons, die das Museum unter Verschluß hält – und offensichtlich der Grund, warum sie trotz ihrer schlechten Gesundheit und ihres hohen Alters ihren Beobachtungsposten in der Cypress Alley bezogen hat.

Die Waffe/die Waffe finden/wo ist die Waffe?

Maddys Suche ist nun die meine geworden. Und ich nehme an, daß es nur einen Weg gibt, das Rätsel zu lösen.

Bee/Bee finden/wo ist Bee?

Am Morgen rufe ich als erstes Dad an. Da er gerade in der Backstube fertig ist, hat er Zeit zu einem Gespräch. Ich sage, daß er Rusty noch einmal um einen Gefallen bitten muß. Ich bräuchte Kopien von Maddy Yamadas Telefonrechnungen aus den letzten drei Monaten ihres Lebens.

»Ich weiß nicht so recht, Töchterlein. Das ist ziemlich viel verlangt. Rusty könnte Ärger kriegen, wenn jemand dahinterkommt.«

»Fragst du ihn, Dad?«

»Am besten erledigst du das selbst. Er erkundigt sich ständig nach dir. Warum rufst du ihn nicht an und streichst ihm ein bißchen um den Bart? Schmier ihm Honig um den Mund. Wenn du ihn nett genug bittest, tut er alles für dich. Dem Süßholzraspeln einer schönen Frau konnte er noch nie widerstehen.«

Ich liebe Dads Art, seine Sätze metaphorisch zu überladen: »um den Bart streichen«, »Honig um den Mund schmieren«, »Süßholz raspeln«. Also rufe ich Rusty an und verabrede mich mit ihm nach Dienstschluß.

Er wohnt in einem kleinen, ebenerdigen Haus in dem Straßengewirr, das von der Santiago Street abgeht. Das riesige, hügellose Viertel namens Sunset liegt südlich des Golden Gate Park zwischen Mount Sutro und dem Pazifik. Sein gepflegtes kleines Steinhäuschen im typisch kalifornischen Stil unterscheidet sich nicht von den Nachbargebäuden, die ebenso gut in Schuß sind.

Als ich kurz vor Einbruch der Dunkelheit eintreffe, bemerke ich, daß nebenan ein Asiate sein Auto wäscht. Drei asiatische Mädchen springen auf dem Gehweg Seil. Die Gegend, früher hauptsächlich von Polizisten bewohnt, ist seit einigen Jahren fest in asiatischer Hand. Die einst günstigen Immobilienpreise sind in letzter Zeit kräftig gestiegen.

Rusty öffnet die Tür, umarmt mich fest und tritt dann einen Schritt zurück, um mich zu mustern. Seine zierliche Frau Soo-Lin steht hinter ihm und kichert.

Bald sitzen wir Seite an Seite auf einem Sofa im Wohnzimmer, das mit asiatischem Kitsch überladenen ist – eine koreanische Lackkommode, kambodschanische Keramikelefanten, nachgemachte Stühle im Ming-Stil und reich bestickte japanische Kimonos in Bilderrahmen an den Wänden. Soo-Lin serviert Tee und zieht sich dann diskret zurück – offenbar Rustys Vorstellung von einer unterwürfigen asiatischen Ehefrau.

»Jack hält mich stets über dich auf dem laufenden, Kay. Allerdings ruft er mich in letzter Zeit nur noch an, wenn er Informationen braucht.«

Ich bedanke mich bei ihm für das, was er über Vince Carroll rausgekriegt hat. Dann gebe ich ihm Maddys Telefonnummer und bitte ihn, mir ihre Telefonrechnungen der letzten Monate zu besorgen.

Rusty nickt. »Das dürfte kein Problem sein. Dir helfe ich doch immer gern.« Er faltet den Zettel mit der Nummer zusammen, trinkt einen Schluck Tee und lächelt mich an.

»Du steckst anscheinend bis über beide Ohren in der Sache drin. Geht es noch um die Vorfälle in der Hafengegend, über die dein Kumpel Glickman berichtet hat?«

»Bis zu den Ohren stimmt nicht ganz, Rusty. Vielleicht bis zu den Knien.«

Er lacht viel zu laut, so als ob ich eine unglaublich witzige Bemerkung gemacht hätte. Dann wird er schlagartig ernst.

»Das ist eine schlimme Sache, Kay, Bandenkriege. Es gibt bereits einige Opfer, meistens Unbeteiligte. Auch Journalisten, die ihre Nase zu tief reingesteckt haben. Wer sich zu weit aus dem Fenster hängt, bekommt Schwierigkeiten.«

Ich schlucke. »Weißt du irgend etwas, Rusty?«

»Nur das, was ich gelesen habe ... und aufgeschnappt.«

»Und was hast du aufgeschnappt?«

»Niemand hat was gegen dich, Kay. Alles in bester Ordnung. Aber auf Glickman sind einige Leute ziemlich sauer. Er ist zu neugierig. Viele wünschen sich, daß er mal einen ordentlichen Denkzettel verpaßt kriegt.«

Mein Gott! »Was soll das heißen, Rusty?«

»Ich kenne Chinatown ... sogar noch besser als dein Dad. Klar, er spricht die Sprache, aber in den Hinterzimmern laufen Dinge ab, von denen er keine Ahnung hat. Halt dich da raus, Kay. Laß die Finger davon, solange du noch kannst. Wenn Glickman einen Fotografen braucht, soll er sich einen anderen suchen.«

»Joel ist mein Freund.«

»Dann gib ihm den guten Rat aufzuhören. Er soll Urlaub machen, auf Hawaii oder noch besser in Südamerika.«

Ich starre ihn entgeistert an. »Das klingt ja wie eine Drohung, Rusty. Wolltest du dich deshalb mit mir treffen?«

Er schmunzelt. »War es etwa meine Idee, Kay? Soweit ich mich erinnere, hast du mich angerufen.«

»Das war Dads Vorschlag.«

Rusty zuckt die Achseln, trinkt noch einen Schluck Tee und strahlt mich dann genauso an wie vorhin an der Tür.

»Das ist keine Drohung, Kay, sondern eine Warnung von jemandem, der nicht will, daß dir etwas zustößt. Du weißt, daß ein Polizist immer zu seinem Partner hält. Und das erstreckt sich auch auf die Kinder dieses Partners. Man hat sie gern, als wäre es das eigene Fleisch und Blut.« Er sieht auf die Uhr und steht auf. »Zeit, daß ich dir ein Taxi rufe. Keine Sorge, die Telefonrechnungen besorge ich dir. Es war wirklich schön, dich zu sehen, Kay. Ich freue mich, daß wir mal wieder miteinander gesprochen haben.«

Im Taxi fange ich an zu zittern. *Was hat Rusty mir sagen wollen?* Bestimmt steckt mehr dahinter als nur eine Warnung vor Bandenkriegen.

Ich schaue aus dem Fenster. Wir fahren auf dem Great Highway nach Norden. Nebel steigt auf, der schwere, feuchte, für San Francisco so typische Dunst, der einen sogar im Hochsommer mit den Zähnen klappern läßt. Als wir den Sutro Heights Park erreichen, lasse ich den Fahrer anhalten. Dann wandere ich ein paar Schritte in den Park hinein und rufe mit dem Mobiltelefon Joel an.

Er meldet sich sofort. »Wo bist du?« frage ich.

»Ich kurve gerade in der Gegend rum. Und du?«

Als ich ihm erzähle, wo ich bin, erbietet er sich, mich abzuholen. »Wir treffen uns vor dem Cliff House«, sagt er.

Ich bin einverstanden und mache mich auf den Rückweg zur Straße. Plötzlich bleibe ich stehen. Eine riesige Statue, halb verborgen in einem Pinienwäldchen, taucht wie eine Erscheinung aus dem Nebel auf. Ich betrachte sie aus der Nähe und lese die Aufschrift auf dem Sockel: DIANA.

Natürlich! Es ist die berühmte Statue von Diana, der Göttin der Jagd, Schutzpatronin des G. G. C. Die schlanke, wunderschön gestaltete Frauenfigur steht, Pfeil und Bogen in der Hand, neben einem erlegten Hirsch. Hier versammeln sich bei Sonnwende und Sonnenfinsternis die Anhänger heidnischer Kulte, um die Statue mit Girlanden zu behängen und ihr Blumenopfer darzubringen – während Carson und seine Freunde in Mendocino das ruhmreiche Andenken der Göttin mit Füßen treten.

Nebel umwabert mich, als ich auf der Strandpromenade hinter dem Cliff-House-Restaurant stehe und aufs Wasser hinausblicke. Ich kann das Meer nicht sehen, rieche nur die salzige, feuchte Luft. Die Glocken der Bojen, die Nebelhörner der Schiffe, die an der Küste entlangfahren, und das Bellen der Seelöwen auf Seal Rock klingen zu mir herüber.

Ich mag diesen Ort, der auch bei Touristen so beliebt ist, und komme meistens nachts, wenn kaum noch andere Leute hier sind. Da Dad wußte, daß ich am liebsten bei Dunkelheit das Haus verließ, war er oft abends mit mir hier. Meine Heliophobie ließ nach, und ich konnte wieder deutlich sehen. Viele Male standen wir zusammen an dieser Balustrade und beobachteten das Wasser, über dem das Mondlicht lag – oder Nebel wie heute nacht.

Tagsüber besuchte er mit mir häufig die Camera obscura, die sich auf der Terrasse darunter befindet. In diesem merkwürdigen dunklen Raum, erbaut nach Plänen von Leonardo da Vinci, konnte ich das projizierte Bild des Meeres betrachten, ohne daß mich das grelle Sonnenlicht draußen blendete. Als mein Blick nun wieder einmal auf die Camera obscura fällt – eine Hütte von der Form eines Fotoapparats mit einem Türmchen auf dem Dach –, finde ich, daß sie sich wunderbar als Treffpunkt für ein Gespräch mit Vince Carroll eignet.

Joel fährt mit seinem VW vor. Heute abend sieht er besorgt aus, nicht wie der preisgekrönte Topjournalist, den ich kenne und bewundere, sondern wie ein bedrückter Mann mit hängenden Schultern, Brille und Bart, der in einem uralten Auto ziellos durch die Stadt kurvt.

Ich winke ihn zu mir an die Balustrade. Da er nicht gern steht, wenn er auch sitzen könnte, ziert er sich ein bißchen.

»Man kann ja gar nichts sehen«, nörgelt er, als er endlich neben mir angekommen ist.

»Ist das nicht immer so im Leben?«

»Einfach deprimierend«, murmelt er. »Mir ist kalt. Warum setzen wir uns nicht ins Auto?«

»Gleich. Ich wollte nur, daß du die Einsamkeit hier auf dich wirken läßt.«

Wir nehmen den El Camino del Mar durch den Lincoln Park und fahren schweigend an dem Gebäude der Ehrenlegion vorbei, das zum Teil im Dunst verborgen ist. Dann durch Sea Cliff, wo die Villen wie Vogelhorste an der nebligen Küste aufragen.

»Manchmal fahre ich nachts stundenlang herum«, sagt Joel. »Aber nur durch Wohnviertel, nie durch die Innenstadt. Mir gefällt der Anblick der dunklen Häuser mit den erleuchteten Fenstern. Er gibt mir das Gefühl … Du weißt schon, irgendwie melancholisch.« Er zuckt die Achseln. »Tut mir leid, besser kann ich es nicht erklären.«

So habe ich ihn noch nie erlebt. Normalerweise stürmt er unbeirrbar auf sein augenblickliches Ziel zu, und ich wäre nie auf den Gedanken gekommen, daß auch er unter Stimmungsschwankungen leidet.

»Du hast mich sicher aus einem bestimmten Grund angerufen«, sagt er.

Ich erzähle ihm von Rusty Quinn – daß er und Dad Streifenpolizisten in Chinatown waren, daß sie nach Dads Ausscheiden aus dem Polizeidienst Freunde geblieben sind, daß er Dad und später auch mir Informationen beschafft hat, an die sonst nur Polizisten herankommen, und daß ich ihn heute abend besucht habe.

Joel hört wortlos zu, als ich ihm von Rustys Warnung berichte. Er fährt weiter in den Presidio bis zu der Stelle, wo wir vor einigen Wochen Zeugen des waghalsigsten Menschenschmuggels geworden sind, der je in der San Francisco Bay stattgefunden hat.

Er stellt den Motor ab. »Glaubst du, dein Dad hat das Treffen arrangiert, damit Rusty dich warnt?«

»Daran habe ich auch schon gedacht, aber ich bezweifle es.«

»Rusty wollte dir mitteilen, daß er weiß, wer hinter den Tips steckt. Hast du dir überlegt, was das bedeuten könnte?«

Ich nicke.

»Das Komische daran ist, altes Haus, daß mir diese Idee auch schon gekommen ist. Es erschien mir nur so weit hergeholt, daß Polizisten daran beteiligt sein sollen. Es paßte einfach nicht.«

»Und jetzt?«

»Nun, nach Rustys Warnung halte ich es für durchaus möglich. Schade, daß er dir nicht mehr verraten hat.«

»Das wird er auch nicht tun, Joel. Er möchte nur erreichen, daß ich mich raushalte, weil er sich Dad verpflichtet fühlt. Allerdings ahnt er nicht, daß er mit seinen finsteren Andeutungen nur das Gegenteil erreicht.«

Joel lächelt. Ein Nebelhorn jault. Die Golden Gate Bridge ist völlig im Nebel verschwunden. Nur ein ganz schwacher Lichtschimmer ist vom Highway zu sehen. Da es windstill ist, hören wir das Rauschen des Verkehrs über uns.

»Wenn der Verräter ein ehrlicher, pflichtbewußter Beamter wäre«, fährt Joel fort, »hätte er die Verhaftungen selbst vorgenommen und nicht die Küstenwache, die Einwanderungsbehörde und die Naturschutzbehörde eingeschaltet. Aber für einen bestechlichen Polizisten, der einer Bande das Revier abjagen will, gibt es keine bessere Möglichkeit, als den Brüdern obengenannte Herrschaften auf den Hals zu hetzen. Dann kann er in aller Seelenruhe zuschauen, wie andere ihm die Arbeit abnehmen.«

»Aber warum hat er dich informiert, Joel?«

»Das war eine Botschaft. Außerdem hat Rusty dir doch erzählt, daß der Informant möglicherweise etwas gegen mich hat. Vielleicht ist es jemand, über den ich einmal geschrieben, den ich in einem Artikel verrissen oder den ich zur Rechenschaft gezogen habe. Ich habe vier Serien über Korruption bei der Polizei verfaßt und mir mehr Feinde gemacht, als ich zählen kann. Es sieht so aus, als ob er mir eins auswischen will. Erst benutzt er mich, und dann läßt er mich fallen.«

»Oder er erschießt dich gleich.«

»Ja.« Joel nickt. »Kann sein.«

»Rusty hat seine Informationen aus Chinatown. Er hat von Machenschaften in Hinterzimmern gesprochen, und ich glaube, das war eine Anspielung auf die dortige Polizei. Kannst du damit was anfangen?«

»Ich werd's versuchen.«

Er startet den Wagen und fährt durch den Presidio und durch Marina zu meinem Haus oben auf dem Russian Hill.

»Wenn Polizisten dahinterstecken, könnte es gefährlich werden«, sagt er. »Ich hätte Verständnis, wenn du lieber aussteigen möchtest.«

»Soll das ein Scherz sein? Ich will die Fotos. Und ich will beim Finale dabeisein.«

Er grinst. »Das habe ich mir gleich gedacht, altes Haus. Aber keine Angst, wir werden aufpassen. Außerdem sind wir jetzt im Vorteil. Wir wissen zwar noch nicht genau, was gespielt wird, aber allmählich fügt sich das Bild zusammen.«

Um Mitternacht rufe ich Vince Carroll an. Seine Schwester Pris kommt an den Apparat. Offenbar ist sie verärgert, weil ich sie geweckt habe.

»Eine tolle Zeit für einen Anruf«, murmelt sie.

»Entschuldigen Sie. Es geht um den Club.«

»Ja, ja, ich weiß schon. Wieder mal Probleme. Moment, ich werfe mein Brüderchen aus dem Bett.«

Kurz darauf ist Vince am Telefon. Seine Stimme klingt schläfrig.

»Hier ist Ihre stille Verehrerin«, verkünde ich fröhlich. »Nennen Sie mir jetzt die Namen?«

»Oh, Scheiße!« Er läßt den Hörer fallen. Ich warte, bis er ihn wieder aufgehoben hat. »Sind Sie noch dran?« brummt er.

»Beantworten Sie meine Frage, Vince.«

»Ich sage Ihnen die Namen, wenn Sie mir ein Treffen zusichern.«

»Und die Waffe?«

»Das ist absolut unmöglich. Wie können Sie so was von mir verlangen?«

»Gut, dann vertagen wir das erst einmal. Fangen wir mit Buckoboy und Chipper an.«

Ich erteile ihm die nötigen Anweisungen. Morgen soll er in einem dunklen Anzug in die Stadt fahren, und zwar allein und unbewaffnet. Nur den Piepser darf er mitbringen, den er, wie ich weiß, als Sicherheitschef des G. G. C. immer bei sich trägt. Ich warne ihn, daß er unterwegs die ganze Zeit beobachtet werden wird. Er soll so nah wie möglich am Cliff House parken und um Punkt drei Uhr nachmittags zum Strand hinuntergehen. Dort soll er warten, bis ich ihn anpiepse (mein Code ist die Sieben), sich zur nächstgelegenen Telefonzelle auf der Terrasse des Cliff House begeben und abheben, wenn es läutet. Falls ich mit ihm zufrieden bin, werde ich ihm neue Anweisungen erteilen. Wenn ich glaube, daß er mich reinlegen will, lasse ich mir etwas anderes einfallen.

»War es das?« fragt er, als ich fertig bin.

»Zu kompliziert für Sie, Vince?«

»Ich schaffe es schon.«

»Geben Sie mir die Nummer Ihres Piepsers.«

Er gehorcht. »Anscheinend sind Sie eine ziemlich harte Nuß«, sagt er dann.

»Eigentlich nicht«, entgegne ich. »Nur eine stille Verehrerin.«

Halb drei Uhr nachmittags. Nachdem ich einen Dollar Eintrittsgeld entrichtet habe, stehe ich in der Camera obscura von Point Lobos. Sie wurde in den vierziger Jahren erbaut und gehört zu den skurrileren Sehenswürdigkeiten von San Francisco. Früher war sie Teil eines Lunaparks namens *Playland at the Beach* und wurde von ihren Besitzern »Die größte Kamera der Welt« genannt. Und das stimmt auch. Sie besteht aus einem etwa acht Quadratmeter großen, völlig abgedunkelten Raum. Das Türchen auf dem Dach hat eine kleine Öffnung, die wie ein Auge die Umgebung absucht. Das Tageslicht dringt durch die Öffnung ein und trifft auf einen Spiegel, der das Bild durch verschiedene Linsen auf einen horizontalen Schirm von zwei Metern Durchmesser wirft. Die Wirkung ist beeindruckend, denn man kann alles, was draußen vor sich geht, genau beobachten. Es ist, als schaue man sich einen Film an, dessen Handlung gleichzeitig in der Wirklichkeit stattfindet.

Um zehn vor drei sehe ich Vince Carroll zum Strand gehen. Er trägt Schwarz. Ich betrachte ihn eine Weile, weide mich an dem Anblick, wie er in seinem Anzug schwitzend zwischen den Badegästen steht, die sich sonnen oder Volleyball spielen. Immer wieder blickt er ungeduldig auf die Uhr.

Da jede Umdrehung des Türmchens etwa drei Minuten dauert, verliere ich ihn ab und zu aus den Augen. Allerdings kann ich auf diese Weise auch erkennen, ob er vielleicht irgendwelche Komplizen mitgebracht hat. Obwohl ich das nicht annehme, gehe ich lieber auf Nummer Sicher. Da es überall von Leuten wimmelt, brauche ich in der Camera eigentlich nichts zu befürchten. Doch ich möchte verhindern, daß mir draußen jemand auflauert.

Um fünf nach drei habe ich Vince wieder gut im Blickfeld. Ich piepse ihn an, gebe eine Reihe Siebenen ein und schalte dann wieder ab. Mit einer ruckartigen Bewegung nimmt er seinen Piepser vom Gürtel und sieht ihn an. Als er zur Terrasse eilt, folgt ihm das Auge des Türmchens. Die Camera wirkt von außen so unscheinbar, daß sie ihm offenbar nicht auffällt.

Das Telefon wird von einer jungen Frau im Bustier in Beschlag genommen. Ich merke ihm seine Gereiztheit deutlich an. Anscheinend fragt er sich, ob ich warten oder aufgeben werde. Ich nehme an, er hat nicht die geringste Ahnung, daß ich alles genau beobachten kann.

Die junge Frau hat ihren Anruf beendet und geht. Sofort stürmt Vince ans Telefon. Ich lasse ihn eine Weile schmoren und wähle schließlich die Nummer. Er reißt den Hörer von der Gabel.

»Ziemlich heiß da draußen, was?« frage ich.

Er sieht sich um. »Wo sind Sie?« will er wissen.

»Nicht so schnell, Vince. Zuerst verraten Sie mir die Namen.«

»So war es nicht abgemacht.«

»Was abgemacht ist, bestimme ich«, entgegne ich. »Die Namen und die Adressen, dann können wir uns treffen.«

Er gibt nach. Chipper heißt Dale M. Drew, Buckoboy Morton F. Lawry. Die beiden wohnen zusammen, und zwar in Fort Bragg, Kemppe Street 121.

»Also Dale und Mort.«

»Ja.«

»Ein schwules Pärchen?«

»Cousins.«

»Gut. Ich informiere rasch einen Freund, dann rufe ich Sie zurück, und Sie bekommen weitere Anweisungen.«

Ich wähle Joels Nummer und hinterlasse die Namen und Adressen auf seiner Mailbox. Falls mir etwas zustößt, wird er wenigstens wissen, an wen er sich halten soll.

Als das Auge des Türmchens wieder vom Strand zur Terrasse schwenkt, sehe ich nach, was Vince so treibt. Inzwischen wirkt er sehr besorgt. Wahrscheinlich glaubt er, daß ich ihn an der Nase herumgeführt habe. Als ich anrufe, grapscht er sofort nach dem Hörer.

»Gehen Sie zur Camera obscura auf der unteren Terrasse«, sage ich. »Dort geben Sie dem Mann an der Kasse einen Dollar und treten ein. Ich werde mich bemerkbar machen.« Ich lege auf und beobachte, wie er sich umblickt, das Gebäude entdeckt, nickt und darauf zueilt.

Da sich das Türmchen wieder in Richtung Strand wendet, verliere ich ihn aus den Augen. Ein paar Sekunden später höre ich, wie er draußen eine Eintrittskarte löst. Ich beziehe seitlich des Projektionsschirms Posten, um ihn zu erwarten.

Natürlich haben sich meine Augen inzwischen an die Dunkelheit gewöhnt. Er hingegen hat sich die ganze Zeit über im grellen Sonnenlicht aufgehalten. Sicher wird seine Aufmerksamkeit zuerst dem beweglichen Bild auf dem Schirm gelten. Ich hingegen werde nur eine Schattengestalt mit unkenntlichem Gesicht sein.

»Nach rechts«, befehle ich, als er hereinkommt. »Auf die andere Seite des Schirms.« Während er meiner Aufforderung folgt, nähere ich mich dem Ausgang.

»Das ist ja Wahnsinn!« Er weist auf den Schirm. »Ich kannte das nicht. Sie konnten mich also die ganze Zeit über beobachten.«

»Schon gut. Wir haben etwas zu besprechen. Es hat mir gar nicht gefallen, wie Sie mich im Wald ausgesetzt haben. Ohne Wasser ...«

»Ich habe Ihnen eine volle Feldflasche dagelassen.«

»Daraus konnte ich nicht trinken. Es hätte schließlich wieder ein Betäubungsmittel drin sein können.«

Er schüttelt den Kopf. »Tut mir leid. Daran habe ich nicht gedacht.«

»Außerdem haben Sie sich geirrt, als Sie annahmen, ich würde mich später an nichts mehr erinnern. Ich habe nichts vergessen.«

»Was haben Sie mit den beiden vor? Wollen Sie sie anzeigen? Das wird Ihnen gar nichts nützen. Die Polizei wird sie nämlich laufenlassen, und dann kennen sie Ihren Namen. Und dann werden Sie erst richtig Probleme kriegen.«

»Ich erledige sie auf meine Weise.«

»Gut. Sie würden mir damit einen Gefallen tun.«

»Ich will die Waffe, Vince.«

»Das ist absolut unmöglich. Wozu brauchen Sie sie überhaupt?«

»Um sie zu zerstören.«

»Sie müssen wahnsinnig sein!«

»Warum? Chipper und Buckoboy haben sie sich doch auch besorgt. Sie wollten mich damit vergewaltigen. Und wenn Sie nicht gekommen wären, hätten sie es vermutlich getan. Dafür bin ich Ihnen noch was schuldig, und das ist auch der einzige Grund, warum ich überhaupt mit Ihnen spreche.«

»Tut mir leid, die Waffe können Sie nicht haben. Sie wird bei Clubritualen benutzt.«

»Von diesen Ritualen habe ich gehört.«

»Dann wissen Sie auch, warum Sie die Waffe nicht kriegen können.«

Obwohl ich keine Ahnung habe, wovon er redet, nicke ich zustimmend.

»Mir ist bekannt, was mit Chap Fontaine passiert ist«, fahre ich fort. »Sie haben die Polizei belogen. Das ist Behinderung der Justiz.«

Er starrt mich an.

»Ich glaube, Sie sind nicht so wie die anderen«, sage ich. »Vielleicht wären Sie sogar ganz froh, wenn das Kartenhaus in sich zusammenstürzt. Und genau das wird geschehen. Mit dem Mord an Fontaine ist Carson zu weit gegangen. Es gab Zeugen. Und Zeugen kann man umdrehen. Es ist immer besser, der Verräter zu sein als der Verratene.«

»Sie sind wohl übergeschnappt!«

»Ich bin auch über die Umtriebe in der Capp Street im Bilde und besitze Fotos, die durchs Fenster aufgenommen wurden. Ich weiß von den Treibjagden, den ›Safaris‹. Wie viele Menschen sind dabei getötet worden?«

Vince senkt den Kopf und schweigt.

»Nicht *ich* bin übergeschnappt, sondern die Männer, für die Sie arbeiten, Vince. Und das ist Ihnen sicherlich klar.«

Inzwischen wirkt er schwer erschüttert und hat das Interesse an dem beweglichen Bild auf dem Schirm verloren. Offenbar haben ihn meine Ausführungen ziemlich aus dem Konzept gebracht.

Ein Mann und ein Junge kommen herein und betrachten das Bild auf dem Schirm. Nachdem der Mann erklärt hat, wie das Gerät funktioniert, gehen sie wieder.

»Wer sind Sie?« fragt Vince.

»Wer sind *Sie*?« gebe ich zurück. »Ein guter Bulle oder ein fieser?«

Er stammelt etwas und hält dann inne.

»Ein exklusiver Waffenclub für reiche Männer ist *eine* Sache«, fahre ich fort. »Aber ein Club, der geheime Orgien und Menschenjagden veranstaltet und Waffen für Sexspielchen mißbraucht, wahrlich eine andere. Der Club ist am Ende, und das gleiche gilt für Carson und seine Freunde. Wenn Sie mir die Waffe besorgen, versuche ich, Sie aus der Sache herauszuhalten. Sie können es natürlich auch drauf ankommen lassen und weiter zu Carson halten.«

»Ich kann Ihnen nicht helfen«, flüstert er. »Begreifen Sie das nicht? Wenn die Waffe fehlt, werden sie sofort wissen, daß ich es war.« Seine Stimme erstirbt, und als er weiterspricht, ist sie so leise, daß ich ihn kaum verstehe. »Sie werden mich umbringen.«

Es ist zwecklos, mit einem Mann zu streiten, der mit der eigenen Ermordung rechnet. Offensichtlich hat er größere Angst vor Carson als vor mir, und das mit gutem Grund. Schließlich hat er selbst miterlebt, wozu Carson fähig ist. Doch seine Beweggründe interessieren mich herzlich wenig. Ich will den G. G. C. erledigen.

Ich befehle ihm, noch fünf Minuten in der Camera zu warten, setze meine Sonnenbrille auf und husche hinaus. Eine Minute später stehe ich auf der Terrasse des Cliff House neben demselben Telefon, an dem er meinen Anruf entgegengenommen hat. Ich winke in Richtung des Türmchens, durchquere das Restaurant und nehme mir am Vordereingang ein Taxi.

Nachdem ich den Fahrer gebeten habe, mich nach Chinatown zu bringen, sehe ich mich um. Niemand verfolgt uns. In der Geary Street sage ich, ich hätte es mir anders überlegt, und lasse mich an der Ecke Arguello Boulevard absetzen. Um mich zu vergewissern, daß mir wirklich niemand auf den Fersen ist, schlendere ich um den Block. Die Luft ist rein. Also gehe ich zu Dads Bäckerei in der Clement Street. Schon draußen vor der Tür steigt mir der Duft des Brotes in die Nase. Als ich durchs Fenster spähe, sehe ich Dad in Bäckerkleidung. Er unterhält sich gerade mit einem seiner Angestellten. Offenbar hat er meinen Blick gespürt, denn er dreht sich um und winkt.

»Hallo, Liebes!«

Ich kann ihm die Worte zwar nur von den Lippen ablesen, aber es ist, als hörte ich sie durch das dicke Sicherheitsglas.

Am Abend rufe ich Hank Evans in Fort Bragg an. Gale ist am Apparat.

»Hallo, wie geht's dir, Kay?«

»Ausgezeichnet. Ich kenne inzwischen die Namen der Typen, die mich im G. G. C. in die Mangel genommen haben.«

»Spitze! Moment, ich rufe Hank.«

Ich gebe Hank die Namen und die Adresse in der Kemppe Street und erzähle ihm, daß Chipper und Buckoboy Cousins sind.

»Die werde ich mir vorknöpfen«, verspricht Hank.

»Bitte keine Gewalt, Hank. Mach ihnen angst, bis sie vor dir im Staub kriechen. Aber tu ihnen nicht weh.«

»Keine Sorge, wird erledigt.«

»Und paß auf, sie sind bewaffnet.«

Er lacht. »Einen besseren Schützen als mich gibt es nicht. Willst du außer einer Entschuldigung sonst was von ihnen?«

Ich überlege. »Nein, eine Entschuldigung würde mir genügen.«

Worauf habe ich mich da eingelassen? frage ich mich später am Abend. Und wie weit will ich noch gehen?

Möglicherweise sollte ich an dieser Stelle Schluß machen und meine Wut vergessen. Eigentlich müßte ich über derart plumpe Rachegelüste ja erhaben sein, aber es fällt mir schwer, Verständnis für Chipper und Buckoboy aufzubringen, auch wenn sie sich nur die Freizeitgestaltung ihrer Arbeitgeber zum Beispiel nehmen. Sie haben mich gedemütigt und mir Gewalt angetan. Und ich will, daß es ihnen mit gleicher Münze heimgezahlt wird.

Rusty faxt mir die Ausdrucke von Maddys letzten drei Telefonrechnungen. Nicht nur die von ihr geführten Ortsgespräche (es sind nicht viele), sondern auch die entgegengenommenen sind aufgeführt. Als ich immer wieder meine eigene Nummer entdecke, versuche ich, mich an die Telefonate zu erinnern. Sie waren kurz. Wahrscheinlich haben wir nur Verabredungen getroffen. Dennoch macht es mich traurig, daran zu denken.

Ich fange bei den Nummern mit der Vorwahl des Mission Districts an, die Maddy angerufen hat, und stelle eine Liste zusammen. Jim Lovell, der Straßenfotograf und Maddys Schüler, wohnt im Mission District. Ich streiche seine Nummer und telefoniere die restlichen durch.

Die erste gehört zu einem Antiquariat in der Valencia Street, die zweite zu dem Buchladen an der Ecke Mission und 24. Straße, wo David Yamada Maddy einige Male abgesetzt hat. Bei der vierten meldet sich ein Fotolabor in der Guerrero, bei der vierten eine Arztpraxis in der 17. Straße.

Dann vergleiche ich meine Liste mit dem Ausdruck der eingegangenen Anrufe, die eine Vorwahl im Mission District haben, und stelle fest, daß sich die Arztpraxis öfter mit Maddy in Verbindung gesetzt hat.

Also wähle ich die Nummer noch einmal und lasse mich mit der Registratur verbinden. Es dauert eine Weile, bis eine Frau mit kreolischem Akzent abnimmt. Ich erkläre, ich sei gerade dabei, die Krankengeschichte einer kürzlich Verstorbenen zu rekonstruieren, und nenne ihr Maddys Namen. Einige Minuten vergehen, bis sie wieder am Apparat ist.

»Sie war nie bei uns Patientin«, sagt sie. Bevor ich antworten kann, legt sie auf.

Seltsam, denke ich. Warum stand Maddy in telefonischem Kontakt mit einer Arztpraxis im Mission District?

Joel ruft an. Er sagt, er habe seine alten Artikel und Aufzeichnungen zum Thema Korruption bei der Polizei durchgesehen, einige Namen herausgesucht und eine Liste aufgestellt. In den letzten drei Tagen habe er Erkundigungen über sämtliche Polizisten eingezogen, über die er je berichtet habe – wer noch bei der Polizei arbeitet, wer tot, in Pension oder im Gefängnis ist. Außerdem habe er nach Verbindungen nach Chinatown oder zum Hafenviertel gesucht. Dabei sei er auf eine – wie er es nennt – sehr interessante Sache gestoßen.

»Mehr kann ich dir noch nicht verraten«, sagt er. »Du solltest nur wissen, daß ich nicht rumsitze und Däumchen drehe.«

Donnerstag, fünf Uhr nachmittags. Ich stehe am Fuß der Außentreppe eines heruntergekommenen viktorianischen Holzhauses in der 17. Straße zwischen Shortwell und Folsom. Davor parkt ein verbeulter Umzugswagen. Verschwitzte Männer tragen Möbel heraus – Stühle, Schreibtische, einen riesigen Fernseher. Hinter dem Laster sind ein Sofa und einige zerlegte Betten gestapelt, die offenbar noch verladen werden sollen.

Ich schlängle mich an den Möbelpackern vorbei in die Vorhalle. Eine gestreßt wirkende Frau in schmutziger Schwesterntracht erteilt den Männern auf spanisch Befehle und führt gleichzeitig auf französisch ein Telefongespräch. Sie hat einen starken Akzent.

Durch mich sieht sie einfach hindurch. Als sie mich endlich wahrnimmt, winkt sie mich nach rechts in ein großes Zimmer.

Offenbar handelt es sich um das Wartezimmer. Zwei Frauen stehen einander dicht gegenüber und schreien sich auf kreolisch an. Mich würdigen sie keines Blickes. Die eine, die Krankenschwesterntracht trägt, heult wie ein Schloßhund, während die andere, in hochhackigen Schuhen und einem schicken Kostüm, ihr offenbar Vorhaltungen macht. Während ich warte, heben zwei vierschrötige Möbelpacker, anscheinend ecuadorianische Indios, einen schweren Aktenschrank an und schleppen ihn hinaus.

»Entschuldigen Sie.«

Die beiden Frauen drehen sich gleichzeitig zu mir um.

»Wer sind Sie?« faucht die mit den Stöckelschuhen. Als ich beginne, mein Anliegen zu erläutern, fällt sie mir sofort ins Wort. »Wer hat Sie reingelassen? Sehen Sie nicht, daß wir beschäftigt sind?«

»Bestimmt war es Marie-Claire«, sagt die Krankenschwester.

Die andere nickt. »Wenn Sie vom Gesundheitsamt sind, kommen Sie zu spät. Desaulniers hat sich endgültig aus dem Staub gemacht. Er ist gestern abend nach Haiti geflogen.«

»Und uns hat er mit dem ganzen Tohuwabohu hier sitzengelassen«, fügt die Krankenschwester hinzu und bricht abermals in Tränen aus.

Da ich offenbar mitten in einen Streit geplatzt bin, würde ich mich am liebsten dezent zurückziehen. Aber zuerst muß ich wissen, was es mit den Anrufen auf sich hat.

»Hören Sie. Ich bin nicht vom Gesundheitsamt und interessiere mich nicht für Dr. Desaulniers. Ich suche eine Frau namens Bee.«

»Bee!« Die Frau mit den Stöckelschuhen dreht sich zu der Krankenschwester um und lacht. »Hast du das gehört? Sie sucht Bee!«

»Und das ausgerechnet heute«, stöhnt die Krankenschwester, um Fassung ringend.

»Bee war schon monatelang nicht mehr hier«, teilt die andere mir mit. »Nicht, seit Madame Desaulniers gestorben ist.«

»Was hat sie hier getan?«

»Das soll wohl ein Witz sein!« ruft die mit den Stöckelschuhen aus. »Was sie hier getan hat? Willst du es ihr sagen, Claude? Oder soll ich?«

Claude weint schon wieder. Die beiden Ecuadorianer kommen zurück und packen einen zusammengerollten Teppich, während ein dritter ein gerahmtes Porträt von Jean-Bertrand Aristide von der Wand nimmt. Auf dem Weg nach draußen stoßen die drei fast an der Tür zusammen.

»Überhaupt nichts hat sie getan«, sagt die Frau mit den Stökkelschuhen. »Ihre Besuche haben nicht das geringste gebracht.«

»Wo kann ich sie finden?«

Die Frau zuckt die Achseln. »Keine Ahnung, wo sie ist. Ich will es auch gar nicht wissen. Ist mir wirklich egal.«

»Fragen Sie Marie-Claire«, schlägt Claude vor. »Vielleicht kann Sie Ihnen weiterhelfen.«

Ich gehe wieder hinaus in die Vorhalle. Die Möbelpacker schleppen eine riesige Eichenkommode die Treppe hinunter. Marie-Claire, die inzwischen nicht mehr telefoniert, schimpft, sie sollen besser aufpassen.

»Entschuldigen Sie. Können Sie mir sagen, wo ich Bee finde?«

Marie-Claire starrt mich verdattert an. »Bee? Die Therapeutin? Sie war schon seit Monaten nicht mehr hier.«

Ich nicke. »Wissen Sie, wo sie wohnt?«

Marie-Claire schüttelt den Kopf. Dann, als das Telefon läutet, fällt es ihr offenbar wieder ein. »Ich glaube, draußen in Bolinas. Versuchen Sie es dort«, sagt sie mit einer abschließenden Handbewegung. Dann wendet sie sich dem Telefon zu. »Ja, das ist richtig. Sämtliche Termine sind abgesagt. Dr. Desaulniers ist nach Haiti zurückgekehrt. Er ist dort zum stellvertretenden Gesundheitsminister ernannt worden.«

Sonntag morgen. Sascha hat frei und freut sich über die Gelegenheit, der Stadt den Rücken zu kehren. Als wir über die Golden Gate Bridge fahren, wimmelt der Gehweg von Spaziergängern und Joggern. Gebannt beobachten wir die Segelboote in der Bucht, die sich gerade zu einer Regatta bereit machen. Auf der anderen Seite der Brücke geraten einige Radfahrer, die die Bergpfade der Marin Headlands erklimmen, in mein Blickfeld. Der Wetterbericht hat uns ein traumhaftes, leicht windiges und nebelfreies Sommerwochenende versprochen.

Auf der gewundenen Route 1 fahren wir die Küste entlang und lachen über das Schwindelgefühl auf den Serpentinen. Benommen und mit einem leicht flauen Gefühl im Magen erreichen wir Stinson Beach und beschließen, auf dem Rückweg lieber die etwas längere nördliche Straße zu nehmen.

Bolinas ist eine seltsame Ortschaft. Kein Schild weist auf die Ausfahrt hin. Sobald die Autobahnverwaltung eines aufstellt, wird es von den fremdenfeindlichen Einwohnern wieder abgerissen. Doch mit Hilfe einer Karte ist das Städtchen nicht schwer zu finden, und wenn man erst einmal dort ist, fragt man sich, was das ganze Theater soll. Welcher Fremde würde sich freiwillig in dieses trostlose Nest verirren, wo heruntergekommene Drogensüchtige und räudige Hunde durch die Straßen schleichen, wo die Lebensmittelläden regelrecht nach einer Inspektion durch das Gesundheitsamt schreien und wo graumelierte Althippies, die ausgeblichene Batik-T-Shirts tragen, in meditativer Trance herumwandern?

Als wir in der Hauptstraße parken, ernten wir mißbilligende Blicke. Anscheinend sind Autos wie Saschas blitzsauberer BMW hier nicht sonderlich beliebt. Zuerst suchen wir eine Immobilienagentur auf, wo wir die einzige Angestellte, ein sommersprossiges Mädchen mit unzähligen Piercings in den Augenbrauen, fragen, ob sie eine Frau namens Bee kennt.

Sie zuckt die Achseln. »Hab ich schon mal gehört. Wie heißt sie denn mit Nachnamen?«

Als ich »Watson« sage, wiederholt sie es und überlegt angestrengt. »Tut mir leid«, sagt sie schließlich. Dann lächelt sie. »Habt ihr schon im Telefonbuch nachgesehen?«

Ein paar Türen weiter ist ein Bioladen, der verschiedene Nüsse und Körnersorten aus offenen Säcken anbietet.

Ich erkundige mich bei dem langhaarigen Jungen hinter der Theke, ob in Bolinas eine Frau namens Bee Watson lebt. Keine Ahnung, brummt er. Ich will schon aufgeben, als er mich zurückruft.

»Es gibt eine alte Frau, die Bee genannt wird. Einen Nachnamen hat sie, glaub ich, nicht.«

Aufgeregt frage ich ihn nach der Adresse. Er starrt mich verdattert an und kommt dann hinter der Theke hervor. Er nimmt ein Glas aus einem Regal mit Honigtöpfen, gibt es mir und kehrt dann an seinen Posten zurück.

Ich betrachte das Glas. Auf dem Etikett steht in einer wunderschönen Handschrift: »Bees Naturhonig«. Darunter erkenne ich die Signatur mit der Biene, die ich bereits auf ihren Briefen und der Pistole gesehen habe.

Voller Freude gehe ich mit dem Glas zur Theke, bezahle es und frage den Jungen, wo Bee, die Imkerin, wohnt.

Er zuckt die Achseln. »Vielleicht oben in Overlook«, sagt er. »Sie können es ja mal da versuchen.«

Also fahren wir nach Overlook und stoßen auf eine zusammengewürfelte Ansammlung kleiner, merkwürdiger, selbstgebauter Häuser. Einige haben eigenartig geschwungene Dächer, andere Türmchen, manche von ihnen ähneln Silos.

»Schade, daß du keine Farben sehen kannst«, bedauert Sascha. »Ein paar sind in allen Farben des Regenbogens gestrichen.«

Ein etwa achtjähriger Junge übt am Straßenrand mit einem Springstock. Wir halten an und fragen ihn, ob er weiß, wo die Frau wohnt, die Bienen züchtet. Ängstlich sieht er uns an und rennt zu einem Haus, das aussieht wie ein Erdhügel.

»Mama! Mama!« ruft er.

Eine unbeschreiblich dicke Frau mit vorzeitig ergrautem Haar kommt auf die Veranda gewatschelt. Sie beäugt uns argwöhnisch, während sie den Jungen ausschimpft. »Verdammt, Wave, ich habe dir doch gesagt, daß du nicht mit Fremden reden sollst!«

»Sie wollen wissen, wo die Frau mit den Bienen wohnt«, sagt Wave.

Er versteckt sich hinter seiner Mutter, späht immer wieder hinter ihrem gewaltigen Leib hervor und zwinkert uns zu. Die Frau watschelt näher.

»Wir suchen Bee Watson«, erkläre ich.

»Wer sucht sie denn? Sherlock Holmes?«

Als Sascha zu lachen anfängt, muß sie schmunzeln. Auch Wave grinst und kauert sich zwischen ihre Beine.

Ich halte mein Honigglas hoch. »Wir möchten die Frau finden, die das hier gemacht hat.«

»Das ist Bee. Den Nachnamen kenne ich nicht.« Sie beschreibt uns den Weg. Wir müssen zuerst einer Staubstraße folgen und an der nächsten Gabelung nach links abbiegen. »Sie werden schon merken, wenn Sie da sind«, sagt sie. »Summ-summ-summ.«

»Summ-summ-summ«, wiederholt Wave.

Wir fahren los. Nach einer Weile erreichen wir ein Schild, auf dem die Biene und ein Pfeil abgebildet sind. Die Straße wird immer holperiger. Wir kommen an einem verrosteten Pickup vorbei. Schließlich stoßen wir auf einen alten Volvo, der neben einer mit Teerpappe gedeckten Hütte parkt. Dahinter steht ein Wohnwagen auf Holzklötzen. Ich höre zwar kein Summen, rieche aber den Honigduft. Dann bemerke ich eine kleine, mollige Frau auf der anderen Seite einer Wildblumenwiese. Sie trägt einen Imkerhut mit Schleier und macht sich vermutlich an einigen Bienenstöcken zu schaffen.

Anscheinend hat sie uns kommen gehört, denn sie dreht sich um und winkt uns zu. Kurz darauf steht sie vor uns. Als sie den Schleier hebt, blicke ich in das hübsche, freundliche Gesicht einer Engländerin mit silbergrauen Ponyfransen. Ich erkenne sie sofort als die fremde Frau, die bei Maddys Beerdigung so heftig geweint hat.

Offenbar erkennt sie mich auch, denn sie nickt mir lächelnd zu.

»Ich weiß, wer Sie sind. Sie sind Kay«, sagt sie. »Die liebe Maddy hat so oft von Ihnen gesprochen.« Ihr Lächeln wirkt wohlwollend, und ihr Akzent ist eindeutig britisch.

»Ein wunderschöner Tag, finden Sie nicht? Genau der richtige Tag, um sich zusammenzusetzen und sich zu unterhalten. Hinter dem Haus gibt es ein hübsches, schattiges Plätzchen. Möchten Sie und der junge Mann vielleicht ein Täßchen Tee mit Honig?« Sie schmunzelt. »Der beste Honig auf der Welt. Darauf gebe ich Ihnen mein Wort!«

13

Bee ist zierlich und hat zarte Hände, mit denen sie stets heftig gestikuliert. Außerdem ist sie ein wahres Energiebündel. Manchmal springt sie während des Redens sogar auf.

»Ach, sie konnte großartig mit der Waffe umgehen!« erzählt sie. »›Meisterschützin‹ wurde sie genannt. Die Lady mit dem Colt. Und dann ihre Augen! Aber das wissen Sie ja selbst, Kay. Wer sie einmal gesehen hatte, konnte sie nicht mehr vergessen. Diese leuchtenden Augen! Wenn sie einen anblickte, schmolz man dahin. Sie konnte einer brennenden Kerze den Docht wegschießen und die Farbmarkierung von in die Luft geworfenen Spielkarten. Außerdem hatte sie einen tollen Annie-Oakley-Trick auf Lager: Sie schoß rückwärts auf etwas, das sie in einem Spiegel sah. Sie konnte einem die Zigarre aus dem Mund pusten. Als ein Typ ihr einmal zu nahe kam, drohte sie, ihm die Hose wegzuschießen, und das hat sie dann auch getan. Sie hat seine Hosenknöpfe erwischt, und die ganze Hose rutschte ihm bis auf die Knöchel hinunter. Als er weghumpelte, ist er ausgerutscht und in den Dreck gefallen. Man nannte das damals Trickschießen, aber es waren keine Tricks dabei. Es war ein ehrliches Handwerk, so ehrlich wie Mandy Vail selbst. Einen aufrichtigeren Menschen habe ich nie kennengelernt.«

Wir sitzen auf einer kleinen Terrasse, die sie sich zwischen dem Wohnwagen und der Hütte aus Teerpappe angelegt hat. Über uns wölben sich die Zweige einer gewaltigen Monterey-Pinie. Der Sandboden ist ordentlich gerecht, die Möblierung besteht aus einem frisch gestrichenen runden Metalltisch und drei weißen Metallstühlen mit Sitzpolstern. Wir trinken Tee aus leicht angeschlagenen chinesischen Tassen und rühren mit wertvollen, alten Silberlöffeln um. In der Mitte steht ein Topf mit frischem, unpasteurisiertem Honig, köstlich, üppig und nach frischen Kräutern duftend – »Nektar der Götter« ist das einzige Wort, das mir dazu einfällt.

Ich fühle mich, als wäre ich beim Aikido mit einem gewaltigen Plumps auf der Matte gelandet. Keuchend liege ich da und brauche etwas, das mich in die Wirklichkeit zurückholt. Also tauche ich meinen Löffel tief in den Honigtopf, stecke ihn in den Mund und lutsche den wohlschmeckenden Sirup. Schon viel besser! Ich bin wieder unter den Lebenden, allerdings noch immer verdattert. Und dennoch ergibt das, was Bee erzählt, einen Sinn, ist so logisch, daß ich mich wundere, warum ich nicht von selbst darauf gekommen bin.

Maddy Yamada mit dem eindringlichen Blick, den laserscharfen Augen, der sicheren Hand, die ein Motiv noch aus siebzig Metern Entfernung mit ihrer Leica ins Visier nehmen konnte. Die bedeutendste Kriegsfotografin ihrer Generation. Was ist so unwahrscheinlich daran, daß sie in ihrer Jugend eine ausgezeichnete Schützin gewesen ist? Zwischen dem Schießen und dem Fotografieren besteht bekanntermaßen ein Zusammenhang. Das habe ich von Dakota gelernt. Aber irgend etwas in mir sträubt sich gegen die Vorstellung, daß Maddy, die Gewalt und Waffen verabscheute, früher einmal Mandy Vail, die Kunstschützin in Wildwest-Shows, gewesen ist.

»Sie war ein richtiges Cowgirl. Eine phantastische Reiterin. Sie kam in die Arena gestürmt wie ein Wirbelwind. Es war sehr beeindruckend.«

Beim Reden strahlt Bee Watson übers ganze Gesicht. Sascha, der meine Aufregung spürt, nimmt meine Hand.

»Sie galoppierte in den Ring«, fährt Bee fort, »einen Cowboyhut mit weißer Krempe an einem Riemen um den Hals. Die Fransen ihrer Trapperjacke wehten hinter ihr her. Auf dem Rücken trug sie eine Winchester, und in jeder Hand hatte sie einen sechsschüssigen Revolver mit Perlmuttgriff, die sie zwischen den Fingern herumwirbeln ließ, während sie gleichzeitig die Zügel ihres Pferdes hielt. Dann schoß sie auf schwebende Heliumballons. Was für eine Haltung! Und ihre Ausstrahlung! Niemand konnte ihr widerstehen. Alle liebten sie. Ach ja, die Liebe, die setzte all dem ein Ende, bis nur noch Scherben übrigblieben.«

Ich bestürme Bee mit Fragen, will unbedingt alles erfahren. Wo hat Maddy schießen gelernt? Warum ist sie Kunstschützin geworden? Wie ist sie in der Wildwest-Show gelandet? Was für ein Mensch war sie, bevor sie Fotografin wurde? Ich will die Geschichte ihrer Jugend hören, und Bee ist gern bereit, sie mir zu erzählen. Ich habe den Eindruck, daß sie schon lange auf diese Gelegenheit gewartet hat. Und da sie nun endlich ein Publikum hat, sprudeln die Worte nur so aus ihr hervor.

Maddy Yamada wurde 1931 als Amanda Vail in Medicine Bow, Wyoming, geboren. Sie war das einzige Kind von Jim und Dilly Vail. Ihr Vater arbeitete als Führer bei Jagdexpeditionen, die Mutter bekochte die Jäger. Von ihrem Vater hat Maddy das Schießen gelernt.

Jim Vail galt als der beste Spurensucher in der ganzen Gegend und verdiente gutes Geld, indem er reiche Männer auf die Elch-, Puma- und Bärenjagd begleitete. Ölmagnaten, Industriebosse, Generäle und einmal sogar ein ehemaliger Präsident der Vereinigten Staaten. Die Vails betrieben ihr Geschäft sehr professionell. Sie stellten Esel, Zelte, Campingausrüstung, Träger für die Trophäen zur Verfügung – alles, was man als begeisterter Jäger so braucht. Und Dillys über dem offenen Feuer gebratenes Wildbret war im ganzen Westen berühmt.

Die Treffsicherheit hat Amanda – oder Mandy, wie sie damals alle nannten – von ihrem Großvater mütterlicherseits geerbt. Dieser war ein Wind-River-Shoshone und ausgezeichneter Jäger gewesen. Schon als Kind wurde Mandy oft auf ihre strahlenden Augen angesprochen, die wie zwei Feuer in ihrem Gesicht leuchteten. Sie war ein lebhaftes und hochintelligentes kleines Mädchen, an dem, wie man so sagt, ein Junge verlorengegangen war. Sie wußte sich durchzusetzen, hatte ein einnehmendes Lächeln und verfügte über eine fast unheimliche Konzentrationsfähigkeit.

Mit fünf erlegte sie bereits Hasen. Mit zwölf gewann sie bei Schießturnieren, und mit vierzehn war sie bereits Jugendmeisterin von Wyoming. Wildwest-Shows, die während der Weltwirtschaftskrise allmählich eingestellt worden waren, erfreuten sich jedoch nach dem Zweiten Weltkrieg wieder zunehmender Beliebtheit. Mandy war sechzehn, als sie zum erstenmal eine solche Show besuchte. Sie war begeistert.

1948 zog sie mutterseelenallein nach Laramie, um an der University of Wyoming Mathematik zu studieren. Sie liebte dieses Fach vor allem wegen seiner Logik und der eindeutig beweisbaren Schlußfolgerungen und erzielte hervorragende Leistungen. Noch während des Studiums beschloß sie, es mit dem Kunstschießen zu versuchen. Sie hörte sich um und fand einen Lehrer, einen alten Artisten namens Tom Sewitt. In seiner Zeit als Stallbursche bei Buffalo Bill Cody's Wild West Show vor dem Ersten Weltkrieg war er sogar noch Annie Oakley begegnet.

Von Tom lernte Mandy ein paar der besten Tricks der unsterblichen Annie: schießen mit den Händen auf dem Rükken, schießen mit Hilfe eines Spiegels und schießen rückwärts, wobei sich das Ziel nur in der Klinge eines Bowiemessers reflektiert. Er brachte ihr bei, wie man sechs gleichzeitig in die Luft geworfene Tontauben trifft, bevor sie den Boden erreichen. Sie konnte Tabletten zerschießen, Münzen und fliegende Golfbälle durchlöchern und ein geschwungenes Lasso durchtrennen. Zitronen, Tomaten, Eier und Äpfel zerplatzten nach ihren Schüssen in der Luft in tausend Stücke. Sie konnte mit dem Revolver auch »zeichnen«, indem sie auf einen von hinten erleuchteten Wandschirm schoß. Sechs Schuß hintereinander landeten bei ihr in einer vollkommen geraden Linie. Und vor allem wußte sie bald, worin der Trick beim Kunstschießen bestand – es gab nämlich keinen, nur üben, üben und nochmals üben.

In ihrem ersten Jahr bei Tom verschoß sie dreißigtausend Patronen, im zweiten waren es schon vierzigtausend. 1950, mit neunzehn Jahren, stieg sie in einen Zug nach Denver, ohne ihre Eltern darüber zu informieren, und stellte sich als Kunstschützin beim Great Western Circus vor. Die Besitzer sahen dem kühnen, rothaarigen Mädchen ehrfürchtig zu und engagierten sie vom Fleck weg.

Bei ihren Auftritten wurde sie fortan stets mit den Worten »Mandy Vail, die Todesschützin« angekündigt.

Das Publikum bedeutete Mandy sehr viel. Sie liebte die Begeisterung und den Applaus, die Theaterschminke, die Kostüme, die Trommelwirbel, den Geruch des Sägemehls und das Licht der Scheinwerfer, das ihr durch die Manege folgte. Hatte ihr schon die Jagd im Wald Spaß gemacht und bedeutete auch die Mathematik eine Herausforderung, so war es doch am allerschönsten, vor den Zuschauern zu stehen. Erst in diesen Momenten fühlte sie sich wirklich lebendig.

Bee Watson, fünf Jahre älter als Mandy, reiste damals auch mit dem Great Western Circus, allerdings nicht als Artistin. Sie war für das Waffenarsenal zuständig und wartete und pflegte die Stichwaffen und Pistolen, die in den Vorstellungen zum Einsatz kamen. Auch sie war eine Rebellin und ein Jahr zuvor der Londoner Graveurwerkstatt ihres Vaters entflohen, um im amerikanischen Westen das Abenteuer zu suchen. Zuerst hatte sie einen Vertrag als Graveurin mit der Firma Colt abgeschlossen, die Angelegenheit aber bald satt gehabt, und arbeitete nun beim Zirkus.

Das Gravieren war zwar ihre Leidenschaft, doch der Gedanke, ihr restliches Leben in einer muffigen Graveurwerkstatt zuzubringen, behagte ihr gar nicht. Der Zirkus brachte mehr Abwechslung und gab ihr die Gelegenheit, zu reisen und viele Menschen kennenzulernen. Mandy und Bee wurden rasch Freundinnen. Sie gingen zusammen zum Tanzen, flirteten mit Männern, teilten sich die Hotelzimmer und vertrauten einander alles an.

»Ich glaube nicht, daß Maddy – ich werde sie von jetzt an so nennen, obwohl sie damals noch Mandy hieß – großes Interesse an Männern hatte, bevor wir uns begegneten«, erzählt Bee. »Für sie waren sie eher wie Brüder, Jagdgefährten oder Turniergegner, die sie mühelos schlagen konnte. Doch wir waren ständig unterwegs, reisten von Stadt zu Stadt, und das heizte die Stimmung an. Im Zirkus ging es ziemlich drunter und drüber. Jeder schlief mit jedem.«

Bee war aus Abenteuerlust nach Amerika gekommen und fand die Abwechslung nun in den Armen verschiedener Männer. Einen Monat lang hatte sie einen Mitarbeiter des Zirkus als Liebhaber, verließ ihn dann aber wegen eines anderen. Manchmal lernte sie auch einen Mann bei den Tanzveranstaltungen kennen, die sie mit Maddy besuchte, vergnügte sich eine Woche lang mit ihm und gab ihm den Laufpaß, wenn der Zirkus seine Zelte abbrach.

Da Bee sie dazu ermutigte, warf sich Maddy ebenfalls ins Getümmel. Sie flirtete, küßte, schmuste, blieb aber weiterhin Jungfrau. Sie suchte nach der wahren Liebe, doch die war im Umfeld des Zirkus schwer zu finden.

Außerdem hatten die Männer Angst vor ihr. Bee vermutet, daß es an ihren Augen lag.

»Sie schienen einen zu vereinnahmen, ja förmlich zu verschlingen. Das hielten viele Männer nicht aus. Maddy war jung, wunderschön, hochbegabt und wurde bewundert – und hatte dennoch etwas Abweisendes an sich. Es waren sicher ihre Augen. Und vielleicht auch ihre Unschuld, womit ich nicht den Umstand meine, daß sie noch Jungfrau war. Aber sie war so arglos, so geradeheraus. Sie trieb keine Spielchen. Sie verzichtete nicht nur beim Schießen auf sämtliche Mätzchen, sondern auch sonst im Leben. All die Scharlatane, Schwindler, Hochstapler, Windhunde und hübschen Schwätzer, die jeder Frau ewige Liebe schwören – und von denen gab es beim Zirkus mehr als genug –, trauten sich nicht an sie ran, weil sie wußten, daß sie sie durchschaute. Sie blieben lieber unter sich oder suchten sich ein leichtlebiges Mädchen wie mich, das sich einfach nur amüsieren wollte.«

Allerdings gab es auch einige, die sich von Maddys Kompromißlosigkeit herausgefordert fühlten und sich fest vornahmen, sie trotzdem herumzukriegen. Vor allem einer, ein Bühnenarbeiter und Handlanger namens Ram Carson, war entschlossen, sie zu verführen.

»Moment mal!« Ich beuge mich verdattert vor. »Meinen Sie etwa Ramsey Carson, den Immobilienmakler aus San Francisco, der erotische Waffen sammelt?«

Bee nickt. »Offenbar haben Sie Ihre Hausaufgaben gemacht, Kay. Ja, genau den meine ich.«

»*Da* liegt also der Zusammenhang!«

»Kennen Sie die Geschichte?«

»Nein, ich habe keine Ahnung. Ich weiß nur, daß Maddy eine Wohnung im Mission District beobachtet hat, die Carson gehört und in der er sich ab und zu mit seinen Kumpeln tummelt.«

Bee lacht. »›Tummelt‹, das gefällt mir. Es ist klar, daß sie da oben irgendwas getrieben haben. Aber wir haben etwas übersprungen. Sie möchten die Geschichte doch sicher in der richtigen Reihenfolge hören.«

»Natürlich«, antworte ich. Ich will sie so hören, wie Maddy sie erzählt hätte, also chronologisch.

Bee nickt. »›Sag die ganze Wahrheit, aber so, daß sie gefällt.‹ Das ist von Emily Dickinson, meiner amerikanischen Lieblingsdichterin. Ich werde versuchen, Ihnen alles Schritt für Schritt zu schildern, Kay. Aber da ich nur eine Version kenne, und sich alles vor langer Zeit ereignet hat, müssen Sie mir verzeihen, wenn es mir manchmal ein wenig durcheinandergerät.«

Carson war ein ausgesprochen attraktiver, willensstarker Mann und einige Jahre jünger als Maddy. Seinen mangelnden Schliff versuchte er hinter romantischem Gehabe zu verstecken. Zuerst war Maddy von ihm hingerissen. Bee vertraute sie an, Ram erinnere sie an eine Figur aus einem Roman von Jack London. Sie hatte Lust, ihn näher kennenzulernen. Da Bee selbst einmal eine kurze Affäre mit Ram gehabt hatte, ermutigte sie ihre Freundin nicht.

Allerdings enttäuschte Ram Maddys Erwartungen bald. Er war zwar ein ausgezeichneter Tänzer, küßte gut und sah einfach traumhaft aus, doch Maddy entging nicht, daß sein Charakter einiges zu wünschen übrig ließ. Ram schikanierte die Pferde, wurde streitlustig, wenn er getrunken hatte, zettelte Prügeleien mit Männern an, die ihm körperlich nicht gewachsen waren, und katzbuckelte vor Vorgesetzten. Nach einer Weile hatte sie keine Lust mehr, mit ihm auszugehen oder mit ihm zu tanzen, und weigerte sich sogar, mit ihm zu sprechen.

Leider tat das Rams Leidenschaft keinen Abbruch. Vielleicht konnte er es nicht ertragen, daß er zum erstenmal von einem Mädchen abgewiesen wurde, und beschloß deshalb, Maddys abweisende Haltung einfach nicht zur Kenntnis zu nehmen. Wie viele ichbezogene Männer verstand er ihre Ausflüchte als Hinhaltetaktik und sagte zu seinen Freunden, daß sie wahrscheinlich nur mit ihm spiele und ihn reizen wolle, indem sie sich zierte. Also entwickelte er eine neue Strategie und machte ihr auf altmodische Weise den Hof. Er schickte ihr Briefe und Blumen und beauftragte Vermittler, die sich bei ihr für ihn verwenden sollten.

Er versuchte sogar, Bee für seine Zwecke einzuspannen. »Wir beide hatten ein paar Wochen lang viel Spaß miteinander«, sagte er zu ihr. »Aber Maddy ist die richtige für mich. Hilf mir, Bee, bitte.«

Als Bee in Gelächter ausbrach, war er sichtlich entsetzt.

»Sie kann dich nicht ausstehen, Ram. Finde dich damit ab, und laß sie in Ruhe.«

Doch Ram gab nicht so rasch auf. Und als Maddy einen anderen Mann kennenlernte, packte ihn die kalte Wut.

Maddys neuer Liebhaber hieß Tommy Dunphy. Er war genauso alt wie sie, ebenfalls Artist, und arbeitete erst seit kurzem beim Great Western Circus. Seine Aufgabe bestand darin, Westernhelden wie Wyatt Earp in »O. K. Corral« und Colonel George Custer in dem großen Spektakel »Custers letzte Schlacht« zu verkörpern.

Tommy war Schauspieler, kein Kunstschütze, und benutzte bei seinen Auftritten nur Platzpatronen. Ram, der gut mit der Waffe umgehen konnte, verabscheute Tommy auf Anhieb, weil er in der Zirkushierarchie höher angesiedelt war als er selbst. Und natürlich wurmte Ram am meisten, daß sich Maddy offenbar in den Neuling verliebt hatte.

Zuerst hielt Bee es nur für ein Verhältnis wie zwischen Bruder und Schwester. Tommy war ein hübscher Junge mit schönen, mandelförmigen Augen, sinnlichen Lippen und einem wuscheligen Blondschopf. Außerdem konnte er weder tanzen noch küssen und hatte anscheinend nicht viel Erfahrung mit Frauen. Doch er hatte eine jungenhafte Offenheit an sich, die Maddy gefiel, da sie ihrer eigenen Arglosigkeit ähnelte. Dazu kam seine liebenswürdige Art. Tommy war immer freundlich, bescheiden, hilfsbereit und großzügig. Und was Maddy am meisten für ihn einnahm: Er tat nie etwas mit Hintergedanken.

In aller Heimlichkeit wurden die beiden ein Paar. Anfangs wußte nicht einmal Bee davon. Sie trafen sich nach der Abendvorstellung, unternahmen lange Spaziergänge auf dem Zirkusgelände und zogen sich dann in eine stille Ecke oder in einen der leeren Waggons des Zirkuszuges zurück. Bee fiel auf, daß Maddy sich veränderte. Sie war ruhiger geworden, strahlte ein inneres Leuchten aus und seufzte immer wieder laut auf. Erst als Bee die beiden beim Schießtraining beobachtete, wußte sie, was die Stunde geschlagen hatte.

Es war eine klassische Dreiecksgeschichte: ein hübsches Mädchen, der nette Junge, den sie liebt, und der attraktive Finsterling, der sie begehrt, der die Kränkung nicht hinnehmen will und immer mehr in Rage gerät.

Das ganze Ensemble wußte, was in Ram vorging. Seinen Freunden gegenüber wiederholte er mit einer Beharrlichkeit, die seine Worte Lügen strafte, Mandy Vail flirte nur mit Dunphy, um ihn eifersüchtig zu machen. Er schwor, er werde sie für sich gewinnen. Ganz sicher ginge sie ihm bloß aus dem Weg, da sie Angst habe, seinem Blick nicht widerstehen zu können.

Alle waren im Bilde ... bis auf Maddy und Tommy, die zu sehr miteinander beschäftigt waren, um ihre Umgebung wahrzunehmen. Bee bezweifelte, daß Tommy, der ja schließlich Schauspieler und auf den Plakaten angekündigt war, Rams Vorhandensein überhaupt registrierte. Und Maddy schwebte derart im siebten Himmel, daß sie ihn offenbar völlig vergessen hatte.

Eines Tages ließ Ram ihr einen langen Liebesbrief zukommen. Es war das schwülstige Geschreibsel eines liebeskranken Schuljungen, das nur so von pathetischen Beteuerungen strotzte und sich ausschließlich um ihn, sein Leid und seine Sehnsucht drehte. Was in *ihr* vorging, spielte für ihn offenbar keine Rolle. Er warf ihr vor, ihn zum Narren gehalten und sich nur mit Tommy eingelassen zu haben, um ihn eifersüchtig zu machen. Dann teilte er ihr mit, er sei bereit, ihr zu verzeihen. Es sei an der Zeit, daß sie dem Spiel ein Ende bereite und zu ihren wahren Gefühlen stehe. »Ich bin der richtige Mann für dich«, schrieb er. »Wir sind füreinander bestimmt. Einen anderen darf es in deinem Leben nicht geben.« Es war der Brief eines Besessenen, eines Größenwahnsinnigen, eines Verrückten – und es war auch ein wenig beängstigend.

Maddy war schwer erschüttert. Sie zeigte Bee Watson die Zeilen und sagte, sie habe Ram in den letzten Wochen kaum zur Kenntnis genommen. Außerdem habe sie ihn in der kurzen Zeit, die sie zusammen ausgegangen seien, nie ermutigt.

»Er ist ein schrecklicher Egoist. Was soll ich nur tun, Bee? Ich kann den Brief doch nicht einfach zerreißen.«

Auch Bee war der Ansicht, daß Maddy etwas unternehmen sollte. Sie mußte das Schreiben beantworten, und zwar so, daß Ram endlich die Hoffnungslosigkeit seines Unterfangens einsah und sie in Ruhe ließ.

»Ich will ihn ja nicht lächerlich machen«, meinte Maddy. »Aber ich finde sein Verhalten so peinlich!«

Bee stimmte zu. Ihn zu blamieren war nicht der richtige Weg. Allerdings war eine klare Antwort dringend nötig. Ram mußte endlich aufwachen.

Es gab eine berühmte Geschichte um Annie Oakley, wahrscheinlich nur eine Legende, und doch sehr lehrreich. Da Bee und Maddy treue Verehrerinnen von Annie waren, kannten sie sie natürlich, und sie schien sich ausgezeichnet auf ihre augenblickliche Lage übertragen zu lassen.

Im Jahr 1887 – Buffalo Bills Wild West Show hatte eine sehr erfolgreiche Saison im Londonder Viertel Earl's Court beendet – erhielt Annie einen schriftlichen Heiratsantrag von einem Herrn, der sich als französischer Graf ausgab. Der Gentleman hatte auch ein Foto beigelegt und schwor, Selbstmord zu begehen, falls Annie ihn zurückwiese.

Es heißt, Annie habe mit dem Revolver die Augen auf dem Foto durchschossen, »respektvollst abgelehnt« auf den unteren Rand gekritzelt und es zurückgeschickt.

Am besten gefiel Maddy an Annies Anwort die Mischung aus Verachtung und Höflichkeit. Die Einschußlöcher bedeuteten ein klares Nein, während das Wort »respektvollst« aussagte, daß eine wirkliche Dame die Gefühle eines Herrn nicht mit Füßen treten sollte, mochten sie auch noch so absurd sein.

Also nahm Mandy Vail sich ein Beispiel an ihrem Idol, nagelte Ram Carsons Brief an den Pfosten einer Koppel, trat dreißig Schritte zurück und feuerte ihre Winchester ab. Die Einschußlöcher beschrieben ein großes »X«, mitten auf der Seite. Dann faltete sie das Papier ordentlich zusammen, verfaßte ein paar Zeilen, in denen sie Ram mitteilte, sie fühle sich von seinem Antrag zwar geehrt, liebe aber einen anderen und bitte ihn deshalb, sich wie ein Gentleman zu verhalten und sie fortan nicht mehr zu behelligen.

Rückblickend betrachtet findet Bee diese Reaktion ein wenig zu drastisch. Doch schließlich waren Maddy und Ram noch jung, es handelte sich immerhin nur um ein Liebesdrama unter Jugendlichen. Allerdings räumt Bee ein, daß Maddy einen großen Fehler beging, als sie Ram Carson für einen Gentleman hielt.

Er empfand Maddys Antwort als schwere Kränkung, vor allem nachdem sich die Sache in der Truppe herumgesprochen hatte. Ram hatte sich Feinde gemacht, die ihn – als sie von dem Brief erfuhren – wegen seiner Prahlerei aufzogen und ihn verspotteten, weil es ihm nicht gelungen war, Maddys Herz zu erobern.

Ram konnte seine Wut nicht an Maddy auslassen und auch nicht an Bee, obwohl er vermutete, daß er diese Schmach ihr zu verdanken hatte. Schließlich waren die beiden nur Mädchen. Ein wahrer Mann brauchte einen Mann als Gegner. Zuerst spielte Ram mit dem Gedanken, Tommy zu verprügeln – ein leichtes für ihn, denn er war der Stärkere und überdies ein erfahrener Faustkämpfer. Dann aber befand er, daß ihm eine Schlägerei bis auf die persönliche Genugtuung nichts einbringen würde. Er würde Tommy damit nur zum Märtyrer machen, ihn noch mehr in Maddys Arme treiben – und er selbst würde zudem gewiß seinen Job beim Great Western Circus verlieren.

Doch es gab noch einen besseren Weg, seine Ehre zu rächen, ein Weg, der eine viel durchschlagendere Wirkung haben würde als eine simple Abreibung. Maddy erwartete als ausgezeichnete Schützin auch von anderen, daß sie gut mit der Waffe umgehen konnten. Und sie hatte Tommy Schießunterricht erteilt. Wenn es Ram gelang, Tommy zu einem Wettschießen herauszufordern und er dann siegte, würde Maddy sehen, daß er auf ihrem Spezialgebiet der Bessere war. Auch wenn er sie auf diese Weise nicht zurückgewinnen konnte, würde er ihr und seinem Rivalen eine Niederlage bereiten und so die offene Rechnung begleichen.

Wie der Plan letztendlich in Rams Gehirnwindungen entstand, ist nicht mehr nachzuvollziehen. Bee vermutet, er habe so lange über seine Demütigung und seine Racheabsichten nachgegrübelt, bis ihm ein gewöhnliches Wettschießen nicht mehr ausreichend erschien. Normalerweise waren solche Wettbewerbe nämlich ein Freizeitspaß unter Freunden. Der Verlierer nahm es nicht weiter krumm, und zum Schluß schüttelten sich alle die Hände. Ram aber wollte Blut sehen.

»Ich glaube, es lief folgendermaßen ab«, erzählte Bee. »Ram liegt in seinem Bett und leckt sich die Wunden. Und plötzlich hat er einen Einfall: Dunphy in einem Wettschießen zu schlagen wäre zwar nett, aber für seinen Nebenbuhler nur eine Bagatelle. Dieser Kerl und Mandy sollen leiden. Warum also nicht ein richtiger Kampf, Mann gegen Mann? Ein Duell? Ich fordere ihn heraus, wir stehen einander mit gezückten Pistolen gegenüber, drücken ab, und der Bessere wird gewinnen.«

Als Bee das sagt, fange ich an zu zittern. Mein Kopf glüht, als sich das Bild endlich zusammenfügt. Um mich zu beruhigen, esse ich noch einen Löffel von Bees Honig. Dann erinnere ich mich an das Duell mit tödlichem Ausgang, an dem Ram Carson in seiner Jugend beteiligt gewesen war und von dem Agnes Fontaine mir erzählt hat. Ist es dieses gewesen, und ging es dabei um Maddy?

Natürlich war es eine Schnapsidee. Bee glaubt, Ram habe sich immer mehr in den Wahn hineingesteigert, daß ihm eine entsetzliche Kränkung zugefügt worden sei. So habe er zunehmend den Bezug zur Realität verloren, als er seinen Rachefeldzug plante.

Damals gastierte der Zirkus gerade in Kalifornien. Die Tournee verlief entlang der Eisenbahnlinie von Norden nach Süden durchs Central Valley: Redding, Chico, Yuba City, Sacramento, Modesto, Merced, Fresno, Bakersfield.

Das Duell fand am Stadtrand von Stockton statt. Maddy hatte einige Tage zuvor Urlaub genommen, um zwei Wochen lang ihre Familie in Wyoming zu besuchen. Ihre Mutter war erkrankt, und ihr Vater brauchte dringend ihre Hilfe. Deshalb hatte Maddy als liebende und gehorsame Tochter eine Absprache mit der Zirkusleitung getroffen und war ans Bett ihrer Mutter geeilt.

Offenbar hielt Ram dies für den richtigen Zeitpunkt, denn Maddy hätte bestimmt versucht, das Duell zu verhindern. Und falls es doch stattgefunden und Ram Tommy erledigte hätte, wäre er Gefahr gelaufen, daß sie ihn sich selbst vorknöpfte. Ram wußte nämlich genau, daß er beim Schießen gegen Maddy keine Chance hatte.

Außerdem hatte Ram sich vermutlich genau überlegt, wie er Tommy am ehesten beleidigen konnte. Schließlich mußte er ihn so provozieren, daß er bereit war, zu kämpfen.

Soweit Bee weiß, wartete Ram die Pause nach der morgendlichen Probe ab, um Tommy in aller Öffentlichkeit zu blamieren. Man hatte den Sketch »O.K. Corral« geprobt, in dem Tommy die Hauptrolle spielte.

Es war ein schwülheißer Sommertag. Tommy und die anderen Schauspieler, von der harten Arbeit schmutzig und verschwitzt, rappelten sich vom Boden auf, klopften sich den

Staub von den Kleidern und zogen los, um sich zu duschen und umzuziehen.

In diesem Moment schlug Ram zu.

»Hey, Dunphy!« rief er. »Du ziehst den Revolver wie ein Mädchen.«

Alle drehten sich um. Tommy blieb wie angewurzelt stehen und blickte sich nach dem Sprecher um. Als er Ram entdeckte, grinste er ihn an. »Guter Witz«, sagte er.

»Das ist kein Witz, sondern die Wahrheit«, entgegnete Ram.

Er trat näher, baute sich breitbeinig vor Tommy auf und fuhr fort, ihn zu verhöhnen.

»Ich glaube, du bist eine kleine Schwuchtel, Dunphy! Du benimmst dich wie ein Mädchen. Wenn ich nur an deine Sandkastenspiele mit Mandy Vail denke. Ich wette, sie hat bei euch beiden die Hosen an.«

Tommys Lächeln erstarrte. Er traute seinen Ohren nicht. *Wer war dieser Kerl? Ein Bühnenarbeiter. Was wollte er bloß von ihm?*

Tommy war eher schüchtern und zurückhaltend und mochte keine Auseinandersetzungen. Doch diese Angriffe auf seine Männlichkeit und die geschmacklosen Anspielungen auf Maddy konnte er nicht auf sich sitzen lassen. Sämtliche Kollegen sahen der Szene zu. Und außerdem war er der Hauptdarsteller, der immer Heldenrollen verkörperte. Natürlich war ihm klar, daß dieser Mann ihn provozieren wollte, aber er durfte das nicht unwidersprochen hinnehmen.

»Wer zum Teufel bist du?« fragte er.

»Ich bin Ram Carson. Und du bist Dunphy, die kleine Schwuchtel, richtig?«

Ein höhnisches Grinsen lag auf Rams Gesicht, wie Tommy es oft bei Schlägern auf dem Schulhof gesehen hatte. Offenbar meinte Ram es ernst.

»Deine Manieren lassen einiges zu wünschen übrig, Carson.«

»Und was willst du dagegen unternehmen, du warmer Bruder?«

»Ich finde, du siehst selbst wie ein warmer Bruder aus.«

»Nun, ich glaube, wir sollten diese Sache besser klären. Da du nicht boxt, wäre ein Faustkampf unfair. Aber du schießt. Wenigstens tust du so. Wollen wir doch mal sehen, wer von uns beiden wie ein Mädchen schießt. Wir nehmen Pistolen.«

Wieder blickte Tommy sich um. Er war gerade wie in einem Western zum Duell herausgefordert worden. Der Mann, der die ganze Stadt tyrannisiert, trifft sich mit dem Helden auf der Hauptstraße. Und alle Bewohner versammeln sich und sind neugierig, wer einen Rückzieher macht.

»Was ist los mit dir? Hast du Angst zu schießen, wenn die kleine Mandy nicht da ist, um dir zu helfen? Was bist du doch für ein mieser, kleiner Feigling! Hach, er macht sich gleich in die Hose!« Den letzten Satz kreischte Ram in höhnischem Falsett.

Nun sah Tommy rot. Er stürmte auf Ram zu, der rasch zur Seite trat, so daß Tommy vornüber in den Staub fiel. Ram half ihm auf und klopfte ihm die Kleider ab.

»Du bist zum Duell herausgefordert worden, Dunphy. Wenn du kein allzu großer Feigling bist, schickst du einen deiner Freunde zu meinem Kumpel hier, um alles weitere zu vereinbaren.« Ram wies auf seinen besten Freund. Dann kehrte er lachend an seine Arbeit zurück.

Der Vorfall sprach sich im Zirkus rasch herum. Bee war entsetzt und nahm Tommy sofort beiseite.

»Er war nicht mehr der Tommy, den ich kannte«, sagt sie. »Er hatte sich völlig verändert. Auf einmal benahm er sich wie ein prahlerischer Kerl, wie ein Gockel auf dem Mist, und wollte unbedingt kämpfen.«

»›Carson hat einen schweren Fehler gemacht, als er mich herausforderte‹, sagte er zu mir. ›In der Show schieße ich jeden Tag auf Menschen. Und seit Mandy mir Unterricht gibt, bin ich ziemlich gut.‹

›Aber das hier ist Realität‹, widersprach ich, ›keine Show. Du bist Schauspieler, und Ram ist ein brutaler Mensch. Er ist eifersüchtig auf dich, weil Maddy dich mag. Darum hat er dich provoziert.‹«

Tommy antwortete, das wisse er, da andere es ihm am Nachmittag erzählt hätten. Für ihn sei das noch ein Grund mehr, daß das Duell stattfinden müsse. Schließlich ginge es nicht nur um seine Ehre, sondern auch um Maddys. Außerdem sei es zu spät, um jetzt noch abzusagen. Die Sekundanten hätten sich bereits getroffen. Alles sei arrangiert.

»Offen gestanden dachte ich, Carson würde sich drücken«, sagte er zu Bee. »Er weiß, daß ich schießen kann, aber er hält mich für einen Feigling. Wenn er merkt, daß das nicht stimmt, wird er sich bei mir entschuldigen. Du wirst schon sehen. Und wenn nicht, mache ich ihn fertig.«

Es war zwecklos, sich mit ihm zu streiten. Bee fand, daß sich die beiden wie kleine Jungs aufführten. Ram hatte Tommy mit voller Absicht in seiner Ehre gekränkt. Und Tommy hatte sich inzwischen offenbar eingeredet, daß er es mit Ram aufnehmen konnte.

Bee war überzeugt, daß jemand dem albernen Treiben Einhalt gebieten und das Duell verhindern würde. Vielleicht würden die beiden jungen Männer ja auch noch von selbst zur Vernunft kommen.

Später machte sie sich schwere Vorwürfe, weil sie die Angelegenheit nicht ernst genug genommen hatte. Tommys großspuriges Gehabe hatte sie so erbost, daß sie die Sache nicht bei der Zirkusleitung oder – falls diese nicht eingeschritten wäre – bei der Polizei gemeldet hatte. Erst später erfuhr sie, daß sie mit ihrer Einstellung nicht allein gewesen war. Keiner in der Truppe hatte geglaubt, daß es wirklich zu einem Duell kommen würde. Schließlich schrieb man das Jahr 1955, Eisenhower war Präsident, und man befand sich in den Vereinigten Staaten von Amerika. Ein Duell schien einfach ein Ding der Unmöglichkeit.

Die beiden Kontrahenten und ihre Sekundanten trafen sich bei Morgengrauen, als alle anderen noch schliefen, in einem Eukalyptushain unweit des Zirkuslagers. Tommy, der etwas hermachen wollte, trug sein Bühnenkostüm, das aus einem maßgeschneiderten Hemd, verziertem Pistolengürtel, Stiefeln und Sporen bestand. Er sah aus wie ein Filmcowboy. Ram hingegen war nicht hier, um Eindruck zu schinden, sondern um zu töten. Er hatte ein löchriges, altes T-Shirt, ausgeblichene Jeans und eine Jeansjacke an. Einen abgeschabten Pistolengürtel hatte er lässig um die Taille geschlungen.

Die Sekundanten hatten die Regeln vereinbart. Das Duell sollte mit .32ern ausgetragen werden, wie Maddy sie in der Show verwendete. Die Kontrahenten würden einander in zwanzig Metern Abstand gegenüberstehen. Jede Pistole enthielt nur einen Schuß. Nachdem bis drei gezählt worden war, würden beide Gegner ziehen und schießen. War keiner von ihnen getroffen, würde man die Distanz auf fünfzehn Meter verringern, nachladen und das Duell fortsetzen. Falls es erneut zu keinem Treffer kam, reduzierte sich die Entfernung auf zwölf Meter. Zwischen den einzelnen Runden hatte jeder der Kontrahenten die Möglichkeit aufzugeben. Und wenn Carson sich für seine Bemerkungen entschuldigte oder Dunphy zugab, daß sie den Tatsachen entsprachen, war das Duell ebenfalls beendet.

»Ich stelle mir vor, wie sich sich an jenem nebligen Sommermorgen gegenüberstehen«, fährt Bee fort. »Tommy schwitzt, und das Herz klopft ihm bis zum Halse. Schlagartig wird ihm klar, daß es sich hier um ein echtes Duell handelt. Ram hingegen ist ganz ruhig, sein Puls ist normal, und er betrachtet Tommy wie ein Jäger seine Beute. Keiner der beiden ist bereit, einen Rückzieher zu machen. Jeder von ihnen will sich für die Kränkung rächen. Und was sie verbindet, sind ihre Gefühle für Maddy, die jedoch nicht anwesend ist. Denn wenn sie dagewesen wäre, hätte sie ihnen sofort die Pistolen aus der Hand geschossen.

In den Zweigen der Bäume zwitschern die ersten Vögel. Tommys Anspannung wächst, als die Sekundanten zurücktreten und zu zählen beginnen. In diesem Augenblick ergreift ihn das Gefühl, daß es kein Zurück mehr gibt, daß er dem Untergang geweiht ist. Das Schicksal hat ihn in diese Lage gebracht, und nur das Schicksal weiß, wie der Kampf ausgehen wird. Außerdem haftet der Situation etwas Unwirkliches an. Das Ganze geschieht nicht tatsächlich, das kann einfach nicht sein. Bestimmt wird irgendein Mensch, irgendeine Macht, dem Einhalt gebieten. Und Ram behält seinen Gegner die ganze Zeit über im Auge. Er spürt seine Schwäche, weiß, daß es allein seine Entscheidung ist, ob Tommy lebt oder stirbt.

›Eins, zwei, drei‹, zählt Rams Sekundant feierlich. Die beiden Jungen ziehen die Revolver, um zu zeigen, daß sie keine Feiglinge sind. Ohne mit der Wimper zu zucken, wollen sie sich den Kugeln stellen. Plötzlich bricht die Sonne durch das Blätterdach. Ein Lichtstrahl, in dem winzige Staubkörnchen tanzen, fällt auf Tommys Gesicht. Es erinnert ihn an den heißen Strahl des Scheinwerfers, der ihn in der Manege beleuchtet. Tommys Hand zittert unruhig. Ram verhöhnt ihn mit seinem selbstzufriedenen Grinsen. Wütend drückt Tommy ab und schießt fünf

Meter daneben. Durch den Knall aufgeschreckt, stieben die Vögel in alle Richtungen davon. Es ist totenstill auf der Lichtung.

Grinsend senkt Ram die Pistole ein wenig und hebt sie dann langsam wieder. Tommy, der jetzt begreift, daß das hier blutiger Ernst ist, würde am liebsten davonlaufen. Doch er beherrscht sich und bleibt kerzengerade stehen. Rams Grinsen wird breiter. Er hebt die Pistole noch ein bißchen, hält sie ganz ruhig und betätigt dann langsam den Abzug. Es knallt. Die Kugel saust durch die Luft. Tommy, der weiß, daß er getroffen werden wird, beugt sich vielleicht ein wenig vor, damit der Aufprall nicht so hart wird. Die Kugel schlägt genau zwischen seinen Augen ein. Tommy sinkt zu Boden.«

Bee lehnt sich zurück. Sie hat uns das Vorgefallene so eindringlich geschildert, daß sie ganz außer Atem ist.

»Es war entsetzlich«, sagt sie. »Alle, die Tommy kannten, waren erschüttert. So ein begabter junger Mann, in der Blüte seiner Jahre niedergestreckt…« Sie seufzt auf. »Die Tragödie hat unser aller Leben verändert.«

Maddy, der Bee die Nachricht telegrafisch übermittelte, kehrte nie zum Great Western Circus zurück. Sie blieb bei ihrer Mutter, bis diese einige Monate später starb, und brach alle alten Kontakte ab. Nie wieder trat sie als Kunstschützin auf und nahm, soweit bekannt ist, nie wieder eine Waffe in die Hand.

Ram Carson wurde verhaftet und wegen Totschlags vor Gericht gestellt. Später wurde die Anklage durch die Bemühungen eines gerissenen Pflichtverteidigers geändert, so daß er nur noch wegen Verstoßes gegen das kalifornische Anti-Duell-Gesetz belangt wurde. Carson bekannte sich schuldig und wurde zu fünf Jahren Haft verurteilt, von denen er drei in San Quentin absaß.

Auch Bee verließ den Zirkus und kehrte nach England in die Werkstatt ihres Vaters zurück.

»Ich wollte es weit bringen«, sagt sie, »und die beste Waffengraveurin auf der Welt werden. Manche behaupten, ich hätte es geschafft.« Sie zuckt die Achseln. »Ich bin nicht sicher. Aber ich war ziemlich gut. Mein Vater sagte öfter, ich hätte ihn schon längst übertroffen, und er gehörte zu den fähigsten Leuten in seiner Branche.«

Watson & Watson, Waffengraveure. Die Firma erhielt Preise und wurde zum Hoflieferanten ernannt. Auf ihrer Liste standen Kunden, die bereit waren, fünf Jahre auf eine eigens für sie gefertigte Waffe zu warten. Bee ging für ein Jahr nach Italien, um bei Meistern in Val Trompia die *bulino*-Technik zu lernen. Nach ihrer Rückkehr gravierten sie und ihr Vater Jock gemeinsam einige Waffen im Auftrag des ägyptischen Königs Faruk. Die erotischen Motive stammen von Bee, die kunstvollen Ornamente im traditionellen englischen Stil von ihrem Vater.

»Sind das die Waffen, die sich nun in Carsons Besitz befinden?« frage ich.

Bee nickt. »Ich war entsetzt, als ich hörte, daß er sie erworben hat. Ich wußte nichts von dem Verkauf, aber ich hätte ohnehin nicht das Geld gehabt, sie zurückzukaufen.«

Sie schüttet den Tee aus ihrer Tasse auf den Boden und schenkt sich frischen ein. »Ich wurde Spezialistin für erotische Waffengravuren. Als die Leute von unserer Arbeit für König Faruk erfuhren, erhielten wir Anfragen von Sammlern aus allen Ländern. Es gibt nicht viele ernsthafte Sammler – höchstens zwölf bis vierzehn weltweit. Zuerst einmal ist da die Baroneß von Heimholz aus München. Sie und Carson zahlen die höchsten Preise. Dann noch Jansen in Dänemark, Eric Templesman in Los Angeles und ein argentinischer Milliardär namens Masconi. Außerdem ein Mann, der in Paris am Quai d'Anjou wohnt und den man den Türken nennt. Niemand hat ihn je kennengelernt. Für die meisten dieser Leute habe ich Waffen graviert, allerdings nicht für Carson – wenigstens nicht direkt. Aber darauf komme ich gleich zu sprechen. Damals habe ich angefangen, meine Stücke mit der kleinen Biene zu signieren, um die erotischen Arbeiten von unserem hauptsächlichen Tätigkeitsfeld abzugrenzen. Schließlich waren wir eine seriöse Firma, und viele unserer Kunden wären schockiert gewesen, wenn sie von diesem kleinen Nebenverdienst gewußt hätten.«

Im Jahr 1965 kehrte Bee mit der British Airways nach einem Kurzurlaub in den Vereinigten Staaten nach England zurück. Als sie das im Flugzeug ausliegende *Life Magazine* aufschlug, stieß sie auf einige beeindruckende Fotos aus dem Vietnamkrieg. Der Name der Fotografin lautete Maddy Yamada.

Die Bilder waren streng und stimmungsvoll, mit starken Schwarzweißkontrasten. Es handelte sich um Porträts von vietnamesischen Männern und Frauen verschiedener Altersgruppen, die alle unter dem Krieg zu leiden hatten. Am meisten faszinierte Bee, wie tief die Fotografin in das Empfinden der abgebildeten Personen eingedrungen war, so daß es den Betrachter völlig in seinen Bann schlug. Außerdem erzeugte der Kontrast zwischen den scharf umrissenen Porträts und den weichgezeichneten Szenen im Hintergrund – lodernde Feuer, Helikopter und schwerbewaffnete Soldaten beim Marschieren – eine eindringliche Spannung.

Bee fand, daß vor allem dieser Unterschied zwischen Vorder- und Hintergrund den Fotos eine erstaunliche Aussagekraft verlieh. Da sie sich für die Fotografin interessierte, blätterte sie weiter zu der Seite, wo sämtliche Mitarbeiter des Heftes mit Fotos und einer Kurzbiographie vorgestellt wurden.

Sie erkannte Mandy Vail nicht sofort. Schließlich waren seit ihrer letzten Begegnung zehn Jahre vergangen, und das Foto hatte nur wenig mehr als Paßbildgröße. Außderdem trug die Frau darauf eine Uniformweste und hatte kurzgeschnittenes Haar. Um den Hals hatte sie drei Kameras hängen. Doch etwas kam Bee in diesem Gesicht vertraut vor. Natürlich waren es die Augen, Mandy Vails Augen, die leuchteten, als könnten sie die ganze Welt erhellen. In der Kurzbiographie stand, daß Maddy Yamada als freie Fotografin in San Francisco lebte. Von Wyoming oder einer Karriere als Kunstschützin war nichts zu lesen.

Bee sah sich die Vietnam-Fotos noch einmal an, um sich zu vergewissern, daß ihr Eindruck von zuvor richtig gewesen war. Dann betrachtete sie erneut den kleinen Schnappschuß von Maddy. Nun war sie ganz sicher. Es handelte sich eindeutig um Mandy. Einen zweiten Menschen mit solchen Augen kann es nicht geben.

Als Bee wieder in London war, schrieb sie Maddy einen Brief, in dem sie ihre Arbeiten bewunderte und erzählte, wie es ihr selbst nach dem Abschied vom Great Western Circus ergangen war. Abschließend tat sie kund, sie würde sich freuen, Maddy wiederzusehen. Dann schickte sie den Brief zu Maddys Händen ans *Life Magazine*.

Es dauerte fast ein Jahr, bis sie eine Antwort erhielt. Bees Brief hatte Maddy schließlich in Tokio erreicht, wo sie inzwischen nach ihrem zwölfmonatigen Aufenthalt in Vietnam lebte. Sie war froh, von ihrer alten Freundin zu hören. Auch in ihrem Leben hatte sich seit den Tagen beim Zirkus einiges verändert. Nach Tommys Tod war ihr die Liebe zum Schießen und zu Waffen abhanden gekommen. Sie hatte die Arbeit als Kunstschützin an den Nagel gehängt und war nach Kalifornien gezogen. Dort hatte sie ihr Studium abgeschlossen und eine neue Liebe entdeckt: den Fotojournalismus. Außerdem hatte sie einen ihrer Professoren geheiratet, einen Ingenieur japanischer Herkunft namens Harry Yamada. Harry sei ein wunderbarer Mann, zwanzig Jahre älter als sie, und fördere sie in ihrem neuen und gefährlichen Beruf.

Maddy schrieb, sie würde sich freuen, Bee wiederzusehen, denn sie erinnere sich gern an ihr gemeinsames Zigeunerleben. Ein Jammer, daß diese wundervolle Zeit so tragisch geendet habe. Allerdings sei sie davon überzeugt, daß man selbst in Carsons Fall irgendwann vergessen und vergeben müsse. Sie sei ihm zwar seit damals nicht mehr begegnet, wisse aber, daß er ebenfalls in San Francisco lebe und in der Immobilienbranche tätig sei. Obwohl sie nicht die geringste Lust auf ein Wiedersehen habe, hege sie keinen Groll mehr gegen ihn. Ihre alte Freundin Bee sei die einzige von den Leuten von früher, die sie wirklich vermisse.

Jahre vergingen. Bee und Maddy schrieben sich regelmäßig, doch die geplanten Treffen in Paris, London oder New York fielen stets wegen familiärer oder beruflicher Verpflichtungen ins Wasser. Nach einer Weile wurden die Briefe seltener, und schließlich kamen nur noch Weihnachtskarten mit rasch hingekritzelten Grüßen.

Weitere Jahre verstrichen. Maddy wurde weltberühmt. Bee abonnierte das *Life Magazine*, um ihre Karriere zu verfolgen. In den späten Sechzigern und frühen Siebzigern erschienen zwölfmal Fotos von Maddy auf dem Titel.

Auch Bee war in ihrer Branche keine Unbekannte mehr. Als ihr Vater 1970 starb, führte sie Watson & Watson allein weiter. Sie stellte Lehrlinge ein, doch den meisten war das Gehalt zu niedrig. Außerdem wollten die jungen Leute rasch Karriere machen. Hinzu kam, daß die Preise für handgefertigte britische Waffen – die schon immer nur etwas für Wohlhabende gewesen waren – inzwischen astronomische Höhen erreicht hatten.

1975 erledigte Bee nur noch Auftragsarbeiten für reiche Sammler. Die üblichen Jagdszenen interessierten sie nicht mehr, und sie verwendete ausschließlich Motive, die noch nie auf einer Waffe abgebildet worden waren.

Zu ihren liebsten Stücken aus den siebziger und achtziger Jahren gehört ein Paar Seitenschloß-Granger, genannt »Justine«, die für einen türkischen Auftraggeber angefertigt wurden. Bei den mit Intarsien aus Gold und Platin verzierten Motiven handelt es sich um acht erotische Szenen, die dem gleichnamigen Roman des Marquis de Sade entnommen sind.

Auch auf eine Purdey mit dem Namen »Oscar«, bestellt von einem berühmten britischen Schauspieler, ist sie besonders stolz. Die Abbildungen stellen wichtige Ereignisse im Leben von Oscar Wilde dar.

Und schließlich schwärmt sie von »Die Venus«, einer schweren Bockdoppelbüchse von Krieghoff, über und über verziert mit Motiven aus Leopold von Sacher-Masochs *Venus im Pelz* und geordert von einem österreichischen Sammler. Außerdem von der »Göttin«, einer Parker Invincible mit erotischen Gravuren, angefertigt für einen exklusiven Waffenclub in Kalifornien. Die Szenen wurden in *bulino* in eine historische, ungravierte Waffe eingearbeitet. Soweit bekannt ist, existieren weltweit nur noch drei Gewehre dieses Modells.

Ich werfe einen Blick auf Sascha, der den Kopf in die Hände gestützt hat. Als ich mich wieder Bee zuwende, sieht sie mich überrascht an.

»Habe ich etwas Falsches gesagt, Kay?«

Ich verneine.

»Aber Sie wirken so verstört.«

»Warum zeigst du Bee nicht deine Zeichnungen?« schlägt Sascha vor.

Ich hole mein Skizzenbuch aus der Kameratasche, schlage die Seite mit meiner wichtigsten Zeichnung des Ritualgewehrs des G. G. C. auf und reiche es Bee.

Sie betrachtet die Skizze aufmerksam. »Ja, das ist die ›Göttin‹.

Zwar nicht exakt, aber ziemlich ähnlich.« Sie mustert mich fragend. »Also haben Sie es gesehen! Deshalb sind Sie hier.«

»Nicht nur gesehen, ich wäre beinahe damit vergewaltigt worden«, antworte ich leise.

»Oh, mein Gott!« Bee läßt die Teetasse fallen. Sie rollt unter den Tisch. Dann schüttelt sie den Kopf. »Diese Schweine!« Tränen treten ihr in die Augen. »Diese miesen Dreckskerle!«

»Ich wurde unter Betäubungsmittel gesetzt«, fahre ich fort. »Zum Glück ist rechtzeitig jemand gekommen und hat sie aufgehalten.«

»Elende Schweinehunde!« stößt Bee hervor. »Wie ich sie hasse! Ich habe Maddy von ihren Machenschaften erzählt. Sie war außer sich und schwor, ihnen das Handwerk zu legen. Und dann ...«

Sie blinzelt und schüttelt noch einmal den Kopf. Anscheinend ist sie völlig durcheinander. Da ich auch ziemlich erschöpft bin, bitte ich um eine Pause. Die Geschichte wird immer verworrener. Innerhalb von einer Stunde habe ich erfahren, daß Ramsey Carson vor vielen Jahren Maddys ersten Liebhaber in einem Duell getötet hat. Und Bee weiß jetzt, daß ich, Maddys Schülerin, beinahe mit einer Waffe vergewaltigt worden wäre, die sie für Carsons G. G. C. anfertigte.

Sascha stützt mich beim Aufstehen. Dann folgen wir Bee, die uns ihre Bienenstöcke zeigen will.

Zuerst holt sie aus der Hütte Imkerhüte mit Schleiern, Handschuhe und weiße Overalls. Eine notwendige Vorsichtsmaßnahme, wie sie sagt, denn Bienen greifen häufig dunkel gekleidete Menschen an, weil sie sie mit räuberischen Bären verwechseln.

Auf dem Weg zu den Bienenstöcken erzählt sie, daß sie seit 1988 an Arthritis leidet. Ihr Zustand verschlechterte sich rasch. Und als sie feststellte, daß sie es wegen ihrer Schmerzen nicht mehr schaffte, Aufträge pünktlich fertigzustellen, verkaufte sie die Werkstatt in London und zog nach Kalifornien, wo sie schon immer hatte leben wollen.

Nachdem sie alle möglichen Medikamente, auch herkömmliche Entzündungshemmer, ausprobiert hatte, erfuhr sie hier von der Apitherapie, dem Einsatz von Bienengift zur Linderung der Schmerzen bei Arthritis und anderen Krankheiten.

Anfangs war sie skeptisch. Doch schließlich hatte ihr Vater sie immer schon Bienchen genannt – vielleicht war es kein Zufall, und ein Versuch konnte ja nicht schaden.

»Jetzt höre ich mich wahrscheinlich an wie eine typische kalifornische Eso-Tante«, meint sie. »Aber ich war völlig verzweifelt. Ich litt entsetzliche Qualen. Also beschloß ich, es darauf angekommen zu lassen. Ich wußte, daß ich nicht gegen Bienengift allergisch bin. In meiner Jugend bin ich oft gestochen worden und habe nie einen anaphylaktischen Schock bekommen. Ich suchte also einen Apitherapeuten auf, der Bienen auf meine verschiedenen Akupunkturpunkte setzte. Die Stiche taten nicht sehr weh, und danach waren die Schmerzen zu meinem Erstaunen wie weggeblasen.

Wie das genau funktioniert, weiß niemand«, fährt sie fort. »Und viele verbohrte Spießer halten es für blanken Humbug. Es gibt jedoch eine Menge Theorien dazu. Eine lautet, das Gift rege das Immunsystem an. Eine andere besagt, es fördere die Nervenreizleitung. Und einer dritten zufolge – und die trifft meiner Ansicht nach am ehesten zu – steigert es die Cortisonproduktion des Körpers um bis zu tausend Prozent. Wer weiß – jedenfalls wirkt es bei mir.«

Sie erzählt uns, daß sie sich aufgrund ihrer Erfahrungen mit der Apitherapie selbst zur Apitherapeutin hat ausbilden lassen. Und das wiederum hat sie zur Imkerei gebracht. Sie stellt Honig für den Eigenbedarf her und verkauft ihren kleinen Überschuß und auch Pollen und Bienenwachs an Läden in der Umgebung.

Schon aus der Entfernung können wir das Summen hören. Als wir näher kommen, wird es lauter und bedrohlicher. Ich merke Sascha deutlich an, wie mulmig ihm ist.

Bee sagt, Bienen könnten spüren, wenn Menschen sich fürchten. Falls wir also Angst hätten, sollten wir besser Abstand halten. Sie besitzt vier Stöcke, zwei mit jugoslawischen und zwei mit italienischen Bienen. Beide erzeugen einen köstlichen Blütenhonig aus dem Nektar von Heidekraut, Lavendel und Brombeeren. Bee fügt hinzu, daß sie täglich anderthalb Tassen naturbelassenen Honig zu sich nimmt – sicher der Grund, warum sie sich zur Zeit so gesund und wohl fühle.

»Die Imkerei hat etwas von Zen«, sagt sie. »Man muß sich bewußt und entschlossen bewegen. Wenn man es richtig macht, fühlt man sich unbeschreiblich eins mit der Erde. Die Menschen halten schon seit Urzeiten Bienen. Es gibt sogar Höhlenzeichnungen, die das Sammeln von Honig darstellen. Im antiken Griechenland war Honig sehr beliebt und wurde mit Milch und Brot gegessen. Die Römer benutzten ihn zum Kochen. Aristoteles hatte Bienen. Malta ist von dem vulgärgriechischen Wort für Honiginsel abgeleitet. Und zu alledem sind Bienen einfach faszinierende Geschöpfe. Wie sie zusammenarbeiten, der seltsame Schwänzeltanz, mit dem sich die Arbeiterinnen mitteilen, wo Nektar zu finden ist. Es muß einen Grund geben, warum meine Eltern mich Bee genannt haben und warum mein Vater in der Werkstatt Bienchen zu mir sagte, wenn er mit meiner Arbeit zufrieden war. Damals habe ich nicht darüber nachgedacht, sondern es nur für einen Kosenamen gehalten. Inzwischen frage ich mich, ob er ahnte, wie sich mein Leben einmal entwikkeln würde. Ich hatte zwar Freude daran, Stahl zu gravieren, doch mit meinen Bienen fühle ich mich glücklicher und mehr im Einklang mit der Natur.«

Sie zeigt uns die verschiedenen Kästen in den Bienenstöcken. Unten in der Brutkammer regiert die Königin. Ein Gitternetz hält sie von den oberen Etagen des Stocks fern, wo die Bienen den Honig erzeugen und aufbewahren. Aus der obersten Etage, die Bee den »Speicher« nennt, kann sie den Honig dann entnehmen. Bei kühlem Wetter betäubt sie die Bienen mit Pinienrauch, holt den obersten Kasten heraus, klopft die daranhängenden Tiere ab und läßt den köstlichen, goldgelben, dicken Honig herausfließen.

Eine Stunde später sitzen wir wieder am Gartentisch unter der großen Pinie, trinken Tee und haben uns ein wenig beruhigt. Da die Sonne inzwischen tiefer steht, kann ich besser sehen und nutze die Gelegenheit, Bee Watsons Gesicht genauer zu betrachten.

Diese außergewöhnliche Frau begeistert mich, und ich finde es höchst faszinierend, was für ein abenteuerliches Leben sie geführt hat. Als ich sie nun mustere, stelle ich fest, daß ihre Haut für ihr Alter bemerkenswert glatt ist. Sie hat tiefe Lachfalten, einen freundlichen, weisen Blick und einen Zug um den Mund, dem man anmerkt, daß sie zwar viel Schmerz und Leid mitgemacht hat, sich davon aber nicht hat verbittern lassen.

Als Maddy und sie sich endlich trafen, waren sie einander seit August 1955 nicht mehr begegnet. Doch obwohl fünfunddreißig Jahre vergangen waren, kam es ihnen vor, als sei es erst gestern gewesen. Sie schwelgten in Erinnerungen und tauschten Neuigkeiten aus. Und anstatt irgendwann verlegen zu schweigen, wie es oft nach dem begeisterten ersten Wiedersehen alter Freunde der Fall ist, stellten sie fest, daß sie sich immer noch viel zu sagen hatten.

Maddy vertraute Bee an, daß sie wegen ihrer immer langsameren Reaktionen und ihrer nachlassenden Sehschärfe vorhabe, das Fotografieren bald an den Nagel zu hängen.

»Ich werde mich ausschließlich meinen Schülern widmen. Wie gern würde ich etwas völlig Neues anfangen wie du, Bee«, seufzte sie. »Aber bei mir hat der große Berufswechsel ja schon vor vielen Jahren stattgefunden.«

Als Bee wissen wollte, ob Maddy es bedaure, daß sie das Schießen aufgegeben habe, verneinte diese. Die Fotografie bereite ihr noch viel mehr Freude.

»Ich finde es auch bedeutungsvoller«, sagte sie, »da Fotos etwas Dauerhaftes sind – im Gegenteil zu Einschußlöchern auf einer Zielscheibe, die danach vernichtet wird.«

»Einige deiner Zielscheiben waren echte Kunstwerke«, erwiderte Bee.

Maddy lachte. »Zuerst habe ich den Zirkus vermißt. Die Aufregung, das Spektakel. Aber nach einer Weile fand ich Gefallen daran, mich hinter der Kamera zu verstecken.« Sie hielt inne. »Natürlich tue ich das in Wirklichkeit gar nicht, aber ich brauchte Jahre, um dahinterzukommen. Mein Gesicht ist zwar auf den Fotos nie zu sehen, doch ich glaube, ich bin präsenter als damals in der Zirkusarena. Inzwischen habe ich ein viel größeres Publikum. Hunderttausende betrachten die Bilder, die ich mit meinen Händen und Augen schaffe. Ich *bin* diese Bilder. Sie spiegeln meine Sichtweise wider. Wenn ich mir meine alten Fotos ansehe, lerne ich immer wieder etwas über meine Motive, aber am meisten erfahre ich wahrscheinlich über mich selbst.«

Ab und zu verabredeten Bee und Maddy sich in der Stadt zum Mittagessen oder plauderten am Telefon. Zweimal besuchte Maddy Bee am Wochenende in Bolinas. Die beiden übernachteten in Hängematten im Freien. Maddy liebte das Landleben und schwärmte Bee vor, draußen zu schlafen erinnere sie an ihre Jugend in Wyoming. Bee versuchte sogar, Maddy zu überreden, eines ihrer Gewehre auszuprobieren, doch diese weigerte sich.

»Ich bringe es nicht über mich«, gestand sie. »Es ist eine Phobie, und bei der bloßen Vorstellung wird mir übel. Meinen Schülern sage ich immer, sie sollen das fotografieren, was sie fürchten. Ich fotografiere schon seit Jahren bewaffnete Männer. Aber es ist offenbar ein Unterschied, ob man etwas berührt oder nur fotografiert.« Maddy hielt inne. »Wenn ich jetzt ein Gewehr anfassen würde, bekäme ich Lust zu schießen. Und ich wüßte nicht, was dann geschieht.«

Von Carson sprachen sie kaum. Maddy erwähnte nur, er sei ein erfolgreicher Geschäftsmann und sehr wohlhabend geworden. In den Klatschspalten würde er häufig als einer der begehrtesten Junggesellen der Stadt bezeichnet. Wahrscheinlich wüßte Ram nicht, daß sie, Maddy, ganz in der Nähe wohnte. Und sicher ahnte er nicht, daß Mandy Vail, die er einmal geliebt hatte, und Maddy Yamada, die Fotojournalistin, ein und dieselbe Person waren.

Bee hatte den Kontakt zu den Waffensammlerkreisen nicht abreißen lassen. Hin und wieder erhielt sie durch die Vermittlung von Watson & Watson Aufträge für erotische Gravuren. Das Gravieren war zwar nicht mehr ihre Leidenschaft, da sie ihr Leben völlig verändert hatte, doch es war nun einmal nicht ihre Art, alle Brücken hinter sich abzubrechen. Außerdem interessierte sie sich noch immer für den neuesten Klatsch aus der Welt der Waffenliebhaber und unterhielt einen regen Briefwechsel.

Eine Weile zuvor war ein neuer Sammler erotischer Waffen auf der Bildfläche erschienen, der sämtliche Konkurrenten überbot und alles aufkaufte, was zu haben war. Erst nach dem Verkauf der Flinten aus König Faruks Nachlaß erfuhr Bee, daß es sich bei diesem Sammler um Ramsey Carson handelte.

Zunächst traute sie ihren Ohren nicht. So ein Zufall war doch unmöglich. Deshalb zog sie Erkundigungen ein, und als ihr schließlich klar wurde, was dahintersteckte, war sie entsetzt.

Man sagte ihr, Carson sei der Gründer und Vorsitzende des Waffenclubs, für den sie die Parker Invincible – die »Göttin« – mit erotischen Motiven graviert hatte. Außerdem waren in

Sammlerkreisen häßliche Gerüchte im Umlauf, die sich um den Club und die Verwendung des Gewehrs bei geheimen Ritualen rankten.

Durch ihre Kontakte gelang es Bee, den Urheber dieser Gerüchte ausfindig zu machen. Es war ein amerikanischer Filmregisseur und begeisterter Waffensammler, der behauptete, bei einigen der Orgien im Gun Goddess Club dabeigewesen zu sein. Der Regisseur neigte nicht unbedingt zur Verschwiegenheit, und Bee erfuhr, daß inzwischen unter Waffensammlern in Hollywood über den Club getratscht wurde. Es hieß, sogar ein beliebter Filmstar habe sich um Aufnahme bemüht.

Um Maddy zu schonen, behielt Bee ihr Wissen für sich. Doch da die Gravierungen auf der »Göttin« von ihr stammten, machten ihr die schrecklichen Gerüchte schwer zu schaffen. Die von ihr so liebevoll gestalteten erotischen Waffen waren dazu gedacht, Sammler zu erfreuen. Die Vorstellung, daß eine dieser Waffen, die sie durch ihre Arbeit in ein Kunstwerk verwandelt hatte, nun für unlautere Zwecke mißbraucht wurde, verfolgte sie bis in ihre Träume.

Sie rief Ramsey Carsons Büro an, um einen Termin mit ihm zu vereinbaren. Eine Stunde später rief er zurück.

Er klang so verbindlich, daß sie ihn fast nicht wiedererkannte. Nichts erinnerte mehr an den streitsüchtigen Bühnenarbeiter des Great Western Circus.

»Lange her, Bee. Ich war sehr traurig, als ich hörte, daß du die Werkstatt verkauft hast, denn ich bewundere deine Arbeiten schon seit Jahren. Ich hatte gehofft, etwas bei dir in Auftrag geben zu können.«

»Das hast du doch schon.«

Er kicherte. »Ja, die ›Göttin‹. Also hast du es gewußt?«

»Anfangs nicht, mittlerweile bin ich klüger.«

»Ich besitze auch die Flinten, die dein Vater für König Faruk graviert hat.«

»Das weiß ich ebenfalls.«

»Dann habe ich ja keine Geheimnisse mehr vor dir, Bee. Ich wäre persönlich zu dir gekommen, wenn ich nicht befürchtet hätte, daß du mich abweisen würdest. Wegen damals ... obwohl seitdem viele Jahre vergangen sind. Ich habe mich sehr verändert. Du sicherlich auch. Zumindest weiß ich, daß deine Gravuren noch besser geworden sind.« Wieder ein kurzes Auflachen. Dann fuhr er in dem aufrichtigen Ton fort, dessen sich Schmeichler so gern bedienen: »Du bist wirklich sehr talentiert, Bee. Die Allerbeste! Niemand kann dir das Wasser reichen, und vielleicht wird das immer so bleiben. Als wir die Parker erwarben, haben wir bei den Gravuren nur an dich gedacht. Ich war zwar ziemlich sicher, daß du annehmen würdest, aber du mußt verstehen, daß ich das Risiko nicht eingehen wollte.«

Natürlich verstand sie! Wenn sie auch nur geahnt hätte, daß die »Göttin« für Ram bestimmt war, hätte sie sich geweigert, die Arbeit auszuführen.

»Was hat dich hierher verschlagen, Bee?«

»Nur eine Urlaubsreise«, antwortete sie, denn sie hatte beschlossen, ihm nicht zu verraten, daß sie ganz in der Nähe lebte. »Und da ich schon einmal hier bin, würde ich gerne deine Sammlung sehen.«

Sie vereinbarten ein Treffen für den übernächsten Tag. Als Ram ihr anbot, sie mit dem Auto abholen zu lassen, lehnte sie ab und sagte, sie wohne bei Freunden in Marin.

»Bring sie doch mit.«

»Lieber nicht, Ram. Nicht alle Leute haben ein Faible für erotische Waffen.«

Er lachte. »Jedesmal, wenn ich meine herumzeige, sind alle so schockiert, als hätte ich in der Öffentlichkeit die Hosen heruntergelassen. Die Leute wollen wegschauen, können es aber nicht. Und genau deshalb tue ich es natürlich. Um sie aufzurütteln und ihnen den Mund wäßrig zu machen.«

Sein Haus in einer ruhigen Straße von Presidio Heights erinnerte Bee an eine Pariser Stadtvilla. Hinter dem Grundstückstor und dem kopfsteingepflasterten Vorplatz stand ein graues steinernes Gebäude mit ausgebautem Dachgeschoß. Auf dem Weg über den Platz stieg Bee der intensive Duft eines gewaltigen Bougainvilleabusches in die Nase.

Den eleganten, gepflegten Mann mittleren Alters, der ihr die Tür öffnete, erkannte sie kaum wieder. Sie suchte in seinem Gesicht nach Ähnlichkeiten mit dem hübschen achtzehnjährigen Jungen vom Great Western Circus. Der Junge hatte stets nur T-Shirts, Jeans und Cowboystiefel getragen. Der Mann, der nun vor ihr stand, hatte glänzende schwarze Schuhe und einen gutgeschnittenen dunklen Nadelstreifenanzug an.

Am meisten fiel ihr jedoch auf, daß sein prahlerisches Gehabe einem unglaublichen Selbstbewußtsein gewichen war. Er hatte nichts Unbeholfenes mehr an sich, sondern war von Kopf bis Fuß ein Mann von Welt, der sich seiner Wichtigkeit bewußt war. Ram Carson mimte den Gentleman sehr überzeugend.

Er führte sie durch ein großes, im englischen Landhausstil eingerichtetes Wohnzimmer – ein riesiger Kamin, mit ausgeblichenem Chintz überzogene Sofas, lebensgroße Porträts aristokratisch wirkender Männer, Gewehre in der Hand, unterwürfige Hunde zu ihren Füßen. Eine geschwungene Treppe führte zum Waffenzimmer im ersten Stock.

Die Einrichtung hier unterschied sich nicht von den vielen zu diesem Zweck genutzten Räumen, die Bee im Laufe der Jahre gesehen hatte: farbenprächtiger Perserteppich, mit dunklem Holz getäfelte Wände und kunstvoll gearbeitete Glasvitrinen, in denen die kostbaren Waffen ausgestellt waren. Der Raum wurde von einem Tisch beherrscht, der aus dem Refektorium eines Klosters stammte und auf dem einige Pistolen lagen. Zwei feudale Ledersofas standen einander gegenüber und luden die Gäste ein, sich zu setzen und diese Meisterwerke der Büchsenmacherkunst zu bewundern.

Ram reichte ihr ein Glas mit hundert Jahre altem Cognac und zeigte ihr dann seine Sammlung. Bee war beeindruckt, denn obwohl lange nicht so umfangreich wie die der Baroneß von Heimholz, war sie viel besser sortiert und umfaßte nur Waffen der allerersten Qualität.

An die Flinten von König Faruk erinnerte sich Bee noch ganz genau. Als sie sie in den Händen hielt und mit dem Finger über die Gravuren fuhr, stiegen ihr die Tränen in die Augen: die ersten Waffen, die ihr Vater und sie gemeinsam graviert hatten.

»Erzähl mir davon, Bee«, sagte Ram. »Was für ein Mensch war Faruk?«

Sie zuckte die Achseln. »Er interessierte sich nur für Waffen und Sex in nämlicher Reihenfolge. Und als ihm klar wurde, daß man das auch miteinander kombinieren kann, geriet er ganz aus dem Häuschen und ließ auf der ganzen Welt nach Graveuren suchen.«

»Gab es also noch weitere Waffen?«

»Unzählige. Aber nicht so kunstvoll gearbeitet wie diese hier. Für einen König war Faruk ziemlich vulgär. Ein verwöhnter, reicher Schnösel und ein richtiger Hohlkopf. Außerdem schrecklich verfressen. Am liebsten aß er mit Käse überbacken Makkaroni, die er mit literweise Orangenlimonade hinunterspülte. Er sammelte einfach alles – Kunst, Sexspielzeuge, alte Skulpturen, obszöne Kuckucksuhren. Wenn Faruk etwas haben wollte, kaufte er es – oder er stahl es einfach. Er drang in die Häuser reicher Kairoer Bürger ein, nahm mit, was ihm gefiel, und keiner wagte es, sich zu beschweren. Frauen sammelte er ebenso wie Spielzeuge. Nach einer Liebesnacht schenkte er ihnen Schmuckstücke, die angeblich aus dem königlichen Schatz stammten, sich aber als billige Imitate entpuppten. Sogar mir wollte er einmal zu nahe treten ...«

Ram lachte.

»Warum nicht? Damals war ich hübsch.«

»Ja, Bee ... das weiß ich noch genau.«

»Er hatte Mundgeruch und redete dummes Zeug. Ich habe ihm deutlich zu verstehen gegeben, daß ich ihn nicht leiden kann. Doch das hat ihn nur noch wilder gemacht. Da mein Vater wußte, daß er nach Lieferung der Ware nie einen Cent von ihm zu sehen bekommen würde, verlangte er die volle Summe als Vorschuß und erhielt sie auch. Wir beschlossen, so gute Arbeit wie möglich zu leisten, um den schauderhaften Geschmack seiner Majestät ein wenig zu schulen.«

Rams Augen funkelten. Offenbar konnte er von diesen Anekdoten nicht genug bekommen. Bald war der ganze Tisch mit erotischen Waffen bedeckt. Gebannt lauschte Ram, als Bee die Geschichte des einen oder anderen Stücks erzählte und von den Leidenschaften und Eigenarten des einen oder anderen Sammlers berichtete.

Dabei wurde eine ziemliche große Menge Cognac vertilgt. Nach einer Weile hielt Bee den Moment für gekommen, um ihre Bedenken wegen der »Göttin« zur Sprache zu bringen.

»Mir sind Gerüchte zu Ohren gekommen, wozu du sie benutzt«, sagte sie. »Ich würde gern die Wahrheit wissen.«

Ram lächelte sie an. »Das sind Clubinterna«, entgegnete er und hielt den Finger vor die Lippen. Dann musterte er sie fragend. »Aber wie ich meine alte Bee kenne, wirst du wohl kaum etwas dagegen einzuwenden haben.«

»Die Gesichter, die ich den Tieren geben mußte – gehören die Clubmitgliedern?«

»Natürlich. Hast du mich nicht als Leopard erkannt?«

Bee schüttelte den Kopf. »Anscheinend habe ich es mit Spannern zu tun«, witzelte sie.

»Einige von uns sehen gern zu, andere beteiligen sich selbst. Du mußt es dir so vorstellen, Bee: Ein paar geile Männer, die nach einem harten Tag ein bißchen Dampf ablassen.«

Geile Männer, die Dampf ablassen! Das war das erstemal, daß Ram sich an jenem Abend so eindeutig ausgedrückt hatte. Die Worte schienen nicht zu der Fassade des vornehmen Gentleman zu passen. Bee war ziemlich vor den Kopf gestoßen, ließ es sich aber nicht anmerken. Sie wollte noch mehr erfahren und herausfinden, ob die Gerüchte, die sich um die »Göttin« rankten, der Wahrheit entsprachen.

»Eine Orgie kann ja was Nettes sein«, gab sie lächelnd zu. »Solange auch alle ihren Spaß dran haben.«

»Stimmt… obwohl ein bißchen Widerstand manchmal recht anregend sein kann.«

»Mag sein. Und die ›Göttin‹ ruht in ihrem Regal und schaut dem ganzen Treiben zu.«

»Manchmal holen wir sie auch heraus«, antwortete er. »Mit einer Waffe läßt sich eine Menge anfangen.«

»Die Parker Invincible ist eine ausgezeichnete Waffe, Ram. Bestimmt hast du schon damit geschossen.«

Er lächelte. »Wie gesagt, gibt es eine Menge Möglichkeiten, sie einzusetzen. Die ›Göttin‹ ist ein gefährliches kleines Ding.«

Er wieherte vor Lachen. Bee wurde übel. Ihre Vermutungen bestätigten sich offenbar.

»Ich will sie zurück, Ram.«

Verständnislos starrte er sie an.

»Das meine ich ernst. Natürlich bezahle ich dafür.«

Er stand auf, schwankte ein wenig, hatte sich aber sofort wieder gefaßt. Obwohl er dem Alkohol kräftig zugesprochen hatte, schien er kaum betrunken zu sein. Bee kannte diese Sorte Männer: Je mehr sie tranken, desto kühler, aalglatter und verschlagener wurden sie.

Wieder starrte er sie an. Dann breitete sich ein Grinsen auf seinem Gesicht aus. »Glaubst du etwa, du hättest einen Anspruch darauf, weil du ein paar Figuren eingraviert hast?«

»Die ›Göttin‹ ist mein Werk.«

»Irrtum!« Ärgerlich schüttelte er den Kopf. »Sie ist *unser* Werk. Du hast sie nur verziert.«

»Ich denke, ich gehe jetzt besser, Ram.«

»Tu dir keinen Zwang an. Doch vorher möchte ich dir noch etwas zeigen.«

Er schloß eine Vitrine auf und öffnete mit einer ausladenden Geste die Tür.

»Das hier zum Beispiel«, sagte er und hielt ihr eine abgenutzte Winchester hin.

Verdattert sah Bee sie an. Dieses Stück paßte nicht zu der übrigen Sammlung.

»Erkennst du sie nicht?«

»Sollte ich das?«

Wieder grinste er. »Dreh sie um.«

Zögernd nahm sie die Waffe entgegen. Auf der Unterseite entdeckte sie eine schlichte Gravur – eine Reiterin, die eine Flinte abfeuert. Sie hatte diese Gravur vor fünfunddreißig Jahren für Maddy angefertigt, und es handelte sich um die Waffe, mit der ihre Freundin Rams Brief zerschossen hatte.

»Woher hast du sie?«

»Maddy hatte sie dortgelassen. Ein Freund hat sie für mich aufbewahrt, bis ich aus dem Gefängnis kam.«

Er stellte die Winchester zurück an ihren Platz und holte einen zerkratzten, kleinkalibrigen Revolver heraus.

»Weißt du auch noch, was das ist, Bee?«

Bee erkannte ihn auf Anhieb. Am liebsten hätte sie sich übergeben. Sie wandte sich ab.

»Das ist mein kleiner Schutzengel, die Waffe, mit der ich Dunphy erschossen habe. Das Ding macht zwar nicht viel her, ist mir aber ans Herz gewachsen. Ich benutze es auch, um mich zu amüsieren. Diese Pistole« – er küßte den Lauf – »hat schon viel Leidenschaft gesehen.«

Als Bee den Kopf hob und ihm ins Gesicht blickte, erkannte sie, daß die Janusmaske die ersten Risse bekam und sich immer weiter auflöste, als bestünde sie aus schmelzendem

Wachs. Dahinter kamen bösartige Züge und schadenfroh funkelnde Augen zum Vorschein. Offenbar war Ram weder ruhiger noch reifer geworden – der prahlerische, streitsüchtige junge Mann hatte sich vielmehr in ein Ungeheuer verwandelt.

In jenen Wintertagen besuchte Bee regelmäßig eine Patientin in der Stadt. Marguerite Desaulniers hatte Krebs im Endstadium und litt entsetzliche Schmerzen. Ihr Ehemann, ein in Homöopathie erfahrener haitianischer Arzt namens Paul Desaulniers, hatte alles versucht: Hypnose, Akupunktur und sogar Demerol – jedoch ohne Erfolg. Er wollte ihr nur ungern Morphium verordnen, da er befürchtete, sie würde dann Verdacht schöpfen, daß ihr Zustand hoffnungslos war. Deshalb wandte er sich an einen Kollegen, der ihm Bee als ausgezeichnete und einfühlsame Apitherapeutin empfahl.

Dreimal wöchentlich fuhr Bee, eine Kiste voller Bienen im Gepäck, mit dem Bus in die Stadt, um Madame Desaulnier mit Bienengift zu behandeln. Die beiden Frauen verstanden sich auf Anhieb. Bee setzte die Bienen auf Marguerites Körper und brachte sie zum Stechen. Dann wartete sie bei ihrer Patientin, bis die Schmerzen nachließen.

Während dieser Sitzungen unterhielten sie sich ausführlich. Bee, die sehr gesprächig war, hielt das Reden für die beste Methode, einen Patienten abzulenken. Da Marguerite gern über Sex plauderte, vertrauten sich die beiden Frauen viele Geheimnisse an. Bee erfuhr eine Menge über das Liebesleben von Paul Desaulniers und brachte ihrerseits Marguerite mit ihren Beschreibungen der erotischen Waffen, die sie graviert hatte, zum Kichern.

Eines Nachmittags erzählte sie Marguerite von Ram Carson und von ihren Befürchtungen, daß er die »Göttin« für unlautere Zwecke mißbrauchte.

Bei der nächsten Sitzung berichtete Marguerite, sie habe mit ihrem Mann darüber gesprochen. Dieser sei sehr nachdenklich geworden und habe dann von einer Prostituierten aus Chinatown erzählt. Die Frau, die sich Georgette nannte, sei eines Abends schwer verletzt in der Praxis erschienen. Sie sagte, sie sei von einer Gruppe weißer Männer angeheuert und mit dem Lauf einer geladenen Pistole penetriert worden.

Nach der Apitherapie-Sitzung ging Bee wie immer nach unten, um mit Dr. Desaulniers den Zustand seiner Frau zu erörtern. Danach erkundigte sie sich nach Georgette, und Dr. Desaulniers schilderte ihr, was geschehen war.

Georgette, eine zierliche Chinesin, wies schwere Rißwunden im Anal- und Genitalbereich auf.

»Sie sagte, sie sei illegal hier«, fuhr Dr. Desaulniers fort, »und arbeite ihre Schulden bei einer Bande aus Chinatown ab, die sie ins Land geschmuggelt habe. In dieser Nacht war sie von ihrem Zuhälter zu einer Art geheimen Waffenweihe geschickt worden. Sie selbst erhielt zwar kein Geld für ihre Dienste, glaubte aber, ihr Zuhälter sei gut bezahlt worden. Auch andere Mädchen, die in einer ähnlichen Lage steckten wie sie, hätten solche Verletzungen erlitten. Da sie sich nun nicht mehr als Prostiuierte verkaufen könnten, müßten sie sich in Ausbeuterfabriken abplagen, um ihre Schulden zu bezahlen.«

Als Bee an jenem Abend Dr. Desaulniers' Praxis verließ, war sie sehr aufgeregt. Es konnte kein Zufall sein, daß sie innerhalb so kurzer Zeit zweimal von Ritualen gehört hatte, bei denen Sex und Waffen im Spiel waren. War es möglich, daß an einem Ort zwei Gruppen von Männern – die Mitglieder des Goddess Gun Clubs und die Leute, die Georgette derart zugerichtet hatten – denselben perversen Vorlieben frönten?

Auf dem Weg zur Bushaltestelle beschloß Bee, nicht sofort nach Hause zurückzukehren, sondern zuerst Maddy anzurufen. Sie sagte, sie hätte ihr etwas Wichtiges mitzuteilen, und fuhr sofort zu ihr.

Ungläubig lauschte Maddy, als Bee die Gerüchte über Carson zum besten gab und dann ihre Begegnung mit ihm zwei Monaten zuvor schilderte.

Maddy war erschüttert, weil Bee ihr dieses Treffen verheimlicht hatte.

»Er hat mein altes Gewehr! Mein Gott, Bee! Warum hast du mir das nicht erzählt?«

Als Bee ihr auch noch von der Pistole berichtete, mit der Ram Tommy getötet hatte, bekam Maddy einen Wutanfall.

»Du hast recht, der Mann ist ein Ungeheuer! Wenn ich mir

vorstelle, daß ich all die Jahre versucht habe, ihm zu verzeihen! Und jetzt das!« Maddys Augen hatten vor Bestürzung und Wut gefunkelt.

Inzwischen dämmert es. Von der Lagune in Bolinas weht eine leichte Brise herüber. Offensichtlich ist Bee fast am Ende ihrer Geschichte angelangt.

»Sie wissen ja, wie Maddy sich im letzten Winter fühlte, Kay. Sie konnte kaum noch aus dem Haus gehen. Und trotzdem hatte sie es sich in den Kopf gesetzt, Ram das Handwerk zu legen. ›Wir dürfen die Sache nicht auf sich beruhen lassen‹, sagte sie. Noch in jener Nacht faßte sie einen Entschluß. Es galt, eine offene Rechnung zu begleichen. Eine alte Wunde war wieder aufgebrochen. Maddy nahm sich vor, die Angelegenheit ein für allemal aus der Welt zu schaffen. ›Ich will die Waffe‹, beharrte sie. Und ich wußte genau, daß sie nicht die Winchester oder die ›Göttin‹ meinte, sondern den Revolver, mit dem Ram Tommy getötet hatte.«

Maddy hatte einen Plan. Sie wollte Ram nicht etwa erschießen, denn sie hatte sich schließlich geschworen, nie wieder eine Pistole anzufassen. Inzwischen besaß sie aber eine andere Waffe: ihre Kamera. Sie beschloß, Georgette ausfindig zu machen, sie zu befragen und diese Informationen gegen Ram zu verwenden. Außerdem wollte sie Carson und seine Kumpane in kompromittierenden Situationen fotografieren, ihn mit den Bildern unter Druck setzen und ihn zwingen, alle drei Waffen herauszugeben. Vielleicht würde sie sogar erreichen, daß der Goddess Gun Club schließen mußte.

»Maddy klang wieder so wie früher«, sagt Bee. »Wie das Mädchen, das ich beim Great Western Circus kennengelernt hatte. Ich fand ihren Plan zwar ziemlich gewagt, war aber genauso wütend wie sie und fest entschlossen, Ram Carson ein für allemal an seinen finsteren Machenschaften zu hindern.

Mehrere Male fuhren wir abends zusammen nach Chinatown. Wahrscheinlich hat das Ganze ziemlich seltsam ausgesehen – zwei alte Damen, die eine mit einer Kamera und leuchtenden Augen, die andere anfangs noch ein wenig schüchtern, streifen durch die Grant und die Stockton Street, knüpfen

Gespräche mit Prostituierten an und bitten sie, ihnen bei der Suche nach Georgette zu helfen …

»Doch wir haben sie nicht gefunden. Allerdings trafen wir andere Prostituierte, die uns ähnliche Geschichten erzählten – von einer Gruppe wohlhabender weißer Männer, die in einer Wohnung im Mission District ein sogenanntes ›Bumshaus‹ unterhielten. Ihre perversen Spielchen gipfelten meist in einem Penetrationsritual mit geladenen Pistolen. Die Mädchen berichteten, diese Partys seien entsetzlich, vor allem, wenn man sich vor Waffen fürchtete. Dorthin geschickt zu werden bedeute eine Strafe. Die Zuhälter wollten damit jenen Mädchen, die zum Beispiel Geld zurückgehalten oder nicht genug Umsatz geschafft hatten, eine Lektion erteilen. Da manche Mädchen schwer verletzt von diesen Partys zurückkamen, genügte allein die Drohung, daran teilnehmen zu müssen, daß einige von ihnen freiwillig nach China zurückkehrten.

Eines der Mädchen schilderte uns das ›Spiel‹ in allen Einzelheiten. Selbst ich war schockiert, obwohl ich im Laufe meines Lebens bestimmt fünfzig erotische Waffen graviert habe. Vielleicht liegt es daran, daß ich eine besondere Beziehung zu Waffen habe. Ich weiß ihre Schönheit und zerstörerische Kraft zu schätzen und habe einen Heidenrespekt davor. Waffen können töten, aber sie können auch Kunstwerke sein. Und sie mit erotischen Motiven zu schmücken – wer weiß, womöglich ist es für manche von dort wirklich nur noch ein kleiner Schritt dahin, daß man sie als sexuelle Folterinstrumente benutzt. Doch für mich war dieser Schritt gewaltig. Ich bin zwar nicht prüde, Kay, aber …«, Bee schüttelt den Kopf, »ich begriff das einfach nicht.«

Inzwischen ist es dunkel, und es wird kalt. Sascha und ich helfen Bee, das Teegeschirr in den Wohnwagen zu bringen. In der Kochnische spüle ich Kanne und Tassen. Dann setzen wir uns auf die halbrunde Couch in dem winzigen Wohnbereich.

»Viel mehr gibt es nicht zu erzählen«, beginnt Bee noch einmal.

Mittlerweile ist sie ruhiger geworden und gestikuliert nicht mehr soviel. Ihre Zappeligkeit von vorhin ist verschwunden.

»Endlich gelang es Maddy, eines der Mädchen zu überreden, uns zu dem ›Bumshaus‹ zu bringen. Verzeihen Sie mir diesen vulgären Ausdruck, aber so nannten sie es nun mal. Die Kleine zeigte uns das Gebäude und die entsprechenden Fenster. Auf dem Klingelbrett stand ein Name, den wir nicht kannten. Doch Namen interessierten Maddy ohnehin nicht.

Sie suchte einen Beobachtungsposten, von dem aus sie die Wohnung im Auge behalten und Fotos machen konnte. In der Gasse dahinter stand ein seltsames Holzhaus. Wir sahen es uns aus der Nähe an, und Maddy entdeckte im zweiten Stock ein Fenster, das sich großartig für ihre Zwecke eignete.

Sie war einfach unglaublich. Ich weiß nicht, woher sie die Energie nahm. Es war, als hätte sie eine Mission. Mir beteuerte sie, es ginge für sie dabei um Leben oder Tod. Sie würde nicht ruhen, bis die Angelegenheit bereinigt sei. Falls es ihr nicht gelingen sollte, brauchbare Fotos zu machen, würde sie es anders versuchen. Sie spielte sogar mit dem Gedanken, Ram Carson auf der Straße entgegenzutreten. ›Ich werde ihn fotografieren, ihn mit dem Blitzlicht blenden, bis ihm Hören und Sehen vergeht‹, sagte sie. Und das meinte sie ernst. Sie sprudelte über vor Tatendrang. Trotz ihres offensichtlich schlechten Gesundheitszustands hat sie sich nicht ein einziges Mal beklagt.

Als ich ihr anbot, es mit Apitherapie zu versuchen, lehnte sie ab. Sie habe keine Schmerzen, sondern sei einfach nur erschöpft. Doch das hätte man ihr niemals angemerkt. Dauernd wiederholte sie den gleichen Satz, fast wie ein Mantra: ›Er darf nicht weitermachen, Bee, ich muß der Sache Einhalt gebieten.‹«

Die Waffe/die Waffe finden/wo ist die Waffe?

Die großgeschriebenen, unterstrichenen Wörter in Maddys Notizbuch ergeben nun endlich einen Sinn. Aber ich glaube nicht, daß es ihr auf ihre alte Winchester oder auf die »Göttin« ankam, nicht einmal auf die Mordwaffe. Das war nur ein Vorwand. Maddys Absicht war, den G. G. C. hochgehen zu lassen, dem grausamen Treiben und den sexuellen Folterspielchen ein Ende zu setzen.

»Sie mietete das Mansardenzimmer und lag jede Nacht dort auf der Lauer.«

Sascha sieht mich an. Ich weiß, was er denkt: Inzwischen ist es meine Geschichte geworden.

»Viele Nächte habe ich dort mit ihr verbracht. Wir hielten abwechselnd Wache. Es dauerte Wochen, bis wir endlich eine Beobachtung machten.«

Bee schüttelt den Kopf. »Wir sahen Bruchteile von Gegenständen und Lichtblitze. Obwohl wir unsere Vermutungen hatten, half uns das nicht viel weiter. Als Beweis ließ es sich eindeutig nicht nutzen. Maddy war enttäuscht. Noch nie hatte ich sie so niedergeschlagen erlebt. ›Bee, ich habe es verlernt‹, sagte sie. ›Ich weiß nicht, wie ich das fotografieren soll. Ich erkenne überhaupt nichts.‹

Als ich eines Abends das Fenster putzen wollte, hielt sie mich zurück. ›Dann bemerken sie uns‹, warnte sie. ›Wenn sie feststellen, daß sie beschattet werden, ist es vorbei. Sie werden einfach die Jalousien runterlassen, und dann kriegen wir unsere Bilder nie.‹

Sie brachte eine größere Kamera mit. Doch auch damit wollte es nicht richtig klappen. ›Der Winkel ist zu eng‹, schimpfte sie, ›und die Bildfläche zu klein.‹ Sie sagte, sie sei diese Art des Fotografierens nicht gewöhnt. Dazu brauche man eine hochtechnisierte Ausrüstung, und für so etwas hätte sie noch nie ein Händchen gehabt. ›Ich bin nur eine alte Frau mit guten Augen‹, sagte Maddy. Aber sie war fest entschlossen, es weiter zu versuchen. Sie schwor, so lange auf ihrem Posten zu bleiben, bis ihr Fotos gelangen, auf denen man etwas erkennen konnte. ›Früher oder später erwische ich die Kerle‹, verkündete sie. ›Und dann haben wir ein Druckmittel gegen sie in der Hand.‹«

Das klingt gar nicht nach Maddy, wie ich sie gegen Ende ihres Lebens gekannt habe, nach der geduldigen, beharrlichen Lehrerin, die mich angeleitet und beraten hat – eher nach der jungen, stürmischen Maddy, die mit der Kamera in den Krieg zog und trotz widriger Umstände mit guten Fotos zurückkehrte.

»Ich glaube, irgendwann hätte sie es geschafft«, sagt Bee. »Ich habe es ihr jedenfalls zugetraut. Sie wollte Ram Carson einen Denkzettel verpassen, und wenn es die letzte Handlung ihres Lebens gewesen wäre.« Bee senkt den Kopf. »Und dann, eines Nachts … nun, Sie wissen ja, was geschehen ist …«

Sie bricht in Tränen aus. Ich lege den Arm um sie, bin erstaunt, daß sie sich überhaupt so lange beherrschen konnte. Denn ich habe den Eindruck, daß sie in Wirklichkeit die Geschichte ihres eigenen Lebens erzählt hat. Oder vielleicht die Geschichte dreier Menschen, die sich in ihrer Jugend zufällig begegnet sind.

»Seltsam, daß alle drei Beteiligten am Ende in derselben Gegend wohnten«, merke ich an. »Ihr habt euch vor vielen Jahren als junge Leute kennengelernt, euch im Alter wiedergetroffen und versucht tatsächlich immer noch, mit euren Gefühlen ins reine zu kommen.«

Bee nickt. »Aber das ist uns nicht gelungen, Kay. Als Maddy getötet wurde, war es vorbei. Soweit ich weiß, hat Ram nie erfahren, daß sie in San Francisco lebte. Und ganz sicher ahnte er nicht, daß sie ihn beobachtete. Ich habe mich schon gefragt, ob ich es ihm sagen soll. Vielleicht würde er Reue empfinden, wenn er alles erführe. Doch ich bezweifle es. Wahrscheinlich ist er inzwischen so verhärtet und herzlos, daß man ihn gar nicht mehr erreichen kann. Außerdem habe ich offen gestanden keine große Lust, ihn wiederzusehen.«

Sie wischt sich die Augen und blinzelt.

»Ich habe Ihnen doch von unserer kurzen Affäre erzählt. Wir waren einige Wochen lang ein Paar, bevor Maddy zum Great Western Circus kam. Am liebsten würde ich es verschweigen, aber es gehört auch zur Geschichte. Wissen Sie, damals war ich verrückt nach Ram und hielt ihn für den Allergrößten. Noch nie hatte ich einen so gutaussehenden Liebhaber gehabt. Ja, er war ein Egoist, wußte allerdings, wie man einem Mädchen schmeichelt. Als er sich in Maddy verguckte, war ich schrecklich eifersüchtig. Natürlich habe ich das mit keinem Sterbenswörtchen erwähnt. Dazu war mir die Freundschaft mit Maddy zu wichtig. Ich wollte sie nicht verlieren.« Bee hält inne. »Als ich sagte, er sei zu mir gekommen, um mich um Hilfe zu bitten, habe ich gelogen. Ich habe ihm auch nicht erklärt, daß er sich keine Hoffnungen zu machen braucht. Leider ist die Wahrheit ziemlich unschön.«

Ich tätschle ihr die Schulter. »Schon gut, Bee. Sie müssen es uns nicht verraten, wenn Sie nicht wollen.«

Sie schüttelt den Kopf. »Doch, es muß sein. In Wirklichkeit habe ich ihm vorgespielt, er könne mir vertrauen, und ihm meine Hilfe angeboten. Ich erzählte ihm, Maddy flirte nur mit Tommy, um ihn eifersüchtig zu machen, und riet ihm, daß sie sich bestimmt erweichen lassen würde, wenn er ihr einen Liebesbrief schriebe.«

Bee seufzt auf. »Ich wußte, daß Maddy und Tommy ineinander verliebt waren. Aber ich wollte Ram weh tun. Außerdem war mir klar, daß er sich mit einem dümmlichen Brief selbst ins Aus manövrieren würde. Also hatte Ram gewissermaßen recht: Ich steckte hinter der Sache. Ich habe Maddy empfohlen, den Brief nach Annie Oakleys Beispiel an einen Pfosten zu heften und ihn zu zerschießen. Ich habe dies alles angezettelt, die Ereignisse ins Rollen gebracht, die schließlich zu der Tragödie führten. Und jetzt, da ich diese Geschichte erzählt habe, ist mir klar, daß ich die Verantwortung dafür übernehmen muß.« Sie läßt den Kopf hängen. »Auf eine schreckliche Weise bin ich davon überzeugt, daß ich die Schuld an all dem trage, was geschehen ist.«

Sascha und ich fahren durch die Dunkelheit über die einsamen, menschenleeren Straßen von West Marine in die Stadt zurück. Nachdem wir Bolinas hinter uns gelassen haben, geht es weiter nach Olema, dem Epizentrum des Erdbebens, das 1906 San Francisco verwüstet hat. Durch das Feuer, das damals ausbrach, wurde die ganze Stadt dem Erdboden gleichgemacht. Von Olema aus folgen wir einer Straße, die nach Sir Francis Drake benannt ist, der im sechzehnten Jahrhundert an dieser Küste angelegt, die Bucht von San Francisco jedoch nicht entdeckt hat. Die Straße bringt uns wieder in die Zivilisation, und eine Stunde später haben wir die Golden Gate Bridge erreicht.

»Es war nicht Bees Schuld«, sage ich zu Sascha. »Aber sie denkt es und macht sich entsetzliche Vorwürfe.«

Eigentlich finde ich, daß niemand die Schuld trägt. Doch Carson halte ich für einen durch und durch bösen Menschen, den ich besonders deshalb verurteile, weil er genug Gelegenheit gehabt hätte, sich zu ändern. Er hätte seine Lehren aus der Haftstrafe ziehen, es durch harte Arbeit zu etwas bringen und sein Verbrechen bereuen können – aber er spielt bloß den Ehrenmann und hat seine Chancen nicht genutzt. Ganz im Gegenteil, er treibt es nur noch schlimmer. Die Waffenorgien. Die Safaris im Club. Das Duell mit seinem Freund und Mentor.

Es ist, als glaube er, über den Vorschriften und Gesetzen zu stehen, die für den Rest der Menschheit verbindlich sind. Wenn es um seine Vergnügungen geht – ganz gleich wie grausam und herzlos er anderen dabei auch mitspielt –, gelten keine Regeln. Er braucht diese Zerstreuungen, da sein Leben sonst keinen

Inhalt hat. Und dennoch herrscht in ihm nichts als Leere. Soviel Bosheit, denke ich, muß unbedingt ein Riegel vorgeschoben werden.

Auf dem Weg durch die Lombard Street den Russian Hill hinauf sieht Sascha mich an.

»Da du jetzt weißt, was Maddy vorhatte – was wirst du nun tun?«

Ich erwidere schweigend seinen Blick. Wahrscheinlich kennt er die Anwort sowieso.

Die Waffe

14

Bei meiner Rückkehr nach San Francisco finde ich eine Nachricht von Hank Evans vor. Ich rufe ihn sofort an.

»Aufregender Abend«, sagt Hank lässig. »Habe den Cousins einen kleinen Besuch abgestattet.«

Ich zucke zusammen.

»Ich schicke dir ein Band mit dem, was sie gesagt haben. Ihre Entschuldigung und so weiter. Am Anfang ist ein bißchen Gebrüll und Getrampel drauf. Aber das braucht dich nicht zu kümmern. Hör einfach nicht hin oder spul weiter.« Hank hält inne. »Ich glaube, sie bereuen es wirklich, daß sie sich mit dir angelegt haben, Kay. Ha! Die wünschen sich, sie wären dir nie begegnet.«

Ich lege auf. *Mein Gott! Was hat er nur mit ihnen gemacht?* Doch im Grunde will ich es lieber gar nicht wissen. Ich beschließe, das Band sofort ein Stück vorzuspulen, mir die Entschuldigung anzuhören und das verdammte Ding dann wegzuwerfen – gemeinsam mit meinen schrecklichen Erinnerungen an das Waffenzimmer.

Inzwischen gehe ich jeden Tag zum Aikido. Ich trainiere hart, um alle Voraussetzungen für die Prüfung zum Schwarzen Gürtel zu erfüllen.

Um mich richtig vorzubereiten, hat sich Rita heute etwas wirklich Fürchterliches für mich ausgedacht. Sie verbindet mir die Augen und hetzt dann zwei Angreifer gleichzeitig auf mich los. Zuerst stelle ich mich ziemlich ungeschickt an, stolpere herum und verliere völlig die Orientierung. Nach jedem Angriff legt Rita mir die Hand auf die Schulter, beruhigt mich, dreht mich wieder zur *kamiza* und überläßt mich dann dem nächsten Gegner.

Nach vier unbeholfenen Durchgängen bekomme ich allmählich ein Gefühl dafür. Und als das siebte Paar auf mich zustürmt, schlage ich mich großartig.

»Es gefällt mir, mit verbundenen Augen zu trainieren«, sage ich anschließend zu Rita. »Am liebsten würde ich es nur noch so machen.«

Sie schüttelt den Kopf. »Einmal pro Woche genügt.« Sie möchte, daß ich mich hauptsächlich mit der Verteidigung gegen Holzschwerter beschäftige. Außerdem muß ich lernen, verschiedene Griffe auf Zuruf anzuwenden, und am allerwichtigsten ist es, daß ich mich auch spontan gegen vier Angreifer auf einmal zur Wehr setzen kann.

Mit mehreren Gegnern fertig zu werden ist der Höhepunkt der Prüfung, der bei den Prüfern einen bleibenden Eindruck hinterlassen wird. Tricks werden mir da nichts nutzen, und es wird sicherlich nicht an kampfbereiten Gegnern mangeln. Wenn andere geprüft werden, reiße ich mich meistens darum, bei diesen Gruppenangriffen mitzumachen – eine großartige Gelegenheit, jemandem zuzusetzen und ihm gleichzeitig dabei zu helfen, sich zu beweisen. Da ich weiß, daß ich ohnehin auf der Matte landen werde, kann ich die Sache immer ganz entspannt angehen. Diesmal jedoch werde *ich* unter dem Druck stehen, die richtigen Griffe anzuwenden.

Mitternacht. Joel und ich sind fast eine Stunde lang gefahren, bis wir den Südzipfel der Bucht von San Francisco erreicht haben. Nun befinden wir uns ein wenig nördlich von Milpitas und nähern uns den Salzteichen, die zu dem großen Naturschutzgebiet San Francisco Bay gehören.

Die Straße ist von schicken, niedrigen Bürogebäuden gesäumt – Ausläufer des Silicon Valley auf der anderen Seite der Dumbarton Bridge. Es sind weder Autos noch Menschen zu sehen. Bis auf ein paar Notbeleuchtungen und das Mondlicht, das sich in den dunklen Glasfassaden spiegelt, ist es ziemlich finster.

Wir kommen an aufwendig gestalteten Firmenschildern vorbei: Nematics, SysCascade, DataTrans. Die Straße endet an einem Stück zugewuchertem, nach Seetang riechendem Brachland. Es ist, als stünden wir plötzlich am Rande der Zivilisation – hinter uns gesichtslose, glänzende, futuristische Gebäude, vor uns nichts als Sümpfe und Einsamkeit.

Joel hält an und stellt den Motor ab.

»Warst du schon mal hier?«

Ich schüttle den Kopf. »Ich habe gehört, daß es hier eine Inselsiedlung geben soll – wo genau, weiß ich aber nicht.«

Wir steigen aus. Joel sieht auf die Uhr: zehn nach zwölf. »Wir sind fast eine Stunde zu früh dran«, sagt er.

»Ist das schlimm?«

Er schüttelt den Kopf. »Versuchen wir, reinzukommen.«

Sein Informant hat ihn vor zwei Stunden angerufen und ihn für ein Uhr hierherbeordert. Da der Mann sofort wieder aufgelegt hat, hatte Joel keine Gelegenheit »ein Hühnchen mit ihm zu rupfen«.

»Er hat sich schon so lange nicht mehr gemeldet, daß ich beschlossen habe, mich an seine Anweisungen zu halten«, sagt Joel. »Bis jetzt hat er uns schließlich noch nie belogen.«

Er reicht mir eine Taschenlampe und schließt das Auto ab. Dann gehen wir zu einer Pforte in einem Drahtzaun. Sie ist offen. Wir treten hindurch, schieben sie hinter uns zu und pirschen uns einen schmalen Pfad entlang.

Die Luft riecht jetzt noch salziger. Hin und wieder ist im Mondlicht ein Strommast zu sehen. Über den Salzteich vor uns führen verschiedene Brücken aus Holzplanken, ein paar Meter darunter wächst wildes Gras.

»Ein Salzhersteller beutet diese Teiche aus«, erklärt Joel. »Sie sperren den Wasserzufluß mit Deichen ab, warten, bis die Sonne das restliche Wasser verdunstet hat, und baggern dann das Salz mit Maschinen heraus.«

Nach mehr als anderthalb Kilometern erreichen wir ein zweites Tor. Es ist zwar mit einem Vorhängeschloß versehen, doch daneben ist im Zaun eine kleine Lücke für Fußgänger. Der Weg ist nun von dickem Wurzelwerk durchzogen. Immer wieder gerät Joel ins Stolpern und muß sich an meinem Arm festhalten.

»Ein Glück, daß du im Dunkeln so gut siehst, Kay! Heute nacht bist du mein Blindenhund.«

Ich schaue mich um. In der Ferne erheben sich Mission Peak und Valpey Ridge in den nachtschwarzen Himmel. Auf den Mission Hills funkeln Lichter. Irgendwo rattert ein Zug vorbei.

Joel zeigt nach vorn auf den Damm. »Von hier aus müssen wir wohl auf den Schienen weitergehen.«

Er erzählt mir, daß dies die alten Gleise der South Pacific Coast Railroad sind, die heute von den Bahngesellschaften

Amtrak und CalTrain genutzt werden. Sobald wir sie erreicht haben, sehe ich noch besser als zuvor. Im Mondlicht erscheint mir alles so deutlich wie einem Normalsichtigen am hellen Tag. Ich erkenne die Ruinen von Unterständen für die Entenjagd in den Salzwiesen und die Umrisse unseres Ziels. Wir wollen in die Geisterstadt namens Drawbrigde. Der nördliche Teil war früher Tummelplatz für Glücksspieler und Prostituierte, im südlichen Teil hatten angesehene Familien ihre Ferienhäuser. Joel erklärt mir, daß die Ortschaft einst ein Paradies für Fischer und Entenjäger gewesen ist. Die Enten wurden zu Tausenden abgeschossen und vielfach an die besseren Restaurants von San Francisco geliefert.

»Es ist eine komische Gegend«, sagt Joel und stolpert wieder über eine Schwelle.

Wir sind jetzt auf dem Damm, links und rechts Wasser. Der kräftige Geruch der Sumpflandschaft steigt mir in die Nase – Tang, Moorgras, Weichtiere und Morast.

Joel sagt, daß Drawbridge auf einer Insel liegt. Schon seit Jahren ist die Ortschaft unbewohnt.

»Ohne Führer darf man eigentlich nicht herkommen. Die Verwaltung des Naturschutzgebiets veranstaltet im Sommer kleine Besichtigungstouren. Natürlich finden die Leute solche Gegenden immer besonders spannend, und deshalb treiben sich hier öfter Jugendliche herum, die Drogen nehmen und es mal so richtig krachen lassen wollen. In der letzten Zeit wurde häufig Feuer gelegt. Viele der alten Häuser sind ausgebrannt.«

Überall sehe ich Ruinen, die dastehen wie leere Hüllen – einstürzende Rahmenkonstruktionen, verwitterte, löcherige Dächer und von Eindringlingen eingedrückte Wände.

»Man kann noch die verblichenen Beschriftungen an den Häusern erkennen. Da drüben ist das Sprung Hotel. Angeblich waren in das Roulette-Rad die Namen der Freudenmädchen eingraviert, die im oberen Stockwerk auf Kundschaft warteten. Und auch die Namen der Waffenclubs.«

Bei diesem Wort spitze ich die Ohren.

Er redet immer noch, als ich einen Zug näher kommen höre. Ich drehe mich um und erkenne ihn deutlich. Er rast direkt auf uns zu. Es ist ein Personenzug, der mindestens hundert Sachen drauf hat. Wir springen von den Gleisen und pressen uns auf den Boden, um nicht vom Luftzug mitgerissen zu werden. Sobald der Zug vorbei ist, knallt es ein paarmal. Ich stehe auf. Über den Ruinen von Drawbridge steigen Lichtblitze auf. Dann wird ein Außenbordmotor angeworfen. Ein Schnellboot erscheint und fährt in nördlicher Richtung quer über die Bucht davon.

»Da unten tut sich was«, sage ich zu Joel.

Er starrt zu der Geisterstadt hinüber. Wir hasten auf die Schwellen zurück und eilen dann im Laufschritt den Damm entlang.

Bald sind auf beiden Seiten zerfallene Gebäude und eingesackte Strandpromenaden zu erkennen.

»Oh, mein Gott!« stöhnt Joel auf und stolpert auf eine ausgestreckte Gestalt zu. Der Mann liegt bäuchlings auf einem Grasflecken.

Vorsichtig schleiche ich näher, die Kamera in der Hand. Joel spricht den Mann an, aber er rührt sich nicht. Ich bemerke dunkle Flecken auf seiner Kleidung, gehe in die Knie und berühre ihn zögernd. Er ist noch warm, aber ich bin sicher, daß er nicht mehr lebt. Langsam drehe ich ihn um, und dann leuchtet Joel sein Gesicht mit der Taschenlampe an. Ein Asiat, noch ziemlich jung, nicht älter als neunzehn oder zwanzig Jahre. Und er ist mausetot, sein Körper regelrecht von Schüssen durchsiebt.

»Das ist gerade erst passiert. Der Täter ist mit dem Motorboot geflohen.«

»Da liegt noch einer.« Joel zeigt auf eine Leiche, etwa fünf Meter entfernt. »Und noch einer.«

Entsetzt weiche ich zurück. Anscheinend hat hier gerade ein Massaker stattgefunden.

Bald haben wir sechs weitere tote Jugendliche gefunden. Und es könnten durchaus noch mehr sein. Joel befürchtet, daß jemand überlebt hat und uns mit den Mördern verwechselt. Er schiebt mich über einen Steg in eine verfallene Hütte, die nach Salz und Moder riecht, holt sein Mobiltelefon heraus, ruft die Polizei an und schildert im Flüsterton die Lage. Dann läßt er plötzlich das Telefon sinken.

»Was ist, Joel?«

Er weist quer durch den Raum. Durch eine zersplitterte Tür erkenne ich einen Mann, der breitbeinig an die Wand gelehnt dasitzt. Er läßt die Arme hängen und sieht uns an. Auf seinem Schoß liegt eine Pistole.

»Er ist auch tot«, sagt Joel.

Wir fangen beide an zu zittern.

»Los, verschwinden wir«, zischt Joel. Draußen schaut er auf die Uhr, blickt mich an und erschaudert. Zum erstenmal erlebe ich, daß er wirklich Angst hat.

»Wir waren zu früh dran. Es war nicht beabsichtigt, daß wir Zeugen der Schießerei werden. Der Mann wollte, daß wir über die Leichen stolpern, vielleicht, um uns einen ordentlichen Schrecken einzujagen. Doch nun haben wir mehr gesehen, als wir sehen sollten. Wenigstens du, Kay.«

Ich nicke. »Das Boot zum Beispiel.«

»Würdest du es wiedererkennen?«

»Kann sein. Ich habe ein paar Buchstaben und Zahlen am Heck lesen können.«

»Das ist gar nicht gut«, brummt Joel. »Wenn die Polizei kommt, mach keine genauen Angaben. Und erwähne bloß die Zahlen nicht! Ich habe den Verdacht, daß ein ehemaliger Polizist, über den ich Erkundigungen eingezogen habe, hinter der Sache steckt. Also sei vorsichtig, verstanden?«

Ich fange an zu fotografieren, dokumentiere die Szene, und benutzte das Blitzlicht, damit sich die Leichen von den Ruinen und der Dunkelheit abheben. Ich will drastische, grelle Bilder des Gemetzels, die nichts beschönigen. Durch die starken Hell-Dunkel-Kontraste soll die Grausamkeit des Blutbades noch stärker zur Geltung kommen – so wie auf den Abbildungen in alten Boulevardzeitungen, deren Reporter die Opfer der Bandenmorde mit Motorkamera und Synchronblitz fotografiert haben.

Bald bricht mir bei meiner Arbeit der Schweiß aus. Währenddessen sitzt Joel, einen Arm um die Knie geschlungen, auf dem Boden und diktiert seinem Chefredakteur per Mobiltelefon den Bericht. Da die *Bay Area News* nur wöchentlich erscheint, hätte er normalerweise genug Zeit zum Schreiben. Doch zufällig geht die Zeitung heute nacht in Druck. Joel, der eine Chance wittert, sogar den Tageszeitungen zuvorzukommen, will den Artikel über das Massaker in der Geisterstadt Drawbridge unbedingt noch unterbringen.

Ich schnappe einige Satzfetzen auf: »... Mitglieder einer asiatischen Straßengang... Wo-Hop-To-Triade... Blutbad... dramatisches Ereignis... Machtkampf an San Franciscos Küste...«

Joel verfügt über die journalistische Fähigkeit, die Szene plastisch zu schildern, obwohl wir gute hundert Meter von der Schießerei entfernt waren und außer dem Mündungsfeuer und dem flüchtenden Boot nichts mitbekommen haben. Er spricht von den »zusammengekrümmten Leichen asiatischer Jugendlicher«, »Blutflecken auf kaltem Sumpfgras«, »einem tödlichen Hinterhalt in der abgelegenen Geisterstadt am unteren Zipfel der Bucht von San Francisco.«

Mir wird klar, daß er es ähnlich macht wie ich: Er stürzt sich in die Arbeit, um sich dem Schrecken zu entziehen. Maddy hat mal gesagt, sie habe es in Vietnam genauso gehalten: »Ich nahm mir fest vor, aussagekräftige Bilder zu schaffen. Nur so konnte ich verhindern, daß ich den Verstand verlor.«

Dann bricht eine Invasion von Polizisten über uns herein. Das FBI, die Küstenwache, die Hafenpolizei und die Polizei von San Francisco, komplett mit Hubschraubern, Streifenwagen und Booten. Bald wimmelt es nur so von uniformierten Beamten.

Wir werden beiseite genommen, befragt, rasch vom Tatort fortgeschafft und zum Revier in Hayward gefahren. Dort werden wir getrennt und nacheinander von den Mitarbeitern der verschiedenen Behörden vernommen. Wieder und wieder muß ich schildern, was ich gesehen habe. Ich folge Joels Rat und beschreibe das Boot nur vage. Als sich ein Detective erkundigt, warum ich es nicht fotografiert habe, antworte ich: »Es war mitten in der Nacht, und ich wollte nicht erschossen werden. Außerdem war ich hundert Meter entfernt, viel zu weit weg, um mit dem Blitzlicht zu arbeiten. Ich benutze kein Teleobjektiv.«

»Warum haben Sie es dann überhaupt bemerkt?«

»Ich sehe nachts sehr gut.«

Er funkelt mich finster an. »Ach ja, natürlich...«

Es wird schon hell, als wir endlich gehen dürfen. Wir werden zu Joels Auto zurückgebracht. Hinter dem Scheibenwischer klemmt ein Strafzettel. Anscheinend herrscht hier nachts Parkverbot.

»Allmählich kommen wir zum Endspiel«, sagt Joel auf der Rückfahrt nach Oakland.

Mein eigenes Endspiel rückt ebenfalls näher, denke ich.

»Und worum geht es bei diesem Spiel?« will ich wissen.

Joel schüttelt den Kopf. »Die Jugendlichen wurden in einen Hinterhalt gelockt. Möglicherweise sollte eine illegale Übergabe stattfinden, zum Beispiel Geld für Drogen oder Waffen. Bei krummen Geschäften ist die Übergabe immer der gefährlichste Teil. Anfangs habe ich das Ganze für einen Machtkampf gehalten, denn mein Informant schien es darauf abgesehen zu haben, daß ich immer dabei war, wenn eine Straftat vereitelt wurde. Doch irgendwann trat eine Veränderung ein. Wir wurden in ein Parkhaus geschickt und haben dort eine Leiche gefunden. Die Geschichte heute war eine Wiederholung, allerdings in größerem Rahmen. Wir fahren nach Drawbridge und stoßen dort auf ein paar Jungs von Wo Hop To, die kaltblütig niedergemetzelt wurden.«

Joel hält inne. Hinter uns geht die Sonne auf. Die Schatten sind lang, die Hügel vor uns werden in ein goldenes Licht getaucht.

»Ich glaube, es handelt sich um mehr als einen bloßen Machtkampf«, spricht Joel weiter. »Es ist ein Vernichtungskrieg. Der Drahtzieher will die Leute nicht nur aus dem Geschäft drängen, er will sie kaltmachen, damit er alles an sich reißen kann, ohne sich weiter den Kopf über sie zerbrechen zu müssen.«

Ich erschaudere. »Vorhin in Drawbridge sagtest du, du hättest eine Vermutung, wer dahintersteckt.«

Joel nickt. »Verrate mir die Zahlen, die du auf dem Boot gesehen hast, altes Haus. Wenn ich dadurch den Besitzer rauskriege, können wir das Endspiel bestimmen.«

Als ich erschöpft zu Hause ankomme, liegt ein kleines Päckchen in meinem Briefkasten. Darin befindet sich eine Kassette, auf der in Blockschrift »VERHÖR« steht.

Ich schiebe die Kassette in den Recorder, spule ein Viertel des Bandes vor und spiele es dann ab. Ich höre Gepolter und Flüche, Hank Evans' barsche Befehle und ein abscheuliches Gewimmer und Geheule von Chipper und Buckoboy. Wahrscheinlich waren sie gefesselt und wurden systematisch mit Fausthieben und Fußtritten traktiert.

Mich läßt die Vorstellung ziemlich kalt, obwohl ich zugeben muß, daß ich eine Art makabrer Genugtuung empfinde. Nun haben diese beiden Schweine endlich das gekriegt, was sie verdienen.

Allerdings verzichte ich darauf, mir anzuhören, wie die Typen mit schwacher Stimme Entschuldigungen stammeln. Auf eine unter solchen Umständen erzwungene Reue braucht man ohnehin nichts zu geben. Doch der Beweis, daß sie ihre Strafe erhalten haben, befriedigt mich immerhin ein wenig. Wahrscheinlich ähnelt das Ganze dem schwachen Trost, den ein Vergewaltigungsopfer empfindet, wenn es sich Qualen ausmalt, die der Täter täglich im Gefängnis aushalten muß.

Am Abend rufe ich Vince Carroll an. Wie immer ist Schwester Pris am Apparat. Sie holt Vince. Ich höre, daß die beiden sich streiten.

»Die Küche sieht aus wie ein Schweinestall. Heute bist du mit dem Spülen dran.«

»Weißt du was, Schwesterherz? Du redest genau wie Mutter.«

Ihr Lachen entfernt sich, während Vince nach dem Hörer greift.

»Hallo«, sagt er.

»Hier ist Ihre ...«

»... geheime Verehrerin. Ich erkenne Ihre Stimme. Jemand hat Chipper und Buckoboy ganz schön eingeheizt. Sie haben nicht zufällig was damit zu tun?«

»Ich weiß nicht, wovon Sie reden.«

»Schon gut.« Er lacht. »Und was verschafft mir heute die Ehre, Frau Namenlos? Wenn es wieder um die verdammte Waffe geht, vergessen Sie es.«

»Das habe ich bereits.«

»Tatsächlich! Wir machen langsam Fortschritte!«

»Sie waren früher ein ehrlicher Polizist, Vince. Sie haben gegen Ihren Partner ausgesagt und sich damit ziemlichen Ärger eingehandelt.«

»Na und?«

»Und jetzt ist wieder Ehrlichkeit gefragt. Erzählen Sie mir wahrheitsgemäß, wie Chap Fontaine ums Leben gekommen ist.«

»Hören Sie zu, Frau Namenlos. Ich habe gegen Ehrlichkeit nichts einzuwenden, sie liegt mir nun mal im Blut. Allerdings habe ich keine Lust, mich umbringen zu lassen.«

»Niemand wird Sie umbringen. Ich möchte nur, daß Sie in die Stadt kommen und sich mit mir treffen. Dann besuchen wir gemeinsam Agnes Fontaine.«

»Mr. Fontaines Witwe? Ich erinnere mich gut an Sie. Eine nette Frau.«

»Stimmt, und sie verdient es zu erfahren, wie ihr Mann gestorben ist. Ich denke, sie hat ein Recht darauf. Finden Sie das nicht auch?«

Ein langes Schweigen entsteht, und ich habe nicht vor, es zu brechen. Ich weiß nicht, ob Vince anständig oder korrupt ist. Wenn letzteres zutrifft, bin ich sowieso machtlos.

»Nun ...«

»Was?«

»Ich werd's mir überlegen.«

»Ich bitte darum.«

»Sie werden mich nicht weiter unter Druck setzen?«

»Nein, ich möchte Ihnen nicht mehr drohen, Vince. Mir kommt es darauf an, daß Sie aus freien Stücken mit Mrs. Fontaine sprechen. Falls Sie das für überflüssig halten, muß ich mich wohl damit abfinden. Dann werde ich Sie nie wieder belästigen, Ehrenwort.«

Wieder Schweigen. Ich meine es wirklich ernst. Ich möchte ihn nicht mehr drangsalieren. Schließlich hat er mich vor einer Vergewaltigung bewahrt und mir vielleicht sogar das Leben gerettet. Da meine Peiniger einen Denkzettel bekommen haben, ist mein Rachedurst gestillt. Inzwischen will ich nur noch Maddys offene Rechnungen begleichen.

»Ich fand Mrs. Fontaine immer sehr sympathisch«, sagt er. Ich höre einen wehmütigen Unterton in seiner Stimme.

»Sie hält auch große Stücke auf Sie«, antworte ich, obwohl ich keine Ahnung habe, ob das stimmt.

»Ich glaube nicht, daß sie mich überhaupt wahrgenommen hat. Ich war doch bloß ein Angestellter des Clubs.«

»Sie hat Sie sehr wohl bemerkt. Und sie weiß, daß Sie ein ehrlicher Mensch sind.«

»Ja, ja. Und jetzt verraten Sie mir etwas, Frau Namenlos ...«

»Ich heiße Kay.«

»Hübscher Name. Also, Kay: Warum sind Sie so gut informiert? Was hatten Sie in der Nacht vor, als sie in Chippers Fallgrube gestürzt sind?«

Ich erkläre ihm, daß ich fotografieren wollte, Bilder vom Schießstand machen, an dem Fontaine getötet wurde. Die hätte ich dann an alle Zeugen geschickt, in der Hoffnung, daß wenigstens einer von ihnen weich werden und reden würde.

»Sie waren doch Polizist«, fahre ich fort. »Sie wissen, wie der Hase läuft. Wenn auch nur *ein* Zeuge den Mund aufmacht, gerät der Stein ins Rollen. Die kleinen Fische treffen eine Abmachung mit der Staatsanwaltschaft und sagen aus. Die großen Fische werden verurteilt und landen im Gefängnis.«

»Das hätte niemals geklappt.«

»Wahrscheinlich nicht.«

»Was haben Sie mit den Fontaines zu tun?«

»Eigentlich gar nichts. Es ist eine lange Geschichte, die viel zu kompliziert ist, um sie Ihnen zu erklären.«

Wieder eine lange Pause. Ich übe mich in Geduld. »Sie haben recht«, sagt er schließlich. »Ich denke auch, daß Mrs. Fontaine einen Anspruch darauf hat, die Wahrheit zu erfahren. Doch ich werde weder mit einem anderen Menschen darüber sprechen noch vor Gericht aussagen. Das können Sie vergessen.«

Ich versichere ihm, daß er sich keine Gedanken darüber zu machen braucht. Bei seinem Gespräch mit Agnes werden weder ein Tonbandgerät noch Abhörwanzen der Polizei zum Einsatz kommen. Er ist einverstanden, sich morgen nachmittag mit mir in San Francisco zu treffen. Ich verspreche ihm, ihm dann meinen vollen Namen zu sagen.

Als ich auflege, bin ich sicher, daß er weiß, daß es kein Zurück mehr gibt, sobald er Agnes alles erzählt hat. Doch wie jeder Mensch, der einen großen Verrat plant, stellt er sich die möglichen Folgen lieber in kleinen Portionen vor.

Dienstag nachmittag, fünf Uhr. Vince Carroll und ich stehen im Marmorfoyer vor der Tür von Agnes Fontaines Penthouse. Sam, der Portier, wartet im offenen Aufzug darauf, daß wir hineingelassen werden. Ich habe Lampenfieber. Da ich Agnes sowohl als kultivierte Förderin der Kunst als auch als zornige

Witwe erlebt habe, frage ich mich, wie sie Vince wohl empfangen wird.

Sie öffnet die Tür, und meine Bedenken sind sofort wie weggeblasen. Sie umarmt mich lächelnd und begrüßt Vince wie einen Gleichgestellten. Nachdem sie uns in ihr Wohnzimmer geführt und uns Plätze vor dem Kamin angeboten hat, schenkt sie Tee ein. Dann beginnt sie mit Vince zu plaudern, spricht von den Festivitäten des G. G. C., bei denen sie sich begegnet sind, und bedankt sich für sein Kommen. Sie sagt, sie wisse, wieviel Mut ihn das gekostet habe.

»Ich finde, Sie müssen erfahren, was passiert ist«, entgegnet Vince mit rührender Verlegenheit.

Agnes nickt, um ihm zu zeigen, wie sehr sie das zu schätzen weiß, und sieht ihn erwartungsvoll an.

Vince murmelt etwas Unverständliches und sieht mich ängstlich an. *Mein Gott, jetzt hat es ihm die Sprache verschlagen,* denke ich. Doch dann beginnt er zu erzählen. Bald schildert er die Vorfälle jenes Sonntag nachmittags vor einem Jahr, als hätten sie eben erst stattgefunden. Dabei hält er eine von Agnes' wertvollen Teetassen so krampfhaft mit seiner schwieligen Hand umklammert, daß man ihm einfach glauben muß.

»Bitte, verstehen Sie mich, Ma'am – ich hatte Mr. Fontaine sehr gern. Er war immer offen zu mir, sah mir in die Augen und behandelte mich mit Respekt, genau wie Sie heute. Das ist durchaus nicht selbstverständlich.« Vince schüttelt den Kopf. »Für die meisten im Club bin ich nichts weiter als ein Dienstbote.

Ich wußte, daß Mr. Fontaine mit vielen Dingen im Club nicht einverstanden war. Er war ein Gentleman und hätte so etwas nie getan. Ich glaube, ich gehe lieber nicht ins Detail. Kay weiß, wovon ich spreche, und Sie sind bestimmt auch im Bilde. Ich will damit nur sagen, daß Mr. Fontaine ein richtiger Sportsmann war, im Gegensatz zu Mr. Carson und einigen seiner Freunde. Die benutzten den Club, um Sachen zu treiben, die nichts mit Jagd oder Sport zu tun haben.«

Agnes nickt und blickt Vince aufmerksam an. Falls sie verärgert ist, versteckt sie es sehr gut.

»An jenem Morgen hat Mr. Carson mich um zehn zu sich ins Büro gerufen. ›Heute nachmittag wird im Schießstand ein Duell stattfinden‹, sagte er. *Ein Duell?* Ich starrte ihn an. ›Wie bitte, Sir?‹ ›Ein Duell zwischen Mr. Fontaine und mir, in dem wir unsere Meinungsverschiedenheiten austragen werden. Clubinterna. Das Personal braucht nichts davon zu wissen. Ich möchte, daß Sie alle Angestellten nach dem Mittagessen nach Hause schicken.‹ Er erwiderte meinen starren Blick. Seine Augen waren eiskalt. ›Haben Sie mich verstanden, Carroll? Ich will niemanden sehen, der nicht direkt daran beteiligt ist. Eine vertrauliche Angelegenheit. Ich informiere Sie nur, weil Sie der Sicherheitschef sind. Falls jemand verletzt wird, ist es Ihre Aufgabe, einen Krankenwagen zu rufen. Wir haben uns bereits eine Erklärung zurechtgelegt.‹«

Vince schüttelt den Kopf. »Ich habe in diesem Club schon viele merkwürdige Dinge erlebt, das kann ich Ihnen sagen, Ma'am. Und ich habe nie ein Sterbenswörtchen darüber verloren. Doch was Mr. Carson an jenem Tag vorhatte... Ein Duell mit geladenen Pistolen, um einen Streit beizulegen und um – wie er wörtlich sagte – ›die Politik des Clubs für die nächsten hundert Jahre festzuschreiben.‹ Ich wußte, wovon er sprach. Die Frage war, ob der G. G. C. ein seriöser Jagd- und Waffenclub sein würde – oder ein Verein für perverse Partys und andere Umtriebe. Die sogenannten Safaris zum Beispiel.«

Agnes nickt langsam. Sie will ihm zeigen, daß ihm die Situation nicht peinlich zu sein braucht. Er muß keine Angst haben, sie vor den Kopf zu stoßen.

»Ich tat, was er mir befohlen hatte. Da ich meinen Job behalten wollte, blieb mir nichts anderes übrig. Wir sprachen noch über die Geschichte, mir der er das Ganze vertuschen wollte. Dann ging ich und instruierte die anderen Mitarbeiter. Ich redete mir ein, es würde schon nichts passieren. Bestimmt war es nur wieder eines von Mr. Carsons komischen Spielchen. Dieser Gentleman – wenn man ihn so bezeichnen will – liebt nämlich Spielchen. Er und seine Freunde treiben eine Menge seltsames Zeug. Sie sind keine Waffenliebhaber im üblichen Sinn, sondern vernarrt in ihre Waffen. Sie beten sie förmlich an, als wären sie Götter. Sie unterhalten auch eine Wohnung in einem heruntergekommenen Teil der Stadt, wo sie Partys veranstalten, die man sich lieber gar nicht vorstellen möchte. Ich war noch nie bei einem der sogenannten Galaabende dabei, aber ich mußte danach saubermachen. Kein hübscher Anblick. Wie gesagt, ich habe das Personal nach dem Mittagessen nach Hause geschickt. An jenem Tag waren nicht mehr viele Mitglieder da, denn die meisten waren schon am Morgen abgereist. Nur enge Freunde von Mr. Carson und Mr. Fontaine waren geblieben. Als ich den Eindruck bekam, daß die Sache tatsächlich steigen würde, suchte ich Mr. Fontaine, um mit ihm zu sprechen.

Er ruhte sich in seinem Schlafzimmer aus und hatte die Tür geschlossen. Ich klopfte, sagte meinen Namen, und er bat mich herein. Er lag in Unterwäsche auf dem Bett und winkte mich zu sich. Ich erzählte ihm, ich wisse, daß ein Duell geplant sei, und zwar mit den alten Duellpistolen, die im Waffenzimmer aufbewahrt wurden. Dann fragte ich ihn, ob das alles mit seinem Einverständnis geschehe. Andernfalls würde ich das Duell unterbinden und dafür sorgen, daß er das Clubgelände ungehindert verlassen könne.

Er bedankte sich für meine Hilfe. Ja, es würde ein Duell geben, aber ich brauche mir keine Sorgen um ihn zu machen. Er sei als Schütze allen anderen Clubmitgliedern gewachsen. Außerdem seien die alten Duellpistolen völlig verzogen, weshalb die beiden Schüsse ohnehin ins Leere gehen würden. Schlimmstenfalls würde jemand einen Streifschuß am Arm abbekommen, doch selbst das sei zweifelhaft. Und wenn tatsächlich jemand verletzt werden sollte, könne Dr. Petersen die Wunde sofort verbinden.

Dann wurde er ernst und sagte, der Club stehe vor einem wichtigen Wendepunkt. Er und einige andere Mitglieder seien mit der augenblicklichen Entwicklung nicht einverstanden. Anstatt jedoch die Auseinandersetzung vor Gericht auszutragen, hätten Mr. Carson und er beschlossen, sie wie Gentlemen durch ein Duell aus der Welt zu schaffen. Der Verlierer werde mit seinen Anhängern aus dem Club austreten. Ich weiß noch, daß er mir bei diesen Worten zuzwinkerte und meinte, die Angestellten wären wahrscheinlich erleichtert, wenn er gewinnen würde.

Ich bedankte mich für die offene Antwort und versprach ihm, dabeizusein und dafür zu sorgen, daß alles vorschriftsmäßig und fair ablief. Wenn er Bedenken wegen des Duells bekäme oder doch noch beschließen sollte, es abzusagen, brauche er sich nur an mich zu wenden. Ich würde mich dann darum kümmern. Außerdem versprach ich ihm, zu kündigen, falls Mr. Carson siegen sollte.«

Vince wendet den Blick von Agnes ab und schüttelt den Kopf. »Ich hätte besser zuhören müssen.« Er sieht mich an. »Wie kann es einen Gewinner und einen Verlierer geben, wenn nur zwei Schüsse abgefeuert werden, und niemand einen Treffer abbekommt? Das ist doch unmöglich. Aber ich wollte Mr. Fontaine glauben.« Nun blickt er wieder Agnes an. »Ma'am, das soll nicht heißen, daß er gelogen hat, es paßte nur einfach nicht zusammen. Es tut mir leid, daß es mir zu spät aufgefallen ist.«

»Wahrscheinlich wollte er nicht, daß Sie sich Sorgen machen, Vince«, antwortet Agnes. »Bestimmt hat er deshalb geflunkert. Sie haben recht. Es ergibt keinen Sinn. Wenn es einen Gewinner und einen Verlierer geben soll, muß jemand getroffen werden.«

Vince scheint erleichtert, daß sie ihn nicht beschuldigt. Für mich macht ihn das noch glaubwürdiger. Dennoch zögert er. Agnes bemerkt es sofort.

»Mir ist klar, daß es Ihnen unangenehm ist, über die Einzelheiten zu sprechen. Doch es ist mir sehr wichtig. Und auch meine Kinder müssen erfahren, wie ihr Vater gestorben ist«, beschwört sie ihn.

»Er starb als Ehrenmann, Ma'am. Das kann ich Ihnen versichern. Alle sagten, daß Mr. Fontaine tapfer im Kampf gefallen ist.« Vince kratzt sich am Kinn. »Allerdings muß ich gestehen, daß ich auf solches Gerede nicht viel gebe. Ich finde nichts Ehrenwertes dabei, wenn zwei Männer mit antiken Pistolen aufeinander schießen. Für mich ist das eher Mord, vor allem wenn man bedenkt, daß der eine ein viel besserer Schütze war und häufig mit den besagten Waffen geübt hat. Außerdem war er viel kaltblütiger – und das muß man sein, wenn jemand mit einer geladenen Pistole auf einen zielt.

Die beiden standen zu Anfang des Duells ziemlich dicht beieinander, mit nur schätzungsweise zehn Meter Distanz. Mr. Stadpole und Mr. Kistler, die Sekundanten, legten die Entfernung gemeinsam mit Hilfe eines Maßbandes fest. An jenem Nachmittag war es brütend heiß, weit über dreißig Grad. Die Sonne blendete derart, daß man kaum den Kopf heben konnte. Doch Mr. Stadpole und Mr. Kistler zogen die Linie so, daß keiner direkt ins Licht zu schauen brauchte. Mr. Fontaine und Mr. Carson warteten in entgegensetzten Ecken des Schießstandes und wechselten kein Wort miteinander. Überhaupt sagte niemand etwas. Dr. Petersen hatte es sich mit seiner Arzttasche und einer Flasche Scotch in einem Liegestuhl gemütlich gemacht. Er hatte schon vor dem Mittagessen angefangen zu trinken, und als es losging, war er ziemlich alkoholisiert.

Nachdem alles bereit war, zogen Mr. Fontaine und Mr. Carson ihre Hemden aus. Ich war erleichtert, da ich dachte, sie würden kugelsichere Westen anlegen. Wenn einer von ihnen getroffen wurde, würde er also nur zu Boden gerissen, aber nicht tödlich verletzt werden. Bald jedoch wurde mir klar, daß ich mich geirrt hatte. Sie wollten sich mit nacktem Oberkörper duellieren. Ich bekam es mit der Angst zu tun.

Da standen sie schließlich, zwei Männer über sechzig, unbekleidet bis zur Taille. Mr. Stadpole und Mr. Kistler holten die geladenen Pistolen heraus und verkündeten, sie hätten sich vom ordnungsgemäßen Zustand überzeugt. Mr. Kistler reichte die Pistole, die er geladen hatte, Mr. Fontaine, Mr. Stadpole gab seine Mr. Carson.

Ich weiß noch, daß Mr. Carson mit der Pistole herumwedelte. Er zielte in verschiedene Richtungen, ließ sie sinken und riß sie wieder hoch, als wolle er die richtige Haltung fürs Duell üben. Mr. Fontaine hingegen sparte sich diese Mätzchen. Er hielt die Waffe in der rechten Hand mit der Mündung nach unten und beobachtete Mr. Carson mit zweifelnder Miene. Er war ganz ruhig. Ich glaube, er hatte sich zuvor nicht einmal einen Drink genehmigt. Allerdings war Mr. Carson mehr als ruhig. Er war so eiskalt, daß man zu frieren anfing, wenn er einen ansah. Mr. Fontaine würdigte er keines Blickes. Er benahm sich, als sei Mr. Fontaine eine Zielscheibe, die er treffen wollte, kein lebendiger Mensch.

Dann war es Zeit, die Positionen einzunehmen. Jeder stand mit gesenkter Pistole hinter seiner Linie und starrte den anderen an. Auch Mr. Kistler und Mr. Stadpole standen einander gegenüber, so daß die vier die Ecken einer Raute bildeten. Mr. Stadpole fragte, ob beide bereit seien. Mr. Fontaine nickte. Mr. Carson rief: ›Bereit, Sir.‹ Und dann sagte Mr. Kistler mit seiner tiefen Stimme: ›Feuer frei, meine Herren.‹

Mr. Carson wirkte amüsiert, als ob er das alles furchtbar komisch fände. Mr. Fontaine hingegen sah ich deutlich an, daß er sich ziemlich unwohl fühlte. Er hob die Pistole und zielte sorgfältig auf Mr. Carson – und der lachte tatsächlich laut auf! Plötzlich riß Mr. Fontaine die Waffe herum und schoß auf eine der Zielscheiben, die auf der anderen Seite des Schießstands hingen. Ich war überrascht, als ich feststellte, daß er selbst mit dieser antiken Waffe genau ins Schwarze getroffen hat.

Mr. Carson betrachtete die Zielscheibe. ›Guter Schuß, Chap‹, sagte er. Dann hob er die Waffe, zielte genau auf Mr. Fontaine, grinste breit und drückte ab. Er traf Mr. Fontaine genau zwischen den Augen.

Ich konnte es nicht fassen. Mr. Fontaine schießt auf eine Zielscheibe, und Mr. Carson verpaßt ihm dafür ein Loch in den Kopf! Mr. Carson grinste immer noch, als Dr. Petersen auf Mr. Fontaine zustürzte, um seinen Herzschlag zu fühlen. Dann erklärte Dr. Petersen Mr. Fontaine für tot. Mr. Carson nickte, gab Mr. Stadpole seine Pistole und wies mich an, mich um alles andere zu kümmern. Während ich den Sheriff und den Rettungsdienst anrief, haben sie alles so arrangiert, daß es ihre Geschichte bestätigte.«

Vinces Bericht weist eine erstaunliche Ähnlichkeit mit Bees Erzählung von dem Duell auf, das vor fünfunddreißig Jahren zwischen Carson und Tommy Dunphy stattgefunden hat. Für mich ist es wie ein beängstigendes *déjà vu*. Wieder war Carson eiskalt, hat seinen Gegner mit einem selbstzufriedenen Grinsen eingeschüchtert und ihn provoziert, zuerst abzudrücken. Sowohl Chap als auch Tommy verloren die Nerven, weigerten sich aber, auf ihren Gegner zu schießen. Tommy feuerte in die Luft. Chap schoß auf eine Zielscheibe, um Carson zu zeigen, daß er ein guter Schütze war und ihn jederzeit hätte töten können. Inzwischen jedoch weiß ich, daß es bei einem Duell nicht um Treffsicherheit geht, sondern – wie Vince es ausgedrückt hat – um Kaltblütigkeit.

»Also hat Chap gar nicht auf Ram geschossen?« fragt Agnes. Tränen steigen ihr in die Augen.

»Genau, Ma'am.«

»Und Ram hat ihn erledigt, ohne mit der Wimper zu zukken?«

»Daran gibt es keinen Zweifel.«

»Und niemand hat je ein Wort darüber verloren?« Nun weint sie bitterlich.

Vince senkt den Kopf. »Ich hätte protestieren sollen, Ma'am. Heute ist mir das klar.«

Den eintreffenden Hilfssheriffs hatten die Sekundanten erklärt, Mr. Fontaine habe mit einem Paar antiker Pistolen herumgespielt. Eine sei versehentlich losgegangen, und die Kugel habe ihn genau zwischen den Augen getroffen. Dann riefen die Männer Agnes an, um ihr die Nachricht zu übermitteln. Später gingen Carson, Stadpole und Petersen in die Bar, um zu feiern. Selbst nach einem halben Dutzend Wodkas habe Carson noch einen eisigen Blick gehabt.

»Und was wird jetzt, Vince?« erkundige ich mich.

Er sieht mich an, ist nicht sicher, was ich damit meine.

»Werden Sie jetzt Ihre Aussage ändern?«

Er schweigt für eine Weile, betrachtet Agnes und nickt schließlich.

»Letzte Nacht habe ich beschlossen, daß ich erzählen werde, was geschehen ist. Hoffentlich wird Mr. Kistler mich unterstützen. Er kam damals in die Bar, wo die Herren feierten, und machte ihnen schwere Vorwürfe wegen des Ablaufs des Duells. Er trat später aus dem Club aus – wie viele andere von Mr. Fontaines Freunden auch. Als der Vorfall sich herumsprach, waren alle entsetzt. Bis auf Mr. Carson und seine Freunde natürlich. Die freuten sich wie die Schneekönige.«

»Es wird Sie sehr viel Mut kosten, die Wahrheit zu sagen«, stellt Agnes fest.

Vince nickt. »Ich weiß. Ich habe die ganze Nacht lang darüber nachgedacht. In Mendocino kenne ich einen Bezirksstaatsanwalt namens Jules Lampone. Er ist jung, intelligent und ein Ehrenmann. Ich werde ihm alles gestehen und ihn bitten, mich vor einer Grand Jury aussagen zu lassen. Kay hat mir von dem Anti-Duell-Gesetz erzählt und auch, daß Carson schon einmal einen Mann in einem Duell getötet hat. Wenn die Grand Jury meine Aussage hört, wird ihr nichts anderes übrigbleiben, als den Mistkerl anzuklagen.«

Bevor wir gehen, kommt es zu einer rührenden Szene. Agnes, die immer noch Tränen in den Augen hat, nimmt Vince bei beiden Händen und bedankt sich für seine Aufrichtigkeit. Er bittet sie um Verzeihung, und sie muß wieder weinen. Dann breitet sie die Arme aus und drückt ihn fest an sich.

Wir stehen draußen vor Agnes' Haus. Vince wirkt unglaublich erleichtert.

»Sie haben mir als ›stille Verehrerin‹ ganz schön zugesetzt, Kay. Ich hätte nie gedacht, daß ich mich mal bei Ihnen bedanken werde. Aber jetzt tu ich's.«

»Den Dank kann ich nur zurückgeben, Vince. Immerhin haben Sie mich vor diesen beiden Schweinen gerettet. Doch das nächstemal lassen Sie mir bitte eine unangebrochene Wasserflasche da.«

Er lacht.

»Da ist noch etwas«, fahre ich ernst fort. Er sieht mich an. »Wissen Sie etwas über den Unfall mit Fahrerflucht, der sich im April in der Capp Street ereignet hat?«

Er senkt die Augen. »Die Dame?«

Ich nicke.

»Der Typ auf dem Motorrad, der die Gegend für die Dealer überwacht, hat uns erzählt, eine alte Schachtel schnüffle überall herum. Carson hat ihm ein paar Hunderter angeboten, wenn er dafür sorgt, daß sie verschwindet.«

»Er wollte sie *umbringen* lassen?«

»Aber nein. Der Kerl sollte ihr nur Angst einjagen. Doch der hatte nicht alle Tassen im Schrank. Carson hätte ihn nie damit beauftragen dürfen. Es ist eben riskant mit solchen Spinnern. Wenn die jemanden loswerden wollen, fällt ihnen nichts Besseres ein, als denjenigen umzulegen.«

Also trägt *Carson* die Schuld an Maddys Tod – nicht die Dealer in der Straße! Und natürlich hatte er keine Ahnung, daß es sich bei der »alten Schachtel« um seine Jugendliebe Mandy Vail handelte.

Ich bin außer mir!

Es gelingt mir kaum, das Zittern in meiner Stimme zu unterdrücken, als ich mich abermals bei Vince für seine Hilfe bedanke. »Was werden Sie jetzt tun?« frage ich.

»Erst mal kündigen«, antwortet er. »Dann suche ich mir einen neuen Job. Vielleicht mache ich mich auch zusammen mit meiner Schwester selbständig. Wir haben da schon ein paar Ideen.«

Mittwoch, ein Uhr morgens. Vince Carroll und ich stehen auf der Straße, gegenüber dem Haus Capp Street 4106. Es ist die Stelle, an der Maddy gestorben ist. Am Bordstein liegen noch ein paar Überreste der Blumen, die die Nachbarn gebracht haben, nachdem Julio Sanchez Maddy überfahren hatte.

Es ist zwei Wochen her, daß Vince sich bei der Staatsanwaltschaft gemeldet hat, um die Ermittlungen im Fall Chaplain Fontaine wieder aufzurollen. Vor vier Tagen haben er und Kirk Kistler vor der Grand Jury ausgesagt, die Ramsey Carson daraufhin sofort unter Anklage gestellt hat – und zwar nicht nur wegen des Duells, sondern wegen vorsätzlichen Mordes. Jack D. Stadpole, Orrin R. Jennett und Dr. Henry L. Petersen wurden als Mittäter benannt.

Vince hat Bezirksstaatsanwalt Jules Lampone dazu überredet, die Verhaftungen noch heute nacht vorzunehmen. Es wird hier in San Francisco, nicht in Mendocino geschehen, um die Festgenommenen vor aller Welt bloßzustellen. Lampone und seine Beamten werden in Wohnung Nummer 5 mitten in die alle zwei Wochen stattfindende Waffenorgie hineinplatzen, eine Razzia durchführen und die Angeklagten in Handschellen abführen lassen. Und draußen auf der Straße warte ich mit meiner Contax, um sie mit dem Blitzlicht unter Beschuß zu nehmen.

Ich weiß genau, worauf ich es abgesehen habe: Hochglanzfotos, die diese Kerle gesellschaftlich vernichten. Denn damit hätte ich Maddys vereitelte Mission erfüllt. Doch wegen der Qualen, die ich im Waffenzimmer ihres perversen Clubs durchlitten habe, bin ich auch in eigener Sache hier. Ich bin immer noch der Ansicht, daß Chipper und Buckoboy nur das nachgemacht haben, was sie zuvor ihren Brötchengebern abgeschaut hatten.

Während wir auf Lampone warten, frage ich Vince, wie die Kündigung verlaufen ist.

»Der Clubvorstand war ziemlich verärgert«, antwortet er. »Besonders Carson. Als ich ihm sagte, Pris und ich wollten eine Pension in Fort Bragg übernehmen, entgegnete er, das sei eine Arbeit für Waschlappen. Falls ich jemals wieder in die Sicherheitsbranche einsteigen wollte, bräuchte ich mir von ihm keine Empfehlung zu erhoffen.«

»Als ob Ihnen eine Empfehlung von einem verurteilten Verbrecher etwas nutzen würde!«

Vince lacht. »Der Sicherheitsdienst des G.G.C. ist zur Zeit nachts nur schwach besetzt. Schließlich sind Chipper und Bukkoboy weg, und ich bin auch nicht mehr da.« Er sieht mich aufmerksam an. »Jetzt wäre eine gute Gelegenheit, dort einzubrechen, falls man Lust dazu hat. Sie bewahren im Club nämlich eine Menge hübscher Waffen auf... auch die, für die Sie sich so interessiert haben.«

Ich gehe lieber nicht darauf ein, obwohl ich diese Bemerkung sehr inspirierend finde.

»Gibt es eigentlich noch weitere Fallgruben, die auf der Karte nicht eingezeichnet sind?«

Vince schüttelt den Kopf. »Mrs. Fontaine hat Ihnen die Karte ihres Mannes gegeben, nicht wahr.« Wieder antworte ich nicht. »Das muß die Lösung sein.« Er zieht die Nase hoch. »Wir konnten uns einfach nicht erklären, wie Sie ohne Hilfe so weit gekommen sind.«

»Ich wollte Sie schon lange mal was fragen, Vince. Es geht um die Safaris, die Sie erwähnt haben. Wie hat man die Obdachlosen und Landstreicher dazu gebracht, mitzumachen?«

»Es waren keine Obdachlosen oder Landstreicher, Kay, sondern illegale Einwanderer«, erwidert er. »Lauter Asiaten. Carson kennt einen Gangsterboß in Chinatown, der sich als eine Art Personalvermittler betätigt. Er handelt mit Menschen wie mit Vieh: Freudenmädchen wie die hier oben in der Wohnung, Männer, die man als Jagdwild durch die Wälder hetzen kann. Und es spielt keine Rolle, ob jemand dabei verletzt wird. Die Leute sind austauschbar, Schäden sind im Preis inbegriffen.«

»Mein Gott! Was sind das für Schweine!«

»Da haben Sie recht.«

In diesem Moment trifft ein Konvoi aus vier Polizeifahrzeugen ein: zwei grüne Minnas der Polizei von San Francisco, ein Streifenwagen voller Sheriffs aus Mendocino County und an der Spitze ein Auto, in dem Lampone sitzt. Zur Unterstützung hat er sich eine Staatsanwältin aus San Francisco mitgebracht.

Dies ist meine erste Begegnung mit dem edlen und aufrichtigen Jules Lampone, den ich mir ganz anders vorgestellt habe. Ich habe mit einem kräftig gebauten Italiener mit Schnurrbart und der Figur eines Footballspielers gerechnet. Aber Lampone entpuppt sich als schmalschultriger, zierlicher Mann. Er hat schütteres Haar, ein längliches, glattrasiertes Gesicht, ein leicht schiefes Lächeln und eine krächzende Falsettstimme.

»Nett, Sie kennenzulernen«, sagt er und schüttelt mir kurz die Hand. »Vince hat mir viel von Ihnen erzählt.«

Ich bedanke mich bei ihm, weil ich als einzige dabeisein darf, wenn die Verdächtigen abgeführt werden.

Er lächelt. »So eine richtige Verhaftung in Anwesenheit von Fotografen macht mir immer wieder Spaß. Das ist das Schönste an diesem Job. Es hat etwas von biblischer Gerechtigkeit an sich, wenn man sich hinterher den Betreffenden ansieht und sich fragt, ob er seine Tat bereut oder nicht.« Er zwinkert mir zu. »Wenn die Kerle sich die Jacken über den Kopf ziehen, gibt das immer Pluspunkte für die Staatsanwaltschaft ... wie Adam und Eva, die nach dem Sündenfall ihre Scham bedeckten.«

Mir gefällt der Mann. Er hat den nötigen Jagdeifer, um Carson hinter Schloß und Riegel zu bringen. Ich wünsche ihm viel Glück. Dann gehen er, seine Kollegin und die Polizisten ins Haus auf der anderen Straßenseite.

Es ist komisch, heute nacht an derselben Stelle zu stehen wie Maddy vor vier Monaten. Wahrscheinlich hat sie damals genauso darauf gewartet, daß die Teilnehmer der Orgie herauskommen. Sie wollte ihre Gesichter knipsen, und ich nehme an, daß sie vorhatte, sie später ausfindig zu machen und zur Rede zu stellen. Sicher hätte es ihr einen Heidenspaß gemacht, gemeinsam mit mir die Demütigung dieser Männer zu fotografieren.

Ich habe jahrelang keine Festnahme mehr fotografiert, seit meiner Zeit als angestellte Fotoreporterin bei der *Bay Area News* nicht. Für die Presse ist es immer wieder dasselbe Ritual. Der Verdächtige wird in Handschellen aus dem Haus gebracht und den Reportern präsentiert. Die Fotografen kämpfen um die besten Plätze, Journalisten brüllen Fragen (»Sind Sie es gewesen, Jack?«), und die Art, wie der Festgenommene das Spektakel über sich ergehen läßt, spricht in den meisten Fällen Bände:

Kopf hoch erhoben, stolzer Blick (»Ich habe mir nichts vorzuwerfen.«); breites Grinsen, schlagfertiges Geplänkel mit den Lieblingsreportern (»Diese Trottel können mir nichts anhängen. Wir sehen uns bei Gericht.«); geduckt, Gesicht hinter den Händen verborgen (»Ich kann euch nicht sehen, also seht ihr mich auch nicht«); Tränen in den Augen (»Voller Zerknirschung trete ich vor euch, gebeugt unter dem Joch meiner Schuld«).

Ein barbarisches Schauspiel, das allerdings auch etwas Erhebendes hat. Ich halte es für einen unverzichtbaren Teil unseres Rechtssystems, denn die Öffentlichkeit hat einen Anspruch darauf, das Gesicht des Angeklagten sehen und seine Miene deuten zu können, damit das, was in unseren Städten vor sich geht, für uns transparent wird. Ich habe mir alte Kupferstiche angesehen, auf denen französische Adelige in Karren zur Guillotine gefahren wurden, ihre verdatterten Mienen, während die Menge, die sie umwogt, nach ihrem Blut ruft. Und früher, zwischen meinen Pressekollegen, habe ich in den Augen der Angeklagten dieselbe Hilflosigkeit erkannt: *Das passiert doch nicht wirklich, nicht mit mir!* Damals habe ich meine eigene Technik entwickelt, vorgeführte Verdächtige zu fotografieren, und die will ich heute unbedingt wieder zum Einsatz bringen. Doch diesmal ist die Situation anders als bei den Fototerminen vor dem Justizpalast, denn der Verdächtige gehört mir allein. Ich habe eine Rechnung mit ihm zu begleichen, und ich will den Mistkerl fertigmachen.

Während ich unten warte, höre ich aus den Fenstern im ersten Stock weder Geschrei noch lautstarkes Leugnen. Ich sehe auch keine Schatten und kann nicht feststellen, ob sich die Clubmitglieder der Verhaftung widersetzen. Wie ich weiß, geht das Fenster des entscheidenden Zimmers von Wohnung Nummer 5 auf die Cypress Alley hinaus. Die Wongs haben sich bestimmt schon schlafen gelegt. Allerdings habe ich das Gefühl, daß viele Nachbarn alles beobachten. Sie ahnen, daß in ihrem Viertel etwas Wichtiges geschieht. Wenigstens hoffe ich das. Ich will, daß sie mitbekommen, wie diese Witzfiguren in Handschellen aus dem Haus geführt werden.

In der Eingangshalle bewegt sich etwas. Menschen nähern sich der Tür. Ich werfe Vince einen Blick zu. Er ist ängstlich, und das kann ich gut nachvollziehen. Ich finde es sehr tapfer von ihm, daß er sich heute den Männern entgegenstellt, die er verraten hat. Natürlich gehörte er nie wirklich zu ihnen, war nur ihr Dienstbote. Und es hat Tradition, daß Dienstboten gegen ihre Herren aussagen.

Ich laufe über die Straße. Meine Kamera habe ich auf Autofokus eingestellt, damit ich Carson auf jeden Fall erwische.

Lampone erscheint als erster, ein triumphierendes Grinsen auf dem Gesicht. *Klick! Klick!* Den habe ich im Kasten! Mal sehen, wer als nächster kommt.

Vier Mitglieder des G. G. C., untergehakt von Polizisten, versuchen in klassischer Manier ihre Gesichter zu verbergen. *Klick! Klick!* Mein Blitzlicht enthüllt ihre Scham.

Dann vier Chinesinnen mit verschmiertem Make-up und zerzaustem Haar, die sich lautstark beschweren, sie hätten nichts getan und wüßten auch von nichts. Sie seien nur als Kellnerinnen zu einer Privatparty bestellt worden.

Als sie mich bemerken, fangen sie an zu lächeln. *Klick! Klick! Klick!* Ich fotografiere sie. *Gut so! Nur immer hübsch in die Kamera grinsen.*

Zuletzt kommt Carson heraus. Ich bin bereit für ihn, jede Faser meines Körpers aufmerksam angespannt. *Klick! Klick! Klick! Klick!* Ich betätige wild den Auslöser, stürzte mich nach Paparazzi-Art auf ihn zu. Er blinzelt mich durch das grelle Licht an, versucht, mich zu erkennen.

»Hallo, Mr. Carson!« rufe ich. *Klick! Klick!*

»Wer ist denn diese Schlampe?« murmelt er dem Polizisten zu, der ihn begleitet.

»Hier drüben, Mr. Carson, hier, Sir!« locke ich ihn. »Bitte lächeln!«

Angewidert wendet er sich ab, aber er senkt den Kopf nicht. Ich halte die Kamera tief, laufe neben ihm her und ziele nach oben, um sein Gesicht von unten zu erwischen. *Klick! Klick!* Er tut, als wäre ich nicht vorhanden. Meinetwegen. *Klick!* Ich will sein Mienenspiel festhalten und stelle mir schon die Seite in der *News* vor, ein Dutzend aufgereihter Verbrecherfotos von Mr. Großkotz persönlich.

»Hauen Sie ab!« knurrt er.

Klick! »Spitze!« sage ich zu ihm. »Nur weiter so! Ein bißchen mehr Gefühl bitte!«

»Wer hat denn diese Schmeißfliege mitgebracht?« will er erneut von seinem Begleiter wissen.

»Besondere Anweisung der Staatsanwaltschaft«, antwortet der Polizist knapp.

Carson mustert mich fragend. *Klick! Klick!*

»Das war aber nett«, sage ich.

»Sie kenne ich doch von irgendwoher! Richtig, bei der Auktion. Sie saßen in derselben Reihe wie ich.«

»Stimmt genau!« *Klick! Klick!*

»Wer sind Sie?«

Ich nähere mich, bis ich ihn riechen und seinen warmen Atem auf meinem Gesicht spüren kann. Als er mich finster anfunkelt, erwidere ich seinen Blick. Dann fotografiere ich gnadenlos weiter. *Klick! Klick! Klick! Klick! Klick!*

Er blinzelt und zieht dann vor meinem Angriff den Kopf ein.

»Meine Augen!« schreit er. »Das ist Körperverletzung!«

Klick! Klick! Klick! Klick!

»Nur noch eines«, sage ich. »Kommen Sie, ich will den kalten Duellblick sehen, mit dem sie Tommy Dunphy und Chap Fontaine aus dem Konzept gebracht haben.«

»*Wer sind Sie?*« wiederholt er.

Klick!

»Das ist für Mandy Vail!«

Jetzt plötzlich verzerrt sich sein Gesicht. Seine arrogante Gleichgültigkeit scheint auf einmal wie weggeblasen, seine Maske bröckelt. Auf diesen Moment habe ich gewartet, darauf, daß er sich eine Blöße gibt und zusammenbricht.

»Und das hier ist für mich«, spreche ich weiter. *Klick! Klick! Klick! Klick! Klick!*

Sechsunddreißig Fotos habe ich geschossen. Der Film ist voll. Ich lasse die Contax sinken.

»Ich werde Sie aufsuchen, wenn Sie auf Kaution freigelassen werden«, teile ich ihm mit und stecke meine Visitenkarte in die Brusttasche seines Hemdes. Dann drehe ich mich um und gehe davon.

Russian Hill, zwei Uhr morgens. Ich spüre, daß sie hinter mir ist, als ich meinen Schlüsselbund aus der Tasche ziehe ... Eine verstohlene Bewegung und ein langgezogener Schatten auf der Hyde Street unter der Straßenlaterne an der Ecke. Wenn es nicht schon so spät wäre, hätte ich sie nicht gehört. Das Kabel, das die Cable Cars die Hyde Street hinaufzieht, wird nämlich gegen ein Uhr morgens abgeschaltet. Dann verstummt das gedämpfte

Surren unter dem Asphalt, das sonst die meisten leiseren Geräusche übertönt.

Ich drehe mich um, sehe sie auf mich zukommen und frage mich, ob sie im Schutz des Gebüschs rings um den Sterling Park auf mich gewartet hat. Argwöhnisch überlege ich, wer sie wohl ist und was sie von mir wollen könnte. Dann bemerke ich, daß sie nicht größer ist als ich. Und schließlich erkenne ich sie.

Genauer gesagt, erkenne ich sie zweimal. Zunächst als eine der Chinesinnen, die von der Polizei aus der Wohnung in der Capp Street gebracht wurden. Und als sie mich fast erreicht hat, wird mir klar, daß ich sie dabei nicht zum erstenmal gesehen habe. Ihr Gesicht hat etwas an sich, das mir vertraut erscheint. Ich glaube, es sind ihre ungewöhnlich großen Augen. Und dann geht mir ein Licht auf: Sie ist die junge Frau, die ich vor Monaten im Presidio Park entdeckt habe, als Joel und ich die Landung der illegalen Einwanderer in der Nähe von Fort Point beobachteten.

Sie hat jetzt lange Haare und macht keinen ängstlichen und verhuschten Eindruck mehr. Sie sieht älter aus, weniger naiv. Und außerdem spricht sie inzwischen ein wenig Englisch.

»Ich träumen nachts oft von dir«, sagt sie mit kehliger Singsangstimme. »Ich wollte finden und bedanken, aber ich wußte nicht, wo wohnen.«

Sie lächelt mich an und hält mir einen Gegenstand hin. Ich brauche einen Moment, bis mir klar wird, was es ist – mein schwarzes Sweatshirt, das ich ihr damals gegeben habe, damit sie ungehindert entkommen konnte.

»Du hast es geschafft. Das freut mich«, sage ich.

Sie grinst und drückt mein Sweatshirt an die Brust. »Nur wegen dir«, antwortet sie. »Als ich dich heute sehe, ist wie in meinem Traum.« Sie umarmt mich. »Du mir Leben gerettet.«

Sie küßt mein Sweatshirt, streckt es mir entgegen und fällt mir dann weinend in die Arme. Ich halte sie fest. Die unerwartete Begegnung nach dieser ereignisreichen Nacht geht mir so nahe, daß auch ich zu weinen anfange.

»Mein amerikanisch Name ist Lucky«, sagt sie mit ihrer Sinsangstimme und lächelt trotz ihrer Tränen.

Ich fordere sie auf, mit nach oben zu kommen. Im Aufzug frage ich sie, wie sich mich gefunden hat.

»Chinesischer Mann«, antwortet sie.

Offenbar sind die vier Mädchen nach der Verhaftung in der grünen Minna von einem Polizisten chinesischer Herkunft vernommen worden. Da er keinen Grund sah, sie weiter festzuhalten, ließ er sie vor dem Justizpalast laufen. Doch Lucky wollte nicht gehen und flehte den Polizisten an, ihr den Namen der weißen Frau zu sagen, die bei der Verhaftung fotografiert hatte. Ich hätte ihr geholfen, und nun wolle sie mich finden, um mir zu danken. Zum Glück hatte der Polizist ein gutes Herz und besorgte sich die Daten bei der Staatsanwaltschaft.

Ich biete ihr Kaffee an. Sie möchte lieber Tee, begleitet mich in die Küche und besteht darauf, ihn selbst zu machen. Während ich ihr zusehe, kann ich nicht umhin, stolz auf mich zu sein, weil ich ihr die Flucht ermöglicht habe. In jener Nacht hat mich ihre Not so gerührt, daß ich getan habe, was ich konnte. Und nun erhalte ich die Bestätigung, daß meine gute Tat ihr das Leben gerettet hat.

Hat sie das wirklich?

Als wir im Wohnzimmer sitzen und Tee trinken, erzählt mir Lucky, wie es ihr seit ihrer Landung ergangen ist. In gebrochenem Englisch berichtet sie, sie habe den Weg aus dem Presidio-Park hinaus gefunden und meinen Zwanzig-Dollar-Schein in einer chinesischen Wäscherei in der Richmond Street gewechselt. Nachdem sie sich nach dem Weg erkundigt hatte, ist sie mit dem Bus nach Chinatown gefahren. Dort fand sie das Haus, dessen Adresse die Illegalen auf dem Boot – für den Fall, daß sie von der Gruppe getrennt werden sollten – hatten auswendig lernen müssen. Von den hundertdreißig Menschen an Bord hatten es nur vierzehn bis in die Stadt geschafft.

Am nächsten Tag bekam sie einen Job als Geschirrspülerin in einem gutbesuchten Restaurant in Chinatown. Bald wurde sie Aushilfsbedienung und schließlich zur Kellnerin befördert. Ich nehme an, daß das an ihrem Aussehen und an ihren großen, hinreißend schönen mandelförmigen Augen lag.

In den kommenden Monaten wechselte sie ständig das Restaurant und wurde zuweilen wöchentlich von Arbeitgeber zu Arbeitgeber weitergereicht. Allerdings hatten diese »Beförderungen« keinerlei Einfluß auf ihre Lebenssituation. Sie hauste weiter mit neun anderen Mädchen in einem kahlen Zimmer und schlief auf dem Fußboden.

Dennoch gelang es ihr, ein wenig Englisch zu lernen, und sie fand sich in ihrer neuen Heimat immer besser zurecht. Sie hofft – so wie alle ihre Zimmergenossinnen – bald einen Chinesen mit amerikanischer Staatsbürgerschaft kennenzulernen, der reich genug ist, um sie aus ihrem Vertrag freizukaufen, der sie heiratet und bereit ist, für sämtliche Einwanderungsformalitäten zu bezahlen.

Obwohl ich immer wieder nicke, um ihr zu sagen, daß ich ihrer Geschichte folgen kann, bezweifle ich, daß sie mir die ganze Wahrheit sagt. Was hatte sie in der Wohnung des G. G. C. zu suchen, wenn sie nur Kellnerin ist?

Vielleicht hat sie mit dieser Frage gerechnet, denn plötzlich verfällt sie in Schweigen. Und dann bricht es – in einer Mischung aus Englisch und Chinesisch, unterbrochen von Schluchzern und Klagelauten – aus ihr heraus.

Ich verstehe nicht viel, außer daß sie verzweifelt ist und sich entsetzlich schämt.

»Ich kein Straßenmädchen!« wiederholt sie mit Nachdruck. »Kein Freudenmädchen. Nein!«

Zwischen ihrem Jammern höre ich immer wieder den Namen »Jimmy« heraus – Jimmy dies, Jimmy das. Offenbar ein übler Zeitgenosse, ein Mann, der ihr angst macht und mit dem sie nichts zu tun haben möchte.

Ich versuche, sie zu beschwichtigen, damit sie mir alles in Ruhe erklären kann. Sie stößt die Wörter »Tan Yuet« hervor. Ich zuckte zusammen.

»Das Restaurant Tan Yuet?« hake ich nach.

»Ja! Genau das!« Sie beugt sich vor und nickt aufgeregt. »Tan Yuet!«

Ich erschrecke. Dann frage ich sie, ob dieser Jimmy, der sie offenbar heute nacht zu der Party des G. G. C. beordert hat, ein Mann mit markantem Gesicht und akkurat gestutztem, schwarzem Haar ist. Der Mann namens Jimmy Sing, den Dad mir als ehemaligen Polizisten vorgestellt hat.

»Ja, so aussehen!« Offenbar ist Lucky erstaunt, daß ich ihn kenne.

»Hat Jimmy dich dorthin geschickt?«

»Ja! Jimmy schlechter Mensch. Ich mag nicht. Ich wollte kündigen. Er gesagt: ›Nein! Und zur Strafe du gehen Bumshaus.‹ Er mich gezwungen. Ich geweint, aber ihm egal. Er mich gezwungen.«

Oh, mein Gott!

Noch während ich versuche, sie zu trösten, und ihr verspreche, alles Menschenmögliche zu unternehmen, um sie aus diesem Teufelskreis der Ausbeutung und Angst vor den Behörden herauszuholen, grüble ich darüber nach, was sie mir gerade erzählt hat. Und dann, ganz plötzlich, ergibt alles einen Sinn. Meine unzusammenhängenden Gedanken gehen auf einmal in eine Richtung wie Eisenspäne, die von einem Magneten angezogen werden. Und das Bild ist so klar, so einleuchtend, daß mir trotz meiner Freude über diese Erkenntnis angst und bange wird.

15

Nacht. Joel und ich stehen am Fuß einer in die Wand eines Lagerhauses eingelassenen Leiter. Wir befinden uns in Sausalito, im Gewerbegebiet am Hafen, gleich auf der anderen Seite der Golden Gate Bridge. Die Gegend besteht hauptsächlich aus Reedereien, Trockendocks, Läden für Schiffsbedarf und Lagerhäusern. Außerdem steht hier das riesige Gebäude, das das Modell der Bucht von San Francisco beherbergt.

Niemand ist zu sehen. Es ist totenstill. Dunst senkt sich über das Viertel, ein schwerer Sommernebel, der sich ausbreitet wie dicker, schwarzer Qualm und einem in die Knochen kriecht.

Ich befestige die Kamera an meinem Gürtel und mache mich frierend an den Aufstieg. »Jetzt ist es soweit, altes Haus«, murmelt Joel. »Das Endspiel hat begonnen.«

Die Sprossen an der Wand dienen dazu, Handwerkern den Zugang zum Dach zu ermöglichen, um dort Reparaturarbeiten durchzuführen. Das Problem ist nur, daß wir außer dieser Leiter keinen Fluchtweg haben, falls wir in Schwierigkeiten geraten sollten.

Es ist ein tolles Gefühl, wie »Spider-Woman« an einer Hauswand hinaufzuklettern. Der Nebel ist zwar kalt, aber zum Glück schützt er uns vor neugierigen Blicken.

Oben angekommen, steige ich über die Brüstung und springe dann auf das mit Kies bedeckte Flachdach. Ich hüpfe ein paarmal hin und her, um die Stabilität des Daches zu testen, und werfe dann einen Blick hinunter zu Joel.

Anscheinend fühlt er sich nicht sehr wohl in seiner Haut. Seine weit aufgerissenen Augen erinnern mich an James Stewart in *Vertigo – Aus dem Reich der Toten*. Falls er unter Höhenangst leidet, wird ihm der Rückweg wahrscheinlich noch mehr zu schaffen machen.

Endlich hat er keuchend die oberste Sprosse erreicht und zieht sich an der Brüstung hoch. »Ich bin wirklich außer Form«, murmelt er kopfschüttelnd und setzt sich erst einmal hin, um wieder zu Atem zu kommen.

Seit ich ihm Luckys Geschichte erzählt habe, ist er Jimmy Sing auf den Fersen. Ein ehemaliger Polizist, der illegale Einwanderer ausbeutet – das allein würde Jimmy schon ganz oben auf die Liste unserer Verdächtigen setzen. Daß er außerdem noch Rustys Schwager ist, und daß Rusty versucht hat, mich von meinen Nachforschungen abzubringen, hat unseren Argwohn noch gesteigert.

Joel hat herausgefunden, daß Jimmy vor Jahren bei einer verdeckten Ermittlertruppe der Polizei gearbeitet hat, deren Aufgabe es war, Banden in Chinatown zu infiltrieren. Es endete damit, daß er und einige Kollegen wegen Bestechlichkeit angeklagt und zu Haftstrafen verurteilt wurden. Jimmy hat fünf Jahre abgesessen. Und jetzt sieht es so aus, als hätte er sich wieder seinem alten Betätigungsfeld zugewandt.

Lucky wohnt inzwischen als Kindermädchen für den kleinen Roland in Joels Gästezimmer. Sie ist in Sicherheit, Roland hat eine liebevolle Betreuerin, und Kirstin, die Eisgöttin, kann sich wieder ungestört ihren Runen widmen – also sind alle zufrieden.

Während Joel sich erholt, untersuche ich das Oberlicht – ein niedriger, sargförmiger Aufbau aus Drahtglas. Die Innenseiten der Scheiben sind schwarz gestrichen, so daß die Oberfläche wie eine matte Lackschicht wirkt. An einigen Stellen jedoch befinden sich Lücken im Anstrich, die gerade groß genug sind, daß ich hindurchspähen kann.

Ich halte das Gesicht nah an die Scheibe und blicke hinunter. Joel, der kurz darauf neben mir steht, tut dasselbe.

Es brennt Licht. Starke Punktstrahler wie in einem Fotostudio erleuchten den Raum direkt unter uns. Bis zum Boden sind es schätzungsweise zehn Meter. Ich sehe sechs Männer herumlaufen. Sie tragen dunkle Trainingsanzüge mit weißen Rallyestreifen an den Beinen – so wie Lucky und die anderen illegalen Einwanderer bei ihrer Landung. Sie sprechen eine Mischung aus Englisch und Chinesisch, und wir können – abhängig davon, wo der Betreffende gerade steht – immer wieder einige Brocken aufschnappen. Außerdem höre ich das Splittern von Holz und das Knirschen von Stemmeisen. Die Männer öffnen einige von etwa zwölf Kisten, die auf dem Boden des Lagerhauses verteilt stehen.

Die Szene eignet sich optimal zum Fotografieren: Sie ist gut beleuchtet, und die Lampen scheinen so grell, daß die Männer wohl kaum nach oben blicken werden. Ich setze ein 80mm Objektiv auf meine Contax, in die ich zuvor einen Hochgeschwindigkeitsfilm eingelegt habe, und fange an zu knipsen. Plötzlich spüre ich Joels Hand auf meinem Arm. Als ich mich zu ihm umdrehe, deutet er mit dem Finger hinunter. Ich schaue durch meinen Sucher in die angegebene Richtung und erkenne zwei Männer, deren Kleidung sich von der der anderen unterscheidet. Sie tragen Hosen und weite Hawaiihemden. Offenbar handelt es sich um Aufseher.

»Das ist Jimmy!« flüstere ich. »Woher wußtest du, daß er hier sein würde?«

»Ich habe mich erkundigt, ob er ein Boot besitzt. Er hat sogar vier, die alle hier in Sausalito vor Anker liegen. Das Kennzeichen des einen enthält die Ziffern, die du auf dem Boot in Drawbridge gesehen hast. Dann habe ich mich am Hafen umgehört und rausbekommen, daß Jimmy dieses Lagerhaus gemietet hat. Ich bin ihm heute nacht gefolgt und habe dich danach angerufen.« Joel grinst. »So was nennt man investigativen Journalismus.« Er hält inne. »Was ist mit dem anderen Typen? Kennst du den auch?«

Mit klopfendem Herzen blicke ich durch den Sucher und hoffe, daß meine Vermutung sich nicht bestätigen wird. Nachdem ich den Mann sorfältig gemustert habte, bin ich erleichtert. Allerdings macht sein Gesicht einen merkwürdig starren und maskenhaften Eindruck.

Ich stoße Joel an. »Ist das der Mann, den du im Aufzug gesehen hast, bevor du niedergeschlagen wurdest?« flüstere ich.

»Kann sein«, erwidert Joel leise.

Ich schaue mir den Kerl noch einmal an. Da ich ihn von oben betrachte, was eine optisch verkürzende Wirkung hat, bin ich nicht sicher, aber sein Körperbau kommt mir irgendwie bekannt vor.

»Hey!« Joel schubst mich an. »Die packen da unten etwas aus.«

Ich schwenke die Kamera ein wenig nach links. Die beiden Aufseher stehen mit den Arbeitern um einen Mann herum, der einen Gegenstand aus einer Kiste genommen hat und ihn auswickelt. Dabei schießt mir durch den Kopf, daß ich mich in einer ganz ähnlichen Situation befinde wie Maddy in der Mansarde bei den Wongs: Ich bin eine unbemerkte Beobachterin, lauere mit meiner Kamera hinter einer schmutzigen Glasscheibe und werde Zeugin eines merkwürdigen Geschehens.

Da die Männer sich so dicht um den Gegenstand geschart haben, versperren sie mir für einen Moment die Sicht. Dann hält der Mann in der Mitte das Objekt unter großem Jubel der Umstehenden hoch. Es ist eine Waffe mit einem dicken, gefährlich aussehenden Lauf.

Schon wieder Waffen!

Ich höre Joel nach Luft schnappen. »Ach, du Scheiße! Das ist ein Granatwerfer! Fotografier weiter, Kay – solange es geht. Ich rufe das FBI.«

Er zieht sich in eine Ecke des Daches zurück und flüstert in sein Mobiltelefon. Währenddessen werden noch mehr Waffen ausgepackt. Es ist auch eine AK-47 dabei, die ich von Dakotas Diavorträgen auf der Ranch kenne.

Ich mache mir vor Angst fast in die Hosen. Schließlich ist Waffenschmuggel keine Bagatelle. Und wir sitzen hier auf dem Dach fest. Ich schleiche mich zu Joel hinüber, der immer noch telefoniert.

»Wir sollten sofort verschwinden!«

Ich sichere meine Kamera und klettere über die Brüstung. Meine Füße stehen schon auf der obersten Sprosse, als Joel meine Hand packt.

»Willst du das Feuerwerk nicht miterleben?«

Ich schüttele den Kopf. »Nicht von hier oben.«

»Dann beeil dich, altes Haus. Das FBI ist schon unterwegs.«

»Bitte komm mit«, flehe ich ihn an.

Er läßt meine Hand los. »Tut mir leid, so schnell kann ich nicht da runterklettern.« Sein Blick sagt mir, daß er es ernst meint.

In der Ferne heulen bereits Sirenen. Ich nicke Joel zu und mache mich an den Abstieg. Als es nur noch drei Meter bis zum Boden sind, höre ich die Sirenen wieder, diesmal lauter. Ich springe hinunter und renne zum nächsten Gebäude. Nachdem ich rasch einen neuen Film eingelegt habe, gehe ich in Deckung und warte darauf, daß mir etwas vor die Kamera läuft.

Plötzlich ist es wieder totenstill. Ein Geruch nach verbranntem Eukalyptus liegt in der Luft. Wahrscheinlich weht er von Angel Island herüber, wo kontrollierte Brandrodungen stattfinden.

Was ist mit den Sirenen?

Vielleicht will sich das FBI ja unbemerkt heranpirschen. In diesem Augenblick wird mir klar, daß es für mich gefährlich werden kann. Ich könnte in die Schußlinie geraten oder – was noch schlimmer wäre – für ein Mitglied der Waffenschmugglerbande gehalten werden.

Plötzlich höre ich aus dem Lagerhaus ein Knallen, so als brenne jemand ein Feuerwerk ab. Joel taucht oben an der Kante des Daches auf und rudert wild mit den Armen. Als er mich sieht, formt er die Hände vor dem Mund zu einem Trichter.

»Versteck dich!« ruft er. »Es ist irgendein Doppelspiel. Die Mistkerle veranstalten da drinnen eine Schießerei!«

Bevor ich Zeit habe, mich zu rühren, fliegt die Tür des Lagerhauses auf. Die beiden Männer in den Hawaiihemden kommen herausgestürmt. Der größere, der mit dem maskenhaften Gesicht, verschwindet in der Nacht. Jimmy Sing wirbelt mit gezückter Pistole herum und gibt ein paar Schüsse auf die Tür ab.

Als sein Magazin leer ist, versucht er nachzuladen. Doch schon wird er von einigen Kugeln getroffen, sackt zusammen und bleibt reglos liegen. Von der Tür aus ist er nicht mehr zu sehen. Ich warte ab, ob noch jemand herauskommt, aber nachdem das Echo der Schüsse verklungen ist, wird die Nacht so still, daß ich nur noch mein eigenes atemloses Keuchen höre.

Ich blicke zu Joel hinauf. Er gestikuliert. Weil ich nicht verstehe, was er mir sagen will, zucke ich die Achseln. Wieder formt er die Hände zu einem Trichter. »Der andere Typ – er ist zu dem Gebäude mit dem Modell gelaufen!« ruft er.

In diesem Moment knallen im Lagerhaus wieder Schüsse. Darauf folgen ein splitterndes Geräusch und ein gewaltiger Rumms.

Joel duckt sich. Als er wieder auftaucht, ist er in Panik. »Sie haben mich gehört. Sie schießen durchs Oberlicht. Scheiße!«

Ich brauche nicht lange zu überlegen. Joel sitzt auf dem Dach fest und ist von bewaffneten Verbrechern entdeckt worden.

Etwa zehn Meter von mir entfernt liegt eine geladene Pistole. Und offenbar läßt die Polizei noch auf sich warten.

Wie Dakota es uns auf der Ranch beigebracht hat, vertraue ich meinem Instinkt. Ich laufe zu Jimmy hinüber, vergewissere mich, daß er tot ist, schnappe mir seine Waffe und husche zurück in mein Versteck. Dort baue ich mich breitbeinig auf, umfasse die Pistole mit beiden Händen und ziele auf die Lagerhaustür. Nun bin ich bereit für *Mozambiques.*

Wenn jemand aus dieser Tür kommt, werde ich auf ihn schießen – nicht um ihn zu töten oder zu verletzen, sondern um meinen Freund zu retten, der hilflos auf dem Dach steht.

Zu meiner Erleichterung fahren jedoch in diesem Moment zwei Kleinbusse vor. Polizisten einer Sondereinheit springen heraus. Ich lasse Jimmys Pistole sinken und ziehe mich in die Dunkelheit zurück, um alles zu beobachten.

Die Männer, die schwarze Uniformen mit der Aufschrift A. T. F. tragen, erhalten von Joel einen kurzen Lagebericht. Vier von ihnen klettern sofort zu ihm aufs Dach, während sich die anderen im Umkreis der Tür postieren.

Da Joel nun außer Gefahr ist, beschränkt sich meine Aufgabe eigentlich darauf, zur Kamera zu greifen und die Festnahmen zu dokumentieren. Doch zuvor muß ich noch etwas Wichtigeres erledigen. Ich schleiche um ein angrenzendes Lagerhaus herum und husche dann zu dem riesigen Gebäude, in dem das Modell der Bucht untergebracht ist und wohin sich der zweite Mann mit dem Hawaiihemd laut Joel geflüchtet hat.

Das Modell der Bucht, das dem Ingenieurcorps der Army untersteht, ist eine gewaltige, bewegliche Anlage und viele Meter breit. Sie stellt die Bucht von San Francisco und das Flußdelta des Sacramento und San Joaquin River dar. Als Kind war ich oft mit meinem Vater hier. Das Gebäude wurde während des Zweiten Weltkriegs als Halle für den Schiffsbau errichtet. Das Modell stammt aus den fünfziger Jahren und dient dazu, die Auswirkungen von Dämmen, Fluten und Baggerarbeiten auf das Ökosystem der Bucht zu studieren.

Das massive Hauptportal ist fest verschlossen. Obwohl ich nicht glaube, daß jemand versuchen wird, in ein Gebäude der U.S. Army einzubrechen, pirsche ich mich weiter die nördliche

Mauer entlang und entdecke auf dem Boden einen glänzenden Gegenstand.

Ich hebe ihn auf. Es ist eine billige Plastikmaske mit chinesischen Gesichtszügen, wie sie in Andenkenläden verkauft wird.

Ein Duft steigt mir in die Nase. Ich schnuppere. Das Plastik riecht nach einem süßlichen Eau-de-Cologne, das mir bekannt vorkommt. Einen Anflug dieses Geruchs habe ich schon einmal bemerkt, in dem Lagerhaus in jener Nacht, als wir der Firma Tan-Hing einen Besuch abgestattet haben. In derselben Nacht, als Joel niedergeschlagen wurde, nachdem er im Aufzug einen Mann mit chinesischer Maske gesehen hatte. Und erst vor kurzem habe ich dieses Eau-de-Cologne noch einmal gerochen, viel stärker noch, und zwar bei Rusty, der mich in Dads Bäckerei umarmte. Und auch während meines Besuchs bei ihm zu Hause.

Rusty. Ich habe diesen Verdacht, seit Lucky mir ihre Geschichte erzählt hat, doch ich wollte es einfach nicht wahrhaben. Und ich bin gar nicht froh, daß sich meine Vermutung am Ende doch bestätigt hat, denn ich weiß, daß es Dad das Herz brechen wird.

Gleich neben mir befindet sich ein Seiteneingang. Ich schleiche darauf zu, drehe am Türknauf und ziehe. Zu meiner Überraschung läßt sich die Tür öffnen. Als ich mit dem Finger die Innenkante entlangfahre, stelle ich fest, daß das Schloß mit Klebeband blockiert ist.

Ich schlüpfe hinein und schließe leise die Tür hinter mir. Jimmys Pistole in beiden Händen haltend, husche ich vorsichtig einen kurzen Flur entlang und trete durch eine Schwingtür. Ein Schwall warmer, stickiger Luft schlägt mir entgegen.

Ich bleibe stehen, denn der Anblick ist wirklich beeindrukkend. Vor mir erstreckt sich das Modell der Bucht, ein gewaltiger Aufbau aus geformten Betonplatten von etwa zwei Hektar Durchmesser. Ein paar gedämpfte Lampen tauchen das Ganze in ein surrealistisch anmutendes Licht. Ich erkenne kunstvoll ausgestaltete Straßen, Brücken, Sümpfe, Moorgebiete, Städte, Ortschaften und Parks.

Die drei zusammenhängenden Buchten – South, Central und San Pablo – sind ebenso deutlich auszumachen wie die Golden Gate Bridge und ein kleines Stückchen des Pazifiks. Das Modell stellt auch den Grund der Bucht, Inseln, Riffe und Sandbänke dar und wird von Wasser durchspült. Ich höre das Klicken und Piepsen der computergesteuerten Meßgeräte und Monitore. Anscheinend findet gerade ein Experiment statt.

Ich stehe ungefähr auf der Höhe von San Rafael, an der Kante der San Pablo Straits. Reglos sehe ich mich um und lausche. Falls Rusty hier ist, was ich vermute, herrscht an Verstecken für ihn kein Mangel.

Dann bemerke ich ihn auf der runden Aussichtsbühne für Besucher, die man als erstes erreicht, wenn man durch den Haupteingang eintritt. Wie eine Statue steht er da und sieht mich an. Wahrscheinlich beobachtet er mich schon seit einer Weile.

»Hallo, Kay!«

Seine Stimme hallt in dem riesigen Raum wider, bricht sich an den Pfeilern und Verstrebungen, die die Decke stützen. Sein Tonfall klingt ernst und ein wenig traurig. Schade, daß ich zu weit entfernt bin, um seine Miene zu deuten.

»Jimmy ist tot«, rufe ich. Auch meine Stimme erzeugt ein Echo. »Die Polizei hat das Lagerhaus umzingelt. Es ist vorbei, Rusty. Du solltest dich stellen.«

»Findest du wirklich, Kay?«

»Was bleibt dir anderes übrig?«

Wortlos kommt er zu dem Modell herunter und bleibt am Hafen von Oakland, etwa zwanzig Meter von mir entfernt, stehen.

»Ich sehe, du hast eine Pistole, Kay. Kannst du auch damit schießen?«

Ich nicke.

»Ich habe auch eine«, sagt er und weist auf seinen Polizeirevolver. Inzwischen kann ich sein Gesicht besser erkennen. Noch nie habe ich es so angespannt gesehen. Der Mann auf der anderen Seite des Wassers ist nicht der leutselige Rusty Quinn, der mir seit meiner Kindheit vertraut ist. Heute wirkt er wie ein Mensch, der in der Falle sitzt und verzweifelt nach einem Ausweg sucht.

»Heißt das, du willst auf mich schießen, Rusty?«

Er lacht auf und steckt die Pistole in den Gürtel. »Aber nein. Auf dich doch nicht, Kindchen.«

Ich lasse die Pistole sinken. »Was hältst du davon, wenn wir die Waffen ins Wasser werfen?«

»Gute Idee.«

»Du zuerst.«

Er kichert. »Du sprichst wie die Tochter eines Polizisten«, sagt er vergnügt. »Ja, du bist immer noch Jacks kleiner Liebling.«

»Du hast keine Chance, Rusty.«

»Ich glaube schon«, entgegnet er. »Dieses Gebäude ist riesengroß und hat eine Menge Ausgänge.«

»Dann verschwinde, Rusty. Ich halte dich nicht auf.«

»Wirklich nett von dir, Kay.«

Er klettert über den Rand in das etwa dreißig Zentimeter tiefe Wasser und watet auf mich zu. Nach jedem Schritt schüttelt er sich das Wasser von den Schuhen. Als er Alcatraz erreicht hat, steigt er hinauf und versucht, auf dem Modell der Insel das Gleichgewicht zu halten.

»Am besten gehst du jetzt, Kay. Dreh dich um und geh.«

Ich schüttele den Kopf. Etwas an seinem Gesicht gefällt mir gar nicht. Also versuche ich, Zeit zu gewinnen. »Darf ich dich zuerst fotografieren, Rusty? Einverstanden?«

Er lächelt. »Du kannst es einfach nicht lassen. Klar, mach ruhig ein Foto, aber ein gutes. ›Rusty auf der Gefängnisinsel‹. Paßt doch ausgezeichnet.«

Obwohl Dakota uns eingebleut hat, nie die Waffe aus der Hand zu geben, höre ich auf meinen Instinkt und gehe das Risiko ein. Ich bücke mich und lege Jimmys große .45er langsam auf den Beton, um Rusty zu zeigen, daß ich keine bösen Absichten habe. Damit hoffe ich, ihn zu beruhigen und ihn von dem Wahn abzulenken, der ihn offenbar gepackt hat.

Ich richte mich auf und hebe die Contax.

»Wie willst du mich knipsen, Kay? Als den guten, alten Rusty? Oder« – er schneidet eine witzig gemeinte Grimasse und zieht die Augenbrauen hoch – »als Rusty, den Schrecken von Chinatown?«

Zu meiner Überraschung wirft er sich tatsächlich in Positur. Ich weiß nicht, ob er mir einen Gefallen tun will oder ob er sich gleich auf mich stürzen wird.

»Der gute alte Rusty ist mir lieber«, sage ich. »Offen gestanden habe ich ihn sogar sehr gern.«

»Dein Wunsch ist mir Befehl, Kay.«

Er dreht sich um die eigene Achse und nimmt eine bizarre Pose ein. Den Kopf reckt er übertrieben in die Höhe und hebt die Hand über die Augen, so als hielte er Ausschau in die Ferne. Es ist die typische Haltung der Pioniere des Wilden Westens auf Panoramagemälden aus dem neunzehnten Jahrhundert. Ich folge seinem Blick. Er sieht zum Pazifik, hinaus auf einen imaginären Ozean.

Ich mache eine Porträtaufnahme von ihm. Sein Gesichtsausdruck zeigt so viel Wahnsinn, Schmerz und Angst, daß ich es kaum ertragen kann. Und ich bemerke noch etwas anderes – den Anflug von Verlorenheit in seinen Augen, den Maddy immer als »Tod aller Träume« bezeichnet hat.

»Hey, beeil dich!« ruft er. »Es ist ganz schön schwierig, stillzustehen. Mach schon, Mädchen! Trödel nicht rum.«

Ich schalte das Blitzlicht ein und fange an zu fotografieren.

Klick! Klick! Klick!

»Hast du jetzt alles im Kasten, Kay?«

»Ja, Rusty«, antworte ich und senke die Kamera.

Und dann, bevor ich etwas unternehmen kann – so schnell, daß ich nicht einmal die Gelegenheit habe, es zu versuchen, zieht er seinen Revolver und steckt ihn in den Mund. Die linke Hand hält er immer noch über die Augen, als wolle er sie vor den sengenden, grellen Strahlen einer alles vernichtenden Sonne schützen, die nur in seiner Phantasie existiert. Dann drückt er ab.

Der Schuß hallt in dem riesigen Raum wider wie ein Donnerschlag. Im nächsten Moment rauscht eine kleine Flutwelle über das Modell der Bucht wie nach einem Erdbeben.

Vier Uhr morgens. Ich komme nach Hause. Als ich die Wohnungstür öffne, steigt mir ein leichter Hauch von Sandelholzduft in die Nase. Es ist Sascha, der mir einen Überraschungsbesuch abstatten wollte. Jetzt schläft er in meinem Bett. Ich betrachte ihn und bin so froh, daß er da ist. Woher wußte er, wie sehr ich ihn gerade heute nacht brauche?

Ich ziehe mich aus, stelle mich lange unter die heiße Dusche und kuschele mich dann an ihn in die nach Sandelholz riechenden Laken. Er bewegt sich ein bißchen, tastet nach mir, umfaßt meine Brüste. *Halt mich bitte fest, Sascha.* Im Augenblick sehne ich mich nur noch danach, in seinen starken, dunklen Armen einzuschlafen.

Elf Uhr morgens. Ich bin mit dem Bus zur Richmond gefahren und stehe vor Dads Bäckerei. Die Arbeit in der Backstube ist längst beendet, doch es duftet immer noch köstlich nach Brot. Die meisten Laibe sind bereits an die Restaurants ausgeliefert, der Rest wartet in der Auslage auf Kundschaft.

Von Dads Geschäftsführer erfahre ich, daß er ein paar Häuser weiter im russischen Kaffeehaus sitzt und Pause macht. Ich schlendere dorthin und entdecke ihn schon durchs Fenster. Er sitzt an einem Tisch, hat seine Brille auf der Nase und liest den *Examiner*.

Eigentlich würde ich lieber nicht hineingehen und ihn aus seiner zufriedenen Stimmung reißen, aber ich muß mit ihm sprechen. Ich glaube nicht, daß ich Rusty in den Selbstmord getrieben habe. Er hätte die Demütigung einer Verhaftung nicht ertragen. Ich bin ziemlich sicher, daß er sich schon Soo-Ling zuliebe umgebracht hätte. Doch da gibt es ein Problem – ich bin nur *ziemlich* sicher, nicht hundertprozentig.

»Dad!«

Er blickt auf, grinst breit und nimmt die Brille ab.

»Hallo, Töchterlein. Setz dich. Das ist aber schön! Was führt dich hierher?«

Plötzlich wird seine Miene ernst. Er ahnt, daß ich keine guten Nachrichten habe.

»Was ist denn los? Du wirkst so bedrückt.«

Ich setze mich neben ihn und greife nach seiner Hand. »Rusty ist tot«, sprudle ich hervor. »Er hat sich letzte Nacht erschossen. Und das Schlimmste ist, daß ich dabei war. Tut mir leid, Dad – er steckte bis über beide Ohren in Schwierigkeiten. Wahrscheinlich hielt er es für den einzigen Ausweg.«

Wie betäubt starrt er mich an. »Oh, mein Gott«, sagt er schließlich. »So habe ich mich seit Jahren nicht mehr gefühlt. Nicht, seit …«

»… seit Moms Selbstmord?«

Dad sieht mich an und nickt.

Wir gehen zurück zur Bäckerei, um sein Auto zu holen. Dann fahren wir den Lincoln Boulevard entlang zum Parkplatz an der Baker Beach. Es ist neblig. Kaum ein Mensch ist unterwegs. Nur ein paar hartgesottene Nudisten liegen rücklings auf ihren Handtüchern und warten darauf, daß der Nebel sich lichtet.

»Wie ich Waffen hasse«, murmelt Dad.

Wir spazieren über den Strand am Wasser entlang. Die Wellen haben Seetang und Treibholz herangetragen.

»Mich widern sie inzwischen auch an«, antworte ich. »In letzter Zeit beherrschen sie offenbar mein Leben. Nach dem Schießlehrgang habe ich mir eine Pistole gekauft. Sie hat mich ein hübsches Sümmchen gekostet. Ich habe sie noch nie benutzt. Und jetzt will ich sie nicht mehr.«

Wider Erwarten erstaunt es ihn nicht sehr, daß Rusty kriminell geworden ist. Er erzählt mir, Rusty sei schon immer leicht irgendwelchen Versuchungen erlegen. Zwischen Verbrechern und Polizisten verliefe nur eine hauchdünne Trennlinie.

»Schließlich spielen wir dasselbe Spiel, nur in anderen Mannschaften. Der Unterschied ist lediglich, daß wir das Gesetz auf unserer Seite haben. Was richtig und was falsch ist, bleibt weiterhin eine offene Frage.«

Ich weiß, daß er das nicht wirklich glaubt, aber ich verstehe, warum er es sagt. Für ihn ist es schwer genug, daß sein bester Freund tot ist. Er schafft es noch nicht, ihn wegen seiner Verbrechen zu verurteilen. Vielleicht wird es ihm niemals gelingen.

Dad legt mir den Arm um die Schulter und drückt mich an sich.

»Es tut mir nur so leid, daß du es mitansehen mußtest, Liebling. Ich finde es einfach entsetzlich.«

Wir fahren zu Rustys Haus im Sunset. Während Dad hineingeht, um mit Soo-Lin zu sprechen, warte ich im Auto. Sehr viele Chinesen kommen und gehen. Schließlich hat Soo-Lin gestern nacht ihren Mann und ihren Bruder verloren.

Dad braucht nicht lange. Als er aus dem Haus kommt, erkenne ich Verbitterung und Trauer auf seinem Gesicht.

»Sie konnte mir nicht in die Augen sehen«, sagt er. »Sie

wußte die ganze Zeit von seinen Machenschaften. Soweit ich es beurteilen kann, hat sie ihn unter Druck gesetzt, damit er es tut.«

Er hält inne und schlägt sich mit der Faust auf die Handfläche. »Aber das ist noch lange keine Entschuldigung.«

16

Obwohl Ramsey Carson bereits acht Stunden nach seiner Verhaftung auf Kaution freigelassen wurde, braucht er zwei Wochen, bis er mich anruft.

»Ich möchte mit Ihnen über Amanda Vail sprechen«, sagt er ruhig und höflich. »Ich wollte Sie fragen, ob ich Sie zum Mittagessen einladen darf.«

»Ich esse nie zu Mittag«, entgegne ich. Es kostet mich Mühe, das Zittern in meiner Stimme zu unterdrücken. »Doch ich würde Sie gern zu Hause besuchen. Ich habe schon viel von Ihrer Waffensammlung gehört, Mr. Carson, und würde sie mir gern ansehen, falls das möglich ist.«

»Aber natürlich! Da würden wir zwei Fliegen mit einer Klappe schlagen. Was halten Sie von heute abend um acht? Ich glaube, wir haben eine Menge zu bereden.«

Um acht stehe ich in meiner üblichen Aufmachung – schwarze Stiefel, Jeans, T-Shirt und schwarze Lederjacke – vor seiner Tür. Obwohl ich heute nicht vorhabe, zu fotografieren, trage ich meine Contax um den Hals. Schließlich soll er merken, daß ich eine ernstzunehmende Fotografin bin, mit der nicht gut Kirschen essen ist.

Das Haus wirkt auf mich noch luxuriöser als in Bee Watsons Beschreibung. Die blühende Bougainvillea auf dem Vorplatz verströmt den Duft süßen, sorglosen Reichtums.

Carson ist gekleidet wie ein britischer Landedelmann, der nur zu einer Stippvisite in der Stadt weilt – Tweedjacke, Reithemd, polierte Schuhe, dunkle Flanellhosen. Er begrüßt mich mit einem lässigen Lächeln. Nichts erinnert mehr an den aufgebrachten Mann, der vor zwei Wochen in Handschellen an mir vorbeigeführt wurde.

Auch der anstehende Prozeß scheint ihm keine Sorgen zu bereiten. Wahrscheinlich rechnet er damit, daß die Mordanklage fallengelassen wird. Wenn er gesteht, an einem Duell beteiligt gewesen zu sein, wird das nur noch zu seiner mysteriösen Aura beitragen.

Er führt mich hinauf ins Waffenzimmer, bietet mir einen Drink an und lächelt, als ich ihn um ein Glas Wasser bitte. Achselzuckend schenkt er mir eines ein. Er selbst trinkt einen großen Cognac, den er zuvor im Schwenker kreisen läßt. Nachdem er ein Paar weiße Baumwollhandschuhe angezogen hat, zeigt er mir die Flinten von König Faruk, über die ich schon so viel gehört habe.

Sie sind zwar äußerst kunstvoll gestaltet, interessieren mich aber nicht sonderlich.

»Ich würde lieber ein paar andere Waffen sehen«, sage ich.

»Oh?« Er zieht die Augenbraue hoch. »Offenbar haben Sie eine Menge Sachverstand.«

»Zeigen Sie mir Mandys Winchester und den Revolver, mit dem Sie Tommy Dunphy getötet haben.«

Er erstarrt. »Sie sind gut informiert, Ms. Farrow. Für gewöhnlich bekommen Fremde diese Waffen nicht zu Gesicht.«

»Sie wollten doch etwas über Mandy wissen. Deshalb haben Sie mich eingeladen. Lassen wir also die Spielchen.«

Er betrachtet mich amüsiert. »Eine freche Göre, ich muß schon sagen.«

Ich grinse ihn an.

Er erwidert mein Grinsen. »Einverstanden. Aber Sie wissen, daß sie nur rein ideellen Wert besitzen.«

Er öffnet einen Schrank unter einem der Waffenständer, holt die Waffen heraus und legt sie zu denen von König Faruk auf den Tisch. Verglichen mit diesen Schmuckstücken wirken sie ziemlich schäbig. Zerkratze Kolben und stumpfe Läufe neben zwei schimmernden Meisterwerken der Büchsenmacherkunst. Doch die Art, wie Carson sie berührt, verrät mir, daß sie eine große Bedeutung für ihn haben. Wenn ich sie ihm abluchsen will, muß ich schlau sein.

Als ich die Hand ausstrecke, zuckt er leicht zusammen. Wahrscheinlich möchte er, daß ich ebenfalls Handschuhe anziehe. Aber ich achte nicht darauf, greife nach Maddys Winchester, streiche darüber und stelle erstaunt fest, wie klein und leicht sie ist. Außerdem fühle ich mich merkwürdig, ein wenig zögerlich, so als ob ich eine ihrer Kameras benutzen würde.

»Mein Vorschlag lautet folgendermaßen: Ich erzähle Ihnen Mandy Vails weitere Lebensgeschichte, denn ich kannte sie sehr gut. Und dafür will ich diese Waffen.«

Er lacht höhnisch auf. »Kein gutes Geschäft, Ms. Farrow.«

Ich betrachte ihn. Er ist ein gerissener Immobilienhai, Verhandlungen sind für ihn tägliches Brot. Ich hingegen habe damit kaum Erfahrung.

»Und wenn ich Ihnen dazu noch die Fotos gebe, die ich von dem Treiben in Wohnung Nummer 5 gemacht habe?«

Seine Miene wird finster. »Sie bluffen.«

»Glauben Sie? Ist Ihnen schon mal das Mansardenfenster des kleinen Hauses auf der anderen Seite der Cypress Alley aufgefallen? Von dort aus kann man genau ins Schlafzimmer sehen. Ich habe Sie beobachtet. Und Mandy auch ... bevor Sie einem Killer zweihundert Dollar gezahlt haben, damit er ihr Angst einjagt.« Ich fixiere ihn. »Anscheinend wußten Sie nicht, daß es sich bei der ›alten Schachtel‹ um Amanda Vail handelte. Oder um Maddy Yamada, wie sie seit vierzig Jahren hieß – eine der anerkanntesten Fotojournalistinnen der Welt.«

Carson ist sichtlich erschüttert. Ich glaube, es hat ihm einen ziemlichen Schlag versetzt, daß ich Maddy ins Spiel gebracht habe. Nicht nur, daß sie ihn gesehen hat und wußte, was aus ihm geworden ist. Jetzt wird ihm auch noch klar, daß er die Schuld an ihrem Tod trägt.

»Das kann nicht sein«, sagt er und läßt sich auf eines der Ledersofas sinken. Doch sein hochherrschaftliches Gehabe ist auf einmal wie weggeblasen, und sein Blick wirkt nicht mehr so selbstbewußt. »Das ist unmöglich. Ich glaube Ihnen kein Wort.«

»Sie war es. Und Sie haben jemanden beauftragt, sie zu töten.«

Obwohl er weiterhin den Kopf schüttelt, ist ihm klar, daß ich die Wahrheit sage. »Erzählen Sie mir alles«, sagt er schließlich mit tonloser Stimme. Und als ich die Achseln zucke, wimmert er: »Bitte.«

»Und die Waffen?«

Er macht eine ausladende Handbewegung. »Nehmen Sie sie. Nehmen Sie die verdammten Dinger mit. Mir bedeuten sie nichts mehr.«

Es ist schon nach Mitternacht, als ich mich verabschiede. Ich habe ihm Maddys Geschichte erzählt und seine zahlreichen Fragen über ihr Leben und ihre Arbeit beantwortet. Die Waffen habe ich bei mir, und zwar in einem kostbaren englischen Gewehrkoffer aus Leder, der wahrscheinlich wertvoller ist als der Inhalt.

Ich bin erschöpft. Bee hatte recht, als sie Carson gefühlstot nannte. Dieser Mann hat überhaupt keine menschlichen Regungen mehr. Obwohl es ihn zunächst schwer erschüttert hat, daß er seine geliebte Maddy hat umbringen lassen, bezog er den ganzen Vorfall am Ende doch wieder nur auf sich.

»Damals in meiner Jugend war ich verrückt nach ihr«, erzählte er. Dann schüttelte er den Kopf. »Heute fällt es mir schwer, Gefühle für sie zu entwickeln...« Er verzog das Gesicht. »Sie war so verdammt lästig.«

Ich starrte ihn ungläubig an. »*Lästig?* Sie bezeichnen Maddy als *lästig?*«

Er zuckte die Achseln. »Sich in einem kleinen Zimmer hinter einer Kamera zu verstecken – das war nicht die Meisterschützin, in die ich mich verliebt hatte, als wir beide noch jung waren.«

Was soll's, denke ich, während ich draußen auf mein Taxi warte. Dieser Mann ist mir völlig gleichgültig. Er ist ein Mörder, ein Ungeheuer. Sogar seine Wahnhaftigkeit läßt mich kalt.

Maddy hätte genau gewußt, wie man ihn fotografieren muß – gnadenlos von vorn, mitten im Bild unter einer sengenden Mittagssonne, damit das grelle Licht ihn enthüllt und zutage fördert, was aus ihm geworden ist. Seine eiskalten, grausamen Augen sollten dem Betrachter direkt entgegenblicken.

Sechs Tage später. Hank Evans und ich liegen – mit schwarz bemalten Gesichtern und in schwarzen Overalls – nebeneinander auf einer Anhöhe hinter einer riesigen gefällten Eiche, keine hundert Meter vom Clubhaus des G. G. C. entfernt.

Es ist genau eine Viertelstunde nach Mitternacht. Unzählige Sterne stehen am Himmel, und hinter uns leuchtet eine schmale Mondsichel. Heute nacht duftet die Luft süß nach Harz und Lorbeerblättern. Der Boden ist so trocken, daß ich bei jeder Bewegung kleine Zweige knacken höre.

Obwohl ich Dad gesagt habe, daß mich Waffen inzwischen anwidern, kann ich sie erst für immer aus meinem Leben verbannen, wenn ich die Antworten auf meine letzten noch offenen Fragen habe.

Hank, der mich hier zurücklassen und allein in das Heiligtum des G. G. C. vordringen will, ist ziemlich aufgekratzt.

»Das wird ein Spaziergang, Kay«, flüstert er. »Und ein Heidenspaß. Das ist das Schönste daran. Du wirst schon sehen.«

Er hat vor, ins Clubhaus einzubrechen, seinen Auftrag zu erledigen und dann den Rückzug anzutreten. Alles ist sorgfältig vorbereitet. Er war in dieser Woche schon zweimal hier, um die Ausrüstung herzuschaffen und den Weg zu erkunden. Ich habe Vince Carroll angerufen und ihm geraten, für ein paar Tage zu verreisen, möglichst an einen Ort, wo er von vielen Zeugen gesehen werden wird. Nun verbringt er mit Pris eine Woche in Tahoe, bei einem Seminar zu dem Thema »Wie betreibe ich erfolgreich eine Pension?«

Vor einer Stunde hat Gale Hoort uns zu unserem Ausgangspunkt gefahren, einem Rettungsweg, der sich mit der Südgrenze des G. G. C.-Grundstücks kreuzt. Von dort aus haben wir nur knapp vierzig Minuten bis zu unserem jetzigen Standort gebraucht. Wir sind im Gänsemarsch gegangen, ich zehn Meter hinter Hank, und haben uns mit Handzeichen verständigt. Diesmal bin ich keinen Schlangen oder wilden Tieren begegnet, nicht über umgestürzte Baumstämme gestolpert und habe auch keine zurückschnellenden Zweige ins Gesicht bekommen. Denn heute hatte ich das Vergnügen, mit einem erfahrenen Jäger durch den Wald zu streifen, der außerdem Ranger bei der Army und Leiter eines Erkundungskommandos in Vietnam gewesen ist.

Hank sieht auf die Uhr. »Es ist soweit«, zischt er. »Wenn ich jetzt losgehe, habe ich vierzig Minuten Ruhe.«

Damit spielt er auf die Sicherheitspatrouillen beim G. G. C. an, die Vince uns erläutert hat. Während der Woche wird das Gelände inzwischen von vier Angestellten eines privaten Sicherheitsdienstes bewacht. Die Männer sind mit der Gegend nicht vertraut und nicht sehr gut ausgebildet. Drei sind auf erhöhten Wachplattformen postiert, von denen eine am Haupttor und die anderen beiden am linken und rechten Rand des

Grundstücks stehen. Der vierte Mann sitzt im Wachbüro des Clubs, behält die Bewegungsmelder im Auge und bedient den Funk. Jeder Wachmann muß sich in festgelegter Reihenfolge einmal stündlich im Büro melden, der erste fünf Minuten nach der vollen Stunde. Deshalb haben wir bis fünf nach eins Zeit. Hank glaubt, daß das mehr als genug ist, um seine Mission erfüllen und sich dann aus dem Staub machen zu können.

Nachdem er sich aufgerichtet hat, helfe ich ihm, den Rucksack umzuschnallen. Darin befinden sich fünfzehn in Wachspapier gewickelte Blöcke C-4-Plastiksprengstoff von jeweils einem halben Pfund Gewicht. Dazu Zünder, Sprengladungen mit Zeitschaltuhren, schwere Vorhängeschlösser, fernzündbare Sprengkapseln und siebzig Meter Zündkabel. Der Sprengkasten bleibt hier bei mir.

Außerdem tragen wir beide Funkgeräte, Wasserflaschen und Leuchtpistolen am Gürtel. Ich habe auch mein Mobiltelefon dabei, um Gale anzurufen, damit sie uns später abholen kommt. Hank ist mit einem Colt .45 aus Armybeständen und einem Patronengürtel bewaffnet, in dem ein halbes Dutzend Magazine steckt.

Anfangs gefiel mir das mit dem Colt gar nicht, da ich befürchtete, daß Hank ihn benutzen würde. Meine einzige Bedingung heute nacht lautet deshalb, daß keinem Wachmann oder Wachhund etwas zustoßen darf. Hank hat es mir feierlich versprochen. Er wird die Wachen ablenken und die Hunde außer Gefecht setzen, indem er die Zwingertüren mit den Vorhängeschlössern blockiert. Allerdings sagt er, daß er ohne zu zögern schießen wird, falls jemand das Feuer auf uns eröffnet.

»Nicht, um sie zu töten, Kay, nur um sie zu verscheuchen.«

Obwohl mir diese Vorstellung nicht zusagt, fällt mir nichts Besseres ein, denn ich bin fest entschlossen, mich unter gar keinen Umständen noch einmal gefangennehmen zu lassen.

Hank klopft mir zum Abschied auf den Rücken, krabbelt dann hinter dem Baumstamm hervor und robbt los. Das nächste Versteck ist etwa fünfzehn Meter entfernt. Die Funkgeräte haben wir eingeschaltet, werden sie aber nur im Notfall benutzen.

Während ich ihm nachblicke, frage ich mich, was ich hier überhaupt will. Bin ich inzwischen so süchtig nach Gefahr und

Abenteuer, daß mir der gesunde Menschenverstand abhanden gekommen ist? Früher hat mir Aikido gereicht, die Begegnungen auf der Matte waren aufregend genug. Doch seit dem Kampf mit Julio Sanchez muß ich zu meinem Entsetzen feststellen, daß ich mich nach mehr sehne. Selbst die demütigende Erfahrung, von Chipper und Buckoboy gequält zu werden, hat meinem Erlebnishunger keinen Abbruch getan. Die Entdekkung von Kevin Lees Leiche im Auto, die toten Wo-Hop-To-Mitglieder in Drawbridge, Rustys Augen in dem Moment, als er sich den Hinterkopf wegpustete – all diese Gewalt hat mich nicht abgeschreckt, sondern meinen Appetit eher gesteigert. Doch heute nacht hoffe ich, mich ein für allemal davon zu befreien.

Hank ist jetzt nicht mehr zu sehen, aber ich weiß in etwa, wo er sich befindet. Er pirscht sich den langen, aus Brettern und Sand bestehenden Wall entlang, der die Rückseite des Schießstandes bildet. Dort ist er vor den Blicken des Wachmanns auf dem Turm geschützt – vorausgesetzt, daß dieser Wachmann nicht ohnehin schon eingenickt ist.

Zwei Minuten später kann ich Hank wieder sehen. Obwohl meine Augen bei Dunkelheit nichts zu wünschen übriglassen, greife ich nach seinem russischen Nachtsichtgerät und beobachte, wie er sich an den Nebengebäuden vorbei Richtung Zwinger schleicht, um diesen dann mit seinen Schlössern zu verriegeln. Es könnte gefährlich werden, wenn die Hunde in Aufregung geraten und zu bellen anfangen.

Bis zu den Zwingern wird er etwa fünf Minuten brauchen, eine Minute für die Schlösser, weitere fünf zu den Fahrzeugen auf dem Angestelltenparkplatz und noch einmal fünf, um die Sprengladungen an den Wagen und dem Propangastank anzubringen und zu verschwinden.

Ich warte, bis er sich seitlich des Clubhauses zeigt, und denke derweil drüber nach, welche unterschiedlichen Gründe uns dazu bewogen haben, den G. G. C. dem Erdboden gleichzumachen.

Bei Hank ist es eine lang aufgestaute Wut auf reiche Schnösel, die sich wie Großgrundbesitzer gebärden und ein ausgezeichnetes Jagdgebiet für sich beanspruchen, das früher einmal öffentlich zugänglich war. Er verabscheut diese Leute, weil sie wilde Tiere aus dem Ausland herbeischaffen und mit teuren Waffen jagen. Und er haßt sie wegen ihrer Macht, ihrer Arroganz, ihrer Heuchelei, ihres elitären Gehabes, ihres brutalen und verbrecherischen Umgangs mit Wilderern – und dafür, daß die Gesetze und gesellschaftlichen Normen, nach denen er und seine Freunde sich richten müssen, für sie offenbar keine Bedeutung haben. Es ist der Zorn des kleinen Mannes auf die Privilegierten, der durch die Gerüchte von den Zerstreuungen und Orgien im Club zusätzlich geschürt wird.

Mein Zorn hingegen ist zielgerichteter und hat sehr persönliche Ursachen: Ich wurde dort an einen Billardtisch gefesselt und mit einer Waffe gefoltert. Meine Peiniger sind zwar hart bestraft worden, aber das genügt mir nicht. Ich will den ganzen Club dem Erdboden gleichmachen, insbesondere den Ort meiner Niederlage. »Wenn du den Laden in die Luft jagst«, habe ich zu Hank gesagt, »vergiß nicht, daß du das Waffenzimmer nur für mich sprengst.«

Nun bemerke ich ihn an der Ecke des Clubhauses. Er richtet sich auf und winkt mir zu: Alles läuft bestens. Die Sprengsätze, die die Wachen ablenken sollen, sind angebracht, das Zündkabel ist verlegt. In genau einer Minute wird er die Zünder auslösen. Dann werden die Wachen hoffentlich ihre Türme verlassen, und er kann ins Haus einbrechen, um dort ordentlich Schaden anzurichten.

Ich schaue auf die Uhr und ducke mich. Es ist ganz ruhig, totenstill, und ich male mir genüßlich aus, was gleich passieren wird. Ein Gefühl der Unbesiegbarkeit ergreift mich, und ich denke, daß das alte Sprichwort wirklich zutrifft. Wissen ist Macht, und heute nacht liegt die Macht in meinen Händen.

Ein Lichtblitz. Dann ein gewaltiger Knall, der über das ganze Gelände hallt und mir in den Ohren dröhnt. Ich ziehe den Kopf ein und setze rasch die Sonnenbrille auf, um meine Augen zu schützen. Als ich wieder aufblicke, steigt gerade der erste Feuerball über dem Clubhaus hoch, wie eine seltsam gasförmige, geisterhafte Erscheinung. Darauf folgt eine Reihe von Explosionen.

Immer mehr Feuerbälle sind zu sehen – zwei, drei, vier, fünf! Der Geruch brennenden Benzins weht zu mir herüber. Der Wachturm ragt wie ein schwarzer Schatten vor den Flammen auf. Ich beobachte, wie der Wachmann ans Geländer tritt. Dann klettert er in Windeseile die Leiter hinunter. Durch das Nachtsichtgerät blicke ich ihm nach. Er rennt zum Vorgarten des Clubhauses, wo ihn schon ein Kollege erwartet. Wahrscheinlich ist das der Mann, der im Büro Dienst hat. Die beiden laufen zum Parkplatz, um festzustellen, was geschehen ist.

Nicht zu dicht ran! Es ist doch nicht euer Club! Haut ab! Laßt den G. G. C. doch vor die Hunde gehen! flehe ich lautlos, denn ich möchte nicht, daß ihnen etwas zustößt.

Ein Lichtblitz erhellt den Himmel. Vermutlich der Propangastank. *Das müßte als Ablenkung genügen! Mein Gott! Hoffentlich hat Hank keine weiteren Sprengsätze gelegt.*

Es wird schätzungsweise eine Viertelstunde dauern, bis die Feuerwehr hier ist. Die Löscharbeiten werden noch einmal gut zwei Stunden in Anspruch nehmen – und bis dahin haben wir uns längst aus dem Staub gemacht.

Ich stelle mir vor, wie Hank durch das Clubhaus schleicht und seine Sprengsätze anbringt – an Türen, Lampen, dem Flügel im Salon und unter der Bar aus Mahagoni. Dann wird er die Zünder hineinstecken, sie einschalten und weiter in Richtung Waffenzimmer gehen, in dessen Mitte der Billardtisch steht. Die wertvollen Waffen funkeln in den Ständern aus Kirschholz.

Noch ein bißchen C-4 an den Waffensafe, Hank, wenn du schon dabei bist. Jag all ihre kostbaren Teile in die Luft. Und auch die Videoaufzeichnungen von den Orgien, die Clubunterlagen, die Kassenbücher, die Mitgliederverzeichnisse. Zerstör ihre Antiquitäten, die Gemälde, die schicken Jagdtrophäen an den Wänden. Und vergiß nicht die Ledersofas im Salon, den großen Offizierstisch aus Eiche im Speisezimmer. Außerdem den Küchenherd, wo die saftigen Steaks gebraten werden. Mach alles kaputt! Jedes Stück. Nichts als Schutt und Asche soll übrigbleiben.

Hank kommt zurückgelaufen. Er spart sich die Mühe, sich zu ducken oder zu robben, sondern rennt einfach mitten über den Hof und durch den Schießstand, wo Chap Fontaine getötet worden ist. Dann sucht er Deckung zwischen den Bäumen, und eine halbe Minute später liegt er keuchend neben mir.

»So viel Spaß hatte ich schon lange nicht mehr«, japst er. »Aufregend, nicht?« Auf seiner Stirn stehen Schweißperlen, und seine Augen funkeln vor Begeisterung.

Er greift nach dem Sprengkasten.

»Wie soll ich es machen, Kay?« fragt er. »Nacheinander oder alles auf einmal?«

»Ich glaube, alles auf einmal wäre genau das richtige«, antworte ich.

»Yeah!« Er grinst. »Also dann – Feuer frei!«

Er drückt alle Knöpfe gleichzeitig und hält sich die Ohren zu. Ich folge seinem Beispiel. Eine kurze Pause entsteht, die kaum reicht, um einen Seufzer auszustoßen. Dann gibt es einen Knall, so laut, daß die Explosion auf dem Parkplatz dagegen wie ein Böllerschuß wirkt. Das ganze Clubhaus scheint einen Satz zu machen. Es schwebt einen Moment in der Luft und sackt dann in sich zusammen. Weitere Explosionen folgen. Flammen züngeln. Beißender Rauch steigt auf. Staubwolken erheben sich wie schimmernde Säulen. Ich lächle. Wir sind Zerstörer, Rächer, die ihre Feinde mit Blitz und Donner vernichten.

»Los, hauen wir ab«, ruft Hank und sammelt seine Sachen ein. »Ach, übrigens, ich hab dir was mitgebracht.« Er gibt mir eine Waffe – die einzige auf der Welt, die ich überall wiedererkennen würde, die »Göttin«.

»Das ist doch die richtige, oder?«

»Oh, Hank! Ich fasse es nicht. Du bist ein Schatz!« Ich küsse ihn auf die Wange.

»Ich konnte der Versuchung nicht widerstehen, ein Souvenir mitzunehmen«, grinst er. »Aber jetzt verschwinden wir lieber, so schnell es geht, falls du einverstanden bist.«

»Klar.«

»Auf halbem Weg zur Straße rufen wir Gale an.«

Er setzt sich in Bewegung, ich folge in zehn Metern Abstand. Im Laufschritt eilen wir durch den Wald. Mit der »Göttin« in der Hand fühle ich mich wie Diana persönlich, die Göttin der Jagd, die jubelnd und triumphierend im Mondlicht durch die Wälder springt.

Die Meldung von der zerstörerischen Explosion im G. G. C. ist die wichtigste Story in den Spätnachrichten. Ich liege im Bett vor dem Fernseher, während Sheila Troy, die attraktive Korrespondentin von Channel 6, vor den rauchenden Trümmern des Clubhauses steht und den Vorfall kommentiert.

»Aus dem Büro des Sheriffs heißt es, daß vermutlich verärgerte Jäger aus der Umgebung hinter der Explosion stecken«, sagt sie. »Dieselben Quellen lassen verlauten, die Anwohner hegten vor allem wegen des harten Vorgehens gegen Wilderer großen Groll gegen den Goddess Gun Club, da in der Vergangenheit bereits auf Eindringlinge geschossen wurde. Kein Wunder also, daß die Feindseligkeiten schließlich in diesem Übergriff gipfelten. Außerdem gibt es in Mendocino County verschiedene Bürgerwehren, die vielleicht ebenfalls Grund hatten, den exklusiven Waffenclub niederzubrennen. Der Sachschaden an Gebäuden und Kunstwerken beträgt schätzungsweise sechs komma vier Millionen Dollar. Ein dem Sheriff nahestehender Informant teilte mit, der mit militärischer Präzision durchgeführte Sabotageakt ginge vermutlich auf das Konto von mindest zwölf gut aufeinander eingespielten Tätern.«

Ich muß jetzt vier Waffen loswerden… aber ich weiß auch schon genau, wo.

Meine neue H&K bringe ich zurück zu Gun City. Der Frau hinter der Theke sage ich, ich hätte es mir anders überlegt und würde die Pistole gern wieder verkaufen.

Die Frau untersucht sie. »Es ist ja gar nicht damit geschossen worden«, stellt sie fest. »Den vollen Preis kann ich Ihnen leider nicht ersetzen. Sind Sie mit achtzig Prozent einverstanden? Sie können sie natürlich auch auf Kommission hierlassen. Ich bin ziemlich sicher, daß ich einen Käufer finde, aber Sie werden dabei Verlust machen.«

Ich habe nichts gegen zwanzig Prozent minus einzuwenden – ein gerechtfertigter Preis dafür, daß ich meine Schwierigkeiten nun los bin. Ich freue mich, meine Waffenphobie überwunden zu haben. Doch gleichermaßen befreiend ist die Erkenntnis, daß ich in Zukunft lieber die Finger von Pistolen lassen möchte.

Abends rufe ich Bee Watson an und sage ihr, ich hätte etwas für sie. Wir verabreden uns für den nächsten Tag in Bolinas. Sascha hat sich erboten, mich mittags hinzufahren.

Danach melde ich mich bei David Yamada. Anfangs ist er verlegen und verhaspelt sich ständig. Dann entschuldigt er sich für sein Benehmen bei unserer letzten Begegnung. Es tue ihm leid, daß er einfach aus dem Café gestürmt sei, ohne sich von mir zu verabschieden.

»Schon gut, David«, antworte ich. »Ich verstehe dich. Inzwischen habe ich nämlich alles über Maddys Vergangenheit erfahren – auch daß sie früher Kunstschützin im Zirkus war.«

Schweigen. »Ich hätte mir eigentlich denken können, daß du dahinterkommst. Maddy sagte immer, du ließest dich nicht so leicht abschütteln.«

»Ich habe Bee Watson aufgespürt. Sie wohnt in Bolinas. Und sie hat mir alles erzählt. Und ich habe sogar Maddys alte Winchester aufgetrieben.«

Er schnappt nach Luft.

»Und jetzt muß ich dich etwas Wichtiges fragen, David. Bitte sag die Wahrheit. War es wirklich Maddys Wunsch, die Unterlagen aus früheren Jahren unter Verschluß zu halten? Oder ist das auf deinem Mist gewachsen?«

»Ich habe getan, was ich für das beste hielt«, erwidert er. »Sie wollte nicht, daß jemand davon erfährt.«

»Als sie noch lebte! Doch jetzt, nach ihrem Tod, macht es keinen Sinn mehr. Meiner Ansicht nach liegt in ihrer Vergangenheit die Erklärung für die große Menschlichkeit, die in ihrem Werk steckt. Ihr *ganzes* Leben, sowohl die Kunstschützin als auch die sozial engagierte Fotojournalistin sind in jedem ihrer Fotos präsent.«

»Kann sein.«

»Jedenfalls solltest du wissen, daß ich vorhabe, die Flinte dem Museum zu übergeben. Und dazu die Videoaufzeichnung eines Gesprächs, das ich mit Bee führen werde. Ich bin fest davon überzeugt, daß Maddys ganze Geschichte bekannt werden sollte. Und ich hoffe, daß ich dich überzeugen kann, die Bedingungen deiner Spende noch einmal zu überdenken.«

Erneutes Schweigen. »Ich werd's mir überlegen, Kay.«

»Danke. Ich weiß, daß du das richtige tun wirst.«

Er grinst. »Du läßt anderen Menschen ziemlich wenig Spielraum.«

»Wahrscheinlich mein größter Fehler«, räume ich ein.

Beim Anblick der »Göttin« reißt Bee erstaunt die Augen auf und fällt mir um den Hals. Dann streichelt sie vorsichtig über die Waffe und berührt die Gravuren mit den Fingerspitzen.

»Sie gehört Ihnen«, sage ich. »Sie haben sie gemacht, jetzt erhalten Sie sie zurück.«

Ihre anfängliche Freude wird bald von Zögerlichkeit abgelöst. »Ich weiß nicht recht, Kay. Das ist doch Diebesgut.«

Ich versichere ihr, daß allgemein angenommen wird, daß sämtliche Waffen im Clubhaus des G. G. C. beim Brand zerstört wurden.

»Ich verstehe«, antwortet sie. »Aber es handelt sich schließlich um eine Invincible, eine ausgezeichnete Waffe, die beste, die je im Hause Parker hergestellt wurde. Ich *muß* sie zurückgeben. Ich werde sie ihnen anonym zuschicken, doch zuerst entferne ich sämtliche Gravuren.«

Sascha fährt uns nach Point Reyes, in den Naturschutzpark am Meer. Wir parken am Anfang des Tomales Point Trail, wandern durch Gestrüpp und gehen an Mooren vorbei zum Tule Elk Reserve. Vielleicht liegt es daran, daß es mitten in der Woche und außerdem ziemlich neblig ist – jedenfalls kommen uns nur zwei andere Wanderer entgegen. Unterwegs beobachten wir Elchherden. Hin und wieder kreuzt ein Kaninchen unseren Weg. Als wir um sechs die grasbewachsenen Abhänge des Tomales Bluff erreichen, ist außer uns niemand zu sehen.

Von hier oben hat man eine wundervolle Aussicht. Im Westen das offene Meer, im Osten die lange, schmale Mündung der Bucht von Tomales. Wellen schlagen unter uns an die Felsen, so daß die Gischt gegen die Küste sprüht. Fischerboote tanzen in der Brandung. Wegen des Nebels macht die Landschaft einen unwirklichen und seltsamen Eindruck.

Wir haben beschlossen, den Revolver, mit dem Ram Carson Tommy Dunphy getötet hat, hier zu beseitigen. Sascha erbietet sich, die Mordwaffe ins Wasser zu werfen. Er wirft gut. Die kleine Pistole segelt an den Felsen vorbei durch die Luft und landet in der Bucht. Bee sagt, daß es da unten im Wasser von großen weißen Haien nur so wimmelt, die nicht nur Fische, sondern auch alles andere verschlingen, das ihre mörderischen Bahnen stört.

Ich rufe Baggy Bigelow an. Als er meine Stimme hört, reagiert er sehr kühl.

»Sie haben unsere Abmachung gebrochen, Kay. Wir wollten doch Freunde werden und uns einmal im Monat sehen. Inzwischen sind zwei Monate vergangen, und jetzt melden Sie sich einfach aus heiterem Himmel. Sie haben mich gekränkt. Verletzt bis ins Mark.«

Ich denke, daß er dieses Gefühl genießt und daß es ihm Spaß macht, seine Wunden zu lecken. Und was mich, seine »neue junge Freundin«, angeht – sicher aalt er sich mit Wonne in dem Schmerz, den ich ihm durch meine Treulosigkeit zugefügt habe.

»Hören Sie zu, Baggy. Ich war von früh bis spät damit beschäftigt, Carson und den G. G. C. zur Strecke zu bringen. Wer, glauben Sie, hat wohl den Zeugen aufgetrieben, der zu dem Duell mit Fontaine aussagen wird? Und wer hat das Clubhaus in die Luft gejagt?«

»Ach, du meine Güte!« Sein eisiger Tonfall weicht einem zuckersüßen Schmeicheln. »Dann haben Sie wohl was für mich, nicht wahr?«

»Stoff für einen ganzen Artikel.«

»Dann bewegen Sie Ihr niedliches kleines Popöchen mal sofort hierher, meine Liebe. Meine Barbies und ich vergehen vor Sehnsucht nach Ihnen.«

RACHE IST SÜSS
Von Schuyler Bigelow

In jüngster Zeit haben wir mehr über das kuriose und befremdliche Treiben in dem hochexlusiven, schicken Herrenverein Goddess Gun Club erfahren, der kürzlich einem von Unbekannten verübten Sprengstoffanschlag anheim fiel.

Wie aus äußerst gut informierter, nur dem Autor bekannter Quelle verlautete, befand sich unter den zahlreichen bei dem Unglück zerstörten Waffen ein ganz besonderes Stück, das von Clubmitgliedern die »Göttin« genannt wurde.

Ganz harmlos, so sollte man annehmen. Mag sein … obwohl man dazu sagen muß, daß auf der fraglichen Waffe, einer antiken Flinte von Parker, pornographische Szenen eingraviert waren. Ebenfalls darauf abgebildet war eine Gruppe von Tieren, die die Szene beobachten. Die Vierbeiner tragen allesamt die Gesichter einflußreicher Clubmitglieder.

Seit einer Weile vertreibt man sich nämlich bei Dinnerpartys in Pacific Heights – Sie wissen schon, diese exklusiven Zusammenkünfte, zu denen acht oder zehn Gäste geladen sind – die Zeit mit einem neuen Spiel namens »Zoo«, oder: Welches Tier paßt zu welchem Mitglied?

Zu Ihrer Erbauung, werte Leser, folgen nun zwei kleine Listen von Tieren und Clubmitgliedern. An der Aufgabe, jeden Namen mit einem entsprechenden Tier zusammenzubringen, beißen sich zur Zeit viele kluge Leute die Zähne aus. Strengen Sie also Ihren Verstand an.

Die Tiere: Affe, Fuchs, Leopard, Wolf, Pelikan, Gazelle, Strauß, Krokodil.

Die Clubmitglieder: Jack Stadpole, Orrin Jennett, Raid Harris, Ramsey Carson, Henry Petersen, Tuck Chubet, Carter Dixon, Chauncey Chase.

Aber damit bin ich noch nicht am Ende! Die Gerüchteküche sagt weiter, die »Göttin« sei im Rahmen gewisser geheimer Rituale in einer äußerst schockierenden Weise zum Einsatz gekommen. Diese Rituale, die auf dem Gelände des Clubs stattfanden, orientierten sich an den Abbildungen auf der Waffe. Junge, Junge, wenn doch die niedergebrannten Mauern des G. G. C. sprechen könnten!

Dazu noch eine ernste Anmerkung: Vor anderthalb Jahren wurde in dieser Kolumne über Auseinandersetzungen innerhalb des G. G. C. berichtet, bei denen es um die »Freizeitgestaltung« einiger Clubmitglieder ging. Einige Wochen später konnten Sie hier lesen, die Konflikte seien beigelegt worden, »wie es sich für traditionsbewußte Gentlemen gehört«.

Mittlerweile weiß jedoch jeder, daß zwischen Ramsey Carson und seinem Geschäftspartner, dem allseits beliebten und betrauerten Chaplin Fontaine, ein Duell stattgefunden hat. Fontaine kam bei dem Zweikampf ums Leben. Später machten die Zeugen gegenüber der Polizei falsche Aussagen. Bei der heuchlerischen Trauerfeier in der Grace Cathedral hielt Carson die Totenrede. Wie in dieser Zeitung bereits berichtet, stehen einige angesehene Bürger von San Francisco mittlerweile unter Anklage.

Außerdem hat sich herausgestellt, daß es sich nicht um Mr. Ramsey Carsons erstes Duell handelte, und auch bei einem früheren hat sein Gegner den Tod gefunden. Wir werden Sie über die dunkle Vergangenheit dieses Herrn weiter auf dem laufenden halten.

Weiterhin möchte ich Ihnen mitteilen, daß nach Erscheinen des ersten Artikels über den Club Versuche unternommen wurden, den beliebten Autor dieser Kolumne einzuschüchtern. Ein anonymer Anrufer stellte ihm in Aussicht, ihm »eine Kugel in den Kopf« zu schießen, falls er fortfahren sollte, über den G. G. C. zu schreiben. Einige Tage später traf per Post eine Kugel ein, in die mein Name eingraviert war.

Selbstverständlich liegt es mir fern, jemandes guten Ruf zu beschädigen, indem ich ihn (oder sie) als Drahtzieher dieser unverschämten Drohung bezeichne. Dennoch möchte ich Ihnen, liebe Leser, versichern, daß ich mich von derartigen Feindseligkeiten nicht ins Bockshorn jagen lasse, ganz gleich wie bösartig und wahnsinnig sie auch sein mögen und welch hohen gesellschaftlichen Rang der Urheber auch haben mag.

In den kommenden Wochen werden wir die weiteren Machenschaften des G. G. C. enthüllen und auch über die merkwürdigen Partys berichten, die in einer Wohnung im Mission District veranstaltet wurden. Besagtes Haus gehört (Überraschung!) niemand anderem als der Firma CFJ Immobilien, die nach den Initialen ihrer Gründer benannt ist: Carson, Fontaine und Jennet.

Fortsetzung folgt!

Der Sommer ist zu Ende. Mein Leben gerät allmählich wieder ins Lot. Alle Rechnungen sind beglichen, alle Rätsel gelöst. Ich vermisse Maddy immer noch, ihren Rat, ihre Freundschaft, ihre manchmal gnadenlose Kritik und vor allem ihren scharfen Blick, der in meinen Arbeiten Absichten erkannte, von denen ich selbst nichts ahnte. Doch ich halte mir vor Augen, daß ich von nun an meine eigene Lehrerin und strengste Kritikerin sein muß.

Die schreckliche Erinnerung an meine Qualen im Waffenzimmer sind fast verblaßt. Ich habe mich für die Demütigung gerächt, und es ist Zeit zu vergessen. Sascha sagt, man gäbe seinen Peinigern erst richtig Macht, indem man das Gefühl der Erniedrigung zuließe.

Also richte ich den Blick in die Zukunft, und mein nächstes Ziel besteht darin, die *shodan*-Prüfung zu bestehen. Ich trainiere jeden Tag, übe mit Rita, wiederhole sämtliche Griffe und habe Prüfungsangst.

Heute abend nach dem Training fahre ich direkt zu Sascha, ohne ihn vorher anzurufen. Er freut sich sehr. Seine Rehaugen leuchten auf. Er sieht mich an und besteht darauf, mich sofort zu lieben – duschen überflüssig.

»Aber Sascha, ich bin ganz verschwitzt!«

»Das macht doch nichts.« Er fährt sich mit der Zunge über die Lippen. »Ich mag dich so.«

Er hebt mich hoch, trägt mich zum Sofa und bettet mich zärtlich darauf. Dann zieht er mich aus, liebt mich leidenschaftlich und leckt mich am ganzen Körper ab.

Als wir später aneinandergekuschelt daliegen, erzählt er mir, wie schön er es findet, daß ich ihn nur in Schwarzweiß sehen kann. Ich finde diese Bemerkung interessant und frage ihn, was er damit meint.

»Ich gefalle mir auf den Fotos, die du von mir machst.«

»Du willst als formelle, abstrakte Schönheit wahrgenommen werden. Ist es das?«

»Nein, ich genieße es nur, wenn deine Augen mich liebkosen«, antwortet er.

Ich streichle sein dunkles Gesicht. »Camus hat gesagt: ›Über Tod und Farben kann man nicht sprechen.‹«

»Er sagte auch – und diesen Ausspruch finde ich sehr schön –: ›Es gibt kein Schicksal, das sich nicht durch Ironie überwinden ließe.‹«

Ich verdanke Sascha so viel! Er hat mich zum Beispiel in David Bohms Theorie der impliziten Ordnung eingeweiht, ohne die ich Maddys Absichten nie verstanden hätte. Und vor allem hat er mir mit seiner Zärtlichkeit geholfen, über das Trauma in Zusammenhang mit dem Waffenzimmer hinwegzukommen. Er hat mich gedrängt, das zu zeichnen, womit ich mich nicht auseinandersetzen konnte, hat mit mir gemeinsam das Geheimnis der Biene ergründet. Außerdem hat er verstanden, warum ich in den G.G.C. zurückkehren und dabeisein mußte, als Hank das Clubhaus sprengte.

Zwei Uhr nachmittags. Ich bin im Warren Field House auf dem Campus des Sonoma Valley Community College. Mehr als zweihundert Kampfsportler aus ganz Kalifornien haben sich hier zu einem fünftägigen Aikidoseminar versammelt.

Der letzte Nachmittag. Die Prüfungen werden jeden Moment beginnen. Wir bewerben uns zu sechst um den schwarzen Gürtel, die anderen streben höhere Grade an. Die übrigen Teilnehmer meines Kurses und Rita sitzen in *seiza*-Stellung in zwei langen Reihen am Rand der riesigen Matte. Etwa hundert Zuschauer in Straßenkleidung – auch Joel, Lucky, Sascha und Dad – haben sich am anderen Ende des Raums niedergelassen.

Drei Prüfer, angesehene *sensei* aus Japan, sind angereist, um uns die Prüfung abzunehmen. Sie thronen hinter einem Tisch seitlich der *kamiza* unter einem Foto des O-Sensei. Wir Prüflinge wärmen uns am Rand der Matte auf und machen Dehnübungen.

Dann geht es los. Ich nehme meinen Platz in der vordersten Reihe ein. Der erste Kandidat wird aufgerufen. Ich beobachte, wie er auf die Matte tritt, sich vor den Richtern verbeugt und dann in die Knie geht, um die Angriffe des *uke* abzuwehren.

Ich sehe zu, ohne ihn richtig wahrzunehmen. Meine Augen sind nach innen gerichtet, blicken tief in mich hinein, in die warme Mitte, wo meine Kraft liegt, die ich jetzt gleich brauchen werde. Fast eine Stunde vergeht. Drei weitere Kandidaten legen ihre Prüfung ab. Ich werde aufgerufen, wache auf wie aus einer Meditation gerissen und trete auf die Matte.

Ralph ist mein *uke*. Er ist zehn Jahre jünger als ich, hochgewachsen, anmutig und erst seit einem Jahr Träger des schwarzen Gürtels. Seit er ins Marina Aikido kommt, ist er mein Trainingspartner. Er hat einen direkten, aber sanften Stil, nicht verspielt, doch auch nicht zu hart. Ich möchte, daß er mich liebt, obwohl er mich angreift, und ich will ihn lieben, selbst wenn ich ihn abwehre.

Wie vorgeschrieben spule ich die erste Serie von Pflichtübungen ab, während ich auf der Matte knie. Als der oberste Prüfer weitere Anweisungen ruft, richtet Ralph sich auf und greift mich von oben an. Dann bin ich an der Reihe, mich aufzurichten, und wir stehen einander gegenüber. Weitere Griffe und Würfe. Ich fühle mich großartig.

Ich sehe weder die Prüfer noch Rita an, obwohl ich weiß, daß sie mich aufmerksam beobachtet. Sie hat mir dringend davon abgeraten, ihre Technik nachzuahmen. Ich muß meinen eigenen Stil finden und mir meiner eigenen Kraft bewußt werden.

Heute bin ich nur meinetwegen hier. Ich sehe nicht einmal in Ralphs Gesicht, sondern über seine Schulter. Ich will seine Angriffe mühelos abwehren, und bemerke es kaum, wenn ich ihn zu Boden schleudere.

An diesem Nachmittag paßt einfach alles zusammen. Ich habe meine Mitte gefunden, beherrsche mein Territorium. »Wenn du auf die Matte trittst, nimm sie in Besitz, sie muß dir gehören«, hat Rita mir immer gesagt.

Jetzt ist der *randori* an der Reihe. Zum erstenmal in all den Jahren, die ich schon Aikido betreibe, löst der Gedanke an einen Angriff von mehreren Gegnern bei mir keine Angst aus. Etwa zehn Aikidokämpfer werden sich auf mich stürzen. Die ersten vier machen sich bereit, während die anderen ihre Plätze in der hinteren Reihe einnehmen. Ich mustere die Angreifer rasch. Zwei Männer, zwei Frauen. Ich kenne alle vier, weil wir während des Seminars zusammen trainiert haben.

Ich baue mich auf, behaupte meinen Platz, stehe fest mit beiden Beinen auf der Matte, werde eins mit ihr. Und dann, als sie auf mich zustürmen, verfalle ich plötzlich in eine Art Trance. Nicht einmal das grelle Sonnenlicht, das durch die Fenster dringt, kann mich ablenken oder blenden.

Ich denke an nichts, berechne und plane nicht, sondern wehre sie einfach nacheinander ab, drehe mich, wirble herum und schleudere sie auf die Matte. Ich schwebe. Jede meiner Bewegungen scheint makellos. Ich drehe mich... und drehe mich... Ich kann einfach keinen Fehler machen, keine Geste ist überflüssig. Offenbar habe ich den wundersamen Zustand der Gedankenleere und Perfektion erreicht, den Rita »reines Fließen« nennt.

Nichts kann mich anfechten, solange ich es nicht zulasse. Kein Mensch kann mir weh tun, weder die Angreifer noch sonst jemand. Wenn sie glauben, mich erwischt zu haben, bin ich schon wieder fort. Sie prallen zusammen, während ich zwischen sie trete oder zurückweiche. Da ich meine inneren Widerstände überwunden habe, sind sie machtlos gegen mich. Alles ist ganz klar. Sogar das Licht hat sich verändert, wirkt gedämpft und wohltuend für meine Augen. Ziele werden größer, sind leichter zu treffen, die Umrisse treten schärfer hervor und erscheinen seltsamerweise gleichzeitig weicher. Das Quietschen nackter Füße auf der Matte. Keuchender Atem. Während ich sie beseite fege, kämpfe ich nicht gegen meine Gegner, sondern nur gegen mich selbst.

Ich bin das Zentrum eines Energiestrudels, nehme meine gesamte Umgebung wahr und lasse mich dennoch von nichts beirren. Alles läuft in Zeitlupe ab. Unvermittelte Bewegungen nehme ich als langsam und geordnet wahr. Schatten werden länger und dunkler und erinnern an schwarzen Samt. Stöhnen, Schreie und Keuchen klingen wie Musik. Und ich bin der Mittelpunkt, die Dirigentin, die Melodie selbst, tauche mühelos in den kosmischen Prozeß ein. Jeder Atemzug präzise, jede Bewegung abgezirkelt wie in einem Tanz.

Die Prüfung ist vorbei. Ich werde von einem Gefühl unbeschreiblicher Klarheit ergriffen. Ich halte inne, betrachte die mir zugewandten Gesichter und erkenne Bewunderung in Hunderten von Augenpaaren.

Ich habe es geschafft, denke ich. *Ich habe mir mein Leben zurückerobert. Die Zeit der Trauer und der Wut ist vorbei. Ich ruhe wieder ganz in mir.*